N 1785

Ullstein Krimi

Ullstein Krimi
Ullstein Buch Nr. 10253
im Verlag Ullstein GmbH,
Frankfurt/M – Berlin – Wien
Titel der amerik. Originalausgabe
von John Ball:
In the Heat of the Night
Neuauflage des Ullstein Krimi 1062
Übersetzt von Mechthild Sandberg

Titel der engl. Originalausgabe
von Dick Francis:
Forfeit
Neuauflage des Ullstein Krimi 1309
Übersetzt von Sigrid Kellner

Titel der amerik. Originalausgabe
von Robert B. Parker
Promised Land
Neuauflage des Ullstein Krimi 1848
Übersetzt von Martin Lewitt

Umschlagentwurf:
Atelier Noth & Hauer, Berlin
Foto-Graphik:
Welfhard Kraiker & Karin Szekessy
Printed in Germany 1984
Druck und Verarbeitung:
Ebner Ulm
ISBN 3 548 10253 0

Mai 1984

CIP-Kurztitelaufnahme
der Deutschen Bibliothek

Ball, John:
In der Hitze der Nacht / John Ball.
[Übers. von Mechthild Sandberg]. –
Frankfurt/M; Berlin; Wien:
Ullstein, 1984.
(Ullstein-Buch; Nr. 10253: Ullstein-Krimi)
Einheitssacht.: In the heat of the night <dt.>
Enth. außerdem u. a.: Jede Wette auf Mord / Dick Francis [Einheitssacht.: Forfeit <dt.>]
ISBN 3-548-10253-0
NE: GT

Von Dick Francis
in der Reihe der
Ullstein Bücher

Im Galopp in die Falle (10048)
Handicap (10126)
Reflex (10165)
Fehlstart (10204)
Galopp in Gefahr (10229)

Von Robert B. Parker
in der Reihe der
Ullstein Bücher

Kopfpreis für neun Mörder (10057)
Bodyguard für eine Bombe (10103)
Finale im Herbst (10142)
Licht auf Dunkelmänner (10193)
Einen Dollar für die Unschuld (10193)
Spenser und das gestohlene
Manuskript (10236)

John Ball

In der Hitze der Nacht

Herausgegeben von
Martin Compart

Ullstein Krimi

1

Still, wie gelähmt, lag die kleine Stadt Wells um zehn vor drei Uhr morgens unter dem heißen Nachthimmel. Die meisten der elftausend Einwohner wälzten sich ruhelos in ihren Betten; die wenigen, die überhaupt keinen Schlaf fanden, verfluchten die erstickende Schwüle, die durch keinen Windhauch aufgefrischt wurde. Schwer und drückend hing die Augusthitze des Südens in der Luft.

Der Mond war gerade aufgegangen. Im Hauptgeschäftsviertel warfen die wenigen Straßenlaternen harte Schatten gegen die geschlossenen Geschäftshäuser, das Kino und dic stillen Tankstellen. An der Ecke, wo die Fernstraße in rechtem Winkel kreuzte, lief die automatische Klimaanlage in der Simon-Apotheke. Ihr eintöniges Brummen störte das Schweigen der Nacht. Auf der anderen Straßenseite stand am Rinnstein der einzige Polizeiwagen, der in Wells nachts unterwegs war.

Sam Wood, der Fahrer, hielt seinen Kugelschreiber fest in den kräftigen Fingern, während er seinen Bericht schrieb. Er lehnte das Clipboard gegen das Steuerrad und malte im dämmrigen Lichtschein, der von draußen hereinfiel, saubere Druckbuchstaben. Mit Sorgfalt legte er dar, daß er soeben gemäß der Vorschrift eine gründliche Streife durch das Wohnviertel der Stadt abgeschlossen und dort alles in guter Ordnung vorgefunden hatte. Es erfüllte ihn mit Stolz, dieses Urteil, das er allein zu fällen hatte, schriftlich zu besiegeln. Es erinnerte ihn wieder daran – wie stets in den vergangenen drei Jahren –, daß er zu dieser späten Stunde der wichtigste Mann war, der in der Stadt noch wachte und seinen Dienst tat.

Er schloß die Meldung, legte das Clipboard neben sich auf den Sitz und warf erneut einen Blick auf die Uhr. Es war fast drei, Zeit für eine Pause und eine Tasse Kaffee im Drive-in, das die ganze Nacht geöffnet war. Doch die lastende Hitze verdarb ihm den Gedanken an Kaffee; etwas Kühles schien ihm verlockender. Sollte er schon jetzt seine Pause einlegen oder erst noch einen Abstecher ins Glasscherbenviertel, die Armeleutegegend der Stadt, machen? Das war der einzige Teil seiner Arbeit, gegen den er unverhohlenen Widerwillen empfand, doch auch diese Aufgabe mußte erledigt werden. Also rief er sich selbst zur Ordnung und beschloß, die Pause noch ein wenig hinauszuschieben. Er legte den Gang ein, und der Wagen setzte sich sanft, von seinem sachverständigen Fahrer gelenkt, in Bewegung.

Sam Wood überquerte die Fernstraße, die sich links und rechts verödet ins Land dehnte, und holperte über das Kopfsteinpflaster des weitläufigen Negerviertels. Er fuhr sehr langsam, in Gedanken wieder bei jener Nacht, als er einen Hund überfahren hatte. Das Tier hatte auf der Straße geschlafen, und Sam hatte es nicht rechtzeitig gesehen, um ausweichen zu können. Er richtete den Blick auf die Straße, wich den ärgsten Schlaglöchern aus und hielt Ausschau.

Als Sam die kurze Schleife durch das Negerviertel beendet hatte, holperte er vorsichtig über den Bahnübergang und fuhr langsam durch eine Straße, die auf beiden Seiten von alten, häßlichen, zum größten Teil ungestrichenen Holzhäusern gesäumt war. Hier lebten die armen Weißen, die keine Hoffnung hatten, jemals zu Wohlstand zu kommen, oder denen es gleichgültig war, wo sie wohnten. Der Wagen glitt die Straße hinauf, während Sam seine Aufmerksamkeit auf die Löcher im Asphalt richtete. Dann blickte er auf und sah vor sich ein weißes Lichtviereck, den Umriß eines erleuchteten Fensters; offenbar das Haus der Purdys.

Ein Licht zu dieser Stunde konnte Magenschmerzen bedeuten, aber auch eine Menge anderer Dinge. Sam verachtete Leute, die nachts in fremde Fenster spähten; bei einem Polizeibeamten jedoch lag die Sache anders. Er lenkte den Wagen näher an den Bordstein, um niemanden unnötig zu stören, und verlangsamte das Tempo, damit er erkennen konnte, weshalb morgens um Viertel nach drei in der Küche der Purdys noch Licht brannte. Er glaubte allerdings, den Grund zu kennen.

Der Raum wurde von einer Hundertwattbirne erhellt, die ohne Schirm von der Mitte der Decke baumelte. Die dünnen, schlaffen Spitzengardinen, die reglos und tot im offenen Fenster hingen, verhüllten nichts von dem, was im Zimmer vorging. Dort, ganz deutlich sichtbar, den Rücken dem Fenster zugewandt, stand Delores Purdy. Wieder trug sie kein Nachthemd.

Genau in dem Augenblick, als der Streifenwagen am Fenster vorbeifuhr, hob Delores einen kleinen Topf vom Ofen, drehte sich um und goß eine Teetasse voll. Sam wurde ein voller Blick auf ihre jungen Brüste und die gefällige Rundung ihrer straffen Schenkel gegönnt. Irgend etwas an Delores jedoch stieß ihn ab, und nicht einmal der Anblick ihres nackten Körpers entflammte sein Interesse. Der Grund lag vermutlich darin, daß sie stets ungewaschen war oder zumindest so wirkte. Als Sam sah, daß sie die Tasse zum Mund führte, wußte er, daß niemand krank war, und wandte die Augen ab. Einen Moment spielte er mit dem Gedanken, sie darauf aufmerksam zu machen, daß sie von draußen beobachtet werden konnte; doch dann ließ er es bleiben, da er fürchtete, sein Klopfen könnte das ganze Haus voller Kinder wecken. An der nächsten Ecke bog Sam ab und schlug die Richtung zurück zur Fernstraße ein.

Obwohl weit und breit kein Auto zu sehen war, hielt Sam an der Kreuzung. Auf der Fahrt nordwärts steigerte er die Geschwindigkeit, bis er im Strom der schwülen Luft, die durch die offenen Fenster drang, wenigstens die Illusion einer frischen Brise empfand. Drei Minuten lang hielt er dieses Tempo, dann lag die Stadtgrenze vor ihm. Er nahm den Fuß vom Gaspedal, ließ den Wagen am Ortsschild vorbeirollen und bog mit Schwung auf den Parkplatz des Drive-in ein. Trotz seiner Größe stieg er behende aus und stieß die Tür zum Restaurant auf.

Drinnen war es noch heißer als draußen. Mitten durch den

Raum zog sich eine U-förmige Theke mit abgenutzter Kunststoffplatte. Die Nischen auf der einen Seite, die durch dünne Sperrholzwände voneinander abgetrennt waren, versprachen weder Gemütlichkeit noch Abgeschlossenheit. Eine völlig unzureichende Klimaanlage spie surrend einen dünnen Strahl kühler Luft in den Saal, der wenige Schritte von seiner Quelle entfernt von der Hitze aufgesogen wurde. Früher waren die Wände cremefarben gestrichen, aber mit zunehmendem Alter waren sie vergilbt. Über dem Grill prangte ein dunkler, schmieriger Fettfleck als Nachruf für die Tausende von Hähnchen, die hier schon gegessen worden waren.

Der junge Mann, der nachts an der Theke bediente, war neunzehn Jahre alt und mager; seine langen Arme steckten in zu kurzen, fleckigen Hemdsärmeln. Auf dem scharfen, kantigen Gesicht hatte die Akne Spuren hinterlassen. Die Unterlippe seines stets leicht geöffneten Mundes war ein Stück vorgeschoben, so, als begegnete er entweder allem mit Trotz oder schwanke in ständiger Unentschlossenheit. Als Sam eintrat, lehnte er mit aufgestützten Ellbogen über der Theke, ganz vertieft in ein Revolverheftchen.

Beim Anblick des Polizeibeamten ließ er seine Lektüre rasch unter der Theke verschwinden, straffte seine Schultern und bereitete sich auf die kommenden Minuten vor, die er mit dem Ordnungshüter verbringen mußte. Er griff nach einer Kaffeekanne, als Sam sich auf einem der drei Hocker niederließ, dessen Überzug noch nicht zerschlissen war.

»Keinen Kaffee, Ralph«, sagte Sam. »Zu heiß. Gib mir lieber eine Cola.« Er nahm seine Dienstmütze ab und fuhr sich mit dem rechten Unterarm über die Stirn.

Der Junge füllte ein Glas bis zur Hälfte mit Eis, öffnete eine Flasche und goß die schäumende Flüssigkeit ein.

Als der Schaum zusammengesunken war, leerte Sam das Glas und lutschte bedächtig einen Eiswürfel. »Wer hat den Boxkampf heute abend gewonnen?« fragte er dann.

»Ricci«, erwiderte der Kellner sofort. »Nach Punkten. Jetzt kann er wenigstens den Titelverteidiger herausfordern.«

Sam füllte sein Glas wieder und trank, ehe er seinen Kommentar gab. »Gut, daß Ricci gewonnen hat. Ich hab' zwar für Italiener nicht viel übrig, aber jetzt kann doch wenigstens mal ein Weißer um den Titel kämpfen.«

Der Kellner nickte. »Wir haben jetzt schon sechs schwarze Meister. Alle in den höheren Gewichtsklassen. Ich finde nicht, daß die so überragend boxen.« Er drückte seine Hände auf die Theke und spreizte die mageren Finger in dem fruchtlosen Bemühen, ihnen den Anschein von Stärke und Kraft zu geben. Er blickte auf die mächtigen Hände des Polizeibeamten und überlegte, ob er selbst jemals solche Hände haben würde.

Sam nahm sich ein verwaistes Stück Kuchen, das unter einer verschmierten Plastikhülle auf der Theke stand. »Die spüren es nicht so, wenn sie getroffen werden«, erklärte er. »Sie haben ein anderes Nervensystem als wir. Wenn man sie groggy schlagen will, muß man ein Hackbeil nehmen. Deshalb gewinnen sie.«

Ralph wackelte mit dem Kopf zum Zeichen seiner vollen Zustimmung. Er glättete die Plastikhülle. »Mantoli war heut abend in der Stadt mit seiner Tochter. Soll Klasse sein.«

»Ich dachte, er wollte erst nach dem Ersten kommen?«

Der Junge beugte sich vor und wischte mit einem verschmutzten, feuchten Tuch über die Platte. »Der Bau des Freilichttheaters hat mehr gekostet, als sie veranschlagt hatten. Sie meinen, wenn sie das Darlehen rechtzeitig zurückzahlen wollen, müssen sie mehr für die Karten verlangen. Mantoli soll angeblich hergekommen sein, um mit den anderen auszuknobeln, welchen Preis die Leute sich gefallen lassen.«

Sam schenkte den letzten Rest Cola in sein Glas. »Weiß nicht«, meinte er. »Kann ja sein, daß die Sache einschlägt, aber sie könnte sich genausogut als Reinfall des Jahrhunderts entpuppen. Ich verstehe nichts von klassischer Musik, aber ich kann mir nicht vorstellen, daß die Leute in Mengen zusammenströmen, nur um Mantoli als Dirigenten zu bewundern. Klar, es ist das Symphonieorchester und alles, aber die Leute, die so was mögen, können dasselbe Orchester doch den ganzen Winter im Radio hören, ohne erst hierher zu reisen und harte Holzbänke zu drücken. Und wenn's regnet...« Er leerte sein Glas und blickte auf die Uhr.

»Ja. Was machen sie dann? Ich hab' für Musik auch nicht viel übrig, jedenfalls nicht für dieses überspannte Gefiedel«, erklärte Ralph. »Aber wenn es unsere Stadt bekanntmacht, wie allgemein behauptet wird, und dadurch Touristen angezogen werden, dann rollt der Dollar, und wir können uns auch mal was leisten.«

Sam stand auf. »Was macht's?« fragte er.

»Fünfzehn Cents. Den Kuchen spendieren wir. Es war das letzte Stück. Angenehme Nacht, Mr. Wood.«

Sam legte trotzdem einen Vierteldollar auf die Theke und drehte sich um. Einmal hatte der Junge gewagt, ihn »Sam« zu nennen. Er hatte ihn kalt und mißbilligend angestarrt, und seither hieß es »Mr. Wood«. Er stieg in seinen Wagen, meldete sich kurz über Funk, bevor er auf die Fernstraße hinausfuhr, um die Richtung zur Stadt einzuschlagen.

Die Luft war noch immer stickig. Zum erstenmal seit Dienstantritt erlaubte sich Sam, die drückend heiße Nacht zu verfluchen, der ein glühendheißer Tag folgen mußte. Und das wiederum bedeutete, daß eine weitere schwüle Nacht vor ihm lag, und übermorgen vielleicht noch eine.

Sam drosselte das Tempo, als vor ihm die Gebäude der Innenstadt auftauchten. Keine Menschenseele war unterwegs, doch Sam fuhr aus Gewohnheit langsam durch das kleine Geschäftsviertel. Er dachte wieder an Delores Purdy. Sie würde jung heiraten, überlegte er; ein kleiner Betthase, der nur auf den Richtigen wartete. Und da sah er, einen Häuserblock weiter, etwas neben der Fahrbahn liegen.

Sam trat aufs Gas, und der Wagen schoß vorwärts. Im Strahl der vier Scheinwerfer wurde der Gegenstand größer, bis Sam hielt, einige Meter von dem Mann entfernt, der schlaff auf dem Grasstreifen lag.

Er schaltete das rote Warnlicht ein und sprang rasch aus dem Wagen. Ehe er sich über den Mann beugte, blickte er sich um, die Hand auf dem Halfter, in dem die .38er stak. Er sah nichts als die schweigenden Gebäude und die dunkle Straße. Neben dem Mann ließ Sam sich aufs Knie fallen.

Der Mann lag ausgestreckt, die Arme über dem Kopf, die

Beine gespreizt und das Gesicht nach links gewandt, so daß sich seine rechte Wange an den Boden preßte. Er hatte ungewöhnlich langes Haar, das an den Enden, wo es den Kragen seines Jacketts streifte, gelockt war. Neben ihm, etwa anderthalb bis zwei Meter entfernt, lag ein Spazierstock mit silbernem Griff. Er wirkte seltsam verloren und unnütz.

Sam schob seine linke Hand unter den Körper und versuchte, den Herzschlag zu fühlen. Trotz der sengenden Hitze trug der Mann eine festgeknöpfte Weste. Sam konnte kein Lebenszeichen feststellen. Dann fiel ihm ein, was er über scheintote Menschen gelesen hatte. Sam hatte keinen Spezialkursus für sein Amt mitgemacht, man hatte ihn einfach eingestellt, ihm einen Tag lang seine neuen Pflichten erläutert und ihn dann an die Arbeit geschickt. Doch treulich den Anweisungen folgend, hatte Sam die Strafgesetze der Gemeinde und des Staates studiert und zwei oder drei Kommentare dazu gelesen. Sam besaß ein gutes Gedächtnis, und jetzt fiel ihm wieder ein, daß nur ein Arzt verbindlich den Tod feststellen konnte.

Er trat rasch zurück zu seinem Wagen und nahm das Mikrofon. Sobald die Zentrale sich meldete, begann er rasch und deutlich zu sprechen.

»An der Kreuzung Piney Street/Fernstraße liegt ein Mann neben der Fahrbahn. Offenbar tot. Keine Menschen in der Nähe und seit mehreren Minuten auch kein Verkehr. Schicken Sie sofort Arzt und Sanitätswagen.«

»Bleiben Sie an Ort und Stelle. Ist das Opfer identifiziert?«

Sam dachte rasch nach. »Nein, noch nicht«, versetzte er. »Ich habe den Mann zwar nie zuvor gesehen, doch ich weiß, wer er ist. Er hat langes Haar, trägt eine Weste und einen Spazierstock. Ein kleiner Mensch, höchstens einsdreiundsechzig.«

»Mantoli!« rief der andere aus. »Der Dirigent. Er soll die Festspiele leiten. Wenn das alles stimmt, können wir uns auf was gefaßt machen. Also, bleiben Sie dort.«

Sam schaltete das Mikrofon aus und schritt rasch zurück zu dem Mann. Es war nicht besonders weit bis zum Krankenhaus, der Sanitätswagen mußte in fünf Minuten eintreffen. Seltsamerweise fiel ihm wieder der überfahrene Hund ein.

Sam streckte die Hand aus und legte sie sehr behutsam auf den Hinterkopf des Mannes, als könnte diese Berührung den anderen trösten, ihm sagen, daß jeden Augenblick Hilfe kommen mußte. Da spürte er, daß unter seinen Fingern eine zähe, klebrige Flüssigkeit hervorquoll. Mit einer hastigen, unwillkürlichen Bewegung riß er seine Hand weg. Das Mitleid, das er empfunden hatte, wurde verdrängt von einer anschwellenden Welle heißen Zorns.

2

Um vier Minuten nach vier Uhr morgens klingelte das Telefon an Bill Gillespies Bett. Der Polizeichef von Wells brauchte ein paar Sekunden, um sich wachzurütteln. Noch während er nach dem Hörer griff, war ihm klar, daß etwas Ernstes vorliegen mußte, etwas sehr Ernstes, sonst hätte der diensthabende Beamte die Sache erledigt.

»Tut mir leid, wenn ich Sie wecke, Sir«, erklärte der Beamte. »Aber wenn Sam Wood sich nicht irrt, haben wir einen Mord.«

Gillespie richtete sich auf und schwang die Beine aus dem Bett. »Toter Tourist?«

»Nein, kann man nicht sagen. Sams Beschreibung nach handelt es sich um Enrico Mantoli – Sie wissen doch, der Dirigent, der hier die Musikfestspiele aufziehen wollte. Wenn das zutrifft, dann sind wir unseren Lokalmatador los, und die Festspiele fallen wahrscheinlich ins Wasser.«

Bill Gillespie war nun hellwach. Während er mit seinen Füßen nach den Hausschuhen angelte, wurde ihm klar, daß man von ihm jetzt die Übernahme des Kommandos erwartete. Seine Berufsausbildung, die er in Texas genossen hatte, half ihm, die richtigen Worte zu finden. »Hören Sie zu! Ich komme sofort. Rufen Sie den Arzt und den Sanitätswagen. Außerdem einen Fotografen und noch ein paar Leute. Wood bleibt draußen, bis ich komme. Alles klar?«

Der Beamte, der noch nie mit Mord zu tun gehabt hatte, bejahte. Sobald er aufgelegt hatte, reckte sich Gillespie zu seiner vollen Größe von einsneunzig auf und zog sich hastig an. Er überlegte scharf, was er bei seiner Ankunft am Tatort unternehmen sollte. Erst seit neun Wochen wohnte er in Wells. Jetzt war der Moment der Bewährung gekommen. Er wußte, daß er sich auf seine Fähigkeiten verlassen konnte und das Rechte tun würde; dennoch hätte er die Hindernisse, die vor ihm lagen, lieber bereits hinter sich gehabt.

Obwohl erst zweiunddreißig Jahre alt, besaß Bill Gillespie größtes Vertrauen zu seinen Fähigkeiten. Infolge seiner Größe war er in der Lage, auf die meisten Menschen herabzublicken. Sein rücksichtsloses Durchgreifen, das ihn die Frau gekostet hatte, die er heiraten wollte, räumte viele Hindernisse aus dem Weg. Wenn er sich also mit einem Mordfall herumschlagen mußte, so würde er ihn lösen, und keiner durfte es wagen, sein Können in Frage zu stellen.

Da fiel ihm ein, daß man ihm nicht den Tatort genannt hatte. Ärgerlich hob er den Hörer und verwählte sich in der Eile. Er knallte den Hörer wieder auf die Gabel und zwang sich zur Ruhe.

Der diensthabende Beamte, der den Anruf schon erwartet hatte, meldete sich sofort.

»Wo ist es?« fragte Gillespie.

»Auf der Fernstraße, Sir, unterhalb Piney Street. Der Sanitätswagen ist eingetroffen, und der Arzt hat soeben den Tod festgestellt. Der Mann ist noch nicht eindeutig identifiziert.«

»Gut«, meinte der Polizeichef und legte auf. Dieser Rückruf bereitete ihm Unbehagen. Man hätte ihm schließlich gleich erklären sollen, wo der Mord verübt worden war.

Auch Bills Privatwagen war mit Sirene, rotem Licht und Funk ausgestattet. Er stieg ein, startete und fuhr mit einem harten Ruck an. Ohne Rücksicht auf den kalten Motor gab er Vollgas. Knapp fünf Minuten später entdeckte er vor sich den Streifenwagen, den Sanitätswagen und ein kleines Menschenknäuel, das sich auf der Straße angesammelt hatte. Gillespie schoß heran, trat auf die Bremse und sprang heraus, noch ehe das Fahrzeug ganz stillstand.

Wortlos schritt er rasch zu dem Mann, der noch immer auf

der Fahrbahn lag, kauerte sich nieder und betastete den Toten. »Seine Brieftasche?« fragte er.

Sam Wood trat vor. »Nicht da. Bei dem Mann habe ich sie jedenfalls nicht gefunden.«

»Kann ihn jemand identifizieren?« fragte Gillespie kurz.

»Es ist Enrico Mantoli«, erklärte der junge Arzt. »Der Dirigent. Er war die treibende Kraft der Musikfestspiele, die wir hier aufführen wollten.«

»Weiß ich, weiß ich«, versetzte Gillespie ungeduldig und richtete seine Aufmerksamkeit wieder auf den Toten. Am liebsten hätte er ihm befohlen aufzustehen, den Schmutz vom Gesicht zu wischen und den Täter zu nennen. Doch diesem Menschen konnte er keine Befehle mehr erteilen. Nun, dann mußte man es eben anders versuchen. Gillespie blickte auf.

»Sam, fahren Sie zum Bahnhof und ins Nordviertel, und stellen Sie fest, ob sich jemand aus dem Staub machen will. Moment mal!« Er wandte sich an den Arzt. »Wie lange ist der Mann tot?«

»Keine Stunde, würde ich sagen. Wahrscheinlich nicht mal fünfundvierzig Minuten. Der Täter kann noch nicht weit gekommen sein.«

Gereiztheit zeigte sich auf Gillespies Zügen. »Ich habe Sie nur gefragt, wie lange der Mann tot ist; Sie brauchen mir keine weisen Ratschläge zu geben. Ich will Fotos aus allen Blickwinkeln, dazu ein paar Aufnahmen über die Lage des Körpers im Verhältnis zum Bürgersteig und zu den umliegenden Gebäuden. Dann kennzeichnen Sie die Körperlage mit Kreide und sperren die Straße. Danach können Sie die Leiche wegbringen.« Er richtete sich auf und erblickte Sam, der wartend dastand. »Was hab' ich Ihnen gesagt?« fragte er barsch.

»Sie sagten, ich solle einen Moment warten«, erwiderte Sam gelassen.

»Schön, schon gut. Sie können losfahren. Dalli, dalli!«

Sam lief zu seinem Wagen und brauste schnell ab, um späteren Tadel zu vermeiden. Unterwegs zum Bahnhof gestand er sich ein, daß er Gillespie alles Böse wünschte. Seinetwegen konnte er gern den Fall verpfuschen und sich zum Gespött machen. Dann wurde ihm klar, daß ein solcher Gedanke eines vereidigten Polizeibeamten unwürdig war. Und er beschloß, seine Pflichten treu zu erfüllen, gleichgültig, was geschehen mochte.

Kurz vor dem verlassenen Bahnhof nahm er Gas weg, um den Mörder, der hier vielleicht noch wartete, nicht zu warnen. Er fuhr den Wagen nahe an den Bürgersteig und stieg flink aus. Das Bahnhofsgebäude war klein, vor fünfzig Jahren erbaut. Nachts wurde es von einigen staubigen Lampen nur spärlich erhellt. Als Sam rasch auf die Tür zum Wartesaal zuschritt, spürte er plötzlich das Verlangen, seine Mütze abzunehmen. Doch er verwarf den Gedanken sofort und betrat den Wartesaal, von Kopf bis Fuß ein Polizeibeamter, die Hand am Revolver. Der Wartesaal war leer.

Sam sog schnüffelnd die Luft ein, entdeckte jedoch nichts, was auf die kürzliche Anwesenheit eines Menschen hätte schließen lassen können. Kein frischer Zigarettenrauch, nur der gewohnte Geruch aller Wartesäle, in denen Tausende von Menschen gedöst hatten.

Der Fahrkartenschalter war geschlossen, das Glasfenster heruntergezogen. Ein viereckiges Stück Pappe verkündete mit schwarzer Kreide die Ankunftszeiten der Nachtzüge. Sam blickte sich noch einmal aufmerksam um und überlegte. Der Mörder besaß wahrscheinlich keine Schußwaffe, er hatte sein Opfer mit einem stumpfen Gegenstand erschlagen. Sam war sicher, daß er mit einer solchen Waffe fertigwerden würde. Er bückte sich, um unter die Bänke zu schauen. Nur Schmutz und ein paar Papierfetzen waren zu entdecken.

Sam durchquerte den Raum und stieß die Tür zum Bahnsteig auf. Auch hier rührte sich nichts. Festen Schritts marschierte er an der verschlossenen Tür zum Gepäckraum vorbei, nicht ohne versuchsweise die Klinke niederzudrücken, und blieb vor der düsteren Tür stehen, über der ein weißes Schild verkündete: *Farbige*. Die Hand wieder an der Waffe, betrat Sam den dämmrigen Raum und hielt den Atem an.

Hier war jemand.

Auf den ersten Blick erkannte Sam, daß der Mann nicht aus

Wells stammte. Er war ziemlich schlank, gekleidet wie ein Städter, mit weißem Hemd und Krawatte. Sam schätzte ihn auf dreißig, doch es war immer schwer, das Alter der Schwarzen zu erraten. Er hatte sich nicht auf der Bank ausgestreckt, sondern saß ganz aufrecht, hellwach, als warte er auf irgend etwas. Das Jackett lag säuberlich gefaltet neben ihm.

Als Sam eintrat, hatte er in einem Taschenbuch gelesen. Jetzt hob er den Kopf, und Sam stellte fest, daß er nicht die breite Nase, die schweren, wulstigen Lippen besaß, die für so viele Arbeiter der Südstaaten typisch waren. Seine Nase war fast so schmal wie die eines Weißen, und die Linie seines Mundes verriet Beherrschtheit. Wenn er etwas hellhäutiger gewesen wäre, hätte Sam vermutet, daß in seinen Adern das Blut weißer Vorfahren floß. Doch seine Haut war zu schwarz.

Der Neger ließ sein Buch sinken und legte die Hände auf die Knie, während er in Sams breites Gesicht blickte.

»Auf die Beine, schwarzer Junge«, befahl Sam unverzüglich und durchmaß mit fünf raschen Schritten den Raum.

Der Neger griff nach seinem Jackett.

»Nichts da!«

Sam stieß den Arm zur Seite, riß den Mann mit einer einzigen, blitzartigen Bewegung herum und drückte seinen Unterarm unter das Kinn des Negers. Auf diese Weise konnte Sam ihn recht gut in Schach halten und hatte trotzdem noch seine rechte Hand frei. Er durchsuchte seinen Gefangenen. Der Neger schien zu verschreckt, um sich zu wehren. Als Sam fertig war, nahm er seinen Arm weg.

»Stellen Sie sich an die Wand, Rücken zu mir. Hände hoch. Spreizen Sie die Finger. Lehnen Sie sich an. Halten Sie sie hoch, damit ich sie sehen kann. Und rühren Sie sich nicht, ehe ich es Ihnen erlaube.«

Der Neger gehorchte wortlos. Sam hob das Jackett von der Bank und griff hinein. Er fand eine Brieftasche, die prall gefüllt war.

Mit einem Prickeln der Erregung zog Sam die Brieftasche heraus und sah sich ihren Inhalt an. Eine Anzahl Geldscheine fiel ihm entgegen, er blätterte sie durch. Hauptsächlich Zehner und Zwanziger, zum Schluß noch ein Fünfziger. Sam war zufrieden. Er klappte die Brieftasche zu und steckte sie ein.

Der Gefangene stand reglos, die Füße ein Stück von der Wand entfernt, einen Teil seines Körpergewichts auf die gespreizten Finger gestützt. Sam musterte ihn eingehend. Der Verdächtige mußte gut siebzig Kilo wiegen, war ungefähr einsachtundsiebzig groß und kräftig genug, um die Tat begangen zu haben. In den Hosenbeinen war schwach noch eine Bügelfalte zu erkennen. Sein Anzug mußte also vor nicht zu langer Zeit geplättet worden sein. Er besaß nicht das breite Gesäß, das Sam von vielen Negern kannte, dennoch war er keineswegs schwächlich. Als Sam ihn nach Waffen abklopfte, spürte er den Körper des Negers fest und muskulös unter seinen Händen.

Sam nahm das Jackett über den Arm. »Durch die Tür links«, befahl er. »Vor dem Bahnhof steht ein Streifenwagen. Setzen Sie sich auf den Rücksitz, und schließen Sie die Tür. Eine falsche Bewegung, und ich jage Ihnen eine Kugel in den Rücken. Los jetzt.«

Der Neger setzte sich in Bewegung, trat vor das Gebäude und kletterte gehorsam in Sams Wagen. Er schlug die Tür zu und lehnte sich zurück. Er leistete nicht einmal versuchsweise Widerstand.

Sam setzte sich hinter das Steuer. An der Innenseite des Streifenwagens befanden sich keine Türgriffe, der Gefangene konnte nicht entwischen. Einen Moment dachte er daran, wie Mantoli getötet worden war – mit einem Schlag von rückwärts auf den Kopf. Doch der Gedanke, daß sich auf dem Rücksitz nichts befand, was der Neger als Waffe hätte gebrauchen können, beruhigte Sam. Eines Angriffs mit bloßen Händen konnte er sich leicht erwehren, er wäre ihm sogar willkommen gewesen. Die Aussicht auf ein wenig Wirbel war verlockend, insbesondere da dieser Gefangene gewiß den kürzeren ziehen mußte.

Sam hob das Mikrofon und sprach kurz. »Hier Wood, vom Bahnhof. Ich bringe einen farbigen Verdächtigen mit.« Er hielt inne, dachte einen Moment nach und beschloß, nichts weiter hinzuzufügen. Das übrige konnte bis nachher warten.

Der Gefangene blieb stumm, während Sam schnell und geschickt zum Polizeigebäude fuhr. An der Einfahrt warteten zwei Beamte, aber Sam bedeutete ihnen mit einer Handbewegung, zur Seite zu treten. Er konnte ohne Hilfe auskommen. Mit aller Gemächlichkeit kletterte er aus dem Wagen und riß die hintere Tür auf.

»Raus!« befahl er.

Der Neger stieg aus und ließ es sich ohne Widerspruch gefallen, daß Sam ihn am Oberarm in das Gebäude zog. Vorschriftsmäßig, wie er es aus den Lehrbüchern wußte, schritt Sam voran. Mit seiner kräftigen Linken hielt er den Gefangenen in Schach, während seine Rechte in Bereitschaft auf der Dienstwaffe ruhte. Sam bedauerte, daß niemand zur Stelle war, um ein Foto zu schießen; doch gleich darauf wurde ihm klar, daß er wieder einmal die Würde seines Amtes vergessen hatte.

Als Sam um die Ecke bog und auf die Reihe der Zellen zuschritt, hielt ihn der diensthabende Beamte an. Er wies schweigend auf das Büro Gillespies. Sam nickte, schob seinen Mann zur Tür und klopfte.

»Herein.« Gillespies schneidende Stimme drang durch die Tür.

Sam drückte die Klinke nieder, stieß den Mann vor sich her in den Raum und blieb abwartend vor Gillespies Schreibtisch stehen. Der Chef tat, als sei er mit einigen Schriftstücken vor ihm beschäftigt. Schließlich legte er den Federhalter weg und starrte den Gefangenen zwanzig Sekunden eindringlich an. Sam konnte nicht sehen, wie der Neger reagierte, und wagte nicht, den Kopf zu drehen, aus Angst, er könnte die psychologische Wirkung dieses Blicks beeinträchtigen.

»Ihr Name?« fragte Gillespie unvermittelt. Wie ein Schuß kam die Frage.

Sam war überrascht, als er den Neger mit gelassener, ruhiger Stimme antworten hörte. »Mein Name ist Tibbs. Virgil Tibbs.«

Der Mann stand bewegungslos. Sams Hand, die seinen Arm umklammert hielt, lockerte sich; doch der Gefangene machte keinen Versuch, sich auf den freien Stuhl neben ihm zu setzen.

»Was wollten Sie am Bahnhof?« Diesmal war die Frage weniger scharf, sachlicher.

Der Neger sprach, ohne sich zu rühren. »Ich wartete auf den Zug um fünf Uhr siebzehn nach Washington.«

Stille. Sam machte keine Bewegung, Gillespie saß reglos, und der Gefangene schien ungerührt.

»Wann und wie sind Sie in die Stadt gekommen?« Diesmal war Gillespies Frage verdächtig milde und geduldig.

»Ich kam mit dem Zug um zwölf Uhr fünfunddreißig. Er hatte dreiviertel Stunden Verspätung.«

»Mit welchem Zug um zwölf Uhr fünfunddreißig?« bellte Gillespie.

»Mit dem Bummelzug«, erwiderte der Gefangene, ohne den Ton zu ändern. In Sam drängte sich der Gedanke auf, daß sie hier einen gebildeten Schwarzen vor sich hatten, einen von denen, die sich bei den Vereinten Nationen in New York herumtrieben. Das würde Gillespie die Sache erschweren. Sam biß die Zähne zusammen und preßte die Lippen aufeinander, um sich nicht durch ein Lächeln zu verraten.

»Was haben Sie hier in der Umgebung gemacht?«

»Ich besuchte meine Mutter.«

Pause. Sam vermutete, daß die nächste Frage wichtig sein würde; daß Gillespie bewußt wartete, um ihr mehr Nachdruck zu verleihen.

»Woher hatten Sie das Geld für die Fahrt?«

Ehe der Gefangene antworten konnte, trat Sam vor. Er kramte die Brieftasche des Negers aus seinem Jackett und reichte sie Gillespie. Der Polizeichef warf einen raschen Blick auf die Banknoten und schleuderte die Tasche mit einem Knall auf seinen Schreibtisch.

»Woher haben Sie so viel Geld?« fragte er scharf und erhob sich halb, um dem Gefangenen mit seiner Größe zu imponieren.

»Ich habe es mir verdient«, versetzte der Neger.

Gillespie ließ sich befriedigt wieder auf den Stuhl fallen. Farbige verdienten nicht solche Beträge, und wenn das doch ausnahmsweise der Fall war, dann konnten sie das Geld nicht halten. Das Urteil war gesprochen, die Last von seinen Schultern genommen.

»Wo arbeiten Sie?« erkundigte er sich in einem Tonfall, der

Sam verriet, daß sein Vorgesetzter den Fall als erledigt betrachtete.

»In Pasadena, Kalifornien.«

Bill Gillespie rang sich ein grimmiges Lächeln ab. Dreitausendfünfhundert Kilometer waren eine riesige Entfernung, besonders für einen Neger. Es war eine so große Entfernung, daß die Leute sich in dem Glauben wiegten, man würde ihre Angaben nicht nachprüfen. Bill lehnte sich über den Schreibtisch, um dem Gefangenen mit der nächsten Frage den Gnadenstoß zu versetzen.

»Und was arbeiten Sie in Pasadena, Kalifornien, das Ihnen soviel Geld einbringt?«

Der Gefangene zögerte nur einen winzigen Augenblick mit seiner Antwort.

»Ich bin Polizeibeamter«, erklärte er.

3

Sam mochte Neger grundsätzlich nicht, zumindest nicht, wenn es um menschliche Beziehungen ging. Es verwirrte ihn daher sekundenlang, als er ein Aufblitzen der Bewunderung für den schlanken Mann verspürte, der neben ihm stand. Sam war ein Sportsmann. Darum freute es ihn, wenn jemand, gleichgültig wer, dem neuen Polizeichef von Wells erfolgreich Paroli bot.

Bis zu Gillespies Eintreffen in der Stadt hatte Sam als wichtigster Mann gegolten. Doch allein schon die alles überragende Körpergröße Gillespies hatte Sam so weit gedrückt, daß er fast wieder Durchschnittsformat erreicht hatte. Der neue Polizeichef war nur drei Jahre älter – zu jung für sein Amt, fand Sam, selbst in einer Kleinstadt wie Wells. Zudem stammte Gillespie aus Texas, einem Staat, für den Sam keinerlei brüderliche Zuneigung empfand. Doch in erster Linie verübelte er Gillespie sein hartes, rücksichtsloses und anspruchsvolles Auftreten. Sam gelangte zu dem Schluß, daß er dem Neger keine Sympathie entgegenbrachte, sondern einfach befriedigt war,

Gillespie in einem Moment der Verwirrung und Sprachlosigkeit zu erleben.

Ehe er seine Gedanken weiterspinnen konnte, sah Gillespie ihn an.

»Haben Sie diesen Mann überhaupt verhört?«

»Nein, Sir«, versetzte Sam. Das »Sir« wäre ihm beinahe in der Kehle steckengeblieben.

»Warum nicht?« Sam empfand den Ton der Frage als absichtlich beleidigend. Doch wenn der Neger Haltung bewahren konnte, dann war auch er dazu imstande. Er überlegte einen Moment und antwortete dann so ruhig wie möglich.

»Ihr Befehl lief darauf hinaus, daß ich den Bahnhof und das Nordviertel nach flüchtigen Verdächtigen absuchen sollte. Als ich diesen Ni... – diesen Mann entdeckte, brachte ich ihn unverzüglich hierher, um auch den zweiten Teil ihres Befehls ausführen zu können. Soll ich jetzt ins Nordviertel fahren?«

Sam war stolz auf sich. Er wußte, daß er nicht redegewandt war, daß er aber eine gute Antwort gegeben hatte.

»Zunächst möchte ich die Überprüfung dieses Mannes abschließen«, entschied Gillespie mit einem Blick auf Tibbs. »Sie behaupten also, Polizeibeamter aus Kalifornien zu sein?«

»Ja, das bin ich«, entgegnete Tibbs, der noch immer geduldig neben dem freien Stuhl stand.

»Beweisen Sie es!«

»In meiner Brieftasche ist ein Ausweis.«

Gillespie hob die Brieftasche mit spitzen Fingern, als berühre er etwas Abstoßendes, Schmutziges. Er schlug sie auf und studierte aufmerksam die kleine weiße Karte unter dem Plastikschutz. Dann klappte er die Tasche zu und schob sie dem jungen Neger nachlässig hin. Tibbs steckte sie wortlos ein.

»Was taten Sie die ganze Nacht?« In Gillespies Stimme lag ein Anflug von Gereiztheit. Der Ton war streitsüchtig und herausfordernd.

»Nachdem ich ausgestiegen war, ging ich ins Bahnhofsgebäude und wartete. Ich habe den Bahnhof nicht verlassen.« Noch immer bewahrte Tibbs Ruhe, was Gillespie offensichtlich ärgerte. Abrupt wechselte er das Thema.

»Sie wissen wohl, daß Leute Ihres Schlags hier bei uns nie Polizist werden könnten?«

Er wartete. Im Zimmer blieb es still.

»Sie wußten immerhin, daß Sie zum Wartesaal für Weiße keinen Zutritt haben. Das wußten Sie doch, oder?« Wieder preßte Gillespie seine riesigen Hände auf den Schreibtisch und beugte sich vor, als wollte er aufstehen.

»Gewiß.«

Gillespie faßte einen Entschluß. »Also schön. Sie warten hier. Ich überprüfe Ihre Angaben. Passen Sie auf ihn auf, Sam.«

Wortlos drehte sich Sam Wood um und folgte Virgil Tibbs aus dem Büro. Unter anderen Umständen hätte er nicht zugelassen, daß ein Neger ihm voranging, doch dieser Neger wartete gar nicht, um ihm den Vortritt zu lassen, und Sam wollte die Sache nicht aufbauschen.

Sobald die beiden Männer verschwunden waren, schlug Gillespie die Faust krachend auf den Schreibtisch. Dann hob er den Telefonhörer ab und diktierte ein Telegramm an die Polizei von Pasadena, Kalifornien.

Sam Wood führte Virgil Tibbs zu einer Armesünderbank in dem kleinen Dienstraum. Tibbs dankte, setzte sich, zog das Taschenbuch heraus, das er im Bahnhof gelesen hatte, und nahm seine Lektüre wieder auf. Sam warf einen Blick auf den Umschlag. *On Understanding Science* von Conant. Sam ließ sich nieder und wünschte sich ebenfalls ein Buch.

Als das graue Morgenlicht durch die Fenster kroch und der Himmel sich hinter seltsam schmutzigen Wolkenfetzen erhellte, wußte Sam, daß er in dieser Nacht seine Streife nicht fortsetzen würde. Trotz der Hitze sehnte er sich nach einer Tasse Kaffee. Er überlegte, ob er aufstehen und seine Glieder strecken sollte, als Gillespie plötzlich auf der Schwelle erschien. Tibbs blickte schweigend, mit fragenden Augen zu ihm auf.

»Sie können gehen«, erklärte Gillespie. »Sie haben Ihren Zug verpaßt, und der nächste geht erst heute nachmittag. Wenn Sie hier warten wollen, lasse ich Ihnen Frühstück bringen.«

»Danke«, versetzte Tibbs. Sam faßte das als sein Stichwort

auf und erhob sich. Sobald Gillespie verschwunden war, verließ er den Raum und schritt den kurzen Korridor entlang zu einer Tür mit dem Schild *Männer – weiß*. Drinnen traf er den diensthabenden Beamten, der sich die Hände wusch. Irgend etwas an den zuckenden Mundwinkeln des Mannes verriet Sam, daß es Neuigkeiten gab.

»Was los, Pete?« fragte er.

Pete nickte, spritzte sich Wasser ins Gesicht und grub den Kopf in ein Handtuch.

»Gillespie hat vorhin ein Telegramm bekommen«, berichtete er, als er sich abgetrocknet hatte. »Aus Pasadena. Vorher hatte er eins hingeschickt, in dem stand: ›Hier ernster Mordfall. Erbitten Auskunft über Virgil Tibbs, farbig, der behauptet, Mitglied der Polizei von Pasadena zu sein. Als Verdächtiger festgenommen.‹«

»Ist ja verständlich, daß er sichergehen will«, meinte Sam.

»Wart's ab.« Pete senkte die Stimme, so daß Sam noch einen Schritt näher treten mußte. »Die Antwort lautete: ›Bestätigen Virgil Tibbs seit zehn Jahren Angehöriger der Polizei von Pasadena. Gegenwärtig Kriminalpolizei, Mordkommission. Qualifikationen ausgezeichnet. Erbitten Mitteilung, ob seine Unterstützung bei Ihnen gebraucht wird. Sind ganz Ihrer Meinung: Mord ist eine ernste Sache.‹«

»Oha!« machte Sam leise.

»Genau«, stimmte Pete zu. »Ich wette, Gillespie hat keinen blassen Dunst von der Ermittlungsarbeit bei Mordfällen. Wenn er den hier nicht aufklärt, und zwar schnell, dann sitzt ihm die ganze Stadt im Nacken. Jetzt wird ihm ein Spezialist angeboten, der nicht nur sein Hauptverdächtiger war, sondern auch noch ein Nig –« Er unterbrach sich, als Sam warnend die Hand hob. Schritte hallten auf dem Flur und verklangen.

»Ich möchte nur wissen«, erklärte Sam, »ob Gillespie so dumm ist, wie ich ihn einschätze. In Texas soll er doch ein toller Hecht gewesen sein, oder?«

Pete schüttelte den Kopf. »Er war noch nie bei der Polizei, er ist zu groß. Er war Gefängniswärter, ein Kraftmeier, der mit Betrunkenen umspringen konnte. Nach drei Jahren meldete er sich auf eine Annonce und bekam die Stelle. Wahrscheinlich rechnet er damit, daß er sich noch verbessern kann. Aber wenn er den Fall hier verpatzt, dann ist er erledigt, und das weiß er auch.«

»Woher weißt du das alles?«

Pete preßte die Lippen zusammen und grinste. »Ich bin schon lange bei der Polizei, und ich hab' hier und dort ein paar Freunde.«

Zehn Minuten später wurde die Leiche Maestro Enrico Mantolis gebracht. Als Pete das Büro Gillespies betrat, um seinem Vorgesetzten davon Mitteilung zu machen, fand er ihn am Fenster stehen, die Hände geistesabwesend im Hosenbund. Pete wartete, bis seine Gegenwart zur Kenntnis genommen wurde, übermittelte die Neuigkeit und zog sich schnell zurück.

Wenig später stakte Gillespie in den Korridor und blieb vor der Tür zum Dienstraum stehen. Er starrte Tibbs an, der noch immer dasaß und las. Als der Neger Gillespie bemerkte, hob er den Kopf.

»Aus Pasadena hab' ich erfahren, daß Sie der Mordkommission angehören«, sagte Gillespie barsch.

»Stimmt«, bestätigte Tibbs.

»Haben Sie schon mal eine Leiche gesehen?« Gillespie legte spöttische Herablassung in die Frage.

»Öfter als mir lieb ist.«

»Ich schaue mir jetzt eine an. Lust mitzukommen?«

Tibbs stand auf. »Nach Ihnen, Sir«, sagte er.

Niemand in dem kleinen Sanitätsraum schien sonderlich überrascht, als Virgil Tibbs schweigend hinter Gillespie auftauchte. In der Mitte des Raumes stand ein Operationstisch, an der Wand lehnte ein schwerer Aktenschrank. Auf der anderen Seite stand ein Holzschreibtisch mit Stuhl und daneben ein Schrank mit Instrumenten. Der Polizeichef trat ohne Umschweife zu der Bahre und beugte sich über den Toten. Zweimal schritt er um ihn herum, dann bog er vorsichtig den Arm des Mannes am Ellbogen ab und legte ihn wieder hin. Schließlich ging er in die Knie und musterte forschend die Kopfwunde.

Als er sich wieder aufrichtete, deutete er mit langem Arm und beinahe anklagendem Finger auf Tibbs. »Virgil gehört der Mordkommission von Pasadena an. Er will sich den Toten ansehen. Also soll er.«

Nach dieser Einführung verließ Gillespie den Raum und verschwand in der Toilette.

Sobald er den Schmutz und den Hauch des toten Körpers von seinen Händen gewaschen hatte, dachte Gillespie ans Frühstück. Den Gedanken an Schlaf hatte er aufgegeben, ebenso den ans Rasieren. Wenn er sichtbare Spuren seines Arbeitseifers zeigte, so konnte das nur von Vorteil sein.

Er zwängte sich draußen hinter das Steuer seines Wagens und gab beim Wenden so viel Gas, daß er aus der Kurve schleuderte. Sechs Minuten später hielt er ruckartig auf dem Parkplatz des Drive-in und versetzte den jungen Kellner an der Theke allein durch die Art, wie er sich vor ihm aufbaute, in Schrecken. »Frühstück«, bellte er. »Mit Eiern, Schinken, Bratkartoffeln und Toast.«

Der Junge nickte hastig und machte sich an die Vorbereitungen. In seinem Übereifer lief ihm bei beiden Eiern das Gelb auseinander. Er kratzte sie aus der Pfanne und versuchte es mit zwei neuen. Diesmal hatte er Erfolg. Als er das Essen vor Gillespie hinstellte, mußte er ihm bereits zum drittenmal Kaffee nachschenken. Und als der hochgewachsene Mann schließlich sein Frühstück verzehrt hatte und ohne Trinkgeld aus dem Restaurant verschwunden war, zitterten die Hände des Jungen so stark, daß er kaum das Glas Wasser halten konnte, das er sich eingegossen hatte. Abgesehen von seiner Bestellung hatte Gillespie kein Wort verloren, doch die Runzeln auf seiner Stirn hatten verraten, daß er übler Laune war.

Zurück zum Polizeirevier fuhr Gillespie langsamer. Die Sonne war aufgegangen, und auf der Landstraße herrschte reger Verkehr. Zum Teil war sein vorsichtiges Fahren darauf zurückzuführen, daß er die Verkehrsvorschriften, die er durchzusetzen hatte, nicht selbst verletzen wollte, zum Teil aber auch darauf, daß er Zeit zum Nachdenken brauchte.

Wie, fragte er sich, fängt man einen Mörder? Gewöhnlich

würde man wohl zunächst ermitteln, ob der Tote Feinde gehabt hatte. Doch hier handelte es sich bloß um einen Raubüberfall. Zwei Dinge hatte ihn sein kurzer Besuch im Leichenschauhaus gelehrt – daß die Brieftasche des Toten fehlte und daß dieser angeblich meist große Beträge bei sich getragen hatte. Schön. Wie also faßte man den Mann, der in einer stillen, heißen Nacht den Toten niedergeschlagen und sich aus dem Staub gemacht hatte, ohne von einem einzigen Zeugen beobachtet worden zu sein? Wie kommt man geraubten Geldscheinen auf die Spur, ohne ihre Seriennummern zu wissen, ohne irgendeinen Hinweis, abgesehen von der Tatsache, daß sie vorhanden waren? Fußabdrücke ließen sich nicht feststellen, ebensowenig brauchbare Reifenspuren. Was, zum Teufel, sollte er also tun?

Nun, er konnte sich an einen erfahrenen Mordspezialisten wenden. Aber der eine, der ihm sozusagen in den Schoß gefallen war, besaß schwarze Hautfarbe.

Gillespie beschloß, doch nach Hause zu fahren. Er rasierte sich, besprühte sich mit einem Desodoriermittel, weil er für eine Dusche keine Zeit hatte, und fuhr zurück zum Revier. Unterwegs entschloß er sich, Tibbs so schnell wie möglich abzuschieben. Die Leute aus Pasadena hatten sich einen Scherz erlaubt, als sie ihn empfohlen hatten. Kein Mensch konnte ihm weismachen, daß ein Farbiger Fähigkeiten besaß, die einem Gillespie fehlten.

Durch diesen Gedanken gestärkt, erklomm Gillespie die Stufen zum Haupteingang und blieb vor dem wachhabenden Beamten stehen. »Wo ist Tibbs?« fragte er.

Der Beamte war auf dem laufenden. »Ich glaube, er untersucht immer noch den Toten, Sir.«

»Immer noch!« rief Gillespie. »Was, zum Teufel, macht er da?«

»Ich hab' vor Dienstantritt mal reingeschaut«, erklärte der Beamte. »Da kratzte er gerade den Schmutz unter den Fingernägeln 'raus. Er fragte, ob wir ein Mikroskop hätten, und ich sagte nein. Dann nahm er den Ring vom Finger des Toten und sah sich die Initialen im Reif an. Aber dann mußte ich gehen.«

Als Gillespie sein Büro betrat, fand er Sam Wood vor. »Ich wollte mich noch mal bei Ihnen melden, bevor ich heimgehe«, erklärte Sam.

Gillespie gestattete sich einen Augenblick der Menschlichkeit. »Das ist sehr entgegenkommend von Ihnen, Wood«, meinte er. »Setzen Sie sich und erzählen Sie, was Sie von unserem farbigen Freund, dem ›Kriminalbeamten‹ Virgil Tibbs halten.«

Sam nahm Platz. »Na, jedenfalls hat er Mumm in den Knochen«, erwiderte er mit einem Blick auf seinen Vorgesetzten. Dann änderte er den Ton, als wollte er seine Erklärung nachträglich abschwächen. »Zumindest hat er keine Angst vor Leichen.«

»Ich dachte, er mag Leichen nicht«, warf Gillespie ein.

»Er wollte wohl sagen, daß er Mordfälle nicht mag«, versetzte Sam.

Das Gespräch wurde unterbrochen, weil Virgil Tibbs auftauchte.

»Entschuldigen Sie, meine Herren«, sagte er. »Würden Sie mir sagen, wo ich mich waschen kann?«

Gillespies Antwort kam wie aus der Pistole geschossen. »Die Toilette für Farbige ist im Flur rechts.«

Tibbs nickte und verschwand.

»Da ist aber keine Seife und kein Handtuch«, erinnerte Sam.

»Dafür hat er seinen Hemdzipfel«, fuhr Gillespie ihn an.

Sam schlug die Beine übereinander. Einen Moment lang stieg Zorn in ihm hoch, doch dann entspannte er sich. Die Sache ging ihn nichts an, er wollte lieber gehen. Doch als er aufstand, fiel ihm ein, daß er sich erboten hatte, länger Dienst zu tun. Er sah Gillespie an, der auf seine riesigen Hände hinunterstarrte. Sturmwolken begannen sich im Gesicht des Chefs zusammenzuballen.

Schließlich hob er den Kopf. »Nehmen Sie Ihren Wagen und versuchen Sie, Mantolis Tochter aufzutreiben. Sie soll bei den Endicotts zu Gast sein. Bringen Sie ihr die Nachricht schonend bei und holen Sie sie her, damit sie die Leiche identifizieren kann. Fahren Sie lieber gleich. Wir haben noch nichts durchsickern lassen, aber lange kann man in dieser Stadt kein Geheimnis wahren.«

Virgil Tibbs erschien wieder an der Tür und wandte sich an Gillespie. »Interessieren Sie die Ergebnisse meiner Untersuchung, Sir?«

Gillespie lehnte sich zurück. »Ich habe nachgedacht, Virgil«, versetzte er. »Meiner Meinung nach ist es das beste, wenn Sie die Stadt mit dem nächsten Zug verlassen. Wells ist nicht der richtige Ort für Sie. Ich weiß alles, was ich über die Leiche wissen muß. Sagen Sie Ihrem Chef, daß ich sein Angebot schätze, es aber nicht annehmen kann. Sie wissen, weshalb.«

Gillespie beugte sich wieder vor. »Ach ja«, fügte er hinzu. »Ich habe eine Erklärung schreiben lassen, um uns in Ihrem Fall eine Anzeige wegen der Festnahme Unschuldiger zu ersparen. Wollen Sie die bitte unterschreiben, bevor Sie fahren.«

»Ich habe nicht die Absicht, Sie anzuzeigen«, erklärte Tibbs ruhig. »Die Erklärung ist überflüssig. Ich danke Ihnen für Ihre Gastfreundschaft.«

Plötzlich stieß ein Arm Tibbs zur Seite, und Petes rotes Gesicht erschien in der Tür. »Wir haben ihn, Sir. Todsicher. Es ist Harvey Oberst. Hat schon früher krumme Sachen gemacht. Wir haben Mantolis Brieftasche bei ihm gefunden.«

Gillespies Blick richtete sich wieder auf Tibbs. »Wie ich schon sagte, Virgil, wir hier unten verstehen unser Geschäft. Fahren Sie heim.«

4

Bill Gillespie wandte sich Sam Wood zu. »Haben Sie gegessen?« fragte er.

»Heute morgen noch nicht«, antwortete Sam.

»Dann bleiben Sie hier und holen Sie sich erst mal was zu essen. Arnold kann ja die kleine Mantoli bringen.«

»Schon gut, ich fahre. Arnold weiß den Weg zu den Endicotts nicht. Weil wir gerade vom Essen reden – wir schulden

Virgil zumindest das Frühstück. Das haben wir ihm versprochen.«

»Ich hab' ihm gesagt, er soll gehen.«

Sam spürte, daß er sich ein wenig vorwagen konnte. »Ja, Sir, aber es dauert noch Stunden, bis der Zug fährt; der einzige Bus von hier nach Norden nimmt Farbige nicht mit. Es ist meine Schuld, daß er seinen Zug verpaßt hat. Schließlich ist er Polizeibeamter, und da sollten wir ihn hier im Revier warten lassen« – Sam hielt inne, weil ihm ein Einfall kam –, »damit er wenigstens Gutes zu berichten hat, wenn er wieder in Pasadena ist.«

Gillespie erkannte Diplomatie als notwendiges Übel an. »Na schön. Aber hier in der Nähe gibt's keine Restaurants für Farbige. Schicken Sie Virgil wieder rein und sagen Sie Pete, er soll ihm ein Sandwich holen. Vielleicht gar kein schlechter Gedanke, wenn er miterlebt, wie wir die Sache klären.«

Sam nickte und machte sich rasch davon, ehe Gillespie es sich anders überlegen konnte.

Tibbs verabschiedete sich gerade von Pete, als Sam in den Vorsaal kam.

»Virgil«, meldete Sam, »Mr. Gillespie ist gerade eingefallen, daß er Ihnen Frühstück versprochen hat. Sie sollen noch mal in sein Büro kommen.« Sam kämpfte einen Moment mit sich und war froh, als sein Sinn für Gerechtigkeit triumphierte. »Danke übrigens, daß Sie keine Anzeige erstatten wollen. Sie hätten mir das Leben ganz schön schwer machen können.«

Virgil Tibbs machte eine Bewegung, als wollte er die Hand ausstrecken, doch dann besann er sich zu Sams großer Erleichterung anders und hängte nur seine Jacke über den anderen Arm. »Keine Ursache, Mr. Wood. Ich weiß, Sie wären im umgekehrten Fall ebenso entgegenkommend gewesen.«

Momentlang schämte sich Sam der Tatsache, daß er, wenn Tibbs tatsächlich seine Hand ausgestreckt hätte, sie hätte übersehen müssen. Schließlich war Pete ja hier. Doch Tibbs hatte ihn gar nicht erst in diese peinliche Lage gebracht, und dafür war er dankbar. Er ging, um seinen unangenehmen Auftrag auszuführen.

Tibbs schritt zu Gillespies Büro. »Mr. Wood sagte mir, daß Sie mich zu sprechen wünschen«, erklärte er.

Gillespie wies auf einen Stuhl an der Wand. »Ich lasse Ihnen ein Frühstück bringen. Sie können hier warten, bis es kommt. Meine Leute haben im Moment ziemlich viel zu tun. Wir haben unseren Mörder gefaßt.«

»Sie haben ein Geständnis?« erkundigte sich Tibbs.

»Brauchen wir nicht«, versetzte Gillespie. »Hab' mir gerade seine Akte angesehen. Neunzehn Jahre alt und schon zweimal vorbestraft. Einmal wegen Diebstahls und einmal, weil er ein Mädchen namens Delores Purdy belästigte. Er hatte Mantolis Brieftasche bei sich.«

»Klingt vielverheißend«, stellte Tibbs fest.

»Sie werden staunen, wie vielverheißend«, erklärte Gillespie und drückte auf den Knopf seiner Sprechanlage. »Schicken Sie Oberst rein«, befahl er. Während Gillespie wartete, schweifte sein Blick wieder zu Tibbs. »Wissen Sie, was wir hier unter ›weißem Pack‹ verstehen, Virgil?« fragte er.

»Hab' den Ausdruck schon gehört«, erwiderte Tibbs.

Im Korridor erklangen Schritte, und dann führte ein untersetzter Beamter einen Jungen ins Büro. Der Gefangene trug Handschellen. Er war viel zu mager, selbst in Anbetracht dessen, daß er nicht sonderlich groß war. Die blaue Leinenhose saß so eng, daß sich darunter seine knochigen Beine abzeichneten. Er zwinkerte heftig mit den Augen und schien zu schwanken, als koste es ihn Anstrengung, aufrecht zu stehen.

Gillespie zog sich am Schreibtisch hoch und brüllte: »Hinsetzen!«

Harvey Oberst fiel schlaff auf den Stuhl. Mit einem dumpfen Krach schlug sein Hinterteil auf die Sitzfläche, doch ihm schien es gleichgültig zu sein. Er legte die Hände auf die Knie und ließ den Kopf zur Seite rollen, als hätte es keinen Sinn, ihn länger aufrecht zu halten.

Sekunden verstrichen, während Gillespie schweigend wartete, daß sein Gefangener völlig verschüchtert wäre. Oberst jedoch reagierte überhaupt nicht. Gillespie blickte den Beamten an. »Haben Sie sie?« fragte er.

Der stämmige Mann griff unter seine Uniformjacke und brachte eine dicke Brieftasche zum Vorschein. Gillespie nahm sie und sah sich die Ausweispapiere an, die sie enthielt. »Sie können ihm die Handschellen abnehmen«, bemerkte er beinahe im Konversationston.

Sobald seine Hände von den Fesseln befreit waren, begann Harvey Oberst, seine Gelenke zu reiben. Doch er blieb stumm.

»Warum hast du's getan?« fragte Gillespie.

Oberst schluckte und hob den Kopf. »Weil sie dalag. Genau vor meinen Augen. Ganz voll Geld. Ich guckte; er war tot, ihm konnte sie nichts mehr nützen. Wenn ich sie nicht genommen hätte, dann eben ein anderer. Ich brauchte das Geld, deshalb nahm ich es.« Er hielt inne. »Das ist alles«, fügte er kleinlaut hinzu.

»Das spielte sich ab, nachdem du ihn umgebracht hattest«, stieß Gillespie nach.

Der Häftling sprang auf. Sein Gesicht war verzerrt, als erlitte er einen plötzlichen, scharfen Schmerz. »Ich hab' die Brieftasche genommen«, schrie er. »Weil er schon tot war. Ich brauchte das Geld – aber ich hab' ihn nicht getötet!« Bei den letzten Worten brach seine Stimme. Er machte einen neuen Ansatz. Mit dem linken Zeigefinger klopfte er sich auf die Brust. »Ich hab' ihn nicht umgebracht. Ich hätt' ihn auch nicht umgebracht, wenn ich ihn wegen dem Geld überfallen hätte. Er war ja so klein, mit dem wäre ich leicht fertig geworden. Ich schwöre Ihnen, daß ich nur seine Brieftasche genommen habe!« Plötzlich gab er auf und fiel zurück auf seinen Stuhl. Sein Kopf hing schlaff nach vorn, das Kinn berührte fast die Brust.

Bill Gillespie wedelte mit der Hand. »Sperren Sie ihn ein!« befahl er. »Mordverdacht.« Er schaukelte auf dem Stuhl hin und her, den er ein Stück nach hinten gekippt hatte, und starrte an die Decke, bis der Häftling abgeführt war.

Als wenig später klappernd eine Zellentür zuschlug, entspannte sich Gillespie sichtlich und richtete seine Augen auf Virgil Tibbs. »So, das wäre erledigt«, erklärte er.

»Es hilft weiter«, stimmte Tibbs zu.

»Was brauchen wir denn noch?« erkundigte sich Gillespie beinahe im Konversationston.

»Das Motiv, das auf der Hand zu liegen schien, wird durch die Geschichte des Jungen eliminiert«, erwiderte Tibbs. »Jetzt müssen wir ein bißchen tiefer schürfen. Das habe ich erwartet, doch es ist immer angenehm, eine Vermutung bestätigt zu sehen.«

Gillespie drehte sich nach Tibbs um. Ein belustigtes Lächeln huschte über sein Gesicht. »Jetzt sagen Sie bloß nicht, daß Sie auf die Geschichte hereingefallen sind! Und ich hielt Sie für einen Superdetektiv, einen erbarmungslosen Menschenjäger, für den Sherlock Holmes von Kalifornien.«

Arnold erschien an der Tür, in der einen Hand ein eingewickeltes Sandwich, in der anderen einen Papierbecher mit Kaffee. Ohne ein Wort reichte er die Sachen Tibbs und wandte sich an seinen Chef. »Ist er's?«

Gillespie wies mit der Hand auf Tibbs, der das Sandwich auspackte. »Fragen Sie ihn«, erwiderte er.

Arnold wandte sich gehorsam an Tibbs. »Nun?« fragte er.

»Er hat den Mord nicht verübt. Dessen bin ich fast sicher«, versetzte Tibbs.

»Und sagen Sie ihm auch, weshalb«, forderte Gillespie auf.

»Weil er Linkshänder ist«, antwortete Tibbs und biß in sein Brot.

Arnold warf Gillespie einen Blick zu. »Weiter«, sagte er.

Tibbs wartete, bis er geschluckt hatte. »Als ich heute morgen die Leiche des Ermordeten untersuchte«, erklärte er dann geduldig, »erkannte ich, daß der tödliche Schlag mit einer stumpfen Waffe geführt worden war, und zwar in einem Winkel von siebzehn Grad von rechts, wenn man den Schädel von hinten betrachtet. Daraus ergibt sich mit an Sicherheit grenzender Wahrscheinlichkeit, daß der Angreifer Rechtshänder ist. Wenn Sie einen Augenblick Ihr Lineal hochhalten würden, Mr. Gillespie, dann erläutere ich diesen Punkt gern näher.«

Zu Arnolds ungeheurer Überraschung kam Gillespie der Aufforderung nach.

»Jetzt stellen Sie sich vor, daß Sie mit dem Lineal jemanden schlagen wollen, der Ihnen etwa bis zur Schulter reicht. Wenn Sie fest zupacken, werden Sie merken, daß es nahezu unmöglich ist, das Lineal in gerader Linie vorzustrecken. Ihr Handgelenk ist nicht dazu gebaut. Wenn Sie das Lineal nach rechts richten wollen, müssen Sie die Hand drehen, Fläche nach oben. Selbst wenn Sie geradeaus zielen, müssen Sie Ihr Gelenk neunzig Grad drehen.«

Gillespie starrte das Lineal in seiner Hand an und legte es wieder auf den Schreibtisch. »Und Sie meinen, Oberst sei Linkshänder?« bemerkte er.

»Ich weiß es«, entgegnete der Neger. »Erinnern Sie sich, wie er sich auf die Brust klopfte, als er versuchte, sich zu verteidigen? Selbst wenn er Beidhänder wäre, hätte er diese Geste mit der Hand gemacht, die er von Natur aus gebraucht, und er klopfte mit dem linken Zeigefinger. Schon als er hereinkam, dachte ich mir, daß er unschuldig ist. Doch der Zeigefinger bestätigte noch mein Urteil.« Tibbs biß wieder in sein Sandwich und trank einen Schluck Kaffee dazu.

»Ich vergaß zu fragen, ob Sie Zucker nehmen«, meinte Arnold.

»Schon gut, danke«, antwortete Tibbs.

»Sie sahen sich den Burschen einfach an und kamen zu dem Schluß, er müsse unschuldig sein. Wieso? Ist das Intuition?« fragte Gillespie.

»Nein, wegen seiner Schuhe«, versetzte Tibbs. »Und weil er unrasiert war.«

Plötzlich verstummte Gillespie. Arnold wartete darauf, daß sein Vorgesetzter fragte, was die Schuhe und die Rasur denn damit zu tun hätten. Dann wurde ihm klar, daß Gillespie die Frage nicht stellen würde. Sie wäre eine Erniedrigung für ihn gewesen, und Gillespie hatte eine Abneigung gegen Erniedrigungen.

Arnold räusperte sich, wartete, bis Tibbs aufgehört hatte zu kauen, und fragte: »Warum?«

»Bedenken Sie einmal die Umstände des Überfalls«, erwiderte Tibbs. »Mantoli wurde von hinten auf den Kopf geschlagen. Das bedeutet, daß er entweder von jemandem angegriffen wurde, den er kannte und dem er traute, der einen Moment hinter ihn trat und zuschlug, oder – und das ist wahrscheinlicher – irgend jemand schlich sich leise an ihn heran und erschlug ihn ohne Warnung. Wenn Mantoli gewarnt worden wäre, hätte er den Kopf gedreht, und der Schlag hätte ihn aus einem anderen Winkel getroffen.«

»Hm, verstehe«, meinte Arnold.

»Der Verdächtige trug Ledersohlen«, fuhr Tibbs fort. »Am Rand mit Eisenplättchen beschlagen, damit sie länger halten. Jeder Schritt, den er mit diesen Schuhen macht, ist zu hören, ein Überraschungsangriff wäre ihm da niemals gelungen.«

»Man kann Schuhe wechseln«, warf Gillespie ein.

»Natürlich, Mr. Gillespie«, stimmte Tibbs zu. »Doch Sie selbst erwähnten, daß der Junge zum ›armen, weißen Pack‹ gehört. Das läßt vermuten, daß er keine große Auswahl besitzt und seine Schuhe nicht allzu häufig wechselt. Wenn ich außerdem an die Bartstoppeln in seinem Gesicht denke, würde ich sagen, daß er die ganze Nacht unterwegs war. Wäre er nach Hause gegangen, um die Schuhe zu wechseln, hätte er sich auch rasiert. Er rasiert sich nämlich regelmäßig, das beweisen die Spuren unter dem Kinn.«

»Die habe ich nicht gesehen«, erklärte Gillespie herausfordernd.

»Ich sitze tiefer als Sie, Sir«, erwiderte Tibbs. »Und auf meiner Seite war das Licht besser.«

»Sie sind sich Ihrer Sache reichlich sicher, Virgil«, bemerkte Gillespie. »Ach übrigens – Virgil ist ein recht ausgefallener Name für einen Schwarzen. Wie werden Sie denn zu Hause in Pasadena genannt?«

»Man nennt mich Mr. Tibbs,« versetzte Virgil.

Sam Wood fuhr langsam. Obwohl die Sonne jetzt glühend heiß vom Himmel stach, schien ihm die Hitze erträglicher, wohl weil er mit einem heißen Tag gerechnet hatte. Zu schaffen machten ihm eigentlich nur die stickigen Nächte, denn man erwartete unwillkürlich Abkühlung, wenn die Sonne sank.

Die Straße stieg stetig an. Der Stadtkern von Wells lag jetzt unter ihm, doch er hatte noch immer ein ganzes Stück bis zum Gipfel des Hügels, auf dem das Haus der Endicotts lag. Sam wußte, wo es stand; das wußten fast alle Bewohner von Wells. Die Endicotts galten als vermögend, doch er hatte sie noch nicht kennengelernt. Während er gemächlich dahinfuhr, überlegte er, in welche Worte er die schlechte Nachricht fassen sollte. Es fiel ihm nicht leicht. Seltsamerweise drängte sich ihm die Vorstellung auf, daß Mantolis Tochter, die bei den Endicotts zu Gast war, keine Mutter mehr besaß. Nun mußte sie ganz allein auf der Welt sein – wenn sie nicht verheiratet war. Denn italienische Mädchen heirateten meist früh, bekamen zu viele Kinder und wurden dick.

Auf dem Gipfel des Hügels ging die Straße in einen kleinen Parkplatz über, auf dem etwa sechs bis acht Wagen Platz hatten. Sam stellte sein Fahrzeug ab und schloß geräuschlos die Tür. Hier oben schien das Licht der Sonne heller, die Luft nicht so drückend. Es war eine herrliche Lage. Trotz seines traurigen Auftrags bewunderte Sam ganz verzückt das überwältigende Panorama der Great Smokies. In unendlicher Kette ragten die Berge mit gezackten Gipfeln in den dunstigen Himmel. Sam riß sich los und schritt zur Haustür. Sie öffnete sich, noch ehe er geläutet hatte.

Vor ihm stand eine Frau. Freundlich, doch mit einer gewissen abwartenden Zurückhaltung sah sie ihn an. Sam fand sie sogleich sympathisch. Sie hatte die Fünfzig bereits überschritten, doch die Jahre mußten sie mit respektvoller Schonung behandelt haben. Ihre Figur in dem dezenten, geschmackvollen Leinenkleid hatte die sanften Linien behalten, die schon vor dreißig Jahren ihren Reiz ausgemacht haben mußten. Das Gesicht war faltenlos, das Haar schmiegte sich kurz und wellig an ihren Kopf.

»Mrs. Endicott?« fragte er und wurde sich plötzlich peinlich seines achtzehn Stunden alten Stoppelbartes bewußt.

»Ja, Herr Wachtmeister. Was kann ich für Sie tun?«

Sam entschloß sich rasch. »Könnte ich bitte Mr. Endicott sprechen?«

Grace Endicott trat zurück und hielt die Tür auf. »Kommen Sie herein. Ich hole ihn.«

Sam trat ein und fühlte sich sofort von einer fremden Welt umgeben. Er folgte der Dame des Hauses in ein großes, helles Wohnzimmer, dessen linke Wand aus einem riesigen Panoramafenster bestand. An der gegenüberliegenden Wand streckten sich hohe Regale bis zur Decke, gefüllt mit der umfangreichsten Sammlung von Büchern und Schallplatten, die Sam jegesehen hatte.

»Setzen Sie sich doch bitte«, sagte Mrs. Endicott und schritt dann rasch hinaus. Sam blickte sich um, musterte die ausladenden, bequemen Sessel und beschloß stehenzubleiben. Er sagte sich, daß in zehn Minuten alles vorüber sein würde, daß er dann zu seinem Wagen zurückkehren und wieder in die Stadt fahren konnte.

Als George Endicott eintrat, drehte sich Sam um. An Endicott waren die Jahre nicht so spurlos vorübergegangen wie an seiner Frau, doch er trug die Bürde des Alters mit ruhiger Würde. Er gehörte in dieses Haus, und das Haus gehörte zu ihm. Sie waren füreinander geschaffen. Während Sam schweigend wartete, wünschte er sich einen Augenblick, daß seine Stellung ihm gestatte, mit diesen Menschen freundschaftlich zu verkehren. Dann konzentrierte er sich auf seinen Auftrag.

»Sie möchten mich sprechen?« fragte Endicott.

»Ja, Sir. Sie kennen Mr. Mantoli?« Sam wußte, daß der Anfang nicht gut gewesen war, doch jetzt konnte er nicht mehr zurück.

»Ja, wir kennen Maestro Mantoli sehr gut. Hoffentlich hat er keine Schwierigkeiten?«

Sam hob die Hand und zog die Mütze vom Kopf, beschämt, daß er es bis jetzt versäumt hatte. »Ja und nein, Mr. Endicott.« Er errötete. Jetzt blieb ihm nichts übrig, als die Tatsachen auszusprechen. »Ich bedaure sehr, Ihnen mitteilen zu müssen – daß er tot ist.«

Endicott stützte sich kurz auf die Lehne eines Sessels, dann setzte er sich langsam, die Augen in die Ferne gerichtet.

»Enrico tot. Das kann ich nicht glauben.« Sam wartete reglos und voller Unbehagen, bis sich Endicott gefaßt hatte.

»Entsetzlich«, erklärte Endicott schließlich. »Er war ein sehr lieber Freund. Seine Tochter ist bei uns zu Gast. Ich...«

Sam verfluchte den Tag, an dem er seine Stellung in der Autoreparaturwerkstatt aufgegeben hatte, um zur Polizei zu gehen.

»Wie kam es zu dem Unfall?« fragte Endicott ruhig.

Diesmal fiel es Sam leichter, die richtigen Worte zu finden.

»Leider war es kein Unfall, Sir. Mr. Mantoli wurde heute in den frühen Morgenstunden im Geschäftsviertel überfallen. Wir wissen noch nichts Genaues. Ich fand ihn gegen vier Uhr morgens.« Sam hatte das Gefühl, noch etwas hinzufügen zu müssen. »Es tut mir furchtbar leid, daß ich Ihnen die Nachricht überbringen muß«, erklärte er und hoffte, daß seine Worte den Schock milderten, den der Mann erlitten hatte.

»Sie meinen«, fragte Endicott, »er wurde ermordet?«

Sam nickte, dankbar, daß er das Wort nicht hatte aussprechen müssen.

Endicott stand auf. »Ich muß meiner Frau Bescheid sagen«, erklärte er. Sam schien es, als sei der Mann plötzlich müde, nicht erschöpft nach einem Arbeitstag, sondern ausgelaugt von jener Müdigkeit, die sich in allen Gliedern festsetzt wie eine Krankheit.

»Bitte nehmen Sie Platz«, forderte Endicott ihn auf und verließ langsamen Schrittes den Salon. Sam spürte die Leere, als er gegangen war. Er ließ sich scheu auf dem Rand eines tiefen Sessels nieder. Halb kauerte er auf den Fersen, halb saß er. Er versuchte, nicht an die Szene zu denken, die sich jetzt in einem anderen Teil des Hauses abspielen mußte, sondern starrte angespannt durch die Glaswand auf die traumhafte Aussicht, der ein Hauch von Ewigkeit anzuhaften schien.

Endicott trat wieder ein. »Kann ich irgend etwas tun?« erkundigte er sich.

Sam stand auf. »Ja, Sir. Ich – das heißt wir hörten, daß Mr. Mantolis Tochter bei Ihnen wohnt. Wir müßten sie in Kenntnis setzen. Später, wenn sie sich dem gewachsen fühlt, wären wir dankbar, wenn sie zur Dienststelle käme, um den Toten zu identifizieren.«

Endicott zögerte. »Miss Mantoli schläft noch. Wir waren gestern abend alle sehr lange auf, um die letzten Pläne für die Musikfestspiele zu machen.« Er hielt inne, die Hand an der Stirn. »Sobald Miss Mantoli wach ist, wird meine Frau es ihr sagen. Könnte ich nicht inzwischen die Identifizierung übernehmen? Ich würde ihr das gern ersparen.«

»Oh, das geht sicher«, versicherte Sam. Er bemühte sich, teilnahmsvoll zu sprechen, doch er schien einfach unfähig, die passenden Worte hervorzubringen. »Wenn Sie wollen, können Sie gleich mit mir fahren. Sie werden dann von uns wieder zurückgebracht.«

»Gut«, erwiderte Endicott. »Ich sage nur rasch meiner Frau Bescheid.«

Während Sam mit Endicott an seiner Seite die gewundene Straße hinunterfuhr, hielt er die Augen auf die Straße gerichtet und steuerte den Wagen mit besonderer Bedachtsamkeit. Im Polizeirevier folgte er dem älteren Mann die wenigen Stufen hinauf, die in den Vorsaal führten.

Sam hatte vorgehabt, an diesem Punkt zu kneifen und nach Hause zu gehen. Als Endicott sich umdrehte, um Arnold ins Leichenschauhaus zu folgen, besann er sich jedoch anders und schritt neben dem Mann her, in der Hoffnung, seine Anwesenheit könnte ihm einen gewissen Rückhalt geben. Der Augenblick, als das Leinentuch zurückgeschlagen wurde und Endicott schwach nickte, war entsetzlich.

»Das ist Maestro Enrico Mantoli«, sagte Endicott. Dann wandte er sich hastig um und verließ den Raum. Im Vorsaal fragte er: »Kann ich den Polizeichef sprechen?«

Fred, der in der Zentrale Dienst tat, bestätigte die Sprechanlage. Gleich darauf nickte er, und Sam ging Endicott voraus.

»Mr. Endicott, das ist Polizeichef Gillespie«, stellte er vor, nachdem sie das Büro betreten hatten.

Endicott streckte die Hand aus. »Wir kennen uns«, sagte er. »Ich gehöre dem Stadtrat an.«

Gillespie sprang auf und trat rasch hinter seinem Schreibtisch hervor. »Natürlich, Mr. Endicott. Ich danke Ihnen, daß Sie gekommen sind.« Er war schon auf dem Weg zu seinem Stuhl, als er sich noch einmal umdrehte. »Bitte, nehmen Sie Platz«, forderte er Endicott auf.

George Endicott ließ sich bedachtsam auf dem harten Stuhl nieder. »Mr. Gillespie«, begann er, »ich weiß, daß Sie und Ihre Leute alles tun werden, um den Täter ausfindig zu machen und seiner Strafe zuzuführen. Wenn ich Ihnen in irgendeiner Weise behilflich sein kann, wenden Sie sich bitte sofort an mich. Maestro Mantoli war ein sehr guter Freund; wir holten ihn hierher, und hier hat er den Tod gefunden. Sie können sich sicher vorstellen, was in mir vorgeht.«

Gillespie zog einen Block zu sich heran und nahm einen Kugelschreiber zur Hand. »Vielleicht können Sie mir jetzt einige Auskünfte geben«, meinte er. »Wissen Sie, wie alt der Verstorbene war?«

»Enrico war siebenundvierzig.«

»Verheiratet?«

»Verwitwet.«

»Angehörige?«

»Seine Tochter Duena. Das einzige Kind. Sie ist bei uns zu Gast.«

»Nationalität?«

»Er war amerikanischer Staatsbürger.«

Gillespie runzelte kaum merklich die Stirn, dann klärten sich seine Züge wieder. »Wo wurde er geboren?«

Endicott zögerte. »In Italien. An den Ort kann ich mich nicht erinnern.«

»In Genua glaube ich«, mischte sich Virgil Tibbs ruhig ein.

Beide Männer wandten sich nach ihm um. Endicott sprach zuerst.

»Waren Sie mit Maestro Mantoli befreundet?« fragte er.

»Nein, ich hatte nie die Ehre, ihn kennenzulernen. Doch auf Mr. Gillespies Aufforderung hin untersuchte ich heute morgen seine Leiche.«

Endicott blickte ihn verwirrt an. »Sind Sie – äh ... Pathologe?«

Tibbs schüttelte den Kopf. Ehe er antworten konnte, schaltete sich Gillespie ein. »Virgil ist Kriminalbeamter in Beverly Hills, Kalifornien.«

»Pasadena«, berichtigte Tibbs.

»Na schön, dann eben Pasadena. Was spielt das schon für eine Rolle?« Gillespie machte aus seiner Gereiztheit keinen Hehl.

George Endicott stand auf. »Ich weiß Ihren Namen gar nicht«, sagte er und streckte die Hand aus.

Der junge Neger erhob sich und schüttelte die dargebotene Hand. »Mein Name ist Tibbs.«

»Freut mich, Sie kennenzulernen, Mr. Tibbs«, versetzte Endicott. »Zu welcher Abteilung der Kriminalpolizei gehören Sie?«

»Früher arbeitete ich im Rauschgift- und Einbruchsdezernat, doch jetzt bin ich bei der Mordkommission.«

Endicott wandte sich Gillespie zu. »Wie kommt es, daß Mr. Tibbs hier ist?« fragte er.

Als Sam Wood sah, wie sich Gillespies Gesicht verzog, wußte er, daß es an ihm war, eine Erklärung zu geben. »Dafür bin ich verantwortlich«, bekannte er. »Ich fand Virgil im Wartesaal am Bahnhof und nahm ihn mit, weil ich ihn für verdächtig hielt. Dann stellte sich heraus, wer er in Wirklichkeit ist.«

»Wachtmeister Wood handelte prompt und vorschriftsmäßig«, fügte Tibbs hinzu. »Er wollte es nicht riskieren, einen Mann, der möglicherweise ein Mörder war, entkommen zu lassen.«

In diesem Augenblick – zum erstenmal in seinem Leben – ertappte sich Sam Wood dabei, daß er für einen Neger Sympathie empfand.

Endicott richtete das Wort wieder an Tibbs. »Wie lange werden Sie sich in Wells aufhalten?« erkundigte er sich.

»Bis zum nächsten Zug«, erwiderte Tibbs.

»Und wann fährt der?«

»Wenn ich mich recht erinnere, um drei Uhr vierzig.«

Endicott nickte befriedigt. Gillespie rutschte unbehaglich

auf seinem Stuhl hin und her. Sam Wood kam der Gedanke, daß jetzt wohl der Zeitpunkt sei, sich davonzumachen. Es dämmerte ihm, daß sein Chef in einer Patsche saß, in die er ihn hineinmanövriert hatte. Er räusperte sich, zum Zeichen, daß er sprechen wollte. »Sir«, sagte er zu Gillespie, »wenn Sie mich jetzt entbehren können, würde ich gern nach Hause fahren.«

Gillespie hob den Kopf. »Gehen Sie.«

Als Sam Wood sich hinter das Steuer seines alten Plymouth setzte, dachte er über die offensichtliche Spannung zwischen Bill Gillespie und dem schwarzen Mordspezialisten nach. Es war klar, wer schließlich die Oberhand behalten mußte. Doch ein Gefühl wachsender Sorge packte ihn bei dem Gedanken, daß er selber in den Mahlstrom der Ereignisse geraten konnte.

Noch immer in Gedanken, parkte er vor seinem kleinen Haus. Er eilte hinein, riß sich hastig die Kleider vom Leib und duschte. Einen Moment dachte er daran, sich etwas zu essen zu richten, doch dann sagte er sich, daß er gar keinen Hunger hatte, und kletterte ins Bett. Er zog sich ein dünnes Leinentuch über den Körper und schlief trotz der glühenden Hitze und der beunruhigenden Gedanken sofort ein.

5

Sobald Endicott aus dem Büro verschwunden und sein Schritt auf dem Korridor verklungen war, wandte sich Bill Gillespie an Virgil Tibbs.

»Wer, zum Teufel, hat Sie um Ihre verdammte Meinung gefragt?« rief er. »Wenn ich Ihren Rat brauche, melde ich mich. Das Verhör verlief reibungslos, bis Sie sich einmischten.« Er ballte seine massive Rechte zur Faust. »Jetzt will ich Ihnen mal was sagen – verschwinden Sie hier, und zwar sofort! Ich weiß nicht, wann der nächste Zug geht, und es ist mir auch egal. Gehen Sie zum Bahnhof und setzen Sie sich wieder in den Wartesaal. Und wenn ein Zug kommt, ganz gleich, wohin er fährt, dann steigen Sie ein. Marsch!«

Virgil Tibbs stand ruhig auf. Er schritt zur Tür, drehte sich um und blickte unerschrocken in das Gesicht des großen Mannes. »Guten Morgen, Mr. Gillespie«, sagte er. Als er den Vorsaal durchquerte, hielt ihn der Beamte an der Zentrale an.

»Virgil, haben Sie heute morgen einen braunen Nylonkoffer mit den Initialen V. R. T. am Bahnhof gelassen?«

Tibbs nickte. »Ja. Wo ist er?«

»Hier. Warten Sie einen Moment, bis ich hier fertig bin, dann hole ich ihn.«

Voller Unbehagen wartete Tibbs. Er wollte vermeiden, daß Gillespie ihn noch antraf, falls er aus dem Büro kam. Zwar fürchtete er den großen Mann nicht, doch einem weiteren Auftritt wollte er gern aus dem Weg gehen. Er setzte sich nicht, um merken zu lassen, daß er damit rechnete, nicht lange warten zu müssen.

Nach endlosen fünf Minuten kehrte der Beamte mit dem Koffer zurück. »Kann mich jemand zum Bahnhof fahren?« fragte Tibbs.

»Fragen Sie den Chef. Mir soll's recht sein, wenn er's erlaubt.«

»Lassen Sie's«, versetzte Tibbs kurz. Er nahm seinen Koffer auf und stieg die lange Treppe hinunter zur Straße.

Neun Minuten später klingelte das Telefon in Gillespies Büro. Er hob ab. »Gillespie«, meldete er sich mürrisch.

»Hier ist Frank Schubert, Bill.«

»Ja, Frank?« Gillespie bemühte sich, seiner Stimme einen selbstsicheren und herzlichen Klang zu geben. Frank Schubert führte einen Metallwarenladen und besaß zwei Tankstellen. Außerdem bekleidete er in Wells das Amt des Bürgermeisters und war Mitglied des Stadtrats. »Bill, George Endicott war gerade bei mir.«

»Ja.« Gillespie schrie fast.

»Es ging um diesen farbigen Kriminalbeamten, den einer von Ihren Leuten aufgelesen hat. Er bat mich, Pasadena anzurufen und zu fragen, ob wir ihn für ein paar Tage ausleihen könnten. George ist nämlich ganz außer sich über Mantolis Tod.«

»Weiß ich«, warf Gillespie ein. Er hatte das Gefühl, wie ein Kind behandelt zu werden.

»Wir bekamen sofort Verbindung mit Pasadena«, fuhr Schubert fort. »Tibbs' Vorgesetzter war einverstanden.«

Gillespie schluckte und holte tief Atem. »Frank, ich weiß Ihre Mühe zu schätzen, doch ich hab' den Burschen eben weggeschickt und bin offen gestanden nicht scharf darauf, daß er wiederkommt. Ich habe gute Leute hier und bin selbst auch nicht unerfahren. Entschuldigen Sie, wenn ich es so offen sage, aber Endicott ist ein Wichtigtuer.«

»Das weiß ich«, stimmte Schubert zu. »Er kommt aus den Nordstaaten, da denkt man anders als hier. Doch ich glaube, Sie haben etwas übersehen.«

»Was?« fragte Gillespie.

»Die Tatsache, daß Ihnen das höchstens nützen, doch keinesfalls schaden kann. Endicott wünscht, daß wir seinen schwarzen Freund zuziehen. Okay, tun Sie's. Angenommen, er findet den Mörder – hier besitzt er keine Amtsgewalt und wird Ihnen deshalb den ganzen Fall übergeben müssen. Versagt er hingegen, so tragen Sie keinerlei Verantwortung. Jeder wird hinter Ihnen stehen. Alle Vorwürfe werden den Schwarzen treffen. Sie können also in jedem Fall nur profitieren. Wenn Sie seine Unterstützung aber nicht annehmen und den Mörder nicht fassen, dann wird Endicott nicht ruhen, bis Sie Ihres Amtes enthoben sind. Und er hat das meiste Geld im Ort.«

Gillespie kaute nachdenklich auf der Unterlippe. »Ich habe ihn gerade rausgeworfen«, erwiderte er.

»Holen Sie ihn lieber zurück«, warnte Schubert. »Er ist Ihr Alibi. Seien Sie nett zu ihm und lassen Sie ihn seinen eigenen Strick drehen. Wenn Ihnen jemand Vorwürfe macht, dann sagen Sie einfach, Sie hätten auf meine Anweisung gehandelt.«

Gillespie wußte, daß es keinen Ausweg für ihn gab. »Also gut«, erklärte er unwillig und legte auf. Er erhob sich rasch und versuchte, sich davon zu überzeugen, daß er keine Ahnung von der Fahndung nach einem Mörder hatte und daß Virgil Tibbs ihm vom Schicksal gesandt war. Als er schließlich gekrümmt hinter dem Steuer seines Wagens saß, fand er die Idee, Tibbs den Strick in die Hand zu drücken, an dem er sich hängen sollte, gar nicht mehr übel.

Zwei Straßenzüge vor dem Bahnhof entdeckte er den Mann. Tibbs war stehengeblieben, um den Koffer von der einen Hand in die andere zu nehmen. Gillespie fuhr an den Bordstein heran. »Virgil, steigen Sie ein. Ich möchte mit Ihnen reden«, sagte er.

Als der junge Neger näher trat, kam Gillespie ein ekelhafter Gedanke. Tibbs war zu Fuß durch die pralle Sonne gewandert und hatte den Koffer geschleppt. Er schwitzte sicherlich, und Gillespie stieß stets der Geruch ab, den die Schwarzen ausströmten. Hastig drehte er das Rückfenster herunter. Dann winkte er Tibbs, sich neben ihn zu setzen. »Legen Sie den Koffer auf den Rücksitz«, ordnete er an. Tibbs gehorchte und stieg ein. Zu Gillespies ungeheurer Erleichterung roch er nicht.

»Virgil«, begann Gillespie, nachdem sich der Wagen in Bewegung gesetzt hatte. »Ich war vorhin ein bißchen grob.« Er hielt es für richtig, an dieser Stelle eine Pause einzulegen.

Tibbs hüllte sich in Schweigen.

»Ihr Freund Endicott«, fuhr Gillespie fort, »hat mit unserem Bürgermeister über Sie gesprochen. Bürgermeister Schubert rief Pasadena an, und nachdem er sich mit mir abgesprochen hatte, gelangten wir zu dem Beschluß, Ihnen die Ermittlungen im Mordfall Mantoli unter meiner Leitung zu übertragen.«

Eine ganze Weile herrschte Stille. Dann begann Tibbs vorsichtig zu sprechen. »Mr. Gillespie, ich glaube, es wäre besser, wenn ich die Stadt verließe, wie Sie vorschlugen. Das dürfte Ihnen vieles erleichtern.«

Gillespie lenkte den Wagen um eine Ecke. »Was täten Sie, wenn Ihr Chef Sie aufforderte, zu bleiben?« fragte er.

»Wenn Mr. Morris mich bäte«, erwiderte Tibbs prompt, »würde ich sogar nach England fahren und Jack the Ripper suchen.«

»Ihr Vorgesetzter hat Ihnen die Nachricht hinterlassen, Sie möchten eine Woche zu unserer Verfügung bleiben. Sie werden natürlich kein Angehöriger unserer Dienststelle sein und deshalb auch keine Uniform tragen können.«

»Die trage ich schon seit einiger Zeit nicht mehr«, erklärte Tibbs.

»Okay. Brauchen Sie irgendwas?«

»Ich war die ganze Nacht auf und konnte mich nicht mal waschen«, antwortete Tibbs. »Ist hier irgendwo ein Hotel, in dem ich unterkommen kann? Ich würde mich gern rasieren, duschen und einen frischen Anzug anziehen. Wenn es Ihnen dann noch möglich wäre, mir ein Fahrzeug zu verschaffen... Das wäre im Augenblick alles.«

Gillespie dachte nach. »Die Hotels hier nehmen Sie nicht auf, Virgil. Aber ungefähr acht Kilometer außerhalb ist ein Motel für Farbige. Da können Sie unterkommen. Wir haben einen alten Streifenwagen, den ich Ihnen geben kann.«

»Lieber kein Polizeifahrzeug«, wandte Tibbs ein. »Kennen Sie nicht einen Gebrauchtwagenhändler, der mir einen fahrbaren Untersatz leihen würde? Ich möchte nicht auffallen.«

Gillespie begriff allmählich, daß es schwieriger sein würde, Tibbs zu einem falschen Schritt zu verleiten, als er gedacht hatte. »Ich kenne einen Händler«, meinte er. Er wendete und fuhr zu einer Reparaturwerkstatt jenseits des Bahnübergangs. Ein massiger schwarzer Mechaniker kam ihm entgegen.

»Jess«, erklärte Gillespie, »das ist Virgil, der für mich arbeitet. Ich möchte, daß Sie ihm einen Wagen leihen oder ihm einen verschaffen. Für eine Woche oder so. Vielleicht einen Wagen, den Sie wieder hergerichtet haben, aber er muß gut laufen.«

»Alles, was ich richte, läuft gut«, versetzte Jess. »Wer übernimmt die Verantwortung?«

»Ich«, erwiderte Tibbs.

»Dann kommen Sie.« Jess trottete in die Werkstatt. Virgil Tibbs stieg aus Gillespies Wagen, zog seinen Koffer vom Rücksitz und wandte sich an seinen neuen Vorgesetzten: »Ich melde mich, sobald ich mich frischgemacht habe.«

»Lassen Sie sich Zeit«, meinte Gillespie. »Morgen ist früh genug.« Er trat das Gaspedal durch. Der Wagen sprang vorwärts und ließ eine Staubwolke zurück.

Virgil Tibbs nahm seinen Koffer und betrat die Werkstatt.

»Wer sind Sie?« erkundigte sich Jess.

»Mein Name ist Tibbs. Ich bin Kriminalbeamter aus Kalifornien.«

Jess wischte sich die Hände an einem Tuch. »Wenn ich das Geld beisammen habe, gehe ich auch in den Westen. Ich will hier weg. Aber erzählen Sie's niemandem«, sagte er mit Verschwörermiene. »Sie können meinen Wagen nehmen. Ich hab' noch einen. Was sollen Sie denn hier machen?«

»Hier ist heute morgen ein Mord verübt worden. Sie wissen nicht, wie sie die Sache anpacken sollen, und da wollen sie mich zum Sündenbock machen.«

Ein Ausdruck des Mißtrauens huschte über Jess' rundes, schwarzes Gesicht. »Und wie wollen Sie sich dagegen schützen?«

»Indem ich den Mörder fasse«, versetzte Tibbs.

Sams Schlaf war kurz und unruhig. Um zwei Uhr nachmittags wachte er wieder auf. Er machte sich eine Kleinigkeit zu essen und sah seine Post durch. Den letzten der drei Briefe riß er mit zitternden Fingern auf. Das Schreiben trug den Namen eines Anwalts. Ein Scheck war beigeheftet. Als Sam den Scheck betrachtete, vergaß er eine Weile den Mord. Er schob den Brief und den Scheck in seine Brusttasche, sah auf seine Uhr und eilte aus dem Haus. Plötzlich kam alles darauf an, vor drei auf der Bank zu sein.

Eine Stunde später fuhr Sam zum Polizeirevier, um sich über die letzten Entwicklungen zu informieren. Außerdem war Zahltag. Zu seiner Überraschung traf er im Vorsaal Bill Gillespie an, der sich mit Virgil Tibbs unterhielt.

Sam ließ sich seinen Gehaltsscheck geben. Als er sich umdrehte, blickte Bill Gillespie ihn an. »Wood, ich weiß, daß Sie jetzt dienstfrei haben, aber wir brauchen Hilfe. Können Sie Virgil zu den Endicotts fahren? Er möchte mit Mantolis Tochter sprechen.« Es war keine Frage, sondern ein sanft formulierter Befehl. Sam verstand nicht, wieso der Kollege aus Kalifornien plötzlich geduldet wurde, doch er hielt weder Ort noch Zeit für geeignet, sich nach dem Grund zu erkundigen.

Er war froh, daß man ihm den Auftrag gegeben hatte, denn er wollte nichts versäumen.

»Aber natürlich, Sir, wenn Sie wollen.«

Gillespie schnaufte gereizt. »Wenn ich es nicht wollte, Wood, hätte ich nicht gefragt. Virgil hat einen Wagen, aber Sie wissen den Weg.«

Woher kam es nur, überlegte Sam, daß er dem neuen Chef jedesmal, wenn er höflich sein wollte, auf den Schlips trat. Er nickte Tibbs zu und ging voraus. Als Sam sich hinter das Steuer des Dienstwagens setzte, öffnete Tibbs die Tür auf der anderen Seite und ließ sich neben ihm nieder. Nach einem Moment des Zögerns nahm Sam die Tatsache wortlos hin und ließ den Motor an.

Als sie die Innenstadt hinter sich hatten und durch die Vororte zu der Hügelstraße fuhren, gab Sam seiner Neugier nach. »Sie scheinen beim Chef Anklang gefunden zu haben«, bemerkte er. Im gleichen Augenblick fragte er sich, ob er zu freundlich, zu direkt gewesen war.

»Ich dachte mir schon, daß Sie sich wundern würden«, antwortete Tibbs. »Meine Anwesenheit brachte Mr. Gillespie in Verlegenheit, und ich war so voreilig, mich in ein Verhör einzumischen.«

»Ich weiß«, bestätigte Sam.

Tibbs war nicht verletzt. »Kurz gesagt, Mr. Gillespie beauftragte mich, ihm bei den Ermittlungen im Fall Mantoli zu helfen. Meine Vorgesetzten zu Hause haben selbstverständlich ihre Zustimmung gegeben.«

»Und wie lautet Ihr Status?« fragte Sam neugierig.

»Ich habe keinen. Man gestattet mir einfach, auch einmal mein Glück zu versuchen. Wenn ich mich dabei in die Nesseln setze, ist es mein Pech.«

Der Wagen hatte das Ende der Teerdecke erreicht und holperte über die Schotterstraße.

»Meinen Sie, daß Sie etwas erreichen?«

»Ich kann Ihnen Referenzen geben«, erklärte Tibbs.

»Die werden nicht viel helfen, wenn sie aus Kalifornien stammen«, meinte Sam.

»Stimmt, sie sind in Kalifornien«, bestätigte Tibbs. »Im Zuchthaus San Quentin.«

Sam beschloß, den Mund zu halten.

Als sich die Tür des Hauses vor ihnen öffnete, stand wieder Mrs. Endicott da. Sie trug jetzt ein einfaches, schwarzes Kleid. Obwohl sie nicht lächelte, hatte er das Gefühl, willkommen zu sein.

»Ich bin froh, daß Sie kommen, Herr Wachtmeister«, sagte sie. »Es tut mir leid, daß ich Ihren Namen nicht weiß.«

»Sam Wood, gnädige Frau.«

Sie reichte ihm die Hand. »Und das ist wohl Mr. Tibbs.« Sie streckte dem Neger die Hand entgegen. »Kommen Sie.«

Sam folgte ihr in das große Wohnzimmer. Als er eintrat, erblickte er nicht nur Endicott, sondern noch einen jüngeren Mann und ein Mädchen. Sie hielten sich an den Händen. Sam spürte sofort, daß ihr weniger daran lag als ihm. Die Männer standen auf.

»Duena, darf ich dir Mr. Tibbs und Mr. Wood vorstellen; Miss Mantoli. Mr. Eric Kaufmann, Meastro Mantolis Mitarbeiter und Manager.«

Die Männer schüttelten sich die Hände. Sam konnte sich nicht für Kaufmann begeistern. Der junge Mann machte den Eindruck, als wollte er unbedingt größer, älter und wichtiger erscheinen, als er war.

Das Mädchen wirkte anders. Sam musterte sie mit einem raschen, vorsichtigen Blick und revidierte unverzüglich und drastisch sein Urteil über italienische Frauen. Ruhig und beherrscht saß sie da. Sie war nicht dick und sah auch nicht so aus, als ob sie jemals füllig werden würde. Ihr Teint und ihr Haar waren dunkel. Er machte sich klar, daß dieses Mädchen erst heute morgen von dem brutalen Mord an seinem Vater erfahren hatte. Ein Impuls trieb ihn, sich neben sie zu setzen, den Arm um ihre Schultern zu legen und ihr zu sagen, daß bald alles gut sein werde. Statt dessen stand er steif da, in dem Bewußtsein, daß er ihr nicht helfen konnte und daß es noch lange dauern konnte, bis für sie alles wieder gut war. Er dachte noch über sie nach, als Virgil Tibbs ruhig zu sprechen begann.

»Miss Mantoli«, sagte er, »wir bedauern von Herzen, Sie in einem solchen Augenblick belästigen zu müssen. Doch wir brauchen Ihre Hilfe, um den Schuldigen zu finden und zu strafen. Fühlen Sie sich imstande, einige Fragen zu beantworten?«

Das Mädchen blickte aus rotgeränderten, tränennassen Augen zu ihm auf. Dann schloß es die Lider und wies mit einem stummen Nicken auf zwei Sessel. Mit einem Gefühl ungeheurer Erleichterung setzte sich Sam. Am liebsten hätte er sich in ein Mauseloch verkrochen und Tibbs alles Weitere überlassen.

»Vielleicht ist es leichter, wenn ich mit Ihnen anfange«, wandte sich Tibbs an Kaufmann. »Waren Sie gestern abend hier?«

»Ja, zumindest am frühen Abend. Um zehn mußte ich aufbrechen, weil ich nach Atlanta wollte. Das ist eine weite Fahrt, und ich mußte früh am Morgen dort sein.«

»Sind Sie die ganze Nacht gefahren?« erkundigte sich Tibbs.

»O nein. Ich kam gegen halb drei an und ging in mein Hotel, um noch etwas zu schlafen. Ich war schon auf und rasierte mich, als – als der Anruf kam.«

Tibbs sah das Mädchen an, das mit gesenktem Kopf dasaß, die Arme um die Knie geschlungen. Als er sie ansprach, änderte sich seine Stimme kaum spürbar. Sie war ruhig und sachlich, doch sie verriet einen Unterton der Teilnahme.

»Wissen Sie von erfolglosen Kandidaten, die sich um die Stellung Ihres Herrn Vaters bemüht hatten und möglicherweise über seinen Erfolg stark erregt waren?« fragte er.

Das Mädchen hob den Kopf. »Nein.« Ihre Stimme war leise, doch die Worte kamen klar und deutlich, ohne Furcht. Sie hatte keinen Akzent. »Es gab niemanden, wirklich. Die Festspiele hier waren sein Einfall, und nie hat jemand...« Ihre Stimme verklang, und sie ließ den Satz unbeendet.

»Hat Ihr Herr Vater für gewöhnlich größere Beträge bei sich getragen – sagen wir, über zweihundert Dollar?«

»Manchmal, wenn er unterwegs war. Ich habe versucht, ihn zu Reiseschecks zu überreden, aber das fand er zu umständlich.«

Sie sah Tibbs an und stellte eine Gegenfrage. »Wurde er deshalb getötet? Wegen ein paar Dollar?« Bitterkeit lag in ihrer Stimme, und ihre Lippen schienen zu beben.

Grace Endicott mischte sich ein. »Mr. Tibbs, ich bin Ihnen dankbar für Ihre Bemühungen, aber dürfte ich einen Vorschlag machen? Vielleicht könnten wir Ihnen diese Fragen beantworten, um Duena das zu ersparen. Der Schock hat sie sehr mitgenommen. Ich weiß, daß Sie dafür Verständnis haben.«

»Selbstverständlich«, versicherte Tibbs. »Ich kann mit Miss Mantoli sprechen, wenn sie sich wieder ein wenig gefaßt hat, falls es überhaupt nötig sein sollte.«

Grace Endicott streckte dem Mädchen die Hand entgegen. »Komm, leg dich hin«, forderte sie auf.

Das Mädchen stand auf, schüttelte aber den Kopf. »Ich möchte lieber ein bißchen an die frische Luft«, erklärte sie. »Ich weiß, es ist heiß, aber ich möchte ins Freie. Bitte.«

Die ältere Frau hatte Verständnis. »Ich hole dir einen Hut«, schlug sie vor. »Den brauchst du bei der Hitze.«

Als die beiden Frauen den Raum verlassen hatten, sagte George Endicott: »Ich möchte nicht, daß sie allein ausgeht. Wir leben hier zwar recht abgeschlossen, aber ehe diese Sache nicht aufgeklärt ist, will ich kein Risiko eingehen – keines. Eric, würdest du bitte...« Dann hielt er inne.

Sam Wood spürte etwas in sich aufwallen, was er nie zuvor empfunden hatte. Ruhig stand er auf. »Lassen Sie mich mit ihr gehen«, erbot er sich. Er war beinahe doppelt so groß und kräftig wie Kaufmann und außerdem Polizeibeamter, gleichgültig, ob er Uniform trug oder nicht. Die Verantwortung ruhte auf ihm.

»Ich bin durchaus imstande–«, begann Kaufmann.

»Sie werden wahrscheinlich hier gebraucht«, erinnerte ihn George Endicott. Sam faßte das als Annahme seines Angebots auf, nickte Endicott zu und schritt zur Haustür. Er wußte, daß draußen im strahlenden Tageslicht keine Gefahr drohte, und bedauerte es fast. Es wäre ihm lieber gewesen, wenn er seine Uniform getragen hätte, mit dem Dienstrevolver, um dem

Mädchen Vertrauen einzuflößen. So war er einfach ein kräftiger Mann in einem Tagesanzug. Grace Endicott erschien mit Duena Mantoli. Das Mädchen trug einen breitrandigen Sommerhut, in dem sie trotz ihres Kummers beinahe unangemessen reizvoll aussah. Sam hielt den Atem an.

»Ich werde Miss Mantoli begleiten«, verkündete er bestimmt.

»Danke«, erwiderte Grace Endicott.

Sam öffnete die Tür, um das Mädchen hinauszulassen. Duena Mantoli schritt vor ihm her um das Haus bis zu einem kleinen Pfad. Er führte achtzig bis hundert Meter in sanfter Windung den Hügel hinunter und endete vor einer kleinen, überdachten Aussichtsterrasse. Im Hintergrund stand eine Bank, von der man die Aussicht auf die Great Smokies genießen konnte.

Duena setzte sich ruhig und raffte ihren Rock, um Sam zu bedeuten, daß er neben ihr Platz nehmen konnte. Er ließ sich nieder, faltete die Hände und blickte hinaus auf das weite Land vor sich. Er wußte, weshalb das Mädchen hierher gekommen war; wenn man über die Berge hinblickte, konnte man sich des Eindrucks nicht erwehren, daß sie sich über den Horizont hinaus in die Ewigkeit erstreckten.

Schweigend saßen sie nebeneinander. Dann fragte das Mädchen ohne Umschweife: »Sie haben meinen Vater gefunden?«

»Wollen Sie wirklich darüber sprechen?« fragte Sam zurück.

»Ich möchte es wissen«, erklärte das Mädchen. »Fanden Sie ihn?«

»Ja.«

»Wo?«

Sam zögerte mit der Antwort. »An der Fernstraße.«

»Ist es möglich, daß er von einem Wagen angefahren wurde?«

»Nein.« Sam hielt inne und überlegte, ob er noch etwas hinzufügen sollte. »Er war von hinten niedergeschlagen worden«, sagte er schließlich. »Mit einem stumpfen Gegenstand. Sein Stock lag neben ihm. Vielleicht war das die Waffe.«

»Trat der« – das Mädchen zauderte – »Tod auf der Stelle ein?« Zum erstenmal wandte sie den Kopf und blickte ihn an.

Sam nickte. »Nicht nur das; er spürte gewiß auch keinen Schmerz.«

Das Mädchen umfaßte den Rand der Bank mit langen, schlanken Fingern und starrte wieder hinaus auf die Bergketten. »Er war kein großer Mann, keine wichtige Persönlichkeit«, sagte sie wie zu den Bergen. »Sein ganzes Leben arbeitete er und hoffte auf die große Chance. Und das hier wäre sie gewesen, seine Chance, sich im Musikleben einen Namen zu machen. Die Welt ist so hart, es ist fast unmöglich, es zu etwas zu bringen, wenn man nicht zur richtigen Clique gehört. Der Mörder hat nicht nur meinen Vater getötet, er brachte mich gleichzeitig um all unsere Hoffnungen und Träume –« Sie brach ab, den Blick noch immer in die Ferne gerichtet.

Sam musterte sie verstohlen und ärgerte sich über sich selbst, daß er in einem solchen Augenblick nichts anderes denken konnte, als daß sie schön sei. Er hatte den verzweifelten Wunsch, ihr seinen Schutz anzutragen, sie an seiner Schulter ausweinen zu lassen, ihre Hand tröstend zu umfassen. Er versuchte, seine Gefühle in Worte zu fassen.

»Miss Mantoli«, begann er. »Ich möchte Ihnen etwas sagen, das Ihnen vielleicht ein bißchen hilft. Wir alle bei der Polizei werden unser Bestes tun, gleichgültig, wie schwer wir arbeiten müssen, um den Schuldigen zu finden. Ich weiß, das ist kein großer Trost für Sie, aber vielleicht hilft es doch ein wenig.«

»Sie sind sehr freundlich, Mr. Wood«, erwiderte sie geistesabwesend. »Wird es Ärger geben wegen Mr. Tibbs?«

Sam zog die Brauen zusammen. »Das ist schwer zu beantworten. Ich weiß es wirklich nicht.«

»Weil er doch Neger ist.«

»Ja. Sie wissen, wie wir hier unten in diesen Dingen denken?«

Als das Mädchen ihn ruhig und unverwandt anblickte, empfand Sam eine plötzliche Gemütsbewegung, die er nicht analysieren konnte.

»Ich weiß«, sagte sie. »Manche Leute mögen auch keine Italiener. Oh, bei Toscanini oder Sophia Loren machen sie natürlich eine Ausnahme, aber wir anderen sind entweder Gemüsehändler oder Gangster.« Sie strich sich nachlässig mit der Hand über das Haar und wandte die Augen von ihm ab.

»Vielleicht sollten wir zurückkehren«, schlug Sam vor, dem plötzlich unbehaglich zumute war.

Das Mädchen stand auf. »Ja, vielleicht. Danke, daß Sie mitgekommen sind«, meinte sie. »Es hat mir geholfen.«

Als sie die Tür erreichten, erschien Eric Kaufmann. Er hielt die Tür auf für Virgil Tibbs, der ihm folgte, und schüttelte ihm mit besonderem Nachdruck die Hand. Selbst Sam entging nicht die Herablassung in dieser übertriebenen Geste.

»Mr. Tibbs«, verkündete Kaufmann so laut, daß Sam und das Mädchen ihn hören mußten, »mir ist es gleichgültig, was es kostet. Ich bin kein reicher Mann, doch ich werde alles daransetzen, daß der Mörder – daß die Person, die das getan hat, gefaßt wird und dafür bezahlen muß.« Seine Stimme klang erstickt. »Ihm eins überzuziehen, diesem großen Mann! So brutal! Bitte, tun Sie alles, was in Ihrer Macht steht.«

Sam fragte sich, was an diesen Worten ehrliche Überzeugung und was Berechnung war, um das Mädchen zu beeindrucken. Er muß sie gut kennen, dachte Sam, und vielleicht... Er verscheuchte den Gedanken. Ganz unvernünftigerweise wünschte er, das Mädchen möge erst an diesem Tag plötzlich in die Welt getreten sein, so daß er der erste sein konnte, der ihr begegnete und sie schützte. Dann rief er sich selbst zur Ordnung.

Virgil Tibbs verabschiedete sich, und sie stiegen in den Wagen. Erst als sie das Haus hinter sich gelassen hatten, sprach Sam. »Haben Sie Fortschritte gemacht?«

»Ja«, erwiderte Tibbs.

Sam wartete auf eine nähere Erklärung. Als sie nicht kam, ergriff er wieder das Wort. »Zum Beispiel, Virgil?«

»In erster Linie Informationen über Mantolis Leben und die Musikfestspiele. Die Endicotts gaben dem Plan ihre volle Unterstützung. Sie hofften, Wells würde sich zu einem zweiten Tangelwood oder Bethlehem Bach Festival entwickeln.«

»Die meisten von uns hier hielten den Plan für verrückt«, erklärte Sam.

»Die erste Reaktion war aber erstaunlich gut«, fügte Tibbs hinzu. »Ich verstehe nicht viel von Musik, doch offenbar hatte

Mantoli ein attraktives Programm zusammengestellt. Die Leute waren auf jeden Fall bereit, ihr gutes Geld für einen Platz auf einem Klappstuhl oder einer Holzbank auszugeben, nur um dabeizusein.«

»Und wie steht's mit unseren Sorgen? Haben Sie eine Spur?«

»Möglich«, versetzte Tibbs ausweichend. »Mr. Endicott hat darum gebeten, daß die Leiche Mantolis so bald wie möglich zur Beerdigung freigegeben wird«, fügte er hinzu.

Sam schwieg noch einen Moment erwartungsvoll, dann gab er es auf. »Was jetzt?« fragte er.

»Fahren wir zurück zur Dienststelle. Ich möchte mit diesem Oberst sprechen, den man festgenommen hat.«

»Ach, den hatte ich ganz vergessen«, gestand Sam. »Was wollen Sie mit ihm?«

»Nur reden«, antwortete Tibbs. »Danach kommt es darauf an, wieviel Freiheit mir Gillespie läßt.«

Den Rest der Fahrt legten sie schweigend zurück. Während Sam den Wagen die Straße hinuntersteuerte, überlegte er, ob er dem Mann neben ihm Erfolg wünschte oder nicht. Klar und deutlich sah er das Bild Duena Mantolis vor sich. Dann, wie bei einem Projektor, der automatisch das nächste Dia einschiebt, stand Gillespies Gesicht vor ihm; und danach das des Negers an seiner Seite. Das war es, was an ihm fraß: Die Einmischung eines Fremden, eines Außenseiters, wäre erträglich gewesen, wenn er sich nur als gut und tüchtig erwiesen hätte, doch alles in ihm sträubte sich gegen die Vorstellung, daß ein Schwarzer die Fäden in die Hand genommen hatte.

Als sie vor der Dienststelle ankamen, war Sam noch immer nicht mit sich im reinen. Er wollte das Verbrechen aufgeklärt sehen, doch von einem Mann, zu dem er aufblicken, den er achten konnte. Das Schlimme war, daß er nicht wußte, wer dieser Mensch sein sollte.

6

Unten blieb Virgil Tibbs stehen und meldete einen Wunsch an. Dann verschwand er in der Toilette für Farbige, um dem Beamten Zeit zu lassen, Gillespie zu Rate zu ziehen. Der Polizeichef allerdings war außer Haus, so daß der Beamte selbst entscheiden mußte. Nachdem er sich seine Anweisungen ins Gedächtnis gerufen hatte, kam er zu einem Entschluß, rief Arnold herbei und befahl ihm, Tibbs in Harvey Obersts Zelle zu führen.

Als die Stahltüre aufschwang, sprang Oberst auf. »Den brauchen Sie nicht hier einzusperren«, protestierte er. »Stecken Sie ihn woanders hin. Ich will keinen Nig...«

Die Stahltür klappte zu. »Er hat mit dir zu reden«, verkündete Arnold scharf und ging. Oberst sank auf das äußerste Ende der Pritsche. Ruhig nahm Tibbs am anderen Ende Platz. Er hatte Jackett und Schlips abgenommen und seine Ärmel aufgerollt. Schweigend saß er da, die mageren, dunklen Finger auf den Knien gefaltet, und achtete nicht auf Oberst. Minuten verstrichen, und keiner der beiden Männer rührte sich. Schließlich wurde Oberst unruhig. Zuerst bewegte er die Hände, dann scharrte er mit den Füßen. Seine Nervosität steigerte sich sichtlich, und zuletzt brach er das Schweigen.

»Wieso sind Sie angezogen wie ein Weißer?« fragte er.

Jetzt erst schien Tibbs Obersts Anwesenheit zu bemerken. »Ich habe sie bei einem Weißen gekauft«, erwiderte er.

Harvey Oberst richtete jetzt seine Aufmerksamkeit auf den Mann und musterte ihn ganz unverhohlen. »Waren Sie in der Schule?« erkundigte er sich.

Tibbs nickte langsam. »Im College.«

Oberst fuhr gereizt auf. »Sie glauben wohl, Sie hätten die Weisheit mit Löffeln gefressen, was?«

»Ich habe promoviert«, versetzte Tibbs und starrte weiter seine Finger an.

Einen Augenblick kehrte wieder Schweigen ein.

»Wo hat man Sie denn ins College gehen lassen?«

»In Kalifornien.«

Oberst zog die Beine auf die Pritsche. »Die dort sind zu allem imstande.«

Tibbs überging die Bemerkung. »Wer ist Delores Purdy?« fragte er.

Oberst beugte sich vor. »Geht Sie nichts an«, fauchte er. »Sie ist eine Weiße.«

Tibbs schwang herum und zog die Beine auf die Pritsche, ebenso wie Oberst. »Entweder beantworten Sie meine Fragen«, sagte er, »oder Sie riskieren, wegen Mordes gehängt zu werden.«

»Blasen Sie sich nicht so auf«, höhnte Harvey. »Sie sind ein Nichts und bleiben ein Nichts. Und wenn Sie zehnmal ins College gegangen sind – weiß werden Sie davon nicht.«

»Ich lege keinen gesteigerten Wert darauf, weiß zu sein«, versetzte Tibbs. »Aber wenn man den Hals in der Schlinge hat, dann spielt es keine große Rolle mehr, ob er weiß oder schwarz ist. Und wenn Sie erst ein paar Monate unter der Erde liegen – sagen wir ein Jahr –, dann kann keiner mehr sehen, welche Farbe Ihre Haut hatte. Dann haben Sie nämlich keine mehr. Wollen Sie, daß es so weit kommt?«

Oberst zog die Knie an die Brust und schlang die Arme darum, als wollte er sich gegen etwas schützen. »Wofür halten Sie sich eigentlich?« fragte er. Doch jetzt lag Furcht in seiner Stimme. Die Überheblichkeit, mit der er die Furcht zu verschleiern suchte, klang unecht.

»Ich bin Kriminalbeamter und suche den Mörder des Mannes, den Sie beraubt haben. Zufällig bin ich auch der einzige, der Sie für unschuldig hält. Deshalb ist es besser, Sie unterstützen mich.«

»Sie sind kein Kriminaler«, stellte Oberst nach einer Pause fest.

Tibbs griff in seine Hemdtasche und zog eine kleine weiße Karte heraus. »Ich arbeite in Pasadena, bei der Mordkommission. Man hat mich der hiesigen Polizei zugeteilt, für die Ermittlungen im Fall Mantoli. So heißt der Tote, den Sie gefunden haben. Fragen Sie jetzt nicht, wieso ich hier arbeite. Entweder Sie riskieren es, sich an mich zu halten, oder Sie werden unter Mordanklage gestellt.«

Oberst schwieg. Tibbs ließ einige Minuten verstreichen.

»Wer ist Delores Purdy?« wiederholte er.

Oberst schien sich besonnen zu haben. »Ein weißes Mädchen, das in meiner Nähe wohnt. Hat 'nen Haufen Geschwister.«

»Wie alt ist sie?«

»Sechzehn, fast siebzehn.«

»Wieso sind Sie durch Delores in Schwierigkeiten gekommen?«

Oberst antwortete nicht.

»Ich brauche nur die Akte einzusehen«, erklärte Tibbs. »Aber lieber würde ich es von Ihnen erfahren.«

Oberst gab sich geschlagen. »Diese Delores ist zwar noch jung, aber toll gebaut, verstehen Sie. So'n richtiges Pullovermädchen.«

»Von der Sorte laufen viele herum«, meinte Tibbs.

»Schon, aber Delores bildet sich 'ne Menge darauf ein. Sie will immer bewundert werden. Na, und einmal hab' ich mich mit ihr am See getroffen. Wir hatten gar nichts Unrechtes vor.«

Tibbs nickte.

»Naja, und da fragte sie mich, ob mir ihre Figur gefiele, und als ich zustimmte, wollte sie mir sie zeigen.«

»Sie kam auf den Gedanken?« fragte Tibbs.

»Genau. Ich hab' sie gar nicht angerührt oder so was. Aber ich hab' auch nicht versucht, sie davon abzubringen.«

»Das kann man Ihnen kaum verdenken, aber es war ziemlich gefährlich.«

»Hm. Ja, und als sie halb ausgezogen war, sprang plötzlich ein Polizist aus dem Gebüsch und kassierte mich.«

»Und das Mädchen?«

»Wurde heimgeschickt.«

»Was geschah dann?«

»Später haben sie mich gehen lassen. Sie sagten, ich sollte keine Mädchen mehr belästigen.«

»Haben Sie sie seitdem gesehen?«

»Klar, sie wohnt in der Third Street, gleich an der Ecke Polk Street. Ich wohne nur ein paar Häuser weiter und treffe sie immer. Sie will wieder mal mit mir ausgehen.«

»Und das ist alles?«

»Wirklich.«

Tibbs stand auf, umfaßte die Gitterstäbe der Zelle und ließ sich zurückfallen, um seine verkrampften Muskeln aufzulokkern. Dann setzte er sich wieder.

»Rasieren Sie sich jeden Tag?« fragte er.

Überrascht griff sich Oberst ans Kinn. »Im allgemeinen schon. Heute morgen allerdings nicht. Ich war die ganze Nacht auf.«

»Wieso?«

»Ich war in Canville bei einem Freund. Wir... wir trafen ein paar Mädchen.«

»Dann kamen Sie also ziemlich spät zurück?«

»Ungefähr um zwei, vielleicht auch später. Da fand ich dann den Mann auf der Straße.«

»Jetzt erzählen Sie mal genau, was Sie taten. Versuchen Sie nicht, mir nach dem Mund zu reden, sondern halten Sie sich an die Tatsachen.«

»Also, der Mann lag bäuchlings auf der Straße. Ich blieb stehen, weil ich dachte, ich könnte ihm helfen. Aber er war tot.«

»Woher wußten Sie das?«

»Ich wußte es eben.«

»Weiter.«

»Ja, da sah ich die Brieftasche auf der Straße liegen, vielleicht anderthalb Meter von ihm weg.«

Virgil Tibbs beugte sich vor. »Das ist sehr wichtig«, betonte er. »Mir ist es gleichgültig, ob Sie die Brieftasche fanden oder ob Sie sie aus seiner Tasche holten. Sind Sie also ganz sicher, daß die Brieftasche neben ihm auf der Straße lag?«

»Das kann ich beschwören«, erwiderte Oberst.

»Gut«, meinte Tibbs. »Und was passierte dann?«

»Ich hob sie auf und schaute rein. Es war ein Haufen Geld, und er konnte es sowieso nicht mehr brauchen, außerdem hätte es bestimmt der nächste, der vorbeikam, mitgenommen.«

»Das ist wahrscheinlich richtig«, stimmte Tibbs zu. »Wie kam es, daß man die Brieftasche bei Ihnen fand?«

»Na, mir wurde die Sache dann unangenehm, weil der Mann

doch ermordet worden war. Ich hatte Angst vor dem, was mir blüht, wenn man die Brieftasche bei mir fand. Deshalb ging ich zu Mr. Jennings. Er ist der Bankchef, und ich kenne ihn, weil ich am Wochenende immer bei ihm arbeite. Ich erzählte ihm die Geschichte. Er meinte, das müßte er melden, und rief die Polizei. Ja, und so landete ich hier in der Zelle. Ich weiß nicht, was sie mit mir vorhaben.«

Tibbs stand auf. »Überlassen Sie das mir«, riet er. »Wenn Ihre Geschichte stimmt, kann nichts schiefgehen.« Er rief laut nach Arnold und wartete, bis dieser kam, um ihn herauszulassen.

Kurz darauf ging Tibbs zur Wetterstation und informierte sich über Niederschläge des letzten Monats.

Bill Gillespie blickte auf, als sein neuer Mitarbeiter aus Pasadena auf der Schwelle stand. Er wollte Virgil Tibbs nicht sehen, er wollte keinen Menschen sehen. Er wollte heimgehen, sich waschen, etwas essen und schlafen. Der Tag war weit fortgeschritten, und er war schon seit den frühen Morgenstunden auf den Beinen.

»Was ist?« fragte er kurz.

Tibbs trat ein paar Schritte vor, doch er setzte sich nicht. »Da Sie mir die Ermittlungen im Fall Mantoli übertragen haben, Sir, möchte ich Sie bitten, Harvey Oberst freizulassen.«

»Warum?«

»Er ist unschuldig, und das nicht nur aus den Gründen, die ich Ihnen heute morgen darlegte. Sie könnten ihn natürlich wegen des Diebstahls der Brieftasche festhalten, doch ich sprach mit Mr. Jennings von der Bank, und dieser bestätigte Obersts Aussage – daß Oberst ihm nämlich die Brieftasche übergab oder ihn zumindest um Rat fragte. Sie würden in Anbetracht dieser Zeugenaussage niemals eine Verurteilung Obersts durchsetzen, Sir.«

Gillespie wedelte mit der Hand. »Na schön, setzen Sie ihn auf freien Fuß. Sie tragen die Verantwortung. Mir sah er nach einem recht guten Verdächtigen aus.«

»Ich suche keinen Verdächtigen«, entgegnete Tibbs, »ich

suche einen Mörder. Oberst ist bestimmt nicht der Richtige. Ich danke Ihnen, Sir.«

Tibbs verließ den Raum, und Gillespie vermerkte mit einiger Genugtuung, daß der Neger wenigstens so viel Hochachtung besessen hatte, ihn mit »Sir« anzureden. Dann zuckte er die Schultern und trat hinaus in den Vorsaal. Virgil trug die Verantwortung. Gleichgültig, was geschehen mochte, er, Gillespie, konnte nicht zur Rechenschaft gezogen werden.

Wenige Minuten nach Mitternacht stieg Sam Wood in seinen Streifenwagen, warf einen Blick auf die Benzinuhr, um sich zu vergewissern, daß der Tank voll war, und verließ den Parkplatz. Wieder lagen acht Stunden des Alleinseins mit der schlafenden Stadt vor ihm, doch an diesem Abend war alles anders. Irgendwo, wahrscheinlich in der Stadt, trieb sich ein Mörder herum. Ein Mörder, dem ein Menschenleben nicht so wichtig war.

Heute abend, beschloß Sam, als er wie gewohnt in westlicher Richtung fuhr, wollte er Augen und Ohren noch angestrengter offenhalten als sonst. Einen Moment lang ließ er sich von seiner Phantasie Bilder vorgaukeln, wie er den Mörder in eine Falle lockte und faßte.

Doch das waren Hirngespinste, sagte sich Sam. Die Umstände arbeiteten für den Mörder. Er konnte sich verstecken, wo er wollte, unerkannt und ungesehen, konnte zuschlagen, wo und wann es ihm beliebte. Vielleicht, dachte Sam, fand der unbekannte Mörder, daß er, Sam, zuviel gesehen hatte. Dann mußte er es heute nacht auf ihn abgesehen haben. Sam griff mit der Hand ans Holster und lockerte zum erstenmal, seit er Polizist war, die Waffe.

Während der Wagen westwärts durch die stillen und öden Straßen rollte, kam Sam plötzlich ein Einfall. Ihn in die Tat umzusetzen, konnte sich als gefährlich erweisen, und hieß gewiß, seine Befugnisse zu überschreiten. Man konnte ihm sogar Pflichtvergessenheit vorwerfen. Trotz all dieser Einwände wußte er sogleich, daß er sich dennoch nicht von dem Plan abbringen lassen wollte. Er lenkte den Wagen um eine Ecke und schlug den Weg zu der Schotterstraße ein, die zum Haus der Endicotts hinaufführte.

Als die Reifen des Wagens über die Steine knirschten, beseelte Sam ruhige Entschlossenheit. Mantoli war tot, und niemand wußte, weshalb. Was auch der Grund sein mochte, er konnte ebenso seiner Tochter drohen. Sam dachte an das Mädchen, das neben ihm gesessen und auf die fernen Berge gestarrt hatte, und er wünschte fast, daß der Mörder heute nacht wieder zuschlug; doch nicht, ehe Sam an Ort und Stelle war.

Je höher die Straße stieg, desto kühler und frischer schien es im Wagen zu werden. Sam schaltete das Fernlicht ein und steuerte sein Auto flüssig und geschickt die Kurven hinauf.

Zunächst verkündete ihm das Aufblitzen eines Lichtscheins am Straßengitter, daß ihm von oben ein Wagen entgegenkam.

An der nächsten Ausbuchtung fuhr Sam an den Rand, schaltete Standlicht ein und wartete. Er griff nach der Taschenlampe, die an der Steuersäule befestigt war, und hielt sie in der Linken. Die Scheinwerfer des herankommenden Wagens warfen Lichtkegel in den Himmel; als er selbst sichtbar wurde, schaltete Sam unwillkürlich sein rotes Warnlicht ein. Der Fahrer des anderen Wagens trat auf die Bremse und brachte sein Fahrzeug auf der gegenüberliegenden Straßenseite zum Stehen. Sam richtete den Strahl der Taschenlampe auf ihn, und als der Mann den Arm hob, um seine Augen zu beschatten, erkannte Sam Eric Kaufmann.

»Was tun Sie um diese Zeit auf der Straße?« fragte Sam.

»Ich bin auf dem Weg nach Atlanta. Warum?« Sam spürte Feindseligkeit in der Stimme, und das gefiel ihm nicht.

»Brechen Sie immer um diese Zeit auf?«

Kaufmann lehnte sich aus dem Wagenfenster. »Geht Sie das was an?« versetzte er.

Sam stieg rasch aus und pflanzte sich neben Kaufmann auf, die rechte Hand am Revolver. »Sie haben wohl vergessen«, sagte er akzentuiert, »daß vor weniger als vierundzwanzig Stunden in dieser Stadt ein Mord verübt wurde. Ehe wir den Täter nicht gefaßt haben, hat jeder uns Rechenschaft zu geben, insbesondere Leute, die nachts nach Atlanta aufbrechen. Also?«

Kaufmann rieb sich mit der Hand über das Gesicht. »Nichts für ungut, Herr Wachtmeister«, entschuldigte er sich. »Ich kenne mich selbst nicht wieder. Den Grund wissen Sie. Ich komme von den Endicotts, wir sprachen über die Festspiele. Da bereits hohe Beträge von den Einwohnern der Stadt gespendet worden sind, gelangten wir zu dem Schluß, daß wir die Sache nicht mehr abblasen können. Wenn wir das Projekt noch ein Jahr hinauszögern, wird niemals etwas daraus. Ja, und deshalb muß ich nach Atlanta und die Fühler nach einem bekannten Dirigenten ausstrecken, der die Sache übernehmen könnte. Außerdem muß ich mich um das Orchester kümmern. Wir hatten schon eines zusammengestellt, aber es ist möglich, daß die Nachricht von Enricos Tod es wieder in alle Winde zerstreut.«

Sams Mißtrauen ließ nach. »Schön, aber weshalb fahren Sie zu dieser nachtschlafenden Zeit? Sie erzählten Virgil und mir doch, daß Sie schon letzte Nacht nur wenig geschlafen hätten. Sie sind sicherlich nicht in der besten Verfassung für Autofahrten.«

»Da haben Sie recht«, stimmte Kaufmann zu. »Aber ich fahre, weil ich denen oben nicht im Weg sein will. Duena schläft in dem einzigen Gästezimmer, und sie braucht jetzt soviel Ruhe wie möglich. Also war es nur vernünftig, daß ich jetzt noch losfuhr und in einem Motel ein wenig außerhalb übernachte. Dann komme ich morgen früh weg und bin bis Mittag in Atlanta. Etwas dagegen?«

Sam mußte zugeben, daß die Erklärung einleuchtete, und er wollte sich nicht von seiner persönlichen Abneigung gegen den Mann beeinflussen lassen. Außerdem fiel ihm plötzlich wieder ein, daß diese einsame Hügelstraße nicht zu seiner Route gehörte.

»Wie geht es oben im Haus?« fragte er.

»Einigermaßen. Natürlich sind sie gedrückt, aber sonst ist alles in Ordnung. Fahren Sie hinauf? Ich glaube, Sie würden sie nur aus dem Schlaf reißen. Mir wäre es lieber, wenn Sie umkehrten, falls es Ihnen nichts ausmacht.«

Sam bedeutete Kaufmann weiterzufahren. »Vorsichtig«,

warnte er. »Kehren Sie im nächsten Motel ein. Sonst enden Sie womöglich noch neben Ihrem Chef im Leichenhaus.«

Kaufmann zuckte zusammen, doch er schwieg. »Schon recht. Sie können hinter mir herfahren, wenn Sie wollen. Aber lassen Sie die Endicotts und Duena in Ruhe. Sie haben einen schweren Tag hinter sich.« Er steuerte den Kombiwagen auf die Straßenmitte. Sam wartete schweigend, bis Kaufmann ein gutes Stück hügelabwärts gefahren war. Dann wendete er vorsichtig auf der schmalen Straße und folgte.

Kaufmann und Duena waren wohl sehr gute Freunde, überlegte Sam. Kaufmanns Stellung gestattete ihm, viel mit dem Mädchen zusammenzusein, und wenn man bedachte, daß diese Leute ständig unterwegs waren, so konnte man annehmen, daß er sie ganz mit Beschlag belegt hatte. Dieser Gedanke brachte Sam in Wut. Er hatte das Mädchen nur einmal gesehen, und dennoch fühlte er sich berechtigt, Anteil zu nehmen.

Mit einem letzten Holpern sprang der Wagen auf die Teerdecke der Stadtstraße. Sams Gedanken kehrten zu dem Mörder zurück, der frei in der Stadt herumlief. Zumindest war damit zu rechnen, daß er sich noch in der Stadt aufhielt. Die Straßen waren jetzt dunkel, nur ab und zu vom Licht der weit auseinanderstehenden Straßenlampen erhellt. Wieder erinnerte sich Sam daran, daß er möglicherweise das nächste Opfer des Mörders werden konnte. Trotz der Backofenhitze der Nacht streifte Sam ein kalter Schauder.

Er war kein Feigling. Entschlossen, seine Pflicht zu tun, fuhr er wie üblich seine Streife. Als er sie hinter sich hatte, parkte er vorsichtshalber an einer anderen Stelle als sonst und machte seinen Bericht. Er wollte das Schicksal nicht herausfordern, indem er wie gewohnt vor der Simon-Apotheke hielt; jeder, der mit seiner nächtlichen Fahrtroute einigermaßen vertraut war, konnte ihm dort auflauern. Als er seine Meldung geschrieben hatte, überkam ihn sprunghaft das Gefühl, im nächsten Moment werde etwas gegen seinen Nacken gepreßt. Er warf den Gang ein und schoß mit ungewöhnlich hoher Geschwindigkeit davon, zum Autorestaurant und dem Schutz seiner hellen Lichter.

Als er seine Cola getrunken und eine Zitronenschnitte verzehrt hatte, kehrte er zu seinem Wagen und in die Stadt zurück, über die er zu wachen hatte. Erst das Grau des Himmels, das sich mit Lichtstreifen der morgendlichen Glut durchzog, vertrieb das Gefühl, daß ihn jemand heimlich beobachtete, daß er irgendwann die Gefahr gestreift hatte.

Um acht Uhr morgens manövrierte er seinen Wagen sorgsam und geschickt auf den Parkplatz vor dem Polizeigebäude. In dieser Nacht zumindest hatte er sich seinen Lohn ehrlich verdient.

7

Bill Gillespie wartete ungeduldig auf das Ferngespräch. Normalerweise hätte er diese Routineüberprüfung einem anderen Beamten übertragen, doch er hatte seine Gründe, die Sache selbst in die Hand zu nehmen. Virgil Tibbs war sein Alibi, doch er wollte sich nicht damit zufriedengeben. Er wollte den Mörder selbst fassen. Das Hotel meldete sich.

»Wohnt bei Ihnen ein Eric Kaufmann?« erkundigte sich Gillespie.

»Ja, Sir.«

»Sie wissen, wer ich bin. Berichten Sie mir jetzt bitte alles, was Sie über Kaufmanns Verhalten in der vorletzten Nacht wissen. Wann trug er sich ein, wann erschien er? All das, aber ausführlich. Moment noch.«

Gillespie griff nach einem Notizblock. Er hätte beinahe *Kaufmann* an den Kopf des Blattes geschrieben, doch dann besann er sich anders. Das hätte jemand sehen können. Er selbst hatte den Einfall gehabt, Kaufmanns Alibi zu überprüfen, und wollte sich von keinem anderen in die Karten sehen lassen. »Okay, schießen Sie los.«

»Mr. Kaufmann trug sich vor vier Tagen bei uns ein. Er nahm ein preisgünstiges Zimmer mit Bad. Vorgestern abend erschien er spät nach Mitternacht, ich würde sagen gegen zwei. Der Nachtportier kann sich an den genauen Zeitpunkt nicht mehr erinnern. Er weiß aber noch, daß Mr. Kaufmann bemerkte, er hätte kurz vor seiner Ankunft im Hotel etwas gegessen; er fürchtete, es sei recht unvernünftig gewesen, um diese Zeit noch Kirschkuchen zu sich zu nehmen.«

»Wieso wissen Sie über all diese Vorgänge so genau Bescheid?« unterbrach Gillespie. »Das klingt fast, als hätten Sie sie für mich parat gehalten. Erwarteten Sie meinen Anruf?«

»Nein, Sir, ich habe mich mit dem Nachtportier darüber unterhalten, weil einer Ihrer Leute mich darum gebeten hatte, als er gestern anrief. Ein gewisser Mr. Tibbs, wenn ich nicht irre.«

»Ach«, brummte Gillespie. »Na schön. Danke. Erwähnen Sie nichts von dem Anruf.«

»Geht in Ordnung, Sir. Darauf machte uns Mr. Tibbs schon aufmerksam. Ich hoffe, Sie fassen den Schuldigen. Viel Glück.«

»Danke«, erwiderte Gillespie abschließend und legte auf.

Er lehnte sich zurück und hielt sich vor, daß kein Anlaß zu Ärger bestand. Er hatte Virgil mit den Ermittlungen beauftragt, und Virgil befolgte nur seine Anweisungen. Nun, Kaufmann jedenfalls kam als Täter nicht in Frage. In diesem Moment steckte Arnold den Kopf um die Ecke.

»Sir, eben hat Ralph, der Nachtkellner vom Drive-in, angerufen. Er hat einen Gast, der etwas von dem Mord weiß. Ist auf der Durchfahrt.«

»Beschreibung des Wagens?« fragte Gillespie kurz.

»Rosa Pontiac, letztes Modell. In Kalifornien zugelassen.«

»Holen Sie ihn her«, befahl Gillespie. »Fordern Sie ihn höflich auf, ein paar Minuten in mein Büro zu kommen. Und bringen Sie Ralph auch mit.«

Gillespie vertiefte sich in seine Gedanken. Ralph war nicht allzu verläßlich. Der Verstand des Jungen war beschränkt, doch manchmal flammte ein Funken von Intelligenz auf. Es war der Instinkt des Tieres für den Feind. Ralph betrachtete jeden, der den täglichen Lauf der Dinge ins Schwanken brachte, als Feind.

Es war jedenfalls nicht außergewöhnlich, einen Autofahrer auf der Durchfahrt ins Verhör zu nehmen, selbst wenn der Kellner völlig auf dem Holzweg sein sollte. Gillespie wurde allmählich nervös von dem Druck, dem er sich in diesem Mordfall ausgesetzt fühlte.

Virgil Tibbs erschien an der Bürotür. Bill wollte den Neger jetzt nicht sehen – um es genau zu sagen, er wollte ihn überhaupt nicht mehr sehen –, doch er fügte sich, weil es sich nicht umgehen ließ.

»Morgen, Virgil«, sagte er träge. »Fortschritte gemacht?«

Tibbs nickte. »Glaube schon.«

Mißtrauen flammte in Gillespie auf. »Erzählen Sie«, befahl er.

»Gern, Sir, sobald es mir möglich ist. Im Augenblick hängt alles noch ein bißchen in der Schwebe. Ich möchte mit meinem Bericht warten, bis ich hieb- und stichfeste Beweise liefern kann.«

Er weicht aus, dachte Gillespie. Er will Zeit gewinnen.

Arnold erschien wieder an der Tür. »Mr. Gottschalk ist hier, Sir.«

»Gottschalk?«

»Der Herr mit dem rosa Pontiac aus Kalifornien.«

»Ach so. Bitten Sie ihn herein.«

Noch ehe Virgil Tibbs gehen konnte, tauchte Gottschalk auf. Er war ein Mann mittleren Alters, stattlich, mit kurzgeschnittenem Haar und intelligentem Gesicht.

»Habe ich mir etwas zuschulden kommen lassen?« erkundigte er sich ohne Umschweife.

Bill Gillespie deutete auf einen Stuhl. »Ich glaube nicht, Mr. Gottschalk. Aber ich wäre Ihnen verbunden, wenn Sie mir ein wenig Zeit widmen könnten. Vor zwei Nächten wurde hier ein Mord verübt, und wir hofften, Sie könnten uns helfen.«

Sobald Gillespie seinen Satz beendet hatte, wandte sich Virgil Tibbs unter der Tür um, kehrte ins Büro zurück und setzte sich. Gillespie entging es nicht, doch er unterließ eine Bemerkung.

»Ihr Name ist Gottschalk, wenn ich recht verstanden habe?« fragte Gillespie. Seine Frage verriet klar, daß er nähere Auskünfte wünschte. Gottschalk griff in seine Innentasche, zog die Brieftasche heraus und legte eine Visitenkarte auf den Schreibtisch.

»Kann ich auch eine haben?« erkundigte sich Tibbs.

»Selbstverständlich.« Gottschalk reichte ihm eine Karte. »Sie – äh – sind bei der Polizei?«

»Mein Name ist Virgil Tibbs. Ich führe die Ermittlungen in dem Mordfall, den Polizeichef Gillespie erwähnte.«

»Oh, entschuldigen Sie.« Gottschalk streckte die Hand aus. Die beiden Männer schüttelten einander die Hände, ohne aufzustehen. Dann lehnte sich Tibbs zurück und wartete, daß Gillespie fortfuhr. Wieder tauchte Arnold auf.

»Ralph ist hier«, verkündete er.

Gillespie zögerte, machte Anstalten aufzustehen, doch da erschien Ralph schon, warf einen Blick auf Gottschalk und wies mit dem Finger auf ihn. »Das ist er«, erklärte er.

Gillespie ließ sich wieder auf seinen Stuhl fallen. Gottschalk verrenkte den Hals, um Ralph sehen zu können, und wandte sich dann sichtlich verwirrt ab. Arnold stand an der Tür und wußte offenbar nicht, was er tun sollte.

»Was ist mit diesem Herrn, Ralph?« fragte Gillespie leichthin.

Der Junge holte tief Atem. »Ich hatte das ganz vergessen, bis ich ihn wiedersah; aber der Mann, der da drüben, hielt an dem Abend, als der Mord passierte, bei einem unserer Automaten. Ungefähr 'ne Dreiviertelstunde, ehe Mr. Wood hereinkam.«

»Ich verstehe das alles nicht«, warf Gottschalk ein.

»Als er parkte, kehrte ich vor dem Lokal zusammen. Da hätte ich gesehen, wenn andere Autos vorgefahren wären. Aber er war der einzige.«

»Erinnern Sie sich, aus welcher Richtung er kam?« fragte Gillespie.

»Klar, er fuhr südwärts.«

»Weiter.«

»Naja, und später hörte ich, daß Sam – ich meine Mr. Wood – an der Fernstraße die Leiche gefunden hatte. Nach dem Mann hier ist kein Auto mehr vorbeigefahren, bis Mr. Wood den Toten fand.« Ralph hielt inne und schluckte. »Und deshalb glaube ich, daß er's getan hat.«

Mit überraschender Behendigkeit sprang Gottschalk auf. Doch gleich siegte die Vernunft, und er setzte sich wieder.

Bill Gillespie hatte einen Geistesblitz. »Bitte, Virgil«, sagte er großzügig und lehnte sich zurück. Der Gedanke, einen Sündenbock zur Hand zu haben, der im Falle eines Erfolgs leer ausgehen, im anderen jedoch allein die Schuld tragen würde, gefiel ihm immer besser. Und wenn er es sich auch nicht eingestehen wollte, so wußte er doch, daß Tibbs auf Draht war. Er hegte den dunklen Verdacht, daß Tibbs alle anderen einschließlich seiner eigenen Person in den Schatten stellte.

»Mr. Gottschalk«, begann Tibbs, »aus Ihrer Karte geht hervor, daß Sie Testingenieur sind.«

»Richtig«, bestätigte Gottschalk einigermaßen gelassen. »Wir arbeiten eng mit den Leuten vom Kap zusammen. Und ich war auf der Fahrt dorthin, als ich hier durchkam.«

»Um dem gestrigen Start beizuwohnen?«

»Richtig, Mr. Tibbs.«

»Was ist das, Kap?« warf Gillespie ein.

»Kap Kennedy.«

»Ach, natürlich.« Gillespie nickte Tibbs zu. Dann wanderte sein Blick zu Ralph. Der Junge stand mit halbgeöffnetem Mund da, völlig perplex, weil der Mann, den er bezichtigte, mit den großartigen Ereignissen zu tun hatte, von denen er in der Zeitung gelesen hatte.

»Nachdem Sie in dem Drive-in eingekehrt waren, Mr. Gottschalk, fuhren Sie wohl weiter in südlicher Richtung?«

»Ja, sofort. Ich hielt erst nach ungefähr zweihundertfünfzig Kilometern an, weil ich tanken mußte.«

»Bis zu welcher Geheimhaltungsstufe erstrecken sich Ihre Befugnisse?«

»Secret und Q.«

»Dann haben Sie mit Atomenergie zu tun.«

»Ganz recht.«

»Darf ich fragen, weshalb Sie mit dem Wagen fuhren, anstatt ein Flugzeug oder einen Zug zu nehmen?«

»Selbstverständlich, Mr. Tibbs. Ich fuhr mit dem Wagen, weil ich hoffte, daß meine Frau nachkam. Wir wollten nach dem

Start eine Woche Urlaub machen. Vorausgesetzt natürlich, daß alles glatt ging. Ich kann Ihnen allerdings jetzt nur sagen, daß sich nach dem Abschuß für mich die Notwendigkeit ergab, zum Werk zurückzufahren, bei dem ich angestellt bin. Deshalb bin ich jetzt hier.«

»Und warum fuhren Sie nachts?«

»Wegen der Hitze. Ich habe keine Klimaanlage im Auto.«

»Dann möchte ich Ihnen nur noch eine Frage stellen, Sir. Als Sie vorgestern nacht durch Wells fuhren, fiel Ihnen da unterwegs irgend etwas auf? Ich nehme an, Sie sahen den Toten auf der Straße nicht, sonst hätten Sie wohl gehalten. Aber vielleicht haben Sie etwas anderes bemerkt? Fußgänger? Irgendein Anzeichen, daß etwas vor sich ging?«

Gottschalk schüttelte den Kopf. »Ich spiele nicht den Blinden, bloß weil ich nicht aufgehalten werden will. Ich habe wirklich nichts bemerkt. Die Stadt, Sie werden entschuldigen, daß ich das sage, erschien mir völlig leblos und verlassen.«

Tibbs stand auf. »Sie haben uns sehr geholfen, Mr. Gottschalk, und wir danken Ihnen.«

Gottschalk stand auf. »Kann ich jetzt gehen?«

»Selbstverständlich, Sir. Sie hätten jederzeit gehen können. Ich hoffe, man hat Ihnen zu verstehen gegeben, daß es sich unsererseits lediglich um eine Bitte handelte, keinesfalls um einen Befehl.«

»Den Eindruck hatte ich, ehrlich gesagt, nicht«, erwiderte Gottschalk. »Auf Wiedersehen, meine Herren.«

Gillespie bedeutete Tibbs zu bleiben, forderte ihn aber nicht auf, sich zu setzen. Tibbs blieb also stehen und wartete, bis die anderen verschwunden waren. Dann nahm Gillespie einen Bleistift und rollte ihn zwischen den Fingern.

»Virgil, ich ließ Sie das Verhör führen, da Sie ja die Ermittlungen in diesem Fall leiten, aber halten Sie es für klug, dem Mann mitzuteilen, er stünde nicht unter Verdacht? Er ist für ein bedeutendes Unternehmen tätig. Angenommen, er berichtet dort davon – und genau das wird er tun –, was wollen Sie dann unternehmen, wenn sich herausstellen sollte, daß er doch mehr von dem Mord weiß?«

Gillespie lehnte sich zurück. »Denken Sie darüber nach, wenn Sie es noch nicht getan haben. Dieser Mann fuhr durch die Stadt, seiner eigenen Aussage nach unmittelbar an der Stelle vorbei, wo Sam – ich meine Mr. Wood – die Leiche fand. Und danach wurde kein weiterer Wagen auf der Straße gesichtet. Klar, auf den ersten Blick macht er nicht den Eindruck, als wäre er schuldig, doch er befand sich etwa zum Zeitpunkt des Verbrechens am Tatort. Sie erinnern sich doch, was der Arzt über die Todeszeit sagte. Der Mann muß ziemlich genau in dem Augenblick vorbeigekommen sein, als Mantoli ermordet wurde. Und Sie lassen ihn gehen!«

Wenn Tibbs verwirrt war, so zeigte er es nicht. »Diese Punkte sind durchaus einleuchtend, Sir, und ich wäre ganz Ihrer Meinung, wenn nicht eine Tatsache dagegen spräche.«

»Und die wäre?«

»Mantoli wurde nicht dort getötet, wo man seine Leiche gefunden hat.«

8

An diesem Nachmittag erschien Sam Wood um vier Uhr im Revier, um sich über den Stand der Dinge zu informieren. Er erhaschte einen bedeutsamen Blick von Pete, der jetzt Tagesdienst tat, und steuerte daraufhin unverzüglich die Toilette an. Wenig später stellte sich Pete ein.

»Heute morgen hat dein Freund Gillespie endgültig aufs Kreuz gelegt«, vertraute er Sam an.

»Wieso?« fragte Sam, nachdem er sich vergewissert hatte, daß die Toiletten leer waren.

»Soviel ich weiß, hatte Gillespie wieder mal einen Verdächtigen aufgegabelt, und Virgil ließ ihn sausen.«

»Wieder einen Verdächtigen?« wiederholte Sam.

»Ja, einen Mann, der zum Zeitpunkt des Mordes mit dem Wagen durch die Stadt fuhr. Ralph, der Kellner, erkannte ihn wieder, und Gillespie zitierte ihn hierher. Er übergab Virgil das Verhör, und Virgil ließ den Mann laufen.«

»Und Gillespie hat das hingenommen?«

»Ja. Danach kam es zu einem Gespräch zwischen Gillespie und Virgil –«

»Kann ich mir denken!«

»Nicht so, wie du meinst. Es war ein freundliches Gespräch. Als Arnold zufällig an der Tür vorbeikam, sah er Gillespie ganz klein und häßlich dasitzen, während Virgil ihm was erklärte. Arnold verstand nicht, worum es ging, aber es muß gesessen haben. Vielleicht können wir Virgil ausfragen. Erkundige dich doch mal nach seiner Arbeit. Zeig ein bißchen Interesse.«

»Ist er hier?«

»Nein, er ist schon den ganzen Tag unterwegs. Nahm den alten Klapperkasten und ward nicht mehr gesehen.«

»Vielleicht fühlte er sich einsam und sucht sich jetzt ein nettes schwarzes Mädchen als Bettgenossin.« Sam schämte sich seiner Worte, noch ehe er den Satz vollendet hatte.

»Ich weiß nicht«, wandte Pete langsam ein. »Für einen Schwarzen ist er unheimlich gescheit.«

Sam versuchte, seine Worte abzuschwächen. »Ich hab' nur Spaß gemacht. Virgil ist ein netter Kerl. Würde mich nicht wundern, wenn er den Fall klärt.«

»Dann heimst Gillespie die Lorbeeren ein.«

»Naja, jedenfalls der intelligenteste Schwarze, der mir untergekommen ist«, stellte Pete fest und verstieg sich in seiner Bewunderung zu einer außergewöhnlichen Bemerkung. »Er hätte als Weißer auf die Welt kommen müssen.«

Trotz der Hitze trug Reverend Amos Whiteburn seine schwarze Amtskleidung. Das Wohnzimmer war schäbig und düster, die wenigen Möbelstücke hatten schon Jahrzehnte hinter sich. Der billige Teppich war abgewetzt. Dennoch war das winzige Zimmer sauber und ordentlich.

»Seit ich in dieser Gemeinde lebe«, erklärte Pfarrer Whiteburn mit gebieterischer Baßstimme, »ist es das erstemal, daß sich die Polizei an mich wendet. Ich fasse es als eine Ehre auf.«

»Vielleicht«, erwiderte Virgil Tibbs, »haben Sie so gut für Ihre Gemeinde gesorgt, daß dazu niemals Anlaß bestand.«

»Äußerst freundlich, Mr. Tibbs, doch leider weiß ich, daß das nicht ganz zutrifft. Sind Sie oft im Süden?«

»Nur wenn ich muß«, bekannte Tibbs. »Meine Mutter lebt hier. Ich wollte sie nach Kalifornien holen, um besser für sie sorgen zu können, doch sie ist nicht mehr jung, und einige meiner Geschwister leben hier an der Ostküste.«

»Verstehe«, erklärte der Geistliche mit dröhnender Stimme, die den kleinen Raum ausfüllte. »Viele von uns, die ihr ganzes Leben hier zugebracht haben, könnten den Schock, plötzlich verpflanzt zu werden, nur schwer überwinden.«

»Vor zwei Nächten«, begann Tibbs, aufs Thema kommend, »wurde hier ein Mann ermordet. Sie wissen sicher davon. Ich führe die Ermittlungen – mit amtlicher Genehmigung. Im Augenblick interessieren mich zwei Dinge: der Ort, wo der Mord verübt wurde, und die Waffe.«

Pfarrer Whiteburn beugte sich vor. Der Stuhl ächzte unter seinem Gewicht. »Ich dachte, der arme Mann hätte auf der Fernstraße den Tod gefunden?«

»Das trifft nicht zu«, versetzte Tibbs.

Der Geistliche strich sich über das massige Kinn. »Können Sie das etwas näher erklären?« fragte er.

»Dieses Gespräch ist amtlich«, erklärte Tibbs. »Es muß also unter uns bleiben.«

»Von mir wird niemand etwas darüber erfahren«, versicherte der Pfarrer ernst.

»Maestro Mantoli wurde irgendwo am Stadtrand getötet.«

»Wie stellten Sie das fest?« erkundigte sich der Geistliche.

»Ich untersuchte die Leiche und zog gewisse Schlüsse.«

Der Geistliche zögerte, dann begann er bedachtsam zu sprechen. »Mr. Tibbs, ist jemand unserer Hautfarbe direkt oder indirekt in den Fall verwickelt?«

»Soviel ich weiß«, erwiderte Tibbs ebenso bedachtsam, »hat bis jetzt niemand angedeutet, daß der Mörder nur ein Neger sein könnte.«

»Das ist an sich schon ein kleines Wunder«, stellte der Geistliche fest. »Aber bitte, fahren Sie fort. Ich hatte Sie unterbrochen.«

Tibbs musterte den imposanten Mann, der wie ein ehemaliger Schwergewichtsboxer aussah. »Mantoli wurde mit einem Holzscheit niedergeschlagen. Ich glaube, es war Fichte. Doch mit Bestimmtheit kann ich das erst sagen, wenn mir das Untersuchungsergebnis des Labors vorliegt. Ich fand einen Splitter am Körper des Toten und sandte ihn ein. Nun möchte ich dieses Stück Holz aufspüren. Für einen Mann allein ist das ein Ding der Unmöglichkeit. Ich wandte mich an Sie, weil ich hörte, daß Sie sich besonders um die Jugend kümmern.«

Pfarrer Whiteburns Stirn krauste sich nachdenklich. Er legte die Fingerspitzen aneinander. »Wenn es als Knüppel verwandt wurde, kann es nicht allzu groß gewesen sein. Es muß sich um ein ziemlich kurzes Stück Holz gehandelt haben.«

»Richtig. Wahrscheinlich etwa sechzig Zentimeter lang.«

»Hm, könnte Feuerholz gewesen sein.« Als er schwieg, wartete Tibbs geduldig. Nach einigen Sekunden begann der kräftige Mann wieder zu sprechen. »Was halten Sie davon, Mr. Tibbs: Ich werde unseren Jungen und Mädchen – denen, die zur Jugendgruppe gehören – sagen, daß ich für die Kirche einen Vorrat Feuerholz anlegen möchte. Ich werde sie ausschicken und ihnen einbleuen, daß sie keinesfalls Holz von den Stößen anderer Leute nehmen dürfen, selbst wenn man ihnen die Scheite schenken will. Es soll wie eine Art Spiel aussehen. Und wenn sie ihre Scheite dann anbringen, werde ich sehen, ob ich das richtige finden kann.

»Am einen Ende müßte sich bräunlich verfärbtes, eingetrocknetes Blut feststellen lassen. Kinder würden das nicht erkennen. Es ist aber nur ein ziemlich aussichtsloser Versuch.«

Pfarrer Whiteburn betrachtete das Problem als gelöst. »Wir machen uns sofort an die Arbeit. Ich kann Ihnen natürlich nichts versprechen, aber wir werden bestimmt einen großen Teil des Holzes, der hier in der Gegend verstreut liegt, aufsammeln. Und die Kinder werden vom wahren Zweck der Übung nie etwas erfahren.«

»Leute wie Sie könnten wir in Kalifornien gebrauchen«, erklärte Tibbs voll Bewunderung.

»Ich werde hier gebraucht«, erwiderte der Geistliche schlicht.

Als das Telefon klingelte, nahm Gillespie den Hörer ab. »Ja?« bellte er.

»Bill, können Sie sich ein paar Minuten freimachen und in mein Büro kommen? Es sind verschiedene Mitglieder des Stadtrats hier, und Sie sollten eigentlich auch dabei sein.«

»Komme gleich, Frank«, versicherte Gillespie dem Bürgermeister und legte auf. Als er den Vorsaal durchquerte, musterte er den Beamten an der Anmeldung mit einem durchdringenden Blick und stellte befriedigt fest, daß ein Schimmer Angst in den Augen des Mannes flackerte, als er den Blick erwiderte. Dann trat er hinaus in den Sonnenschein. Er war gehobener Stimmung und überzeugt, daß er mit der Sache, die Frank Schubert auf dem Herzen hatte, schon fertig werden würde.

Doch ganz so einfach war es nicht. Schubert führte ihn in sein Büro und wies auf die drei anderen Männer, die dort versammelt waren. »Sie kennen Mr. Dennis, Mr. Shubie und Mr. Watkins, Bill.«

»Gewiß. Guten Nachmittag, meine Herren.« Gillespie setzte sich mit der Miene einer wichtigen Persönlichkeit, deren Rat man erbeten hat. Zumindest versuchte er diese Wirkung zu erzielen. Er war entschlossen, ruhig und höflich zu bleiben, gleichgültig, was ihm bevorstand, denn die vier Männer in diesem Raum konnten ihn, wenn sie im Stadtrat ihre Stimmen vereinigten, ohne weiteres an die Luft setzen.

»Bill, die Herren hier bitten Sie um einen Bericht über den Mordfall Mantoli. Wir alle sind natürlich sehr an der Sache interessiert.«

Watkins unterbrach. »Kommen wir zum springenden Punkt, Mr. Gillespie: Was wird getan, und was ist los?«

»Ist das nicht ein und dieselbe Frage?« meinte Gillespie.

»Wir möchten wissen, was geschieht, um den Mord aufzuklären, und ob das Gerücht stimmt, daß Sie einen Nigger in der Dienststelle haben.«

Gillespie straffte seine Schultern. »Ich will Ihre Fragen in umgekehrter Reihenfolge beantworten, Mr. Watkins. Einer unserer Leute griff etwas voreilig am Bahnhof einen Schwarzen auf. Er hatte viel Geld bei sich, deshalb nahm er ihn mit.«

»Das war richtig«, stellte Watkins fest.

»Als ich ihn verhörte, behauptete er, ein Kriminalbeamter aus Kalifornien zu sein. Ich überprüfte die Aussage, und sie erwies sich als richtig.«

»Hier ist nicht Kalifornien«, mischte sich Shubie ein.

»Das weiß ich«, fuhr Gillespie ihn an, riß sich aber sogleich wieder zusammen. »Tut mir leid, schon der Gedanke an den Burschen bringt mich in Wut.« Er blickte Shubie an und stellte fest, daß seine Erklärung akzeptiert worden war. »Und dann schaltete sich George Endicott ein. Es liegt mir fern, es einem Mitglied des Stadtrats gegenüber an Achtung fehlen zu lassen, doch ich fürchte, er hat keine Ahnung davon, wie man ein Polizeirevier führt. Mr. Endicott setzte sich also mit dem Chef dieses Schwarzen in Verbindung und stellte fest, daß Virgil bei der Mordkommission arbeitet. Daraufhin lieh er ihn sich aus.«

»Den Nigger«, bemerkte Watkins.

»Richtig«, bestätigte Gillespie. »Mr. Schubert meinte, ich sollte die Unterstützung annehmen.«

»Mir paßt das ganz und gar nicht«, erklärte Watkins und stand auf. »Es paßt mir nicht, daß hier in der Stadt ein Nigger rumläuft und Weißen Löcher in den Bauch fragt. Er tut gerade so, als wäre er etwas Besonderes. Er wollte meinen Nachtkellner Ralph verhören, aber der hat ihn nicht reingelassen. Und unten in der Bank hat er sich auch aufgeführt wie ein Weißer. Ein paar Leute sind drauf und dran, ihm eine Lektion zu erteilen; sie sind nicht zu bremsen, wenn Sie ihn nicht schleunigst verfrachten.«

Gillespie sah Frank Schubert an und wartete darauf, daß der Bürgermeister sich einschaltete. Als Schubert sich im Zentrum der Aufmerksamkeit sah, griff er in seine Schreibtischschublade und zog ein Bündel Zeitungen hervor. »Mantoli war nicht gerade eine Berühmtheit, aber der Mord an ihm machte Schlagzeilen. Und als hier ein farbiger Kriminalbeamter auftauchte, gab es weitere Schlagzeilen. Wenn Sie die Artikel noch nicht gesehen haben, dann würde ich Ihnen raten, sie zu lesen. Sie wissen doch, daß die Presse sich für uns interessiert. Bis jetzt war das eben bloß Gratisreklame für die Musikfestspiele.«

»Blödsinn«, erklärte Dennis.

Schubert starrte ihn an, als koste es ihn beträchtliche Anstrengung, nicht die Geduld zu verlieren. »Luke, ich weiß, daß Sie von vornherein gegen die Festspiele waren, und das ist Ihr gutes Recht. Aber ob es Ihnen nun paßt oder nicht, jetzt haben wir die Sache ins Rollen gebracht und müssen alle an einem Strick ziehen. Geht es schief, dann hatten Sie recht, und keiner wird Ihnen widersprechen. Wenn es einschlägt, kommt Geld in die Stadt.«

»Vielleicht«, schwächte Dennis ab.

Schubert blickte wieder auf die Zeitungen. »Meine Herren, ich erhielt kurz vor Ihrer Ankunft einen Anruf von *Newsweek*. Sie wollten einen eingehenden Bericht über unsere Zusammenarbeit mit Tibbs. Wenn sie den Artikel bringen, wird in allen Staaten für uns die Reklametrommel gerührt.«

»Und was, zum Teufel, werden unsere eigenen Bürger denken?« fragte Watkins.

»Will, das spielt jetzt keine Rolle. Wir haben den Nigger auf dem Hals, bis wir ihn abschieben können oder Bill den Fall geklärt hat.« Schubert wandte sich an Gillespie. »Und das wollte ich Sie fragen. Mißverstehen Sie mich nicht, ich will Sie nicht antreiben, aber meinen Sie, daß die Sache bald erledigt ist?«

Gillespie verlieh seiner Stimme einen schneidenden Klang. »In solchen Fällen geht man nach einem festgelegten Schema vor, einem Schema, das Ergebnisse zeitigt. Wir folgen diesem Schema. Außerdem stelle ich persönlich zusätzliche Ermittlungen an. Ich kann Ihnen keinerlei Versprechungen machen, meine Herren, doch ich kann Ihnen im Vertrauen sagen, daß wir bereits Ergebnisse erzielt haben. Ferner kann ich Ihnen versichern, daß Virgil unter meiner persönlichen Aufsicht steht, und wenn er sich in dieser Stadt auch nur eine Unverschämtheit herausnimmt, werde ich mit allem Nachdruck dafür sorgen, daß es nicht mehr vorkommt. Ich weiß, daß er auf der Bank war, doch er hat sich dort durchaus anständig aufgeführt, und bis jetzt hat er sich nichts zuschulden kommen lassen.«

»Trotzdem paßt mir's nicht«, beharrte Watkins. »Wir lassen uns doch nicht von einem Haufen dahergelaufener Niggerfreunde, die in New York irgendeine Zeitschrift herausgeben, sagen, was wir in unserer eigenen Stadt zu tun haben. Wir wohnen hier, und wir entscheiden hier.«

Frank Schubert schlug mit der Handfläche knallend auf den Schreibtisch. »Will, es steht doch außer Frage, daß wir alle der gleichen Ansicht sind. Aber wir müssen realistisch sein. Gillespie behält den Burschen im Auge. Und was die *Newsweek* angeht, so habe ich keine Ahnung, von wem sie herausgegeben wird, und es ist mir auch egal. Mir gefällt die Zeitschrift, und ich habe sie abonniert. Seien Sie doch vernünftig. Wir müssen die Sache durchstehen, schließlich bietet sich uns auch eine große Chance.«

»Mir ist es piepegal, was wir müssen«, gab Watkins zurück. »Aber der Nigger muß raus, bevor es zu einem Krawall kommt. Dann wird sich die Presse nämlich wieder mit uns befassen, und darauf sind wir bestimmt nicht scharf. Womöglich erscheint auch noch das FBI auf der Bildfläche.«

Schubert schlug wieder auf den Schreibtisch. »Klar, klar. Aber der Witz ist doch, daß wir alle den Fall geklärt und den Neger verschwinden sehen wollen. Bill hier meint, er hätte den Fall im Griff. Und wenn er das sagt, stimmt es.«

Er wandte sich an Gillespie. »Sie wissen, daß wir hinter Ihnen stehen, Bill. Tun Sie Ihre Pflicht. Nur zögern Sie nicht zu lange. Wenn der Fall geklärt ist, wird auch alles andere aus der Welt geschafft sein, und hier werden hoffentlich wieder normale Zustände einkehren.«

»Stimmt nicht«, wandte Dennis ein. »Erst müssen wir noch diese verdammten Musikfestspiele hinter uns bringen und unsere Frauen nachts einsperren, solange sich die Touristen hier herumtreiben.«

Schubert war am Rande eines Wutausbruchs, doch er bezwang sich. »So kommen wir nicht weiter. Ich glaube, wir verstehen einander«, erklärte er bestimmt. »Bill hat alle Hände voll zu tun, ich ebenfalls. Ich danke Ihnen, daß Sie gekommen sind. Wir werden Sie auf dem laufenden halten.«

Schweigend löste sich die Versammlung auf.

Auf dem Rückweg zum Büro ballte Gillespie die Fäuste. Es mußte doch eine Anweisung für das Vorgehen in Mordfällen geben. Er wollte sie hervorkramen und danach handeln. Schließlich verfügte er über genug Leute; sollten sie sich an die Arbeit machen.

Als Sam an diesem Abend um Viertel vor zwölf zum Dienst erschien, fand er zu seiner Überraschung Virgil Tibbs vor. Seine Überraschung steigerte sich noch, als er hörte, daß Virgil auf ihn gewartet hatte.

»Wenn es Ihnen nichts ausmacht, würde ich heute nacht gern mit Ihnen fahren«, sagte Tibbs.

Sam war verwirrt. Ihm fielen verschiedene Gründe ein, die für oder gegen das Anliegen des Negers sprachen.

»Die ganze Nacht?« fragte er.

Tibbs nickte.

»Ich weiß nicht, was Gillespie dazu sagen wird.« Sam zögerte.

»Er sagte, ich könne tun und lassen, was ich für richtig hielte. Ich halte es für richtig, mit Ihnen zu fahren.«

»Dann kommen Sie.«

Sam war nicht begeistert von der Vorstellung, acht Stunden in Tibbs Gesellschaft verbringen zu müssen. Aber vielleicht war es gar nicht so übel, zur Abwechslung einmal einen Begleiter zu haben, nachdem er drei Jahre lang allein Streife gefahren war. In dieser Nacht war es möglicherweise sogar angenehm. Beinahe schuldbewußt erinnerte sich Sam an seine Unruhe in der letzten Nacht. Wenn er sich weigerte, Tibbs mitzunehmen, konnte Gillespie ihm womöglich noch die Hölle heiß machen. Der Nachtbeamte war Zeuge, daß Tibbs sich auf Gillespies Einverständnis berufen hatte.

Als Sam sich hinter das Steuer setzte, öffnete Tibbs ruhig die linke Vordertür und ließ sich neben Sam nieder. Sam packte das Steuerrad mit festem Griff und überlegte, ob er eine Bemerkung machen sollte. Doch auch auf der Fahrt zum Haus der Endicotts waren sie so gesessen. Na schön, unerträglich war es nicht. Er ließ den Motor an und fuhr rückwärts vom Parkplatz.

»Wie soll ich fahren?« fragte er, sobald der Wagen auf die Straße rollte.

»Wenn es Ihnen nicht zuviel Mühe macht«, erwiderte Tibbs, »dann wäre es mir lieb, wenn Sie möglichst genau die Route wiederholen würden, die Sie in der Mordnacht fuhren. Etwa mit der gleichen Geschwindigkeit. Geht das?«

»Klar, ohne weiteres. Die Zeit wird höchstens um fünf Minuten differieren.«

»Sehr gut. Soll ich den Mund halten und Sie beim Fahren nicht stören?«

»Sie können reden, soviel Sie wollen«, versetzte Sam. »Das stört mich gar nicht.«

Dennoch saßen sie eine ganze Weile schweigend nebeneinander. Sam setzte seinen Stolz darein, das Fahrzeug zuverlässig mit der gleichen Geschwindigkeit wie in jener Nacht durch dieselben Straßen zu steuern. Er blickte auf die Uhr. »Haben Sie schon irgend etwas Besonderes festgestellt?« fragte er.

»Nur, wie heiß es mitten in der Nacht sein kann«, erwiderte Tibbs.

»Ich dachte, das wüßten Sie«, meinte Sam.

»Touché«, versetzte Tibbs.

»Was bedeutet dieses Wort genau?« erkundigte sich Sam.

»Es kommt aus dem Fechtsport. Wenn der Gegner einen gültigen Hieb anbringt, dann bestätigt man das mit dem Wort ›touché‹. Wörtlich übersetzt heißt es ›berührt‹.«

»In welcher Sprache?«

»Französisch.«

»Sie wissen wirklich allerhand, Virgil, das muß man Ihnen lassen.« Sam steuerte den Wagen schweigend um eine Ecke und blickte wieder auf die Uhr.

»Ich kann nicht so gut chauffieren wie Sie«, erklärte Tibbs. »Ich kenne keinen so guten Fahrer.«

Obwohl er es sich nicht eingestehen wollte, fühlte sich Sam geschmeichelt. Er wußte, daß er ein ausgezeichneter Autofahrer war, und freute sich, daß auch ein anderer das bemerkt hatte. Trotz seiner Prinzipien spürte er einen Anflug von Sympathie für Tibbs.

»Vielleicht können Sie mir eine Frage beantworten, Virgil. Ich las neulich eine Geschichte über einen Mann, der Todesangst hatte. Er wanderte durch die Nacht und wartete nur darauf, daß jemand ihn überfiel. Er meinte, die Furcht in der Luft riechen zu können. Der Schriftsteller gebrauchte dafür ein Wort, an das ich mich einfach nicht mehr erinnern kann. Es fängt mit *m* an und hat mich irgendwie an das Miauen einer Katze erinnert.«

»Lassen Sie mich mal nachdenken. Könnte es *Miasma* sein?« sagte Tibbs.

»Richtig«, rief Sam. »Ich hab' dauernd darüber nachgedacht. Es ist doch ein ziemlich seltenes Wort. Woher wissen Sie es?«

»Ich las es auch in einem Buch. Verschiedentlich, deshalb prägte es sich mir ein. Reiner Zufall.«

»Wenn ich nur länger zur Schule gegangen wäre«, meinte Sam, selbst über dieses vertrauliche Geständnis überrascht. »Ich besuchte eine Zeitlang die High School, und dann nahm ich eine Stellung in einer Autowerkstatt an. Später ging ich dann zur Polizei.«

»Haben Sie den Kurs beim FBI mitgemacht?« fragte Tibbs.

»Nein, dazu kam ich gar nicht. Ach, da fällt mir übrigens noch etwas ein, was ich Sie fragen wollte.«

Tibbs wartete, dann meinte er aufmunternd: »Bitte, schießen Sie los.«

»Vielleicht geht es mich gar nichts an, aber ich hörte, daß Sie Gillespie heute etwas mitteilten, was ihn offenbar verblüffte. Mich würde interessieren, worum es ging.«

Virgil Tibbs starrte einen Moment durch die Windschutzscheibe. »Ich sagte ihm, daß Mantoli nicht an der Stelle getötet worden ist, wo Sie seine Leiche fanden, sondern daß man ihn nach seinem Tod dorthin geschleppt hatte. Aus diesem Grund konnte dieser Gottschalk mit der Sache nichts zu tun haben. Die Leiche lag zweifellos noch nicht neben der Fahrbahn, als er durch die Stadt fuhr.«

»Woher, zum Teufel, wissen Sie das alles?«

»Sie wüßten das ebenso, Sam, wenn Sie Gelegenheit gehabt hätten, den Toten zu untersuchen.«

Sam zuckte zusammen, als er seinen Vornamen hörte. Gerade jetzt, da sich bei ihm leise Sympathie für den Mann an seiner Seite zu regen begann, stellte dieser sich gewissermaßen mit ihm auf eine Stufe, und das wollte Sam einfach nicht zulassen. Doch vorläufig beschloß er, die Sache zu übergehen. Er fragte nur: »Wie?«

»Ich sah mir seine Handflächen an.«

»Wie wär's, wenn Sie sich näher erklärten?« Sam, der noch immer ein wenig pikiert war, hatte einen gebieterischen Ton anschlagen wollen, doch als er die Aufforderung aussprach, klang sie recht milde.

»Schön, Sam, kommen wir zu dem Augenblick zurück, als Mantoli auf den Kopf geschlagen wurde. Wir wissen, daß der Hieb tödlich war, doch es ist nicht klar, ob der Mann sofort starb oder zumindest noch ein paar Sekunden lebte.«

Sam lenkte den Wagen eine sanft ansteigende Straße hinauf und blickte wieder auf die Uhr. Er hatte die Zeit genau eingehalten. Jetzt hörte er aufmerksam zu.

»Angenommen, der Mann war sofort tot oder wenigstens bewußtlos, was mußte die unmittelbare Folge sein?«

»Daß er zu Boden fiel.«

»Ja, aber wie würde er fallen? Vergessen Sie nicht, er ist entweder tot oder bewußtlos.«

Sam überlegte. »Ich nehme an, er würde schlaff zusammensacken.« Er warf Tibbs einen Blick zu.

»Stimmt genau. Seine Knie würden nachgeben, seine Schultern erschlaffen, sein Kopf würde kraftlos nach vorn hängen, und er würde wie ein Häufchen Elend zu Boden gehen.«

Sams Gedanken machten einen Sprung, als ihm klar wurde, worauf Tibbs hinauswollte. »Aber Mantolis Körper war ausgestreckt, die Arme waren über den Kopf gereckt.«

»Richtig«, stimmte Tibbs zu. »Ich sah die Fotos.«

»Moment«, unterbrach Sam. »Wenn er nun nach dem Schlag noch ein paar Sekunden bei Bewußtsein war?«

»Weiter«, forderte Tibbs ihn auf.

»Dann hat er doch sicher die Arme nach vorn geworfen und versucht, sich zu retten.«

»Jetzt reden Sie schon wie ein Kriminalbeamter«, stellte Tibbs ermutigend fest.

»Und so fand ich ihn.«

»Richtig.«

»Vielleicht war er also noch bei Bewußtsein, nachdem ihn der Schlag getroffen hatte.«

Sam war so vertieft in das Gespräch, daß er vergaß, abzubiegen. Mit einem raschen Blick nach rückwärts vergewisserte er sich, daß die Straße frei war, und wendete. Er gab Gas, um die Zeit aufzuholen, die er verloren hatte.

»Das glaube ich nicht«, widersprach Tibbs.

»Dann ist mir wohl etwas entgangen?«

»Nehmen Sie mal an, Mantoli wäre an der Stelle niedergeschlagen worden, wo Sie ihn fanden. Aus seiner Körperlage läßt sich entnehmen, daß er versucht haben muß, den Sturz mit den Händen abzufangen.«

»Ich verstehe!« rief Sam. »Wenn er das getan hätte, dann hätte er sich die Hände am Beton aufgeschürft.«

»Und?«

»Wenn sich also an seinen Handflächen keine Hautabschürfungen feststellen ließen, dann kann er nicht auf der Straße gefallen sein.«

»Und wenn er doch auf der Straße gefallen sein sollte«, fügte Tibbs hinzu, »dann hat ihn hinterher jemand ausgestreckt.«

»Ja, wenn das auch nicht sehr wahrscheinlich ist«, meinte Sam, »denn die Sache spielte sich auf der Fernstraße ab, wo jeden Augenblick ein Auto kommen konnte.«

»Sam«, erklärte Tibbs, »Sie haben das Zeug zu einem erstklassigen Kriminalbeamten.«

Diesmal fiel es Sam gar nicht auf, daß Tibbs ihn beim Vornamen genannt hatte. Seine Gedanken machten einen Sprung in die Zukunft: Sam Wood, Kriminalpolizei, Kanone der Mordkommission. Er wandte sich wieder an Tibbs. »Virgil, wie sind Sie zur Mordkommission gekommen?«

»Ich habe eine gründliche Ausbildung und zehn Jahre Erfahrung hinter mir. Jeder, der in Pasadena zur Polizei geht, muß erst einmal die Schulbank drücken. Es ist unglaublich, was sie einem dort in relativ kurzer Zeit alles beibringen.«

Sam überlegte gründlich, ehe er seine nächste Frage stellte. »Jetzt möchte ich Sie etwas fragen, was Ihnen nicht gefallen wird, Virgil. Aber ich will es wissen. Wieso hat man Sie angenommen? Nein, so meine ich es gar nicht. Ich will Sie ganz unverblümt fragen, wieso einem Farbigen diese Karriere offenstehen konnte.«

Tibbs konterte mit einer Gegenfrage. »Sie haben Ihr ganzes Leben im Süden verbracht, nicht wahr?«

»Weiter als bis Atlanta bin ich nie gekommen«, bestätigte Sam.

»Nun, unter diesen Umständen wird es Ihnen zwar schwerfallen, mir zu glauben, doch es gibt in diesem Land Gebiete, wo ein Farbiger genau wie ein Weißer, nämlich als menschliches Wesen, angesehen wird. Nicht jeder hat diese Einstellung, aber doch die Mehrzahl, und es kann vorkommen, daß ich zu Hause wochenlang nicht daran erinnert werde, daß ich Neger bin. Hier hält es mir alle fünfzehn Minuten jemand vor. Nehmen Sie einmal an, Sie kommen in eine Gegend, wo die Menschen Sie verachten, weil Sie den Dialekt der Südstaatler sprechen. Können Sie dann vielleicht verstehen, was man empfindet, wenn einem unablässig etwas zum Vorwurf gemacht wird, wofür man nichts kann und was im Grunde genommen keine Rolle spielen dürfte?«

Sam schüttelte den Kopf. »Hier unten gibt es Leute, die Sie für das, was Sie eben sagten, umbringen würden«, warnte er.

»Sie haben den Nagel auf den Kopf getroffen«, erwiderte Tibbs.

Sam dachte eine Weile über die Bemerkung nach. Dann fand er, sie hätten genug geredet, und schwieg. Als er schließlich vor der Simon-Apotheke anhielt und auf seine Uhr sah, stellte er fest, daß er genau eine Minute zu früh dran war. Er nahm das Meldeformular und füllte es sorgsam aus. Als er wieder auf die Uhr blickte, bemerkte er befriedigt, daß er eine halbe Minute länger als sonst gebraucht hatte, so daß die Hälfte des einminutigen Vorsprungs ausgeglichen war. Mit reinem Gewissen verzeichnete er die Zeit und reichte das Formular schweigend Tibbs, nachdem er die Innenbeleuchtung eingeschaltet hatte.

Der Neger studierte es aufmerksam und gab es dann zurück. Sam wußte, daß ihm die Zeitgleichheit nicht entgangen war. Er hatte recht. »Das ist erstaunlich Sam«, erklärte Tibbs. »Ich kenne nur wenige, die es fertiggebracht hätten, auf die Minute genau hier anzukommen.« Tibbs hielt einen Moment inne. »Was jetzt folgt, ist der kritischste Teil. Das wissen Sie.«

»Natürlich weiß ich das, Mr. Tibbs«, versetzte Sam mit einem Unterton von Boshaftigkeit.

»Dann ist mein Vertrauen in Sie gerechtfertigt«, antwortete Tibbs. Die Bemerkung verblüffte Sam. Er war sich nicht ganz klar, wie sie gemeint war.

»Also, fahren wir«, meinte er und legte den Gang ein.

Der Wagen polterte über den Bahnübergang in das Armenviertel. Wieder spähte Sam scharf aus und hielt nach schlafenden Hunden Ausschau. Er folgte der üblichen Route an den winzigen, ungestrichenen Holzhäusern vorbei, kreuzte erneut die Bahnlinie und rollte durch die Straße, in der das Haus der Purdys stand.

In diesem Moment fiel Sam Delores Purdy ein. Angenommen, sie war wieder in der Küche? Schon dreimal zuvor war es geschehen. Ein unbekleidetes, hübsches weißes Mädchen vor den Augen eines Negers!

Zwei Straßen vor dem Haus der Purdys bog Sam nach rechts in eine kleine Seitenstraße. Leises Schuldbewußtsein peinigte ihn, doch er unterdrückte es. Er war sicher, daß diese kleine Abweichung nicht auffallen würde.

Nach zwei Straßen bog Sam nach links ab. Als der Wagen plötzlich über Schotter holperte, schreckte er auf. Dann fiel ihm ein, daß die Straße an der nächsten Kreuzung wieder auf seine übliche Route zurückführte. Das Haus der Purdys lag dann hinter ihnen. An der Ecke bog er ab, spürte wieder Asphalt unter den Rädern und fuhr geradeaus bis zur Fernstraße. Wie immer hielt er an und schlug dann die Richtung zum Drive-in ein.

Während er mit steigender Geschwindigkeit dahinfuhr, überlegte er, was er mit Virgil machen sollte, solange er im Restaurant war. Farbigen war der Zutritt verboten. Ihm war noch keine Lösung eingefallen, als er vor dem Restaurant hielt. Er sah auf seine Uhr.

»Noch immer planmäßig?« erkundigte sich Tibbs.

Sam nickte. »Hier mache ich fünfzehn Minuten Pause und esse etwas.«

Ehe er weitersprechen konnte, half ihm Tibbs aus der Verlegenheit.

»Gehen Sie nur, und lassen Sie sich Zeit«, sagte er. »Ich warte hier auf Sie.«

Drinnen ließ Sam sein Gewissen keine Ruhe. Es war erwacht, als er den kleinen, an sich unwichtigen Abstecher gemacht hatte. Daß er jetzt einen Mann draußen warten ließ, auch wenn es ein Schwarzer war, während er hier in relativem Behagen ausspannte, erfüllte Sam mit Schuldbewußtsein.

»Mach mir ein Schinkenbrot und ein Stück Kuchen zum Mitnehmen zurecht«, sagte er zu Ralph. »Und einen Karton Milch mit Strohhalm.«

»Doch nicht für den Nigger?« fragte Ralph. »Dann haben wir nämlich nichts da.«

Sam richtete sich zu seiner vollen Größe auf. »Tu, was ich dir sage«, befahl er schneidend. »Es geht dich nicht das geringste an, wozu ich die Sachen brauche.«

Ralph wurde sichtlich kleinlaut, doch er gab nicht auf. »Das wird dem Chef nicht recht sein.«

»Los!« befahl Sam nur.

Ralph machte sich wütend an die Arbeit. Als Sam einen Dollar auf die Theke legte, gab ihm der Kellner das Kleingeld mit einer Bewegung zurück, als hätte er etwas Schmutziges angefaßt. Und als der Beamte die Tür hinter sich geschlossen hatte, verzog ein höhnisches Grinsen das picklige Gesicht des Jungen. »Niggerfreund!« Er wollte seinem Chef Bescheid geben, der war beim Stadtrat.

Ralphs Mißvergnügen beeindruckte Sam nicht im geringsten. Im Gegenteil, es trug dazu bei, sein Gewissen zu beruhigen. Als er Virgil Tibbs das Essen gab, war er stolz auf sich. Er ließ den Motor an, fuhr auf die Fernstraße hinaus und blickte auf die Uhr. Er war auf die Minute pünktlich. Wenige Meter vor der Stelle, wo er die Leiche entdeckt hatte, hielt er an und schaltete das rote Blinklicht ein.

»Wie stimmt es mit der Zeit?« fragte Tibbs.

»Haargenau«, versetzte Sam.

»Vielen Dank«, sagte Tibbs. »Sie haben mir eine Menge geholfen, mehr als Sie ahnen. Und danke auch, daß Sie mir etwas zu essen mitgebracht haben.« Er hielt inne, um in sein Sandwich zu beißen und einen Schluck Milch zu trinken. »Jetzt möchte ich Sie nur eines fragen: Weshalb haben Sie absichtlich Ihre Fahrtroute geändert, nachdem wir vorhin den Bahnübergang überquerten?«

9

Die Beförderung zum Polizeichef von Wells hatte Bill Gillespie gefeiert, indem er sich verschiedene Bücher über polizeiliche Verwaltungs- und Ermittlungsarbeit gekauft hatte. Während der ersten zwei Wochen hatten sie ihm ein Gefühl von Wichtigkeit verliehen, obwohl er nicht dazu kam, sie zu lesen. Nach der Besprechung im Büro des Bürgermeisters beschloß er, sich ohne Verzögerung der Lektüre zu widmen. Im Schweigen des frühen Abends, nachdem er gut gegessen und seine Hausschuhe angezogen hatte, setzte er sich unter die Lampe, ernsthaft bemüht, sein Wissen zu erweitern.

Er begann mit Snyders *Homicide Investigation.* Aber bald sah er ein, daß es unzählige Dinge gab, die er nicht wußte, Vorarbeiten, die er versäumt hatte. Da ging es beispielsweise um die Leiche. An Stelle einer gründlichen Untersuchung hatte er nur einen flüchtigen Blick auf den Toten geworfen und sich rasch wieder davongemacht. Und das auch noch vor Zeugen. Glücklicherweise war es niemand aufgefallen.

Dann fiel ihm Virgil Tibbs ein. Der war zugegen und hatte allem Anschein nach auch eine sehr gründliche Untersuchung des Toten vorgenommen.

Gillespie legte das Buch nieder und verschränkte die Arme hinter dem Kopf. In einer seltenen Anwandlung von Fairneß gestand er sich ein, daß dieser Punkt dem Neger gutzuschreiben war. Dann kam ihm der glückliche Einfall, daß er Tibbs noch immer um einen Bericht bitten und so die Lücke in seiner eigenen Ermittlungsarbeit schließen konnte. Der einzige Nachteil war, daß er damit Tibbs' berufliches Können bis zu einem gewissen Grad anerkannte. Gillespie erwog einen Moment das Für und Wider und entschied dann, daß der Preis nicht zu hoch war. Gleich morgen wollte er den Bericht verlangen.

Als er schließlich zu Bett ging, war er überzeugt, den Abend sehr nutzbringend verbracht zu haben. Er schlief ausgezeichnet.

Auch am Morgen verließ ihn seine Zuversicht nicht. Während er sich rasierte und frühstückte, plante er verschiedene Schritte, die er im Lauf des Tages zu unternehmen gedachte.

Als er im Revier erschien, wartete Eric Kaufmann auf ihn. Gillespie empfing ihn in seinem Büro und bat ihn, Platz zu nehmen. »Was kann ich für Sie tun?«

»Ich möchte einen Waffenschein beantragen«, erklärte Kaufmann ohne Umschweife.

»Einen Waffenschein? Warum? Haben Sie denn im allgemeinen viel Geld bei sich?« fragte Gillespie.

»Nein, leider nicht«, versetzte Kaufmann.

»Wozu brauchen Sie dann eine Waffe?«

Kaufmann beugte sich vor. »Mr. Gillespie, bitte mißverstehen Sie mich nicht, ich will die Fähigkeiten Ihrer Leute keineswegs anzweifeln, doch in dieser Stadt verbirgt sich ein Mörder. Er erschlug den Maestro. Miss Mantoli oder ich könnten das nächste Opfer sein. Erst wenn sich herausstellt, aus welchem Grund der Mord begangen wurde, werde ich mich ohne Schutz wieder einigermaßen sicher fühlen.«

»Sie haben also vor, noch eine Weile hierzubleiben?«

»Ja. Mr. Endicott und die Mitglieder des Komitees haben mich gebeten, weiterhin die Festspiele zu organisieren, bis ein

Ersatz für Maestro Mantoli gefunden wird. Duena – ich meine Miss Mantoli – wird auch nach den Spielen bei den Endicotts bleiben. Sie hat kein Heim.«

»Wollte sie nicht mit der Leiche ihres Vaters nach Italien zurückkehren?«

»Sie wird den Toten nach Italien begleiten, doch nur wenige Tage dort bleiben. Schließlich ist sie in den Vereinigten Staaten geboren, und Mantoli war amerikanischer Staatsbürger, wenn auch alle seine Angehörigen in Italien leben.«

»Mr. Kaufmann«, fragte Gillespie, »sind Sie vorbestraft?«

»Keinesfalls«, erklärte Kaufmann. »Ich habe mir nie etwas zuschulden kommen lassen, abgesehen von alltäglichen Verkehrssünden.«

Gillespie schaltete die Sprechanlage ein. »Arnold, nehmen Sie sich Mr. Kaufmanns Antrag auf einen Waffenschein vor, und machen Sie die Karte mit seinen Fingerabdrücken fertig.«

»Vielen Dank«, sagte Kaufmann. »Bedeutet das, daß ich mir jetzt einen Revolver kaufen kann?«

»Offiziell nicht«, erwiderte Gillespie. »Erst muß der Antrag an höherer Stelle genehmigt werden.«

»Wie lange wird das dauern?«

»Ach, ein paar Tage. Wenn Sie aber das Gefühl haben, sich in Gefahr zu befinden, dann kaufen Sie ruhig eine Waffe und bringen Sie sie her, damit wir sie eintragen können. Ich werde Ihnen dann eine Genehmigung für die Stadt geben, bis Ihr Antrag erledigt ist. Allerdings können Sie die Waffe außerhalb der Stadtgrenzen nicht tragen.«

Kaufmann stand auf. »Ich danke Ihnen für Ihr Entgegenkommen.«

»Keine Ursache.« Gillespie erhob sich, reichte Kaufmann die Hand und machte es sich in seinem Sessel bequem.

Wenig später erschien Pete mit dem Tagesbericht.

»Was Interessantes?« fragte Gillespie.

Pete schüttelte den Kopf. »Kaum. Soweit ich sehen kann, nichts, was im Mordfall Mantoli weiterhilft.« Pete zögerte. »Wußten Sie, daß Sam Wood heute nacht Gesellschaft hatte?«

Gillespie hob fragend die Brauen.

»Virgil fuhr mit ihm«, erklärte Pete. »Er kam kurz vor Mitternacht hier an und fragte, ob er mitfahren könnte. Sie hatten angeordnet, Virgil sollte bei seinen Bemühungen unterstützt werden, deshalb nahm Sam ihn mit.«

»Das wird Sam Spaß gemacht haben«, bemerkte Gillespie.

»Das glaube ich weniger«, versetzte Pete. »Sam soll gegen vier zurückgekommen sein und ihn abgesetzt haben. Angeblich war er wütend.«

»Wo ist Virgil jetzt?«

»Keine Ahnung. Er lieh sich einen Stadtplan und fuhr mit seinem Wagen ab.«

»Wenn er kommt, sagen Sie ihm, daß ich ihn sprechen möchte«, befahl Gillespie.

»In Ordnung, Sir. Ach, bei Ihrer Post liegt übrigens ein Brief, den wir nicht geöffnet haben. Steht ›Vertraulich‹ drauf.«

»Danke.« Gillespie nickte zum Zeichen, daß Pete entlassen war, und kramte in dem Stapel geöffneter Briefe auf seinem Schreibtisch nach dem Privatbrief. Als er ihn fand und feststellte, daß es sich um einen neutralen Umschlag ohne Absender handelte, wußte er, was er zu erwarten hatte. Er riß das Kuvert auf und überflog rasch und ärgerlich die Worte auf dem einzelnen Blatt.

Gillespie,

Vielleicht haben Sie sich mal gewundert, wieso Sie die Stellung hier bekamen, während eine Reihe besserer Bewerber abgelehnt wurde. Sie bekamen sie, weil Sie aus dem Süden stammen, und weil wir meinten, Sie wären Manns genug, die Nigger da zu halten, wo sie hingehören. Wir wollen keine Integration. Sie sollen die verdammten Nigger aus unseren Schulen und den Posten, an die Niggerfreunde sie drängen wollen, heraushalten. Wir wollen keinen Nigger bei der Polizei. Schieben Sie also den Schwarzen ab, der für Sie arbeitet, sonst geschieht ein Unglück. Wenn Sie es nicht tun, werden wir die Sache übernehmen. Wir spaßen nicht. Wenn Sie untätig bleiben, waren Sie die längste Zeit in Wells.

Sie sind gewarnt.

Wut flammte in Gillespie auf und steigerte sich, bis er sie fast nicht mehr bezähmen konnte. Er wußte, daß er den Brief eigentlich genau durchsehen mußte, um einen Hinweis auf den Absender zu entdecken, doch er wußte auch, daß er nichts finden würde. Er knüllte das Blatt zusammen und warf den kleinen Papierball zornig in den Papierkorb. Er ballte die Fäuste, hielt sie kampflustig hoch und starrte sie an. Dieses weiße Pack aus den Südstaaten sollte sich unterstehen, einem Texaner Befehle zu geben! Er war der Polizeichef, ob es ihnen paßte oder nicht.

Er hatte sich noch nicht beruhigt, als Petes Stimme aus der Sprechanlage ertönte. »Ja?« fragte Gillespie.

»Virgil rief gerade an. Ich sagte ihm, daß Sie ihn sprechen wollen. Er ist auf dem Weg hierher.«

Im ersten Moment erwachte in Gillespie neue Wut gegen den Neger, der ihn in diese Lage gebracht hatte. Dann schlug seine Stimmung um. Man hatte ihm befohlen, Tibbs abzuschieben. Allein aus diesem Grund schon beschloß er, ihn so lange dazubehalten, wie es ihm gefiel.

Er schmiedete noch immer Pläne, wie er seinen Gegnern eins auswischen konnte, als an der Tür geklopft wurde. Er blickte auf und sah die Ursache aller Scherereien respektvoll auf der Schwelle stehen.

»Sie wollten mich sprechen, Sir?« sagte Tibbs.

Gillespie bemühte sich, unbefangen zu sprechen und seinen Zorn zu unterdrücken. »Ja, Virgil. Ich hätte gern gewußt, wann Sie mir einen Bericht über die Untersuchung von Mantolis Leiche geben wollen.«

Tibbs' meist beherrschtes Gesicht verriet Überraschung. »Ich gab ihn vor zwei Tagen Mr. Arnold. Ich dachte, Sie hätten ihn bekommen.«

»Ach, dann liegt er wahrscheinlich auf meinem Schreibtisch«, versetzte Gillespie. »Außerdem wollte ich Sie fragen, weshalb Sie heute nacht mit Sam – mit Mr. Wood gefahren sind.«

»Weil ich genau wissen wollte, was er tat, bevor er den Toten entdeckte. Welche Straßen er fuhr und wann.«

»Ach? Sie halten das für wichtig?«

»Ja, Sir.«

»Aha. Und erfuhren Sie alles?«

»So ziemlich. Das übrige ergab sich heute morgen.«

»Virgil, ich hörte, daß Sam ziemlich mißmutig war, als er Sie heute morgen hier absetzte. Womit haben Sie Mr. Wood verärgert? Er ist im allgemeinen ein ruhiger Mensch.«

Tibbs zögerte und verschränkte die Finger. »Mr. Wood und ich kamen sehr gut miteinander aus. Allerdings hat er einmal versucht, mich aufs Glatteis zu führen, und als ich darüber eine Bemerkung machte, brachte er mich wortlos hierher.«

»Was meinen Sie damit? Wieso wollte Mr. Wood Sie aufs Glatteis führen?«

»Ja, Sir, wenn Sie es genau wissen wollen... Ich bat ihn, genau die Route zu fahren wie in der Mordnacht, doch an einer Stelle machte er einen Umweg.«

Gillespie kippte seinen Sessel zurück. »Virgil, Sie müssen sich klarmachen, daß Mr. Wood schon über drei Jahre Nacht für Nacht in dieser Stadt Streife fährt. Er legt es darauf an, seine Route ständig zu ändern, so daß kein Mensch vorhersagen kann, an welchem Ort er sich um eine bestimmte Zeit befindet. Sie können von ihm nicht erwarten, daß er den Weg, den er in der Mordnacht fuhr, genau im Kopf hat.«

»Danke, Sir«, sagte Tibbs. »Gibt es sonst noch etwas, weshalb Sie mich sprechen wollten?«

Gillespie dachte nach. »Nein, das ist alles.«

Als der Neger gegangen war, rutschte Gillespie tiefer in seinen Sessel. Ein plötzlicher Gedanke war in ihm aufgekeimt, und er fragte sich, wieso er nicht schon früher darauf gekommen war. Es war ein überraschender Gedanke, doch er konnte die Lösung bedeuten.

Er schloß die Augen und sah vor sich jemanden, der in der hocherhobenen Hand ein Holzscheit hielt und damit einen gemeinen, erbarmungslosen Schlag führte. Den Schlag, der den Schädel des kleinen Italieners zertrümmert hatte. Der Mann, den er vor sich sah, der roh und brutal dem Leben eines Mitmenschen ein Ende gesetzt hatte, war Sam Wood.

Sam hatte die Gelegenheit dazu gehabt, daran bestand kein Zweifel. Für Sam mußte es einfach gewesen sein, für jeden anderen ein ungeheures Risiko. Wenn Sam sich dem kleinen Mann genähert hatte, so konnte dieser selbst in den frühen Morgenstunden nichts Böses ahnen, da er von einem Polizeibeamten in Uniform nichts fürchtete. Impulsiv hob Gillespie den Telefonhörer ab, rief die Bank an und ließ sich mit Mr. Jennings verbinden.

»Ich möchte Ihnen unter dem Siegel der Verschwiegenheit eine Frage stellen, die einen unserer Beamten angeht«, begann Gillespie. »Kennen Sie Sam Wood?«

»Sehr gut«, versetzte Jennings prompt.

»Ich möchte folgendes wissen«, erklärte Gillespie. »Hat er im Lauf der letzten zwei Monate ungewöhnliche Einzahlungen oder Abhebungen vorgenommen? Mußte er einen Kredit aufnehmen?«

»Im allgemeinen behandeln wir Auskünfte über unsere Kunden streng vertraulich«, erwiderte Jennings ausweichend. »Auf jeden Fall geben wir solche Informationen nur ungern per Telefon. Sie werden verstehen, weshalb.«

Gillespies Geduldsfaden war dem Zerreißen nahe. »Schon gut, schon gut. Sie sind vorsichtig, und das verstehe ich. Sie müssen schließlich Ihre Pflicht tun. Aber meine Frage haben Sie nicht beantwortet.«

»Lassen Sie mich eine Frage stellen, Mr. Gillespie«, gab Jennings zurück. »Hat Ihre Anfrage dienstliche Gründe?«

»Wenn Sie so wollen.«

»Dann sind wir selbstverständlich bereit, Ihnen Auskunft zu geben. Ich schlage vor, Sie kommen in mein Büro, dann lege ich Ihnen die Bücher vor.«

»Könnten Sie sie nicht hierher bringen lassen?«

»Wenn Sie uns eine entsprechende gerichtliche Verfügung vorlegen, gern«, erwiderte Jennings gelassen. »Andernfalls wäre es besser, Sie kämen vorbei. Wir geben unsere Bücher nicht gern aus der Hand und wollen möglichst keine Kopien machen.«

Gillespie sah ein, daß er so nicht weiterkam, und legte auf.

Es ärgerte ihn, daß aus Jennings nicht einmal eine Andeutung herauszulocken war. Raub schien nicht das Mordmotiv gewesen zu sein, doch Kaufmann hatte erwähnt, daß Mantoli gewöhnlich größere Beträge bei sich trug. Es war möglich, daß Sam Wood ihn getötet und beraubt, aber genug Geld zurückgelassen hatte, um jeden Verdacht zu zerstreuen. Dergleichen war schon vorgekommen.

Arnold erschien an der Tür, in der Hand einige Papiere. »Virgil sagt, Sie möchten seinen Bericht sehen.«

»Natürlich«, fauchte Gillespie. »Warum haben Sie ihn nicht gleich gebracht?«

»Ich wußte nicht, daß Sie ihn lesen wollten«, versetzte Arnold, zuckte die Schultern und ging.

Bill Gillespie vertiefte sich in den Bericht. Mit jedem Absatz, den er las, wuchs sein Haß. Haß auf den Untergebenen, der einer anderen Rasse angehörte und der dieses ausführliche Schriftstück besser aufgesetzt hatte, als er selbst es je fertiggebracht hätte. Doch es konnte ihn davor bewahren, im Zeugenstand in eine peinliche Lage zu geraten, wenn es zu einer Gerichtsverhandlung kam. Er erfuhr vieles über den verstorbenen Maestro Mantoli, was er zuvor nicht gewußt hatte. Obwohl er sich Mühe gab, gelang es ihm nicht, seinen Zorn darüber zu bezwingen, daß dies die Arbeit eines Negers war. Neger hatten kein Recht, intelligent zu sein.

Das Telefon klingelte. Frank Schubert meldete sich. »Bill, ich störe Sie nicht gern, aber bei mir hat heute den ganzen Tag das Telefon geklingelt. Können Sie mir heute mehr über den Fall sagen als gestern? Im Stadtrat herrscht größte Unruhe, und die ganze Stadt erkundigt sich bei mir, wann der Mörder endlich gefaßt wird.«

»Verflixt noch mal, Frank, fahren Sie doch den Leuten über den Mund. Es ist schließlich meine Sache, die Ermittlungen zu führen. Es hilft gar nichts, wenn man versucht, mich unter Druck zu setzen. Das sollten Sie eigentlich wissen.«

Bürgermeister Schubert zögerte einen Moment. »Gut, Bill. Ich verstehe Sie. Äh – noch etwas – haben Sie den Farbigen aus Kalifornien inzwischen heimgeschickt?«

»Nein, und ich werde es auch nicht tun.« Es kostete Gillespie Anstrengung, sich zu beherrschen.

»Ich halte es aber für ratsam, Bill.«

»Kommt schon aus persönlichen Gründen nicht in Frage.« Gillespies Stimme wurde lauter. »Frank, ich muß jetzt Schluß machen. Ich werde anrufen, sobald es etwas Neues gibt.«

»Hm. Na schön, Bill.« Schubert legte auf.

Gillespie begriff, daß auch die Geduld des Bürgermeisters dem Reißen nahe war. Und wenn Frank Schubert die Geduld verlor, dann war es aus mit dem Polizeichef.

»Wo ist Virgil?« rief Gillespie in die Sprechanlage.

»Weggegangen«, erwiderte Pete. »Ein Pfarrer Soundso rief an. Daraufhin schoß er ab wie eine Rakete. Brauchen Sie ihn?«

»Später«, versetzte Gillespie und schaltete aus. Er sprang auf, nahm seinen Hut und machte sich auf den Weg zu seinem Wagen. Eine Sache jedenfalls wollte er sofort regeln.

Er gab Gas und fuhr zur Bank.

Jennings empfing ihn höflich und ließ sich sogleich Sam Woods Kontoauszüge bringen. Gillespie stellte mit Genugtuung fest, daß sein Wort und seine Persönlichkeit in dieser Stadt, gegen die er wachsende Abneigung empfand, noch einiges Gewicht besaßen. Jennings sah die Akte schweigend durch und behielt sie in der Hand, während er sprach.

»Mr. Wood hat seit mehreren Jahren ein Konto bei uns. Es betrug nie mehr als ein paar hundert Dollar. Zweimal hat er überzogen, zahlte jedoch prompt wieder ein, so daß seine Kreditwürdigkeit niemals in Frage gestellt wurde. Einzahlungen und Auszahlungen wurden regelmäßig vorgenommen.«

»Sonst noch was?« fragte Gillespie ungeduldig.

»Darauf komme ich jetzt«, versetzte Jennings ungerührt. »Vor zwei Tagen hat Mr. Wood die Hypothek auf sein Haus bezahlt. Das Haus ist klein, und die Hypothekenschuld war nicht mehr hoch. Er zahlte einen Scheck ein. Wie er sagte, war es ein Legat, das er per Post erhalten hatte, und dazu sechshundert Dollar in bar.«

»Sechshundert Dollar in bar?« wiederholte Gillespie. »Höchst ungewöhnlich.«

»Ja und nein«, meinte Jennings. »Es gibt noch viele Leute, die zu Hause einen Sparstrumpf haben, obwohl ihnen dadurch Zinsen entgehen.«

»Aber nicht, wenn sie schon über ein Bankkonto verfügen«, erklärte Gillespie. Die Tragweite des soeben Erfahrenen wurde ihm nur langsam klar. Er hatte einen Alleingang gewagt und ins Tor getroffen.

Sam Wood setzte seinen Stolz darein, dem Revier jeden Tag um vier Uhr einen Besuch abzustatten. An diesem Tag verspürte er nicht die geringste Lust dazu, doch er überwand sich aus Prestigegründen. Nachdem er Virgil Tibbs nachts abgesetzt hatte und wieder allein durch die Stadt gefahren war, war ihm aufgegangen, daß er seinem Begleiter Unrecht getan hatte. Vergeblich hatte er darüber nachgedacht, wie Tibbs sein kleines Täuschungsmanöver wohl entdeckt haben mochte. Jedenfalls hatte er es entdeckt, und deshalb war Sam auf eine Begegnung mit Virgil Tibbs nicht erpicht.

Als Sam den Vorsaal betrat, erkannte er Eric Kaufmann, der sich mit Pete unterhielt. Kaufmann zeigte einen kleinen Revolver, und Pete notierte offenbar Marke und Seriennummer.

Als Kaufmann Sam bemerkte, kam er auf ihn zu. »Haben Sie einen Moment Zeit?« fragte er. »Ich bin hier gleich fertig.«

»Natürlich.« Sam ließ sich auf der Bank an der Wand nieder. Kurz danach steckte Kaufmann die kleine Waffe ein und setzte sich neben ihn.

»Zunächst«, begann er, »möchte ich mich noch einmal entschuldigen, daß ich neulich nachts so gereizt war. Ich machte mir Sorgen und war ziemlich erregt, aber das ist natürlich kein Freibrief.«

»Schon gut«, meinte Sam großzügig.

»Später wurde mir klar, wie entgegenkommend es von Ihnen war, bis zu den Endicotts hinaufzufahren, um nach uns zu sehen. Sie sollen wissen, daß Duena und ich Ihnen sehr dankbar sind.«

Der letzte Satz wirkte auf Sam wie ein Schlag in die Magengrube. Er verstummte.

»Nachdem ich über die Sache nachgedacht hatte«, fuhr Kaufmann fort, »kam ich her und beantragte einen Waffenschein.«

»Können Sie denn schießen?« erkundigte sich Sam.

»Nicht sehr gut. Aber ich will die Waffe sowieso nicht benützen, es reicht schon, wenn ich sie auf jemanden richten kann, falls das nötig werden sollte. Nur zur Abschreckung, bis die Geschichte hier vorbei ist. Ich nehme an, Sie machen Fortschritte.«

»Darüber kann ich nicht sprechen«, erwiderte Sam, überzeugt, die richtige Antwort gegeben zu haben.

»Das verstehe ich. Ach – bevor ich es vergesse – Duena bat mich, Ihnen für die Freundlichkeit zu danken, die Sie ihr am Todestag ihres Vaters erwiesen haben. Sie hat ihre Fassung noch immer nicht ganz wiedergefunden, aber sie erholt sich langsam. Wenn Sie sie so gut kennen würden wie ich, könnten Sie ermessen, welch wunderbarer Mensch sie ist.«

»Davon bin ich überzeugt«, versetzte Sam, plötzlich ernst. Dann beschloß er, die Frage zu stellen, die ihn seit geraumer Zeit beschäftigte. »Es wundert mich, daß Sie beide noch nicht geheiratet haben.«

»Das ist mein größter Wunsch«, gestand Kaufmann. »Er wäre auch in Erfüllung gegangen, doch dann kam es zu diesem entsetzlichen Unglück. Wenn das erst hinter uns liegt und wir abreisen können, wird sie sich vielleicht entschließen.«

»Ihre Chancen stehen sicher nicht schlecht«, bemerkte Sam selbstquälerisch.

»Hoffentlich.«

»Nun, ich wünsche Ihnen auf jeden Fall viel Glück«, log Sam herzlich und streckte die Hand aus. Heute gefiel ihm Kaufmann trotz allem besser. Es war ein angenehmes Gefühl, andere zu mögen und ihnen zu gefallen. Er blickte sich um, um festzustellen, ob Virgil Tibbs in der Nähe war.

Pete fing seinen Blick auf und rief ihn zu sich. »Der Chef will mit dir reden.«

»Sofort«, versetzte Sam und steuerte auf den Korridor zu, der zu Gillespies Büro führte. Er verschwand einen Moment in der Toilette, um sein Haar zu glätten und sein Hemd in die

Hose zu stopfen. Auch wenn er vor Gillespie wenig Achtung empfand, wollte er korrekt und anständig aussehen, wenn er sein Büro betrat. Er überquerte das letzte Stück des Ganges und klopfte an die Tür.

Es war fast sechs Uhr, als Virgil Tibbs seinen geliehenen Wagen auf dem Parkplatz des Polizeireviers parkte und müde ausstieg. Ehe er die Tür zuschlug, holte er etwas vom Rücksitz. Dann stieg er zum Eingang hinauf.

Der Beamte an der Anmeldung sah hoch. »Ja?« fragte er.

»Ist Mr. Gillespie zufällig hier?« erkundigte sich Tibbs.

»Ja, aber ich glaube, er will jetzt nicht gestört werden.«

»Ist jemand bei ihm?« fragte Tibbs.

»Nein, er ist allein. Aber wenn Sie ihn sprechen wollen, müssen Sie schon einen triftigen Grund haben.«

»Bitte sagen Sie ihm, daß ich ihn gern gesprochen hätte«, sagte Tibbs.

Der Beamte ließ sich Zeit. »Virgil ist hier«, sagte er schließlich in die Sprechanlage. »Ich sagte ihm, Sie wollten nicht gestört werden, aber er will Sie unbedingt sprechen.«

»Schon recht«, gab Gillespie zurück.

»Gehen Sie hinein«, wandte sich der Beamte an Tibbs und vertiefte sich wieder in seine Zeitung.

Tibbs schritt über den Flur und klopfte an.

»Ich sagte doch, Sie könnten reinkommen«, drang Gillespies Stimme durch die Tür.

Virgil Tibbs öffnete und betrat ruhig das Büro. Als er den großen Mann hinter dem Schreibtisch sah, merkte er sofort, daß ihn irgend etwas schwer mitgenommen hatte.

»Nun, was gibt es so Wichtiges, Virgil?« fragte Gillespie. Seine Worte klangen teilnahmslos. Er sprach wie ein Mann, der einen entscheidenden und kühnen Schritt getan hat und sich jetzt fragt, ob er richtig war.

Tibbs legte ein Holzscheit auf Gillespies Schreibtisch. Es war ein roher, runder Astabschnitt, etwa fünfundfünfzig Zentimeter lang, mit einem Durchmesser von fünf Zentimetern. Gillespie starrte es stumm an.

»Was soll ich damit?« fragte er schließlich.

»Das ist die Mordwaffe«, erklärte Tibbs.

Gillespie ergriff das Holzscheit und drehte es in den Händen. An einem Ende waren unverkennbare Spuren der Tat zu sehen, zu der dieses Stück Holz gedient hatte. »Wie haben Sie es gefunden?« fragte Gillespie.

»Man hat mir geholfen«, bekannte Tibbs und wartete auf die nächste Frage.

Gillespie drehte das Holzscheit noch immer in den Händen. Als er stumm blieb, fragte Tibbs: »Ist etwas geschehen?«

»Ich sagte Ihnen schon, daß wir hier unten selbst mit der Arbeit fertig werden. Natürlich bin ich Ihnen dankbar, daß Sie mir das hier gebracht haben. Und Ihr Bericht über Mantolis Leiche war befriedigend. Ich sag's Ihnen lieber gleich – ich habe Mantolis Mörder vor etwa einer Stunde eigenhändig festgenommen.«

Tibbs hielt den Atem an. »Können Sie mir sagen –«, begann er.

»Wer es ist?« vollendete Gillespie.

»...ob Sie ein Geständnis haben?« schloß Tibbs.

»Nein. Er leugnet natürlich.« Gillespie hielt inne und nahm wieder die Mordwaffe zur Hand. »Aber er hat es getan. Ich weiß es.« Er betrachtete das Holzscheit in seiner Hand und hob es wägend. »Was schließen Sie aus diesem Fund, Virgil?«

»Er bestätigt das, was ich bereits wußte, Sir.«

»Und das wäre?«

»Wer der Mörder ist.«

Gillespie legte das Holzscheit wieder auf den Schreibtisch. »Hm. Naja, ich hab' ein bißchen früher geschaltet als Sie. Und wenn Sie jetzt Ihren Freund Sam sprechen wollen, dann finden Sie ihn in der ersten Zelle rechts.«

Virgil Tibbs starrte Gillespie bestürzt und ungläubig an. Dann blickte er zum Fenster hinaus, um sich zu konzentrieren. »Sam Wood?« fragte er in blankem Nichtbegreifen.

»Ganz richtig«, bestätigte Gillespie. »Sam Wood.«

Tibbs sank schweigend auf einen Stuhl vor Gillespies Schreibtisch. »Sir«, begann er schließlich vorsichtig und bedachtsam. »Ich weiß, Sie wollen das nicht hören, aber ich muß es Ihnen sagen. Mr. Wood ist entschieden unschuldig. Wenn Sie ihn nicht freilassen, kann das für Ihre Karriere die schlimmsten Folgen haben.«

Er hielt inne und blickte Gillespie mit seinen dunklen Augen unverwandt an. »Denn sehen Sie, Sir, ich weiß mit absoluter Gewißheit, daß Sie den Falschen festgenommen haben.«

10

Schon als Junge hatte Bill Gillespie seine Klassenkameraden und Spielgefährten beträchtlich überragt. Infolgedessen war er immer der Anführer gewesen, hatte den anderen, die ihm körperlich unterlegen waren, seinen Willen aufzwingen können. Zu Gillespies Ehre muß gesagt werden, daß er seine Körpergröße nicht dazu ausnutzte, die anderen willkürlich herumzukommandieren und herauszufordern. Dieser frühen Führerrolle, die ihm ganz von selbst zufiel, war es zuzuschreiben, daß ihm eine nützliche Eigenschaft fehlte: Diplomatie. Er war sich dessen bewußt, und es ärgerte ihn.

Ganz besonders ärgerte es ihn am Abend der Festnahme Sam Woods. Er wälzte sich in seinem Bett, drehte sich von einer Seite auf die andere und verprügelte sein Kopfkissen, was ihm auch nicht weiterhalf. Schließlich stand er auf und kochte sich Kaffee. In Gedanken durchlebte er immer wieder die Szene, die sich in seinem Büro abgespielt hatte.

Noch nie war ihm ein Mensch mit solcher Unerschrockenheit entgegengetreten wie Sam Wood, und er bewunderte ihn dafür. Gillespie hatte natürlich gesiegt, wie er immer gesiegt hatte, doch jetzt begannen quälende Zweifel ihn zu plagen. Schuld daran trug zum großen Teil Virgil Tibbs' beharrliche Behauptung, Sam Wood sei unschuldig. Gillespie wehrte sich dagegen, dem schwarzen Kriminalbeamten zu glauben, doch er wußte, daß der Mann aus Pasadena eindrucksvolle Erfolge vorweisen konnte.

Gillespie kroch wieder ins Bett und schlief den unruhigen

Schlaf des Schuldbewußten. Am Morgen fühlte er sich in seiner Haut nicht wohler; als er ins Büro fuhr, wünschte er zum erstenmal, daß er diesen Posten, für den seine Qualifikationen nicht ausreichten, abgelehnt hätte.

Schon im Vorsaal spürte er die Spannung, die in der Luft lag. Pete begrüßte ihn respektvoll wie immer, doch seine Worte waren leer wie ausgeblasene Eier. Gillespie setzte sich scheinbar ungerührt hinter seinen Schreibtisch und ging die Post durch. Während er flüchtig las, formte sich ein Gedanke: Er wollte alles Beweismaterial, das er hatte, einer eingehenden Prüfung unterziehen, und wenn das die Belastung Sams durchlöcherte, wollte er ihn entlassen.

Plötzlich wurde er gewahr, daß draußen etwas vorging. Er hörte Stimmen und glaubte, seinen Namen vernommen zu haben. Er wäre gern hinausgegangen, doch die Würde seines Amtes erlaubte das nicht.

Er brauchte nicht lange zu warten. Arnold erschien an der Tür.

»Sir«, sagte er, »uns wurde eben eine Beschwerde vorgetragen, die Sie sich unserer Meinung nach anhören sollten. Kann ich die Leute hereinbringen?«

Gillespie nickte. Auf dem Korridor erklangen Schritte, dann betraten zwei Menschen sein Büro. Zuerst kam ein grobknochiger Mann mit ausgehöhltem Gesicht, das von tausend Fältchen durchzogen war. Er trug einen Arbeitsanzug und stand mit vorgebeugten Schultern lauernd da. Die stahlgeränderte Brille ließ seine Züge noch härter wirken. Der Mund war zusammengepreßt. Gillespie kam der Gedanke, daß mit diesem Mann gewiß nicht gut Kirschen essen sein mußte, wenn er betrunken war.

Dem Mann folgte ein Mädchen, etwa sechzehn bis siebzehn Jahre alt, in Rock und Pullover. Die Kleidungsstücke verbargen nicht die reifen Rundungen ihrer Figur. In den flachen Schuhen wirkte sie etwas plump, dennoch war ihr Körper beileibe nicht formlos. Der Pullover war mehrere Nummern zu klein. Früher oder später mußte dieses Mädchen in Schwierigkeiten geraten, dachte Gillespie, wenn es nicht gar schon soweit war.

»Sind Sie der Polizeichef?« fragte der magere Mann. Die wenigen Worte verrieten Gillespie, daß der Mann eine höchst lückenhafte Schulbildung genossen hatte. Er fühlte sich ihm haushoch überlegen.

»Ganz recht«, bestätigte Gillespie. »Wo drückt Sie der Schuh?«

»Mein Name ist Purdy. Das hier ist meine Tochter Delores.«

Delores setzte ein strahlendes Lächeln auf, das offensichtlich faszinierend und vielversprechend wirken sollte. Gillespie richtete den Blick wieder auf den Vater. »Sie ist reingelegt worden, Sir, und deshalb sind wir gekommen.«

»Was meinen Sie damit?«

»Sie kriegt ein Kind, das meine ich.«

Gillespie wandte sich an das Mädchen. »Wie alt bist du, Delores?«

»Sechzehn«, erwiderte sie strahlend.

Ihr Vater legte ihr die Hand auf die Schulter. »Das ist nicht ganz richtig. Wissen Sie, Delores war nämlich eine Zeitlang krank und ist sitzengeblieben. Aber weil die anderen Kinder immer auf Sitzenbleibern herumhacken, haben wir einfach gesagt, Delores wäre erst fünfzehn, als wir voriges Jahr hierherzogen. In Wirklichkeit war sie damals siebzehn, folglich ist sie jetzt achtzehn.«

»Das macht einen großen Unterschied«, erklärte Gillespie. »Wenn in unserem Staat ein Mädchen von sechzehn Jahren schwanger wird, so wird das wie eine Vergewaltigung geahndet, selbst wenn sie sich nicht zur Wehr gesetzt hat.«

»Außer, sie ist verheiratet«, warf Purdy ein.

»Richtig. Wenn sie aber achtzehn oder älter ist und sich dem Mann ohne Widerstand fügt, dann kann der Mann nur wegen Verführung Minderjähriger belangt werden, und das ist zwar schlimm genug, aber ein wesentlich geringeres Vergehen.«

Purdys Gesicht wurde noch härter. »So? Und was ist, wenn so ein Kerl ein unschuldiges Mädchen wie meine Delores mit seiner scheinheiligen Süßholzraspelei überredet? Ist das vielleicht keine Vergewaltigung?«

Gillespie schüttelte den Kopf. »Das ist Verführung Minderjähriger. Wie wäre es, wenn Sie beide Platz nähmen und mir alles erzählten?«

Arnold verstand den Wink und zog sich zurück. Während Purdy und seine Tochter sich umständlich niederließen, summte die Sprechanlage. Bill Gillespie drückte auf den Knopf.

»Virgil ist hier, Sir. Er läßt fragen, ob er reinkommen kann. Hat Ihnen angeblich was Wichtiges zum Fall Mantoli mitzuteilen.«

Gillespie öffnete den Mund, um abzulehnen. Dann kam ihm ein sadistischer Gedanke. Wie würde Purdy wohl reagieren, wenn er die Nöte seiner Tochter vor einem Neger darlegen mußte? Purdy hatte ihn unterbrochen und berichtigt, und das behagte Gillespie nicht. »Schicken Sie ihn herein«, befahl er.

Tibbs betrat das Büro so leise wie möglich und setzte sich auf die Bank, als erwarte er Anweisungen.

»Schicken Sie ihn raus«, verlangte Purdy. »Mit dem Nigger im Zimmer red' ich kein Wort.«

»Er bleibt«, versetzte Gillespie. »Erzählen Sie weiter, und vergessen Sie, daß er hier ist.«

Purdy gab noch nicht auf. »Erst muß er raus«, forderte er.

Zu Gillespies Überraschung stand Tibbs ruhig auf und wandte sich zur Tür. Gillespie blickte zornig auf.

»Ich habe etwas vergessen«, erklärte Tibbs rasch. »Ich bin gleich wieder da.«

Als Purdy wegsah, deutete Tibbs auf die Sprechanlage. Dann schloß er die Tür hinter sich.

Da die Sache somit ohne Prestigeverlust geklärt worden war, schob Gillespie einige Schriftstücke auf seinem Schreibtisch hin und her, öffnete eine Schublade, blickte hinein und schaltete dann die Sprechanlage ein. Er lehnte sich zurück. »Also, wir sind allein«, meinte er. »Fangen Sie an.«

»Also, Delores ist ein braves Kind. Sie hat uns nie Sorgen gemacht. Und dann hat sie ohne mein Wissen diesen Kerl kennengelernt, der doppelt so alt ist wie sie. Er ist unverheiratet und fing an, meiner Tochter schönzutun.«

»Warum haben Sie das nicht unterbunden?« fragte Gillespie.

Purdy fühlte sich angegriffen. »Mister, ich schufte die ganze

Nacht. Ich hab' keine Zeit, zu Hause rumzusitzen und Kinder zu hüten. Außerdem hat Delores mir erst hinterher davon erzählt.«

»Ein wirklich netter Mann«, schaltete sich Delores ein. »Ich hab' gar nichts Schlimmes dabei gefunden. Er war so lieb zu mir.«

»Kommen Sie zur Sache«, sagte Gillespie. »Wann passierte es?«

»Spät in der Nacht. Meine Frau war schon im Bett, wie sich das gehört; da stand Delores auf, um den Kerl zu treffen, und es passierte.«

Gillespie wandte sich an das Mädchen. »Erzähl du; aber genau.«

Delores gab sich alle Mühe, die schamhafte Unschuld zu spielen. »Naja, Papa hat ja schon gesagt, daß er mir schöngetan hat. Wir redeten miteinander, und dann setzten wir uns ganz nah zusammen und dann...« Sie verstummte, aber nur, weil ihr nicht die richtigen Worte einfielen.

Gillespie trommelte mit einem Bleistift auf den Schreibtisch. »Sag mir nur eines«, befahl er. »Hat dieser Mann sich dir aufgedrängt, so daß du dich gegen ihn zur Wehr setzen mußtest, oder war es einfach so, daß er weiterging als geplant?«

Delores zögerte lange; lange genug, um Gillespie die Antwort zu geben, die er verlangt hatte. »Ich hab' damals gar nicht alles so mitgekriegt«, erklärte sie schließlich.

»Schön, Delores«, meinte Gillespie. »Dieser Mann hat dir natürlich Unrecht getan; wir werden ihn dafür festnehmen und der Verführung Minderjähriger beschuldigen, das ist übel genug. Jetzt erzähl mir einmal näheres über ihn.«

Purdy konnte sich nicht länger zurückhalten. »Sie kennen ihn«, platzte er heraus. »Deshalb wollte ich mit Ihnen persönlich sprechen. Es ist der Polizist, der nachts immer Streife fährt, angeblich, um die Frauen zu beschützen. Und seinen Namen kann ich Ihnen auch sagen – Sam Wood.«

Als Bill Gillespie wieder allein war, drückte er auf den Knopf der Sprechanlage und bellte einen Befehl. »Schicken Sie Virgil rein.«

»Ist nicht da«, erwiderte Petes Stimme.

»Wo, zum Teufel, treibt er sich rum?« fragte Gillespie. »Ich dachte, er hört über Sprechanlage mit?«

»Tat er auch, Sir. Doch als Ihre Unterredung zu Ende war, murmelte er irgend etwas darüber, daß er der größte Dummkopf des Landes wäre, und flitzte ab.«

»Ist das alles?«

»Ja, Sir. Das heißt, bevor er ging, telefonierte er noch.«

Pete hatte seinem Chef nicht die ganze Wahrheit gesagt. Er hatte etwas verschwiegen. Aus Barmherzigkeit, wie sich Pete versicherte. Als der Neger nämlich aus der Dienststelle geeilt war, hatte er Pete rasch zugerufen: »Sagen Sie Sam Wood, er soll sich keine Sorgen machen.«

Das alte Vehikel, das Virgil Tibbs geliehen hatte, war zwar noch recht gut in Form, doch es entsprach nicht mehr ganz den modernen Anforderungen. Kein Wunder, daß es mühselig schnaufte, als es den Hügel zum Haus der Endicotts hinaufkroch. Als der Gipfel schließlich erklommen war, dampfte der Kühler. Tibbs parkte, zog die Handbremse an und stieg aus. Gleich darauf klingelte er.

George Endicott öffnete. »Kommen Sie herein, Mr. Tibbs«, forderte er den Kriminalbeamten auf. Er war höflich ohne Überschwenglichkeit. In dem geräumigen Wohnzimmer setzte er sich und wies einladend auf einen Sessel. »Was führt Sie hierher?« fragte er.

»Ich möchte Ihnen gern einige Fragen stellen, an die ich schon viel früher hätte denken müssen«, antwortete Tibbs. »Infolge gewisser Ereignisse, die sich soeben in der Stadt abgespielt haben, sind sie jetzt recht dringend geworden. Deshalb rief ich an, ob Sie sofort Zeit für mich hätten.«

»Schön«, meinte Endicott. »Stellen Sie Ihre Fragen, und ich werde mein Bestes tun, um sie zu beantworten.«

»Danke, Sir. Ist es richtig, daß Maestro Mantoli den Abend vor seinem Tod bei Ihnen verbrachte?«

Endicott nickte. »Stimmt.«

»Wer hat Ihr Haus als erster verlassen?«

»Mr. Kaufmann.«

»Um welche Zeit etwa?«

»Vielleicht gegen zehn.« Endicott dachte nach. »Allzu genau kann ich es Ihnen nicht sagen. Ich glaube, keiner von uns hat auf die Zeit geachtet. Wir waren ganz vertieft in andere Dinge.«

»Und wer war an jenem Abend anwesend?«

»Enrico – Maestro Mantoli also, seine Tochter, meine Frau, Mr. Kaufmann und ich.«

Virgil Tibbs beugte sich vor. Er starrte auf seine verschränkten Finger, als er die nächste Frage stellte. »Können Sie sich ungefähr erinnern, um welche Zeit Maestro Mantoli Ihr Haus verließ?«

»Elf, halb zwölf«, erwiderte Endicott.

Tibbs schwieg, dann fragte er: »Wie gelangte er von hier in die Stadt?«

»Ich brachte ihn mit dem Wagen hinunter«, erklärte Endicott.

»Nur Sie beide allein?«

»Ja. Als wir aufbrachen, zogen sich die Damen zurück.«

»Danke. Und wann etwa kamen Sie zurück?«

»Ungefähr eine Stunde später, aber ich kann Ihnen die genaue Zeit nicht sagen.«

»Wo setzten Sie Maestro Mantoli ab?«

Endicotts Miene verriet leichte Ungeduld. »Vor seinem Hotel natürlich. Wir hatten ihm angeboten, bei uns zu wohnen. Er lehnte ab, weil er ein sehr rücksichtsvoller Mensch war, und wußte, daß meine Frau und ich dann unser Zimmer hätten räumen müssen. Wir haben nur ein Gästezimmer, und da war seine Tochter untergebracht. Deshalb entschloß er sich, im Hotel abzusteigen, obwohl es ein zweitklassiges Haus ist.«

»Ist Ihnen unterwegs, sei es nun auf der Hinfahrt zum Hotel oder auf der Rückfahrt, irgend jemand begegnet?« fragte Tibbs.

Endicott blickte seinen Gast scharf an. »Mr. Tibbs, diese Frage will mir nicht gefallen. Wollen Sie mich auffordern, ein Alibi beizubringen? Deuten Sie an, daß ich einen sehr engen und lieben Freund getötet haben könnte?«

Virgil Tibbs preßte die Hände aneinander. »Mr. Endicott, ich deute gar nichts an. Ich sammle nur Material. Sollten Sie zu der Zeit, als Sie in die Stadt hinunterfuhren, jemanden gesehen haben, so könnte sich daraus ein Hinweis auf den Täter ergeben.«

Endicott starrte aus dem breiten Fenster auf die prachtvolle Aussicht endloser Bergketten. »Natürlich, es tut mir leid. Sie müssen selbstverständlich jede Möglichkeit in Betracht ziehen«, sagte er.

Das Gespräch der beiden Männer wurde unterbrochen, weil Grace Endicott und Duena Mantoli den Raum betraten. Die Männer standen auf, und Tibbs begrüßte die beiden Frauen. Das Mädchen hatte sich anscheinend gefaßt. Ihre Augen blickten klar, und als sie ihn ansah, stand keine Furcht mehr darin.

»Machen Sie Fortschritte?« erkundigte sich Grace Endicott, als alle wieder Platz genommen hatten.

»Ich glaube ja, Mrs. Endicott«, erwiderte Tibbs. »Insbesondere heute. Doch eigentlich kann man von Fortschritten bei der polizeilichen Ermittlungsarbeit nur schlecht sprechen. Es kommt vor, daß man eine Spur wochenlang verfolgt, nur um schließlich zu entdecken, daß man in eine Sackgasse geraten ist. Erst wenn man auch den letzten Beweis in der Hand hat, kann man völlig sicher sein.«

»Das verstehen wir natürlich«, meinte George Endicott. »Aber im Moment interessieren uns Tatsachen. Glauben Sie, daß in nächster Zeit eine Festnahme erfolgt?«

Virgil Tibbs betrachtete seine Hände. »Eine Festnahme ist bereits erfolgt«, erklärte er. »Doch es ist der Falsche, das weiß ich mit Sicherheit.«

»Weshalb wurde er dann verhaftet?« fragte Endicott.

Tibbs blickte auf. »Weil Mr. Gillespie nicht genug Vertrauen zu mir hat. Sonst wäre der Mann schon wieder frei.«

»Wer ist es?« fragte Grace Endicott. »Kennen wir ihn?«

»Ja, Mrs. Endicott. Es handelt sich um Wachtmeister Wood. Er begleitete mich bei meinem letzten Besuch.«

Duena Mantoli richtete sich kerzengerade auf. »Doch nicht

etwa dieser ziemlich große Mann, der neulich so nett zu mir war?«

»Genau der, Miss Mantoli.«

»Er soll« – sie zögerte, dann zwang sie sich, die Worte auszusprechen – »meinen Vater getötet haben?«

»Nicht nur das«, erwiderte Tibbs. »Aber obwohl ich im Moment mit meiner Meinung allein stehe, bin ich überzeugt, daß er unschuldig ist.«

»Warum beweisen Sie es nicht?« fragte Endicott.

Als Tibbs aufblickte, sprühte unterdrücktes Feuer in seinen Augen. Endicott war überrascht.

»Genau das versuche ich zu tun«, erklärte Tibbs. »Deshalb stelle ich Ihnen all diese Fragen.«

Endicott stand auf und trat zum Fenster. Schweigen legte sich über den Raum, bis er wieder sprach. »Erlaubt Gillespie denn, daß Sie es beweisen?« fragte er, ohne sich umzudrehen.

»Es ist meine Aufgabe«, stellte Tibbs gelassen fest, »Gillespie vor seinen eigenen Fehlern zu schützen. Die Festnahme Sam Woods gehört dazu. Sobald es mir gelungen ist, ihn von Woods Unschuld zu überzeugen, werde ich ihm den Täter bringen. Und dann fahre ich nach Hause, wo ich das Recht habe, den Bürgersteig zu benutzen.«

Endicott wandte sich um. »Mr. Tibbs, ich habe an dem Abend keinen Menschen gesehen, und ich glaube auch nicht, daß Maestro Mantoli jemanden beobachtet hat, solange ich mit ihm zusammen war. Vor dem Hotel wünschte ich ihm gute Nacht und fuhr hierher zurück. Soweit ich weiß, kann niemand meine Worte bezeugen, doch sie entsprechen der Wahrheit.«

»Danke«, versetzte Tibbs. »Jetzt möchte ich Sie noch verschiedenes fragen und Sie bitten, sich Ihre Antworten genau zu überlegen. Es hängt viel von ihnen ab. Mir wurde gesagt, daß Mr. Mantoli häufig größere Beträge bei sich trug. Wissen Sie, ob das auch... an jenem letzten Abend der Fall war?«

»Ich habe keine Ahnung. Eigentlich kann man nicht behaupten, daß Enrico Beträge bei sich trug, die wir groß nennen würden. Ab und zu hatte er mehrere hundert Dollar in seiner Brieftasche, aber soviel ich weiß, niemals mehr.«

»War er ein impulsiver Mensch?«

»Das ist schwer zu beantworten«, meinte Endicott.

»Ich glaube, ich kann die Frage bejahen«, warf Duena unerwartet ein. »Manchmal faßte er seine Beschlüsse, ohne zu überlegen, und im allgemeinen täuschte ihn sein Gefühl nicht. Falls Sie aber mit impulsiv meinen, ob er jähzornig war, so lautet die Antwort: nein.«

Tibbs richtete seine nächste Frage an das Mädchen. »Miss Mantoli, gehörte Ihr Herr Vater zu den Menschen, die sich anderen leicht anschließen?«

»Jeder mochte ihn gern«, erwiderte Duena.

»Noch eine letzte Frage«, fuhr Tibbs, zu Duena Mantoli gewandt, fort. »Angenommen, ich hätte die Ehre gehabt, Ihren Herrn Vater kennenzulernen – glauben Sie, daß er mir Sympathie entgegengebracht hätte?«

»Selbstverständlich«, versetzte das Mädchen ein wenig aggressiv. »Er war ein Mensch ohne jedes Vorurteil.«

Tibbs stand auf. »Ich danke Ihnen. Sie haben mir sehr geholfen, selbst wenn Ihnen das im Moment nicht ganz klar sein sollte. Bald werden Sie wissen, warum.«

»Das ist ermutigend«, stellte Endicott fest.

Das Mädchen stand ebenfalls auf. »Ich möchte in die Stadt«, verkündete sie. »Vielleicht könnte Mr. Tibbs mich mitnehmen.«

»Mein Wagen ist recht anspruchslos«, erklärte Tibbs. »Aber ich nehme Sie selbstverständlich gern mit.«

»Bitte warten Sie einen Moment«, bat sie und eilte hinaus.

Als sie zurückkehrte, fragte George Endicott: »Wie kommst du denn zurück?«

»Ich ruf' dich an, wenn ich niemanden finde, der mich herbringt«, versprach sie.

Tibbs brachte das Mädchen zu seinem Wagen, stieg ein und ließ den Motor an. Während ihrer kurzen Abwesenheit hatte sie sich umgezogen. Sie trug jetzt einen breitrandigen Hut, der die Weichheit ihrer mädchenhaften Züge betonte. Tibbs fand sie bezaubernd, doch er spürte auch, daß sie einen bestimmten Plan hatte und entschlossen war, sich nicht davon abbringen zu lassen.

»Wohin wollen Sie?« fragte Tibbs.
»Zur Polizei«, antwortete sie.
»Halten Sie das für richtig?«
»Unbedingt.«

Tibbs fuhr wortlos weiter. Vor dem Polizeigebäude stiegen sie aus, und er begleitete sie in den Vorsaal. Sie trat ohne Zögern zur Anmeldung. »Ich möchte Mr. Wood sprechen«, erklärte sie.

Pete war einen Moment perplex. »Mr. Wood ist im Augenblick nicht im Dienst«, wich er aus.

»Das weiß ich«, versetzte Duena Mantoli. »Er sitzt im Gefängnis. Ich möchte ihn besuchen.«

Pete streckte den Arm nach der Sprechanlage aus. »Hier ist eine Dame, die Sam besuchen möchte«, berichtete er. »Und Virgil ist auch eben gekommen.«

»Wer ist die Dame?« erscholl Gillespies Stimme.

»Duena Mantoli«, mischte sich das Mädchen ein. »Sie können Ihrem Chef sagen, daß Mr. Tibbs mich freundlicherweise auf meine Bitte hin mitgenommen hat.«

Pete wiederholte ihre Worte.

»Tut mir leid. Es ist besser, sie besucht ihn nicht«, erwiderte Gillespie.

»Wer war das?« fragte Duena.

»Polizeichef Gillespie.«

Duena hob entschlossen das Kinn. »Führen Sie mich bitte zu Mr. Gillespie«, sagte sie. »Wenn er mich nicht empfängt, wende ich mich an den Bürgermeister.«

Pete führte sie durch den Korridor zu Gillespies Büro.

Sam Wood hatte den Nullpunkt erreicht. Wut, ohnmächtiger Zorn, Hoffnungslosigkeit und bittere Enttäuschung, die ihn während der letzten Stunden gequält hatten, waren verflogen. Jetzt war ihm alles gleichgültig. Er schreckte vor dem Gedanken zurück, daß man ihn schuldig sprechen könnte, doch er machte sich klar, daß seine Laufbahn als Polizeibeamter zu Ende war. Nach dem Vorgefallenen konnte er seinen Dienst nicht wieder antreten.

Kurz vor dem Mittagessen, als Gillespie nicht in seinem Büro gewesen war, hatte Arnold Sam einen Besuch abgestattet und ihn über den neuesten Stand der Dinge unterrichtet. Sam wußte jetzt, daß er nicht nur des Mordes, sondern auch der Verführung Minderjähriger beschuldigt wurde. Der Becher war gefüllt bis zum Rand.

Sam saß mit hängendem Kopf, die Ellbogen auf die Knie gestützt. Es war nicht die Haltung des Geschlagenen oder Schuldbewußten, es war einfach die Haltung eines körperlich Erschöpften. Er war todmüde vom unablässigen Denken und von seinem Ringen nach Beherrschung.

Pete erschien vor der vergitterten Zellentür.

»Du hast Besuch«, verkündete er.

»Mein Anwalt?« fragte Sam.

»Der ist noch nicht wieder in der Stadt. Wird erst heute abend zurückerwartet. Nein, ein anderer Besuch.«

Pete drehte den Schlüssel und zog die Tür ein Stück auf. Sam sah mit gedämpfter Neugier zu. Aber dann machte sein Herz einen Sprung.

Duena Mantoli trat in die kahle, unfreundliche Gefängniszelle. Zutiefst verlegen erhob sich Sam. Er hatte sich an diesem Morgen nicht rasiert, und sein Hemdkragen stand offen. Er trug keine Krawatte. In diesem Augenblick waren ihm diese Äußerlichkeiten unangenehmer als die gegen ihn erhobenen Beschuldigungen.

»Guten Tag, Mr. Wood. Bitte setzen Sie sich«, sagte Duena ruhig.

Noch immer verwirrt, ließ sich Sam auf der harten Pritsche nieder. Duena setzte sich aufrecht und anmutig etwa anderthalb Meter von ihm entfernt hin. Sam schwieg. Ihm fehlten Gedanken und Worte.

»Mr. Wood«, begann Duena klar und ohne Sentimentalität. »Ich habe gehört, daß Sie beschuldigt werden, meinen Vater getötet zu haben.« Einen Augenblick bebte ihre Unterlippe, dann faßte sie sich. Kaum merklich wurde ihre Stimme weicher, die steife Höflichkeit wich aus ihren Worten. »Ich kam mit Mr. Tibbs. Er sagte mir, daß Sie nicht der Täter sind.«

Sam umklammerte den Rand der Pritsche. Er wollte aufspringen, das Mädchen umfassen und an sich drücken. Stattdessen verkrampften sich seine Finger noch mehr, während er nach Worten suchte.

»Ich habe es nicht getan«, erklärte er und starrte zu Boden.

»Bitte erzählen Sie mir von der Nacht, als Sie – meinen Vater fanden. Ich möchte alles wissen«, sagte Duena, den Blick unverwandt auf die Betonquader gerichtet, die die Wand der Zelle bildeten.

»Ich habe nur...« Sam fielen die passenden Worte nicht ein. »Ich habe ihn einfach gefunden. Das ist alles. Ich war auf Nachtstreife. Im Drive-in machte ich wie immer eine kurze Pause und fuhr dann die Fernstraße hinunter. Da fand ich ihn.«

Duena wandte den Kopf und blickte ihn an. »Als ich Sie zum erstenmal sah, hatte ich noch einen Schock. Doch schon damals spürte ich, daß Sie ein anständiger Mensch sind. Und das glaube ich auch jetzt noch.«

Sam sah sie an. »Wollen Sie damit sagen, daß Sie an meine Unschuld glauben?«

»Wir könnten das auf ganz einfache Weise feststellen«, erklärte Duena. »Wollen Sie?«

Ein Gefühl wiedererwachenden Lebens durchströmte Sam, seine müden Sinne regten sich. Er blickte dem Mädchen voll ins Gesicht. »Sagen Sie, was ich tun soll«, bat er. »Ich mache alles, was Sie wollen.«

»Gut, dann stehen Sie auf«, gebot Duena.

Sam gehorchte. Mit dem heraushängenden Hemd und ohne Schlips fühlte er sich verlegen und linkisch. Dann erhob sich zu seiner Verwirrung auch das Mädchen, machte einige Schritte auf ihn zu und blieb unmittelbar vor ihm stehen. Er spürte, daß sein Herz schneller klopfte; zum erstenmal seit vielen Jahren hatte er Angst.

»Sie heißen mit Vornamen Sam, nicht wahr?« fragte sie. »Ich möchte, daß Sie mich Duena nennen. Sagen Sie es.«

»Ja«, erwiderte Sam verwundert. Und dann gehorsam: »Ja, Duena.«

»Halten Sie mich, Sam«, sagte das Mädchen. »Ich möchte, daß Sie mich festhalten.«

Sam war unfähig, ihrer Aufforderung Folge zu leisten. Als er reglos stehenblieb, warf das Mädchen den Kopf zurück. Mit der rechten Hand nahm sie den Hut ab, dann schüttelte sie den Kopf, so daß ihr dunkelbraunes Haar in den Nacken fiel.

»Sie wollten mir doch gehorchen«, meinte sie herausfordernd. »Also?«

Ohne zu überlegen, umschlang Sam das Mädchen mit den Armen. Verwirrt wurde er sich bewußt, daß ihr Körper warm war und anschmiegsam, daß sie schön war. Am liebsten hätte er sie nie wieder freigegeben.

»Sehen Sie mich an«, befahl Duena.

Sam sah sie an. Er wußte, wie ein Mädchenkörper sich anfühlte, doch nichts war dem Gefühl zu vergleichen, das ihn jetzt überflutete.

»Bitte«, fuhr das Mädchen fort, »sehen Sie mich an und sagen Sie: ›Duena, ich habe Ihren Vater nicht getötet.‹ Tun Sie es«, befahl sie.

Mit erstickter Stimme setzte Sam an. »Duena...«

Er versuchte es von neuem. »Duena, ich habe Ihren Vater nicht getötet.«

Sams Arme fielen herunter, hingen schlaff an seiner Seite. Plötzlich hätte er trotz seiner Stärke und seiner Tapferkeit am liebsten geweint. Es war die Reaktion.

Während er noch um Fassung rang, spürte er, daß sich der Druck der Hände auf seinen Schultern verstärkte. Dann bewegten sie sich und schlossen sich um seinen Nacken.

»Ich glaube Ihnen«, sagte das Mädchen.

Ehe Sam wußte, wie ihm geschah, spürte er, daß sein Kopf heruntergezogen wurde, fühlte Duenas warmen Körper an dem seinen und den kühlen, erregenden Druck ihrer Lippen auf seinem Mund.

Ehe er eine Bewegung machen konnte, hatte sie sich von ihm gelöst. Ruhig hob sie ihren Hut vom Boden auf, ließ auf der Suche nach einem Spiegel den Blick rasch durch die Zelle schweifen und nahm dann ihre Handtasche von der Pritsche.

»Wie komme ich wieder hinaus?« fragte sie.
Sam holte tief Luft und rief nach Pete.

Den ganzen langen Nachmittag saß Sam still da und durchlebte wieder und wieder die kurzen Minuten, die ihn aus seiner Lethargie gerissen hatten. Jetzt schöpfte er sogar Hoffnung, daß er rehabilitiert aus dieser Sache hervorgehen würde. Das Wissen, daß Duena ihm glaubte, verlieh ihm neue Kraft. Ihr Vertrauen half ihm durchzuhalten.

Dann fiel ihm etwas anderes ein. Der üppige Körper Delores' erstand vor seinen Augen. Abgründe trennten sie von dem Mädchen, das er heute in den Armen gehalten hatte. Doch Delores behauptete, daß er sie verführt hätte. Was mußte Duena denken, wenn sie davon erfuhr?

Die Luftschlösser, die Sam gebaut hatte, stürzten polternd ein.

11

Es war fast dunkel, als Virgil Tibbs in seinem geliehenen Wagen vor die Tankstelle fuhr. Jess arbeitete an einem riesigen Lincoln.

»Ich brauche Benzin, Jess«, sagte Tibbs. »Und morgen kann ich Ihnen vielleicht Ihren Wagen zurückgeben.«

»Reisen Sie ab?« fragte Jess.

»Wahrscheinlich«, antwortete Tibbs. »Aber das bleibt unter uns.«

Jess steckte den Schlauch in den Tank und schaltete die Zapfsäule ein. »Natürlich.«

»Ganz schöner Wagen.« Tibbs nickte zu dem Lincoln hin. »Wer hat den gebracht?«

»Gehört einem Touristen«, erklärte Jess. »Die Tankstelle an der Fernstraße nimmt die Wagen an und bringt sie dann mir zur Reparatur. Wenn ich bezahlt bekäme, was die verlangen, wäre ich ein gemachter Mann.«

»Sie müssen eben ihre Unkosten decken«, meinte Tibbs. »An der Fernstraße kostet eine Tankstelle ziemlich viel.«

Jess zog den Schlauch heraus. »Moment«, sagte er und verschwand in der Werkstatt. Drei Minuten später war er zurück. »Sie essen heute bei uns«, verkündete er bestimmt.

»Vielen Dank«, erwiderte Tibbs. »Aber ich kann nicht.«

»Ich hab' einen Sohn«, erklärte Jess. »Er ist dreizehn und hat noch nie einen echten Kriminalbeamten gesehen. Ich hab's ihm versprochen.«

Schweigend stieg Tibbs aus. Wenig später setzte er sich mit der Familie des Mechanikers zu Tisch. Das Abendessen war offensichtlich seinetwegen gestreckt worden. Zu seiner Rechten beobachtete Andy, der Sohn Jess', jede seiner Bewegungen. Schließlich konnte der Junge sich nicht länger beherrschen.

»Erzählen Sie uns doch von Ihrem ersten Fall«, platzte er heraus und wartete mit blitzenden Augen.

»Damals ging es um Rauschgiftschmuggel«, berichtete Tibbs bereitwillig. »Irgendwo in Pasadena wurden kleine Kapseln mit Heroin weitergegeben und verkauft. Ich war damals fünf Jahre bei der Polizei und bekam eine Chance; man übertrug mir und einigen anderen Beamten den Fall. Eines Tages passierte es dann, daß ein Mann, der sich auf der Straße von einem Schuhputzer die Schuhe hatte reinigen lassen, dem Kunden nach ihm seine Zeitung reichte. Es fiel auf, daß der erste Kunde ganz neue Schuhe trug, die gar nicht geputzt zu werden brauchten.«

»Wie stellten Sie das denn fest?«

»Ich war der Schuhputzer«, versetzte Tibbs. »Niemand kam auf den Gedanken, ein Neger, der solche Arbeit tat, könnte Polizeibeamter sein.«

»Wenn Sie weiß gewesen wären, hätten Sie's also gar nicht geschafft«, meinte der Junge.

»Wahrscheinlich nicht«, stimmte Tibbs zu. »Früher oder später hätte man den Mann allerdings doch gefaßt. Aber das war mein erster Fall.«

Andy wandte sich seinem Teller zu und machte sich an das schwierige Unterfangen, zu essen und gleichzeitig kein Auge von dem aufregenden Gast zu wenden.

Als die Mahlzeit beendet war, brach Tibbs unverzüglich auf.

Das Haus stand nur wenige Meter von der Tankstelle entfernt, deshalb verabschiedete sich Virgil an der Tür und machte sich durch die dunkle Straße auf den Weg zu seinem Wagen. Er überdachte noch einmal genau seine nächsten Schritte; es würde nicht ohne Schwierigkeiten abgehen. Doch schon vor Jahren hatte er gelernt, daß er immer wieder Hürden überwinden mußte, wenn er in seinem Beruf bleiben wollte.

Bei diesem Gedanken regte sich plötzlich ein warnender Instinkt in ihm. Er wirbelte herum und blickte in die Gesichter zweier Männer, die sich von hinten an ihn herangeschlichen hatten. Als sie vorwärts stürzten, sah er, daß der eine einen Holzknüppel in der zum Schlag erhobenen Hand hielt.

Tibbs setzte zum Sprung an, obwohl er sein Gleichgewicht noch nicht wiedergefunden hatte. Als der Mann zuschlug, sprang Virgil vorwärts und drückte seine linke Schulter in die rechte Achselhöhle des Mannes. Der Holzknüppel polterte zu Boden. Im gleichen Moment packte Tibbs den Unterarm des Mannes und drückte mit aller Kraft seine Knie durch.

Der Arm des Angreifers war auf Tibbs' Schulter gefangen. Sein Gewicht war nach vorn verlagert, und als Tibbs blitzartig seinen Rücken krümmte, rutschte der Mann kopfüber hilflos über Tibbs' Schulter. Der Mann schrie, als sein Kopf auf das Pflaster schlug.

Tibbs ließ ihn los und richtete seine Aufmerksamkeit auf den anderen Mann, der zwar groß und kräftig, dafür aber höchst ungeschickt war. Er besaß keine Waffe, sondern ballte nur die Fäuste und stürmte auf Tibbs los.

Tibbs wich dem ersten wilden Schlag aus, bekam das Handgelenk des Mannes zu fassen und wirbelte seinen Körper nach links. Von seinem eigenen Schwung getrieben, schleuderte der Mann durch die Luft und krachte schwer auf den Boden. Tibbs hob das Holzscheit auf, das der Mordwaffe so ähnlich war. Dann erblickte er Andy, den der Lärm angelockt hatte und der ihn jetzt mit einer Mischung von Furcht und Ungläubigkeit anstarrte.

»Andy, hol schnell deinen Vater. Dann rufst du die Polizei an und sagst, man soll jemanden herschicken.«

Andy rannte hastig davon. Auf halbem Weg traf er seinen Vater und sprudelte die Nachricht heraus. Kurz danach stand der große Mechaniker neben Tibbs. Seine Hände öffneten und schlossen sich, als warte er nur auf eine Gelegenheit, zuzuschlagen. »Sie haben mich überfallen«, erklärte Tibbs. »Wir müssen sie im Auge behalten.«

Jess musterte die Männer. »Keine Bewegung«, befahl er. Derjenige, der zuerst angegriffen hatte, wimmerte leise. Sein rechter Arm war unnatürlich verdreht. Dann kam Andy zurückgelaufen. »Sie kommen gleich«, berichtete er. »Ich sagte, zwei Männer hätten Mr. Tibbs überfallen, und sie sollen einen Arzt mitschicken.«

»Guter Junge«, meinte Jess. »Hol mir jetzt einen großen Schraubenschlüssel. Ich brauche ihn nicht, aber man kann nie wissen.«

Wieder schoß Andy davon, atemlos, aber willig. Sekunden später brachte er das Werkzeug.

»Ein Glück, daß wir Telefon in der Werkstatt haben«, sagte Jess zu Tibbs.

Wenig später erklang das Heulen einer Sirene. Rotes Licht leuchtete auf, und dann schob sich der Streifenwagen dank Andys wildem Winken an den Bürgersteig. Zwei uniformierte Beamte stiegen aus. Tibbs wies auf die Gestalten, die noch immer reglos auf dem Boden lagen. »Schwere, versuchte Körperverletzung«, erklärte Tibbs. »Ich werde Anzeige erstatten, wenn wir in der Dienststelle sind.«

»*Sie* werden Anzeige erstatten?« fragte einer der Beamten.

»Es ist doch Virgil«, meinte sein Kollege.

»Stimmt«, erklärte Tibbs. »Seien Sie vorsichtig mit dem Mann rechts. Ich glaube, sein Arm ist ausgekugelt.«

Im Revier wartete Gillespie schon im Vorsaal. »Was ist passiert?« fragte er.

»Ich aß bei Jess zu Abend«, berichtete Virgil. »Als ich ging, überfielen mich auf der Straße zwei Männer. Einer von ihnen wollte mich mit einem Holzknüppel niederschlagen.«

Gillespie schien merkwürdig erfreut. »Bringen Sie sie in mein Büro«, befahl er und ging voraus.

Als sich die kleine Gruppe versammelt hatte, setzte sich Gillespie hinter seinen Schreibtisch und musterte die beiden Männer lange Zeit wortlos. Dann schnaufte er tief und begann mit dröhnender Stimme zu sprechen. »Wer von euch beiden Gaunern hat mir einen anonymen Brief geschrieben?« fragte er.

Es kam keine Antwort. Die Stille wurde vom Summen der Sprechanlage durchbrochen. Gillespie drückte auf den Knopf. »Der Arzt ist hier«, verkündete eine Stimme.

»Führen Sie ihn herein«, befahl Gillespie.

Gleich darauf führte der Nachtbeamte einen hochgewachsenen, sehr schlanken älteren Neger ins Büro.

»Ich bin Dr. Harding«, stellte er sich vor.

Gillespie wies mit dem Finger auf den Mann, der mit der gesunden Hand seinen verletzten Arm umklammerte. »Sehen Sie sich die Sache an«, forderte er ihn auf. »Als ich hörte, daß zwei Männer Virgil überfallen hatten, dachte ich, Virgil wäre verletzt worden, und bestellte einen farbigen Arzt. Wenn Sie nun einmal da sind, können Sie sich ebensogut an die Arbeit machen.«

Der Arzt überging die Beleidigung und sah den Patienten an.

»Er muß sich hinlegen«, erklärte er. »Wo haben wir Platz?«

»Hände weg«, brummte der Verletzte. »Ich will meinen Hausarzt.«

»Halten Sie den Mund«, bellte Gillespie. »Ich mag Leute nicht, die mir Briefe schreiben und mir Befehle geben wollen. Wir gewähren Ihnen ärztliche Hilfe, genau wie das Gesetz es vorschreibt.«

»Lang spielen Sie sich hier nicht mehr auf«, versetzte der Mann.

»Solange es mir beliebt«, erwiderte Gillespie. »Bringen Sie ihn in eine Zelle. Da kann ihn der Doktor verarzten.«

Der Verletzte wurde weggeführt. Gillespie wandte sich dem anderen Mann zu. »Also: Von wem stammt der Einfall? Reden Sie, sonst werden Sie Ihr blaues Wunder erleben.«

»Mich können Sie nicht einschüchtern«, erklärte der andere. »Ich sage nur vor einem Richter aus. Was das bedeutet, wissen Sie wohl.«

»Klar weiß ich das. Aber jetzt will Ihnen mal sagen, was ich vorhabe«, gab Gillespie zurück. »Ich werde die Presse verständigen, daß Sie und Ihr sauberer Freund einen kleinen Neger überfallen haben und daß er Sie beide zur Schnecke gemacht hat. Dann können Sie Ihren Richter haben.«

»Und ich werde erzählen, daß er und sein fetter schwarzer Kumpel mit Knüppeln auf uns losgegangen sind«, versetzte der Mann ungerührt. »Wir machten einen harmlosen Spaziergang.«

»Klar, im Negerviertel. Sie waren auf dem Weg zu einem Freudenhaus mit netten, schwarzen Straßenmädchen. Zwei harmlose, ehrbare Bürger, die überfallen wurden. Seien Sie doch nicht blöd. Sie sitzen so und so in der Patsche.«

»Ich verweigere die Aussage«, erklärte der Mann störrisch.

Gillespie wandte sich an Tibbs. »Sie sind zwar kein Weißer, aber Sie schlagen sich gut«, stellte er großmütig fest.

»Das Lob gilt meinem Lehrer«, erwiderte Tibbs. »Sein Name ist Takahashi, und er ist auch kein Weißer.« Er steuerte auf die Tür zu. »Entschuldigen Sie mich bitte, ich muß noch etwas erledigen.«

Zu Tibbs' Überraschung stand Gillespie auf und begleitete ihn durch den Gang. »Virgil«, sagte er, als sie allein waren, »ich glaube, Sie sind klug genug einzusehen, daß Sie die Stadt verlassen müssen. Heute abend haben Sie Glück gehabt. Nächstes Mal schießt man vielleicht auf Sie, und da können Sie nicht ausweichen. Hören Sie auf meinen Rat – reisen Sie ab, ehe ein zweiter Mord geschieht. Ich werde Ihrer Dienststelle in Pasadena melden, daß Sie gute Arbeit geleistet haben.«

»Ich werde abreisen, Mr. Gillespie«, versicherte Virgil. »Aber erst, wenn ich Ihnen Mantolis Mörder überführt habe. Das muß ich tun. Vielleicht verstehen Sie, weshalb.«

»Ich wasche meine Hände in Unschuld«, erklärte Gillespie.

»Selbstverständlich«, versctzte Tibbs und eilte hinaus.

Im Schweigen des frühen Abends saß Duena Mantoli auf dem Aussichtsplatz, wo wenige Tage zuvor Sam Wood unbeholfen versucht hatte, sie zu trösten. Jetzt war sie allein und bemühte sich, Ordnung in ihre Gedanken zu bringen. Sie wußte inzwischen, daß Sam Wood beschuldigt wurde, ein sechzehnjähriges Mädchen verführt zu haben.

Ungewollt verglich sie sich ganz kühl mit dem Bild, das sie sich von dem anderen Mädchen machte. Sie sah sich wieder auf Zehenspitzen im Gefängnis stehen, um den Mann zu küssen, an den sie plötzlich zu glauben begonnen hatte, und Scham stieg in ihr auf. Der Glaube war verflogen, und deshalb kam ihr die Geste jetzt billig und vulgär vor. Sie verschränkte die Arme und sagte sich, daß sie sich wie eine Törin benommen hatte. Es war sinnlos anzunehmen, daß Erziehung und das, was man Anständigkeit nannte, die elementaren Instinkte des Geschlechtstriebs verdrängen könnten. Sam Wood war ein großer, kräftiger Mann und unverheiratet. Das Mädchen, wer sie auch sein mochte, hatte ihn zu befriedigen vermocht.

Duena schauderte, und Tränen des Zorns traten ihr in die Augen. Sie blieb auf der Bank sitzen, bis Endicott besorgt erschien und sie ins Haus holte.

Es war kurz nach neun am Samstagmorgen, als Delores Purdy zur Haustür eilte. Bevor sie öffnete, zupfte sie ihr Haar und ihr Kleid zurecht, denn man konnte ja nie wissen, wer da geläutet hatte. Als sie die Tür öffnete und in das dunkle Gesicht Virgil Tibbs' blickte, schlug ihre Stimmung um. »Für Nigger ist die Hintertür da«, fauchte sie.

»Ohne mich«, erwiderte Tibbs gelassen. »Ich möchte Ihren Vater sprechen.«

»Unterstehen Sie sich, hereinzukommen«, rief sie und knallte die Tür zu. Wenig später wurde sie von Purdy wieder aufgerissen. Tiefste Verachtung stand in seinem Gesicht. »Hauen Sie ab«, rief er. »Wir wollen nichts mit Ihnen zu tun haben.«

»Sie haben keine Wahl«, erklärte Tibbs und betrat ungerührt das Haus. »Ich komme von der Polizei, um mit Ihnen und Ihrer Tochter zu reden.«

»Ich kenne Sie«, schimpfte Purdy wütend. »raus hier, sonst mache ich kurzen Prozeß mit Ihnen.«

»Wenn Sie das versuchen sollten«, gab Tibbs zurück, »dann lehne ich jede Verantwortung ab. Gestern abend versuchten es bereits zwei Männer.«

»Hab's gehört. Sie und Ihr Kumpan haben die beiden im Dunklen überfallen und mit Schraubenschlüsseln zusammengeschlagen. Einer von ihnen liegt im Krankenhaus.«

»Und wenn Sie nicht auch im Krankenhaus landen wollen, rate ich Ihnen, den Mund zu halten und sich zu setzen«, fuhr Tibbs ihn an. »Ich habe genug von Ihrem dummen Gerede. Sie sind ins Revier gekommen, um Anzeige zu erstatten. Darüber möchte ich mit Ihnen sprechen.«

»Da gibt's nichts mehr zu sagen«, erklärte Purdy. »Und ein Nigger macht sich in meinem Haus bestimmt nicht breit.«

Tibbs setzte sich. »Ich bin hergekommen, weil ich verhindern will, daß Sie ins Gefängnis wandern«, erklärte er.

»Papa, wirf ihn raus«, mischte sich Delores ein.

»Ich gehe, wenn ich fertig bin«, versetzte Tibbs. »Und dann werden Sie Ihrem Schicksal danken, daß ich gekommen bin.«

»Nigger bringen Unglück«, stellte Delores fest.

»Mr. Purdy«, begann Tibbs, »Sie und Ihre Tochter meldeten der Polizei, daß sich jemand an Ihrer Tochter vergangen hat. Es ist unsere Aufgabe, dafür zu sorgen, daß der Mann bestraft und der gute Ruf Ihrer Tochter geschützt wird.«

»Sam Wood hat sich an ihr vergangen«, fügte Purdy hinzu.

Tibbs nickte, als glaubte er ihm. »So sagten Sie. Der Chef war natürlich sehr überrascht. Mr. Wood gehört seit mehreren Jahren der Polizei an und genoß immer den Ruf eines verläßlichen Menschen.«

»Er sitzt wegen Mordes im Kittchen.« Purdy schrie es fast.

Wieder nickte Tibbs. »Ich weiß. Aber vielleicht gibt es dafür einen Grund, von dem Sie nichts wissen. Ich saß auch einmal drei Wochen im Gefängnis, bis mein Zellengenosse mir etwas erzählte, was die Polizei unbedingt wissen mußte.«

»Niggercop!« Purdy zischte die Worte wie einen Fluch.

»Kommen wir jetzt zu Ihrem Fall«, fuhr Tibbs ruhig fort. »Wenn der Mann gesteht, dann verläuft alles reibungslos. Doch Sam Wood ist ein störrischer Mensch. Er leugnet. Deshalb werden jetzt sämtliche Tests und Untersuchungen vorgenommen werden müssen, es sei denn, Sie helfen mir, seine Schuld zu beweisen.«

»Sie meinen, ich muß alles noch mal erzählen?« fragte Delores.

»Was für Tests?« wollte Purdy wissen.

»Nun, in einem solchen Fall gibt es viele Vorschriften und Sicherheitsbestimmungen. Ein Mann kann nur sehr schwer nachweisen, daß er mit einem Mädchen keine geschlechtlichen Beziehungen gehabt hat. Das schafft er nur durch gewisse medizinische Untersuchungen.«

»Was soll das?« fragte Purdy. »Sie ist meine leibliche Tochter.«

Tibbs breitete die Hände aus. »Das bezweifelt niemand, und jeder weiß, daß Sie ein ehrenwerter Mann sind. Doch da Sam Wood behauptet, er hätte mit Ihrer Tochter nicht einmal gesprochen, wird man einige Tests vornehmen müssen, um ganz sicherzugehen.«

»Mit Tests kann man nicht feststellen, wer was mit einem Mädchen gehabt hat«, protestierte Delores.

»Richtig«, bestätigte Tibbs. »Aber es läßt sich medizinisch beweisen, daß eine bestimmte Person nicht der Schuldige ist. Und diesen Untersuchungen werden Sie sich unterziehen müssen.«

»Zum Beispiel?« fragte Purdy.

»Nun, zunächst wird eine Blutprobe entnommen. Das ist nicht schlimm. Ihrer Tochter wird eine Nadel in die Vene des Unterarms gestochen, und dann wird eine gewisse Menge Blut abgezapft.«

»Das mag ich nicht«, erklärte Delores.

»Wer tut das?« erkundigte sich Purdy.

»Der Arzt«, erwiderte Tibbs. »Die Untersuchungen werden alle von einem Arzt gemacht. Sonst wird kein Mensch Ihre Tochter anrühren.«

»Das gehört sich auch so«, stellte Purdy fest.

»Danach«, fuhr Tibbs fort, »wird man an Hand einer Untersuchung festzustellen versuchen, ob ihr Gewalt angetan worden ist. Außerdem, ob sie ein Kind erwartet.«

Purdy sprang auf, das Gesicht rot vor Wut. »Das kommt nicht in Frage«, schrie er. »Meine Tochter zieht sich vor keinem Mann aus. Und wenn einer sie dazu zwingt, dann kriegt er eine Kugel in den Kopf. Verschwinden Sie auf der Stelle!«

Tibbs blieb ruhig sitzen. »Ich will Sie nur warnen«, erklärte er. »Solche Dinge muß man doch vorher wissen, nicht wahr?«

»Meine Tochter zieht keiner aus, auch ein Arzt nicht«, beharrte Purdy.

»Davor kann sie nur eines retten«, betonte Virgil Tibbs. »Wenn der Mann gesteht. Er behauptet, unschuldig zu sein. Sie haben Anzeige erstattet, folglich wird der Arzt Ihre Tochter untersuchen.«

»Gillespie kann das verhindern«, sagte Purdy. »Sie werden schon sehen.«

Tibbs schüttelte den Kopf. »Er würde es natürlich gern tun, aber das läßt das Gesetz nicht zu. Wood kann durch seinen Anwalt eine gerichtliche Verfügung erwirken, und dann bleibt Ihnen nichts anderes übrig, als sich zu fügen.«

Tibbs verschränkte die Hände und starrte auf sie nieder, während er weitersprach. »Jetzt möchte ich Ihnen etwas Wichtiges sagen. Doch Sie dürfen keinem Menschen verraten, daß ich es Ihnen gesagt habe. Ich möchte nur verhindern, daß ein unschuldiger Mann wie Sie überrumpelt wird und in die Klemme gerät.«

»Sie können mir gar nichts tun. Ich war's nicht«, brüllte Purdy, einem hysterischen Anfall nahe. »Ich sagte Ihnen doch, daß sie meine leibliche Tochter ist.«

»Natürlich«, meinte Tibbs. Seine Stimme wurde streng. »Aber nehmen Sie einmal an, Sie treten vor Gericht und behaupten, Sam Wood sei der Mann, der sich an Ihrer Tochter vergangen hat. Nehmen Sie weiter an, dem Arzt unterläuft ein Irrtum und er sagt aus, Sam Wood sei es nicht gewesen. Dann wird man Sie des Meineids schuldig finden, und Sie wandern ins Gefängnis. Davor möchte ich Sie warnen und Ihnen raten, wie Sie sich schützen können.«

»Solche Fehler machen Ärzte nicht«, protestierte Delores, doch in ihrer Stimme schwang Angst.

»Manchmal doch«, wandte Tibbs ein. »Und die Geschworenen fallen darauf herein. Wie wäre es, wenn Sie mir jetzt alles erzählten, dann werde ich versuchen, Sam Wood zu einem Geständnis zu bringen. Wenn er seine Schuld zugibt, haben Sie beide nichts mehr zu fürchten.«

»Wird man uns dann in Frieden lassen?« fragte Purdy.

»Ja.«

Purdy wandte sich an seine Tochter. »Erzähl«, forderte er sie auf. Delores rutschte auf ihrem Stuhl hin und her.

»Ja also, nachts fährt er immer hier vorbei und schaut zum Fenster rein«, begann Delores. »Ich hätte es Papa sagen sollen, aber ich getraute mich nicht, weil Sam doch Polizist ist und so. Und eines Abends, als Papa in der Arbeit war, klopfte er an die Tür. Er sagte, er wäre auf dem Weg zum Revier und sammele die Namen von Mädchen, die Festivalkönigin werden wollen, bei den Musikfestspielen. Naja, und er sagte, ich wäre sehr hübsch, und er würde gern meinen Namen vorschlagen.«

Sie hielt inne und blickte auf. Virgil nickte ihr ermutigend zu.

»Ja, also er hat sich richtig eingeschmeichelt bei mir; sagte, er kenne eine Menge Leute und könne schon genug Stimmen zusammenkriegen, damit ich gewinne. Der Preis wäre eine Reise nach New York. Danach weiß ich nicht mehr viel. Er gab mir was zu trinken und meinte, das würde mir nicht schaden, sondern mich lustig machen. Er sagte, bald wäre ich Schönheitskönigin, und alle Leute würden mich beneiden. Und in New York würde ich dann singen und tanzen lernen und vielleicht sogar vom Film entdeckt werden. Das wollte er alles organisieren, und ich müßte ihm dankbar sein. Was dann passierte, weiß ich nicht mehr genau. Nur als er ging, sagte er, ich solle mir keine Sorgen machen, er sei vorsichtig gewesen. Das waren seine Worte: Er sei vorsichtig gewesen.«

Tibbs stand auf. »Und Sie sind sicher, daß es Sam war?« fragte er. »Ich möchte jeden Irrtum vermeiden, weil er Ihnen schaden könnte.«

Delores hob den Kopf. Ihr Gesicht war eine Maske. »Es war Sam«, sagte sie.

Virgil Tibbs ging. Er fuhr zum Polizeirevier und meldete ein Ferngespräch mit Gottschalk, dem Testingenieur, an. Dann stattete er Harvey Oberst einen Besuch ab. Der Junge haßte es zwar, mit einem Neger gesehen zu werden, doch er hatte nicht vergessen, daß dieser Neger ihn aus dem Gefängnis geholt hatte. Danach suchte Tibbs Reverend Amos Whiteburn auf und sprach mit zwei kleinen Jungen, die eigens herbeigerufen wurden. Schließlich kehrte er wieder zum Revier zurück und telefonierte mit einem Hotel in Atlanta. Nachdem er all das erledigt hatte, suchte er zwei farbige Bewohner von Wells auf und dann vier Weiße, von denen ihm zwei den Zutritt in ihre Wohnungen verwehrten. Außerdem schaute er bei Dr. Harding vorbei. Als er endlich alles hinter sich gebracht hatte, war er todmüde. Er hatte in der Nacht zuvor nur wenig geschlafen, und der ständige Kampf gegen den Widerstand, den man ihm allseits entgegenbrachte, hatte ihn erschöpft.

Doch endlich wurde seine Geduld belohnt. Jetzt war er bereit, mit Bill Gillespie zu sprechen.

12

Nach einer bitteren und ruhelosen Nacht stand Duena Mantoli auf. Ihr Entschluß stand fest. Sie duschte lange und kühl, dann musterte sie sich kurz im Spiegel. Sie wußte, daß sie ausgesprochen hübsch war; was Figur und Aussehen betraf, konnte sie es mit jeder Frau aufnehmen. Doch jetzt galt es auch, den Verstand zu gebrauchen.

Sie zog sich an und ging hinunter frühstücken. George und Grace Endicott erwarteten sie schon.

»Wir haben von Eric gehört«, berichtete Grace, sobald sie sich gesetzt hatte. »Er hat gute Nachrichten. Zunächst ist es ihm gelungen, einen sehr bekannten Dirigenten für die Musikfestspiele zu gewinnen.«

»Wen?« fragte Duena.

»Das wollte Eric nicht verraten. Er will uns damit überraschen, wenn er kommt. Zweitens hat er von der Agentur, die den Vorverkauf übernommen hat, erfahren, daß das Geschäft besser geht als erwartet.«

»Das freut mich«, sagte Duena und trank einen Schluck Orangensaft. Dann berichtete sie, was sie bewegte. »Ihr werdet denken, ich bin verrückt geworden, aber ich fahre heute in die Stadt und suche den Bürgermeister auf. Ich will ihn sprechen.«

»Weshalb?« fragte Endicott.

»Mir gefällt es nicht, wie sich die Dinge entwickeln. Im Gefängnis sitzt ein Mann, den ich zufällig für unschuldig halte. Ich verstehe nicht, weshalb man ihn nicht gegen Kaution auf freien Fuß gesetzt oder aber gleich unter Anklage gestellt hat.«

»Das würde ich nicht tun, Duena«, riet Grace Endicott. »Wir verstehen doch gar nichts von diesen Dingen; wenn wir uns einmischen, erschweren wir der Polizei höchstens die Arbeit. Es nützt nichts und macht höchstens böses Blut.«

»Ihr versteht mich nicht«, widersprach Duena. »Mr. Wood, der Beamte, der hier war... damals... er sitzt im Gefängnis. Unschuldig. Das weiß ich, deshalb will ich den Bürgermeister sprechen.«

George Endicott wählte bedachtsam seine Worte. »Duena, ich glaube, du läßt dich zu sehr von deinen Gefühlen leiten. Warte ab und überlaß die Sache der Polizei. Wenn Mr. Wood unschuldig ist, wird er nicht lange im Gefängnis bleiben. Tibbs ist ja auch noch da. Er scheint mir sehr tüchtig zu sein.«

»Das hilft ihm in Wells nicht viel«, entgegnete Duena. Dann änderte sie die Taktik. »Na ja. Fährst du heute in die Stadt?«

»Ja, nachmittags.«

»Kann ich mitkommen? Ich möchte wenigstens ein paar Einkäufe machen.«

Endicott nickte zustimmend.

Frank Schubert richtete sich in seinem Lehnstuhl auf. Seine reizende Besucherin verwirrte ihn ein wenig. Er fragte sich, wie sie George Endicott wohl dazu gebracht hatte, sie hierher zu fahren.

»Miss Mantoli«, begann er. »Ich will Ihnen gegenüber ganz offen sein. Ja, ich werde Ihnen sogar eine vertrauliche Mitteilung machen. Wollen Sie mir versprechen, sie ganz für sich zu behalten?«

»Natürlich«, versicherte Duena.

»Schön. Ich weiß nicht, wieviel Sie über die Wirtschaft der Südstaaten wissen, doch gewisse Gebiete sind unterentwickelt. Dazu gehört Wells. Die Stadt liegt nicht an der Autobahn, sondern an einer Straße zweiter Ordnung. Von fünfzig Fahrern entschließt sich einer für diesen Weg. Wir haben also aus dem Fremdenverkehr nur geringe Einnahmen. Die Landwirtschaft steht in unserer Gegend längst nicht mehr in Blüte, Industrie gibt es fast keine. Rundheraus gesagt, viele Bürger von Wells sind völliger Verarmung nahe.«

Duena, die aufmerksam zugehört hatte, nickte.

»Uns wurde klar – dem Stadtrat und mir –, daß etwas getan werden muß, wenn wir nicht in eine äußerst ernste Lage geraten wollen. Deshalb brachte George die Idee mit dem Musikfestival aufs Tapet. Zunächst stieß sein Vorschlag auf wenig Gegenliebe, doch er konnte uns davon überzeugen, daß die Festspiele den Fremdenverkehr ankurbeln würden. Obwohl einige von uns noch Zweifel äußerten, stimmten wir dem Plan zu. Ich habe erfahren, daß sich der Vorverkauf sehr gut anläßt, George scheint also recht behalten zu haben. Und damit kommen wir auf den zweiten Punkt. In unserer Stadt war die Stelle des Polizeichefs offen. Keiner unserer Beamten besaß die nötige Erfahrung für diesen Posten. Aus diesem Grund verfielen wir auf eine Ausschreibung. Wir hofften, damit vielleicht einen guten und erfahrenen Beamten zu bekommen, der trotz des kleinen Gehalts um des Titels und des Ansehens willen bereit wäre, die Stelle zu übernehmen. Später, sobald wir wieder mit beiden Beinen auf der Erde standen, wollten wir sein Gehalt so weit erhöhen, daß er blieb oder wir gegebenenfalls einen besser geeigneten Nachfolger einstellen konnten. Wie sich herausstellte, war der Einfall gar nicht schlecht gewesen. Es meldeten sich verschiedene Bewerber, unter ihnen auch Bill Gillespie. Einige Mitglieder des Stadtrats – ich will keine Namen nennen – bestanden darauf, einen Südstaatler einzustellen, der dafür Sorge tragen würde, die althergebrachten Schranken zwischen Weißen und Negern aufrechtzuerhalten. Sie fürchteten, ein Nordstaatler würde mit allen Mitteln versuchen, die Rassenintegration durchzusetzen, lange, ehe wir hier unten bereit waren, sie zu akzeptieren.«

»Und deshalb fiel die Wahl auf Gillespie?« meinte Duena.

»Richtig. Seine Papiere und Zeugnisse machten Eindruck, wenn ich persönlich auch damals schon der Meinung war, wir hätten eine schlechte Wahl getroffen. Doch das nur im Vertrauen. Jene Stadträte, die ich vorhin erwähnte, waren jedenfalls zufrieden.«

Schubert blickte sich um, als wollte er sich vergewissern, daß niemand lauschte. Dann beugte er sich vor, um die Vertraulichkeit seiner Worte noch mehr zu unterstreichen. »Wenn Sam Wood unschuldig ist, dann wird er nicht mehr lange im Gefängnis bleiben. Das verspreche ich Ihnen. Doch Sie müssen einsehen, daß schwerwiegende Beweise gegen ihn vorliegen. Ich habe inzwischen mit einigen Mitgliedern des Stadtrats gesprochen und möchte es auch George sagen, da er nun schon einmal da ist. Wenn Gillespie den Fall nicht in den nächsten Tagen klärt, dann kündigen wir ihm. Er hat zwar einen Vertrag, doch wir hatten eine Probezeit vereinbart, die noch nicht abgelaufen ist. Machen Sie sich also kein Kopfzerbrechen, wir haben die Sache schon im Griff.«

Es war kurz vor vier, als George Endicott und Duena Mantoli das Büro des Bürgermeisters verließen. Eric Kaufmann hatte sein Kommen für den frühen Abend angekündigt. Als George vorgeschlagen hatte, zum Abendessen in der Stadt zu bleiben und später Kaufmann abzuholen, war Duenas Chance gekommen.

»Ich muß Mr. Tibbs sprechen«, erklärte sie.

»Ich glaube, das verschieben wir lieber«, riet Endicott. »Wenn du jetzt zur Polizei gehst, redest du vielleicht ohne dein Wissen zuviel, und das könnte ernste Folgen haben.«

Duena blickte halb enttäuscht, halb vorwurfsvoll zu ihm auf, und George Endicott kam plötzlich zu dem Schluß, daß er vielleicht in seiner Eigenschaft als Stadtratsmitglied doch ein paar Worte mit Bill Gillespie sprechen sollte.

Arnold stand vor der Gittertür zu Sam Woods Zelle. »Sie haben wieder Besuch.« Er riß die Tür auf und ließ Virgil Tibbs ein. Der Kriminalbeamte aus Pasadena trat ein und setzte sich auf die Pritsche.

»Na, Virgil«, fragte Sam müde. »Was gibt's?«

»Ich wollte Ihnen nur sagen, daß ich mit Gillespie sprechen werde, sobald er zurück ist«, erwiderte Tibbs. »Und dann werde ich ihm beweisen, klar und deutlich, daß Sie unschuldig sind. Danach muß er Sie auf freien Fuß setzen.«

Sams Stimme war tonlos. »Warum geben Sie's nicht auf und fahren nach Hause. Ich hielt Sie für schlauer.«

»Meine Arbeit ist noch nicht beendet«, versetzte Tibbs. »Die ganze Welt steckt voller Menschen, die in ihrem Leben nichts geleistet haben, weil sie niemals eine Sache durchstanden. Zwei Dinge habe ich hier noch zu tun: Ihre Unschuld zu beweisen und Gillespie den Mörder in die Hände zu liefern. Dann fahre ich heim.«

»Viel Glück«, sagte Sam. Er sah Tibbs nicht an.

»Ehe ich mit Gillespie spreche, möchte ich mit Ihnen ein oder zwei Punkte klären«, sagte Tibbs. »Ich bin zwar meiner Sache ziemlich sicher, aber je weniger ich raten muß, desto besser ist meine Position.«

Sam zuckte die Schultern. »Worum geht es?«

»In der Nacht, als ich Sie auf Streife begleitete, änderten Sie Ihre Route, und zwar mit Absicht. Damals wußte ich nicht, weshalb. Jetzt glaube ich es zu wissen. Sie wollten nicht am Haus der Purdys vorbeifahren.«

Sams Teilnahme erwachte. »Virgil, ich möchte nicht, daß Sie sich da einmischen. Ich weiß, Sie versuchen mir zu helfen, aber...«

»Und ich glaube, ich weiß auch, weshalb Sie in der Nacht nicht an dem Haus vorbeifahren wollten«, fuhr Tibbs unbeirrt fort.

»Sind Sie inzwischen vorbeigefahren?« fragte Sam argwöhnisch.

»Nein«, erwiderte Tibbs. »Das brauchte ich nicht. Harvey Oberst erzählte mir alles, was ich wissen mußte.«

Er schwieg, und eine Weile sprach keiner der beiden Männer. Manchmal war es das beste, dem anderen Zeit zu lassen, sich zu sammeln. Er wußte, daß Sam nachdachte, und genau das hatte er beabsichtigt. Schließlich brach Sam das Schweigen.

»Virgil, beginnen wir noch einmal von vorn. Wie kamen Sie darauf, daß ich an jenem Abend von meiner Route abgewichen sei?«

»Ganz einfach«, versetzte Tibbs. »Sie schlugen einen Umweg über die ungeteerte Straße ein. Als ich vor dem Drive-in auf Sie wartete, fiel mir auf, daß der Wagen staubig war.«

»Das ist nichts Ungewöhnliches«, unterbrach Sam.

»Kann sein, aber in der Nacht, als Sie mich am Bahnhof auflasen, war kein Staub am Wagen. Folglich konnten Sie damals auch nicht durch die Schotterstraße gefahren sein.«

»Vielleicht haben Sie den Staub nur nicht bemerkt.«

»O doch, das wäre mir aufgefallen. Außerdem sah der Wagen frisch gewaschen aus, und später prüfte ich das bei der Tankstelle nach, die Ihre Streifenwagen wartet.«

»Sie meinen, als ich Sie fest... als ich Sie mitnahm, hatten Sie noch die Ruhe zu bemerken, daß mein Wagen nicht staubig war? Das ist doch nicht möglich, Virgil. So abgebrüht sind Sie auch wieder nicht.«

»O doch«, widersprach Virgil. »Ich hielt nur den Mund, bis ich wußte, worum es ging. Aber ich hielt dafür die Augen offen, weil ich darauf geeicht bin.«

»Und woher wollen Sie wissen, daß es nicht geregnet hatte und der Staub auf der kurzen Straße festgebacken war?«

»Ich war beim Wetteramt.«

Wieder trat Schweigen ein. Sam verdaute das Gehörte und entschied, daß es nicht nur albern, sondern wahrscheinlich auch sinnlos war, noch länger Widerstand zu leisten. Er mußte sich eingestehen, daß Tibbs sein Geschäft verstand. Der Gedanke, daß ein Mann, der wegen seiner Rasse durch eine fast unüberwindliche Schranke von ihm getrennt schien, dennoch auf seiner Seite stand, war tröstlich. Sam beschloß, mit der Wahrheit nicht mehr länger hinter dem Berg zu halten.

»Also«, gestand er, »Sie haben recht.«

»Wenn Sie mir das nur früher gesagt hätten, Sam«, meinte Tibbs erleichtert. »Es hätte eine Menge Zeit gespart – Ihre Zeit.« Zu Sams Überraschung stand Tibbs auf. »Übrigens, ich habe mich kurz mit Mr. Purdy und seiner Tochter Delores unterhalten. Ich hab' ihnen einen ganz netten Schrecken eingejagt, als ich ihnen erklärte, Delores müßte eine ärztliche Untersuchung über sich ergehen lassen. Ich habe sie für heute nachmittag zu einer ›Untersuchung‹ bestellt. Um was für eine Art es sich handelt, habe ich nicht erklärt. Wenn ich sie dazu bringen kann, ihre Geschichte in Gegenwart von Zeugen zu ändern, dann ist die Beschuldigung gegen Sie null und nichtig. Und wenn sich in dieser Sache Ihre Unschuld herausstellt, wird auch alles übrige leichter sein.«

Zum erstenmal empfand Sam das Bedürfnis, Tibbs bei seinen Bemühungen zu unterstützen. »Virgil, vielleicht würde es nützen, wenn Sie irgendwie herausbringen könnten, wer Delores verführt hat. Ich weiß, ich verlange viel von Ihnen.«

»Schon gut, Sam«, erwiderte Tibbs. »Ich glaube, ich kenne die Antwort schon.«

Als Bill Gillespie gemeldet wurde, Virgil Tibbs wünsche ihn zu sprechen, beschloß er, Tibbs ein paar Minuten warten zu lassen. Nach geraumer Zeit verkündete er über die Sprechanlage, daß er den Neger erwarte.

Infolge dieser Verzögerung betrat Tibbs Gillespies Büro im selben Augenblick, als George Endicott Duena Mantoli ins Revier geleitete. Endicott war es nicht ganz wohl in seiner Haut, doch er kannte die Entschlossenheit des Mädchens und zog es vor, bei dem Gespräch mit Gillespie dabeizusein, um notfalls eingreifen zu können. Er trat zur Anmeldung. »Wir hätten gern Mr. Gillespie gesprochen«, sagte er. »Hat er einen Moment Zeit?«

Pete, der wußte, wen er vor sich hatte, erwiderte: »Bitte, gehen Sie nur hinein. Bloß Virgil ist bei ihm.«

Sie schritten durch den Flur, und George klopfte an die geöffnete Tür. Gillespie blickte auf. »Kommen Sie herein«, sagte er, als er sah, wer es war.

Er stand auf, als Duena eintrat. »Bitte, nehmen Sie Platz«, forderte er beide auf, nachdem er dem Mädchen vorgestellt worden war. »Virgil, Sie können gehen. Ich rede später mit Ihnen.«

Tibbs rührte sich nicht von der Stelle. »Was ich zu sagen habe, ist ziemlich wichtig, Sir. Da Miss Mantoli und Mr. Endicott einmal hier sind, wäre es gar nicht schlecht, wenn sie es sich ebenfalls anhörten.«

Gillespie hob die Faust. Er duldete keinen Widerspruch, schon gar nicht von einem Menschen, der die falsche Hautfarbe hatte.

Endicott bemerkte seinen Zorn und schaltete sich hastig ein. »Das klingt interessant. Wenn Sie gestatten, Bill, würde ich gern hören, was Mr. Tibbs zu sagen hat.«

»Ich auch«, stimmte Duena zu.

Gillespie sah keinen Ausweg. Im stillen schwor er sich, bittere Rache zu nehmen, sobald er mit Tibbs allein war. Doch im Augenblick mußte er sich geschlagen geben. »Wie Sie wünschen, Mr. Endicott«, sagte er.

»Bevor ich anfange«, begann Virgil, »möchte ich darum bitten, daß auch Sam Wood vorgeführt wird.« Er sah Gillespie an. »Vielleicht möchten auch Sie ihm einige Fragen stellen, Sir.«

Wutschnaubend drückte Gillespie den Knopf der Sprechanlage und gab einen Befehl. Kurz danach wurde Sam Wood hereingeführt. Gillespie wies schweigend auf einen Stuhl, und Sam setzte sich. Mit einem Nicken entließ Gillespie Arnold, der den Häftling hereingebracht hatte. Dann richtete er seinen Blick scharf auf Tibbs.

»Also schön, Virgil. Die Sache hat hoffentlich Hand und Fuß.«

Tibbs verschränkte seine Finger und preßte sie zusammen. Ein paar Sekunden blickte er auf sie nieder. Dann begann er zu sprechen.

»Ich möchte mit dem Porträt eines jungen Mädchens anfangen. Es handelt sich um Delores Purdy. Miss Purdy ist die Tochter eines unverkennbar zurückgebliebenen Mannes, dessen geistiges Niveau und Bildung weit unter dem Durchschnitt liegen. Ich habe ihre Mutter nicht kennengelernt, doch ihr fehlen zweifellos Nestwärme und elterliche Autorität.«

»Weiß ich alles«, fuhr Gillespie dazwischen.

Tibbs wartete einen Moment, dann fuhr er fort. »Delores Purdy ist achtzehn Jahre alt, doch sie gibt sich für sechzehn aus, um in der Schule, wo sie zwei Klassen zurück ist, nicht ausgelacht zu werden. Die Tatsache, daß sie bereits achtzehn ist, bedeutet, daß man den für ihren Zustand verantwortlichen Mann keinesfalls wegen Vergewaltigung vor Gericht stellen kann. Miss Purdy besitzt eine Eigenschaft, deren Vorhandensein man klar und deutlich den Polizeiakten entnehmen kann. Sie ist eine Exhibitionistin. Aus irgendeinem Grund ist sie der Meinung, ihr Körper sei ungeheuer verführerisch und müßte jeden, der ihn zu Gesicht bekommt, in höchste Erregung versetzen – das heißt, jeden Mann. Das ist bei Mädchen ihres Alters gar nicht so selten, wenn sie das Gefühl haben, gesellschaftlich nicht anerkannt zu werden. Sie glauben, sie könnten diesen Mangel durch herausforderndes Auftreten ausgleichen.«

Er blickte auf, um festzustellen, wie Duena seine Worte aufnahm. Sie zeigte unverhohlenes Interesse, ebenso die drei Männer.

»Am häufigsten geschieht es unter solchen Umständen«, fuhr er fort, »daß sich das Mädchen einem Mann hingibt, in der Hoffnung, ihn mit ihren körperlichen Vorzügen an sich zu binden. Manchmal geht die Rechnung auf, manchmal muß das Mädchen danach eine neuerliche Zurückweisung hinnehmen. Harvey Oberst, der etwas älter ist als Delores Purdy, erzählte mir, daß sie sich vor ihm entblößte, ohne daß er sie auch nur mit einem Wort dazu aufgefordert hatte. Ich glaube ihm aus zwei Gründen. Der erste ist ihre Anzeige gegen Mr. Wood. Es ist eine ernste Angelegenheit, gegen einen beliebten und geachteten Polizeibeamten Anzeige zu erstatten. Doch sie war nicht etwa erregt oder ängstlich, sondern sie trug Kleider, die ihre Figur betonten und äußerst aufreizend wirkten. So handelt kein junges Mädchen, dem Gewalt angetan worden ist.«

Tibbs hielt einen Moment inne, doch keiner seiner vier Zuhörer hatte etwas zu sagen.

»Jetzt kommen wir zu Mr. Wood. In der Mordnacht passierte Mr. Wood auf seiner Streife kurz nach drei Uhr das Haus der Purdys. Das stand völlig in Einklang mit seiner Pflicht. Er hat mir nicht erzählt, was sich in jenem Augenblick zutrug, doch ich kann es mir denken. Einige Nächte später, als ich Mr. Wood auf seiner Streife begleitete, mied er vorsätzlich das Haus der Purdys und machte einen Umweg. Da ich seine Gründe hierfür nicht kannte, zog ich den vorschnellen Schluß, er hätte etwas zu verbergen. Eine Zeitlang war mein Vertrauen in ihn erschüttert. Ich habe mich getäuscht und muß mich für meinen Irrtum bei ihm entschuldigen.«

»Woher wußten Sie, wo die Purdys wohnen?« fragte Gillespie.

»Harvey Oberst erwähnte es, als ich hier vor ein paar Tagen mit ihm sprach, und ich schlug die Adresse in den Akten nach.«

Gillespie nickte befriedigt.

»Wenn wir jetzt die Details zusammensetzen, können wir ziemlich genau rekonstruieren, was geschah. Irgendwann in jüngster Vergangenheit ging Miss Purdy mit einem Mann ihrer Bekanntschaft zu weit. Die Folge war, daß sie schwanger wurde, oder zumindest glaubt, es zu sein. Wer dieser Mann ist, spielt im Moment keine Rolle. Wichtig ist zunächst nur, daß sie ihn nicht heiraten konnte oder wollte. Da sie glaubte, ein Kind zu erwarten, tat sie, was viele Mädchen getan haben – sie sah sich nach einem Mann um, den sie dafür verantwortlich machen konnte, der ihr als zukünftiger Ehemann erstrebenswerter schien oder von dem sie zumindest erwartet, daß er die Entbindungskosten und den Unterhalt des Kindes übernehmen konnte. Glücklicherweise sind der Polizei solche Praktiken wohl bekannt, und aus diesem Grund wird nur sehr selten die Aussage eines Mädchens ohne Überprüfung hingenommen. Mr. Gillespie weiß das natürlich. Miss Purdy wußte, daß Mr. Wood Nacht für Nacht allein Streife fuhr, und behauptete deshalb, daß Mr. Wood sie nachts verschiedentlich aufgesucht hätte. Zudem wußte sie, daß er ledig war, und glaubte, ihn zu einer Ehe zwingen zu können. Schließlich fühlte sie sich von ihm angezogen, zumindest bis zu einem gewissen Grad.«

Tibbs sah Sam Wood an. »Ich möchte Sie nicht in Verlegenheit bringen, Mr. Wood, schon gar nicht in Gegenwart von Miss Mantoli, aber können Sie meine Worte bestätigen?«

Sam suchte nach Worten. Dann sagte er nur: »Ja.«

»Jetzt folgt eine Art Wahrscheinlichkeitsrechnung«, fuhr Tibbs fort. »Wenn Mr. Wood ein Mensch wäre, der auf die Annäherungsversuche solcher Frauen eingeht oder sie gar herausfordert, dann wäre das wahrscheinlich in den letzten drei Jahren seiner Dienstzeit ans Licht gekommen. Man kann einwenden, daß auch Menschen, die jahrelang ein beispielhaftes Leben führten, plötzlich Morde oder Unterschlagungen begehen. Doch Mr. Wood ist Junggeselle. Es kann ihm daher niemand verübeln, wenn er mit jungen Frauen ausgeht, gleichgültig, wie viele es sind. Und der gute Ruf, den er in Wells genießt, läßt mich glauben, daß er keinesfalls skrupellos genug ist, eine Minderjährige zu verführen. Zusammenfassend möchte ich daher sagen, daß die Anzeige, die Delores Purdy gegen Mr. Wood erstattet hat, meiner Meinung nach eine niederträchtige Lüge ist.«

Die Sprechanlage summte.

»Mr. Purdy und Tochter«, meldete der Beamte von draußen.

Gillespie blickte forschend in die Gesichter der vier Menschen vor ihm. »Führen Sie sie herein«, befahl er. »Und bringen Sie noch zwei Stühle mit.«

Im Büro herrschte gespanntes Schweigen, während sich im Flur Schritte näherten. Alle Augen waren auf die Tür gerichtet.

Delores erschien zuerst. Sie machte kurze, langsame Schritte. Das Gesicht ihres Vaters war hart und verkniffen, die Linien um seinen Mund schienen noch tiefer. Arnold drängte sich hinter ihnen ins Büro und stellte zwei Stühle hin. Kein Wort fiel, bevor er gegangen war.

»Nehmen Sie Platz«, sagte Gillespie.

Purdy wies auf Tibbs. »Schicken Sie ihn raus«, verlangte er.

Gillespie schien in seinem Sessel zu wachsen. »Er bleibt«, versetzte er und deutete auf die Stühle. Die Purdys setzten sich.

»Wenn ein Nigger im Zimmer ist, red' ich nicht«, verkündete Delores.

Gillespie schenkte ihr keine Beachtung. »Sie werden allerhand über sich ergehen lassen müssen«, eröffnete er den Purdys. »Die ärztliche Untersuchung erfordert Zeit. Möchten Sie mir irgend etwas sagen, ehe wir anfangen?«

Lange Zeit herrschte Schweigen. Gillespie lehnte sich zurück, der Sessel ächzte unter seinem Gewicht. Dann war es wieder still.

Delores rutschte auf ihrem Stuhl hin und her und glättete ihren Rock. »Ich glaub', ich hab' mich geirrt«, erklärte sie schließlich.

»So?« fragte Gillespie mit hochgezogenen Brauen.

Delores zögerte wieder. »Ich glaub', er war's doch nicht.«

»Du meinst Mr. Wood?« fragte Gillespie.

»Ja, den.«

Purdy räusperte sich und ergriff das Wort. »Delores schläft nämlich nachts manchmal nicht gut. Sie hat den Polizeiwagen vorbeifahren sehen und wußte auch, wer drin saß. Als sie hinterher ins Bett ging, träumte sie von ihm und bildete sich die ganze Geschichte nur ein.«

»Sie meinen, Ihre Tochter sah Mr. Wood draußen im Wagen und träumte, sie hätte intime Beziehungen mit ihm gehabt?« fragte Gillespie.

»Ja, so ungefähr«, meinte Purdy.

Gillespies Körper schoß nach vorn. »Ich kann mir nur schwer vorstellen, daß ein Mädchen wie Delores so lebhaft von so etwas träumt, daß sie hinterher Anzeige erstattet. Wenn sie ein paar Monate jünger gewesen wäre, hätte sie einen Mann in Lebensgefahr bringen können. Auf Vergewaltigung steht Todesstrafe.«

»Sie hat's ja nicht getan«, fauchte Purdy. »Sie ist alt genug, um zu tun, was ihr gefällt.«

»Jetzt brauche ich doch nicht untersucht zu werden, oder?« erkundigte sich Delores.

»Nein«, erwiderte Gillespie. »Wenn ihr vor Zeugen erklärt, daß die Anzeige gegen Mr. Wood auf einem Irrtum beruht, dann braucht keine ärztliche Untersuchung vorgenommen zu werden.«

»Das ginge jetzt sowieso nicht«, fügte Delores hinzu.

Duena Mantoli gab einen kleinen Laut von sich, dann war es still im Raum.

Virgil Tibbs brach das Schweigen. »Es war sehr tapfer, daß Sie heute abend gekommen sind«, sagte er zu Delores. »Nicht viele Mädchen wären dazu bereit gewesen.«

»Papa hat mich gezwungen«, gestand Delores ehrlich.

»Sie können uns helfen, wenn Sie wollen«, fuhr Tibbs fort. »Es ist wichtiger, als Sie vielleicht glauben. Können Sie uns erklären, wieso Sie ausgerechnet von Mr. Wood träumten?«

»Ich sagte doch, sie hat ihn vorbeifahren sehen«, mischte sich Purdy ärgerlich ein.

Tibbs überging den Einwurf und ließ Delores nicht aus den Augen. Wieder glättete sie ihren Rock und zeigte zum erstenmal Zeichen von Verlegenheit.

»Naja«, sagte sie langsam. »Er ist wirklich ein netter Mann. Ich hab' ihn nie kennengelernt, aber ich hab's gehört. Außerdem hat er eine gute Stellung und ein Auto. Ich dachte, er könnte mich vielleicht liebgewinnen, besonders weil er noch keine Freundin hat.«

»Ich bin seine Freundin«, erklärte Duena.

Sam Wood starrte sie verwundert und ungläubig an. Auch Delores sah zu Duena hinüber. Als sie ihre Musterung beendet hatte, wandte sie sich wieder Gillespie zu.

Bill Gillespie traf eine Entscheidung. »Da Sie beide mit Ihrer Aussage Mr. Wood von dem Verdacht befreit haben, will ich den Zwischenfall als abgeschlossen betrachten. Das bedeutet allerdings nicht, daß Mr. Wood Sie nicht wegen Verleumdung verklagen kann. Ich nehme fast an, er wird es tun.«

»Ich will niemand verklagen«, erklärte Sam.

Purdy wandte sich an seine Tochter. »Wir gehen jetzt«, sagte er und stand auf. Delores folgte seinem Beispiel. An der Tür drehte sie sich um und sah Sam mit einem kläglichen Lächeln an. »Es tut mir wirklich leid«, sagte sie.

Sam fiel ein, daß er ein wohlerzogener Mensch war, und stand auf. Ebenso Virgil Tibbs. George Endicott blieb sitzen. Ohne ein weiteres Wort zogen die Purdys im Gänsemarsch ab.

»Und was jetzt?« fragte Gillespie, nachdem sie verschwunden waren.

»Mr. Woods Unschuld ist jetzt erwiesen«, antwortete Tibbs. »Wollen Sie noch irgend etwas klären, bevor Sie ihn auf freien Fuß setzen?«

»Ja«, erwiderte Gillespie. »Ich möchte wissen, woher er sechshundert Dollar in bar hatte, um seine Hypothek zu bezahlen.«

Tibbs sprach, ehe Sam dazu kam. »Die Frage kann ich beantworten. Die Bank berichtete Ihnen, daß er diesen Betrag in bar eingezahlt hätte. Man erklärte Ihnen jedoch nicht, wie dieses Bargeld aussah.«

»Bar ist bar«, meinte Gillespie.

»In diesem Fall nicht«, entgegnete Tibbs. »Als ich mich danach erkundigte, wurde mir gesagt, es hätte sich zum größten Teil um Münzen gehandelt – Vierteldollarstücke, Fünfzig-, Zwanzig- und Zehn-Cent-Stücke. Es kamen auch ein paar Scheine dazu, doch der größte Schein war eine Fünfdollarnote.«

Gillespie ging ein Licht auf. »Sie meinen, er hatte es zu Hause zusammengespart?«

»Richtig«, bestätigte Virgil. »Sehr klug war es nicht, denn auf einem Konto hätte er Zinsen bekommen. Außerdem wäre sein Geld sicherer gewesen. Wahrscheinlich sparte er seit dem Tag, als er zur Polizei ging, jeden Cent, den er entbehren konnte. Möglicherweise setzte er sich ein gewisses Soll.«

»Ich wollte fünfzig Cent pro Tag sparen«, erläuterte Sam.

»Tatsächlich war es sogar etwas mehr«, meinte Tibbs. »Fast vier Dollar pro Woche. Warum legten Sie es nicht auf ein Konto?«

»Ich wollte es nicht ausgeben. Es war das Geld für die Hypothek. Ich bewahrte es zu Hause auf und nahm nie einen Pfennig weg, bis ich den Betrag beisammen hatte.«

»Nun ja, damit wäre das aufgeklärt«, sagte Tibbs zu Gillespie. »Ist er jetzt frei?«

Gillespie blickte George Endicott an, ehe er antwortete. Er wirkte fast teilnahmslos. »Ja, natürlich«, erwiderte er.

»Dann«, fuhr Tibbs fort, »möchte ich Sie bitten, ihn unverzüglich wieder Dienst tun zu lassen, damit er heute nacht seine Streife fahren kann.«

»Ich würde lieber erstmal eine Nacht zu Hause verbringen«, erklärte Sam.

»Ich halte es für wichtig, daß Sie heute nacht fahren«, wandte Tibbs ein. »Und wenn es Ihnen nichts ausmacht, komme ich mit.«

Tibbs sah Gillespie an. »Ich gebe Ihnen eine Garantie«, sagte er. »Wenn nicht vor morgen früh etwas ganz Unvorhergesehenes geschieht, wird Mr. Wood den Mörder Enrico Mantolis festnehmen.«

13

Als Sam Wood das Revier verließ und hinaustrat in die frische Luft, hatte er das Gefühl, aus einem bösen Traum zu erwachen. Die leidenschaftlichen Empfindungen, die ihn bewegt hatten – Zorn, Wut, Hoffnungslosigkeit –, hatten sich verzehrt, und nun stand er wieder da, wo alles angefangen hatte. Mit einer Ausnahme: Er hatte Duena Mantoli in den Armen gehalten, und sie hatte ihn geküßt. Und im Beisein von Zeugen hatte sie erklärt, sie sei seine Freundin.

Das stimmte natürlich nicht, Sam wußte das. Sie hatte es nur gesagt, um Delores Purdy in Verlegenheit zu bringen, und das war ihr gelungen. Einen köstlichen Augenblick lang gab Sam sich der Vorstellung hin, sie hätte es ernst gemeint. Dann riß er sich aus seinen Träumen und überlegte, daß es Zeit zum Abendessen war.

Er fuhr zu dem einzigen Restaurant, das akzeptable Steaks servierte, und bestellte sich eines. Er hatte es sich verdient, fand er.

Der Geschäftsführer trat an seinen Tisch. »Freut mich, Sie zu sehen, Mr. Wood.«

Sam wußte, wie er es meinte. »Ich freu' mich auch, daß ich hier bin«, versetzte Sam im gleichen Ton. »Sagen Sie dem Koch, er soll das Steak extradick schneiden.«

»Schon geschehen«, versicherte der Geschäftsführer. »Ach, ich wollte Sie was fragen. Sie brauchen nicht darüber zu reden, wenn Sie keine Lust haben, aber die ganze Stadt zerbricht sich den Kopf. Was ist mit dem schwarzen Beamten, der bei Ihnen arbeitet?«

»Virgil?« fragte Sam. »Was soll mit ihm sein?«

»Na, wie kommt es, daß er mitmacht?«

»Er ist Spezialist für Mordfälle«, erwiderte Sam, »und war zufällig zur Stelle. Deshalb setzte ihn der Chef mit ein. Das ist alles.«

»Nicht gerade angenehm für Sie, was?«

»Im Gegenteil«, versetzte Sam kurz. »Er ist unheimlich intelligent und hat mir aus der Patsche geholfen.« Sam war stolz auf sich, daß er nun ebenso für den Mann eingetreten war, wie dieser für ihn.

»Ja, aber er ist ein Nigger«, beharrte der Geschäftsführer.

Sam legte die Hände auf den Tisch und hob den Kopf. »Virgil ist kein Nigger. Er ist ein Farbiger, ein Schwarzer, ein Neger, aber kein Nigger. Ich kenne massenhaft Weiße, die ihm nicht das Wasser reichen können.«

Der Geschäftsführer gab sogleich klein bei. »Ja ich weiß, manche sind gescheit. Einer hat sogar ein Buch geschrieben. Hier kommt Ihr Steak.«

Der Geschäftsführer stellte persönlich das Ketchup vor Sam hin. Er sagte sich, daß man mit Sam Wood Nachsicht üben mußte. Schließlich hatte er ein unangenehmes Erlebnis hinter sich.

Als Sam seine Mahlzeit beendet hatte, fuhr er nach Hause. Er riß die Fenster auf, um die abgestandene Luft hinauszulassen, und holte seine Uniform aus dem Schrank. Dann duschte er, fuhr sich mit dem elektrischen Rasierapparat über das Kinn und legte sich nieder.

Virgils Versprechen, daß er heute nacht den Mörder Mantolis festnehmen würde, fiel ihm ein. Doch das Verlangen nach Schlaf löschte alle anderen Gedanken aus. Sam Wood schlief tief, bis um elf Uhr sein Wecker rasselte.

Virgil Tibbs erwartete ihn im Vorsaal des Reviers. Sam meldete sich zum Dienst wie immer. Der Nachtbeamte gab sich alle Mühe, sich so zu benehmen, als sei nichts vorgefallen. Mit dem Berichtsformular unter dem Arm und dem Wagenschlüssel in der Hand nickte Sam Tibbs zu. »Fahren wir«, forderte er ihn auf.

»Wohin, Virgil?« fragte Sam, als sie im Streifenwagen saßen.

»Wohin Sie wollen«, erwiderte Tibbs.

»Glauben Sie, daß Mantolis Mörder heute nacht auf den Beinen ist?« fragte Sam gespannt.

»Ich bin fast sicher«, antwortete Tibbs.

»Dann fahren wir besser bei den Endicotts vorbei und sehen nach, ob alles in Ordnung ist.«

»Es geht ihr bestimmt gut«, meinte Tibbs. »Fahren Sie hinauf, wenn Sie wollen, aber es besteht mehr Grund, in der Stadt zu bleiben.«

»Wollen Sie mir's jetzt sagen? Ich soll doch Ihren Worten nach den Burschen festnehmen.«

»Ich möchte lieber nichts sagen, Sam. Sonst verraten Sie sich womöglich im unrechten Moment.«

»Können wir denn jetzt noch nichts unternehmen?«

Tibbs blickte zum Fenster hinaus. »Sam, nehmen Sie's mir nicht übel, aber ich wäre Ihnen dankbar, wenn Sie mir vertrauen und sich auf mich verlassen würden. Ich verspreche Ihnen, daß Sie zur Stelle sein werden, wenn es geschieht. Ich versuche, es so einzurichten, daß Sie die Festnahme vornehmen können.«

»Okay, Virgil«, sagte Sam enttäuscht.

Nie war ihm die Nacht so lang erschienen. Sie unterhielten sich über Kalifornien und über das Leben an der Küste des Pazifik, wo Sam niemals gewesen war. Sie diskutierten über Baseball und Boxkämpfe. »Ein schweres Brot«, meinte Tibbs. »Ich kenne einige Boxer. Sie müssen allerhand über sich ergehen lassen. Nach der letzten Runde ist längst nicht alles vorbei. Dann geht es hinunter in die Garderobe, wo der Arzt wartet. Und wenn er die Wunden über den Augen oder im Mund näht, tut es verdammt weh.«

»Virgil, ich hab' mich schon oft gefragt, wieso es so viele farbige Boxer gibt. Sind sie wirklich besser oder fällt es ihnen nur leichter?«

»Ich weiß nichts davon, daß es ihnen leichter fällt. Ich unterhielt mich mal mit einem Boxer, der einen Kampf in Texas hinter sich hatte. Er mußte unheimlich einstecken, sein Gegner war einfach zu stark. Als der Arzt später an die Arbeit ging, verursachte der Einstich der Nadel dem Boxer, dessen ganzer Körper ja grün und blau geschlagen war, solchen Schmerz, daß er aufschrie. Daraufhin erklärte ihm der Arzt, er hätte angenommen, er verspüre keinen Schmerz, weil er Neger sei.«

Sams Gedanken wanderten zurück zu einer Unterhaltung mit Ralph, dem Nachtkellner des Drive-in. Ihm schien es, als läge sie Wochen zurück, und doch hatte sie erst in der Mordnacht stattgefunden.

»Was ist übrigens mit den Kerlen passiert, die Sie überfallen haben?« fragte Sam.

»Ein gewisser Stadtrat Watkins holte sie aus dem Gefängnis. Er riet mir, den Mund zu halten, sonst würde man mich wegen Körperverletzung einbuchten.«

»Glauben Sie, Watkins gab den beiden den Auftrag?«

»Hoffentlich, dann muß er nämlich die Arztkosten für den Burschen bezahlen, der sich den Armbruch holte. Inzwischen sollen schon wieder neue Schläger auf mich angesetzt sein.« Tibbs machte die Bemerkung so gelassen, als spräche er vom Wetter.

»Hoffentlich bin ich dabei, wenn sie's versuchen«, sagte Sam.

»Das hoffe ich auch«, bekannte Virgil. »Nächstes Mal wird's nämlich nicht mehr so leicht. Judo ist zwar nützlich, aber immer reicht es nicht.«

»Gibt's was Besseres als Judo?« erkundigte sich Sam.

»Aikido beispielsweise, besonders wenn es darauf ankommt, mit angriffslustigen Häftlingen fertigzuwerden, denen man keinen körperlichen Schaden antun will. Aber wenn es wirklich ernst wird, dann ist Karate die wirksamste Methode.«

Sam bog in die Main Street ein. Das leise Brummen des

Motors störte die Stille der Nacht nicht. Die Parkuhren glitten vorbei, und dann drosselte Sam das Tempo vor der Simon-Apotheke.

»Können wir heute nacht hier stehen bleiben?« fragte er.

»Ich denke schon«, erwiderte Tibbs.

Sam trat auf die Bremse und ließ den Wagen an den Bordstein rollen. Als das Fahrzeug stand, machte er sich daran, seinen Bericht zu schreiben.

»Wir bekommen Besuch«, bemerkte Tibbs.

Sam blickte überrascht auf. Er sah eine Bewegung im Schatten des Geschäftseingangs. Eine Gestalt trat aus der Dunkelheit auf sie zu. Es war ein sehr großer Mann, und er ging fast geräuschlos. Einen Augenblick später erkannte Sam Bill Gillespie.

Der Polizeichef bückte sich und legte seine Arme auf das offene Wagenfenster. »Wie geht's?« fragte er.

Sam stellte fest, daß sein Mund wie ausgedörrt war. Das Sprechen fiel ihm schwer. »Bis jetzt ganz gut. Nichts Ungewöhnliches. Verschiedentlich brennen noch Lichter, aber es scheint alles in Ordnung zu sein.«

Gillespie öffnete die Rücktür. »Ich fahre eine Weile mit«, verkündete er. Er stieg ein und schlug die Tür zu. »Viel Platz ist hier hinten nicht«, bemerkte er und drückte seine Knie an den Vordersitz.

Sam rückte den Sitz ein Stück nach vorn. »Wohin möchten Sie fahren?« fragte er.

»Ganz egal«, erwiderte Gillespie. »Virgil sagte doch, er wolle Ihnen heute nacht den Mörder servieren, und da möchte ich gern dabeisein.«

Sam musterte den schweigenden Mann an seiner Seite mit einem verstohlenen Blick. Ihm war bewußt geworden, daß er zum erstenmal in seiner Laufbahn als Polizeibeamter einen Partner hatte. Und trotz der Hautfarbe dieses Partners wußte Sam, daß er sich auf ihn verlassen konnte. Virgil konnte denken und handeln. Und beides würde vielleicht bitter nötig werden, ehe die Nacht um war.

Sam schaltete den Gang ein, kreuzte die Landstraße und

begann seine Rundfahrt durch das Armenviertel. Er fuhr langsam, wie immer Ausschau nach schlafenden Hunden haltend. Einen sah er und wich rechtzeitig aus. Die Werkstatt von Jess lag im Dunkel, ebenso das kleine Pfarrhaus von Reverend Amos Whiteburn. Vor dem Haus von Dr. Harding, in dem sich Praxis und Wohnung befanden, brannte eine Lampe. Der Wagen rumpelte über den Bahnübergang und glitt die Straße hinauf, die am Haus der Purdys vorbeiführte. Es war dunkel und still.

»Ein seltsames Gefühl, so mitten in der Nacht«, bemerkte Gillespie.

Sam nickte. »Es schwebt ein Miasma in der Luft«, erwiderte er.

»Ein was?« fragte Gillespie.

»Entschuldigung. Eine gewisse Atmosphäre, eine Ausstrahlung.«

»Das meinte ich«, bestätigte Gillespie. »Wohnen hier nicht irgendwo die Purdys?«

»Wir sind gerade an ihrem Haus vorbeigefahren«, erklärte Sam.

Drei Straßenzüge weiter verlangsamte er das Tempo, als er sich der Überlandstraße näherte. Aus der Ferne näherte sich rasch ein Wagen, und Sam wartete, bis er vorüber war. Im Licht der Neonlampen erkannte Sam Eric Kaufmanns Wagen, oder zumindest ein Fahrzeug, das genauso aussah.

Sam bog ab und schlug die Richtung zum Drive-in ein. »Sonst mache ich um diese Zeit immer meine Pause«, meinte er.

»Nur zu«, sagte Gillespie. »Mir soll's recht sein.«

Sam gab Gas, so daß der Wagen vor ihm in Sicht blieb. Als sie sich der Stadtgrenze näherten, fuhr das andere Fahrzeug langsamer und hielt auf dem Parkplatz des Restaurants. Sam nahm den Fuß vom Gaspedal und ließ Kaufmann genug Zeit, das Restaurant zu betreten, ehe er ebenfalls auf den Parkplatz einbog. Sam und Gillespie stiegen aus.

»Was ist mit Virgil?« fragte Gillespie.

»Ich warte hier«, erklärte Tibbs.

»Was soll ich Ihnen mitbringen?« erkundigte sich Sam.

»Nichts. Wenn mir was einfällt, gebe ich Ihnen Bescheid.«

Sam und Gillespie betraten das Restaurant.

Eric Kaufmann blickte überrascht hoch, als sie erschienen. Dann sprang er auf, um sie zu begrüßen. »Ein unerwartetes Vergnügen«, bemerkte er.

»Für uns auch«, versetzte Gillespie. »Was tun Sie denn um diese Zeit hier?« Die Frage war in freundlichem Ton gestellt, dennoch ließ eine Schwingung in Gillespies Stimme keinen Zweifel daran, daß er eine Antwort erwartete.

»Ich komme gerade aus Atlanta«, berichtete Kaufmann. »Hab' mir angewöhnt, nachts zu fahren. Es ist kühler, und auf den Straßen herrscht weniger Verkehr.«

»Aha«, meinte Gillespie und setzte sich. »Was Neues?«

»Eine Menge«, erwiderte Kaufmann. »Es ist mir gelungen, einen bekannten Dirigenten zu gewinnen, der Enricos Stelle übernehmen wird. Wer es ist, verrate ich nicht, weil George Endicott der erste sein soll, der es erfährt. Und der Vorverkauf läuft ausgezeichnet. Nächsten Monat wird es hier von Touristen wimmeln.«

Sam setzte sich ebenfalls und überlegte, was er bestellen könnte. Er ließ Ralph erst die anderen Gäste an der Theke bedienen. Er konnte keinen klaren Gedanken fassen. Immer wieder fiel ihm Virgils Versprechen ein, daß er heute nacht den Mörder festnehmen konnte. Die Hälfte der Nacht war um, und nichts war geschehen. Bald mußte es hell werden; Sam hatte das unbestimmte Gefühl, daß es dann zu spät war. Der Mörder hatte in der Nacht zugeschlagen; deshalb, so schien es ihm, mußte er auch in der Nacht gefaßt werden. Er wurde für Sam zu einem Phantom, das durch die Straßen geht und sich in nichts von Menschen unterscheidet.

Sam bestellte sich Cola mit Vanille-Eis und dazu einen Toast. Sofort fand er die Zusammenstellung idiotisch, doch er wartete geduldig, und als Ralph das Bestellte auftrug, starrte er schweigend darauf nieder, ohne es anzurühren. Dann hörte er hinter sich ein Geräusch.

Sam drehte sich um und sah Virgil Tibbs an der Tür. In diesem Augenblick wirkte der Neger beinahe rührend hilflos und scheu, als sei ihm völlig klar, daß er sich in ein Gebiet vorgewagt hatte, zu dem ihm der Zutritt verwehrt war.

Ralph erblickte Virgil ebenfalls.

»He, Sie da! Raus!« befahl er.

Virgil zögerte und kam dann ein paar Schritte näher. »Bitte«, sagte er, »ich habe schrecklichen Durst. Möchte nur ein Glas Milch.«

Ralph blickte hastig auf seine Gäste, dann wieder auf Tibbs. »Sie dürfen hier nicht rein, das wissen Sie doch. Gehen Sie wieder. Wenn die Herren hier fertig sind, bringt Ihnen vielleicht einer einen Karton Milch mit.«

»Ich«, erbot sich Sam.

Doch Virgil Tibbs trat noch näher. »Hören Sie«, sagte er. »Ich weiß, daß Sie im Süden Ihre Vorschriften haben, aber ich bin Polizeibeamter, genau wie die beiden Herren. Ich habe keine ansteckenden Krankheiten.«

Sam hielt den Atem an. Zum erstenmal, seit er Virgil kannte, benahm dieser sich »daneben«. Sam litt für ihn unter der Peinlichkeit der Situation. Noch ehe er sprechen konnte, kam Ralph hinter der Theke hervor und pflanzte sich vor Tibbs auf.

»Ich hab' von Ihnen gehört«, erklärte Ralph. »Sie sind Virgil, und Sie kommen von auswärts. Ich möchte nicht grob werden, aber Sie müssen gehen. Wenn mein Chef hört, daß ich Sie reingelassen hab', schmeißt er mich raus. Bitte, gehen Sie jetzt.«

»Warum?« fragte Tibbs.

Ralphs Gesicht lief rot an, er verlor die Beherrschung. »Weil ich es sage.« Bei diesen Worten packte er Tibbs an der Schulter und stieß ihn zur Tür.

Tibbs wirbelte auf den Fußballen herum, packte Ralphs ausgestreckten Arm mit beiden Händen und drehte ihn.

Sam konnte es nicht mehr mit ansehen. Er sprang auf. »Lassen Sie ihn los, Virgil«, bat er. »Er kann doch nichts dafür.«

Virgil Tibbs schien nicht zu hören. Sein scheues Benehmen war von ihm abgefallen, er wirkte sachlich und kalt.

»Hier ist er, Sam«, erklärte er. »Sie können diesen Mann wegen Mordes an Enrico Mantoli verhaften.«

Schmutziggraue Streifen durchzogen den dunklen Himmel, als der heiße Morgen kam. Die Farben der Dämmerung waren fahl und trübe, ohne Glanz und Schönheit. Virgil Tibbs saß im Vorsaal der Polizeidienststelle und las.

Nach fast drei Stunden öffnete sich die Tür von Gillespies Büro. Schritte hallten im Flur, dann das Klirren einer Zellentür. Wenig später erschien der hochgewachsene Polizeichef im Vorsaal. Er setzte sich und steckte sich eine Zigarette an. Tibbs wartete schweigend.

»Er hat gestanden«, bemerkte Gillespie.

Tibbs legte das Buch nieder. »Davon war ich überzeugt«, erwiderte er. »Nannte er den Namen des Arztes, der die Abtreibung vornehmen wollte?«

Gillespie war überrascht. »Sie scheinen aber auch alles zu wissen, Virgil. Wie haben Sie das wieder rausgekriegt?«

»Wo ist Sam?« fragte Tibbs. Zum erstenmal hatte er Wood in Gillespies Gegenwart beim Vornamen genannt. Dieser schien es nicht zu bemerken.

»Wieder auf Streife.«

»Er ist ein außergewöhnlich gewissenhafter Beamter«, bemerkte Tibbs. »Das ist viel wert. Wenn hier erst der Touristenstrom zum Musikfestival einsetzt, brauchen Sie Hilfe.«

»Das weiß ich«, bestätigte Gillespie.

»Ich finde, Sam würde einen guten Sergeanten abgeben. Die Leute respektieren ihn, und Sam hat das Zeug und die Erfahrung dazu.«

»Virgil, wollen Sie mich mein Amt leiten lehren?«

»Nein, ich dachte nur, daß Sam Ihnen wahrscheinlich sehr dankbar wäre, wenn Sie einen solchen Beschluß faßten. Dann würde er meiner Meinung nach auch die unangenehmen Erlebnisse vergessen, die er hinter sich hat. Entschuldigen Sie, daß ich das erwähne.«

Gillespie blieb einen Augenblick stumm, und Tibbs ließ ihm Zeit. »Seit wann wußten Sie, daß Ralph der Täter war?« fragte er dann.

»Erst seit gestern«, antwortete Tibbs. »Ich muß ein Geständnis machen, Mr. Gillespie. Den Fall hier hätte ich beinahe hoffnungslos verpfuscht. Bis gestern verfolgte ich nämlich hartnäckig den falschen Mann.«

Das Telefon klingelte. Der Beamte an der Zentrale hob ab und rief dann Gillespie zu: »Für Sie, Sir.«

Gillespie ging zum Apparat. George Endicott meldete sich. »Ich wollte mich nur erkundigen, wann ich Sie erreichen könnte«, erklärte er. »Ich erwartete Sie gar nicht um diese Zeit im Büro.«

»Sie sind selbst ein Frühaufsteher«, stellte Gillespie fest.

»Im allgemeinen nicht. Aber Eric Kaufmann teilte uns telefonisch mit, daß Sie und Ihre Leute Enricos Mörder gefunden haben. Meinen aufrichtigen Glückwunsch. Wie ich höre, haben Sie die Festnahme persönlich vollzogen. Glänzende Arbeit!«

Gillespie fielen die guten Vorsätze ein, die er gefaßt hatte. »Die Festnahme besorgte Mr. Wood«, erklärte er. »Ich war nur dabei, sonst nichts. Ich trat erst beim Verhör in Aktion, damit er ein Geständnis ablegte.«

»Ich kann dennoch nicht glauben, daß Sie rein zufällig zugegen waren«, meinte Endicott.

Gillespie holte tief Atem und tat etwas, was er nie zuvor übers Herz gebracht hatte. »Das ist Virgil zu verdanken«, sagte er.

Jetzt, da es vorüber war, kam es ihm gar nicht so schlimm vor. Und Endicott stammte aus dem Norden, das machte es leichter.

»Ich sprach eben mit meiner Frau und Miss Mantoli. Vielleicht wirkt es etwas unpassend so kurz nach Enricos Tod, doch wir möchten heute abend ein ruhiges Beisammensein arrangieren. Hoffentlich wird es Ihnen möglich sein zu kommen.«

»Mit Vergnügen.«

»Schön. Würden Sie auch Sam Wood und Virgil Tibbs mitbringen? Sie sehen sie doch sicher, nicht wahr?«

Das war etwas schwerer zu schlucken, doch Gillespie überwand sich. »Ich werde es ausrichten«, versicherte er.

Als er auflegte, stellte er fest, daß er sich zweimal selbst besiegt hatte. Warum also nicht ein drittes Mal? Und wenn jemand im Revier sich darüber aufregen sollte, so konnte er mit dem schon fertigwerden. Er trat auf Virgil Tibbs zu und streckte seine Hand aus.

Tibbs stand auf und ergriff sie.

»Virgil«, sagte Gillespie, »ich möchte Ihnen für Ihre Unterstützung danken. Ich werde an Ihren Vorgesetzten schreiben und mich auch bei ihm bedanken, daß er Sie uns zur Verfügung gestellt hat. Er soll wissen, daß Sie ganze Arbeit geleistet haben.«

Gillespie ließ die erste schwarze Hand los, die er in seinem Leben geschüttelt hatte. Er blickte den Mann an, der ihm gegenüberstand, und sah mit Überraschung, daß dessen Augen feucht waren.

»Sie sind ein bewundernswerter Mensch, Mr. Gillespie«, sagte Tibbs. Seine Stimme schwankte ein wenig.

Da fiel Gillespie ein Zitat ein. Er kannte es, weil er es gehaßt hatte; jetzt jedoch kam es ihm wie gerufen.

»Danke, Virgil«, erwiderte er. »Sie machen Ihrer Rasse Ehre.« Er stockte. »Unserer Rasse natürlich, der Menschenrasse.«

Um halb acht Uhr holte Bill Gillespie Sam Wood und Virgil Tibbs in seinem Privatwagen an der Dienststelle ab. Die beiden Männer stiegen ein, Tibbs nahm auf dem Rücksitz Platz.

Während sie die Straße zum Haus der Endicotts hinauffuhren, sprachen sie wenig. Sie hatten alle drei wenig geschlafen, doch die Einladung war nicht auszuschlagen gewesen.

Als sie ankamen, begrüßte sie Grace Endicott an der Tür und führte sie in das große Wohnzimmer. Zuerst Gillespie, dann Sam und schließlich Virgil.

Es hatten sich bereits eine Anzahl Gäste versammelt: Eric Kaufmann, Bankdirektor Jennings mit Frau, Duena Mantoli und die Schuberts.

Sam wurde sich ihrer Anwesenheit nur unbestimmt bewußt. Er spürte nur Duenas Gegenwart, deren Schönheit ihm an diesem Abend buchstäblich den Atem nahm. Befangen stand er in der Mitte des Zimmers, blickte sie an und sagte sich immer wieder, daß er dieses Mädchen in den Armen gehalten, daß sie ihn geküßt hatte. So lebhaft die Erinnerung auch war, es hing ein Schleier von Unwirklichkeit über ihr.

George Endicott klopfte an sein Glas. Als es still wurde, begann er zu sprechen.

»Dieses Beisammensein erscheint Ihnen vielleicht seltsam, doch Grace und ich haben Sie alle hergebeten, weil es trotz des entsetzlichen Unglücks, das uns betroffen hat, Anlaß gibt, ein wenig zu feiern. Wir haben einen Dirigenten für unsere Festspiele. Sie kennen ihn alle. Die Karten sind fast ausverkauft. Das Orchester hat mit den Proben begonnen. Mr. Kaufmann leitete die gestrige Probe und berichtete mir, daß unsere Konzerte auch für Kenner ein Genuß sein werden. Deshalb möchte ich Mr. Kaufmann in Gegenwart von Ihnen allen bitten, uns den Gefallen zu tun, wenigstens bei einem der Konzerte im Rahmen der Festspiele am Dirigentenpult zu stehen.«

Die Anwesenden klatschten. Kaufmann errötete. »Es wäre mir eine große Ehre«, erklärte er.

»Wir haben lange nach einem passenden Namen für unser Freilichttheater gesucht«, fuhr Endicott fort. »In Anerkennung der Tatsache, daß die Festspiele der Energie, dem Talent und dem Enthusiasmus eines einzigen Mannes zu verdanken sind, bestimmte der Ausschuß heute, daß es in Zukunft *Mantoli Bowl* heißen soll.«

Alle Blicke richteten sich auf Duena. Sie legte das Gesicht in die Hände und schwieg.

»Hoffentlich wird Duena sich bereit erklären, das Theater am Eröffnungsabend einzuweihen«, sprach Endicott weiter. »Jetzt kommen wir zum dritten Punkt, zur Tatkraft unserer Polizei, die mit der Unterstützung eines äußerst fähigen Mannes den Menschen gefunden und festgenommen hat, der das Unglück verschuldete. Ich weiß nicht, wie diese Leistung möglich war, und wäre dankbar, wenn jemand mich informieren würde. Vorausgesetzt natürlich, daß hier die richtige Zeit und der richtige Ort dazu ist.«

»Ich möchte es auch gern wissen«, unterstützte Frank Schubert Endicotts Wunsch.

»Mr. Gillespie?« wandte sich Endicott an den Polizeichef.

In einem seiner seltenen Momente von Klarsichtigkeit erkannte Gillespie, daß ihm nur eines zu tun blieb. Er konnte den Bericht nicht geben, weil er die Zusammenhänge nicht kannte. Andererseits war es undenkbar, in diesem Augenblick seine Unwissenheit einzugestehen. Und zum dritten konnte es seinem Ansehen nur nützen, wenn er sich nicht mit fremden Federn schmückte, sondern jedem die Lorbeeren überließ, der sie sich verdient hatte.

»Mr. Wood und Mr. Tibbs haben den Täter gemeinsam überführt«, verkündete er zurückhaltend. »Ich schlage vor, Sie bitten die beiden Herren um Aufklärung.«

Das, dachte Gillespie, glich auch das Schuldkonto aus, das er bei Sam hatte.

George Endicott sah Sam an. »Mr. Wood?« sagte er.

»Wenden Sie sich an Virgil«, erwiderte Sam mit echter Bescheidenheit. »Er hat es geschafft.«

»Mr. Tibbs.« Endicotts Blick schweifte zu dem schweigsamen Neger, der ganz allein saß. »Ich erteile Ihnen das Wort. Wie ich höre, wollen Sie noch heute abend abreisen. Bitte, fahren Sie nicht, ohne uns einen Bericht zu geben.«

Tibbs sah zu Gillespie hinüber.

»Bitte, Virgil«, sagte Gillespie.

»Es ist mir ungeheuer peinlich«, begann Tibbs, und es schien ihm ernst zu sein mit diesen Worten.

»Nur keine falsche Bescheidenheit«, ermunterte ihn Endicott. »Ich weiß, daß Sie in Kalifornien einen ausgezeichneten Ruf genießen. Ein erfolgreich abgeschlossener Fall ist doch für Sie nichts Neues.«

»Darum geht es gar nicht«, erwiderte Tibbs. »Ich bin in Verlegenheit, weil ich jetzt nicht länger vertuschen kann, daß ich den Fall beinahe hoffnungslos verpfuscht hätte. Nur ein glücklicher Zufall führte mich auf den richtigen Weg. Es ist nicht mein Verdienst.«

»Warum überlassen Sie es nicht uns, das zu beurteilen?« schlug Jennings vor.

Virgil holte tief Atem. »Bei den Ermittlungen zu einem

Mordfall kommt es zunächst darauf an, das Motiv festzustellen. Sobald man feststellt, wer vom Tod des Opfers profitiert, hat man wenigstens einen Anhaltspunkt. Als Polizeichef Gillespie mich zum Bleiben veranlaßte und mir die Ermittlungen übertrug, wurden mir an Hand einiger Indizien verschiedene Dinge klar, und ich machte mich daran, nach dem Motiv zu suchen. Ich fürchte, ich werde Sie jetzt alle sehr schockieren, insbesondere Mr. Kaufmann. Es würde mich wundern, wenn er mir jemals vergeben könnte. Tagelang hielt ich nämlich ihn für schuldig und gab mir alle Mühe, ihn zu überführen.«

Tibbs sah den jungen Dirigenten an, dessen Gesicht wirklich eine Sehenswürdigkeit war. Einzig Sam Wood war durch Tibbs' Enthüllung nicht überrascht. Seine Gedanken hatten sich in die gleiche Richtung bewegt.

»Sehen Sie«, fuhr Tibbs fort, »Mr. Kaufmann besaß ein unmittelbares und starkes Motiv; nach Maestro Mantolis tragischem Tod hätte er ganz natürlich sein Nachfolger und der musikalische Leiter der Festspiele werden können. Er wäre damit zu Ruhm und Profit gekommen. Ich darf an dieser Stelle einwerfen, daß Mr. Kaufmann uns auch durch seine tatkräftigen und erfolgreichen Bemühungen um einen neuen Dirigenten bewiesen hat, wie falsch meine Theorie war.«

»In diesem Stadium«, nahm Tibbs den Faden wieder auf, »war Mr. Kaufmann ein Verdächtiger, aber nicht mehr. Da ließ er bei meinem ersten Besuch hier zufällig die Bemerkung fallen, Maestro Mantoli sei ›eins übergezogen‹ worden. Die Morgenzeitung war noch nicht erschienen, und da er, wie er sagte, gerade von Atlanta kam, konnte er keinesfalls wissen, daß Maestro Mantoli wirklich niedergeschlagen worden war. Der Mörder hätte ihn erschossen oder vergiftet haben können. So faßte ich seine Worte als verräterische Bemerkung eines Schuldigen auf, und er wurde sofort mein Hauptverdächtiger. Mein Fehler war Gedankenlosigkeit; ich vergaß, daß der Ausdruck ›eins überziehen‹ hier in der Gegend im übertragenen Sinne und nicht wörtlich gebraucht wird.«

»Wird es dir nicht zuviel?« wandte sich Grace Endicott an Duena, die neben ihr saß. Duena schüttelte den Kopf.

»Dann passierte die Sache mit dem Kirschkuchen«, fuhr Virgil fort. »Als ich Mr. Kaufmanns Schritte in der Mordnacht rekonstruierte, erfuhr ich, daß er irgendwann nachts in Atlanta eingetroffen war. Er hatte im Hotel erwähnt, daß er spät zu Abend gegessen habe, unter anderem auch einen Kirschkuchen, und das sei wohl zu so später Stunde kaum bekömmlich. In meinen Ohren klang das aus verschiedenen Gründen nach einem sorgfältig konstruierten Alibi. Denn einmal konnte ihm niemand nachweisen, ob er tatsächlich eine volle Mahlzeit zu sich genommen hatte; die Behauptung allein erweckte aber den Eindruck, daß er bereits vor seinem Eintreffen im Hotel eine Stunde in Atlanta gewesen war. Daß es jemand gegen drei Uhr morgens nach Kirschkuchen gelüstet, ist entschieden ungewöhnlich. Ich glaubte ihm nicht. Und schließlich verstand ich seine Bemerkung dem Liftboy gegenüber als geschickte Taktik; der Junge sollte sich später daran erinnern können. Zwar konnte Mr. Kaufmann nicht ahnen, daß der Nachtportier die Zeit seiner Ankunft nicht genau bestimmen konnte. Aber damals war ich schon davon überzeugt, daß er der Gesuchte war, und machte mich mit Feuereifer an den Fangstoß.«

»Das hört sich so plausibel an«, warf Kaufmann ein, »daß ich Ihnen keinen Vorwurf machen kann. Zufällig habe ich wirklich eine Schwäche für Kirschkuchen, aber das konnten Sie nicht wissen.«

»Vielen Dank für Ihren Großmut, Sir«, erwiderte Tibbs.

»Weiter«, drängte Duena.

»Um also mit der Beichte fortzufahren«, begann Tibbs wieder. »Sobald ich mich einmal in Mr. Kaufmann als Täter verbissen hatte, sah ich nicht mehr, was um mich herum vorging.«

»Von wegen«, unterbrach Sam Wood. »Ihnen fiel sogar die Staubschicht auf meinem Wagen auf, und Sie kamen dadurch ein gutes Stück weiter.«

Bill Gillespie wollte sich auch nicht lumpen lassen. »Es entging Ihnen nicht, daß Harvey Oberst Linkshänder ist.«

»Schon, aber die Hauptsachen übersah ich«, sagte Tibbs. »Während ich Mr. Kaufmann nachjagte, spielten sich die wichtigen Dinge ganz woanders ab. Mein Fehler war unverzeihlich: Ich wollte die Beweise dem Verdächtigen anpassen statt umgekehrt. Dafür gibt es keine Entschuldigung.«

»Bleiben wir doch bei der Sache«, schlug Endicott freundlich vor.

»Ich schließe also meine Beichte mit der Mordwaffe ab; ich suchte sie, und sie wurde mir gebracht.« Tibbs holte Atem, um eine Feststellung zu treffen, die er sich nicht ersparen zu können glaubte. »Die Mordwaffe wurde am Rand der Freilichtbühne gefunden, und das brachte mich wieder auf Mr. Kaufmann. Ich glaubte, beachtliches Belastungsmaterial gegen ihn in der Hand zu haben, aber kein Indiz hätte vor Gericht länger als fünf Minuten aufrechterhalten werden können. Je mehr ich suchte, desto weniger konnte ich finden – völlig klar, denn Mr. Kaufmann war absolut unschuldig.«

»Dann wurde Harvey Oberst als Beschuldigter eingeliefert«, fuhr Tibbs fort. »Von ihm erfuhr ich, daß es auch in Wells eines von diesen Mädchen gab, die jedem Mann Ärger machen, der sich mit ihnen einläßt: Delores Purdy. Ich merkte mir den Hinweis, aber kam nicht auf die Idee, daß er die Lösung des Rätsels enthielt. Dann beschuldigte der Kellner Ralph einen ahnungslosen und verantwortungsbewußten Ingenieur, der zufällig durch die Stadt gekommen war. Ralphs Anwürfe standen auf ganz schwachen Füßen, sie sahen mir eher nach einem Verschleierungsversuch aus, was sie ja auch waren. Damals machte ich mir zum erstenmal Gedanken über den jungen Mann. Aber ich sah keine Verbindung zwischen ihm und Delores Purdy.«

»Gab es denn eine?« fragte Duena.

Tibbs nickte. »Mr. Purdy hat Nachtschicht. Ralph hatte von Delores gehört und begann sie zu besuchen, wenn ihr Vater nicht zu Hause war. Offensichtlich kümmerte sich Mrs. Purdy nicht weiter um die Kinder. Und Ralph hatte mit Delores vieles gemeinsam. Sie waren beide ungebildet, voreingenommen und nicht besonders intelligent. Beide waren sie erlebnishungrig. Vor etwa sechs bis acht Wochen wurden die Beziehungen intim; Vor wenigen Tagen fing Delores an zu glauben, daß sie schwanger sei, und bei seinem nächsten Besuch erzählte sie Ralph alles und verlangte Hilfe. Ralph war entsetzt. Er hielt Delores für sechzehn und wußte immerhin, daß ihm damit eine Anklage wegen Vergewaltigung drohte. Außerdem hatte er vor ihrem Vater Angst. Wie Unzählige in seiner Lage, begann er fieberhaft nach einem Ausweg zu suchen. Ein guter Arzt, das wußte er, würde sich kaum für eine Abtreibung hergeben, aber er hoffte auf einen, bei dem Geld alle Türen öffnete.«

»Mir geht allmählich ein Licht auf«, verkündete Bürgermeister Schubert.

»Während Ralph noch grübelte, kam Delores auf andere Ideen. Ralph war keine besonders gute Partie, sie kannte eine bessere.«

Duena Mantoli verlor nichts von ihrer guten Haltung, nur ihr Blick wanderte zu Sam Wood. Er traf ihn wie ein elektrischer Schlag. Sam packte die Sessellehne fester und bemühte sich um einen beherrschten Gesichtsausdruck.

»Fast allnächtlich passierte Mr. Wood Delores' Haus, meist um die gleiche Zeit, weil es auf seinem Weg zum Drive-in lag, wo er gewöhnlich eine kurze Pause einlegte. Deshalb richtete sie es so ein, daß Mr. Wood sie nackt sehen konnte. Sie rechnete damit, daß er beeindruckt sein, daß er halten würde, um sie anzusprechen, sei es nur, um sie zu warnen. In jedem dieser Fälle, so sagte sie sich, mußte er ihren körperlichen Reizen verfallen. Und sobald er sich einmal mit ihr kompromittiert hatte, konnte sie ihn für den Vater ihres Kindes ausgeben und damit eine ganze Sprosse höher klettern auf der Leiter der sozialen Rangordnung.

Aber Mr. Wood war nicht nur intelligent, sondern auch verantwortungsbewußt. Wenn er hielt und sie warnte, das wußte er, ging er ein Risiko ein; also fuhr er in weiser Voraussicht vorbei, und ihr sauberer, kleiner Plan fiel ins Wasser.«

Sam fand sich im Mittelpunkt der Aufmerksamkeit. Insgeheim wußte er, daß seine Gedankengänge damals nicht ganz so aussahen, aber bestimmt hatte es jetzt keinen Sinn, Tibbs zu berichtigen. Sein Verhalten zumindest ließ diese ehrenvollen Schlüsse zu. Also atmete er schön gleichmäßig und hielt den Mund.

»Dann kam der Vorfall, der mich endlich auf die richtige

Spur zwang. Auf Grund von Belastungsmaterial, das er selbst ausgegraben hatte, nahm Mr. Gillespie Sam Wood unter Mordverdacht fest. Nun war es nicht länger mein Hauptanliegen, Mr. Kaufmann zu überführen, sondern Mr. Wood zu rehabilitieren. Dabei kam mir Miss Purdy zu Hilfe. Sie wußte Mr. Wood in der Klemme und glaubte, offene Türen einzurennen, wenn sie ihn, der mit dem Rücken zur Wand stand, auch noch der Verführung Minderjähriger bezichtigte.«

»Eine reizende junge Dame«, bemerkte Jennings.

»Gewiß, aber es gibt viele ihrer Sorte«, setzte George Endicott hinzu, und seine Frau nickte schweigend.

Virgil sprach weiter. »Mr. Wood gab mir einen Hinweis, der stracks aufs Haus der Purdys wies, und mein Interesse für das Mädchen erwachte. Eine schnelle Reaktion Mr. Gillespies ermöglichte es mir, bei einem Gespräch mitzuhören, das er mit Delores und ihrem Vater führte. Im Verlauf der Unterhaltung behauptete sie unverblümt, daß Mr. Wood sie immer auf dem Weg zu seiner Arbeit besuchte. Das war natürlich gelogen, aber es brachte mich auf eine Idee. Es gab noch einen Mann, der um diese Stunde zum Nachtdienst ging, und er war ein viel besserer Kandidat als Mr. Wood. Nun fiel mir auch wieder ein, wie Ralph mit fast unsinnigen Behauptungen versucht hatte, einen ganz offensichtlich Unschuldigen zu denunzieren.«

Tibbs holte Atem. »Eins kam zum anderen. Ich recherchierte und fand sechs Zeugen, die Mr. Wood bei seiner Streife in der Mordnacht gesehen hatten; vier davon fanden sich bereit, mit mir zu sprechen, und gaben ihm ein akzeptables Alibi. Übrigens spürte ich diese Leute auf, indem ich dort vorsprach, wo ich bei meiner nächtlichen Rundfahrt mit Mr. Wood noch Licht brennen sah. Schließlich erkannte ich auch die volle Bedeutung von zwei weiteren wichtigen Tatsachen: Der Täter, der Maestro Mantolis Leiche an die Fernstraße brachte, mußte über die Verkehrsverhältnisse zu dieser Stunde Bescheid wissen. Für Ralph traf das zu. Zweitens begriff ich, welche Rolle die Hitze jener Nacht spielte.«

»Soll das heißen, daß das Wetter bei dem Mord von Bedeutung war?« fragte Frank Schubert.

»Unbedingt, und zwar in zweierlei Hinsicht. Beides konnte Ralph ein gutes Alibi gewähren, womit er selbst nicht gerechnet hatte. Als mir die Hitze einfiel, hatte ich meinen Mann. Ich kannte das Motiv, hatte die Gelegenheit rekonstruiert, und als Persönlichkeit paßte er ausgezeichnet in das Verhaltensschema des Täters.«

»Und was hat Ralph nun wirklich getan?« wollte Endicott wissen.

»Er ging früher von zu Hause weg, um Delores noch vor Arbeitsantritt besuchen zu können. Sie stellte ihn vor die Wahl: Entweder ›brachte er alles in Ordnung‹, oder er mußte die Konsequenzen tragen. Ihm schien es nur eine Geldfrage zu sein, aber er hatte nichts gespart, und sein Lohn war gering. Er fühlte sich in die Enge getrieben.«

»Aber das Mädchen war doch gar nicht schwanger«, warf Duena ein.

»Ganz recht«, bestätigte Tibbs. »Woher wissen Sie das?«

Duena mied seinen Blick nicht. »Als ich sie kennenlernte, sah ihr die Erleichterung aus allen Knopflöchern. Sie wollte nichts mehr, nur in Ruhe gelassen werden. Und außerdem sagte sie, man könne sie jetzt nicht untersuchen.«

»Fahren Sie fort«, forderte Gillespie Tibbs auf.

»In jener Nacht fuhr Ralph über die Landstraße und grübelte. Er kam zu dem Schluß, daß er jemanden berauben mußte, die Frage war nur, wen. Wenige Minuten zuvor hatte Mr. Endicott Maestro Mantoli am Hotel abgesetzt; es ist ein zweitklassiges Hotel ohne Klimaanlage. Der Meister war von der vorausgegangenen Unterhaltung über die Musikfestspiele angeregt und begeistert und erkannte wahrscheinlich, daß er nicht gleich Schlaf finden würde; so entschied er sich für einen kurzen Spaziergang. Erinnern Sie sich, daß ich fragte, ob er ein impulsiver Mensch gewesen sei? Ob er sich Fremden schnell angeschlossen habe? Ob er standesbewußt gewesen sei oder nicht?«

»Und ich schilderte ihn als impulsiv und äußerst menschenfreundlich«, erinnerte sich Duena.

»Stimmt. Da wurde mir klar, was sich zugetragen hatte.

Ralph erkannte den Meister vom Wagen aus, denn seine Erscheinung fiel jedem in der Stadt auf. Ralph hielt seine Chance für gekommen. Er erbot sich, Maestro Mantoli ein Stück spazierenzufahren, und der Meister nahm an.«

Tibbs senkte den Blick. »Als ich erfuhr, daß die Mordwaffe am Rand des Freilichttheaters gefunden worden war, hielt ich das für ein weiteres Indiz gegen Mr. Kaufmann. Das war grundverkehrt. Ralph erzählte, daß er das Theater noch nie gesehen habe, und Maestro Mantoli wollte es ihm zeigen. Er tat sich damit selbst einen Gefallen, denn gerade an diesem Abend waren die letzten Pläne fertiggeworden. Sie fuhren also hin, stiegen aus und blieben am Rand der Sitzreihen stehen, um sich umzuschauen. Das Publikum wird zumindest in der ersten Saison auf Holzbänken sitzen müssen. Gerade waren die letzten Reihen zusammengezimmert worden, überall lagen noch Holzabfälle verstreut. Ralph hob einen Klotz auf und erwog, wie er ihn wohl am besten verwenden sollte. Da kam ihm der irrsinnige Einfall, daß er den Meister bewußtlos schlagen und später behaupten wolle, sie beide seien von Unbekannten überfallen worden. Als er zuschlug, wollte er nicht töten.«

»Dann war es ein Unglücksfall, wenigstens teilweise?« fragte Duena.

»Ja. Körperverletzung mit Todesfolge, aber nicht Mord.«

»Fast erleichtert mich das«, sagte das Mädchen leise.

»Als der Meister bewußtlos zusammenbrach, geriet Ralph in Panik. Einem ersten anständigen Impuls folgend, wollte er sein Opfer zu seinem Arzt bringen. Der Angstschweiß brach ihm aus, er fröstelte. So zerrte er den Meister die wenigen Schritte zum Auto zurück, legte ihn hinein und fuhr wieder in die Stadt. Erst dort ging ihm auf, was er getan hatte. Er hielt in einer Seitenstraße, stahl aus der Brieftasche seines Opfers genug Geld für sein vordringlichstes Problem und legte den Meister an die Fernstraße, die Brieftasche dazu. Danach raste er zum Restaurant und meldete sich mit einiger Verspätung zur Arbeit; das kam bei ihm zwei- bis dreimal in der Woche vor.«

»Aber warum ließ er Enrico an der Straße liegen?« fragte Grace Endicott mit entsetzten Augen.

»Weil er einen Unfall mit Fahrerflucht vortäuschen wollte.«

»Und was hat die Hitze damit zu tun?«

»Ach, richtig. Sie begünstigte Ralph doppelt. Einmal hielt sie die Leute von der Straße, was die Entdeckung der Leiche verzögerte.«

»Moment mal«, unterbrach Schubert. »Und was ist mit dem Ingenieur auf der Durchreise?«

»Ihn hat niemand nach dem genauen Zeitpunkt seiner ersten Fahrt durch die Stadt gefragt. Ralph behauptete, der Ingenieur kam 45 Minuten vor Entdeckung der Leiche durch. Gottschalk zog diese Aussage nicht in Zweifel, weil er ja nicht wußte, wann die Leiche entdeckt worden war. In Wirklichkeit kam er durch, als Ralph gerade sein Opfer beraubte. Der fremde Wagen fiel dem Kellner auf, und als der Ingenieur bei der Heimfahrt im Restaurant einkehrte, verständigte Ralph die Polizei; er hoffte, daß Gottschalk ein tödlicher Unfall mit Fahrerflucht angelastet würde.«

Grace Endicott schüttelte den Kopf. »Der Junge muß geistig ganz verbogen sein. Man kann sich das gar nicht vorstellen. Wie ein Tier!«

»Weiter«, verlangte Gillespie. »Mit der Hitze.«

»Ja, also, die außergewöhnliche Hitze gab Ralph ein ganz unvermutetes Alibi. Als der Arzt die Todeszeit festlegte, brachte er routinemäßig Zeit und Verlust an Körpertemperatur in Zusammenhang. Er ließ aber die Hitze außer acht und verschätzte sich deshalb beträchtlich. Die heiße Nacht hatte den Körper langsamer auskühlen lassen. Erst mußte ich mir über diesen Trugschluß klarwerden, ehe ich Ralph endgültig als den Mörder ansehen konnte.«

Tibbs wirkte plötzlich abgespannt. »Das ist alles«, schloß er. »Ich ging ins Restaurant und bat um ein Glas Milch. Hätte ich eine Tüte Milch verlangt, er hätte sie mir vielleicht gegeben. Der Gedanke, daß ich aus einem seiner Gläser trinken wollte, störte ihn, und als ich noch dazu darauf bestand, im Gastraum zu essen, erregte ihn das bis zu Tätlichkeiten. Da endlich konnte ich ihn mir greifen. Ich hätte es anders einrichten können, aber ich wollte Revanche. Er verachtete mich so sichtlich wegen meiner Hautfarbe, fühlte sich mir so absolut überlegen, daß ich ihm eine entscheidende Lektion erteilen wollte. Es war kindisch, das gebe ich zu.«

Bill Gillespie fuhr Virgil Tibbs zum Bahnhof. Er parkte, stieg aus und griff nach Virgils Koffer. Tibbs verstand und widersprach nicht.

Gillespie ging zum Bahnsteig voraus und setzte den Koffer vor der einsamen Bank ab, die den Wartenden wenigstens ein Mindestmaß an Bequemlichkeit bot.

»Ich würde gern mit Ihnen warten, Virgil, aber ich bin offen gestanden hundemüde«, sagte Gillespie. »Macht es Ihnen etwas aus, wenn ich mich jetzt verabschiede?«

»Keineswegs, Chef.« Tibbs sprach nur zögernd weiter. »Glauben Sie, daß ich hier draußen auf dieser Bank warten kann? Es ist eine so schöne Nacht.«

Gillespie brauchte nicht hinzusehen; er wußte, was auf der Bank stand. *Nur für Weiße*. Doch es war nach Mitternacht und kein Mensch im Bahnhof.

»Es wird schon keinen stören«, antwortete er. »Und wenn, sagen Sie einfach, ich hätte es Ihnen erlaubt.«

»Schön«, meinte Tibbs.

Gillespie machte zwei Schritte, dann wandte er sich um. »Vielen Dank auch.«

»Es war mir eine Freude, Chef.«

Gillespie wollte noch etwas sagen, setzte an, schaffte es nicht. Sein Gegenüber war einfach zu dunkelhäutig, das Mondlicht hob das Weiße seiner Augäpfel noch stärker hervor.

»Dann also gute Nacht«, sagte er kleinlaut.

»Gute Nacht, Sir.«

Gillespie überlegte, ob er Tibbs die Hand reichen sollte. Er ließ es bleiben. Er hatte es damals schon im Revier getan und war verstanden worden. Mehr wäre weniger gewesen.

Er ging zurück zum Wagen.

Dick Francis

Jede Wette auf Mord

1

Der Brief vom *Tally* kam an dem Tag, an dem Bert Checkov starb. Er sah vollkommen harmlos aus; nur die Aufforderung einer Illustrierten, einen Beitrag über den Lamplighter-Goldpokal zu liefern. Ich schnippte ihn dem Ressortchef hinüber und fuhr fort, die Post zu öffnen, die sich jeden Freitag für mich ansammelte. Luke-John Morton brummte und streckte nachlässig die Hand aus, während er einem ungemein redseligen Telefonpartner lauschte.

»Ja . . . Ja. Sehen Sie zu, daß es ein Knüller wird«, sagte er.

Knüller zu bringen, war das höchste Bestreben des *Sunday Blaze*. »Warum schreibst du nicht für die *Sunday Times*, statt für so ein Revolverblatt wie den *Sunday Blaze*?« pflegte meine Schwiegermutter zu sagen. Weil man mich dort offenbar nicht brauchte, darum. Aber dieses Argument ließ Schwiegermutter nicht gelten; sie fuhr fort, sich bei sämtlichen Bekannten für die Art meiner Tätigkeit zu entschuldigen. Daß der *Blaze* achtundzwanzig Prozent mehr zahlte als die *Times* und daß ihre Tochter viel Geld kostete, nahm sie nicht zur Kenntnis.

Ich schlitzte einen billigen braunen Umschlag auf, um zu erfahren, daß irgend so ein Zeitgenosse fand, höchstens ein skrupelloser Halunke wie ich könne an dem Mann, den ich letzten Sonntag verteidigt hatte, ein gutes Haar entdecken. Der Erguß war auf Toilettenpapier gekritzelt und troff vor Gehässigkeit. Derry Clark las über meine Schulter gebeugt mit und lachte.

»Ich habe dir ja gleich gesagt, daß du in ein Wespennest stechen würdest.«

»Jeder macht es sich so schwer er kann«, stimmte ich ihm zu.

Derry beschränkte sich prinzipiell auf harmlose Themen und überließ die heißen Eisen mir. Mein Rücken, so behauptete er, sei breiter als seiner.

»Wie geht es deiner Frau?« fragte Derry.

»Danke, gut.«

Er nickte, ohne mich anzusehen. Es war ihm nie gelungen, seine Befangenheit gegenüber Elizabeth abzulegen.

Luke-Johns Telefongespräch ging dem Ende entgegen. »Natürlich ... Selbstverständlich. Geben Sie es bis spätestens sechs Uhr durch.« Er legte den Hörer auf und überflog meinen Brief vom *Tally* mit berufsmäßiger Schnelligkeit.

»Eine Studie mit Tiefgang ... Welche Vorliebe diese pseudointellektuellen Zeitschriften für Phrasen haben. Wollen Sie den Auftrag übernehmen?«

»Wenn das Honorar anständig ist.«

»Ich dachte, Sie wären noch damit beschäftigt, Buster Figgs Autobiographie zu schreiben?«

»Ich hänge bei Kapitel sechs fest. Der Bursche ist auf die Bahamas entschwunden, ohne mir Material zu hinterlassen.«

»Wird es denn ein Verkaufserfolg?«

»Keine Ahnung.« Ich seufzte. »Alles, was Figg interessiert, ist Geld. Bei den meisten seiner Rennen erinnert er sich nur noch an die Gewinnquoten.«

Luke-John rieb sich mit seiner von Sommersprossen übersäten Hand den hageren Nacken und betrachtete den Brief vom *Tally*. Auf Grund meines Vertrages mit dem *Blaze* mußte ich mir für Mitarbeit bei anderen Zeitungen von Luke-John eine Sondergenehmigung einholen, die ich zumeist nicht bekam.

Derry beförderte mich von seinem Stuhl herunter und ließ sich selbst darauf nieder. Da ich mich nur freitags in der Redaktion aufhielt, besaß ich keinen eigenen Schreibtisch, sondern usurpierte von Fall zu Fall den Platz meines jüngeren Kollegen. Die drei oberen Schubfächer von Derrys Schreibtisch beherbergten eine umfassende Handbibliothek von Nachschlagewerken, im untersten Fach befanden sich eine halbe Flasche Wodka und ein Katalog pornographischer Filme. Letztere dienten dazu, den tollen Burschen vorzutäuschen, als der Derry, ein biederer, zurückhaltender, etwas langweiliger Mensch, gern gegolten hätte.

Ich setzte mich auf die Schreibtischkante und sah dem allmählich auf Touren kommenden Wochenendbetrieb zu. Dienstags war die Redaktion so gut wie tot: Samstags summte es in ihr wie in einem Bienenkorb. Ich gehörte nur freitags mit dazu. Samstags ging ich auf die Rennplätze, Sonntag und Montag hatte ich offiziell frei, Dienstag bis Donnerstag mußte ich mir ein neues brisantes Thema ausdenken und darüber schreiben, und freitags war Ablieferungstermin.

Das Ergebnis waren etwa vier Schreibmaschinenseiten pro Woche, eine prall gefüllte Postmappe und ein nicht unerheblicher Scheck, der meine Ausgaben indessen nicht deckte.

»Wer übernimmt denn nun diese Lamplighter-Geschichte, Sie oder Derry?« fragte Luke-John.

Ohne mir Gelegenheit zu einer Entgegnung zu lassen, fuhr Derry hoch: »Ich.«

»Sind Sie einverstanden, Ty?« fragte Luke-John zweifelnd.

»Warum nicht?« erwiderte ich. »Es ist ein kompliziertes Handicap. Genau Derrys Kragenweite.«

Luke-John schürzte die schmalen Lippen und sagte mit ungewöhnlicher Großzügigkeit: »Der *Tally* will Hintergrundmaterial, keine Tips ... Ich sehe nicht ein, warum Sie das nicht schreiben sollten, wenn Sie Lust dazu haben.«

Er malte ein großes »Okay« auf den Briefrand und kritzelte seinen Namen darunter. »Aber falls Sie irgendwelchen Dreck aufrühren«, fügte er hinzu, »reservieren Sie ihn für uns.«

Luke-Johns Seele gehörte dem *Blaze*, und das entscheidende Kriterium bei all seinen Entschlüssen war: Konnten sie direkt oder indirekt von Nutzen für die Zeitung sein?

»Selbstverständlich«, sagte ich gelassen. »Und vielen Dank.«

»Wie geht es Ihrer Frau?« erkundigte er sich.

»Danke, gut.«

Er fragte mit Sicherheit jede Woche nach ihr. Wenn es den *Blaze* nichts kostete, bemühte er sich durchaus um Höflichkeit. Vielleicht nahm er wirklich Anteil. Vielleicht interessierte er sich aber auch nur für Elisabeths Befinden, weil eine Verschlechterung ihres Zustandes meiner Arbeit abträglich gewesen wäre.

Ich schnappte mir Derrys Telefonapparat und wählte.

»Redaktion *Tally*«, meldete sich eine gelangweilte Mädchenstimme.

»Ich möchte gern Arnold Shankerton sprechen.«

»Wer ist am Apparat?«

»James Tyrone.«

»Einen Augenblick, bitte.« Es klickte, dann sagte sie: »Ich habe Sie durchgestellt.«

Arnold Shankertons Stimme war wohlklingend und betont kultiviert. Ich bedankte mich für seinen Brief und sagte, daß ich seinen Auftrag gern übernehmen würde. Er drückte in gemäßigtem Ton seine Freude darüber aus, und ich fügte hinzu: »Natürlich, wenn das Honorar zufriedenstellend ist.«

»Selbstverständlich«, räumte er ein. »Was verlangen Sie denn?«

Denk dir eine Zahl und verdoppele sie. »Zweihundert Guineas plus Spesen.«

Luke-Johns Augenbrauen hoben sich.

»Unsere Gewinnspanne ist nur gering«, erwiderte Shankerton etwas klagend. »Einhundert ist unser absolutes Limit.«

»Ich muß hohe Steuern zahlen.«

Er seufzte schwer. »Also einhundertfünfzig. Aber dafür müssen Sie gut sein.«

»Ich werde mein Bestes tun.«

»Wir erwarten Sachkenntnis und geschliffenen Stil, aber keine Skandalgeschichten.«

»Natürlich«, stimmte ich friedfertig zu. »Wie steht es denn mit den Illustrationen?«

»Wenn Sie fertig sind, stellen wir Ihnen einen unserer Fotografen zur Verfügung.«

»Und wann brauchen Sie den Artikel?«

»Wir gehen mit dieser Ausgabe ... Warten Sie ... Am zwanzigsten November in Druck. Also müssen wir Ihren Beitrag spätestens am Siebzehnten früh haben. Aber je eher Sie liefern, desto besser.«

Ich blickte auf Derrys Kalender: noch zehn Tage bis zum Siebzehnten.

»In Ordnung.«

Luke-John reichte den Brief zurück, und Derry ergriff ihn, um ihn zu lesen.

»Mit Tiefgang«, sagte er ironisch. »Da bist du ja genau der richtige Mann.«

»Ja«, stimmte ich ihm geistesabwesend zu. Welche Art von Tiefgang würde dem *Tally* wohl einhundertfünfzig Guineas wert sein?

Ich beschloß kurzerhand, daß in diesem Fall den Personen im Hintergrund, nicht den Stars, die ohnehin jede Woche Schlagzeilen machten, das Hauptinteresse dienen sollte.

Vorschnelle Entschlüsse hatten mir schon öfter Schwierigkeiten eingebracht. Diesmal sollte ich damit in Teufels Küche geraten.

Derry, Luke-John und ich verließen die Redaktion kurz nach ein Uhr mittags und gingen ins *Devereux*, eine kleine Bar in Devereux Court, gegenüber dem Gerichtsgebäude.

Dort trafen wir auf Bert Checkov, der sich bei dem Versuch,

seine stinkende alte Pfeife anzustecken, fortwährend die Finger verbrannte. Sein ausgebeulter Tweedanzug war wie üblich mit Asche übersät, die verwaschenen blauen Augen blickten glasiger als sonst. Er mußte heute besonders früh angefangen haben.

Als Luke-John ihn ansprach, starrte Bert ausdruckslos zurück. Derry bestellte uns drei kleine Helle und fragte Bert, obwohl er ihn noch nie hatte leiden können, höflichkeitshalber, ob er auch ein Glas mittrinken wolle.

»Doppelten Scotch«, murmelte Bert. Derry dachte an seine Abzahlungsraten und runzelte düster die Stirn.

»Na, wie steht's?« fragte ich und wußte, daß auch dies ein Fehler war. Checkovs Tiraden waren unerschöpflich.

Diesmal schien der Strom jedoch ausnahmsweise eingedämmt zu sein. Die wässerigen Augen bemühten sich, ihren Blick auf mich zu konzentrieren, während ein weiteres Streichholz an seinem Kinn emporzüngelte, was er offenbar gar nicht bemerkte.

»Geb' dir 'n guten Rat«, sagte er und verstummte.

»Was denn für einen?«

»Gut'n Rat.« Er nickte feierlich.

Luke-John verdrehte die Augen zur Decke; seine Gereiztheit war jedoch nicht echt. Altgedienten Journalisten wie Bert Checkov brachte er uneingeschränkte Sympathien entgegen, die keine noch so großen Alkoholmengen wegschwemmen konnten.

»Geben Sie ihm ruhig Ihren Rat«, schlug Luke-John vor. »Den kann er immer brauchen.«

Checkov versuchte, seinen stieren Blick von mir auf meinen Chef zu verlagern. Er rülpste vernehmlich. Derry verzog gequält das Gesicht. Ein Freitag wie jeder andere, dachte ich, aber ich irrte. Bert Checkov hatte nicht einmal mehr eine Stunde zu leben.

Luke-John, Derry und ich ließen uns auf den Barhockern an der Theke nieder und aßen kalten Braten mit Perlzwiebeln. Bert Checkov stand schwankend hinter uns und blies uns Rauch- und Whiskywolken in die Nacken.

Luke-John betrachtete ihn mitleidig und bestellte ihm einen neuen Whisky. Der Alkohol hatte Checkovs Pupillen zu Stecknadelköpfen verengt und verlieh seinem Gesicht einen Ausdruck echter Verblödung.

»Ich werde ihn in sein Büro begleiten«, sagte ich abrupt. »Wenn er allein geht, kommt er noch unter einen Bus.«

»Würde ihm nur recht geschehen«, murmelte Derry, darauf bedacht, Luke-John nichts hören zu lassen.

Wir beendeten unsere Mahlzeit mit Käse und einem weiteren Bier. Checkov torkelte seitwärts und kippte mein Glas über Derrys Knie. Luke-John zuckte halb lachend, halb resigniert die Schultern, ich leerte den noch in meinem Glas verbliebenen Rest mit einem Schluck und manövrierte dann Bert Checkov an den übrigen Gästen vorbei auf die Straße.

»Es ist aber noch nicht Feierabend«, sagte er vollkommen deutlich.

»Für dich schon, alter Junge.«

Er lehnte sich gegen die Wand und wedelte mit seiner Pfeife in der Luft herum. »Ich verlasse keine Kneipe vor Feierabend. Ich lasse mir auch keine interessante Story entgehen.«

»Natürlich«, sagte ich seufzend.

Ich nahm seinen Arm und führte ihn untergehakt über den Fahrdamm. Fleet Street hatte schon viel gesehen: ein angetrunkener, bejahrter Sportjournalist, der in seine Redaktion zurückbegleitet wurde, war keine Sensation.

»Einen guten Rat«, sagte er plötzlich stehenbleibend. »Einen guten Rat.«

»Ja?« fragte ich geduldig.

Er blinzelte in meine Richtung.

»Wir sind schon am *Blaze* vorbei.«

»Ja.«

Er versuchte, mit mir kehrtzumachen.

»Muß noch etwas am Ludgate Circus erledigen. Ich habe den gleichen Weg wie du«, sagte ich.

Er nickte unbestimmt, und wir trotteten weiter. Nach zehn Schritten blieb er erneut stehen.

»Einen guten Rat.«

Ich war es leid, auf seine Ratschläge zu warten, die doch nicht kamen. Außerdem hatte es zu nieseln begonnen. Ich versuchte, ihn die letzten fünfzig Meter bis zu seiner Zeitung weiterzuzerren, aber er bewegte sich nicht.

»Berühmte letzte Worte«, sagte er.

»Wessen?«

»Meine natürlich. Berühmte letzte Worte. Ratschläge.«

»Ach so.« Ich seufzte. »Wir werden naß.«

»Ich bin nicht betrunken.«

»Nein.«

»Ich könnte jederzeit meine Spalte schreiben. In dieser Minute.«

»Natürlich.«

Er wankte plötzlich weiter, und wir schafften es bis zu seiner Tür. Er stand unsicher schwankend im Eingang und versuchte krampfhaft, wenn auch vergeblich, nüchtern zu werden.

»Wenn dich jemand auffordert«, sagte er schließlich, »tu's nicht.«

»Was denn?«

Ein Ausdruck von Furcht huschte über sein bleiches, fleischiges, unrasiertes Gesicht. Seine Hand verschwand in einer Jackentasche, und die Furcht verwandelte sich in Erleichterung, als sie mit einer halben Flasche Scotch wieder zum Vorschein kam.

»Die hatte ich ganz vergessen«, murmelte er.

»Also bis demnächst, Bert.«

»Vergiß nicht, was ich dir gesagt habe.«

»In Ordnung.« Ich wandte mich um.

»Ty?«

Allmählich hatte ich genug von ihm. »Was?«

»Du läßt dich nicht auf so was ein, das weiß ich ... Aber manchmal müssen gerade die Stärksten am meisten einstecken ... Im Boxring, meine ich ... Sie wissen nie, wann sie genug haben ...«

Er beugte sich unvermittelt vor und packte meinen Mantel. Whiskydunst stieg mir in die Nase, und ich konnte seinen heißen Atem durch die feuchte Luft spüren.

»Du bist ständig pleite, wegen deiner Frau. Luke-John hat mir davon erzählt. Aber tu's nicht. Verkaufe deine Seele nicht ...«

»Ich werde mich bemühen«, sagte ich mürrisch, aber er hörte mir nicht zu.

»Zuerst kaufen sie dich, und dann wirst du erpreßt ...«, sagte er mit der verzweifelten Eindringlichkeit schwer Betrunkener.

»Wer?«

»Weiß nicht ... Verkaufe deine Spalte nicht.«

»Nein«, seufzte ich.

»Ich meine es ernst.« Er kam mit seinem Gesicht noch näher heran. »Verkaufe niemals deine Spalte.«

»Bert, hast du etwa ...«

Sein Gesicht verschloß sich. Er stieß sich von mir ab und schwankte wieder vor sich hin.

»Ein guter Rat«, sagte er nickend. Dann drehte er sich mit weichen Knien um und taumelte unsicheren Schrittes auf den Fahrstuhl zu, dessen schwere Türen sich hinter ihm schlossen.

Etwas verwirrt und ratlos machte ich mich auf den Weg zurück zum *Blaze*. Nach etwa fünfzig Metern fiel mir ein, daß ich meine Schreibmaschine vom Wartungsdienst mitnehmen könnte. Sie war noch nicht fertig. Ich sollte Montag nachfragen.

Als ich wieder auf die Straße trat, schrie eine Frau.

Köpfe wandten sich um. Der schrille, durchdringende Laut war über den Verkehrslärm hinweg zu hören. Wie alle anderen Passanten hielt ich Ausschau nach dem Grund.

Fünfzig Meter hinter mir bildete sich auf dem Bürgersteig schnell ein Menschenauflauf. Vermutlich würden in dieser Straße auch einige Reporter dabei sein. Dennoch ging ich zurück. Zur Eingangstür von Berts Zeitung und noch einige Schritte weiter.

Bert lag auf dem Pflaster. Er war tot. Um ihn herum glitzerten die Scherben seiner halben Whiskyflasche. Der scharfe Geruch von vergossenem Alkohol mischte sich mit den Auspuffgasen der vorbeifahrenden Autos.

»Er ist heruntergefallen! Er ist heruntergefallen!« Die schreiende Frau war am Rande eines hysterischen Anfalls. Sie konnte gar nicht mehr aufhören zu schreien. »Er ist heruntergefallen. Ich habe es gesehen. Er ist von da oben heruntergefallen.«

Luke-John sagte einige Male »Jesus Christus« vor sich hin. Er sah sehr mitgenommen aus. Derry schüttete ein ganzes Döschen Büroklammern auf seinen Schreibtisch und sammelte sie Stück für Stück wieder ein.

»Bist du sicher, daß er gleich tot war?« fragte er.

»Sein Büro liegt im siebten Stock.«

»Ja.« Er schüttelte ungläubig den Kopf. »Der arme Kerl. *Nil nisi bonum.*«

Luke-John blickte aus dem Bürofenster auf die Straße hinunter. Die zerschmetterten Überreste Bert Checkovs waren entfernt worden. Ahnungslos trampelten die Fußgänger über den Fleck, an dem er gestorben war.

»Er war betrunken«, sagte Luke-John. »Mehr als gewöhnlich.« Er und Derry machten sich unkonzentriert an die Nachmittagsarbeit. Für mich bestand kein Grund mehr zu bleiben, der Herausgeber hatte meinen Beitrag für diese Ausgabe bereits abgezeichnet. Trotzdem drückte ich mich fast noch zwei Stunden in der Redaktion herum.

Berts Kollegen hatten berichtet, er sei wie gelähmt vom Essen zurückgekommen und einfach aus dem Fenster gefallen. Zwei Sekretärinnen waren Augenzeuginnen gewesen. Er hatte einen

Schluck aus der Flasche genommen, war plötzlich gegen das nur angelehnte Fenster getaumelt und hinausgestürzt. Das Fensterbrett befand sich in Hüfthöhe, für einen so Betrunkenen wie Bert also kein Hindernis.

Ich erinnerte mich an die Verzweiflung, die durch den Rat, den er mir gegeben hatte, hindurchgeklungen war.

Und ich konnte nicht aufhören, darüber nachzugrübeln.

2

Drei Dinge stachen einem bei dem Mädchen, das mir in Virginia Waters die Tür öffnete, auf Anhieb ins Auge. Erstens ihre Haltung, zweitens ihr modischer Geschmack und drittens ihre honigbraune Haut. Sie hatte große dunkle Augen und schulterlanges, schwarz glänzendes Haar. Die etwas breite Nase und der volle Mund trugen dazu bei, die Wirkung einer besonders gelungenen Mischung von negroiden und kaukasischen Elementen zu vollenden.

»Guten Tag«, sagte ich. »Ich bin James Tyrone. Ich habe mich telefonisch ...«

»Kommen Sie herein«, nickte sie. »Harry und Sarah müssen jeden Augenblick hier sein.«

»Sind die beiden noch auf dem Golfplatz?«

»Mm.« Sie bedeutete mir mit einem leichten Lächeln näher zu treten. »Vermutlich müssen sie sich nach dem Spiel erst einmal stärken.«

Es war fünf Minuten nach halb vier. Warum nicht?

Sie geleitete mich durch die Halle zu einem Wohnzimmer, das ganz in großblumigem Chintz gehalten war.

»Nehmen Sie Platz.« Sie wies mit einer graziösen Handbewegung auf ein üppig gepolstertes Sofa. »Darf ich Ihnen einen Drink anbieten?«

»Nein, danke.«

»Trinken Journalisten nicht den ganzen Tag?«

»Wenn sie trinken und zugleich schreiben, kommt nicht viel dabei heraus.«

»Ah ja«, meinte sie. »Dylan Thomas hat einmal gesagt, er müsse stocknüchtern sein, wenn er etwas Brauchbares produzieren wolle.«

»Mit Dylan Thomas möchte ich mich nicht vergleichen«, lächelte ich.

»Aber es ist das gleiche Prinzip.«

»Absolut.«

Sie musterte mich ausgiebig, den Kopf leicht zur Seite geneigt. Ihr grünes Kleid schmiegte sich faltenlos um den schlanken Körper, die aufregenden Beine, in das Neueste auf dem Gebiet der Strumpfmode gehüllt, endeten in grünen Lackschuhen mit goldenen Schnallen. Das einzige zusätzliche Accessoire bestand in einem breiten goldenen Uhrarmband um das linke Handgelenk.

»Sie werden mich wiedererkennen«, sagte sie.

Ich nickte. Ihr Körper bewegte sich fast unmerklich unter dem grünen Kleid.

»Und ich Sie auch«, sagte sie langsam und mit besonderer Betonung.

Ihr Gesicht, ihre Stimme und ihre Haltung waren ziemlich kühl. Der kurze Funke intensiver sexueller Spannung mochte vielleicht nur in meiner Phantasie vorhanden gewesen sein. Jedenfalls war ihrer folgenden Bemerkung weder irgendein Unterton noch eine Aufforderung zu entnehmen.

»Mögen Sie Pferde?«

»Ja«, erwiderte ich.

»Noch vor sechs Monaten hätte ich behauptet, daß ich nie einen Rennplatz betreten würde.«

»Aber jetzt gehen Sie zu Rennen?«

»Seit Harry bei dieser Tombola ›Egocentric‹ gewonnen hat, ist bei uns einiges anders geworden.«

»Eben darüber«, sagte ich, »würde ich gern schreiben.«

Ich war wegen meines Lamplighter-Artikels für den *Tally* unterwegs. Auf der Suche nach untypischen Rennpferdbesitzern hatte ich Harry und Sarah Hunterson ausgewählt, die gerade in diesem Augenblick zurückkehrten und eine Wolke von Rasen-, Zigarren- und Gingeruch mit hereinbrachten.

Harry war ein autoritätsgewohnter, stämmiger Sechziger mit etwas poltrigem Charme. Ich schätzte, daß er den *Telegraph* las und einen Jaguar fuhr, mit Automatik selbstverständlich. Er schüttelte mir herzhaft die Hand und drückte seine Zufriedenheit darüber aus, daß seine Nichte sich meiner angenommen habe.

»O ja, besten Dank.«

»Gail, meine Liebe, du hast Mr. Tyrone ja gar nichts zu trinken angeboten«, sagte Sarah leicht vorwurfsvoll.

»Er wollte nichts.«

Die beiden Damen verkehrten untereinander mit kühler Höflichkeit. Sarah mußte etwa dreißig Jahre älter sein als ihre Nichte, aber sie hatte ihr möglichstes getan, den Lauf der Natur aufzuhalten. Alles an ihr wirkte außerordentlich gepflegt, von dem goldblonden Haar über das rostbraune Kleid bis zu den stabilen braunen Golfschuhen.

Harry war im Vollgefühl der Erinnerung an das neunzehnte Loch sehr gesprächig.

»Diese Tombolakarte habe ich bei einem Tanzabend im Golfklub gekauft. Sie wissen, wie so etwas ist, zu Wohltätigkeitszwekken. Ein Pfund habe ich dafür bezahlt. Fand ich ja ein bißchen unverschämt, auch wenn es ein Rennpferd zu gewinnen gab. Obwohl ich natürlich überhaupt kein Pferd wollte. Nie im Traum daran gedacht. Und dann habe ich das Vieh doch tatsächlich gewonnen. Ganz schönes Problem, wie? Wenn man sich so unvermutet mit einem Rennpferd wiederfindet!« Er lachte, für seinen kleinen Scherz Beifall heischend.

Ich lachte pflichtschuldig mit. Die Mienen von Sarah und Gail ließen darauf schließen, daß beide diese Bemerkung schon etliche Male gehört hatten.

»Würden Sie so freundlich sein«, sagte ich, »und mir auch noch ein bißchen über sich selbst erzählen?«

»Meine Lebensgeschichte, wie?« Er lachte röhrend und blickte Zustimmung suchend von Sarah zu Gail. Er hatte einen guten Kopf, wenn auch etwas zu fleischig um den Hals. Die sonnengebräunte Halbglatze und der sorgfältig gestutzte Schnurrbart paßten zu ihm. »Wo soll ich denn anfangen?« fragte er.

»Bei Ihrer Geburt«, erwiderte ich.

Harrys Augen leuchteten auf. Einer solchen Einladung konnte er nicht widerstehen. Aber wie das Leben so spielt, war Harrys Dasein ziemlich ereignislos verlaufen. Seine Tätigkeit als Börsenmakler bot ihm ein gesichertes Auskommen, bestenfalls blieb anzumerken, daß sowohl er als auch Sarah bereits einmal verwitwet und in zweiter Ehe miteinander verheiratet waren. Kein Material für den *Blaze* und wenig genug für den *Tally*. Resigniert erkundigte ich mich, ob er »Egocentric« zu behalten gedenke.

»Ja, ja, ich glaube schon«, erwiderte er. »Das Pferd hat einiges bei uns verändert.«

»In welcher Beziehung?«

»Es steigert ihr Lebensgefühl«, sagte Gail kühl. »Sie haben jetzt etwas, womit sie sich interessant machen können.«

Wir blickten alle zu ihr hinüber. Ihr Gesichtsausdruck machte es schwer zu beurteilen, ob diese Bemerkung bösartig oder scherzhaft gemeint gewesen war. Auch ihr Onkel schien sich nicht darüber im klaren zu sein. Allerdings hatte sie ohne Zweifel den Nagel auf den Kopf getroffen.

»Gail, meine Liebe, würdest du so nett sein, für uns alle Tee zu machen?« sagte Sarah.

Gails Körper versteifte sich ablehnend. Dennoch erhob sie sich mit betonter Langsamkeit und ging hinaus.

»Ein liebes Mädchen«, sagte Sarah. »Vielleicht manchmal ein bißchen schwierig«, fuhr sie mit unaufrichtigem Lächeln fort, um dann eine Erklärung abzugeben, mit der sie vermutlich jedem Fremden bei der erstbesten Gelegenheit ins Gesicht sprang.

»Harrys Schwester hat einen Rechtsanwalt geheiratet, einen hochintelligenten Mann ... Nur, nun ja ... Er ist Afrikaner.«

»Ja«, sagte ich.

»Natürlich haben wir Gail sehr gern. Als die Heimat von Gails Vater unabhängig wurde, sind ihre Eltern in sein Land zurückgekehrt. Gail ist hier geboren und wollte lieber in England bleiben, und so haben wir sie ... Nun ja, deshalb wohnt sie bei uns.«

»Ja«, sagte ich noch einmal. »Das muß sehr schön für sie sein.«

Traurig, dachte ich, daß sie sich verpflichtet fühlten, überhaupt darüber zu reden. Gail hatte das nicht nötig.

»Sie unterrichtet an einer Kunstschule in Victoria«, fügte Harry hinzu. »Modezeichnen.«

»Modellentwürfe«, korrigierte ihn Sarah. »Sie ist wirklich sehr begabt. Ihre Schüler haben schon oft Preise gewonnen.« In ihrer Stimme schwang jetzt, nachdem die Situation geklärt war, Erleichterung mit, und sie war bereit, großmütig zu sein. Um ihr Gerechtigkeit widerfahren zu lassen: Gemessen an den tiefverwurzelten Vorurteilen, unter denen sie offenkundig noch immer litt, hatte sie sich erfolgreich bemüht. Schade nur, daß die Anstrengung so deutlich zu merken war.

»Und Sie?« fragte ich. »Was halten Sie von ›Egocentric‹?«

Sie freue sich, erwiderte sie, daß Harry das Pferd gewonnen habe, und fände es aufregend, als Pferdebesitzerin bei Rennen aufzutreten. Allerdings setze sie niemals mehr als zehn Shilling.

Sein Trainer beabsichtige, sagte Harry, »Egocentric« vor dem Lamplighter noch auf ein anderes Rennen zu schicken; vielleicht könnte ich ihn mir bei dieser Gelegenheit ansehen.

Gail brachte den Tee herein. Harry und Sarah leerten in rascher Folge je drei Tassen, blickten dann gleichzeitig auf ihre Armbanduhren und stellten fest, daß es Zeit sei, auf einen Schluck zu den Murrows zu fahren.

»Ich werde nicht mitkommen«, sagte Gail. »Ich habe noch etwas zu arbeiten. Falls ihr nachher nicht mehr Auto fahren wollt, hole ich euch ab. Ruft mich an, wann ich kommen soll.«

Harry und Sarah nickten.

»Haben Sie vielleicht irgendwelche Fotos und Zeitungsausschnitte, die Sie mir, bevor Sie gehen, noch zeigen könnten?« fragte ich.

»Gewiß, gewiß«, stimmte Harry zu. »Gail kann sie Ihnen heraussuchen. Bist du so lieb, Gail? Wir müssen uns beeilen, Sie verstehen. Murrow ist Präsident des Golfklubs. Es hat mich gefreut, Sie kennenzulernen. Hoffentlich haben Sie erfahren, was Sie wollten ... Rufen Sie mich ruhig an, wenn Sie noch etwas wissen möchten.«

»Besten Dank«, sagte ich, aber er war schon verschwunden.

»Die beiden sind nicht direkt Alkoholiker«, sagte Gail, »sie gehen nur schrecklich gern auf Cocktailpartys.«

Diesmal war es an Gail, Erklärungen zu geben. Im Gegensatz zu Sarah klang ihre Stimme jedoch völlig objektiv, ohne entschuldigenden Unterton.

»Sie genießen eben das Leben«, sagte ich.

Gail zog die Augenbrauen empor. »Vermutlich haben Sie recht«, erwiderte sie. »Ich habe, ehrlich gesagt, noch nie darüber nachgedacht.«

Egozentrisch, dachte ich, kalt und lieblos. Eigenschaften, die mir an einer Frau mißfielen. Und dennoch alles, was ich bei einer Frau brauchte. Die Versuchung war groß.

»Wollen Sie jetzt die Fotos sehen?« fragte sie.

»Ja, bitte.«

Sie holte ein teures Lederalbum herbei, und wir sahen es gemeinsam durch. In den wenigen Zeitungsausschnitten stand nichts, was ich nicht schon wußte. Auch die Fotos waren für den *Tally* nicht zu brauchen. Gail brachte das Album zurück, und ich stand auf, um mich zu verabschieden.

»Vor zwei Stunden rufen Harry und Sarah garantiert nicht an. Wollen Sie nicht doch etwas trinken?«

Ich blickte auf meine Armbanduhr. Der Zug fuhr alle dreißig Minuten. Einen konnte ich ruhig überspringen. Da war Elizabeth. Und hier war Gail. Und es ging nur um eine Stunde.

»Ja«, sagte ich, »gern.«

Sie goß uns beiden Bier ein. Ich setzte mich wieder auf das Sofa, während sie sich in malerischer Pose mit einem großen Samtkissen auf dem Fußboden niederließ.

»Sie sind natürlich verheiratet?«

»Ja«, bestätigte ich.

»Die interessanten Männer sind immer verheiratet.«

»Und Sie?«

Ihre weißen Zähne blitzten. »Ach, damit hat es noch Zeit.«

»Wie lange?« erkundigte ich mich.

»Ich denke, bis ich jemanden gefunden habe, von dem ich mich nicht mehr trennen kann.«

»Haben Sie sich schon öfter von jemandem getrennt?«

Sie nickte und blickte mich über den Rand ihres Glases an. »Und Sie? Sind Sie Ihrer Frau treu?«

»Nicht immer.«

Nach einer langen, nachdenklichen Pause sagte sie nur ein einziges Wort: »Gut.«

»Soll das ein philosophischer Kommentar oder ein Antrag sein?« fragte ich.

Sie lachte. »Ich weiß nur gern, woran ich bin.«

»Offenen Auges und mit wachen Sinnen?«

»Ich hasse Durcheinander«, sagte sie.

»Und gefühlsmäßiges Durcheinander besonders?«

»Wie recht Sie haben.«

Sie hat nie geliebt, dachte ich. Sex sicher oft genug, aber keine Liebe. Nicht eben das, was ich mochte, aber das, was ich brauchte. Ich kämpfte das verräterische Flüstern in mir nieder und fragte sie wie ein braver kleiner Journalist nach ihrer Tätigkeit.

»Es geht so.« Sie zuckte die Schultern. »Unter hundert Schülern findet man vielleicht ein wirkliches Talent.«

»Sie entwerfen selber Kleider?«

»Nicht für die Konfektion. Höchstens für mich, für Sarah und für die Schule. Ich ziehe es vor zu unterrichten. Es bereitet mir Genugtuung, verblasene künstlerische Ignoranz in solides handwerkliches Können umzuwandeln.«

»Finden Sie Ihren Einfluß in den Auslagen der Oxford Street wieder?«

Sie nickte mit belustigt blitzenden Augen. »Fünf der größten Textilhäuser beschäftigen in ihren Modellabteilungen ehemalige Schüler von mir. Einer davon ist so originell, daß ich seine Entwürfe auf Anhieb in den Schaufenstern erkenne.«

»Sie lieben Macht«, konstatierte ich.
»Wer tut das nicht?«
»Eine gefährliche Neigung.«
»Irgend etwas muß der Mensch doch haben.«
Ich starrte in mein Bier, unfähig, das Zucken in meinem Gesicht zu unterdrücken. Ihre flüchtig hingesagten Worte trafen zu haargenau mein permanentes Problem. Nach elf Jahren hatte ich mich weniger damit abgefunden denn je.
»Woran denken Sie?« fragte sie.
»Mit Ihnen ins Bett zu gehen.«
Das verschlug ihr einen Augenblick die Sprache. Ich blickte von der bräunlichen Flüssigkeit hoch, auf jede Form weiblicher Entrüstung gefaßt. Immerhin konnte ich sie falsch eingeschätzt haben.
Anscheinend hatte ich mich jedoch nicht geirrt. Sie lachte. Wohlgefällig.
»Das ist allerdings ziemlich deutlich.«
»Mm.«
Ich stellte mein Glas ab und erhob mich lächelnd. »Zeit zu gehen«, sagte ich. »Ich muß meinen Zug noch erwischen.«
»Nachdem Sie das gesagt haben, können Sie doch nicht gehen.«
»Doch, gerade.«
Statt einer Antwort stellte sie sich neben mich, ergriff meine Hand und steckte meinen Finger in den goldenen Ring des durchgehenden Reißverschlusses an ihrem Kleid.
»Jetzt gehen Sie mal nach Hause«, flüsterte sie.
»Wir kennen uns doch erst seit drei Stunden«, protestierte ich.
»Aber Sie haben innerhalb der ersten drei Minuten auf mich reagiert.«
Ich schüttelte den Kopf. »Der ersten drei Sekunden.«
Sie lächelte. »Ich mag Fremde.«
Ich zog den Reißverschluß herunter.
Harry und Sarah hatten einen großen, weißen, langhaarigen Teppich vor dem Kamin. Vermutlich hatte Gail ihn nicht zum erstenmal als Lagerstatt erwählt. Sie streifte mit schnellen graziösen Bewegungen Schuhe und Strümpfe ab, schüttelte sich das Kleid von den Schultern und schlüpfte ohne jede Spur von Verlegenheit aus dem winzigen grünen Büstenhalter und dem dazu passenden Höschen. Der Anblick ihres Körpers benahm mir fast den Atem. Die bräunliche Haut schimmerte warm in der beginnenden Dämmerung.
Sie war eine wundervolle Geliebte, ebenso erfahren wie groß-

zügig, und ich nahm sie mit leidenschaftlicher Dankbarkeit, einem fairen Ersatz für Liebe.

Dann lag ich neben ihr auf dem Teppich und empfand die gelöste Spannung wie eine schwere, ziehende Mattigkeit in den Gliedern. Die Welt war eine Million Lichtjahre entfernt, und ich hatte keine Eile, mich ihr zu nähern.

»Donnerwetter«, sagte Gail halb atemlos, halb lachend. »Du hast es aber nötig gehabt.«

»Mm.«

»Läßt deine Frau dich nicht ...«

Elizabeth, dachte ich. O Gott, Elizabeth. Manchmal muß ich es. Nur manchmal.

Das alte, zermürbende Gefühl von Schuld kehrte zurück. Die Welt hatte mich wieder.

Ich richtete mich auf und starrte blind in das immer dunkler werdende Zimmer. Offenbar merkte Gail, daß sie alles andere als taktvoll gewesen war, denn sie erhob sich mit einem Seufzer und zog sich schweigend an.

... sie lieben und ehren, dachte ich bitter, in Freud und Leid nicht zu verlassen und den Bund der Ehe mit ihr heilig und unverbrüchlich halten, bis daß der Tod euch scheidet. Ich will, hatte ich gesagt.

Ein leichter Schwur, an jenem Tag, als ich ihn tat. Ich hatte ihn nicht gehalten. Gail war das vierte Mädchen innerhalb von elf Jahren.

»Du wirst deinen Zug verpassen«, stellte sie prosaisch fest, »wenn du noch länger so sitzen bleibst.«

Ich sah auf meine Armbanduhr, das einzige Stück, das ich auf dem Leibe trug. Fünfzehn Minuten.

Sie seufzte. »Ich fahre dich zum Bahnhof.«

Wir kamen sogar noch zu früh. Ich stieg aus dem Wagen und bedankte mich höflich für ihre Begleitung.

»Sehe ich dich wieder?« fragte sie ohne erkennbare innere Beteiligung, eher wie man eine Auskunft einholt. Als sie mich so aus dem geöffneten Wagenfenster heraus ansah, wirkte sie fast wie eine brave Ehefrau, die ihren Mann zur Bahn bringt. Meilenweit entfernt von der heftigen Umarmung auf dem Teppich. Eingeschaltet, ausgeschaltet. Genau die Sorte Frau, die ich brauchte.

»Ich weiß nicht«, sagte ich unentschlossen. Die Signalanlage am Ende des Bahnsteiges sprang auf Grün.

»Auf Wiedersehen«, sagte sie ruhig.

»Spielen Harry und Sarah«, fragte ich vorsichtig, »jeden Sonntag Golf?«

Sie lachte. »Garantiert.«

»Vielleicht ...«

»Vielleicht rufst du an, vielleicht auch nicht.« Sie nickte. »Eine faire Abmachung. Vielleicht werde ich zu Hause sein, vielleicht nicht.« Sie betrachtete mich mit einem halb lächelnden, halb distanziert-amüsierten Blick. Sie würde nicht weinen, falls ich nicht zurückkehrte, und mich doch jederzeit freudig begrüßen. »Aber überleg es dir nicht zu lange, ob du wiederkommst.«

Sie kurbelte das Seitenfenster hoch und fuhr davon, ohne sich umzudrehen oder zu winken.

»Du kommst reichlich spät«, sagte Elizabeths Mutter – wie zu erwarten gewesen war, in gereiztem Ton.

»Entschuldige bitte.«

Ich beobachtete sie, wie sie in verbissenem Schweigen die Handschuhe überstreifte. Sie hatte mich bereits in Hut und Mantel empfangen.

»Du nimmst so wenig Rücksicht. Es wird fast elf Uhr sein, bis ich nach Hause komme.«

Ich schwieg.

»Du bist egoistisch. Alle Männer sind egoistisch.«

Es hatte weder Sinn, ihr zuzustimmen, noch ihr zu widersprechen. Eine kurze, restlos gescheiterte Ehe war die Ursache ihres hoffnungslos gestörten Verhältnisses zu Männern, und sie hatte ihr Bestes getan, diese Aversion auch ihrer einzigen Tochter einzuimpfen. Als ich Elizabeth kennenlernte, hatte sie eine geradezu pathologische Angst vor Männern gehabt.

»Wir haben schon zu Abend gegessen«, sagte meine Schwiegermutter. »Das Geschirr habe ich für Mrs. Woodward in die Küche gestellt.«

Nichts war mehr dazu angetan, Mrs. Woodward in Harnisch zu bringen, als montags früh einen Stapel angetrockneter Teller vorzufinden.

»Wunderbar«, sagte ich mit falschem Lächeln.

»Wiedersehen, Elizabeth«, rief sie.

»Auf Wiedersehen, Mutter.«

Ich hielt ihr die Wohnungstür auf, ohne Dank dafür zu ernten.

»Also dann bis nächsten Sonntag«, sagte sie.

»Wie schön.«

Sie lächelte säuerlich, wohl wissend, daß ich anderer Meinung war. Aber da sie wochentags als Empfangsdame auf einer Gesundheitsfarm arbeitete, blieb ihr nur der Sonntag, um Elizabeth zu besuchen. Meistens wäre ich froh gewesen, wenn sie uns allein gelassen hätte, aber an diesem Tag hatte sie mir die Möglichkeit verschafft, nach Virginia Waters zu fahren. Was ich kommenden Sonntag unternehmen würde, wagte ich mir gar nicht auszudenken.

Als sie weg war, ging ich zu Elizabeth hinein und küßte sie auf die Stirn. »Guten Abend.«

»Guten Abend«, erwiderte sie. »Hast du einen netten Nachmittag verbracht?«

Das war ein Tiefschlag.

»Mm.«

»Liebes ... Mutter hat wieder das schmutzige Geschirr stehenlassen«, sagte sie.

»Macht nichts, ich werde schnell abwaschen.«

»Was würde ich bloß machen ohne dich!«

Die Antwort darauf wußten wir beide. Ohne mich würde sie den Rest ihres Lebens in einer Pflegeanstalt verbringen müssen, eine Gefangene, ohne Möglichkeit zu entfliehen. Sie konnte ohne die elektrisch betriebene Pumpe, die am Fußende ihres hohen Bettes summte, nicht atmen. Elizabeth, meine Frau, war auf Grund einer Poliomyelitis zu neunzig Prozent gelähmt.

3

Da die meisten Sonderzüge zu Pferderennen in London eingesetzt wurden und um meine An- und Abfahrtszeiten auf ein Minimum zu beschränken, wohnten wir nur zehn Minuten Fußmarsch vom *Blaze* entfernt. Es hatte sich als praktischer erwiesen, nicht in einer der Hauptstraßen zu wohnen, sondern in einem der kleineren Häuserblocks, wo die Nachbarn Elizabeth kannten, zu ihrem Fenster hinaufwinkten, kleine Besorgungen für sie übernahmen und sie öfter zu einem Plausch besuchten.

Die Gemeindeschwester kam täglich vorbei, um Elizabeths Morgentoilette zu übernehmen, abends versorgte ich meine Frau allein. Die übrige Zeit, montags bis samstags von halb zehn bis sechs Uhr, wurde Elizabeth von Mrs. Woodward betreut, einer halbausgebildeten Krankenschwester, die auch, wenn nötig, länger blieb. Eines unserer Hauptprobleme war, daß Elizabeth wegen der Gefahr eines möglichen elektrischen Defektes nicht eine Minute in der Wohnung allein gelassen werden konnte. Fiel der Strom aus, konnte ihr Atemgerät auf Batteriebetrieb umgestellt werden. Es ließ sich auch von Hand bedienen, aber dazu mußte jemand zur Stelle sein. Mrs. Woodward war eine Frau in mittleren Jahren, freundlich, zuverlässig und ruhig, und Elizabeth konnte sie gut leiden. Allerdings war sie sehr kostspielig, und da bewegungsunfähige Ehefrauen in unserem Wohlfahrtsstaat nicht einkalkuliert sind, konnte ich für Mrs. Woodwards notwendige Dienstleistungen nicht einmal eine Steuerermäßigung in Anspruch nehmen. Wir brauchten sie, und sie machte uns arm: daran war nichts zu ändern.

In einer der Garagen unter unserer Wohnung stand ein alter Bedford-Lieferwagen, der einzige fahrbare Untersatz, der unseren Bedürfnissen entsprach. Ich hatte ihn vor Jahren mit einer Liege ausstatten lassen, so daß Elizabeth mit ihrer Pumpe und sämtlichem Zubehör Platz darin fand. Und wenn sie unsere gelegentlichen Ausflüge ins Grüne auch sehr erschöpften, genoß sie doch die Abwechslung und die frische Luft.

Ihr Atemgerät, eine Spirashell, gehörte, im Gegensatz zu der alten Eisernen Lunge, die den Körper des Patienten völlig umschließt, zu dem modernen Kürasstyp, und in der Tat erinnerte die Apparatur an die Brustplatte einer Ritterrüstung. Sie bedeckte Elizabeths gesamten Brustkorb und war mit Gurten um ihren Körper geschnallt. Dicke Latexwülste bildeten den Abschluß der Platte. Das Atmen erfolgte durch einen Saugvorgang. Die Pumpe, die mit der Spirashell durch einen dicken elastischen Schlauch verbunden war, bewirkte innerhalb der Spirashell ein partielles Vakuum, auf Grund dessen der Brustkorb der Patientin angesaugt wurde, so daß Luft in ihre Lunge einströmen konnte. Im Verlauf des weiteren Pumpvorgangs fiel ihr Brustkorb wieder zusammen, und die verbrauchte Luft wurde zwangsläufig hinausgepreßt.

In den neuneinhalb Jahren, seit Elizabeth auf mein Betreiben aus dem Krankenhaus entlassen worden war, hatten wir uns so ziemlich alle Errungenschaften der Technik zugelegt, die geeignet waren, Elizabeths Dasein zu erleichtern. Drähte und Flaschenzüge zogen sich durch die gesamte Wohnung. Elizabeth konnte Bücher lesen, die Vorhänge auf- und zuziehen, sämtliche Lampen sowie Radio- und Fernsehgerät ein- und ausschalten, telefonieren und Schreibmaschine schreiben. Ein elektrischer Zauberkasten namens Possum ermöglichte all diese Wunderdinge. Andere wurden durch ein Hebelsystem bewirkt, das auf den leisesten Druck von Elizabeths linkem Zeigefinger reagierte. Sie hatte nur in der linken Hand und im linken Handgelenk einen Rest von Bewegungsfähigkeit zurückbehalten, von dem sie bei allen Tätigkeiten abhing. Unser letzter Triumph war ein elektrischer Flaschenzug, der ihren linken Ellbogen samt Unterarm anhob und bewegte, so daß sie in der Lage war, einige Mahlzeiten ohne fremde Hilfe zu sich zu nehmen.

Ich schlief auf einer Couch im gleichen Zimmer mit ihr, eine Klingel neben dem Kopfende, falls sie mich in der Nacht brauchte. Auch in allen übrigen Räumen der Wohnung waren Klingeln angebracht.

Wir waren drei Jahre verheiratet gewesen und beide vierundzwanzig Jahre alt, als Elizabeth spinale Kinderlähmung bekam. Ich arbeitete damals als Redakteur bei der Agentur Reuter in Singapur, und wir befanden uns auf einem Flug in die Heimat, um dort vier Wochen Urlaub zu verbringen.

Elizabeth fühlte sich bereits während des Fluges nicht wohl. Das Licht stach ihr in die Augen, sie hatte starke Nackenschmerzen und heftiges Stechen in der Brust. In Heathrow konnte sie gerade noch das Flugzeug verlassen, dann brach sie auf dem Rollfeld zusammen. Es war das letztemal, daß sie auf ihren Beinen gestanden hatte.

Unsere Zuneigung füreinander hatte alles Folgende überdauert: Armut, Depressionen, Tränen, vergebliches Aufbegehren. Im Laufe der Jahre hatten wir uns mit der vergleichsweisen Geborgenheit einer netten Wohnung, eines guten Jobs und einer einigermaßen geordneten Existenz getröstet. Uns verband tiefe, aufrichtige Freundschaft.

Aber keine körperliche Liebe mehr.

Anfangs hatten wir uns noch darum bemüht. Polio lähmt nur das motorische Nervensystem, ohne die Sinnesempfindungen zu beeinträchtigen. Elizabeth fühlte wie eine gesunde Frau, doch ohne die Spirashell konnte sie höchstens drei bis fünf Minuten atmen, und ihr armer geschwächter Körper vermochte keinerlei Druck zu ertragen. Als ich nach zwei oder drei hoffnungslosen Versuchen vorschlug, unsere Bemühungen zumindest vorübergehend aufzugeben, hatte sie mich ungeheuer erleichtert angelächelt. Danach hatten wir dieses Thema fast nie mehr erwähnt. Ihre Erziehung als Kind und junges Mädchen mochte es ihr erleichtert haben, sich mit einem sexlosen Dasein abzufinden.

Einen Tag nach meinem Besuch in Virginia Waters machte ich mich, sobald Mrs. Woodward eingetroffen war, im Bedford auf den Weg nach Essex. Diesmal wollte ich zu einem Farmer, der »Tiddely Pom«, den erklärten Favoriten für den Lamplighter-Goldpokal, gezüchtet hatte.

Üppig wucherndes Strauchwerk säumte den holprigen Pfad, der von zwei torlosen, halb verrotteten Pfosten auf Victor Ronceys Hof führte. Das Haus, ein stilloses Durcheinander von unansehnlichen Ziegeln, starrte mir mit gleichmäßig verschmutzten Fenstern entgegen.

Ich klopfte an die Hintertür, die halb offenstand, und rief in das Haus hinein, es kam jedoch keine Antwort. Ratlos schlenderte ich über den ungepflegten Hof und überlegte, wie weit ich mich wohl auf eigene Faust umsehen durfte. Doch da erschien ein hochgewachsener junger Bursche mit einer roten Bommelmütze. Er trug einen weiten hellblauen Pullover und schmutzige, in schwere Gummistiefel gestopfte Blue jeans. Mit seinem blonden Haar und dem runden, wettergegerbten Gesicht machte er einen vergnügten, unkomplizierten Eindruck.

»Hallo, wollen Sie was?« fragte er mit leichtem Dialekt.

»Ich suche Mr. Roncey.«

»Der ist mit den Pferden unterwegs. Kommen Sie lieber später noch einmal vorbei.«

»Wie lange wird er denn wegbleiben?«

»Vielleicht eine Stunde«, erwiderte er achselzuckend.

»Dann möchte ich, wenn Sie nichts dagegen haben, lieber warten«, sagte ich, auf meinen Wagen deutend.

»Wie Sie wollen.«

Er machte einige Schritte auf das Haus zu, blieb dann stehen, drehte sich um und kam zurück.

»He, sind Sie etwa der Bursche, der angerufen hat?«

»Welcher Bursche?«

»James Tyrone?«

»Stimmt.«

»Warum haben Sie das denn nicht gleich gesagt? Ich habe Sie für so einen Vertreter gehalten . . . Kommen Sie mit herein. Möchten Sie etwas frühstücken?«

»Frühstücken?«

Er grinste. »Ja. Es ist fast elf. Ich bin seit vor sechs auf den Beinen. Jetzt habe ich ganz schönen Kohldampf.«

Er ließ mich durch die Hintertür eintreten, stapfte zu einer Tür am anderen Ende des Raumes und riß sie auf.

»Ma!« rief er. »Ma? Sie muß irgenwo stecken«, sagte er, zu mir gewandt. »Na, ist auch egal. Mögen Sie ein paar Eier?«

Ich dankte, doch als er eine mächtige Bratpfanne hervorholte und mit Speckscheiben füllte, änderte ich meine Meinung.

»Sie können inzwischen den Kaffee machen«, sagte er.

Auf einer Bank neben dem Abwaschtisch fand ich alles beieinander: Wasserkessel, Pulverkaffee, Zucker, Milch, Tassen und Löffel.

»Meine Mutter«, erläuterte er grinsend, »ist für Rationalisierung.«

Er schlug gekonnt sechs Eier in die Pfanne, gab jedem von uns drei auf den Teller und legte eine dicke Scheibe frisches Weißbrot dazu.

Wir aßen am Küchentisch, und mir hatte selten etwas so köstlich geschmeckt. Nach beendeter Mahlzeit steckte er sich eine Zigarette an.

»Ich bin Peter«, sagte er. »Es ist hier nicht immer so ruhig, aber die Kleinen sind in der Schule, und Pat ist mit Vater draußen.«

»Pat?«

»Mein Bruder. Der Jockei in der Familie. Querfeldeinrennen meistens. Sie werden wohl noch nichts von ihm gehört haben.«

»Leider nein.«

»Ich lese fast jede Woche Ihre Artikel«, sagte er.

»Nett von Ihnen.«

Er betrachtete mich, während ich meinen Teller leerte. »Für einen Journalisten reden Sie ziemlich wenig.«

»Ich höre lieber zu«, erwiderte ich.

Er grinste. »Ein vernünftiger Standpunkt.«

»Erzählen Sie mir etwas über ›Tiddely Pom‹.«

»Um Himmels willen. Da müssen Sie Vater oder Pat fragen. Die sind ganz verrückt mit den Pferden. Ich kümmere mich nur um die Farm.« Er blickte mir ins Gesicht, offenbar um zu sehen, ob ich Überraschung zeigte, denn obwohl er fast so groß war wie ich, mußte er noch sehr jung sein.

»Sie sind doch höchstens sechzehn?« sagte ich.

»Ja.« Er schnob verächtlich durch die Nase. »Ist aber sowieso vergebliche Liebesmüh.«

»Warum?«

»Wegen dieser verdammten Straße. Sie ist schon fast fertig und führt genau an unserem Zehn-Morgen-Feld vorbei.« Er deutete mit der Zigarette zum Fenster hinaus. »Pa geht schon an die Decke, wenn er bloß daran denkt, wie ›Tiddely Pom‹ auf die vorbeidonnernden schweren Laster reagieren wird. Er versucht seit zwei Jahren, diese Klitsche hier zu verkaufen, findet aber verständlicherweise keinen Abnehmer.« Peter starrte düster vor sich hin. »Außerdem weiß man nie, wieviel Land sie uns noch wegnehmen werden. Fünfzig Morgen haben sie bereits kassiert. Da kann einem wirklich die Lust vergehen.«

Von draußen erklang Hufgeklapper. Pat und ich traten auf den Hof und blickten den drei Pferden entgegen, die den holprigen Weg entlang auf uns zukamen. Der vorderste Reiter, ein schlanker, drahtiger Mann in den Vierzigern mit dichtem braunem Haar und senffarbenem Schnurrbart, ließ sich vom Pferd gleiten und reichte die Zügel seinem Hintermann.

»Mr. Tyrone?«

Ich nickte. Er schüttelte mir kräftig die Hand und trat dann zurück, um mir den Blick auf die Pferde nicht zu verstellen.

»Der Braune da ist Tiddely Pom.« Er deutete auf das dritte Pferd, das von einem jungen Mann geritten wurde, der Peter ziemlich ähnlich sah. Nur mochte er einige Zentimeter kleiner sein. »Und mein Sohn Pat.«

»Ein schönes Pferd«, sagte ich unaufrichtig. Die meisten Besitzer erwarten Lob: »Tiddely Pom« bot dem Beschauer jedoch bestenfalls die Schönheit eines ungeschliffenen Diamanten.

»Hach«, schnaubte Roncey. »Das ist er nicht. Versuchen Sie nicht, mir Honig um den Mund zu schmieren, so etwas schätze ich nicht. Er ist nicht schön, aber er kann etwas.«

»Na ja«, sagte ich sanft. »Also sein Kopf ist gewöhnlich, er hat eine schwache Schulter, und außerdem bläst ihm der Wind durch die Rippen.«

»Das ist schon besser. Sie wissen wenigstens, wovon Sie reden. Führ ihn im Hof herum, Pat.«

Pat gehorchte. »Tiddely Pom« trottete mit dem staksigen Gang hinter ihm her, der zuweilen einen Champion ahnen läßt. Dies Pferd, Sohn einer Vollblutstute und eines preisgekrönten Hengstes, war ein spektakulärer Springer, dessen rasantes Tempo beeindruckte.

»Als ich ihn aufzog, hatte ich eigentlich auf ein geländesicheres Pferd für die Jungens gehofft«, sagte Roncey. »Deshalb ließen wir ihn eine Saison lang in sämtlichen Querfeldeinrennen laufen, und abgesehen von einem Sturz Pats wurde er nicht einmal geschlagen. Letztes Jahr dachten wir dann, wir könnten ihn ruhig auch in einem Jagdrennen starten lassen, und tatsächlich gewann er das Foxhunter in Cheltenham.«

»Daran erinnere ich mich«, sagte ich.

»Ja. Daraufhin haben wir ihn in kleineren Handicaps ausprobiert . . .«

»Und er hat vier von sechs gewonnen«, vollendete ich seinen Satz.

»Es ist Ihr Job, Bescheid zu wissen, nehme ich an. Pat«, rief er, »bring ihn in seine Box zurück.« Er wandte sich wieder mir zu. »Wollen Sie auch die anderen sehen?«

Ich nickte, und wir folgten Pat und den beiden anderen Pferden über den Hof.

Hinter einer baufälligen Scheune stand eine Reihe von sechs gepflegten Pferdeboxen mit Schindeldach und frisch gestrichenen schwarzen Türen. Mochte die übrige Farm noch so verkommen sein, die Stallungen waren in Ordnung.

»Wir haben nur noch ein zweites Rennpferd«, sagte Roncey, »und zwar ›Klondyke‹, den ich gerade geritten habe. Er ist im Frühjahr Jagdrennen gelaufen. Allerdings, wie ich zugeben muß, nicht gerade erfolgreich.« Er ging zur vorletzten Box, ließ das Pferd hinein und sattelte es ab.

»Was haben Sie denn in den anderen Boxen?« fragte ich Roncey, als er »Klondykes« Tür schloß.

»Ganz am Ende steht mein altes graues Jagdpferd, und hier sind noch zwei tragende Stuten. Eine davon ist ›Tiddely Poms‹ Mutter. Das neue Fohlen hat den gleichen Vater wie er.«

Kaum anzunehmen, dachte ich, daß sich ein solcher Glücksfall wiederholen würde.

»Laß die Stuten raus, Joe«, wandte er sich an seinen dritten Reiter, einen geduldig dreinblickenden alten Mann, mit einer Haut wie Baumrinde. Wir sahen zu, wie er sie auf die Koppel führte. Peter stand mit Pat neben dem Gatter: größer, selbstbewußter, unkomplizierter als sein Bruder.

»Sie haben nette Söhne«, sagte ich zu Roncey.

Er preßte die Lippen zusammen. Offenbar war er nicht stolz auf sie. Ohne auf mein Kompliment einzugehen, sagte er: »Wir gehen jetzt ins Haus. Da können Sie mir Ihre Fragen stellen. Für eine Zeitschrift, sagten Sie?«

Ich nickte.

»Pat«, rief er. »Du striegelst die drei Pferde und fütterst sie. Joe soll mit der Hecke weitermachen. Und Peter, du hast auch genug zu tun. Mach, daß du an die Arbeit kommst.«

Seine Söhne musterten ihn mit dem ausdruckslosen, fügsamen Blick, der schwelende Rebellion verbirgt. Bevor sie sich in Bewegung setzten, verstrich eine merkliche Pause. Das Verhältnis zwischen Vater und Söhnen schien nicht ganz ungetrübt zu sein.

Roncey führte mich energischen Schritts über den Hof zurück in die Küche und bedeutete mir, ihm durch die gegenüberliegende Tür in eine kleine dunkle Halle zu folgen.

»Madge?« rief er. »Madge?« Aber der Vater hatte nicht mehr Erfolg als zuvor der Sohn. Er zuckte genauso wie Peter die Achseln und führte mich in einen Wohnraum, der nicht weniger verschlampt und unordentlich war wie das übrige Haus. Kleidungsstücke, Zeitungen, Briefe, Kinderspielzeug und sonstige Utensilien lagen auf sämtlichen Möbeln herum, selbst der Fußboden war nicht verschont gelieben.

»Setzen Sie sich, falls Sie ein freies Plätzchen finden«, sagte Roncey. »Madge läßt die Bengels hier im Haus tun, was sie wollen. Sie ist nicht energisch genug. Draußen bei mir auf dem Hof herrscht ein anderer Ton.«

»Wie viele Söhne haben Sie?«

»Fünf.«

»Auch eine Tochter?« fragte ich.

»Nein«, erwiderte er schroff. »Nur fünf Jungens.«

Der Gedanke daran schien ihm nicht zu gefallen. »Für welche Zeitschrift schreiben Sie?«

»Für den *Tally*«, erwiderte ich. »Das Blatt möchte Hintergrundgeschichten zum Lamplighter bringen. Deshalb wollte ich die bekannten Ställe aussparen und diesmal die Aufmerksamkeit einem anderen Personenkreis widmen.«

»Nun ja«, sagte er, »über mich ist aber auch schon öfter geschrieben worden.«

»Selbstverständlich«, sagte ich beschwichtigend.

»Sogar wegen des Lamplighter. Ich werde es Ihnen zeigen.« Er sprang auf, ging zu einem Schreibtisch, zog ein Schubfach heraus und brachte gleich den ganzen Kasten zu dem Sofaende, auf dem ich mich niedergelassen hatte. Dann fegte er mit einer Handbewegung zwei verbeulte Spielzeugautos, einen zerknautschten Pullover und einen Pappkarton auf die Erde und setzte sich neben mich.

Der Kasten enthielt ein wüstes Durcheinander von Zeitungsausschnitten und Fotos. Kein sorgfältig geordnetes Lederalbum wie bei den Huntersons.

Meine Gedanken wanderten zu Gail. Ich merkte zwar, wie Roncey zu mir sprach, doch ich dachte an ihren Körper, ihre braune duftende Haut. Roncey wartete auf eine Antwort, und ich hatte seine Frage nicht gehört.

»Entschuldigen Sie, ich habe eben nicht ganz verstanden«, sagte ich.

»Ich habe gefragt, ob Sie Bert Checkov kennen.« Roncey hielt einen Zeitungsausschnitt mit einem Foto und kühner Überschrift in der Hand: »Setzen Sie auf ›Tiddely Pom‹ – und zwar *jetzt.*«

»Ja . . . Und nein«, erwiderte ich unbestimmt.

»Wie meinen Sie das?« fragte er schroff. »Ich dachte, Sie würden Ihren Kollegen kennen.«

»Ich habe ihn auch gekannt. Aber er ist gestorben. Vergangenen Freitag.«

Ich nahm den Zeitungsausschnitt und las ihn, während Roncey ein paar Worte des Bedauerns vor sich hinmurmelte.

Bert Checkov befaßte sich ausführlich mit »Tiddely Poms« Gewinnchancen für das Lamplighter und legte seinen Lesern eindringlich nahe, ihre Wetten unverzüglich zu placieren, bevor die Buchmacher hellhörig würden. Wenn man Berts überschwenglichen Worten Glauben schenken wollte, mußte Ronceys Pferd mehr Dampf drauf haben als eine Vierstufenrakete.

»Diesen Artikel kannte ich nicht«, gestand ich ein. »Ich muß ihn übersehen haben.«

»Er hat mich erst letzten Donnerstag angerufen, und Freitag stand der Bericht dann in der Zeitung. Das muß an seinem Todestag gewesen sein. Ehrlich gesagt, hatte ich nicht mit dem Erscheinen des Artikels gerechnet. Als Checkov mich anrief, schien er mir ziemlich betrunken zu sein.«

»Das ist möglich«, nickte ich.

»Ich war auch gar nicht sonderlich beglückt darüber.«

»Über den Artikel?«

»Ich hatte noch nicht einmal mein eigenes Geld gesetzt, verstehen Sie? Und da kommt dieser Mensch daher und verdirbt den Preis. Als ich gleich Freitag meinen Buchmacher anrief, wollte der mir nicht mehr als hundert zu acht geben, und heute haben sie ›Tiddely Pom‹ sogar mit acht zu eins zum Favoriten gemacht. Dabei sind noch fast drei Wochen bis zum Rennen. Sicher, er ist ein gutes Pferd, aber ich verstehe das trotzdem nicht.«

»Sie verstehen nicht, warum ihn Checkov so herausgestellt hat?«

Er zögerte. »Sagen wir, nicht in solchem Maß.«

»Aber Sie hoffen zu gewinnen?«

»Gewinnen«, wiederholte er. »Natürlich hoffe ich zu gewinnen. Aber es ist das größte Rennen, das wir je riskiert haben... Ich erwarte keinen Sieg, verstehen Sie?«

»Sie haben eine gute Chance«, sagte ich. »Checkov mußte seine Spalte füllen. Das Publikum liest nicht gern lauwarme Sachen, da muß man schon ein bißchen auf die Tube drücken.«

Er bedachte mich ob meiner ausweichenden Antwort mit einem verkniffenen, spöttischen Lächeln. Ein Mann ohne Verständnis oder Mitgefühl für die Probleme anderer, nicht einmal seiner Söhne.

Die Wohnzimmertür öffnete sich, und eine voluminöse Frau in einem Kleid mit Sonnenblumenmuster trat ein. Ihre stämmigen nackten Beine steckten in zerschlissenen blauen Pantoffeln. Nichtsdestoweniger bewegte sie sich, wenn auch langsam, äußerst leichtfüßig, so daß sie beinahe schwerelos durch den Raum zu schweben schien. Eine Fülle feinen hellbraunen Haares umgab ihren Kopf wie eine formlose Wolke, unter der ein paar verträumte Augen die Umwelt wie im Halbschlaf betrachteten. Ihr Gesicht war weich und rund, nicht mehr jung, aber dennoch in gewisser Weise unerwachsen. Ihre Traumwelt, dachte ich, war für sie realer als die Gegenwart.

»Ich wußte gar nicht, daß du hier bist«, sagte sie zu Roncey.

Er erhob sich einige Sekunden nach mir. »Madge, dies ist James Tyrone. Ich habe dir ja gesagt, daß er kommen würde.«

»Wirklich?« Sie heftete ihren ausdruckslosen Blick auf mich. »Dann mach ruhig weiter.«

»Wo bist du denn gewesen?« fragte Roncey. »Hast du mich nicht rufen hören?«

»Rufen?« Sie schüttelte den Kopf. »Ich habe natürlich die Betten gemacht.« Sie stand in der Mitte des Raumes und blickte unschlüssig auf das Durcheinander. »Warum hast du nicht Feuer im Kamin gemacht?«

Ich schaute unwillkürlich zu dem Aschenhaufen auf dem Kaminrost hinüber, doch Madge betrachtete ihn keineswegs als Hindernis. Aus einem zerschrammten Eichenkasten nahm sie drei Feueranzünder und eine Handvoll Kleinholz heraus, packte alles zusammen auf die Asche, steckte die Feueranzünder mit einem Streichholz in Brand und schichtete Briketts darum herum. Das neue Feuer flakkerte gutartig auf den Resten des alten, während Madge einen Handfeger nahm und ein paar Späne hinter einen Stapel Holzscheite kehrte.

Fasziniert beobachtete ich, wie sie fortfuhr, ihre Hausarbeit zu erledigen. Hinter dem Sofa, auf dem Roncey und ich saßen, holte sie einen großen Pappkarton hervor, der zur Hälfte mit ähnlichem Kram gefüllt war, wie er allenthalben hier herumlag. Mit diesem Karton in der Hand schwebte sie nun ganz methodisch in großen Kreisen durch das Zimmer und warf alles, was ihr in den Weg kam, hinein, ein Vorgang, der höchstens drei Minuten beanspruchte. Dann stieß sie den Karton hinter das Sofa zurück und schüttelte auf ihrem Weg zur Tür die Kissen von zwei Armsesseln auf. Das aufgeräumte Zimmer mit dem hellodernden Kaminfeuer wirkte auf verblüffende Art verwandelt. Peter hatte recht. Seiner Mutter war es gelungen, das Rationalisierungsprinzip in die Praxis umzusetzen. Was machte es schon, daß der Grund dafür Faulheit war?

Roncey bestand darauf, mich zum Essen einzuladen, und füllte die Zeit bis zu Tisch mit der lebhaften, jedoch endlosen Aufzählung sämtlicher Pferde, die er je besessen hatte. Auch während der Mahlzeit, die um halb drei Uhr auf dem Küchentisch serviert wurde, führte er allein das Wort. Die Jungens aßen schweigend, und Madge hatte sich wieder in ihre Traumwelt vertieft.

Als ich mich bald darauf verabschiedete, bat Pat, nach Bishops Stortford mitgenommen zu werden und trotzte dem Stirnrunzeln seines Vaters, indem er kurzentschlossen in meinen Wagen stieg. Roncey schüttelte mir ebenso kräftig wie bei der Begrüßung die Hand und äußerte die Hoffnung auf ein Freiexemplar des *Tally*.

»Selbstverständlich«, sagte ich, obwohl der *Tally* notorisch knauserig war und ich ihm das Heft auf eigene Kosten würde schicken müssen.

Dann befahl er Pat in schroffem Ton, mit dem Vier-Uhr-Bus unverzüglich nach Hause zu kommen, und wir hatten kaum den Holperpfad verlassen, als Pat bereits begann, mir sein Herz auszuschütten.

»Er behandelt uns wie Kinder. Ma ist auch keine Hilfe, die hört ja nie zu . . .«

»Sie könnten von zu Hause weggehen«, sagte ich. »Wie alt sind Sie – neunzehn?«

»Nächsten Monat. Aber ich kann nicht weg, und das weiß er. Jedenfalls nicht, wenn ich Rennen reiten will. Ich kann noch kein Profi werden, dazu bin ich nicht bekannt genug, und keiner würde mir sein Pferd anvertrauen. Ich muß als Amateur anfangen und mir einen Namen machen, sagt Pa.«

»Sie könnten Arbeit in einem Stall annehmen«, schlug ich vor.

»Kommen Sie mir nicht damit. Die alte Regel sagt, daß man in einem Rennstall nicht gleichzeitig sein Geld verdienen und als Amateur reiten kann, nicht einmal, wenn man dort einen gehobeneren Posten hat. Es ist schrecklich unfair. Und sagen Sie nicht, ich könnte als Stallbursche arbeiten und mir eine Lizenz als Professional besorgen. Natürlich könnte ich das. Aber wie viele Stallburschen haben es auf diese Weise zum Jockei gebracht? Keiner. Nicht ein einziger. Das wissen Sie.«

Ich nickte.

»Als Stallbursche arbeite ich sowieso. Wir haben sechs Pferde, die versorge ich so gut wie allein. Ob Sie es glauben oder nicht, der alte Joe ist unsere einzige Hilfskraft. Aber über die viele Arbeit praktisch ohne Bezahlung würde ich gar nicht klagen, wenn Pa mich wenigstens auch einmal etwas anderes als nur Querfeldeinrennen reiten lassen würde. Aber das tut er nicht. Er behauptet, ich hätte nicht genug Erfahrung, und sorgt so dafür, daß ich auch nie genug Erfahrung bekomme ... Mir hängt das alles zum Halse raus.«

Ein echter Grund zur Klage, dachte ich. Victor Roncey war kein Vater, der seinen Söhnen weiterhalf.

4

Die gerichtliche Untersuchung des Todes von Bert Checkov fand an diesem Montagnachmittag statt. Das Ergebnis: Unglücksfall. Stockbetrunken, hatten die beiden Stenotypistinnen gesagt, vor deren Augen er aus dem Fenster gestürzt war. Stockbetrunken.

Und nach dem Aufprall auf der Straße sofort tot.

Als ich Dienstag früh in die Redaktion kam, diskutierten Luke-John und Derry gerade darüber, ob man zu der am Mittwoch stattfindenden Beerdigung gehen solle oder nicht.

»Croxley«, sagte Derry, »wo ist denn das?«

»In der Nähe von Watford«, erwiderte ich. »Von der Farringdon Street ganz glatte Verbindung.«

»Falls Sie recht haben, Ty, können wir das sehr gut machen«, sagte Luke-John autoritativ. »Ich finde, wir sollten alle fahren. Die Beerdigung ist um halb drei. Eine Stunde für den Hinweg . .«

»Ohne mich«, sagte ich. »Ich muß mit diesem *Tally*-Artikel weiterkommen. Allein die Interviews kosten mich noch mindestens zwei Tage.«

Er zuckte die Achseln. »Ich dachte nur . . .«

»Welche Tiefen hast du denn bis jetzt ausgelotet?« fragte Derry, die Füße auf dem Schreibtisch.

»Die Familie Roncey«, erwiderte ich. »Und ›Tiddely Pom‹.«

Derry schnob durch die Nase. »Erklärter Favorit für feste Wetten.«

»Tippst du auch auf ihn?« erkundigte ich mich interessiert.

»Wohl kaum. Er hat zwar ein paar Rennen gewonnen, aber noch keine Klassepferde geschlagen.«

»Bert hat ihn mit ungeheuren Vorschußlorbeeren bedacht und einen enthusiastischen Artikel über die Gewinnquoten vom Stapel gelassen, die man wahrnehmen solle, bevor sie gekürzt würden. Offenbar hat er diesen Erguß gleich Donnerstag zu Papier gebracht, nach dem das Handikap im Wettkalender angezeigt worden war. Freitag stand er im Blatt. Roncey hat mir den Ausschnitt gezeigt. Er sagte, Bert sei am Telefon betrunken gewesen.«

Luke-John seufzte.

»Das reicht mir«, sagte Derry entschlossen. »Wenn Bert sich für das Pferd stark gemacht hat, empfehle ich es bestimmt nicht.«

»Warum nicht?«

»Berts langfristige Voraustips haben sich fast immer als Nichtstarter erwiesen.«

Luke-John reckte den Hals, bis die Sehnen wie Stricke hervorstanden, und massierte seinen stattlichen Adamsapfel. »Das kann natürlich jedem passieren.«

»Meinst du das im Ernst?« fragte ich Derry.

»Natürlich. Es tut mir leid wegen deines *Tally*-Artikels«, er grinste, »aber ich sage dir, gerade wenn er in Druck gehen soll, wirst du sehen, daß ›Tiddely Pom‹ vom Lamplighter zurückgezogen worden ist.«

Derry spielte unbeteiligt mit einem Gummiband, und Luke-John blätterte geistesabwesend in einigen Papieren. Keiner von beiden spürte den Schauder, der mir über den Rücken lief.

»Derry«, sagte ich. »Bist du ganz sicher?«

»Weswegen?«

»Daß Bert vor den großen Rennen immer Nichtstarter hochgelobt hat?«

Derry ließ das Gummiband zweimal gegen seine Handfläche schnellen. »Um ganz genau zu sein – Bert hat im Laufe des vergangenen Jahres einen höheren Prozentsatz nicht gestarteter Pferde favorisiert als sämtliche Kollegen aus der Branche. Er hat irgendein Pferd systematisch aufgebaut und allen Leuten geraten, sofort darauf zu wetten und dann, peng, zwei oder drei Tage vor dem Rennen wurde es gestrichen.«

»Das ist mir gar nicht aufgefallen«, sagte Luke-John strafend, als hätte so etwas nicht passieren dürfen.

Derry zuckte die Achseln. »Es ist aber Tatsache. Ich lese eben die Zeitungen.«

»Ich gehe jetzt am besten meine Schreibmaschine abholen«, sagte ich unvermittelt.

»Wo ist sie denn?«

»Zum Reinigen«, erwiderte ich, bereits auf dem Weg zur Tür.

Diesmal war die Maschine fertig. Ich nahm sie mit, ging die Fleet Street weiter bis zu Berts Zeitung und fuhr hinauf in die Sportredaktion. Der diensttuende Redakteur war eine alte Rennplatzbekanntschaft von mir.

»Ty! Was macht die Konkurrenz denn hier?«

»Ich komme wegen Bert Checkov«, erwiderte ich.

Wir sprachen einige Zeit über Bert, aber trotz der Versicherungen seines Kollegen, wie sehr die Redaktion ihn vermisse und wie groß sein Verlust für die Zeitung sei, hatte ich das Gefühl, daß er nicht die Wahrheit sprach.

Ich drang nicht weiter in ihn, sondern fragte nur, ob ich einen Blick in die Sammelmappe mit Berts Artikeln werfen dürfe, ich hätte gern etwas nachgelesen.

Er hatte nichts dagegen einzuwenden und kehrte zu seiner Arbeit zurück, während ich mich daranmachte, die Wandregale durchzusehen. Schließlich entdeckte ich Berts gesammelte Werke.

Ich nahm meine Schreibmaschine aus dem dazugehörigen Köfferchen und stellte sie unauffällig in ein Regal. Dafür verstaute ich Berts Werke in dem Schreibmaschinenkoffer und verließ ruhig und ungehindert das Haus.

Luke-John und Derry starrten mit großen Augen auf meine Schmuggelware. »Wie haben Sie es bloß geschafft, das rauszubekommen? Und wozu brauchen Sie Berts Artikel?« fragte Luke-John.

»Derry«, erwiderte ich, »kann uns jetzt den Beweis dafür liefern, daß Bert vor den großen Rennen tatsächlich nur Pferde empfohlen hat, die nicht gestartet sind.«

»Sie sind verrückt«, sagte Luke-John ungläubig.

»Nein«, widersprach ich mit Bedauern. »Wenn mich nicht alles täuscht, ist der *Blaze* einem gewaltigen Skandal auf der Spur. Und nur dank der Sportredaktion.«

Luke-Johns Interesse war im Nu hellwach. »Dann verlieren Sie keine Zeit, Derry. Wenn Ty sagt, es gibt einen Skandal, dann gibt es einen.«

Derry warf mir einen Seitenblick zu. »Unser Bluthund auf der Fährte, wie?« Er nahm die Füße vom Schreibtisch und machte sich resigniert an die Arbeit, Berts Vorhersagen mit den tatsächlich eingetretenen Ereignissen zu vergleichen. Wir holten immer mehr Rennkalender herbei, und langsam wuchs seine Liste.

»Na also«, sagte er schließlich. »Hier haben wir es schwarz auf weiß, wie ich gesagt habe. Berts Artikel aus den letzten drei Jahren. Bis vor achtzehn Monaten hat er mit seinen Tips nicht öfter falsch gelegen als wir anderen auch. Aber dann setzte er plötzlich nur noch auf Pferde, die im entscheidensten Augenblick zurückgezogen wurden, und zwar ausschließlich bei großen Rennen mit langfristigen festen Wetten.« Er schüttelte betroffen den Kopf. »Allmählich glaube ich auch an keinen Zufall mehr. Aber ich verstehe nicht, warum er das getan haben soll.«

»Ty?« sagte Luke-John.

Ich zuckte die Achseln. »Jemand hat sich eine Schweinerei ausgedacht.«

»Aber nicht Bert.« Luke-Johns Tonfall besagte, daß so etwas undenkbar sei.

»Ich bringe lieber die Mappe zurück, bevor sie vermißt wird«, sagte ich und packte sie wieder in den Schreibmaschinenkoffer.

»Ty!« Luke-Johns Stimme klang gereizt.

»Wenn ich zurückkomme, erfahren Sie Näheres«, sagte ich.

In Berts Büro hatte niemand etwas bemerkt. Ich stellte den Ordner in das Regal zurück, packte meine Schreibmaschine ein und bedankte mich bei dem Sportredakteur für sein Entgegenkommen.

»Ach, Sie sind noch da? Ich dachte, Sie seien schon gegangen.« Er winkte mir freundlich zu. »Freut mich, wenn ich Ihnen behilflich sein konnte.«

»Ich kann einfach nicht glauben«, sagte Luke-John halsstarrig, als ich in die Redaktion zurückkam, »daß Bert Checkov bei einer krummen Sache mitgemacht hat.«

»Er hat sich verkauft«, sagte ich ohne jede Beschönigung. »Ebenso wie er mir geraten hat, es ihm nicht gleichzutun.«

»Unsinn.«

»Er hat seine Spalte verkauft. Er hat geschrieben, was ihm gesagt wurde.«

»Nicht Bert. Er war ein Zeitungsmann der alten Schule.« Luke-Johns schmales Gesicht wurde eigensinnig und aggressiv. Die Loyalität gegenüber einem alten Freund machte ihm schwer zu schaffen.

»Na gut«, räumte ich ein, »Bert hat geschrieben, wozu er gezwungen worden ist.«

Ein gut Teil von Mortons Verbissenheit schmolz dahin. Er hätte sich geweigert, einen Skandal zu enthüllen, für den ein alter Freund die Verantwortung trug, aber er würde alle Hebel in Bewegung setzen, einen Skandal aufzudecken, dessen Opfer dieser Freund gewesen war.

»Raffinierter Hund«, murmelte Derry unterdrückt.

»Wer hat ihn gezwungen?« fragte Luke-John.

»Ich weiß es nicht. Noch nicht. Aber das müßte rauszukriegen sein.«

»Und warum?«

»Dafür eine Erklärung zu finden, ist bedeutend leichter. Jemand hat einen Wettmarkt nur für feste Wetten aufgelegt, und Bert wurde gezwungen, das Wettvolk zu ködern.«

Morton und Derry wurden nachdenklich. Ich machte noch einen Versuch, diesmal etwas direkter. »Nehmen wir an, ein Ganove betätigt sich als Buchmacher. So etwas kann doch vorkommen.«

Derry grinste. »Nehmen wir an«, fuhr ich fort, »dieser Gauner entwickelt einen Plan, wie sich mit minimalem Aufwand auf idiotensichere Weise schönes Geld verdienen läßt. Er spezialisiert sich dabei auf große Rennen mit langfristigen festen Wetten, weil er mindestens drei Wochen braucht, um genügend einzunehmen. Er sucht sich ein passendes Pferd aus und zwingt Bert, den Lesern dessen Qualitäten einzuhämmern. Die Leute schließen also ihre Wetten ab, und unser Gauner kassiert. Kein Grund, sich gegen etwaige Verluste abzusichern. Er braucht nicht zu befürchten, Gewinne auszahlen zu müssen, denn er weiß, das Pferd wird rechtzeitig vom Start zurückgezogen.«

Nach einigen Sekunden Schweigen fragte Derry: »Aber woher weiß er, daß das Pferd rechtzeitig zurückgezogen wird?«

»Nun ja«, sagte ich achselzuckend, »das müssen wir eben auch rausbekommen.«

»Ich glaube es nicht«, sagte Luke-John skeptisch. »Bloß weil Bert auf ein paar Nichtstarter getippt hat?«

Derry blickte zweifelnd auf seine Liste. »Es sind wirklich zu viele Nichtstarter dabei.«

»Ja«, nickte ich.

»Aber du kannst doch unmöglich nur wegen meiner kleinen beiläufigen Bemerkung so mißtrauisch geworden sein . . .«

»Nein«, gab ich zu. »Da war noch etwas anderes. Und zwar etwas, das Bert mir letzten Freitag, als ich ihn vom Essen zu seiner Redaktion zurückbrachte, selbst gesagt hat. Er wollte mir einen Rat geben.«

»Das stimmt«, sagte Derry. »Aber er kam nicht damit heraus.«

»Doch. Sogar mit größter Eindringlichkeit. Er riet mir, meine Seele nicht zu verkaufen. Meine Spalte nicht zu verkaufen.«

»Nein«, sagte Luke-John.

»Er sagte: ›Erst kaufen sie dich, und dann wirst du erpreßt‹.«

»Nein«, sagte Luke-John automatisch noch einmal.

»Er war sehr betrunken«, fuhr ich fort. »Schlimmer als gewöhnlich. Er bezeichnete diesen Rat, den er mir gab, als seine letzten Worte. Dann stieg er mit einer halben Flasche Whisky in den Fahrstuhl, fuhr hinauf in sein Büro, nahm einen Schluck aus der Flasche und stürzte sich aus dem Fenster.«

Luke-John preßte die sommersprossigen Finger auf die schmalen Lippen. Als er sprach, klang seine Stimme leise und gepreßt: »Nein . . . Mein Gott!«

Nachdem ich die Redaktion verlassen hatte, holte ich den Bedford aus der Garage und fuhr zu einem Rennstall in Berkshire hinaus, um ein Mädchen zu interviewen, das »Zig Zag« betreute, den bekanntesten Teilnehmer am Lamplighter.

»Zig Zag« war ein Steeplechaser von bester Reputation und ungeheurer Popularität, immer in den Schlagzeilen vertreten. Der Augenblick war jedoch abzusehen, da sich bei ihm altersbedingte Schwächen einstellen würden. Das Pferd war fast elf Jahre alt, und meiner Meinung nach würde der Lamplighter sein letztes großes Rennen sein.

Seine Pflegerin Sandy Willis, ein unkompliziertes Mädchen in den Zwanzigern, von mäßiger Intelligenz, war ihrem Schützling treu ergeben. Sie zeigte mir »Zig Zag« voller Besitzerstolz und zählte mir aus dem Kopf jedes einzelne Rennen auf, in dem er gelaufen war. Seit der Zeit, als er, ein staksiger, untrainierter Dreijähriger, in den Stall gekommen war, hatte sie ihn ständig unter ihrer Obhut. Sie wüßte gar nicht, sagte sie, was sie anfangen solle, wenn er aufs Altenteil ginge. Ohne ihn würde der Rennsport nicht mehr das sein, was er war.

Sie erklärte sich unter Kichern zu einem Foto bereit, sofern »Zig Zag« mit auf das Bild käme, und sagte, sie hoffe, daß der *Tally* ihr ein Freiexemplar schicken würde.

»Selbstverständlich«, versicherte ich und beschloß, sämtliche Freiexemplare auf die Spesenabrechnung zu setzen.

Anschließend suchte ich den Trainer auf, einen Mann um die Fünfzig, ohne Allüren und mit wenig Illusionen.

»Kommen Sie rein, Ty«, sagte er. »Haben Sie Sandy Willis gefunden?«

»Ja, danke. Sie war sehr hilfsbereit.«

»Sie gehört zu meinen besten Stallburschen.« Er bedeutete mir, Platz zu nehmen, und goß aus einer Silberkanne tiefbraunen Tee ein. »Zucker?« Ich schüttelte den Kopf. »Sie ist nicht gerade ein Kirchenlicht, aber ihre Pferde sind immer tadellos in Schuß.«

»Vermutlich ein Fall von übertragener Mutterliebe.« Ich probierte den Tee. Der strenge Geschmack der Gerbsäure zog mir den Mund zusammen. Norton Fox goß sich selber ein und nahm drei kräftige Schlucke.

»Wenn ich nun im *Tally* über Sandy schreibe«, sagte ich, »werden Sie mir doch hoffentlich nicht in den Rücken fallen und ›Zig Zag‹ in letzter Minute von der Startliste streichen?«

»Ich habe nicht die Absicht.«

»Was ich übrigens noch fragen wollte — was war eigentlich vor dem Champion-Hindernisrennen mit ›Brevity‹ los?«

Norton schnalzte verärgert mit der Zunge. »Sie können sich darauf verlassen, daß ›Zig Zag‹ nicht in letzter Minute zurückgezogen wird. Jedenfalls nicht ohne jeden Grund, wie ›Brevity‹.«

»Er war Favorit, nicht wahr?« Ich hatte mich an Hand von Derrys Liste genau informiert. »Was ist denn passiert?«

»Ich bin noch nie über etwas dermaßen wütend gewesen.« Der acht Monate alte Zorn schwang noch in seiner Stimme mit. »Ich habe das Pferd bis auf die Minute trainiert. Das Champion-Hindernisrennen war immer sein Hauptziel. Er hätte überhaupt nicht besser in Form sein können. Er war bereit, für sein Leben zu laufen. Und wissen Sie, was dann kam? Der Eigentümer, ausgerechnet der Eigentümer, zog das Pferd aus dem Rennen. Was sagen Sie dazu! Und obendrein hat er nicht einmal die Höflichkeit oder den Mut besessen, mich davon zu unterrichten. Ich weiß heute noch nicht, warum er das getan hat. Natürlich hatte ich mit ihm den ungeheuerlichsten Krach, aber alles, was er sagte, war, er habe sich entschlossen, das Pferd nicht laufen zu lassen. Ohne jede Begründung. Und das, obwohl ich so viel Mühe und Arbeit auf das Pferd verwendet habe. Ich sagte ihm dann, er solle seine Pferde jemand anderem geben, ich war zu wütend. Wie kann man denn für einen Menschen arbeiten, der sich so benimmt? Das ist unmöglich.«

»Wer trainiert seine Pferde denn jetzt?« erkundigte ich mich teilnahmsvoll.

»Niemand. Er hat alle drei verkauft, einschließlich ›Brevity‹. Hatte angeblich ein für allemal genug von Pferderennen.«

»Haben Sie vielleicht noch seine Adresse?« fragte ich.

»Hören Sie, Ty, Sie wollen das alles doch nicht etwa in Ihre Zeitung bringen?«

»Nein«, beruhigte ich ihn. »Aber vielleicht schreibe ich eines Tages einmal etwas über Pferdebesitzer, die verkauft haben.«

»Nun ja . . . Die Adresse habe ich noch.« Er schrieb sie mir aus einem Notizbuch heraus und reichte mir den Zettel. »Aber machen Sie keinen Ärger.«

»Ihnen bestimmt nicht«, sagte ich. Ärger zu machen, war zwar Luke-Johns erklärtes Ziel und oft auch das meine. Im Gegensatz zu ihm war ich jedoch darauf bedacht, meine Freunde zu schonen. Luke-John hatte keine derartigen Skrupel. So weit ging seine Freundschaft nicht.

Als ich nach Hause kam, sahen sich Mrs. Woodward und Elizabeth gerade die Fernsehnachrichten an. Mrs. Woodward warf einen schnellen Blick auf ihre Armbanduhr und machte den vergeblichen Versuch, ihre Enttäuschung zu verbergen. Heute war ich pünktlich. Nach sechs Uhr stellte sie mir nämlich jede angefangene halbe Stunde in Rechnung und war dabei etwas übergenau. Wenn ich mich auch nur um fünf Minuten verspätete, kostete mich das eine halbe Überstunde. Allerdings sah ich ein, daß ihre diesbezügliche Pedanterie nicht reinem Geiz entsprang. Sie war verwitwet und hatte einen heranwachsenden Sohn, dessen Wunsch es war, Arzt zu werden. Und soweit ich es beurteilen konnte, würde er sein Studium hauptsächlich auf meine Kosten absolvieren.

Die Überstundenfrage wurde mit einem Maximum an Höflichkeit und Diskretion geregelt. Hatte ich mich verspätet, zahlte ich anstandslos. Mrs. Woodward begrüßte mich zehn Minuten nach sechs zwar mit freundlicherem Lächeln als zehn Minuten vor sechs, kam ihrerseits jedoch morgens niemals auch nur eine Minute zu spät. Keiner von uns ließ Elizabeth merken, wie genau auf die Uhr gesehen wurde.

Ich half Mrs. Woodward in ihren dunkelblauen Mantel, den sie seit drei Jahren täglich trug. »Gute Nacht, Mr. Tyrone. Gute Nacht, Liebes«, sagte sie wie jeden Abend. Und wie immer bedankte ich mich für ihr Kommen.

»Hast du einen guten Tag gehabt?« fragte Elizabeth, als ich sie auf die Stirn küßte. Ihre Stimme klang müde. Die Spirashell hob und senkte ihren Brustkorb in gleichmäßigem Rhythmus, und sie konnte nur beim Ausatmen mühelos sprechen.

Ich erzählte ihr in kurzen Worten von meinem Besuch bei Sandy Willis und »Zig Zag«. »Nach dem Abendessen muß ich leider zu schreiben anfangen. Macht es dir etwas aus, allein fernzusehen?«

»Natürlich nicht ...« Sie blickte mich mit ihrem bezaubernden, strahlenden Lächeln an, das mir keine Mühe, die ich ihretwegen auf mich nahm, zu schwer werden ließ. Manchmal ertappte ich sie dabei, daß sie dies Lächeln künstlich produzierte, aber keine noch so intensiven Beteuerungen meinerseits schienen sie zu überzeugen, daß sie mir nichts vorzumachen brauchte, daß ich sie, auch wenn sie einmal die Geduld verlor, nicht wieder ins Krankenhaus bringen lassen würde, daß ich sie nicht engelsgleich haben wollte, daß sie meiner sicher sein durfte, daß ich sie liebte und bei mir haben wollte.

»Möchtest du einen Drink?« fragte ich.

»Ja, gern.«

Ich goß uns beiden einen Whisky-Soda ein und steckte ihr Glas in einen Halter am Bett. Ein gebogenes Trinkröhrchen ermöglichte es ihr, allein zu trinken. Dann ließ ich mich in den großen Sessel neben ihrem Bett sinken, trank genüßlich den hellbraunen Whisky und empfand das angenehme Gefühl, zu Haus zu sein.

Wir sahen uns ein Fernsehquiz an und beantworteten gemeinsam die meisten Fragen falsch. Anschließend ging ich in die Küche, um nachzusehen, was Mrs. Woodward zum Abendessen vorbereitet hatte. Paniertes Fischfilet, einen Beutel gefrorene Chips, geschmorte Äpfel und Käse. Die Woodwardschen Vorstellungen von gutem Essen deckten sich nicht ganz mit den meinen. Ich erstickte den Gedanken an ein kurzgebratenes Steak, ließ die Chips in Öl aufwallen und briet den Fisch. Meinen Teller stellte ich warm, um Elizabeth helfen zu können. Trotz des neuen Flaschenzuges bereiteten ihr manche Speisen Schwierigkeiten: der Fisch brach allzu leicht auseinander, und ihr Handgelenk ermüdete. Schließlich fütterte ich sie wie üblich.

Während ich abwusch, kochte ich Kaffee, befestigte Elizabeths Tasse in dem Halter und brachte meine, zusammen mit der Schreibmaschine, in den kleinen Raum, der mir als Arbeitszimmer diente. Hätten wir ein Kind gehabt, wäre dies das Kinderzimmer geworden.

Der *Tally*-Artikel ging mir nur langsam von der Hand. Nach zwei Stunden ertappte ich mich, wie ich an die Wand starrte und an Gail dachte. Mit peinigender Genauigkeit durchlebte ich im Geist noch einmal jede einzelne Minute mit ihr. Sinnlos so zu tun, als sei einmal genug, als sei der quälende Hunger für länger als ein paar Tage gestillt. Voll Verzweiflung über meine Schwäche dachte ich daran, wie es nächsten Sonntag sein würde.

Die Klingel über meinem Kopf schrillte. Einmal läuten hieß: nicht dringend. Ich stand langsam auf, beschämt und leicht benommen.

Elizabeth war schuldbewußt. »Ty, es tut mir leid, dich zu stören . . .«

Wie kann ich so etwas nur machen, dachte ich. Und doch wußte ich, daß ich es tun würde.

»Meine Füße sind so schrecklich kalt.«

Ich zog die abgekühlte Wärmflasche unter ihrer Decke hervor. Elizabeths Kreislauf war so schwach, daß ihre Füße ohne ständige Wärmezufuhr von außen vor Kälte schmerzten.

»Du hättest mich früher rufen sollen«, protestierte ich.

»Ich wollte dich nicht bei der Arbeit unterbrechen.«

»Das sollst du aber«, sagte ich heftig. »Zu jeder Zeit.« Und besonders vor zwanzig Minuten. Zwanzig Minuten hatte sie unter ihren kalten Füßen gelitten, während ich weiter nichts getan hatte, als an Gail zu denken.

Ich füllte ihre Wärmflasche und machte sie für die Nacht fertig. Abreibungen mit Franzbranntwein, waschen, Bettpfanne.

Ihre Muskeln waren fast völlig verkümmert, so daß die Knochen unter der Haut vorstanden. Man mußte behutsam mit ihr umgehen, weil sie äußerst druckempfindlich war. Heute hatte Mrs.

Woodward ihr die Fußnägel lackiert, nicht nur die Fingernägel wie sonst.

»Gefällt es dir?« fragte sie. »Es ist eine neue Farbe. Tawny Pink.«

»Sehr hübsch«, nickte ich. »Die Farbe paßt zu dir.«

Sie lächelte zufrieden. »Sue Davis hat mir den Lack mitgebracht. Sie ist wirklich ein Schatz.«

Sue und Ronald Davis wohnten drei Türen weiter. Sie waren erst seit sechs Monaten verheiratet und ließen ein bißchen von ihrem jungen Glück auch auf uns abfärben. Sue brachte Elizabeth Kleinigkeiten mit, die sie erfreuten, und Ronald setzte seine Muskeln ein, um Elizabeths Pumpe hinunterzutragen, wenn wir einen Ausflug machten.

»Er paßt besser zu meinem Lippenstift als die alte Farbe.«

»Ja, finde ich auch.«

Als wir heirateten, hatte Elizabeth wunderbar zarte Haut, eine reizvolle Figur, sonnengebräunte, geschmeidige Glieder und Haare so glänzend wie frische Kastanien gehabt. Das Übergangsstadium bis zu ihrem jetzigen bleibenden Zustand war für sie geistig ebenso zermürbend gewesen wie physisch. Und an einem Punkt dieses Verfallsprozesses war mir klargeworden, daß sie Selbstmord begangen hätte, wenn ihr nicht sogar diese Freiheit versagt gewesen wäre.

Auch jetzt hatte sie noch einen guten Teint, schön gezeichnete Augenbrauen und lange Wimpern, aber die rotbraunen Lichter in ihrem Haar und ihren Augen waren grau geworden, als sei die Farbe mit der Lebenskraft vertrocknet. Glücklicherweise war Mrs. Woodward sehr geschickt als Friseuse, und auch ich hatte im Laufe der Zeit gelernt, Lippenstift akkurat aufzutragen, so daß Elizabeth ihrer Umwelt immer einen gepflegten Kopf zeigen und sich wenigstens einen kleinen Rest des so ungeheuer wichtigen weiblichen Selbstgefühls bewahren konnte.

Ich schüttelte ihre Kissen auf, stellte die Pumpe ein wenig langsamer ein und stopfte ihr die Decke fest unters Kinn, um sie gegen Zugluft zu schützen. Sie schlief in der gleichen halb sitzenden Haltung, in der sie auch den Tag verbrachte: Wenn sie flach lag, war die Spirashell zu schwer und unbequem und ließ auch nicht die gleiche Menge Luft in ihre Lungen strömen.

Sie lächelte, als ich sie auf die Wange küßte. »Gute Nacht, Ty.«

»Gute Nacht, Liebes.«

»Danke für alles.«

»Du weißt doch, ich tu's gern.«

Ich trödelte noch ein bißchen herum, räumte auf, putzte mir die Zähne, las noch einmal nach, was ich bis jetzt für den *Tally* geschrieben hatte, und deckte die Schreibmaschine zu. Als ich schließlich ins Bett kam, schlief Elizabeth bereits, und ich lag in meinen einsamen Kissen, dachte an Bert Checkov und die Nichtstarter wie »Brevity« beim Champion-Hindernisrennen und konzipierte im Geist den Artikel, den ich für den *Blaze* am nächsten Sonntag schreiben würde.

Sonntag.

Unausweichlich, unerbittlich führte mich jeder Gedanke zurück zu Gail.

5

Mittwoch früh rief ich bei Charles Dembley an, dem Exbesitzer von »Brevity«. Es meldete sich die frische, lebhafte Stimme eines jungen Mädchens.

»Meine Güte, haben Sie Tyrone gesagt? James Tyrone? Ja, wir kennen Ihre Zeitung. Jedenfalls hat sie unser Gärtner, und da lese ich sie ziemlich oft. Natürlich, kommen Sie ruhig zu uns heraus. Daddy wird sich freuen.«

Daddy freute sich nicht.

Er empfing mich mit eisiger Höflichkeit vor der Tür seines Hauses, ein kleiner Mann Ende Fünfzig, mit grauem Schnurrbart und schweren Tränensäcken unter den Augen.

»Es tut mir leid, daß Sie die Fahrt umsonst gemacht haben, Mr. Tyrone. Meine Tochter Amanda ist erst fünfzehn und zuweilen etwas voreilig . . . Als Sie anriefen, war ich nicht zu Hause, wie Sie Ihnen vermutlich gesagt hat. Ich hoffe, Sie sind ihr nicht böse. Ich habe Ihnen absolut nichts zu sagen. Guten Tag, Mr. Tyrone.«

In seinem linken Augenlid war ein winziges Zucken, und eine dünne Schweißschicht bedeckte seine Stirn.

Ich blickte ihm ins Gesicht. »Womit haben sie Ihnen gedroht?« fragte ich. »Mit Amanda?«

Er zuckte zusammen und öffnete den Mund.

»Mit einer fünfzehnjährigen Tochter«, fuhr ich fort, »ist man besonders verwundbar.«

Er versuchte zu sprechen, brachte jedoch nur ein Krächzen heraus. Nachdem er sich ausgiebig geräuspert hatte, sagte er: »Ich weiß nicht, wovon Sie reden.«

»Wie haben sie sich mit Ihnen in Verbindung gesetzt?« fragte ich. »Telefonisch? Per Brief? Oder haben Sie die Kerle tatsächlich von Angesicht zu Angesicht gesehen?«

Sein Gesichtsausdruck war ein völliges Eingeständnis, aber er wollte nicht antworten.

»Mr. Dembley, ich kann meinen Artikel über die ungeklärten, kurzfristigen Rückzieher von Favoriten schreiben, indem ich Sie und Amanda beim Namen nenne, oder ich kann Sie unerwähnt lassen.«

»Lassen Sie mich unerwähnt«, sagte er heftig. »Lassen Sie mich unerwähnt!«

»Das werde ich«, stimmte ich zu, »wenn Sie mir dafür sagen, womit und in welcher Form Sie bedroht worden sind.«

Er verzog den Mund in einer Mischung von Furcht und Widerwillen. »Ich kann Ihnen nicht trauen.«

»Doch, das können Sie«, erwiderte ich.

»Wenn ich nichts sage, drucken Sie meinen Namen, und die Kerle werden denken, ich hätte Ihnen alles ...« Er schwieg.

»Genau«, sagte ich sanft.

»Sie sind ekelhaft.«

»Nein«, widersprach ich. »Ich will die Kerle lediglich daran hindern, noch anderen Menschen etwas Derartiges anzutun.«

Es herrschte Schweigen. Dann sagte er: »Es war Amanda. Sie sagten, jemand würde sie vergewaltigen. Ich könnte sie schließlich nicht vierundzwanzig Stunden am Tag bewachen. Um Amandas Sicherheit zu garantieren, brauchte ich lediglich ›Brevity‹ vom Champion-Hindernisrennen zurückzuziehen. Ein Telefonanruf gegen die – die Gesundheit meiner Tochter. Also habe ich es getan. Was blieb mir übrig? Ich mußte es tun.«

»Haben Sie die Polizei benachrichtigt?«

Er schüttelte den Kopf. »Sie sagten ...«

Ich nickte. Sie hätten es getan.

»Danach habe ich alle meine Pferde verkauft«, sagte er. »Es hätte keinen Sinn mehr gehabt weiterzumachen. Es hätte immer wieder passieren können.«

»Ja.«

Er schluckte. »Ist das alles?«

»Nein. Hat man Sie angerufen, oder haben Sie die Kerle gesehen?«

»Es war ein Mann. Er kam in einem Rolls-Royce mit Chauffeur, wirkte durchaus kultiviert. Er hatte einen ausländischen Akzent, möglicherweise schwedisch oder holländisch, vielleicht auch griechisch.«

»Wie sah er aus?«

»Hochgewachsen ... Etwa Ihre Größe, aber viel fleischiger, dicker. Er hatte nicht das Gesicht eines Ganoven. Ich konnte einfach nicht glauben, was er sagte. Es paßte nicht zu seinem Äußeren.«

»Aber er hat Sie überzeugt«, konstatierte ich.

»Ja.« Er schauderte zusammen. »Er stand neben mir, während ich telefonierte. Und als ich aufgelegt hatte, sagte er schlicht: ›Sie haben eine kluge Entscheidung getroffen, Mr. Dembley‹, verließ das Haus und fuhr mit seinem Chauffeur davon.«

»Und Sie haben nie wieder von ihm gehört?«

»Nie wieder. Halten Sie Ihr Versprechen ebenso wie er?«

Meine Mundwinkel zuckten. »Das werde ich.«

Er sah mich lange an. »Mehr wäre nicht zu sagen.« Er machte kehrt, ging in sein Haus und schloß energisch die Tür.

Ich fuhr über Hampstead zurück, um dort noch den Mann zu interviewen, der das Handicap für den Lamplighter gemacht hatte. Der Zeitpunkt meines Besuches war nicht sehr günstig gewählt. Seine Frau war ihm gerade mit einem amerikanischen Obersten durchgegangen.

»Sie hat mir nur einen Zettel hinterlassen.« Er hielt mir das Papier hin. »An die Uhr gelehnt, wie in einem schlechten Film.«

»Das tut mir leid«, sagte ich.

»Kommen Sie herein. Ich wollte mir gerade einen antrinken.«

Ich blickte auf meine Armbanduhr. Halb fünf. Eine halbe Stunde mußte ich für die Heimfahrt rechnen. Ich trat über die Schwelle und sah an seinem erleichterten Gesicht, daß er sehr auf Gesellschaft erpicht war. Die Flasche und ein halb gefülltes Glas standen schon auf dem Tisch. Er schenkte mir ebenfalls ein.

Major Colly Gibbons, Ende Vierzig, schlank, intelligent, impulsiv und sympathisch, war als Handicapper äußerst gefragt, denn er besaß einen klaren, umfassenden Überblick über das Renngeschehen als Ganzes.

»Ein Oberst«, sagte er erbittert. »Noch dazu außer Diensten.«

Ich konnte mir ein Lachen nicht verkneifen. Er blickte mich verdutzt an und mußte dann wider Willen selber grinsen.

»Wahrscheinlich ist es wirklich komisch«, sagte er. »Idiotischerweise ist er mir ziemlich ähnlich. Aussehen, Alter, Charakter. Ich kann ihn sogar ganz gut leiden.«

»Vermutlich wird sie zurückkommen«, sagte ich.

»Warum?«

»Wenn sie sich ein Spiegelbild von Ihnen aussucht, können Sie ihr doch nicht gar so zuwider sein.«

»Ich weiß nicht, ob ich sie überhaupt noch haben will«, sagte er. »Mit einem Obersten loszuziehen, ausgerechnet einem Yankee.«

Sein Stolz war stärker in Mitleidenschaft gezogen als sein Herz: nichtsdestoweniger schmerzlich genug. Er goß sich einen weiteren steifen Whisky ein und erkundigte sich, was mich zu ihm geführt habe. Ich erzählte ihm von dem *Tally*-Artikel, und er, offenbar erleichtert, von etwas anderem als seiner Frau reden zu können, antwortete mir bereitwilliger, als ich erwartet hätte.

Nach einiger Zeit fragte ich: »Was wissen Sie über die Favoriten der großen Rennen, die nicht gestartet sind?«

Er warf mir einen schnellen Blick zu. »Ist das immer noch für den *Tally*?«

»Nein«, räumte ich ein.

»Dachte ich mir doch. Solche Fragen riechen nach *Blaze*.«

»Ich werde Sie nicht zitieren.«

»Da haben Sie nur allzu recht.« Er nahm einen tiefen Schluck. »Machen Sie Scheuklappen vor und zielen Sie in eine andere Richtung.«

»Lesen Sie am Sonntag meinen Artikel«, sagte ich sanft.

»Ty«, stieß er heftig hervor, »am besten halten Sie sich da raus.«

»Warum?«

»Überlassen Sie das den zuständigen Stellen.«

»Was unternehmen die zuständigen Stellen? Was wissen sie überhaupt?«

»Ich kann Ihnen dazu nichts sagen«, protestierte er. »Ausgerechnet dem *Blaze*! Ich würde meinen Job verlieren.«

»Wenn meine Quellen ungenannt bleiben wollen, bleiben sie ungenannt. Wer würde mir sonst noch etwas anvertrauen?«

Er dachte nach. »Es ist etwas im Gange«, sagte er schließlich.

»Allerdings«, nickte ich. »Und was tun die zuständigen Stellen dagegen?«

»Es gibt keine Beweise ... Hören Sie, Ty, es gibt nichts, wo Sie

Ihren Finger drauflegen könnten. Nur eine Kette von auffälligen Zusammentreffen.«

»Wie die Artikel von Bert Checkov?«

Er war verblüfft. »Also gut. Ja. Ich habe aus zuverlässiger Quelle gehört, daß er um eine Erklärung gebeten werden sollte. Aber dann ist er aus dem Fenster gestürzt ...«

»Erzählen Sie mir von den Nichtstartern«, sagte ich.

Er blickte düster auf den Brief seiner Frau nieder, den er noch immer in der Hand hielt. Dann nahm er noch einen tiefen Schluck und zuckte resigniert die Schultern. Seine Bedenken schienen überwunden.

»Da war dieses französische Pferd, ›Polyxenes‹. Erinnern Sie sich? Den ganzen letzten Winter und Frühling wurden wir aus Frankreich mit Informationen überschwemmt ... Wie phantastisch er sich entwickele, wie er jedes Feld hinter sich lasse ... Jede Woche etwas Neues über ›Polyxenes‹.«

»Ich erinnere mich«, bestätigte ich.

Colly Gibbons nickte. »Ostern war er mit sechs zu eins haushoher Favorit für das Derby. Zwei Tage vor dem Start wurde er aus dem Rennen gezogen. Warum? Er hatte sich angeblich beim Training den Fuß verletzt. Ein lahmes Pferd kann natürlich nicht laufen. Pech für die Leute, die auf ihn gesetzt hatten. Das Geld war futsch. Aber ich will Ihnen einmal etwas sagen, Ty. Ich glaube einfach nicht, daß dieser ›Polyxenes‹ jemals besonders gut gewesen ist. Was hat er denn schon geleistet? Er hat zwei bescheidene Rennen in St. Cloud gewonnen. Dieses Jahr ist er vor dem Derby überhaupt nicht gestartet und danach auch nicht mehr. Es hieß, sein Bein sei noch nicht in Ordnung. Meiner Meinung nach ist er niemals gut genug gewesen, um das Derby gewinnen zu können, und es war von Anfang an beabsichtigt, ihn nicht laufen zu lassen.«

»Aber wenn er so schlecht war, hätten sie ihn ruhig laufen lassen können. Er hätte doch sowieso nicht gewonnen.«

»Wären Sie an deren Stelle ein solches Risiko eingegangen? Im Derby haben schon die tollsten Außenseiter gewonnen. Es war bedeutend sicherer, ihn gar nicht erst starten zu lassen.«

»Dabei muß jemand Tausende kassiert haben«, sagte ich langsam.

»Hunderttausende, würde ich sagen.«

»Wenn bekannt ist, daß derartige Manipulationen im Gange sind, warum unternehmen die zuständigen Stellen nichts dagegen?«

»Was können sie schon tun? Ich sagte Ihnen doch, es gibt keine

Beweise. ›Polyxenes‹ war lahm und blieb lahm. Dutzende von Tierärzten haben das bestätigt. Sein Eigentümer war etwas zwielichtig, aber nicht zwielichtiger als einige unserer Landsleute auch. Es konnte absolut nichts bewiesen werden.«

Nach einer Pause fragte ich: »Wissen Sie noch von anderen Fällen?«

»Mein Gott, Ty, Sie sind unersättlich. Nun ja . . .«

Einmal im Zuge, hielt er mit nichts mehr zurück. Im Laufe der nächsten halben Stunde hörte ich detaillierte Berichte über weitere fünf Favoriten, die kurzfristig vom Start zurückgezogen worden waren. Bei jedem einzelnen Pferd konnte es sich bona fide um einen unglücklichen Zufall handeln, aber alle Tiere waren, wie ich genau wußte, von Bert Checkov hochgelobt worden.

Gibbons schwieg mit etwas gequältem Gesicht. »Ich hätte Ihnen das alles nicht erzählen sollen.«

»Es wird keiner davon erfahren.«

»Sie würden sogar einem Taubstummen Informationen entlocken.«

Ich nickte. »Die Leute können im allgemeinen lesen und schreiben.«

»Scheren Sie sich zum Teufel«, sagte er, »oder lieber nicht. Sie sind mindestens vier Gläser im Rückstand. Sie haben so gut wie gar nichts getrunken.« Er hielt mir die Flasche entgegen, und ich nahm sie ihm ab. Sie war leer.

»Ich muß sowieso nach Hause«, sagte ich entschuldigend.

»Warum die Eile?« Er starrte auf den Brief in seiner Hand. »Kriegen Sie Ärger mit Ihrer Frau? Oder geht Sie Ihnen auch mit einem verdammten Obersten durch?«

»Nein«, sagte ich ruhig. »Das tut sie nicht.«

Er war plötzlich sehr nüchtern. »Mein Gott, Ty . . . Ich hatte ganz vergessen . . .«

Er erhob sich, ohne zu schwanken, blickte sich verloren in seinem behaglichen, frauenlosen Wohnzimmer um und streckte mir dann die Hand entgegen.

»Sie wird zurückkommen«, sagte ich lahm.

Er schüttelte den Kopf. »Das glaube ich nicht.« Er seufzte tief. »Jedenfalls bin ich froh, daß Sie vorbeigekommen sind. Ich brauchte jemanden, mit dem ich sprechen konnte. Selbst wenn ich zuviel geredet habe, ist das immer noch besser, als sich allein volllaufen zu lassen. Ich werde heute abend an Sie denken. An Sie – und Ihre Frau.«

Am Swiss Cottage blieb ich in einem Verkehrsstau hängen, so daß ich erst acht Minuten nach sieben zu Hause eintraf. Anderthalb Stunden über die Zeit. Mrs. Woodward war begeistert.

»Ist sie nicht reizend?« sagte Elizabeth, nachdem sie gegangen war. »Sie beklagt sich nie, wenn du so spät kommst und sie länger bleiben muß.«

»Ja«, nickte ich. »Sie ist wirklich sehr nett.«

Den Donnerstag verbrachte ich wie üblich fast ganz zu Hause, um meinen Sonntagsartikel für den *Blaze* zu schreiben. Mrs. Woodward erledigte Einkäufe, und Sue Davis kam herüber, um für sich und Elizabeth Kaffee zu machen. Elizabeths Mutter rief an und teilte mit, daß es fraglich sei, ob sie am Sonntag kommen könne, sie fürchte, eine Erkältung zu bekommen.

Niemand kam Elizabeth mit einer Erkältung zu nahe. Bei Menschen mit künstlicher Atmung bedeutet eine Erkältung allzuoft Lungenentzündung und Tod.

Wenn Elizabeths Mutter am Sonntag nicht kam, konnte ich nicht nach Virginia Water. Den größten Teil des Vormittags verbrachte ich völlig unproduktiv damit, mir einzureden, daß es besser sei, wenn die Erkältung meiner Schwiegermutter ihren Fortgang nähme, und wußte doch, daß ich mich kreuzelend fühlen würde.

Luke-John las meinen Artikel über die nicht gestarteten Favoriten, kniff die Augen zusammen und lehnte sich, das Gesicht zur Zimmerdecke gewandt, im Stuhl zurück! Anzeichen äußerster Erregung. Derry nahm sich das Manuskript und las es in seiner langsameren, betulichen Art. Als er fertig war, atmete er tief.

»Donnerwetter«, sagte er. »Da wird sich aber jemand freuen.«

»Wer?« fragte Luke-John, die Augen öffnend.

»Der Kerl, der dahintersteckt.«

Luke-John musterte ihn nachdenklich. »Hauptsache, er kann uns nicht verklagen. Bringen Sie das Manuskript hinunter in die Rechtsabteilung. Aber passen Sie auf, daß es nicht in unrechte Hände gerät.«

Derry entschwand mit einem zusammengefalteten Durchschlag des Artikels, und Luke-John gestattete sich ein Lächeln.

»Ihr Beitrag entspricht meinen Erwartungen, wenn ich so sagen darf.«

»Vielen Dank«, erwiderte ich.

»Wer hat Ihnen das alles verraten?«

»Man hat so seine Beziehungen.«

»Nun reden Sie schon, Ty.«

»Ich habe versprochen, keine Quellen preiszugeben«, sagte ich. »Meinen Gewährsleuten könnte möglicherweise etwas zustoßen.«

»Ich muß aber im Bilde sein. Der Herausgeber hat vielleicht Rückfragen.«

Ich schüttelte den Kopf. »Ich habe mein Wort gegeben.«

»Ich könnte den ganzen Artikel unter den Tisch fallenlassen . . .«

»Ts, Ts«, machte ich. »Sogar Drohungen?«

Er massierte sich erregt den Adamsapfel.

Derry kehrte ohne den Durchschlag zurück. »Die Juristen wollen den Artikel erst durcharbeiten. Sie klingeln nachher hoch.«

»Ich bringe das Manuskript zum Chef«, sagte Luke-John. »Mal sehen, was er davon hält.«

Derry blickte ihm mit widerwilliger Bewunderung nach.

»Du kannst sagen, was du willst, aber wegen des Sportteils kaufen Leute unsere Zeitung, die sie sonst nicht einmal mit Handschuhen anfassen würden. Luke-John muß sein Geld trotz allem wert sein.«

Luke-John kam zurück und vertiefte sich in eine Unterhaltung mit einem Fußballreporter. Ich fragte Derry, wie denn die Beerdigung am Mittwoch gewesen sei.

Er zuckte die Achseln. »Es war kalt. Seine Frau hat mächtig geweint. Ihre Nase war blau vor Kälte und rot vom Weinen.«

»Wie reizend«, sagte ich.

Er grinste. »Ihre Schwester hat sie zu trösten versucht. Sie meinte, wie gut es doch gewesen sei, daß Bert diese Extraversicherung abgeschlossen habe.«

»Er hat was?«

»Dachte ich mir doch, daß dich so etwas interessieren würde. Ich habe mich noch ein bißchen mit der Schwester unterhalten. Vor zwei oder drei Wochen hat Bert seine Lebensversicherung verdreifacht.«

»Sieh einer an«, sagte ich.

»Es mußte also ein Unfall sein«, nickte Derry. »Vor Augenzeugen. Sonst würde sich die Versicherung womöglich weigern zu zahlen.«

»Ich frage mich, ob die Versicherung den Anspruch nicht trotzdem bestreiten wird.«

»Wie sollte sie, da es sich laut Gerichtsbeschluß doch um einen Unglücksfall handelt?«

Die Sekretärin des Chefredakteurs brachte meinen Artikel zurück. Auf der Vorderseite des Manuskripts prangte sein Okay, mit dem Zusatz: »Sofern unsere Juristen keine Bedenken haben.« Luke-John streckte befriedigt nickend die Hand danach aus und ließ das Manuskript in dem oberen, verschließbaren Schubfach seines Schreibtischs verschwinden, ohne sich bei seiner Unterhaltung mit dem Fußballreporter stören zu lassen. Für mich bestand kein Grund mehr zu bleiben. Ich sagte Derry, daß ich im Bedarfsfall zu Hause zu erreichen sei, und verabschiedete mich.

Auf halbem Weg zur Tür rief mich Luke-John zurück.

»Ty ... Ich habe ganz vergessen, Ihnen zu sagen, daß eine Dame für Sie angerufen hat.«

»Mrs. Woodward?«

»Warten Sie, ich habe es mir aufgeschrieben ... Ach ja, hier. Eine Miss Gail Pominga. Sie möchten zurückrufen. Es scheint sich um den *Tally*-Artikel zu handeln.«

Er gab mir einen Zettel mit der Telefonnummer. Ich trat an einen unbesetzten Schreibtisch und nahm den Hörer ab. Meine Hand war vollkommen ruhig, nur mein Puls nicht.

»Hier Western School of Modern Art.«

»Könnte ich bitte Miss Pominga sprechen?«

Miss Pominga wurde geholt. Ihre Stimme meldete sich ebenso kühl und unbeteiligt wie vor dem Bahnhof. »Kommst du Sonntag?« Ganz direkt, ohne Umschweife.

»Ich möchte schon.« Entschieden untertrieben. »Aber unter Umständen kann ich nicht weg.«

»Ach so ... Ich bin nämlich zum Essen eingeladen worden.«

»Dann geh ruhig«, sagte ich, während mir die Enttäuschung wie ein Stein auf die Brust drückte.

»Wenn du kommst, würde ich allerdings zu Hause bleiben.«

Zum Teufel mit Elizabeths Mutter, dachte ich, zum Teufel mit ihr und ihrer Erkältung.

»Ich möchte unbedingt. Wenn irgend möglich, komme ich«, sagte ich.

Es herrschte einen Augenblick Schweigen, bevor sie sagte: »Wann kannst du mir endgültig Bescheid geben?«

»Nicht vor Sonntag. Erst wenn ich das Haus verlasse, um den Zug zu erreichen.«

»Hmm ...« Sie zögerte, dann sagte sie entschlossen: »Ruf mich auf alle Fälle an, ob du nun kommst oder nicht. Ich werde es so einrichten, daß ich noch essen gehen kann, falls du nicht kommst.«

»Das ist wunderbar«, sagte ich mit mehr Gefühl als Vorsicht.

Sie lachte. »Also gut. Hoffentlich klappt es. Ab zehn kannst du kommen, da fahren Harry und Sarah zum Golfplatz.«

»Es wird wahrscheinlich so gegen halb zwölf Uhr werden.«

Sie sagte: »Na gut«, und: »Auf Wiedersehen«, und hängte ein.

6

Die Zeit für den *Tally*-Artikel begann knapp zu werden. Samstag, zwei Tage vor Ablieferungstermin, fuhr ich zu den Rennen nach Heathbury Park, um mit Dermot Finnegan zu sprechen, einem zweitklassigen Jockei, der mit einem zweitklassigen Pferd am Lamplighter teilnahm.

Obwohl erst fünfundzwanzig Jahre alt, wirkte Finnegan, ein gebürtiger Ire, mit seinem wettergegerbten Gesicht und dem gebrochenen Nasenbein wie dreißig. Er habe den einzigen Ehrgeiz, vertraute er mir an, einmal in Aintree zu starten, sonst sei er mit dem, was er erreicht habe, zufrieden. Er lege keinen Wert darauf, zur ersten Garnitur zu gehören, dabei sei ihm die Verantwortung viel zu groß. »Wenn Sie immer nur die alten Klepper im hinteren Feld reiten, erwartet niemand Sensationen. Und wenn Sie dann doch einmal durchkommen, ist die Überraschung um so größer.«

Er hatte insgesamt neunzehn Gewinner geritten und konnte sich an jeden einzelnen genau erinnern. Über seine Chancen beim Lamplighter machte er sich keine Illusionen. Er wußte, daß er nur dabei war, weil sein Stall drei Pferde starten ließ. »Ich werde Schrittmacher sein, ein oder zwei Runden lang wird es reichen, aber dann geht meinem alten Knaben unter Garantie die Puste aus.«

Um die *Tally*-Story zu komplettieren, verbrachte ich den Rest des Nachmittags im Büro des Rennbahnleiters, der ebenso wie der Handicapper ehemaliger Offizier war. Heathbury Park, wo in vierzehn Tagen das Lamplighter ausgetragen werden sollte, hatte sich unter seinen Händen zu einem der bestorganisierten Rennplätze des Landes entwickelt.

Wing Commander Willy Ondroy war ein kleiner, ruhiger, sehr präziser Mann von zweiundvierzig Jahren, der auf Grund einer Kopfverletzung, die er sich bei einem Flugzeugabsturz zugezogen hatte, vorzeitig aus dem Militärdienst ausgeschieden war. Das Lamplighter hatte er, wie er mit bescheidenem Stolz erwähnte, selbst erfunden. Er hatte die Wettbehörden bewogen, die Wetteinlagen heraufzusetzen, und sodann die Nennungsbedingungen drastisch genug verschärft, um jedes noch so hartgesottene Trainerherz höher schlagen zu lassen. Die Folge war, daß nur die besten Pferde kamen, was wiederum erlesenes Publikum anzog und sich sehr positiv auf den Verkauf der Eintrittskarten auswirkte.

Willy Ondroys Stärke lag in der Beharrlichkeit. Seine Stimme war sanft wie der Ausdruck seiner bernsteinfarbenen Augen, und nur die Andeutung von Selbstironie in seinem Lächeln verriet ein wenig von seinem stählernen Kern. Acht Jahre seines Lebens hatte er auf Bombern verbracht, fünfzehn Sekunden davon in dem Bewußtsein, jeden Augenblick aufzuschlagen, drei Wochen im Koma und anderthalb Jahre auf der Suche nach einem Job als Zivilist. Jetzt wohnte er mit seiner Frau und seinen zwölfjährigen Zwillingen in einem Haus am Rande der Rennbahn, und keiner von ihnen wünschte sich eine Veränderung.

Ich erwischte gerade noch den letzten Zug nach London.

Mrs. Woodward verabschiedete sich hochbefriedigt um Viertel vor sieben. Ausnahmsweise hatte sie sogar Steaks zum Abendessen vorbereitet. Elizabeth war guter Stimmung. Ich machte uns beiden einen Drink zurecht und streckte mich im Sessel aus. Nach zehn Minuten Selbstverleugnung erkundigte ich mich beiläufig, ob ihre Mutter angerufen habe.

»Nein.«

»Du weißt also noch nicht, ob sie kommt?«

»Wenn sie nicht kommt, wird sie sich wohl melden.«

»Vermutlich«, sagte ich. Warum konnte sie sich nicht wenigstens klar entscheiden?

Ich bemühte mich, nicht mehr daran zu denken, arbeitete an dem *Tally*-Artikel, bereitete das Abendessen, kehrte zu meinem Artikel zurück, machte Elizabeth für die Nacht zurecht und blieb dann an der Schreibmaschine sitzen, bis die letzte Zeile fertig war. Ein Jammer, dachte ich, während ich mich streckte, daß ich so langsam schrieb und soviel korrigierte. Ich legte die endgültige Fassung in ein Schubfach. Morgen brauchte ich sie nur noch ins reine zu schreiben. Dafür blieb Zeit genug, selbst wenn ich den Rest des Tages auf Liebespfaden wandeln sollte.

Ich verachtete mich selbst. Als ich einschlief, war es fünf Uhr früh.

Elizabeths Mutter erschien. Kein Schnupfen in Sicht.

Um 10.17 Uhr klingelte es, und sie stand vor der Tür, eine gepflegte, gutaussehende Dame Mitte Fünfzig. Als mir ihre Verblüffung auffiel, wußte ich, daß meine Begrüßung zu herzlich ausgefallen war. Ich bemühte mich um meine übliche Reserviertheit und merkte, daß sie sich dabei wohler fühlte.

Ich erklärte ihr, wie zuvor schon Elizabeth, daß ich noch einige Interviews für den *Tally* machen müsse, und war um halb elf bereits unterwegs. Die Sonne schien. Nach einer schlaflosen Nacht schlief mein Gewissen.

Gail erwartete mich mit dem Wagen vor Virginia Water. »Der Zug hatte Verspätung«, sagte ich ruhig, während ich mich neben sie setzte. Kein warmer, herzlicher Empfang, kein Kuß. Mir sollte es recht sein.

»Sonntags wird an der Strecke gearbeitet. In Staines hatten wir Aufenthalt.«

Sie nickte, legte den Gang ein und fuhr zum Haus ihres Onkels. Dort angekommen, führte sie mich ins Wohnzimmer und goß, ohne zu fragen, zwei Bier ein.

»Du schreibst heute nicht?« sagte sie, während sie mir mein Glas reichte.

»Nein.«

Sie blickte mich mit einem Lächeln an, das den Zweck meines Besuches bestätigte. Was Sex betraf, war sie direkter als andere Frauen. Kein bißchen kokett. Ich küßte sie leicht auf den Mund und genoß das Gefühl, daß die Huntersons nicht vor drei Stunden zurück sein würden.

Sie nickte, als hätte ich laut gesprochen. »Ich mag dich«, sagte sie.

»Danke.«

Heute trug sie ein eierschalenfarbenes Kleid, das reizvoll zu ihrer milchkaffeebraunen Haut kontrastierte. Sie war nicht dunkelhäutiger als manche Südeuropäerin oder intensiv sonnengebräunte Engländerin. Daß sie Mischling war, konnte man nur an ihrem Gesicht erkennen. Ein gut proportioniertes, schönes Gesicht, das erstaunliche Selbstsicherheit ausdrückte. Gail schien früher und grundsätzlicher zu sich selbst gefunden zu haben als die meisten Mädchen.

Auf einem niedrigen Tisch lag mit aufgeschlagener Sportseite eine Ausgabe des *Sunday Blaze.* Luke-John hatte sich für meinen Artikel eine besonders schöne Schlagzeile einfallen lassen: »Setzen Sie nicht auf ›Tiddely Pom‹ – *noch* nicht.«

»Liest du regelmäßig die Sportseite?« fragte ich.

Sie schüttelte den Kopf. »Reine Neugier«, erwiderte sie. »Ich wollte sehen, was du geschrieben hast. Dieser Artikel ist – ziemlich beunruhigend.«

»Das sollte er auch sein.«

»Ich meine, er hinterläßt den Eindruck, als wüßtest du noch einiges mehr, als du gesagt hast, und daß die ganze Angelegenheit faul, wenn nicht gar kriminell ist.«

»Es ist immer angenehm zu hören«, sagte ich, »daß man genau das erreicht hat, was man wollte.«

»Was passiert gewöhnlich, wenn du so etwas schreibst?«

»Rückwirkungen, meinst du? Die variieren von einem Anpfiff der Rennsportbehörden, mich um meine Angelegenheiten zu kümmern, bis zu Schmähbriefen von Spinnern.«

»Werden Mißstände behoben?«

»Sehr gelegentlich.«

»Sir Galahad«, spöttelte sie.

»Nein. Wir verkaufen dann mehr Exemplare, und ich hoffe auf Gehaltserhöhung.«

Sie lachte mit zurückgeworfenem Kopf. Ich legte ihr die Hand auf die Schulter und hatte plötzlich keine Lust mehr zu reden.

Sie nickte lächelnd und sagte: »Nicht auf dem Teppich. Oben ist es bequemer.«

Ihre Schlafzimmereinrichtung war hübsch, aber offenkundig Sarahs Werk. Eingebaute Schränke, ein gemütlicher Sessel, Bücherregale, ein großer hellblauer Teppich und ein Bett.

Sie bestand darauf, daß ich mich zuerst hineinlegte. Wie am Sonntag zuvor beobachtete ich, wie sie sich auszog. Dieses einfache, undramatische, unbefangene Ablegen der Kleider war aufregender als alles, was einem für Geld geboten werden konnte. Als sie fertig war, stand sie einen Augenblick neben dem Fenster, ein hellbraunes nacktes Mädchen in einem Strahl von Wintersonne.

»Soll ich die Vorhänge zuziehen?«

»Ganz wie du willst.«

Sie beschleunigte meinen Puls noch stärker, indem sie sich emporreckte, um die Vorhänge zu schließen, und dann kam sie im mittäglichen Dämmerlicht zu mir ins Bett.

Um drei Uhr brachte sie mich zum Bahnhof zurück, aber gerade als wir ankamen, fuhr der Zug aus der Halle. Wir blieben im Auto sitzen und unterhielten uns, während wir auf den nächsten warteten.

»Fährst du jeden Abend nach Hause zurück?« fragte ich.

»Manchmal bleibe ich auch in der Stadt. Zwei meiner Kolleginnen haben zusammen eine Wohnung, und nach Partys oder Theaterbesuchen schlafe ich bei ihnen auf der Couch.«

»Aber ständig möchtest du nicht in London leben?«

»Findest du es merkwürdig, daß ich bei Harry und Sarah wohne? Offen gesagt, es ist des Geldes wegen. Harry ist sehr großzügig und läßt mich keinen Pfennig bezahlen. Wenn ich allein in London leben würde, müßte ich mich gewaltig einschränken.«

»Bequemlichkeit geht vor Unabhängigkeit«, kommentierte ich nachsichtig.

Sie schüttelte den Kopf. »Ich habe beides.« Nach kurzem Überlegen fragte sie: »Lebst du eigentlich mit deiner Frau zusammen, oder habt ihr euch getrennt?«

»Nein, wir haben uns nicht getrennt.«

»Was glaubt sie denn, wo du jetzt bist?«

»Unterwegs, um Leute für den *Tally* zu interviewen.«

Sie lachte. »Du bist ein ganz schön raffinierter Hund.«

Sie hatte den Nagel auf den Kopf getroffen. Ich widersprach ihr nicht.

»Weiß sie, daß du – äh – ab und zu fremdgehst? Ist sie dir schon einmal auf die Schliche gekommen?«

Ich hätte gern das Thema gewechselt, aber immerhin schuldete ich ihr einiges, zumindest ein paar einigermaßen ehrliche Antworten.

»Sie weiß von nichts«, erwiderte ich.

»Würde sie sich etwas daraus machen?«

»Höchstwahrscheinlich.«

»Aber wenn sie nicht – mit dir schlafen will, warum trennst du dich dann nicht von ihr?«

Ich antwortete nicht gleich, und sie fuhr fort: »Habt ihr Kinder?« Ich schüttelte den Kopf. »Was hindert dich dann? Es sei denn natürlich, du bist wie ich.«

»Wie meinst du das?«

»Daß du bleibst, wo es dir gutgeht. Wo das Geld ist.«

»Oh . . .« Ich mußte halb lachen, und sie mißverstand mich.

»Wie könnte ich dir einen Vorwurf daraus machen?« Sie seufzte.

»Wenn ich selber auch nicht besser bin? Deine Frau ist also reich ...«

Ich dachte daran, welches Schicksal Elizabeth ohne mich erwarten würde: Krankenhausdasein, Krankenhausessen, keinerlei Privatsphäre, keine Vorzüge der Technik, kein Telefon, um neun Uhr abends Licht aus, Wecken morgens um sechs, ohne jede Möglichkeit freier Entscheidung.

»Ich glaube schon«, sagte ich langsam, »daß du meine Frau reich nennen könntest.«

Wieder zu Hause, fühlte ich mich ausgesprochen schizophren. Die vertraute Umgebung wirkte plötzlich irreal. In Gedanken war ich noch halb draußen in Surrey. Ich küßte Elizabeth und dachte an Gail. Bereits im Zug hatte mich eine tiefe Depression befallen, die ich nicht abzuschütteln vermochte.

»Ein Mann möchte dich dringend sprechen«, sagte Elizabeth. »Er hat schon dreimal angerufen und schien schrecklich wütend zu sein.«

»Wer?«

»Ich konnte von dem, was er sagte, nicht viel verstehen. Er hat gestottert.«

»Wie ist er denn an unsere Nummer gekommen?« fragte ich gereizt. Ich hatte keine Lust, mit wütenden Leuten zu telefonieren. Unsere Nummer war nicht im Telefonbuch eingetragen, um zu vermeiden, daß Elizabeth von solchen Anrufen belästigt wurde.

»Ich weiß nicht. Aber er hat seine Nummer hinterlassen, damit du ihn anrufst. Das war der einzige zusammenhängende Satz, den er von sich gegeben hat.«

Elizabeths Mutter reichte mir einen Notizblock, auf dem sie die Nummer notiert hatte.

»Victor Roncey«, sagte ich.

»Ja, stimmt«, bestätigte Elizabeth erleichtert. »So hat der Name geklungen.«

»Vielleicht rufe ich ihn nachher an«, sagte ich. »Jetzt brauche ich erst einmal einen Drink.«

»Ich wollte gerade Tee machen«, sagte Elizabeths Mutter vorwurfsvoll. In stiller Wut verdoppelte ich das Quantum, das ich normalerweise zu mir genommen hätte. Die Flasche war fast leer. Trüber Sonntag.

Voll innerer Unrast zog ich mich in mein Arbeitszimmer zurück und begann die Reinschrift des *Tally*-Artikels. Ich konnte mir einfach nicht leisten, Gail zu sehr zu mögen, und ich mochte sie. Jemand anderen zu lieben würde alles noch viel mehr komplizieren. Besser, Gail gar nicht mehr wiederzusehen. Mein Körper wehrte sich gegen den Gedanken, und ich wußte, daß ich nicht durchhalten würde.

Kurz nachdem Elizabeths Mutter gegangen war, rief Roncey noch einmal an. »Was, zum Teufel, meinen Sie mit diesem – diesem Gefasel in Ihrer Zeitung? Natürlich wird mein Pferd laufen. Was erlauben Sie sich, durchblicken zu lassen ... Daß dabei irgend etwas faul sein könnte?«

Es dauerte geraume Zeit, bis er sich so weit beruhigt hatte, einzusehen, daß in meinem Artikel mit keiner Zeile an seinen persönlichen guten Absichten gezweifelt wurde.

»Die Sache ist nur, Mr. Roncey, und das habe ich auch in meinem Artikel gesagt, daß einige Pferdebesitzer in letzter Zeit gezwungen worden sind, ihre Pferde zurückzuziehen. Das könnte auch Ihnen passieren. Aus diesem Grund habe ich den Wettern geraten, keine festen Wetten abzuschließen, sondern mit dem Setzen bis eine halbe Stunde vor Beginn des Rennens zu warten.«

»Das habe ich gelesen«, fauchte er. »Nicht nur einmal. Aber niemand, das können Sie mir glauben, niemand wird mich zu etwas zwingen.«

»Das will ich sehr hoffen«, erwiderte ich. Ich fragte mich, ob seine Antipathie gegenüber seinen älteren Söhnen sich auch auf die jüngeren erstreckte, ob er ihre Sicherheit und ihr Wohlergehen wegen des Starts von »Tiddely Pom« aufs Spiel setzen würde.

Nachdem er wieder einigermaßen ansprechbar geworden war, erkundigte ich mich, wie er meine Telefonnummer ausfindig gemacht hatte.

»Na, das war vielleicht eine Aktion! Diese blödsinnigen Geheimnummern. Die Auskunft hat sich doch glatt geweigert, mir Ihre Nummer zu geben, obwohl ich sagte, daß es dringend sei. Aber so leicht gebe ich nicht auf. Ihr Kollege von der Zeitung, Derrick Clark, hat mir weitergeholfen.«

»Ah so«, sagte ich resigniert. Es sah Derry eigentlich gar nicht ähnlich, mir so in den Rücken zu fallen. »Vielen Dank. Ist der *Tally*-Fotograf schon bei Ihnen gewesen?«

»Ja, am Freitag. Ich hoffe, Sie haben nicht auch im *Tally* derartige ...« Die Wut begann wieder in ihm hochzusteigen.

»Nein«, unterbrach ich ihn entschieden. »Nichts davon.«

»Wer garantiert mir dafür?« fragte er mißtrauisch.

»Der *Tally* erscheint bereits Dienstag vor dem Lamplighter.«

»Ich werde ein Vorausexemplar anfordern. Gleich morgen. Ich will wissen, was Sie geschrieben haben.«

»Tun Sie das«, stimmte ich ihm zu. Sollte Arnold Shankerton sich weiter mit ihm amüsieren.

Er legte auf, immer noch nicht ganz beruhigt. Ich wählte Derrys Nummer, um meine schlechte Laune an ihn weiterzugeben.

»Roncey?« sagte er indigniert. »Natürlich habe ich ihm deine Nummer nicht gegeben.« Im Hintergrund probierte Derrys kleine Tochter lautstark ihre Lungen aus. »Was hast du gesagt?«

»Ich habe gefragt, wem du sie dann gegeben hast?«

»Dem Onkel deiner Frau.«

»Meine Frau hat überhaupt keinen Onkel.«

»Ach, du lieber Himmel. Er sagte, er sei der Onkel deiner Frau, und seine Frau hätte einen Schlaganfall erlitten. Nun müsse er dich dringend benachrichtigen, hätte aber deine Telefonnummer verloren.«

»Dieser verlogene Strolch«, sagte ich mit Inbrunst. »Und mich beschuldigt er, Tatsachen zu verdrehen.«

»Tut mir leid, Ty.«

»Ist schon gut. Aber das nächstemal rufe mich vorher lieber an, wie vereinbart.«

»Ja, selbstverständlich. Entschuldige.«

»Wo hat er überhaupt deine Nummer aufgetrieben?«

»Sie steht im Handbuch des British Turf. Mein Fehler.«

Ich legte den Hörer auf die Spezialgabel neben Elizabeths Kopfende und ließ mich auf dem Sessel nieder. Den Rest des Abends verbrachten wir wie gewöhnlich vor der Flimmerkiste.

Montag früh lieferte ich mein Manuskript bei der Redaktion des *Tally* ab, pünktlich auf die Minute.

Anschließend setzte ich mich in den Zug, der zu den Rennen in Leicester fuhr, denn obwohl dies eigentlich mein freier Tag war, hatte ich keine Lust, ihn zu Hause zu verbringen. Huntersons Tombolapferd »Egocentric« würde heute ein Vorbereitungsrennen für das Lamplighter laufen, was mir einen großartigen Vorwand für diese Reise lieferte.

Dichter Bodennebel tat sein Bestes, den Ablauf der Rennen zu behindern, nur die beiden letzten Hürden waren überhaupt erkennbar. »Egocentric« ging als vierter durchs Ziel, völlig ausgepumpt. Der Jockei beschwerte sich bei dem Trainer, daß diese lahme Ente von einem Pferd drei Hindernisse gerissen habe und überhaupt jämmerlich spränge. Der Trainer schenkte ihm keinen Glauben, sondern engagierte kurzentschlossen einen neuen Jockei für das Lamplighter. Es war ein Tag wie jeder andere, nichts Besonderes los.

Die Heimfahrt änderte alles. Ich werde sie bis an mein Lebensende nicht vergessen.

7

Dank der Tatsache, daß ich den Rennplatz bereits vor dem letzten Rennen verlassen hatte, sicherte ich mir in dem noch leeren, wartenden Zug einen Fensterplatz im Nichtraucherabteil. Ich drehte die Heizung auf volle Touren und schlug die Zeitung auf, um zu sehen, was die Konkurrenz zu bieten hatte.

»›Tiddely Pom‹ wird laufen, sagt sein Trainer. Aber ist Ihr Geld wirklich sicher?«

Amüsiert las ich den Artikel zu Ende. Plagiate sind die aufrichtigsten Komplimente.

Die Abteiltür öffnete sich, und vier Buchmachergehilfen kamen herein. Sie stampften vor Kälte mit den Füßen und diskutierten lebhaft den Fall eines glücklosen Wetters, der sich offenbar beschwert hatte.

»Guten Abend«, sagte einer von ihnen, ein anderer deutete mit seiner brennenden Zigarette auf das Nichtraucherschild und fragte: »Sie haben doch wohl nichts dagegen?«

Ich schüttelte den Kopf, ohne besondere Notiz von ihnen zu nehmen. Der Zug setzte sich in Bewegung, der trübe Tag ging in einen nebligen Abend über, fünf Augenpaare fielen langsam zu.

Die Abteiltür wurde mit einem heftigen Ruck aufgerissen. In Erwartung eines Fahrkartenkontrolleurs öffnete ich einen Spaltbreit die Augen. Aber die beiden Männer, die im Türrahmen standen, sahen alles andere als beamtenmäßig aus. Meine vier Mitreisenden fuhren bei ihrem Anblick kerzengerade in die Höhe und rissen erschreckt den Mund auf. Der größere der Neuankömmlinge streckte die Hand aus und zog die Rollos der zum Korridor hinausgehenden Fenster herunter. Dann warf er den vier Buchmachergehilfen einen geringschätzigen, bedeutungsvollen Blick zu, deutete mit dem Kopf zur Tür und sagte: »Raus!«

Ich brachte diese Vorgänge keineswegs mit mir in Verbindung, selbst dann noch nicht, als die vier Buchmachergehilfen kleinlaut ihre Mäntel ergriffen und widerspruchslos das Abteil verließen. Erst als der größere Mann ein Exemplar des *Blaze* hervorholte und auf meinen Artikel wies, verspürte ich ein leichtes Prickeln an der Wirbelsäule.

»So etwas ist bei manchen Leuten ziemlich unbeliebt«, konstatierte er.

Er steckte in einem schmuddeligen Overall, aus dem sein dicker Hals hervorquoll. Das Gesicht war gedunsen, der Mund klein und feucht, das Haar mit Pomade angeklatscht. Sein Kollege, gleichfalls im Overall, war hager und knochig und hatte einen Quadratschädel mit weit auseinanderstehenden Augen.

»Sie sollten so was lieber unterlassen«, sagte der Größere, »sich in anderer Leute Angelegenheiten zu mischen.«

Er schob die rechte Hand in die Tasche und brachte sie mit einem Schlagring um die Fingerknöchel wieder zum Vorschein. Ich blickte zu dem anderen Mann hinüber. Er war genauso ausgerüstet.

Ich schoß von meinem Platz empor, um nach der Notbremse zu greifen. Strafe bei Mißbrauch fünfundzwanzig Pfund. Der große Mann ließ den Arm mit einem kurzen Schlag hervorschnellen und vereitelte meine Absicht.

Die beiden hatten ihr Geschäft im Boxring gelernt, so viel war klar. Aber mehr auch nicht. Meinen Kopf ließen sie weitgehend verschont, aber sie wußten auch so, wie und wo man einem Gegner Schmerzen zufügen konnte. Wenn ich den einen abzuwehren versuchte, hatte der andere freie Bahn. Das einzige, was mir gelang, war ein kräftiger Tritt gegen den Knöchel des kleineren Mannes, der ihm einen unfeinen Fluch entlockte und mir einen Nierenschlag eintrug. Ich brach auf meinem Platz zusammen, und beide bearbeiteten mich gemeinsam.

Als sie mich losließen, sackte ich langsam zu Boden und lag mit dem Gesicht zwischen Zigarettenstummeln und zusammengeknülltem Butterbrotpapier. Ich verhielt mich ganz still und betete zu einem Gott, an den ich nicht glaubte, daß sie nicht wieder anfangen würden.

Der größere Mann beugte sich über mich.

»Wird er abkratzen?« fragte der kleinere.

»Aber woher denn! Wir sind doch ganz behutsam mit ihm umgegangen, oder nicht? Guck mal zur Tür raus, es ist Zeit, daß wir verduften.«

Die Tür glitt auf und wieder zu, aber ich wagte geraume Zeit kaum zu glauben, daß sie wirklich verschwunden waren. Ich blieb mühsam atmend auf der Erde liegen und fühlte mich hundeelend. Vorübergehend hatte ich auf merkwürdig verschwommene Art das Empfinden, nicht wegen meines Artikels, sondern wegen Gail zusammengeschlagen worden zu sein. Ich hatte gesündigt und die verdiente Strafe bekommen. Der Schmerz flutete in heißen Wellen über mich hinweg, und nur mein Schuldgefühl machte ihn erträglich.

Schließlich gelang es mir, mich hochzurappeln und wieder auf meinen Platz zu setzen. Blicklos starrte ich auf die vereinzelt vorbeihuschenden Lichter, die sich allmählich zu einer nicht mehr abreißenden Kette verdichteten. Der Zug verlangsamte sein Tempo. London. Alles aussteigen. Ich würde mich von meinem Platz erheben müssen. Eine erschreckende Vorstellung. Jede Bewegung schmerzte.

Der Zug fuhr in St. Pancras ein und hielt mit einem Ruck. Ich befahl mir aufzustehen. Wenn ich sitzenblieb, würde ich die Nacht womöglich auf einem Abstellgleis verbringen müssen, aber ich konnte mich nicht aufraffen.

Wieder ging die Abteiltür auf. Ich blickte hoch und versuchte, die aufsteigende Panik in mir zu unterdrücken. Keine Männer in Overalls, nur der Schaffner.

»Endstation«, sagte er.

»Ja«, erwiderte ich.

Er trat in das Abteil und betrachtete mich. »Wohl ein bißchen gefeiert, wie?« Er hielt mich für betrunken.

»Hm«, nickte ich. »Gefeiert.«

Ich unternahm den lange hinausgezögerten Versuch und stand auf. Es tat verteufelt weh.

»Hören Sie, lieber Mann«, sagte der Schaffner eindringlich, »tun Sie mir den Gefallen und versauen Sie mir nicht das Abteil.«

Ich schüttelte den Kopf, erreichte die Tür, schwankte in den Flur hinaus. Der Schaffner nahm meinen Arm und half mir auf den Bahnsteig hinunter. Während ich mich vorsichtig entfernte, hörte ich, wie er hinter mir zu einer Gruppe von Gepäckträgern sagte: »Habt ihr den gesehen? Ganz grün im Gesicht und schwitzt wie ein Schwein. Muß ganz schön getankt haben.«

Ich nahm mir ein Taxi nach Hause und stieg langsam die Treppen hinauf. Mrs. Woodward war ausnahmsweise einmal in Eile, weil sie zu Hause sein wollte, bevor der Nebel sich verstärkte. Ich entschuldigte mich für die Verspätung. »Ist schon gut, Mr. Tyrone, Sie wissen ja, daß ich sonst gern bleibe ...« Sie schloß die Tür hinter sich, und ich unterdrückte das heftige Bedürfnis, mich stöhnend auf mein Bett sinken zu lassen.

»Ty, du siehst schrecklich blaß aus«, sagte Elizabeth, als ich sie zur Begrüßung küßte. Ich konnte meinen Zustand unmöglich völlig vor ihr verbergen.

»Ich bin hingefallen«, sagte ich. »Ausgerutscht. Ein paar Minuten lang ist mir direkt die Luft weggeblieben.«

Sie war sofort beunruhigt, mit der zusätzlichen Angst um sich selbst, die nur ihr Blick verriet.

»Mach dir keine Gedanken«, beruhigte ich sie. »Es ist ja nichts weiter passiert.«

Ich ging in die Küche und hielt mich am Küchentisch fest. Mir fielen Elizabeths schmerzstillende Tabletten ein. Ich nahm das Röhrchen aus dem Küchenschrank. Es waren nur noch zwei Tabletten drin. Ich schluckte eine davon. Morgen mußte ich ein neues Rezept besorgen. Eine Pille war nicht genug, aber besser als gar nichts. Ich kehrte ins Wohnzimmer zurück und goß uns unseren gewohnten Drink ein.

Als ich nach den üblichen abendlichen Verrichtungen schließlich im Bett lag, hatte sich der Hauptschmerz auf zwei oder drei gebrochene Rippen links unten konzentriert. Im übrigen fühlte ich mich am ganzen Körper wie durch die Mangel gedreht.

Ich lag im Dunkeln, bemüht, nicht zu husten, und versuchte, mir darüber klarzuwerden, wer und was hinter diesem Überfall stecken mochte und was ich Luke-John davon erzählen sollte. Er würde die ganze Geschichte rücksichtslos ausschlachten und auf die erste Seite setzen, gleichgültig, was meine Gefühle dabei waren. Luke-John kannte kein Mitleid. Hauptsache, das Blatt wurde gekauft. Verschwieg ich ihm den Vorfall und er kam später doch dahinter, wäre die Atmosphäre zwischen uns für immer vergiftet, und das konnte ich mir nicht leisten.

Ich seufzte tief. Ein schwerer Fehler. Die gebrochenen Rippen stachen mit unnötiger Heftigkeit zurück. Ich verbrachte eine Nacht, die alles andere als angenehm und ruhevoll war, und konnte mich morgens kaum bewegen. Elizabeth beobachtete mein Aufstehen mit nacktem Entsetzen.

»Ty!«

»Nur ein paar blaue Flecken, Liebes. Ich habe dir doch gesagt, daß ich gefallen bin.«

»Du — du siehst krank aus.«

Ich schüttelte den Kopf. »Ich mache gleich Kaffee.«

Während ich in der Küche hantierte, blickte ich sehnsüchtig auf Elizabeths letzte Tablette, doch ich hatte kein Recht, sie zu nehmen. Elizabeth litt zuweilen an schrecklichen Krämpfen und brauchte dann schnell eine Tablette. Als Mrs. Woodward kam, ging ich sofort zum Arzt.

Doktor Antonio Perelli schrieb das Rezept ohne Zögern aus und reichte es mir.

»Wie geht es ihr?«

»Gut. Genau wie immer.«

»Ich muß wieder einmal vorbeischauen.«

»Da wird sie sich freuen«, sagte ich aufrichtig. Perellis Besuche wirkten auf Elizabeth wie Champagner. Ich hatte ihn vor drei Jahren auf einer Party kennengelernt, einen jungen italienischen Arzt mit einer Privatpraxis in der Welbeck Street. Zu gut aussehend, war mein erster Eindruck gewesen, der typische Modearzt, der neurotischen Damen das Geld aus der Tasche zog.

Kurz bevor die Gesellschaft sich auflöste, hatte mir dann ein anderer Gast erzählt, daß Perelli sich auf Brustleiden spezialisiert habe und trotz seiner dunklen schmachtenden Augen ein brillanter Arzt sei. Ich war zu jener Zeit in Sorge wegen Elizabeth. Jedesmal, wenn sie sich irgendeine Infektion zuzog, mußte sie in stationäre Behandlung, doch auf Grund des allgemeinen Rückganges von Polioerkrankungen waren immer weniger Krankenhäuser in der Lage, Poliopatienten aufzunehmen. Ich hatte gerade erfahren, daß auch Elizabeth künftig nicht mehr in unserem alten Krankenhaus betreut werden konnte.

Zufällig war ich mit Perelli auf der Straße wieder zusammengetroffen, und wir hielten gemeinsam nach einem Taxi Ausschau, da wir in die gleiche Richtung mußten. Unterwegs fragte ich ihn, ob er ein Krankenhaus kenne, in das ich Elizabeth notfalls bringen könne. Statt mir direkt zu antworten, bat er mich auf einen Drink in seine kleine Junggesellenwohnung, und als ich mich verabschiedete, zählte Elizabeth zu seinen Patientinnen. Ihr Allgemeinzustand hatte sich unter seiner Obhut sofort gebessert, und ich zahlte seine bescheidenen Honorare ohne Murren.

Ich dankte ihm für das Rezept und steckte es in die Tasche.

»Ty, sind die Tabletten für Elizabeth oder für Sie?«

Ich sah ihn verblüfft an. »Wieso?«

»Mein lieber Freund, ich habe doch Augen im Kopf.«

Ich lächelte verzerrt. »Nun ja, ich wollte Sie sowieso darum bitten. Können Sie mir ein paar gebrochene Rippen verpflastern?«

Er legte mir einen festen Heftpflasterverband an und reichte mir ein kleines Medizinglas, das, wie er sagte, einen Zaubertrank enthielt. Die Wirkung war wirklich verblüffend: Kaum hatte ich das Glas geleert, spürte ich keinen Schmerz mehr.

»Sie haben doch Elizabeth nichts davon gesagt?« erkundigte er sich besorgt.

»Nur, daß ich gefallen bin.«

Er nickte beruhigt. »Gut.«

Es war sein Vorschlag gewesen, Probleme, die jede gesunde Frau ohne weiteres verkraftet hätte, von ihr fernzuhalten. Zuerst hatte ich ihn allzu betulich gefunden, aber seine Methode hatte Wunder gewirkt. Elizabeth war viel ausgeglichener, nicht mehr so nervös, und hatte sogar endlich ein bißchen Gewicht angesetzt.

»Und die Polizei? Haben Sie die Polizei benachrichtigt?«

Ich schüttelte den Kopf und erklärte ihm die Situation mit Luke-John.

»Schwierig. Wie wäre es denn, wenn Sie diesem Luke-John nur erzählten, die beiden Männer hätten Sie bedroht? Schließlich brauchen Sie in der Redaktion nicht Ihr Hemd auszuziehen.« Er lächelte. »Und diese Kerle werden ihre Heldentaten wohl nicht groß ausposaunen.«

»Vielleicht doch.« Ich runzelte nachdenklich die Stirn. »Möglicherweise wäre es keine schlechte Idee, heute bei offenbar bester Gesundheit auf dem Rennplatz aufzukreuzen und die beiden damit Lügen zu strafen.«

Er mixte mir mit zustimmender Geste ein Fläschchen seines Zaubertranks. »Essen Sie mäßig«, sagte er, indem er es mir reichte, »und trinken Sie nur Kaffee.«

»Okay.«

»Und tun Sie nichts, was Ihnen noch so eine Tracht Prügel eintragen könnte.«

Ich schwieg.

Er betrachtete mich mit traurig-verständnisvollem Gesicht. »Ist es zuviel verlangt, Elizabeths wegen darauf zu verzichten?«

»Ich kann nicht – einfach kuschen«, protestierte ich. »Nicht einmal für Elizabeth.«

Er schüttelte den Kopf. »Es wäre das beste für sie. Aber ...« Er zuckte die Achseln und streckte mir abschiednehmend die Hand entgegen. »Dann bleiben Sie wenigstens von Zügen weg.«

Ich blieb von Zügen weg. Genau vierundneunzig Minuten lang. Dann nahm ich den Zug nach Plumpton. Meine Mitreisenden waren zwei harmlose Fremde und ein Mann, den ich flüchtig von der BBC her kannte.

Dank Tonios Mixtur hielt ich mich den ganzen Tag über großartig auf den Beinen. Einmal mußte ich husten, aber auch das verursachte nur die Andeutung eines Stiches. Um den größtmöglichen Effekt zu erzielen, verbrachte ich die meiste Zeit in der Nähe der Buchmacherstände. Die Brüder wußten offenkundig, daß etwas vorgefallen war. Wenn ich vorbeikam, flogen ihre Köpfe herum, und hinter meinem Rücken stießen sie sich mit den Ellbogen an. Als ich bei einem von ihnen zehn Shilling auf einen Außenseiter setzte, fragte er: »Wie fühlen Sie sich denn, Mister?«

»Gut«, erwiderte ich überrascht. »Warum auch nicht? Heute ist doch ein schöner Tag.«

Er wirkte einen Augenblick perplex, dann zuckte er die Achseln. Ich wanderte weiter, blickte in Gesichter und versuchte dabei, ein bekanntes zu entdecken. Dummerweise hatte ich den vier Buchmachergehilfen in dem Abteil so wenig Beachtung geschenkt, daß ich nicht sicher war, ob ich einen von ihnen wiedererkennen würde. Und ich hätte ihn auch nicht wiedererkannt, wenn er sich nicht selbst verraten hätte. Als er merkte, daß ich ihn ansah, zuckte er zusammen, verließ seinen Stand und stürzte davon.

Aus naheliegenden Gründen verzichtete ich darauf, ihm nachzurennen. Dafür trat ich eine Stunde später, als er sich wieder sicher genug fühlte, seiner Arbeit nachzugehen, ruhig von hinten an ihn heran.

»Ich hätte mich gern mit Ihnen unterhalten«, sagte ich leise neben ihm.

Er sprang vor Schreck fast in die Höhe. »Ich hatte nichts damit zu tun.«

»Das weiß ich. Sie brauchen mir nur zu sagen, wer die beiden Männer waren.«

»Wollen Sie, daß ich im Krankenhaus lande?«

»Zwanzig Pfund?« schlug ich vor.

»Ich weiß nichts über... Wie kommt es überhaupt, daß Sie heute hier sind?«

»Warum nicht?«

»Wenn sich die beiden jemanden vornehmen, kommt er nicht so schnell wieder auf die Beine.«

»Tatsächlich? Sie schienen mir ziemlich harmlos zu sein.«

»Nein, ehrlich«, sagte er neugierig, »haben die beiden Sie wirklich nicht angefaßt?«

»Nein.«

Er war verblüfft.

»Fünfundzwanzig Pfund«, sagte ich. »Für ihre Namen oder für den Namen ihres Auftraggebers.«

Er zögerte. »Nicht hier. Im Zug.«

»Nicht im Zug«, widersprach ich entschieden. »In der Pressekabine. Und zwar jetzt.«

Er stieg vor mir die Stufen zu dem Holzverschlag hinauf, der den Journalisten zur Verfügung stand. Ich machte dem einzigen Reporter, der sich dort oben aufhielt, ein Zeichen, und er verschwand mit kollegialem Grinsen.

»Dann also los«, sagte ich. »Wer waren die beiden?«

»Schläger«, begann er vorsichtig.

Ich konnte mich gerade noch zurückhalten, ihm zu sagen, daß ich dies bereits selber wüßte.

»Es sind Charlie Bostons Leute«, stieß er hervor.

»Das ist schon besser. Wer ist Charlie Boston?«

»Haben Sie noch nie von Charlie Boston gehört? Er hat ein paar Wettannahmestellen in Birmingham, Wolverhampton und der Gegend.« Er schien noch überraschter als zuvor. »Schulden Sie ihm kein Geld? Was hat er denn sonst von Ihnen gewollt? Die Burschen treiben im allgemeinen seine Außenstände ein.«

»Ich habe noch nie von Charlie Boston gehört, geschweige denn bei ihm gewettet.« Ich holte meine Brieftasche heraus und reichte ihm fünf Fünfer. Er nahm sie mit geübtem Griff und verstaute sie in einem mächtigen Geldbeutel, den er unter der linken Achselhöhle trug. »Man muß vorsichtig sein«, murmelte er erläuternd.

Er stieg die Treppe wieder hinab, ich blieb jedoch noch einen Augenblick in der Pressekabine zurück. Wenn dieser Charlie Boston mir tatsächlich seine Schläger auf den Hals geschickt hatte, überlegte ich, war er äußerst töricht gewesen.

Wie zu erwarten, reagierte Luke-John auf meine Mitteilung, daß zwei Männer mir gedroht hätten, mich fertigzumachen, wenn ich meine Finger nicht von der Geschichte ließe, mit der entrüsteten Feststellung: »So etwas können die doch mit dem *Blaze* nicht machen!« Er setzte sich in Positur wie ein angriffslustiger Ochsenfrosch und zitterte vor Genugtuung, daß der Artikel greifbare Resultate gezeitigt hatte. Impulsiv griff er nach dem Telefonhörer.

»Ein Gespräch nach Manchester bitte, die Sportredaktion ... Andy? Hier spricht Luke Morton. Was können Sie mir über einen Buchmacher namens Charlie Boston sagen? Er hat eine Kette von Wettbüros in der Gegend von Birmingham.«

Er lauschte mit zunehmender Aufmerksamkeit einer längeren Antwort. »Das paßt ins Bild. Ja. Ja, sehr schön. Hören Sie sich um und melden Sie sich wieder.« Er legte den Hörer auf und massierte seinen Adamsapfel. »Noch bis vor einem Jahr war Charlie Boston offenbar ein ganz gewöhnlicher Buchmacher mit etwa sechs Niederlassungen. Inzwischen hat er, laut Andy, mächtig expandiert und sich zu einem richtigen Halsabschneider entwickelt. Andy meint, gerade in letzter Zeit habe dieser Boston ein bißchen viel von sich reden gemacht. Seine Außenstände soll er von zwei Exboxern eintreiben lassen, und das Geschäft floriert.«

Ich überlegte. Eine Type wie Charlie Boston schien so gar nicht auf die Beschreibung zu passen, die Dembley mir von dem soignierten Herrn mit Rolls-Royce und Chauffeur gegeben hatte, nicht einmal als Partner kamen die beiden meiner Meinung nach in Frage. Natürlich war nicht ausgeschlossen, daß zwei Ganoven unabhängig voneinander operierten, doch was würde geschehen, wenn sie sich ins Gehege kamen? Und wer mochte Bert Checkov auf dem Gewissen haben?

Luke-Johns Telefon klingelte, und er nahm ab. Während er zuhörte, verengten sich seine Augen. Er wandte den Kopf, um mich eingehend zu mustern.

»Was soll das heißen, er sei fertiggemacht worden? Das ist glatt erfunden. Er steht in diesem Augenblick hier im Büro, und gestern war er bei den Rennen im Plumpton. Sie sollten Ihre Pantasie ein bißchen zügeln ... Wenn Sie mir nicht glauben wollen, sprechen Sie doch selbst mit ihm.« Er reichte mir mit einer Grimasse den Hörer: »Connersley. Ein alter Schmierfink.«

»Ich habe gehört«, sagte eine maliziöse Stimme am anderen Ende der Leitung, »daß Sie von zwei Schlägern aus Birmingham auseinandergenommen worden sind.«

»Ein Gerücht«, erwiderte ich gelangweilt, »das mir gestern in Plumpton selber zu Ohren gekommen ist.«

»Meinem Informanten nach zu urteilen, waren Sie gar nicht imstande, nach Plumpton zu fahren.«

»Ihr Informant ist unzuverlässig. Sie sollten sich nach einem neuen umsehen.«

Es herrschte eine kurze Pause. Dann sagte er: »Ich kann nachprüfen, ob Sie dort waren.«

»Tun Sie das.« Ich knallte den Hörer auf die Gabel und dankte meinem Schöpfer, daß ich Luke-John mit meiner Version früher erreicht hatte.

»Haben Sie denn für kommenden Sonntag eine Fortsetzung vor?« erkundigte er sich. Connersley hatte ihn nicht mißtrauisch gemacht. »Sie müssen am Ball bleiben. Zwingen Sie die Rennsportbehörden zum Handeln. Geben Sie nicht nach. Sie wissen, wie man so etwas macht.«

Ich nickte. Ich wußte, wie man so etwas machte. Aber meine Prellungen und Brüche mahnten mich verstohlen: Nicht schon wieder. Schreib doch lieber über ein nettes, unverfängliches Thema.

»Lassen Sie sich etwas einfallen«, fuhr Luke-John ungeduldig fort. »Schließlich werden Sie nicht umsonst bezahlt.«

Ich seufzte so behutsam wie möglich. »Wie wäre es denn, wenn wir die Garantie übernähmen, daß ›Tiddely Pom‹ im Lamplighter startet? Vielleicht kann ich mich mit den Ronceys einigen ...«

»Der *Blaze* garantiert, daß ›Tiddely Pom‹ startet!« unterbrach Luke-John mich mit energischem Blick. »Ty, das ist genial. Damit machen Sie Ihren Beitrag auf. Großartig. Einfach fabelhaft!«

O Gott, dachte ich. Ich bin doch der größte Idiot unter Gottes Sonne. Bleiben Sie von Zügen weg, hatte Tonio Perelli mir geraten. Was würde er wohl dazu sagen, daß ich im Begriff war, mich auf die Geleise zu legen?

8

Um halb drei Uhr traf ich unangemeldet bei den Ronceys ein. Victor Roncey stand auf seinem Hof und sah zu, wie Pat und der alte Mann einen dicken Baumstamm zersägten. Er empfing mich ohne Begeisterung, führte mich jedoch in das Wohnzimmer, nicht ohne Pat vorher Anweisung gegeben zu haben, nach beendeter Arbeit die Ställe auszumisten.

Madge lag auf dem Sofa und schlief. Roncey streifte sie mit einem gleichgültigen Blick und bedeutete mir, auf einem der beiden Sessel Platz zu nehmen.

»Ich brauche keine Hilfe vom *Blaze*«, wiederholte er, was er bereits draußen auf dem Hof gesagt hatte. »Warum sollte ich?«

»Das hängt davon ab, wie sehr Ihnen am Herzen liegt, daß ›Tiddely Pom‹ im Lamplighter läuft.«

»Natürlich wird er laufen.« Roncey musterte mich angriffslustig. »Das habe ich Ihnen doch schon gesagt.«

»In diesem Fall«, erwiderte ich milde, »gibt es zwei Möglichkeiten. Entweder die Ganoven lassen sich von der Publicity der letzten Tage abschrecken, oder sie werden ›Tiddely Pom‹ am Starten hindern. Wenn die Kerle vernünftig sind, lassen sie es bleiben, aber ich glaube kaum, daß wir auf die Vernunft solcher Leute zählen können.«

»Niemand wird mein Pferd daran hindern zu laufen«, beharrte er eigensinnig.

»Aber Sie hätten doch wohl nichts gegen ein paar Sicherheitsvorkehrungen einzuwenden? Der *Blaze* übernimmt sämtliche Kosten.«

Er musterte mich eindringlich. »Geht es Ihnen nicht nur darum, Ihrem Blatt eine Sensationsgeschichte zu liefern?«

»Jeder profitiert zur Hälfte: Sie und das Wettpublikum und der *Blaze*. Aber das Ziel bleibt, ›Tiddely Pom‹ im Lamplighter laufen zu lassen.«

Er überlegte.

»Was für Sicherheitsvorkehrungen meinen Sie denn?« fragte er schließlich.

»Drei Maßnahmen sind unerläßlich«, erwiderte ich. »Die einfachste ist, der Rennleitung noch einmal ausdrücklich mitzuteilen, daß ›Tiddely Pom‹ im Lamplighter laufen soll und gleichzeitig um Rückfrage bei Ihnen zu bitten, falls das Pferd kurzfristig vom Start zurückgezogen werden sollte. Sie müssen sich nämlich klar darüber sein, daß beispielsweise ich oder jeder beliebige andere ein Telegramm oder Fernschreiben schicken und ›Tiddely Pom‹ streichen lassen könnte.«

Ihm fiel der Kinnladen herunter. »Jeder, der will?«

»Jeder, der mit Ihrem Namen zeichnet. Bei den vielen verschiedenen Rennen kann die Rennleitung unmöglich jede einzelne Absage nachprüfen. Und warum sollte sie auch?«

»Großer Gott«, sagte er benommen. »Ich schreibe sofort, oder besser noch, ich rufe an.« Er wollte sich erheben.

»So eilig ist es nun auch wieder nicht«, beruhigte ich ihn. »Aller Voraussicht nach dürfte eine Absage erst in letzter Minute eintreffen, damit noch möglichst viele feste Wetten abgeschlossen werden können.«

»Ja ...« Während er sich zurücksinken ließ, schien ihm ein Gedanke zu kommen. »Wenn der *Blaze* sich für ›Tiddely Pom‹ stark macht und es geht doch etwas schief, würden Sie ganz schön dumm dastehen.«

Ich nickte. »Das Risiko muß ich eingehen. Aber wir werden trotzdem unser Bestes versuchen. Allerdings brauchen wir dazu Ihre volle Unterstützung, nicht nur Ihre gütige Erlaubnis.«

Er zögerte nicht länger. »Die haben Sie. Was kommt als nächstes?«

»›Tiddely Pom‹ muß in einen anderen Stall.«

Er zuckte zusammen. »O nein!«

»Hier ist er zu gefährdet.«

Roncey schluckte. »Wohin denn?«

»Zu einem der besten Trainer überhaupt. Das Pferd wird weiter sorgfältig auf das Rennen vorbereitet. Es bekommt seine gewohnte Futterzusammenstellung, und Sie erhalten jeden Tag einen Bericht.«

Er öffnete den Mund, ohne ein Wort herauszubekommen.

»Drittens«, fuhr ich fort, »müssen Ihre Frau und Ihre drei jüngeren Kinder verreisen.«

»Das geht nicht«, protestierte er automatisch.

»Es muß gehen. Gesetzt den Fall, einer der Jungen wird entführt. Würden Sie sein Leben für den Start von ›Tiddely Pom‹ aufs Spiel setzten?«

Madge räkelte sich und stand auf. Ihre Augen waren durchaus nicht mehr verträumt. »Wann und wohin fahren wir?« erkundigte sie sich.

»Morgen«, erwiderte ich. »Sie werden dann schon sehen, wo Sie landen.«

Sie lächelte begeistert. Ihre Träume wurden plötzlich Wirklichkeit. Roncey war weniger davon angetan.

»Mir gefällt das nicht«, sagte er stirnrunzelnd.

»Am besten wäre es natürlich, wenn Sie alle gemeinsam wegfahren würden«, sagte ich.

Roncey schüttelte den Kopf. »Ich kann doch die anderen Pferde und den Hof nicht im Stich lassen. Und Pat und Peter brauche ich zur Arbeit.«

Ich erhob keine Einwände, da ich schließlich im großen und ganzen gewonnen hatte. »Sagen Sie den Kindern nichts von der Reise«, wandte ich mich an Madge. »Schicken Sie sie nur morgen früh nicht in die Schule. Gegen neun Uhr werden Sie dann abgeholt. Sie bleiben bis nach dem Lamplighter weg. Und bitte schreiben Sie auf keinen Fall hierher, auch die Kinder nicht. Wenn Sie schreiben wollen, schicken Sie die Briefe an den *Blaze*. Wir sorgen dann dafür, daß Ihr Mann sie erhält.«

»Aber Vic kann uns schreiben?« fragte Madge.

»Selbstverständlich, aber auch nur über den *Blaze*. Er wird nämlich gar nicht erfahren, wo Sie sich überhaupt aufhalten.«

Beide protestierten, sahen aber schließlich ein, daß es so besser sein würde. Was er nicht wußte, konnte er nicht verraten.

Ich ließ die Ronceys etwas fassungslos zurück und machte mich auf den Heimweg. Am Morgen, bevor ich in die Redaktion gegangen war, hatte ich den Rest von Tonios Zaubertrank getrunken, Elizabeths Pillen wirkten nur halb so gut. Die Fahrt schien überhaupt kein Ende zu nehmen. Als ich zu Haus ankam, war ich müde, durstig und restlos erschöpft.

»Ty, was ist mir dir?« erkundigte sich Elizabeth besorgt.

»Nichts.« Ich lächelte ihr zu. »Wirklich nichts, Liebes.«

Während sie zurücklächelte, löste sich die Spannung in ihrem Gesicht. Meine arme, arme Elizabeth. Ich streckte die Hand aus und streichelte ihr liebevoll die Wange. Sie drehte den Kopf und küßte meine Finger.

»Du bist ein wunderbarer Mann, Ty.«

Ich zog die Nase kraus und erwiderte: »Du bist auch nicht so übel.«

Das Trauerspiel, das ein Virus aus unserem Leben gemacht hatte, würde sich niemals ändern. Für Elizabeth war es endgültig, unabänderlich. Mir blieben wenigstens noch Notausgänge wie zum Beispiel Gail. Wenn ich sie benutzte, hatte ich nicht das übliche Schuldgefühl ungetreuer Ehemänner, sondern das eines Deserteurs. Elizabeth konnte das Schlachtfeld nicht verlassen; wurde es mir jedoch allzuviel, machte ich mich einfach aus dem Staub und ließ sie allein.

Am nächsten Morgen um neun Uhr wurden Madge und die drei Roncey-Jungen von Derry Clark in dessen eigenem Austin abgeholt und über Portsmouth direkt auf die Autofähre zur Isle of Wight gebracht.

Mittags erschien ich bei Roncey mit einem Pferdetransporter, den ich mir von unserem Lokalchef ausgeliehen hatte. Roncey trennte sich nur schwer von ›Tiddely Pom‹ und belud den zweiten Stand des Transporters nicht nur mit Futtersäcken, Heuballen, Sattel- und Zaumzeug, sondern noch mit drei Dutzend Eiern und einem Kasten Bier. Außerdem hatte er eine vier Seiten lange, größtenteils dick unterstrichene Anweisung für ›Tiddely Poms‹ Diät und sein Training verfaßt.

Pat ging seinem Vater mit etwas schadenfrohem Grinsen beim Aufladen zur Hand. Als er merkte, daß ich ihn beobachtete, warf er mir einen bedeutungsvollen Blick zu und raunte im Vorübergehen: »Jetzt weiß er wenigstens, wie einem bei so etwas zumute ist.«

Als ich losfuhr, stand Victor Roncey völlig verloren mitten auf dem unordentlichen Hof und blickte seinem Herzblatt kummervoll nach. Nach einigen Kilometern hielt ich an einer Telefonzelle und wählte die Nummer der Western School of Art.

»Sieh einer an, welche Überraschung«, sagte Gail.

»Ja«, pflichtete ich ihr bei. »Wie steht's mit Sonntag?«

»Hm.« Sie zögerte. »Wie wäre es denn mit morgen?«

»Mußt du denn nicht unterrichten?«

»Ich meinte«, erläuterte sie, »morgen nacht.«

»Morgen – die ganze Nacht?«

»Könntest du das einrichten?«

Ich holte so tief Luft, daß meine angeknackten Rippen schmerzten. Es kam darauf an, ob Mrs. Woodward, wie auch sonst manchmal, bei Elizabeth übernachten konnte.

»Ty?« sagte Gail. »Bist du noch dran?«

»Ich denke nach.«

»Worüber?«

»Was ich meiner Frau sagen kann.«

»Also ja oder nein?«

»Ja«, sagte ich mit einem Seufzer. »Und wo?«

»Am besten in einem Hotel.«

»Gut.« Ich erkundigte mich, wann sie fertig sei, und verabredete mit ihr einen Treffpunkt am King's Cross.

Dann rief ich bei mir zu Hause an. Elizabeth war am Apparat. »Ty! Wo bist du denn?«

»Unterwegs. Es ist alles in Ordnung. Ich habe heute früh nur vergessen, Mrs. Woodward zu fragen, ob sie morgen nacht bei dir bleiben kann ... Ich muß nach Newcastle, um Samstag früh pünktlich auf der Rennbahn zu sein.« Elender Lügner, dachte ich, während ich voller Skrupel verfolgte, wie sie mit Mrs. Woodward verhandelte.

»Es klappt, Ty. Sie kann bleiben. Kommst du denn Samstag wieder nach Hause?«

»Ja, Liebes, aber erst spät.«

»Natürlich.«

»Bis heute abend dann.«

»Wiedersehen, Ty«, sagte sie mit einem Lächeln in der Stimme. »Bis heute abend.«

Die ganze Fahrt bis zu Norton Fox' Stall bereute ich, was ich getan hatte, und wußte doch, daß ich es nicht rückgängig machen würde.

Norton Fox spähte neugierig in den Pferdetransporter, den ich vor seinem Haus abgestellt hatte.

»Das ist also der großartige ›Tiddely Pom‹. Kann nicht behaupten, daß er, aus diesem Gesichtswinkel betrachtet, besonders eindrucksvoll wirkt.«

»Auch aus keinem anderen«, bestätigte ich. »Es ist nett, daß Sie ihn bei sich aufnehmen wollen.«

»Keine Ursache. Ich stelle ihn in die Box neben ›Zig Zag‹, Sandy Willis kann sich um beide kümmern.«

»Aber Sie verraten ihr doch nicht, wer er ist?« erkundigte ich mich besorgt.

»Natürlich nicht.« Er schüttelte ob meiner törichten Frage den Kopf. »Ich habe gerade drüben in Kent ein Jagdpferd gekauft, das lasse ich einfach noch ein paar Tage bei seinem früheren Besitzer. Sandy und die anderen Stallburschen werden denken, ›Tiddely Pom‹ sei meine Neuerwerbung.«

»Bestens.«

»Einer der Stallburschen soll ihn gleich ausladen. Sie sagten am Telefon, daß Sie lieber ungesehen bleiben möchten ... Kommen Sie doch auf eine Tasse Tee herein.«

Zu spät, nachdem ich bereits genickt hatte, fiel mir der gallebittere Tee von meinem letzten Besuch ein. Seine Konsistenz hatte sich nicht geändert. Fox bot mir vertrockneten Obstkuchen an und nahm sich, als ich dankend ablehnte, selber ein kräftiges Stück. »Ihr Artikel letzten Sonntag«, sagte er zwischen den Rosinen hindurch, »muß ja bei einigen Leuten wie eine Bombe eingeschlagen haben.«

»Hm«, machte ich, »das hoffe ich.«

»›Brevity‹ war doch sicherlich einer der von Ihnen erwähnten nicht gestarteten Favoriten, nicht wahr? Auch wenn sie ihn nicht ausdrücklich beim Namen genannt haben?«

»Ja.«

»Ty, haben Sie erfahren können, warum Dembley sein Pferd zurückgezogen hat?«

»Ich kann Ihnen den Grund nicht sagen, Norton.«

Er nahm diese Antwort zur Kenntnis und nickte mit einer gewissen Befriedigung. »Dann erzählen Sie es mir später einmal.«

Ich lächelte flüchtig. »Wenn den Burschen das Handwerk gelegt worden ist.« Ich stellte die halbvolle Teetasse zurück und stand auf. »Muß mich auf den Rückweg machen, Norton. Vielen Dank noch einmal für Ihre Hilfe.«

»So etwas wie mit ›Brevity‹ soll sich nicht wiederholen.«

»Schicken Sie sämtliche Belege über Ihre Auslagen an den *Blaze.*«

Er nickte. »Und ich rufe jeden Tag die Sportredaktion an, um Bericht zu erstatten, spreche aber mit niemandem außer mit James Tyrone, Derry Clark oder einem gewissen Luke-John Morton. Stimmt's?«

»Genau«, bestätigte ich. »Ach ja, hier sind noch Victor Ronceys Anweisungen. ›Tiddely Pom‹ bekommt jeden Abend Eier und Bier ins Futter.«

»Ich habe einen Besitzer«, sagte Norton, »der schickt seinem Pferd regelmäßig Champagner.«

Ich brachte den Transporter zu unserem Lokalchef zurück, tauschte ihn gegen meinen Bedford aus und fuhr nach Hause. Die Uhr zeigte zehn Minuten vor sieben. Mrs. Woodward brauchte sich in dieser Woche nicht über mangelnde Überstunden zu beklagen. Sie hatte Hühnchen à la King gemacht und meine Portion warmgestellt.

Ich küßte Elizabeth, goß uns unseren Abendtrunk ein, aß das Hühnchen, sah in ein Fernsehprogramm hinein und ließ ein wenig von der Anspannung des Tages abklingen. Immerhin hatte ich noch meinen Sonntagsartikel zu schreiben. Ich zog mich mit dem festen Vorsatz in mein Arbeitszimmer zurück, eine ruhige, nüchterne, vorsichtige Fortsetzung zu meinem Bericht vom vergangenen Sonntag zusammenzubasteln. Aber dann kam ich während des Schreibens doch wieder in Fahrt. Weder Charlie Boston noch der Fremde mit dem Rolls-Royce würden mit dem Ergebnis zufrieden sein.

Am nächsten Morgen packte ich, bevor ich in die Redaktion ging, meine Toilettenutensilien zusammen; Elizabeth ermahnte mich, den Wecker und ein frisches Hemd nicht zu vergessen.

»Ich finde es scheußlich, wenn du so lange weg bist«, sagte sie.

»Dabei weiß ich ja, daß du so selten wie möglich fährst und Derry fast alle auswärtigen Rennen wahrnimmt ... Ich habe direkt ein schlechtes Gewissen, weil seine Frau dann immer mit den kleinen Kindern ganz allein ist ...«

»Deswegen brauchst du dir keine Gedanken zu machen«, sagte ich lächelnd. »Derry fährt ganz gern.« Ich hatte mich fast selber davon überzeugt, daß ich den Nachmittagszug nach Newcastle nehmen würde. Gail war weit entfernt, fast unwirklich. Ich küßte Elizabeth dreimal auf die Wange und bedauerte aufrichtig, sie verlassen zu müssen. Und doch verließ ich sie.

Als ich in die Redaktion kam, überreichte mir Luke-Johns Sekretärin einen dicken Briefumschlag, der bereits am Mittwoch, gleich nachdem ich das Büro verlassen hatte, für mich abgegeben worden war. Es waren die Fahnenabzüge meines *Tally*-Artikels, die ich umgehend lesen und abzeichnen sollte.

»Gestern hat der *Tally* zweimal für Sie angerufen«, sagte Luke-Johns Sekretärin. »Die gehen heute in Druck.«

Arnold Shankerton hatte den Artikel an einigen Stellen geändert und seine eigene, etwas pedantische Auffassung von Grammatik hineingebracht. Ich seufzte. Für hundertfünfzig Guineas ließ sich vieles ertragen. Er meldete sich mit einer Mischung aus Bedauern und Unwillen: »Da wir nichts von Ihnen gehört haben, mußten wir leider ohne Ihr Plazet mit dem Druck beginnen.«

»Meine Schuld. Ich habe die Fahnenabzüge erst heute in der Redaktion vorgefunden.«

»Ah so. Nun ja, nachdem ich noch ein bißchen daran herumgefeilt habe, liest sich der Artikel meiner Meinung nach sehr gut. Wir sind recht zufrieden damit.«

»Das freut mich«, sagte ich höflich. »Schicken Sie mir ein Belegexemplar?«

»Ich mache mir eine Notiz«, erwiderte er. Vermutlich würde ich mir die Nummer am Zeitungsstand kaufen müssen. »Schicken Sie mir die Unterlagen für Ihre Spesen. Sie halten sich doch hoffentlich in Grenzen?«

»Natürlich«, sagte ich. »Kaum der Rede wert.«

Gerade als ich auflegte, kamen Luke-John und Derry herein. Luke-John streckte, ohne sich mit einem Gruß aufzuhalten, die Hand nach meinem Sonntagsbeitrag aus.

»Hmph«, sagte er, nachdem er ihn gelesen hatte. »Ich hätte ein bißchen mehr Schärfe erwartet.«

Derry nahm sich einen der Durchschläge vor. »Noch mehr Schärfe hätte ja das Papier zerfressen«, widersprach er.

»Könnten Sie nicht etwas klarer herausarbeiten, daß nur der *Blaze* ›Tiddely Poms‹ Aufenthaltsort kennt?« sagte Luke-John. »Sie haben das nur angedeutet.«

»Nehmen wir einmal an, jemand findet ›Tiddely Pom‹?« wandte ich ein. »Dann wären wir ganz schön blamiert.«

»Er wird nicht gefunden. Außer uns dreien und Norton Fox weiß doch niemand, wo er ist. Strenggenommen wissen sogar nur Sie und Norton Fox genau Bescheid. Und wir halten dicht. Nein, nein, Ty. Das muß ganz eindeutig sein. Der *Blaze* hat das Pferd in Sicherheit gebracht, und nur der *Blaze* weiß, wo es sich befindet.«

»Charlie Boston könnte das nicht recht sein«, bemerkte Derry.

»Charlie Boston kann mir den Buckel runterrutschen«, sagte Luke-John ungeduldig.

»Ich meine«, erläuterte Derry, »Charlie Boston könnte seine Schläger losschicken, um Ty auseinanderzunehmen, weil er so offenkundig ihre Warnung ignoriert hat.«

Mein alter Derry. Luke-John erwog diese Möglichkeit zwei volle Sekunden lang, dann schüttelte er den Kopf. »Das würden die nicht wagen.«

»Und wenn«, sagte ich, »würde das eine gute Story hergeben und den Absatz ankurbeln.«

»Genau.« Luke-John wollte nicken, blickte mich dann jedoch mißtrauisch an. »Sollte das ein Witz sein?«

»Ein schwacher.« Ich seufzte.

»Dann machen Sie sich noch einmal an die Arbeit, Ty.« Er nahm einen Bleistift zur Hand und strich den ersten Satz durch. Derry verfolgte teilnahmsvoll, wie die Striche und Änderungen immer mehr wurden. So etwas war ihm selber oft genug passiert.

Luke-John verwandelte mein gemäßigtes, wenn auch schlagkräftiges Original in eine Dampframme. Ich bastelte den ganzen Vormittag an der Neufassung herum. Was Luke-John schließlich akzeptierte, war ein Kompromiß zwischen meiner Auffassung und der seinen, wenn auch immer noch sehr riskant. Luke-John brachte das Manuskript zum Chef, wartete, bis der es gelesen hatte, und kam dann triumphierend zurück.

»Es hat ihm gefallen. Er findet es großartig. Derrys gestrigen Bericht über das Handikap fand er auch gut. Er meint, die Sportredaktion sei ein großes Plus für die Zeitung.«

»Wunderbar«, sagte Derry heiter. »Wann gibt es die nächste Gehaltserhöhung?«

»Zeit für ein Glas im *Devereux*«, schlug Luke-John vor, indem er auf die Armbanduhr blickte. »Kommen Sie mit, Ty?«

Wir machten uns zu dritt auf den Weg.

»Erst zwei Wochen seit Bert Checkovs Tod«, konstatierte Derry, während er sich auf einem Barhocker niederließ. »Und nur zehn Tage, seit wir den Nichtstartern auf die Spur gekommen sind. Komisch.«

Und noch acht Tage bis zum Lamplighter. Diesen Montag, beschloß ich, würde ich ganz zu Haus verbringen.

»Denke daran«, sagte ich zu Derry, »niemandem meine Telefonnummer zu geben.«

»Wie kommen Sie denn plötzlich darauf?« wollte Luke-John wissen.

»Ich dachte gerade an Charlie Boston. Ich stehe nämlich nicht im Telefonbuch ...«

»Weder Derry noch ich werden Ihre Telefonnummer verraten«, sagte Luke-John ungeduldig. »Nun hören Sie schon auf, Ty. Man könnte glatt denken, Sie hätten Angst.«

»Die habe ich auch«, bestätigte ich, und beide lachten herzlich in ihre Gläser hinein.

Derry war, wie vorauszusehen, sehr angetan, daß ich nach Newcastle fahren wollte und ihm das Rennen in Kempton überließ.

»Geht denn das?« fragte er etwas unsicher. »Ich meine, mit deiner Frau?«

Ich berichtete ihm, was Elizabeth gesagt hatte, aber wie üblich bereitete ihm alles, was mit ihr zu tun hatte, Unbehagen.

»Wie geht es ihr denn?« erkundigte sich Luke-John pflichtschuldig, und ich erwiderte: »Gut.«

Um vier Uhr nahm ich mein Köfferchen und machte mich auf den Weg nach King's Cross. Der Zug nach Newcastle ging um fünf. Ich sah zu, wie er abfuhr.

5.48 Uhr kam Gail die Treppe der Untergrundbahn herauf. Sie trug einen sehr schick geschnittenen dunkelblauen Mantel und hielt einen cremefarbenen Koffer in der Hand. Mehrere Köpfe wandten sich nach ihr um, und ein Mann, der etwa ebensolange gewartet hatte wie ich, verfolgte sie mit seinen Blicken, bis sie vor mir stand.

»Hallo«, sagte sie. »Entschuldige, daß ich so spät komme.«

»Macht nichts.«

»Ich sehe«, stellte sie mit Befriedigung fest, »daß dir eine Ausrede für deine Frau eingefallen ist.«

9

Sie schmiegte sich in der warmen Dunkelheit an mich und legte ihren Mund auf meinen Hals. Ich verstärkte den Druck meiner Arme und vergrub die Nase in ihrem sauberen, duftenden Haar.

»Es gibt doch immer wieder etwas Neues«, sagte sie schläfrig. »Gebrochene Rippen sind überhaupt das größte.«

»Ich habe sie gar nicht gespürt.«

»O doch.«

Ich strich sanft über ihre weiche Haut und schwieg, entspannt und restlos zufrieden. Sie war behutsam mit meinen Rippen und den blauen Flecken umgegangen. Seltsamerweise hatten sie ihr sogar Vergnügen bereitet.

»Wie ist denn das passiert?«

»Was?«

»Die Landkarte auf deinem Körper.«

»Ich habe bei einem Streit den kürzeren gezogen.«

Sie scheuerte die Nase an meiner Brust. »Muß ja hoch hergegangen sein.«

Ich lächelte in die Dunkelheit hinein.

»Ty?«

»Mm?«

»Können wir nicht das ganze Wochenende zusammen verbringen?«

Ich sprach in ihr Haar hinein: »Ich muß aus Newcastle einen telefonischen Bericht durchgeben. Den kann ich nicht ausfallen lassen.«

»Dieser blöde *Blaze*.«

»Sonntag ist ja auch noch ein Tag.«

»Ein Hurra für den Golfklub.«

Wir lagen still nebeneinander. Ich fühlte mich schwer vor Müdigkeit, kämpfte jedoch dagegen an einzuschlafen. Es gab so wenige Stunden wie diese. Ich wollte keine davon vergeuden.

Für Gail war die Zeit nicht so kostbar. Ihre Glieder erschlafften, und ihr Kopf sank auf meinen Arm. Ich dachte daran, wie Elizabeth in den ersten Jahren unserer Ehe so dicht an mich gekuschelt gelegen hatte, und zum erstenmal empfand ich kein Schuldgefühl, sondern nur tiefes Bedauern.

Nach ein paar Stunden erwachte Gail und zog meinen Arm zu sich herüber, um auf das Leuchtzifferblatt meiner Uhr zu sehen.

»Bist du wach?« fragte sie. »Es ist zehn vor sechs.«

»Magst du es auch morgens?«

»Mit dir, Ty, jederzeit.«

Ich erreichte den Acht-Uhr-Expreß nach Newcastle fröstelnd und unausgeschlafen zehn Sekunden vor der Abfahrt und setzte mich gleich in den Speisewagen, um mich mit einem starken Kaffee aufzumöbeln. Aber auch dem stärksten Kaffee gelang es nicht, die Depression zu verscheuchen, die mich unausbleiblich gleich nach meinem Abschied von Gail gepackt hatte. Viereinhalb Stunden bis Newcastle. Ich schlief fast die ganze Strecke und dachte den Rest der Zeit an den vergangenen Abend und die Nacht. Wir hatten in Bahnhofsnähe ein Zimmer in einem kleinen Privathotel gefunden und uns als Mr. und Mrs. Tyrone eingetragen. Niemand hatte sonderliches Interesse für uns gezeigt. Ich hatte im voraus bezahlt und erklärt, daß ich einen frühen Zug erreichen müsse.

Zum Abendessen waren wir in ein indisches Restaurant gegangen. Gail trug ihr übliches geschäftsmäßiges Benehmen zur Schau und sah auch unter Menschen ihrer eigenen Hautfarbe hinreißend aus. Ich war mit meinem blassen Gesicht in der Minderheit.

»Für Menschen wie mich muß London die angenehmste Stadt zum Leben sein«, kommentierte Gail.

»Für jeden.«

Sie schüttelte den Kopf. »Besonders für Mischlinge. In vielen anderen Ländern würde ich niemals die Stellung bekommen, die ich hier habe.«

»Die Tatsache, daß du Mischling bist, scheint dich aber nicht zu belasten«, sagte ich.

»Ich habe mich damit abgefunden. Menschen wie du erleichtern mir das natürlich. Dir macht es nichts aus, daß ich braun bin.«

»Du bist braun und schön. Eine umwerfende Kombination.«

»Du nimmst mich nicht ernst«, beklagte sie sich.

»Und du bist sehr bezaubernd.«

Sie lächelte amüsiert. »Aber ich habe einen harten Kern.«

»Und eines Tages wirst du dich ohne Schmerz von mir trennen.«

»Werden wir uns trennen?« Keine Besorgnis, keine innere Beteiligung.

»Was meinst du?«

»Ich glaube, du würdest deine Frau nicht verlassen, um mit mir zusammenzuleben.«

Ganz direkt, ohne Drumherum, ohne jeden Schwulst.

»Oder?« fragte sie, als ich nicht gleich antwortete.

»Ich werde sie nie verlassen.«

»Das habe ich mir gedacht. Ich weiß gern, woran ich bin. Dann kann ich genießen, was ich habe, und erwarte nicht mehr.«

Beim Kaffee kamen wir, wie schon einmal, auf Geld zu sprechen. Gail klagte, daß sie nie genug davon habe.

»Wer hat schon genug Geld?« sagte ich verständnisvoll.

»Deine Frau zum Beispiel.« Es war eine leichte Härte in ihrer Stimme, die meinen Impuls, diesen Irrtum richtigzustellen, erstickte.

»Entschuldige«, sagte sie gleich darauf. »Das hätte ich nicht sagen sollen. Was deine Frau hat, spielt keine Rolle. Wir sprechen von dem, was ich nicht habe. Einen eigenen Wagen zum Beispiel, eine Wohnung, genug, um nicht jeden Penny einteilen zu müssen, Reisen machen zu können, Geschenke . . .«

»Heirate einen Millionär«, schlug ich vor.

»Das habe ich vor.«

Wir lachten beide, aber ich dachte, daß es ihr wahrscheinlich Ernst damit war. Ich fragte mich, was sie wohl tun würde, wenn sie erfuhr, daß ich das Abendessen und die Hotelrechnung nur bezahlen konnte, weil das Honorar vom *Tally* die größten Löcher im Tyrone-Budget stopfen würde. Wie würde sie reagieren, wenn sie hörte, daß meine Frau gelähmt war und keinen Penny besaß? Vermutlich würde sie mir in beiden Fällen möglichst schnell auf Wiedersehen sagen, und dafür wollte ich ihr, so lange es ging, keine Gelegenheit geben.

Ich verpaßte in Newcastle das erste Rennen und war erst auf der Pressetribüne, als das zweite bereits halb zu Ende war. Durch vorsichtige Anfragen bei Kollegen erfuhr ich, daß sich Gott sei Dank bisher nichts Besonderes ereignet hatte.

Nach dem vierten Rennen telefonierte ich einen Bericht durch und einen weiteren nach dem fünften, in dem sich einer der besten Jockeis das Bein gebrochen hatte. Kurz vor dem letzten Rennen berührte mich jemand am Arm. Es war Colly Gibbons, der Handikapper. Er sah abgespannt und verärgert aus.

»Ty, können Sie mir einen Gefallen tun?«

»Was denn?«

»Sie sind doch mit dem Zug gekommen, nicht wahr?«
Ich nickte.
»Dann tauschen Sie Ihre Rückfahrkarte mit mir.« Er hielt mir ein schmales Heftchen entgegen, das sich als Flugschein von Newcastle nach Heathrow erwies.
»Ich muß nach diesem Rennen noch zu so einer blöden Konferenz«, erläuterte er, »und schaffe anschließend das Flugzeug nicht mehr. Das hat sich eben erst herausgestellt und paßt mir gar nicht ins Konzept. Es gibt aber noch einen späten Zug ... Und ich muß heute auf alle Fälle nach London zurück.«
»Gemacht«, sagte ich. »Einverstanden.«
Er lächelte, wenn auch mit gerunzelter Stirn. »Vielen Dank. Hier sind meine Autoschlüssel. Der Wagen steht in dem Parkhaus gegenüber vom Europagebäude.« Er nannte mir die Autonummer und den genauen Standort des Wagens. »Fahren Sie dann damit nach Hause.«
»Ich werde den Wagen lieber gleich bei Ihnen abstellen«, sagte ich. »Das ist einfacher, als ihn morgen erst rüberzubringen.«
»Wenn Ihnen das keine Umstände macht ...«
Ich nickte und gab ihm meine Eisenbahnkarte.
»Ein Freund hier aus Newcastle wollte mich zum Flugplatz fahren«, sagte er. »Ich gebe ihm Bescheid, daß er Sie dafür hinbringen soll.«
»Haben Sie etwas von Ihrer Frau gehört?« fragte ich.
»Das ist es ja gerade ... Sie hat geschrieben, daß wir uns wieder versöhnen sollten, und will heute nach Haus kommen. Wenn ich nun die Nacht über wegbleibe, wird sie mir nicht glauben, daß ich einen triftigen Grund dazu hatte, und womöglich wieder abfahren.«
»Lassen Sie die Konferenz doch sausen«, schlug ich vor.
»Dazu ist sie zu wichtig, und jetzt habe ich ja Ihre Unterstützung. Vielleicht könnten Sie ihr, falls sie schon da ist, sagen, daß ich etwas später komme.«
»Natürlich«, sagte ich.
Also brachte mich Colly Gibbons Freund zum Flugplatz, ich flog nach Heathrow, holte Gibbons Wagen, fuhr nach Hampstead, sprach mit Mrs. Gibbons, die auf ihren Mann zu warten versprach, und war zweieinhalb Stunden früher als erwartet zu Haus. Elizabeth freute sich, Mrs. Woodward weniger.
Sonntag morgen kam ein Anruf von Elizabeths Mutter, daß sie wegen einer Grippe nicht kommen könne.

»Nun ja«, sagte Elizabeth gelassen, »dann machen wir beide uns eben einen gemütlichen Tag.«

Ich lächelte ihr zu und versuchte, mir meine Enttäuschung nicht anmerken zu lassen.

»Ob Sue Davis wohl kurz herüberkommen kann?« sagte ich. »Ich will noch eine Flasche Whisky besorgen.«

»Das kann Sue doch machen.«

»Ich würde mir ganz gern ein bißchen die Beine vertreten.«

Elizabeth lächelte verständnisvoll und rief Sue an, die gegen zwölf mit mehlbestäubten Jeans bei uns erschien. Ich eilte in die nächste Telefonzelle und wählte die Nummer der Huntersons. Niemand meldete sich. Ohne viel Hoffnung suchte ich die Nummer der Bahnstation Virginia Waters heraus und versuchte dort mein Glück. Nein, wurde mir gesagt, vor dem Bahnhof warte keine junge Dame mit Auto.

Bedrückt ging ich in unsere Stammkneipe, kaufte den Whisky und versuchte, von dem Münzfernsprecher im Flur noch einmal bei den Huntersons anzurufen. Wieder vergeblich. Keine Gail.

Ich ging nach Haus zurück.

Sue Davis hatte Elizabeth inzwischen meinen Artikel aus dem *Blaze* vorgelesen. »Das ist aber ein Volltreffer, Ty«, stellte sie vergnügt fest.

Ich forderte sie auf, noch einen Whisky mit uns zu trinken, aber sie mußte zu ihrem halbfertigen Yorkshire Pudding zurück. Auch ich verschwand in der Küche und machte uns ein paar Omeletts, die Elizabeth besonders gern mochte und mit ihrem neuen Gerät ziemlich gut allein essen konnte. Ich half ihr nur zum Schluß, als ihr Handgelenk müde wurde.

»Weißt du wirklich, wo das Pferd ist?« fragte sie.

»›Tiddely Pom‹? Ja, natürlich.«

»Wo ist es denn?«

»Das ist tiefstes Geheimnis«, erwiderte ich.

»Ach, du«, drängte sie. »Du weißt doch, daß ich es nicht weitersagen würde.«

»Nächsten Sonntag erzähle ich es dir.«

Sie krauste die Nase. »Besten Dank. Meinst du, irgend jemand könnte versuchen, dich zu zwingen, es ihm zu verraten?«

»Natürlich nicht, Liebes. Wie sollte er?«

»Ich weiß nicht«, sagte sie, aber in ihren Augen stand Angst.

»Mach dir nicht schon wieder Gedanken«, sagte ich mit einem Lächeln. »Wenn mir jemand mit etwas wirklich Unangenehmem drohen sollte, würde ich sofort verraten, wo ›Tiddely Pom‹ ist. Kein Pferd ist es wert, allzuviel dafür aufs Spiel zu setzen.«

Elizabeth spürte die Aufrichtigkeit in meiner Stimme und war beruhigt. Sie schaltete das Fernsehgerät ein und sah sich einen uralten Spielfilm an, der mich zu Tode langweilte. Es wurde drei Uhr und später. Selbst wenn ich nach Virginia Waters gefahren wäre, hätte ich mich jetzt bereits auf dem Rückweg befunden. Und ich hatte Freitagnacht gehabt. Die kostbare, unerwartete Freitagnacht. Das Problem war nur, daß der Appetit beim Essen kam, wie man so schön sagte.

Den Montag verbrachte ich zu Haus.

Dienstag morgen ging ich in die Redaktion. Es war einer jener trüben nebligen Novembertage, und Luke-Johns und Derrys Laune schienen zum Wetter zu passen.

»Was ist denn los?« erkundigte ich mich nachsichtig.

»Nichts ist passiert«, sagte Derry.

»Na und?«

»Wo bleibt die Reaktion?« verlangte Luke-John ärgerlich zu wissen. »Kein einziger Brief. Nicht mal ein Telefonanruf. Es sei denn«, seine Miene erhellte sich etwas, »Charlie Bostons Rollkommando hätte Ihnen ein paar neuerliche Drohungen zukommen lassen?«

»Nichts dergleichen.«

Die Sportredaktion sank in dumpfes Brüten zurück. Nur ich war nicht enttäuscht, daß mein Artikel offenbar verpufft war. Falls dem tatsächlich so war. Ich hielt es noch für zu früh, um sicher zu sein. Das brachte ich auch zum Ausdruck.

»Hoffentlich haben Sie recht, Ty«, sagte Luke-John skeptisch. »Hoffentlich war nicht alles nur ein zufälliges Zusammentreffen ... Bert Checkov und die Nichtstarter ... Hoffentlich hat der *Blaze* seine Zeit und sein Geld nicht umsonst an ›Tiddely Pom‹ vergeudet.«

»Charlie Bostons Schläger waren kein zufälliges Zusammentreffen.«

»Vermutlich nicht.« Luke-John sagte das in einem Tonfall, als glaube er, ich könne Bostons Leute vielleicht mißverstanden haben.

»Hat Ihr Freund in Manchester noch etwas über Charlie Boston erfahren?« fragte ich.

Luke-John zuckte die Achseln. »Nur daß ein Gerücht im Umlauf gewesen sei, ein größerer Konzern habe Bostons Wettbüros übernommen. Aber das scheint nicht zu stimmen. Jedenfalls schmeißt er den Laden noch immer selber.«

»Welcher größere Konzern?«

»Das weiß ich nicht.«

Dienstag war auch *Tally*-Tag, aber weder zu Haus noch in der Redaktion war ein Belegstück für mich eingetroffen. Ich ging hinunter zum nächsten Zeitungskiosk, kaufte mir ein Exemplar und kehrte in die Redaktion zurück.

Die Fotos waren ungewöhnlich und recht eindrucksvoll, der Artikel gut placiert. Shankerton verstand sein Geschäft, das mußte man ihm lassen. Ich verzieh ihm seine Freiheiten mit meiner Syntax.

Eine Anfrage bei der Vertriebsabteilung des *Tally* ergab allerdings, wie erwartet, daß keine Freiexemplare an Personen abgegeben wurden, die Gegenstand von in der Zeitschrift publizierten Beiträgen waren. Man sei aber gern bereit, den Versand zu übernehmen, die Rechnung würde mir dann zugestellt. Ich gab die sechs Anschriften durch: Huntersons, Ronceys, Sandy Willis, Colly Gibbons, Dermot Finnegan und Willy Ondroy.

Derry nahm die Zeitschrift und überflog meinen Artikel. »Wenn du diesen Roncey nicht aufgetan hättest, wären wir nicht auf die Masche mit den Nichtstartern gestoßen.«

Und ich hätte keine gebrochenen Rippen gehabt, wenngleich es mir, was diesen Punkt betraf, bereits bedeutend besser ging. Nur Husten, Niesen, Lachen und Dauerlauf waren noch wenig empfehlenswert. Ich hatte aufgehört, Elizabeths Pillen zu schlucken. Noch eine Woche, und die Brüche würden verheilt sein.

Ich verabschiedete mich von Luke-John und Derry und fuhr, den *Tally* unter den Arm geklemmt, mit dem Fahrstuhl hinunter. Ich wollte für Elizabeth in dem kleinen Delikatessengeschäft gegenüber noch österreichischen Apfelstrudel besorgen, den sie besonders gern aß.

Als ich mit dem Kuchenpaket in der Hand wieder auf die Straße trat, fühlte ich durch den Mantel hindurch einen scharfen, spitzen Stoß im Rücken, und eine Stimme sagte: »Das ist ein Messer, Mr. Tyrone.«

Ich verharrte regungslos. Zu oft schon waren Menschen auf offener Straße erstochen worden, und mit deprimierender Regelmäßigkeit hatten die Mörder in der Menge untertauchen können.

»Was wollen Sie?« fragte ich.

»Bleiben Sie stehen, wo Sie sind.«

Mitten auf der Fleet Street, eine Zeitschrift unter dem Arm und ein Kuchenpaket in der Hand.

»Wie lange?« fragte ich.

Er gab keine Antwort. Wir standen etwa zwei Minuten schweigend auf demselben Fleck. Dann rollte ein schwarzer Rolls-Royce heran, dessen hintere Tür sich öffnete.

»Steigen Sie ein«, sagte die Stimme hinter mir.

Ich stieg ein. Ein Chauffeur mit schwarzer Uniform saß hinter dem Steuer. Der Mann mit dem Messer stieg nach mir ein und setzte sich neben mich. Ich musterte ihn verstohlen. Er mußte mir schon irgendwann begegnet sein, ich wußte nur nicht wo. Ich legte den *Tally* und den Apfelstrudel behutsam auf den Boden und lehnte mich zurück.

10

Wir fuhren in nördlicher Richtung die Drury Lane hinunter bis zum St. Giles' Circus. Mein Fahrtgenosse ließ mich nicht aus den Augen, und ich zermarterte mir vergeblich das Gehirn, wo ich ihn schon gesehen haben mochte. Durch die Tottenham Court Road, links, rechts, wieder links, geradewegs in den Regent's Park hinein und im Halbkreis bis vor den Eingang des Zoos.

»Da drinnen«, sagte mein Begleiter nickend.

Wir stiegen aus, und der Chauffeur fuhr wortlos weiter.

»Sie können bezahlen«, sagte ich.

Er warf mir einen kurzen Blick zu und bemühte sich, mit einer Hand Geld aus der Tasche zu klauben, was ihm jedoch ohne Vernachlässigung seines Messers nicht gelang.

»Nein«, sagte er. »Sie zahlen. Für uns beide.«

Ich zahlte fast heiter. Er war keineswegs so gefährlich, wie er gern erschienen wäre.

Der Zoo war fast leer. Sogar die üblichen Schulklassen fehlten bei diesem Wetter. Ein Mann in dunklem Mantel und schwarzem Homburg saß auf einer Bank vor dem Löwenfreigehege.

»Da drüben«, sagte mein Begleiter.

Der Mann im Homburg blickte uns entgegen. Seine gepflegte Erscheinung sprach von Geld, Autorität und hoher sozialer Stellung, und seine auf etwas irritierende Art und Weise zur Schau getragene Überheblichkeit hätte dem Foreign Office zur Ehre gereicht.

»Irgendwelche Schwierigkeiten gehabt?« fragte er meinen Begleiter.

»Nicht die geringsten«, erwiderte der Mann mit dem Messer.

Ein kalter Ausdruck trat in die blaßgrauen Augen. »Das höre ich gar nicht gern.«

Der Akzent in seiner Stimme war unverkennbar, wenn auch schwer zu definieren.

»Gehen Sie jetzt«, sagte er zu dem Mann mit dem Messer. »Aber warten Sie.«

Der Mann nickte kurz und trollte sich, und ich war nahe daran, mich zu erinnern, wo ich ihn gesehen hatte.

»Sie haben es vorgezogen zu kommen«, sagte der Mann mit dem Homburg ausdruckslos.

»Ja und nein.«

Er stand auf. »Es ist kalt hier draußen. Gehen wir hinein.« Er war so groß wie ich, aber dicker, und hatte, soweit ich erkennen konnte, blondes Haar. Seine gelbliche Gesichtshaut war glatt, bis auf zahlreiche kleine Fältchen um die Augen. Er mochte etwa fünf bis sechs Jahre älter sein als ich.

Ich folgte ihm ins Raubtierhaus. Ich konnte mir denken, was er wollte: mich erpressen. Die Frage war nur noch wie.

»Sie zeigen mir zu wenig Überraschung«, sagte er.

»Wir haben auf eine Reaktion gewartet.«

»Ich verstehe.« Er schwieg. »Hat Ihnen die Reaktion in der vergangenen Woche nicht genügt?«

»Sie war sehr aufschlußreich«, erwiderte ich, »und hat uns auf Charlie Boston gebracht. Jetzt wissen wir wenigstens, daß Sie unter einer Decke stecken.«

Er bedachte mich mit einem Blick eisiger Entrüstung. »Ich *beschäftige* Boston.«

Ich starrte schweigend zu Boden. Wenn sein Stolz so leicht hochzukitzeln war, konnte ich vielleicht mehr Informationen aus ihm herausholen als er aus mir.

»Ich habe dieses Vorgehen im Zug mißbilligt. Jetzt bin ich mir nicht mehr so sicher.«

»Die Anordnung stammte also nicht von Ihnen?«

»Nein.«

Ich stützte mich auf die Eisenstange, die die Besucher von den Käfigen trennt.

»Sie wissen, was wir wollen«, fuhr er fort. »Wir wollen wissen, wo Sie das Pferd versteckt haben.«

Ich seufzte. »Wozu? Haben Sie immer noch ernsthaft vor, das Pferd am Start zu hindern? Es wäre klüger von Ihnen, die ganze Sache zu vergessen und schleunigst zu verschwinden.«

»Diese Entscheidung müssen Sie gefälligst mir überlassen.« Er troff schon wieder vor Überheblichkeit. Mir gefiel das gar nicht. Die gefährlichsten Gegner sind diejenigen, die fürchten, das Gesicht zu verlieren.

»Wo ist er?«

»›Tiddely Pom‹?« fragte ich.

»›Tiddely Pom‹.«

»In Sicherheit.«

»Mr. Tyrone«, sagte er im Plauderton, »als ich hörte, daß Sie am Tage nach Bostons Spezialbehandlung auf der Rennbahn in Pumpton gesehen wurden, habe ich daraus geschlossen, daß uns physische Pressionen in Ihrem Fall nicht weiterbringen. Es ging also darum, einen anderen Ansatzhebel zu finden. Und wir haben ihn gefunden. Sie werden uns sagen, wo das Pferd versteckt ist.«

Er brachte eine schwarze Krokodillederbrieftasche zum Vorschein und entnahm ihr ein einfach gefaltetes Blatt Papier, das er mir reichte. Ich warf einen Blick darauf. Er sah den schweren Schock in meinem Gesicht und lächelte befriedigt.

Es war eine Fotokopie der Rechnung des Hotels, in dem Gail und ich übernachtet hatten. Ein Doppelzimmer für Mr. und Mrs. Tyrone.

»Wenn Sie Wert darauf legen, Ihrer Frau dieses interessante Dokument vorzuenthalten, Mr. Tyrone, werden Sie uns wohl oder übel die verlangte Auskunft geben müssen.«

In meinem Kopf kreiste es wie ein Mühlrad. Ich konnte keinen klaren Gedanken fassen.

»So still, Mr. Tyrone? Das gefällt Ihnen gar nicht, wie? Sie werden schon noch gesprächig werden. Sie wollen doch nicht, daß Ihre Frau sich scheiden läßt, oder? Wie würde es ihr gefallen, daß Ihre Geliebte eine Farbige ist? Wir wissen auch noch von anderen Zusammenkünften. Sonntag vor acht Tagen und am Sonntag davor. Ihre Frau wird alles erfahren. Wohlhabende Damen lassen sich so etwas nicht gern bieten.«

Ich überlegte benommen, für wieviel Gail mich wohl verkauft haben mochte.

»Nur zu, Mr. Tyrone. Die Adresse.«

»Ich brauche Zeit«, sagte ich dumpf.

»Aber ja«, sagte er ruhig. »Natürlich können Sie Zeit haben.

Sechs Stunden. Sie werden uns heute abend um Punkt sieben anrufen.« Er gab mir ein weißes Kärtchen mit einer Telefonnummer. »Sechs Stunden, Mr. Tyrone. Danach wird Ihre Frau informiert, und Sie können den Lauf der Dinge nicht mehr aufhalten. Haben Sie verstanden?«

»Ja«, sagte ich.

»Das dachte ich mir.« Er ging zur Tür. »Punkt sieben Uhr. Guten Tag, Mr. Tyrone.«

Er verließ hocherhobenen Hauptes das Raubtierhaus und entschwand.

Nach geraumer Zeit begann ich wieder klar zu denken und versuchte, ein Loch in dem Netz zu entdecken. Ich trat hinaus in die kühle Luft und ging langsam auf den Ausgang zu. Aus den Augenwinkeln bemerkte ich in einem der Seitenwege meinen Begleiter, der angelegentlich in ein offensichtlich leeres Gehege starrte, und als ich auf die Straße trat, kam mir mit einem Schlag die Erleuchtung, wo ich ihn schon gesehen hatte: auf dem Bahnhof King's Cross, während ich auf Gail wartete. Er hatte in meiner Nähe gestanden und Gail das ganze Stück von der U-Bahn-Treppe bis zu mir nicht aus den Augen gelassen. Die Suche nach einem Ansatzhebel war erfolgreich gewesen.

Um mich auf dem Bahnhof zu beobachten, mußte er mir vom *Blaze* aus gefolgt sein. Auch heute hatte er mir vor dem *Blaze* aufgelauert.

Ich schlenderte langsam weiter und dachte nach. Am nächsten Morgen war ich von King's Cross nach Newcastle gefahren, aber dann hatte ich mit Colly Gibbons die Rückfahrkarten getauscht und dadurch meinen Beschatter offenbar abgeschüttelt.

Auch Gail mußte verfolgt worden sein, oder jemand hatte ihr gleich nach meinem Aufbruch im Hotel einen Besuch abgestattet. Ich stockte bei dem Gedanken, daß sie mich so unmittelbar nach unserer ersten gemeinsamen Nacht verkauft haben sollte. Vermutlich war der Preis ausschlaggebend gewesen.

Niemand außer Gail konnte einen Beleg über die Hotelrechnung beschafft haben. Niemand außer Gail wußte von den zwei Sonntagen. Niemand außer Gail hielt meine Frau für reich. Ich mußte mich damit abfinden, daß ich ihr sehr wenig bedeutet hatte. Was konnte ich auch mehr erwarten? Ich hatte sie gewählt, weil sie Sex von Gefühlen zu trennen vermochte. Das hatte sie nun bewiesen. Sie schuldete mir nichts.

Ich kam an eine Ecke und schlug instinktiv die Richtung zu mir nach Hause ein. Nach einigen Schritten wurde mir klar, daß dies ein grober Fehler war.

Gail wußte nicht, wo ich wohnte, sie konnte also nichts verraten haben. Der Homburg hatte geblufft. Er konnte Elizabeth gar nicht über Gail informieren, er wußte ja nicht einmal, wie und wo er sie erreichen sollte. Natürlich konnte das nicht immer so bleiben. Vermutlich saß mir sein Messerstecher schon wieder auf den Fersen, um meine Adresse herauszubekommen. Ich blieb hinter der nächsten Ecke stehen und spähte zurück. Da kam mein alter Bekannter auch schon herangeeilt. Ich setzte meinen Weg gemächlich fort und näherte mich unauffällig immer mehr der Fleet Street.

Luke-John und Derry waren zwar überrascht, mich wiederzusehen, gaben jedoch zu meiner Rückkehr keinen Kommentar.

»Hat einer der Gerichtsreporter einen guten Draht zur Polizei?« fragte ich.

»Jimmy Sienna vielleicht«, erwiderte Derry. »Worum geht es denn?«

»Ich möchte auf Grund der Autonummer einen Wagenbesitzer feststellen.«

»Hat jemand Ihre alte Karre angebufft?« erkundigte Luke-John sich uninteressiert.

»Ja, Fahrerflucht«, bestätigte ich.

»Wir können es ja probieren«, sagte Derry mit typischer Hilfsbereitschaft. »Gib mir die Nummer, dann frage ich Jimmy.«

Ich schrieb ihm die Zulassungsnummer des Rolls-Royce auf einen Zettel.

»Eine Londoner Nummer«, bemerkte er. »Das könnte die Sache erleichtern.« Er ging zum anderen Ende des Raumes und sprach mit einem breitschultrigen, rothaarigen jungen Mann.

Ich trat an einen unbesetzten Schreibtisch und wählte mit unbeteiligter Miene, wenn auch klopfenden Herzens, die Nummer, die ich auf Geheiß des Homburgs um sieben Uhr abends anrufen sollte. Es war jetzt drei Uhr achtzehn. Von den sechs Stunden waren bereits über zwei vergangen.

Es meldete sich eine erstaunte Frauenstimme. »Sind Sie sicher, daß Sie die richtige Nummer haben?« fragte sie.

Ich las sie ihr vor.

»Ja, stimmt. Wie merkwürdig.«

»Wieso merkwürdig?«

»Dieser Anschluß hier ist eine öffentliche Telefonzelle. Ich war gerade hereingekommen, um zu telefonieren, als der Apparat zu klingeln begann ... Können Sie sich nicht doch geirrt haben?«

»Das muß ich wohl«, erwiderte ich. »Wo befindet sich denn diese Telefonzelle?«

»Im U-Bahnhof Piccadilly.«

Ich bedankte mich und legte auf. Das hatte mir auch nicht weitergeholfen.

Mir fiel ein, daß ich den *Tally* und Elizabeths Apfelstrudel im Rolls-Royce hatte liegenlasssen. Nach einigem Zögern entschied ich mich, beides neu zu besorgen. Mein Begleiter war nirgends zu sehen, was natürlich nicht heißen mußte, daß er gegangen war. Vielleicht hatte man ihn einfach nur abgelöst.

Derry berichtete, daß sich Jimmy Siennas Polizeifreund um die Zulassungsnummer kümmern würde. Ich wartete und überlegte, wie ich ungesehen aus der Fleet Street gelangen konnte.

Um fünf verkündete Luke-John, daß er nach Hause gehen würde, und Derry schloß sich ihm an. Ich setzte mich zu Jimmy Sienna hinüber, und als er auch Anstalten traf, sich zu verabschieden, klingelte endlich sein Telefon. Er nahm den Hörer ab und machte sich eine Notiz.

»Das hätten wir«, sagte er, indem er mir den Zettel reichte. »Viel Glück mit der Versicherung.«

Ich las, was er aufgeschrieben hatte. Der Rolls-Royce gehörte einer Autovermietung namens Lucullus.

Ich verließ den *Blaze* über das Dach. *Tally*, Apfelstrudel und meine lädierten Rippen erschwerten die Kletterpartie, aber nachdem ich sämtliche Luftschächte und Brandmauern überwunden hatte, betrat ich durch die Feuertür das benachbarte Gebäude einer Tageszeitung, deren Fertigstellung auf vollen Touren lief.

Niemand beachtete mich. Ich fuhr mit dem Fahrstuhl ins Souterrain und ging zu der riesigen Garage hinüber, wo die gelben Lieferwagen darauf warteten, die druckfeuchten Zeitungsbündel zu den Bahnhöfen zu bringen. Einen der Fahrer, den ich flüchtig kannte, fragte ich, ob er mich mitnehmen könne.

»Wenn Sie nach Paddington wollen, gern.«

»Ja, bitte.« Wohin er fuhr, war mir völlig egal.

»Dann hinein mit Ihnen.«

Ich stieg ein, und als er vollgeladen hatte, brauste er los, ein Lieferwagen unter vielen. In Paddington bedankte ich mich und fuhr mit der U-Bahn nach Hause.

Ich schlug Mrs. Woodward um zwei Minuten, hatte aber keine rechte Freude an dem Spiel.

Von sechs Uhr dreißig bis sieben Uhr saß ich, ein Glas Whisky in der Hand, schweigend im Sessel, blickte zu Elizabeth hinüber und versuchte, einen Entschluß zu fassen.

»Du hast doch etwas auf dem Herzen, Ty«, sagte sie mit ihrer feinen Antenne für Mißstimmungen.

»Nein, Liebes.«

Die Zeiger rasten um das Zifferblatt. Punkt sieben saß ich vollkommen regungslos. Fünf Minuten nach sieben ertappte ich mich, wie ich die Zähne so heftig aufeinanderbiß, daß sie knirschten. »Tiddely Pom« bedeutete gar nichts, verglichen mit Elizabeths Seelenfrieden, und doch ließ ich das Telefon unberührt. Nach sieben schienen die Uhrzeiger nur noch zu kriechen.

Um halb acht sagte Elizabeth mit spürbarer Angst noch einmal: »Ty, du *hast* etwas ... Du siehst doch sonst nicht so – so niedergeschlagen aus.«

Ich machte den krampfhaften Versuch, ihr zuzulächeln, aber es überzeugte sie nicht. Ich starrte auf meine Hände und sagte mit hoffnungsloser Qual: »Liebes, würde es dir sehr weh tun, wenn – ich mit einem Mädchen ins Bett ginge?«

Es kam keine Antwort. Nach einer unerträglichen Pause hob ich den Kopf. Tränen liefen ihr über die Wangen. Sie schluckte und versuchte zu sprechen.

Ganz automatisch zog ich ein Zellstofftuch aus der Schachtel und tupfte ihr die Tränen ab, da sie es nicht selber tun konnte.

»Entschuldige«, sagte ich unnützerweise. »Entschuldige bitte ...«

»Ty ...« Sie öffnete angestrengt den Mund, denn sie hatte nie genug Luft zum Weinen.

»Weine nicht, Liebes, bitte weine nicht. Denke nicht mehr daran, was ich gesagt habe. Du weißt, ich liebe dich. Ich würde dich niemals verlassen. Elizabeth, Liebling, bitte weine doch nicht ...«

Ich wischte ihr noch einmal die Augen und verfluchte die Eingebung, die mich zu den Huntersons geführt hatte. Ich wäre ohne Gail ausgekommen. Auch ohne eine andere. Ich hatte es fast elf Jahre allein geschafft.

»Ty.« Ihre Tränen waren versiegt. Auch ihr Gesicht sah nicht mehr ganz so gequält aus. »Ty.« Sie schluckte und kämpfte um mehr Luft. »Ich kann es nicht ertragen, auch nur daran zu denken.«

Ich stand neben ihr und wünschte, ich hätte ihr das alles ersparen können.

»Wir haben nie über Sex gesprochen«, sagte sie. Die Spirashell hob ihren Brustkorb und senkte ihn in gleichmäßigem Rhythmus. »Ich habe kein Verlangen mehr danach, das weißt du ... Aber manchmal denke ich daran, daß du mir gezeigt hast, wie schön es sein kann ...« Ihre Augen schwammen wieder in Tränen. Ich tupfte sie ihr ab. »Ich habe dich nie nach – Mädchen gefragt ... Ich habe es einfach nicht fertiggebracht.«

»Nein«, sagte ich langsam.

»Ich habe öfter überlegt, ob du jemals mit einer anderen geschlafen hast ... Aber im Grunde wollte ich es nicht wissen ... Ich wäre zu eifersüchtig. Darum habe ich beschlossen, dich nie danach zu fragen, weil ich nicht will, daß du ja sagst. Dabei weiß ich, daß ich selbstsüchtig bin ... Es heißt immer, Männer seien anders, sie brauchen Frauen ... Ist das wahr?«

»Elizabeth«, sagte ich hilflos.

»Ich habe nicht erwartet, daß du davon anfangen würdest, nach all den Jahren ... Ja, es würde mir weh tun ... Ich kann nichts dagegen machen ... Warum fragst du mich? Ich wünschte, du hättest es nicht getan.«

»Ich hätte nie etwas gesagt, aber jemand versucht, mich zu erpressen.«

»Dann hast du also ...?«

»Ja.«

»Oh.« Sie schloß die Augen. »Ich verstehe.«

Die Tränen waren vorüber. Sie weinte niemals lange. Sie konnte es einfach physisch nicht. Die meisten Frauen konnten schreien oder mit harten Gegenständen schmeißen. Elizabeths seltene Zornausbrüche waren schlimmer, weil sie ihnen keine Luft machen konnte. Als sie sprach, war ihre Stimme dumpf und gepreßt.

»Vermutlich kannst du es dir nicht leisten, erpreßt zu werden.«

»Das kann niemand.«

»Ich weiß, es ist unvernünftig von mir zu wünschen, du hättest mir nichts davon gesagt. Zu wünschen, du hättest es überhaupt nicht getan. Ein Mann, der bei einer gelähmten Frau bleibt, sollte wenigstens *etwas* haben ... Die meisten würden sowieso ihre Sachen packen und weggehen ... Ich weiß, du sagst, du würdest das nie tun, und ich glaube dir fast, aber ich muß so eine unerträgliche Last für dich sein ...«

»Das«, sagte ich aufrichtig, »ist einfach nicht wahr.«

»Es kann doch gar nicht anders sein. Erzähle mir nichts – von dem Mädchen.«

»Wenn ich es nicht tue, wird es der Erpresser tun.«

»Na gut ... Dann laß es uns so schnell wie möglich hinter uns bringen.«

Ich sagte ihr nur das Nötigste, ohne Details.

»Wirst du sie wiedersehen?« fragte sie.

»Nein.«

»Wahrscheinlich doch«, sagte sie. »Aber dann erzähle mir bitte nichts davon ... Es sei denn, du wirst wieder erpreßt.«

Die Bitterkeit in ihrer Stimme ließ mich zusammenzucken. Mochte ihr die Vernunft auch sagen, daß lebenslängliche Enthaltsamkeit sehr viel verlangt war, so konnte sie doch nichts für ihre Gefühle. Die normalen Empfindungen einer Frau, die erfährt, daß ihr Mann sie betrogen hat, waren nicht mit ihren Muskeln verkümmert. Ich hatte kaum etwas anderes erwartet.

Den Rest des Abends war sie sehr still und bedrückt. Sie mochte nichts essen, auch nicht den Apfelstrudel. Als ich sie wusch und für die Nacht zurechtmachte, spürte ich, wie sie an jenen anderen Körper dachte, den meine Hände berührt hatten. Sie sah elend aus und gequält und wirkte zum erstenmal im Lauf ihrer Krankheit befangen. Wenn sie nicht darauf angewiesen gewesen wäre, hätte sie lieber auf meine Hilfe verzichtet.

II

Am nächsten Morgen hielt die beklommene Reserviertheit zwischen Elizabeth und mir an. Ich konnte keine Verzeihung von ihr erbitten, die sie nicht zu gewähren bereit war. Als ich mich gegen zehn Uhr verabschiedete, unternahm sie die erste, rührende Anstrengung, mich nicht zu fragen, wohin ich wolle.

»Mieten Sie Ihren Wagen bei Lucullus« war an der Wand des kleinen, luxuriös ausgestatteten Büros in der Stratton Street zu lesen. Hinter dem mächtigen Schreibtisch erhob sich ein dienstbeflissener junger Mann.

Ihm zuliebe bemühte ich mich, den Herrn im schwarzen Homburg möglichst perfekt zu imitieren. Ich hätte gestern, so erklärte ich in blasiertem Tonfall, in einem seiner Mietwagen etwas liegengelassen. Ein Herr, dessen Name mir nicht bekannt sei, habe mich freundlicherweise ein Stück mitgenommen, und dabei sei das Malheur passiert. Nun hoffte ich, daß mir der Lucullus-Wagenverleih bei der Wiederbeschaffung meines Eigentums behilflich sein könne.

Ob ich mich wenigstens an den Wagentyp erinnern könne?

»O ja, ein Rolls-Royce.«

Davon existierten nur vier Exemplare. Der junge Mann blätterte in einem Buch. Gestern waren alle vier Wagen unterwegs gewesen. Vielleicht könne ich den Herrn, der mich mitgenommen habe, beschreiben?

»Selbstverständlich. Groß und stattlich, blond, mit einem schwarzen Homburg. Ausländer, möglicherweise Südafrikaner.«

»Ah ja.« Diesmal brauchte der junge Mann sein Buch nicht zu konsultieren. Er stützte die Fingerspitzen auf die Schreibtischplatte. »Bedauere, Sir, aber den Namen dieses Kunden kann ich Ihnen nicht geben.«

»Aber Sie haben doch vermutlich Unterlagen?«

»Der Herr legt größten Wert auf Diskretion. Wir haben die ausdrückliche Anweisung, über Namen und Adresse Stillschweigen zu wahren.«

»Ist das nicht etwas merkwürdig?« Ich zog die Augenbrauen in die Höhe.

»Der Herr ist bei uns fester Kunde. Selbstverständlich kommen wir seinen Wünschen in jeder Weise entgegen.«

»Besteht vielleicht die Möglichkeit, diese Information – äh – auf irgendeine Weise zu erwerben?«

Er bemühte sich, schockiert zu wirken, wenn auch ohne nennenswerten Erfolg.

»War Ihr verlorenes Eigentum denn sehr wertvoll?« fragte er.

Tally und Apfelstrudel. »Ja, leider«, erwiderte ich.

»Dann wird unser Kunde es sicherlich zurückerstatten. Wenn Sie Ihren Namen und Ihre Adresse hinterlassen wollen, werden wir Sie gern benachrichtigen.«

Ich nannte den erstbesten Namen, der mir gerade einfiel. »Kempton Jones, 31 Cornwall Street.«

Er notierte ihn sorgfältig auf einem Block. Auch als er schon fertig war, blieb ich abwartend stehen. Wir warteten beide.

Nach einer angemessenen Pause sagte er: »Wenn es tatsächlich so wichtig ist, könnten Sie vielleicht in der Garage nachfragen.«

»Und wo ist die Garage?« Im Telefonbuch war nur das Büro in der Stratton Street eingetragen gewesen.

Er starrte auf seine Fingerspitzen. Ich zog zwei Fünfer aus der Brieftasche.

Er grabschte gierig danach, lächelte heuchlerisch-devot und sagte: »Radnor Mews, Lancaster Gate.«

»Vielen Dank.«

In der Garage kam ich schneller voran. Ein weiterer Zehner wechselte den Besitzer, und dann war der Redefluß des Aufsehers kaum noch zu stoppen.

»Der Chauffeur kommt her und holt den Wagen, meistens für drei bis vier Tage, verstehen Sie? Im letzten Jahr war er mehrere Male hier. Vorige Woche hat er den Wagen wieder geholt. Ich sehe gleich mal nach. Ja, Mittwoch. Diesmal wollte er ihn für länger. Der Chauffeur fliegt immer schon eine Maschine früher und wartet dann mit dem Rolls am Flughafen auf seinen Chef. Muß ganz schön Geld haben, der Kerl.«

»Wissen Sie, wo er herstammt?«

»Aus welchem Land, meinen Sie? Nein, nicht genau. Aber vermutlich von irgendwoher, wo es heiß ist. Der Chauffeur redet nicht viel. Er jammert bloß immer, wie kalt es hier ist.«

»Wie heißt denn Ihr Kunde?« fragte ich geduldig.

»Ach so, ja, warten Sie einen Augenblick. Wir tragen immer nur den Namen des Chauffeurs ein, der ist einfacher, nämlich Ross. Bei dem Namen von seinem Chef zerbricht man sich die Zunge. Da muß ich erst einmal zurückblättern.«

Er blätterte etwa zwanzig Minuten und wurde immer kribbeliger dabei. Ich wartete mit einem Gesichtsausdruck, der besagte, daß ich notfalls den ganzen Tag ausharren würde. Für zehn Pfund konnte er sich ruhig ein bißchen anstrengen. Als er endlich gefunden hatte, was er suchte, war er fast ebenso erleichtert wie ich.

»Hier steht er, sehen Sie.« Er deutete mit seinem schwarzgeränderten Fingernagel auf einen Namen. »Der da.«

Es war tatsächlich ein Problem, den Namen auszusprechen.

Vjoersterod.

»Ross ist einfacher«, wiederholte der Aufseher. »Wir schreiben immer nur Ross.«

»Sehr viel einfacher«, pflichtete ich ihm bei. »Wissen Sie, wo der Herr zu erreichen ist, oder wo er während seines Englandaufenthaltes den Wagen abstellen läßt?«

Er stieß nachdenklich die Luft durch die Nase. »Da habe ich wirklich keine Ahnung. Für die drei bis vier Tage hat der Tachometer jedenfalls immer eine ganze Menge drauf.«

»Würde eine Entfernung bis Birmingham hinkommen?« fragte ich.

»Könnte gut sein. Aber der Wagen kommt immer in tadellosem Zustand zurück, das muß man ihm lassen. Wirklich tipptopp.«

Ich schlenderte nachdenklich in Richtung Fleet Street. Vjoersterod mußte der richtige Name des Homburg sein. Für einen Decknamen war er zu ausgefallen. Außerdem hatte die Firma Lucullus bei Abschluß des Mietvertrages für einen so teuren Wagen unter Garantie hieb- und stichfeste Referenzen sowie die Vorlage eines Reisepasses verlangt. Der junge Mann mit dem einnehmenden Wesen schien mir nicht leichtfertig genug, einen Wagen dieser Preisklasse ohne entsprechende Sicherheit aus der Hand zu geben.

Vjoersterod aus Südafrika.

Wenn überhaupt, würde bestenfalls in Fleet Street etwas über ihn zu erfahren sein. Das Problem war nur, daß der einzige Mann, der schon von Vjoersterod gehört haben mochte, mein Kollege bei der schärfsten Konkurrenz des *Blaze* war. Ich trat in die nächste Telefonzelle und rief seine Redaktion an. Ja, stimmte er vorsichtig zu, er würde sich auf ein Bier mit mir im *Devereux* treffen. Ich beeilte mich, den Bus zu erwischen.

Luke-John und Derry saßen ebenfalls im *Devereux*. Mein Kollege Mike de Jong war noch nicht eingetroffen. Ich konnte nur mit einiger Mühe Luke-John und Derry dazu bewegen, sich ohne mich zum Essen an einen Tisch zu setzen. Als kurz darauf Mike de Jong erschien und grinsend auf mich zusteuerte, blickte Luke-John verschiedentlich mißtrauisch über die Schulter zu uns herüber.

Mike war ein lebhafter, dunkelhaariger Mann mit dicken Brillengläsern und einem schwarzen Bart. »Na, was willst du aus mir herausholen?« begrüßte er mich.

»Eigentlich gar nicht viel. Ich wollte dich nur fragen, ob du zufällig etwas über einen Landsmann von dir weißt.«

»Wen?«

»Einen gewissen Vjoersterod.«

Er verschluckte sich an seinem Bier. Als er wieder zu Atem gekommen war, tat er so, als habe ihn jemand am Ellbogen gestoßen, und wischte umständlich an ein paar Tropfen herum, die auf seine Hose gefallen waren. Schließlich konnte er jedoch nicht mehr umhin, mir ins Gesicht zu blicken.

»Vjoersterod?« Er sprach den Namen etwas anders aus, als ich es getan hatte. Eben richtig.

»Genau«, nickte ich.

»Ja, also, Ty ... Warum fragst du mich nach ihm?«

»Aus Neugier.«

Er schwieg. Dann wiederholte er: »Warum fragst du wirklich nach ihm?« Wer versuchte, wen auszuhorchen?

»Nun laß doch die Geheimniskrämerei«, sagte ich gereizt. »Ich will weiter nichts als ein paar Informationen über einen harmlosen Burschen, der gelegentlich zu Pferderennen geht ...«

»Harmlos! Du mußt übergeschnappt sein.«

»Wieso?« fragte ich mit unschuldsvoller Verblüffung.

»Weil er ...« Er zögerte, entschied dann aber, daß ich wohl doch nicht hinter einer Story her war, und wurde echt besorgt. »Hör mal, Ty, ich gebe dir einen Tip, gratis und franko. Bleib diesem Mann zehn Schritt vom Leibe. Er ist Gift.«

»In welcher Beziehung?«

»Er ist Buchmacher in Johannisburg und hat ein Riesenunternehmen mit Zweigniederlassungen in allen größeren Städten Südafrikas. Nach außen hin ganz respektabel, aber es gehen allerhand abenteuerliche Gerüchte um.«

»Worüber?«

»Ach, Nötigung, Erpressung, Halsabschneiderei größten Stils.«

»Warum greift dann die Polizei nicht ein?« erkundigte ich mich.

»Warum? Sei nicht so naiv. Weil sie natürlich keine Beweise hat.«

Ich seufzte. »Dabei wirkt er so sympathisch.«

Mike fiel der Kinnladen herunter. »Du hast ihn kennengelernt?«

»Ja.«

»Hier in England?«

»Ja, natürlich.«

»Ty, laß um Himmels willen die Finger von ihm.«

»Das werde ich«, sagte ich mit Nachdruck. »Ich bin dir aufrichtig dankbar, Mike.«

Dann gewann die angeborene Neugier des Reporters bei ihm wieder Oberhand. »Wollte er etwas Bestimmtes von dir?«

»Nicht daß ich wüßte«, erwiderte ich verständnislos.

»Wirst du ihn wiedersehen?«

»Das weiß ich nicht.«

»Hm ... Falls er sich bei dir melden sollte, rufe mich an. Dann erzähle ich dir noch etwas.«

»Sag es mir doch lieber gleich.« Ich bemühte mich um einen möglichst beiläufigen Tonfall.

Nach einigem Überlegen siegte die Besorgnis um mich über das berufsmäßige Mißtrauen. »Na schön«, sagte er, »viel ist es nicht. Ich habe Vjoersterod ebenfalls hier in England gesehen. Etwa vor acht bis neun Monaten.« Er schwieg.

»Warum warst du dann so entsetzt, daß ich ihn kennengelernt habe?« fragte ich.

»Weil er, als ich ihn sah, auf einen Kollegen von uns einredete. Bert Checkov.«

Ich konnte nur mit Mühe meine leicht verdutzte Miene beibehalten.

»Später habe ich Bert vor ihm gewarnt«, fuhr Mike fort, »so wie ich dich jetzt warne. Wir saßen hier im *Devereux*. Bert war schon ziemlich betrunken. Er war damals meistens betrunken.«

»Und was hat er gesagt?«

»Er sagte, meine Warnung käme drei Monate zu spät.«

Mehr wußte Mike nicht. Bert war nicht zu bewegen gewesen, sich näher zu äußern. Aber der Fenstersturz hatte Mike stutzig gemacht. Gewaltsame und oft ungeklärte Todesfälle waren bei Leuten, die mit Vjoersterod zu tun gehabt hatten, nicht selten, erläuterte er.

Ich beruhigte ihn in bezug auf meine Person. Nach dem, was er mir anvertraut habe, würde ich auf der Hut sein.

Luke-Johns schmales sommersprossiges Gesicht tauchte hinter Mikes Schulter auf, und Mike wandte sich mit gewohnter Lebhaftigkeit um. Luke-John bedachte ihn mit einem reservierten Nicken. Mike, der diese Geste zu deuten verstand, klopfte mir abschiednehmend mit der Hand auf die Schulter und gesellte sich zu einer anderen Gruppe.

»Was hat er gewollt?« verlangte Luke-John zu wissen.

»Nichts«, erwiderte ich unbefangen. »Er hat mir nur guten Tag gesagt.«

Luke-John musterte mich enttäuscht. Als er und Derry wenig später aufbrachen, lehnte ich es ab, mit in die Redaktion zu kommen. Statt dessen meldete ich mich telefonisch bei Erik Youll an, dem jüngsten der drei Vorsitzenden des National Hunt Committee, der führenden Rennsportbehörde Englands. Ich kannte Youll, im Privatleben Juniorchef einer großen Handelsbank, seit einigen Jahren und hatte auch schon einige Male im *Blaze* über ihn geschrieben.

Als ich in seinem Büro eintraf, trank Mr. Youll gerade Tee und studierte die Zeitschrift *Sporting Life*. Er legte das Blatt aus der Hand und erhob sich, um mich zu begrüßen.

»Welch seltene Ehre«, sagte er. »Wollen Sie einen Millionenkredit bei uns aufnehmen?«

»Darauf komme ich vielleicht ein anderes Mal zurück.«

Er lächelte und gab seiner Sekretärin Anweisung, mir ebenfalls Tee zu servieren. Dann bot er mir eine Zigarette an und lehnte sich zurück. Ich merkte ihm an, daß er etwas unsicher und befangen war.

»Ich bin nicht als Reporter hier«, beruhigte ich ihn. »Holen Sie tief Luft und entspannen Sie sich.«

Er grinste und wurde merklich gelöster. »Was kann ich dann für Sie tun?«

Ich wartete, bis ich meinen Tee getrunken hatte und die letzten Rennsportereignisse durchgesprochen waren. Dann fragte ich ihn ziemlich übergangslos, ob er schon einmal von einem Buchmacher namens Vjoersterod gehört habe.

Seine Aufmerksamkeit wurde sofort hellwach.

»Sind Sie gekommen, um mich das zu fragen?«

»Unter anderem.«

Er trommelte mit den Fingern auf die Schreibtischplatte. »Man hat mir Ihre beiden letzten Artikel gezeigt ... Halten Sie sich da raus, Ty.«

»Wenn die Spitzen der Rennbehörden wissen, was vorgeht und wer dahintersteckt, warum legen Sie ihm dann nicht das Handwerk?«

»Wie?«

»Sich das zu überlegen«, erwiderte ich, »wäre Ihre Aufgabe, nicht die meine. Sie könnten ganz allgemein feste Wetten verbieten und so dem Ganoven das Wasser abgraben.«

»Das würde in der breiten Öffentlichkeit auf Widerstand stoßen. Der Markt für feste Wetten hat ohnehin auf Grund Ihrer Artikel gewaltige Einbußen erlitten. Gerade vorhin erst hat sich eine große Buchmacherfirma bitter bei mir beklagt, daß die Lamplighter-Wetten um zwanzig Prozent zurückgegangen seien.«

»Warum unternehmen Sie dann nichts gegen Charlie Boston?«

Er blinzelte verständnislos. »Gegen wen?«

Ich ignorierte seine Frage. »Was wissen Sie überhaupt über Vjoersterod?«

»Wer ist Charlie Boston?«

»Bitte nach Ihnen«, sagte ich.

»Trauen Sie mir nicht?« erkundigte er sich leicht pikiert.

»Nein«, erwiderte ich schlicht. »Reden Sie zuerst.«

Er seufzte resigniert und bekannte, daß seine Informationen nur auf Hörensagen beruhten und zudem äußerst dürftig seien. Weder er selbst noch eines der anderen Vorstandsmitglieder hatten Vjoersterod je zu Gesicht bekommen. Ein Mitglied der deutschen Rennsportbehörden hatte ihnen privat eine Warnung zukommen lassen, daß Vjoersterod verdächtig sei, in Deutschland den Start einer Reihe von Favoriten verhindert zu haben, und beabsichtige, sein Tätigkeitsfeld nunmehr nach England zu verlegen. Die deutsche Warnung war durch den alarmierenden Anstieg von Nichtstartern bestätigt worden, aber als sich die englischen Behörden bei verschiedenen Pferdebesitzern und Trainern um Aufklärung bemüht hatten, waren sie überall auf eine Mauer des Schweigens gestoßen.

»Vjoersterod ist vor einem Jahr zum erstenmal in England aufgetaucht«, sagte ich. »Damals hat er Charlie Bostons Wettbüros in Birmingham und Umgebung aufgekauft. Außerdem ist es ihm gelungen, Bert Checkov zum Schreiben gezielter Artikel zu zwingen. Vjoersterod wählte sich ein Pferd aus. Checkov lobte es in seinen Vorausberichten hoch, Vjoersterod verhinderte den Start, und das Geschäft war perfekt.«

Youlls Gesichtsausdruck schwankte zwischen Erstaunen und Befriedigung. »Ty, sind das Tatsachen?«

»Selbstverständlich. Wenn Sie mich fragen, sind die Buchmacher und die Wettbehörden ziemlich spät aufgestanden.«

»Und seit wann sind Sie der Sache auf der Spur?«

Ich grinste. »Ich habe Vjoersterod gestern kennengelernt. Als ich ihm gegenüber Charlie Boston als seinen Partner erwähnte, stellte er richtig, daß ihm Charlie Bostons Betrieb gehöre. Übrigens wollte Vjoersterod wissen, wo sich ›Tiddely Pom‹ aufhält.«

Er starrte mich an. »Würden Sie das – äh – wenn nötig bezeugen?«

»Gern. Aber mein Wort stände dann gegen das seine. Kein hieb- und stichfestes Beweismaterial.«

»Aber immer noch besser als alles, was wir bisher hatten.«

»Es sollte doch Mittel und Wege geben, schneller zu einem Ergebnis zu kommen.«

»Wie?« fragte er wieder.

»Finden Sie eine Möglichkeit, Charlie Bostons Läden zu schließen, und blockieren Sie damit Vjoersterods Einnahmequellen. Ohne die besteht für ihn kein Anlaß mehr, Pferde am Start zu hindern.

Wenn man ihn schon nicht vor Gericht bringen kann, sollte man ihn zumindest kaltstellen.«

Youll schwieg. Offenbar dachte er angestrengt nach. Ich konnte mir denken, was hinter seiner Stirn vorging. Schließlich sagte er: »Wieviel verlangen Sie für Ihre Hilfe?«

»Einen Exklusivbericht für den *Blaze*.«

»Das hätte ich mir doch denken können ...«

»Es genügt«, konzedierte ich, »wenn der *Blaze* für sich in Anspruch nehmen darf, den Markt für feste Wetten wieder sicher gemacht zu haben. Ohne Einzelheiten. Nur ein paar Andeutungen, daß den zuständigen Behörden sämtliches Material zugänglich gemacht worden sei.«

»Warum vergeuden Sie nur Ihre Zeit bei diesem scheußlichen Blatt?« stieß er erbittert hervor.

»Die Bezahlung ist gut«, erwiderte ich, »und das Arbeitsklima angenehm. Ich bin ganz zufrieden.«

»Eins verspreche ich Ihnen«, sagte er lächelnd. »Wenn Sie erreichen, daß wir Vjoersterod loswerden, abonniere ich den *Blaze*.«

Elizabeth hatte Mrs. Woodward veranlaßt, ihre hübscheste rosafarbene weißbestickte Bettwäsche aufzuziehen. Ich blickte sie forschend an. Sie war mit besonderer Sorgfalt frisiert und makellos zurechtgemacht.

»Du siehst reizend aus«, sagte ich vorsichtig.

Ihre Reaktion bestand aus einer Mischung von Erleichterung und Gequältheit. Mir kam mit plötzlicher Klarheit zu Bewußtsein, was sie zu diesem äußeren Aufwand bewogen hatte: die vermehrte Furcht, daß ich sie, falls sie sich anders benahm, verlassen könnte. Gleichgültig, wie sehr ich ihren Zorn verdient haben mochte, ich mußte unter allen Umständen bei Laune gehalten werden.

»Hast du einen guten Tag gehabt?« Ihre Stimme klang unnatürlich hoch und zittrig.

»Es ging ... Wie wäre es mit einem Drink?«

Sie schüttelte den Kopf, ich schenkte ihr jedoch trotzdem ein.

»Ich habe Mrs. Woodward gebeten, jemanden ausfindig zu machen, der abends bei mir bleibt, damit du öfter ausgehen kannst«, sagte Elizabeth.

»Ich will ja gar nicht öfter ausgehen«, protestierte ich.

Elizabeth schwieg. Als ich aufblickte, sah ich, daß sie lautlos weinte. Ich nahm ein Zellstofftuch und tupfte ihr die Augen ab.

Wenn sie nur gewußt hätte, daß diese stillen Tränen schwerer für mich zu ertragen waren als jeder Zornesausbruch.

»Wie alt ist – dieses Mädchen?«

»Du wolltest doch nichts über sie hören.«

»Im Grunde will ich es ja auch nicht.«

»Dann denk nicht mehr an sie«, sagte ich. »Sie bedeutet mir nichts. Wirklich gar nichts.« Ich wünschte, ich hätte mir selber glauben können. Trotz des Ausmaßes von Gails Verrat brannte ich tief im Inneren noch immer darauf, wieder mit ihr schlafen zu können.

Elizabeth bemühte sich den ganzen Abend, besonders nett zu sein, bedankte sich überschwenglich für die geringste Handreichung und entschuldigte sich, mich für Dinge in Anspruch nehmen zu müssen, die wir jahrelang als selbstverständlich angesehen hatten. Sie hätte mich nicht härter strafen können, selbst wenn sie es versucht hätte.

Am späten Abend dieses Tages bekam »Tiddely Pom« eine schwere Kolik.

Norton Fox konnte weder Luke-John noch Derry erreichen, die längst nach Hause gegangen waren. Der *Blaze* gab selbst in dringenden Fällen keine Privatadressen preis. Auch meine Telefonnummer war Norton nicht bekannt.

In äußerster Besorgnis und auf Anraten des Tierarztes rief er schließlich Victor Roncey an und informierte ihn, wo sich sein Pferd aufhielt und was unternommen worden war, um das Leben des Tieres zu retten.

12

Ich erfuhr am nächsten Morgen davon. Um halb elf, als ich mich gerade in mein Arbeitszimmer zurückgezogen hatte, um an meinen Sonntagsbeitrag zu gehen, rief Roncey an. Er war noch immer im Haus von Norton Fox, der ihm, nachdem Roncey nachts um zwei Uhr aufgekreuzt war, ein Bett zur Verfügung gestellt hatte. Dem Tierarzt war es gelungen, das Schlimmste zu verhindern, und, wie Roncey mir mitteilte, »Tiddely Pom« hatte bei seiner Morgenarbeit erstaunlich geringe Folgen seiner nächtlichen Erkrankung gezeigt. Höchstwahrscheinlich würde er bis zum Lamplighter völlig wiederhergestellt sein.

Ich lauschte Ronceys Redefluß mit einigem Unbehagen. Immerhin waren bis zum Rennen noch zwei lange Tage durchzustehen, und nachdem Roncey nun den Aufenthaltsort des Pferdes kannte, war dessen Sicherheit zu fünfzig Prozent in Frage gestellt. Als er endlich schwieg, erkundigte ich mich, ob jemand versucht habe, von ihm etwas über »Tiddely Poms« Verbleib zu erfahren.

»Ja, natürlich«, erwiderte er, »genau wie Sie vorausgesagt haben. Allerhand Zeitungsreporter. Die meisten haben nur angerufen, aber drei oder vier sind sogar persönlich erschienen und haben mich und die Jungens in die Mangel genommen. Ich muß Ihnen Abbitte leisten. Wenn wir eingeweiht gewesen wären, hätten wir uns womöglich wirklich verschnappt.«

»Ist auch einer mit einem Rolls-Royce vorgefahren?«

Er lachte kurz auf. »Nein.«

»War einer Ihrer Besucher groß, dick und blond, mit gelblicher Gesichtsfarbe und ausländischem Akzent?«

»Nicht daß ich wüßte. Ein oder zwei Leute haben nur mit Pat und Peter gesprochen, während ich in Chelmsford war. Sie können die beiden ja selber fragen.«

»Das werde ich vielleicht tun«, erwiderte ich. »Hat Ihnen irgend jemand gedroht?«

»Nein, das habe ich auch schon Ihrem Mr. Norton gesagt. Niemand hat auch nur den geringsten Druck auszuüben versucht. Meiner Ansicht nach sind Ihre ganzen Sicherheitsvorkehrungen Zeitverschwendung gewesen. Und da ich jetzt weiß, wo ›Tiddely Pom‹ steckt, können Sie mir auch verraten, wo meine Familie ist ...«

»Ich werde es mir überlegen«, erwiderte ich. »Könnte ich noch ein Wort mit Norton Fox sprechen?«

Er holte Norton an den Apparat, der sich dafür entschuldigte, mein Geheimnis gelüftet zu haben, aber er sei außerstande gewesen, bei »Tiddely Poms« bedenklichem Zustand die Verantwortung zu tragen.

»Selbstverständlich. Da kann man halt nichts machen«, sagte ich. »Solange die Geschichte nicht weiter als bis zu Roncey gedrungen ist, kann ja nicht allzuviel passieren, wenn mir auch lieber gewesen wäre ...«

»Seine Söhne wissen natürlich auch Bescheid«, unterbrach mich Norton. »Obwohl ich dem keine große Bedeutung beimesse.«

»Was?« rief ich aus.

»Roncey hat vorhin gerade mit einem der Jungen telefoniert –

ich glaube Pat hat er ihn genannt –, um sich Ihre Telefonnummer durchgeben zu lassen, und weil niemand mehr nach dem Verbleib des Pferdes geforscht hat, hielt er es für ungefährlich, seinem Sohn zu sagen, wo er zu erreichen sei.«

»Dieser Mann ist ein Idiot«, sagte ich bitter. »Hören Sie, Norton, halten Sie es für möglich, daß ›Tiddely Poms‹ vermeintliche Kolik auf einen Vergiftungsversuch zurückzuführen ist?«

»Um Himmels willen, Ty ... Nein. Es waren völlig eindeutig die Symptome einer gewöhnlichen Kolik. Wer hätte ihn auch vergiften sollen? Es wußte ja niemand, wer er war.«

»Und jetzt?« fragte ich. »Wie viele Ihrer Stallburschen und Pferdepfleger wissen jetzt, daß er ›Tiddely Pom‹ ist?«

Am anderen Ende der Leitung herrschte bedeutungsvolles Schweigen.

»Also alle«, sagte ich gepreßt.

»Einige kannten Roncey vom Sehen«, erklärte er. »Und alle hatten den *Blaze* gelesen. Da haben sie natürlich zwei und zwei zusammengezählt.«

Einer von Nortons Leuten würde bald dahinterkommen, daß er sich einen Fünfer verdienen konnte, indem er ein Konkurrenzblatt des *Blaze* informierte. Ich war überzeugt, daß das Pferd, wenn es blieb, wo es war, Samstag früh lahm, blind, gedopt oder tot sein würde.

Norton hörte schweigend zu, während ich ihm meine Meinung auseinandersetzte.

»Ty, meinen Sie nicht, daß Sie etwas zu schwarz sehen?«

»Wie oft«, erwiderte ich mit erzwungenem Gleichmut, »muß sich Ihrer Meinung nach wiederholen, daß ein Pferd wie ›Brevity‹ ohne jede Erklärung im letzten Moment vom Start zurückgezogen wird, bevor Sie die Notwendigkeit einsehen, etwas Wirkungsvolles dagegen zu unternehmen?«

Es herrschte eine kurze Pause. »Ja«, sagte er dann, »das ist ein Argument.«

»Wenn Sie mir Ihren Pferdetransporter leihen, bringe ich ›Tiddely Pom‹ weg.«

»Wohin?«

»In Sicherheit«, erwiderte ich unverbindlich.

»Na schön«, seufzte er. »Ein bißchen Ruhe zwischendurch wäre ja auch mal ganz angenehm.«

»Ich komme so schnell ich kann.«

»Bis zu Ihrem Eintreffen werde ich niemanden vorlassen.« Sein leicht mokanter Ton zeigte mir, wie wenig er an eine Gefahr für das Pferd glaubte. Mich überkam das starke Bedürfnis, den Dingen einfach ihren Lauf zu lassen, nur um zu beweisen, daß ich recht hatte. Eine kindische Anwandlung, die schnell vorüberging. Auf meine Weise war ich ebenso stur wie Vjoersterod. Ich würde mich nicht so leicht kleinkriegen lassen.

Als ich den Hörer auflegte, musterte mich Elizabeth besorgt.

»Dieser ›Tiddely Pom‹«, sagte ich unbefangen, »ist schwerer zu hüten als ein Sack Flöhe. Wie du wahrscheinlich mitbekommen hast, muß ich los und ihn wegbringen.«

»Kann das nicht jemand anderer tun?«

Ich schüttelte den Kopf. »Das mache ich lieber selbst.«

Während ich darauf wartete, daß Mrs. Woodward vom Einkaufen zurückkehrte, rief ich Luke-John an, um ihm mitzuteilen, daß unser wohldurchdachter Plan gescheitert war.

»Wo bringen Sie denn das Pferd jetzt hin?«

»Ich gebe Ihnen Bescheid, sobald ich an Ort und Stelle bin.«

»Sind Sie sicher, daß es wirklich notwendig ist . . .«, begann er.

»Sind Sie sicher«, unterbrach ich ihn, »daß der *Blaze* sich ein Risiko leisten kann, nachdem er sich für das Pferd so stark gemacht hat?«

»Hm . . .« Er seufzte. »Na, dann viel Glück.«

Nach Mrs. Woodwards Eintreffen holte ich den Bedford aus der Garage und fuhr nach Berkshire hinaus. Unterwegs hielt ich an, um ein langes Telefongespräch über die neuerliche Unterbringung und Pflege »Tiddely Poms« zu führen.

Als ich in Berkshire eintraf, saßen Norton Fox und Victor Roncey beim Mittagessen. Es war unmöglich, sie so weit von der Dringlichkeit meiner Mission zu überzeugen, daß sie bereit gewesen wären, ihre Mahlzeit zu unterbrechen.

»Setzen Sie sich«, sagte Norton munter, »und essen Sie einen Happen mit.«

»Ich möchte so schnell wie möglich los.«

Trotz meiner offensichtlichen Ungeduld widmeten die beiden sich ungerührt ihrem Nachtisch. Bis sie sich endlich erhoben, war es zwei Uhr.

Wenigstens hatte Norton den Pferdetransporter fertigmachen lassen. Er stand mit heruntergelassener Rampe mitten auf dem Hof, so auffällig wie möglich. Ich seufzte resigniert.

Sandy Willis führte »Tiddely Pom« über den Hof, die Rampe hinauf in die Box hinein. Das Pferd sah erbarmungswürdiger aus denn je, zweifellos eine Folge der Kolik. Ich konnte mir nicht vorstellen, wie er je den Lamplighter-Goldpokal gewinnen sollte. Die ganzen Sicherheitsvorkehrungen seinetwegen schienen tatsächlich vergebliche Liebesmüh zu sein.

Victor Roncey kam entschlossenen Schritts auf mich zu. »Ich bestehe darauf, daß Sie mir sagen, wo Sie ihn hinbringen.«

»Mr. Roncey, wenn Sie seinen Aufenthaltsort kennen, ist er nur noch halb so sicher. Wir haben das doch alles schon einmal durchexerziert . . .«

Er vermied es, mich anzusehen. »Na gut«, sagte er schließlich unwillig. »Aber Sie müssen die Garantie dafür übernehmen, daß er Samstag pünktlich in Heathbury Park ist.«

»Das wird der *Blaze* arrangieren«, erwiderte ich. »Das Rennen beginnt um drei Uhr. Spätestens um zwölf ist ›Tiddely Pom‹ an Ort und Stelle.«

»Ich werde ihn dort erwarten«, sagte Roncey.

Ich kletterte in die Fahrerkabine. »Wir sehen uns heute abend«, rief ich Norton zu, »wenn ich Ihnen den Pferdetransporter zurückbringe.« Ich kurbelte das Fenster hoch, probierte die Gänge und fuhr vorsichtig los.

Auf der Landstraße, die aus Berkshire hinausführte, herrschte nur wenig Verkehr. Ein graublauer Cortina tauchte hinter einer leichten Steigung auf und näherte sich mir in schneller Fahrt. Ich wich zur Seite aus, und er schoß mit unverantwortlichem Tempo an mir vorbei.

Es dauerte einige Sekunden, bis mir ruckartig zu Bewußtsein kam, wer hinter dem Steuer gesessen hatte. Einer von Charlie Bostons Schlägern. Der Große mit dem Schlagring.

Ich trat instinktiv das Gaspedal durch und fühlte, wie »Tiddely Pom« durch die plötzliche Beschleunigung einen Satz nach vorn machte. Ich konnte nur hoffen, daß der Mann am Steuer zu beschäftigt gewesen war, die Straßenbreite abzuschätzen, um hochzublicken und mich zu erkennen.

Natürlich hatte er aber einen Beifahrer gehabt.

Ich spähte in den Rückspiegel. Der Cortina war hinter dem Hügel verschwunden. Daß Charlie Bostons Leute in Richtung Berkshire rasten, war kein Zufall. Die Nachricht von »Tiddely Poms« Aufenthaltsort mußte ohne Verzögerung weitergeleitet worden sein. Ich überlegte verbissen, wer der Zuträger gewesen sein mochte.

Als ich wieder in den Rückspiegel blickte, entdeckte ich am Horizont ein kleines Pünktchen. Es mußte nicht unbedingt der Cortina sein, aber ein weiterer Blick in den Spiegel ließ keinen Zweifel mehr. Ich fluchte still vor mich hin. Die Tachometernadel kletterte auf hundertzehn. Das war die absolute Spitze. Der Cortina holte mit Leichtigkeit auf.

Weit und breit war keine Ortschaft zu sehen, in der ich hätte untertauchen können. Einmal auf meiner Fährte, würden sich meine Verfolger nicht abschütteln lassen, bis sie wußten, wohin ich »Tiddely Pom« brachte. Mir blieb nur die Hoffnung, daß Charlie Bostons Rollkommando auch diesmal wieder mit mehr Angriffslust als Verstand vorgehen würde.

Meine Hoffnung schien nicht zu trügen. Der Wagen saß jetzt bereits ziemlich dicht hinter mir, und der Große begann, anhaltend zu hupen. Vielleicht dachten die beiden, ich hätte sie meinerseits nicht erkannt.

Wenn sie mich überholen wollten, hatten sie nicht die Absicht, mich zu verfolgen. Ich biß die Zähne aufeinander. Das konnte nur bedeuten, daß sie hier und jetzt eine Entscheidung herbeiführen wollten. Ich dachte an meine kaum verheilten Rippenbrüche. Noch so eine Spezialbehandlung wollte ich auf keinen Fall riskieren.

Ich blieb mit dem Pferdetransporter auf der Straßenmitte, so daß der Cortina nicht vorbei konnte. Der Große hupte noch immer. »Tiddely Pom« trat nervös gegen die Holzverschalung. Ich nahm etwas Gas weg, um den Wagen besser in der Gewalt zu haben. Vermutlich würden die beiden jetzt wissen, daß ich sie erkannt hatte.

Noch etwa anderthalb Kilometer, dann würden wir an eine Kreuzung mit Stoppschild kommen. Ich mußte entweder halten oder einen Zusammenstoß mit einem vorfahrtberechtigten Wagen riskieren und womöglich das Leben eines unschuldigen Autofahrers oder seiner Familie aufs Spiel setzen. Hielt ich, würde mich der Cortina mit seiner besseren Beschleunigung mühelos überholen, gleichgültig, welche Richtung ich auch einschlagen mochte.

Der Pferdetransporter keuchte einen Hügel hinauf, und da lag sie auch schon vor uns, die Kreuzung. Ich trat auf das Gaspedal, daß der Transporter mit einem Satz vorwärts schoß. Meine Begleiter hatten gerade noch Zeit zu realisieren, daß ich entschlossen schien, das Stoppschild einfach zu überfahren. Ich sah im Rückspiegel, wie der Cortina ebenfalls beschleunigte und mir eisern auf den Fersen blieb.

Etwa zweihundert Meter vor der Kreuzung trat ich so abrupt

auf die Bremse, als ende die Straße zehn Schritt weiter in einem Abgrund. Die Wirkung übertraf alle meine Erwartungen. Der Pferdetransporter ruckte und schüttelte und fing an zu schlingern. Sein Hinterteil schleuderte über die Straße, prallte gegen die Böschung und ruckte noch einmal. Ich fürchtete schon, der ganze Wagen würde umkippen. Statt dessen erfolgte ein dumpfes, splitterndes Krachen, und der Cortina war aufgefahren.

Der Pferdetransporter quietschte und kam mit einem letzten Aufbäumen zum Stehen – auf allen vier Rädern und in Fahrtrichtung.

Ich zog die Handbremse an und stieg aus. Der Cortina lag in etwa zwanzig Meter Abstand auf der Seite. Sein eingedrücktes Dach verriet, daß er sich überschlagen haben mußte. Ich kämpfte die Versuchung nieder, einfach weiterzufahren, ohne mich um die Insassen zu kümmern, und ging auf den umgestürzten Wagen zu.

Der Große, der chauffiert hatte, war mit seinem rechten, offenbar gebrochenen Fußknöchel zwischen den Pedalen eingeklemmt und hatte offensichtlich starke Schmerzen. Ich wandte ihm den Rücken zu und ignorierte seine wütenden Aufforderungen, ihm zu helfen. Es schien mir doch ratsamer, mich nicht in seine Reichweite zu begeben. Sein Beifahrer war herausgeschleudert worden und lag bewußtlos an der Böschung.

Erleichtert kehrte ich zu dem Pferdetransporter zurück und öffnete eine Seitentür, um nach »Tiddely Pom« zu sehen. Er blickte mich mißbilligend an, schien die höchst ungewöhnliche Fahrt jedoch ohne sichtbaren Schaden überstanden zu haben. Ich tätschelte ihm beruhigend den Hals und klappte die Tür wieder zu. Auch der Transporter war mit einer bestenfalls suppentellergroßen Beule am hinteren Kotflügel und einem zertrümmerten Rücklicht verhältnismäßig glimpflich davongekommen. Ich hoffte, daß Luke-John bereit sein würde, den *Blaze* für die Reparatur aufkommen zu lassen. Auf Charlie Boston durften wir wohl kaum rechnen.

Sein bewußtloser zweiter Mann begann sich zu regen. Ich beobachtete, wie er sich aufrichtete, mit den Händen den Kopf abtastete und sich allmählich zu erinnern begann. Sein großer Kollege wütete noch immer lautstark im Wageninnern. Ich kletterte mit betonter Langsamkeit in meine Fahrerkabine, startete und fuhr vorsichtig los.

Von vornherein hatte ich nicht die Absicht gehabt, weit zu fahren. Ich brachte »Tiddely Pom« an den sichersten Ort, den ich mir vorstellen konnte: in die Ställe des Rennplatzes Heathbury

Park. Dort würde er tagsüber von hohen Mauern und des Nachts sogar von einer Sicherheitspatrouille bewacht sein. Jeder, der die Ställe betreten wollte, mußte eine besondere Karte vorzeigen, und selbst Pferdebesitzer waren nur in Begleitung ihrer Trainer zugelassen.

Willy Ondroy hatte sich auf meine telefonische Anfrage sofort bereit erklärt, »Tiddely Pom« aufzunehmen und seine Anwesenheit diskret zu behandeln. Mein Schützling würde nur eins von vielen Pferden sein, die täglich für die Rennen von weit her geschickt wurden.

Ondroy hielt bereits nach mir Ausschau und stieg in meine Fahrerkabine. »Sie sind hier draußen zu bekannt«, erklärte er, indem er auf zwei andere Pferdetransporter wies, die gerade ausgeladen wurden. »Jeder, der Sie sieht, weiß sofort, daß Sie kein anderes Pferd als ›Tiddely Pom‹ gebracht haben können. Und das dürfte doch wohl kaum in Ihrem Interesse sein, wie?«

»Nein«, stimmte ich ihm zu.

»Fahren Sie also erst mal ein Stück geradeaus, dann nach links durch das weiße Tor, und parken Sie vor dem Hintereingang meines Hauses.«

Ich befolgte seine Anweisungen, dankbar für sein schnelles Begreifen und die Präzision seiner Entscheidungen.

Als wir ausstiegen, fragte er, ob ich, bis das Pferd ausgeladen sei, noch eine Tasse Tee trinken wolle – oder einen Whisky, fügte er zögernd hinzu.

»Wie kommen Sie auf Whisky?« erkundigte ich mich.

»Ich weiß auch nicht; vermutlich weil Sie aussehen, als ob Sie einen vertragen könnten.«

13

Norton Fox war bei meiner Rückkehr alles andere als erfreut. Als er mich auf den Hof rumpeln hörte, trat er mißmutig aus seinem Haus. Ich kletterte etwas steif aus der Fahrerkabine, denn ich war noch zweieinhalb Stunden in der Gegend herumgefahren, um Norton Fox' Leute über die Entfernung zu täuschen, die ich mit »Tiddely Pom« zurückgelegt hatte. Die Strecke nach Heathbury Park war allen vermutlich auf den Meter bekannt, und der Kilometerstand hätte ihnen womöglich auf den ersten Blick »Tiddely Poms« neuen Aufenthaltsort verraten.

»Was war denn los, Ty?« fragte Norton. »Die Polizei war hier und hat gesagt, an der Kreuzung von Long Barrow sei ein Unfall mit einem Pferdetransporter passiert ...«

»Ja«, bestätigte ich. »Es tut mir leid, Norton. Ihr Pferdetransporter hat eine Beule und ein kaputtes Rücklicht. Ich werde mich wohl bei der Polizei melden müssen.«

Riskantes Fahrverhalten, milde ausgedrückt. Es würde schwer sein zu beweisen, daß es sich um einen Fall von Selbsterhaltung gehandelt hatte.

Norton sah aus, als würde er gleich explodieren. »Was haben Sie denn um Himmels willen gemacht?«

»Cowboy und Indianer gespielt«, erwiderte ich müde. »Die Indianer haben verloren.«

Offenbar fand er meine Antwort nicht komisch. Seine Sekretärin kam heraus, um ihn ans Telefon zu rufen. Ich blieb neben dem Pferdetransporter zurück und überlegte trübe, was mich wohl auf der Polizei erwarten würde.

Norton kehrte nicht mehr ganz so verärgert zurück. »Das war die Polizei«, sagte er. »Die Beamten wollen zwar noch immer mit Ihnen sprechen, aber man scheint weniger geneigt, Ihnen die Schuld an dem Unfall zu geben. Die beiden verletzten Männer sind nämlich inzwischen aus der Unfallstation des Krankenhauses verschwunden, und der Cortina war gestohlen.«

»Die Männer in dem Cortina waren hinter ›Tiddely Pom‹ her«, sagte ich ausdruckslos. »Und beinahe hätten sie ihn erwischt. Vielleicht können Sie Victor Roncey erzählen, daß unsere Vorsichtsmaßnahmen doch nicht ganz so überflüssig sind.«

»Roncey ist nach Hause gefahren«, erklärte Norton desinteressiert.

Ich ging auf meinen Bedford zu, während mir Norton, der mich begleitete, den Weg zum Polizeirevier beschrieb.

»Ich fahre nicht zur Polizei«, unterbrach ich ihn. »Soll die Polizei, wenn sie will, doch zu mir kommen. Montag wäre mir am liebsten. Das können Sie den Beamten ausrichten.«

»Warum erst Montag?« fragte er verblüfft. »Warum nicht jetzt?«

»Weil ich der Polizei konkrete Anhaltspunkte geben könnte, wo die Männer aus dem Cortina zu finden sind und was sie wollten«, erläuterte ich. »Ich lege jedoch keinen Wert darauf, daß die Polizei vor Montag irgendwelche Haftbefehle ausstellt, weil damit die ganze Affäre offiziell anhängig und folglich für den *Blaze* tabu ist. Nach all dem Ärger haben wir uns unsere Sonntagsstory ehrlich verdient.«

»Das dürfte der Polizei aber gar nicht schmecken«, wandte Norton Fox ein.

»Der Polizei sollen Sie das ja auch nicht auf die Nase binden«, erwiderte ich gereizt. »Wenn Sie gefragt werden, wo ich bin, sagen Sie einfach, Sie wüßten meine Adresse nicht, aber ich würde mich von allein melden. Im übrigen sei ich über den *Blaze* zu erreichen.«

»Na schön«, stimmte er zweifelnd zu. »Wenn Sie meinen. Aber das Ganze klingt mir, als könnten Sie sich ernsthafte Schwierigkeiten einhandeln. Ich glaube kaum, daß ›Tiddely Pom‹ soviel wert ist.«

»›Tiddely Pom‹, ›Brevity‹, ›Polyxenes‹ oder wie sie auch heißen mögen ... Einzeln betrachtet war keines dieser Pferde die Mühe wert. Eben deshalb blüht das Geschäft dieser Gangster.«

Seine Miene erhellte sich etwas. »Nächstens werden Sie mir noch erzählen, daß es dem *Blaze* mehr um Gerechtigkeit als um Sensationen geht.«

»So stand es jedenfalls oft darin zu lesen«, pflichtete ich ihm ironisch bei.

»Man darf eben nicht alles glauben, was in den Zeitungen steht«, erwiderte Norton.

Ich machte mich müde und deprimiert auf den Heimweg. Unterwegs hielt ich an einer Telefonzelle, um Luke-John über den jüngsten Stand der Ereignisse zu informieren.

»›Tiddely Pom‹ ist sicher in einem der Ställe in Heathbury Park untergebracht«, berichtete ich.

»Sehr schön.« Luke-John schien zufrieden, mehr nicht. »Dann können wir also beruhigt sein, daß er beim Lamplighter startet. Es war eine gute Story, Ty, aber ich fürchte, wir haben die vermeintliche Gefahr doch etwas übertrieben.«

Ich mußte ihm diese Illusion zerstören. »Charlie Bostons Schläger waren heute nachmittag um halb drei auf dem Wege zu Norton Fox' Stall.«

»Du meine Güte«, sagte er. »Dann ist es also wirklich wahr ...«

»Bisher scheinen Sie die ganze Geschichte nur als eine Sensation für den *Blaze* betrachtet zu haben.«

»Nun ...«

»Und das ist sie ja auch«, unterbrach ich ihn. »Jedenfalls hatten Charlie Bostons Leute einen kleinen Autounfall und konnten deshalb nicht erfahren, wohin ich ›Tiddely Pom‹ gebracht habe.«

»Was für ein Unfall war denn das?«

»Der Wagen ist dem Pferdetransporter hinten draufgefahren. Bißchen unvorsichtig, die Leute. Ich mußte ziemlich hart bremsen, und die beiden waren zu dicht hinter mir.«

Es herrschte betroffenes Schweigen. Dann fragte Luke-John: »Sind sie tot?«

»Nein. Kaum verletzt.« Ich gab ihm eine kurze Schilderung der Ereignisse des Nachmittags. Luke-Johns Reaktion war typisch und wie ich sie erwartet hatte.

»Gehen Sie nicht vor Sonntag zur Polizei«, sagte er aufgeregt.

»Natürlich nicht.«

»Machen Sie heute abend noch einen ersten Entwurf«, fuhr er fort, »und bringen Sie ihn morgen mit in die Redaktion, damit wir darüber reden können. Die letzten Feinheiten geben Sie uns dann Samstag gleich nach dem Lamplighter direkt von Heathbury aus durch.«

»Gut.«

»Ach ja, noch etwas. Rufen Sie Roncey an und sagen Sie ihm, daß sich sein Pferd nur dank des *Blaze* in Sicherheit befindet.«

»Nach schön«, sagte ich und legte den Hörer auf. Am liebsten hätte ich Roncey auf den Mond geschossen.

Er meldete sich gleich nach dem ersten Klingelzeichen. Norton Fox hatte bereits mit ihm gesprochen.

»›Tiddely Pom‹ befindet sich in bester Obhut«, versicherte ich ihm.

»Ich muß mich bei Ihnen entschuldigen«, sagte er rauh.

»Keine Ursache«, wehrte ich ab.

»Hören sie, mir liegt da etwas auf der Seele.« Er stockte und mußte erst eine gehörige Portion Stolz hinunterschlucken. »Haben Sie — irgendeinen Verdacht, wieso diese Männer so schnell auf der Bildfläche erscheinen konnten?«

»Den gleichen wie Sie«, erwiderte ich. »Ihr Sohn Pat.«

»Ich schlage ihm den Schädel ein«, stieß er in echter, höchst unväterlicher Verbitterung hervor.

»Wenn Sie einen Funken Verstand haben, lassen Sie ihn Ihre Pferde in sämtlichen Rennen reiten, nicht nur in den unwichtigen.«

»Wovon reden Sie eigentlich?«

»Von Pats Gefühl der Zurücksetzung. Sie lassen jeden anderen reiten, nur ihn nicht. Das verübelt er Ihnen.«

»Er ist einfach nicht gut genug«, protestierte Roncey.

»Wie soll er je gut werden, wenn Sie ihn keine Erfahrungen sammeln lassen? Nichts bringt einen Jockei weiter, als ein gutes Pferd in einem guten Rennen zu reiten.«

»Er könnte aber verlieren«, wandte er angriffslustig ein.

»Er könnte vielleicht auch gewinnen. Wann haben Sie ihm je eine Chance gegeben?«

»Aber deshalb ›Tiddely Poms‹ Aufenthaltsort preiszugeben ...«

»Es ist ja nichts passiert.«

»Ich habe eine Mordswut auf ihn.«

»Dann schicken Sie ihn in einen anderen Stall. Geben Sie ihm ein Taschengeld und lassen Sie ihn ausprobieren, ob er gut genug ist, um Berufsjockei zu werden. Das ist nämlich sein größter Wunsch. Wenn Sie sich allzu rigoros über die Ambitionen anderer hinwegsetzen, dürfen Sie sich nicht wundern, wenn diese anderen sich wehren.«

»Es ist die Pflicht eines Sohnes, für seinen Vater zu arbeiten. Besonders, wenn er ein Bauernsohn ist.«

Ich seufzte. Er war ein halbes Jahrhundert hinter der Zeitrechnung zurückgeblieben, und soviel ich auch reden mochte, ich würde ihn nicht ändern.

Pats rachsüchtiger Verrat gefiel mir ebensowenig wie seinem Vater, aber immerhin hatte ich ein gewisses Verständnis für die Beweggründe des Jungen.

Ich fuhr nach London zurück, brachte den Bedford in die Garage und stieg langsam und schleppend die Treppen hinauf.

»Hallo«, empfing Elizabeth mich heiter.

»Guten Abend.« Ich küßte sie auf die Wange.

Für Mrs. Woodward mußte unsere Begrüßung völlig normal wirken. Nur der gequälte Blick unserer Augen verriet, daß etwas anders geworden war.

»Wir haben schon gegessen«, sagte Mrs. Woodward. »Ihre Portion ist warmgestellt, Mr. Tyrone.«

»Vielen Dank.«

»Gute Nacht dann also«, rief sie zu Elizabeth hinüber.

»Gute Nacht.«

Abgesehen von der ersten Begrüßung kam keine rechte Unterhaltung zwischen Elizabeth und mir zustande. Selbst die neutralsten Themen schienen äußerst riskant, wie eine hauchdünne Eisschicht auf einem tiefen See.

Wir empfanden daher beide Erleichterung, als es an der Wohnungstür klingelte.

»Mrs. Woodward muß etwas vergessen haben«, sagte ich. Seit ihrem Weggang mochten höchstens zehn Minuten vergangen sein.

»Wahrscheinlich«, pflichtete Elizabeth mir bei.

Ich öffnete die Tür ohne die Spur einer Vorahnung. Sie wurde von einem kräftigen schwarzgekleideten Mann mit einem Ruck aufgedrückt. Er schlug mir eine behandschuhte Faust in die Magengrube und, als ich mich vornüberbeugte, mit einem harten Gegenstand ins Genick.

Ich brach nach Atem ringend in die Knie und sah, wie Vjoersterod in der Türöffnung erschien und an mir vorbei in die Wohnung ging. Ein schwarzbeschuhter Fuß trat die Tür hinter ihm ins Schloß. Ich hörte ein leicht pfeifendes Sausen über mir, und ein zweiter heftiger Schlag landete zwischen meinen Schulterblättern. Elizabeth schrie auf. Ich rappelte mich hoch und versuchte, zu ihr hinüberzugehen. Der Mann in Schwarz – Ross, der Chauffeur – schob seinen Arm unter den meinen und drehte ihn mir auf den Rücken.

»Setzen Sie sich, Mr. Tyrone«, sagte Vjoersterod ruhig. »Dort hin.« Er wies auf einen Hocker, den Mrs. Woodward zum Stricken bevorzugte, da er keine Armlehnen hatte, die ihre Ellbogen behinderten.

»Ty«, Elizabeths Stimme klang schrill vor Erregung, »was soll das bedeuten?«

Ich gab ihr keine Antwort. Ich fühlte mich erschöpft und benommen. Ross löste seinen Griff, und ich ließ mich auf den Hocker sinken.

Vjoersterod hatte sich neben Elizabeths Kopfende postiert und beobachtete mich mit wachsender Befriedigung.

Ross stellte sich etwas seitlich von mir auf und wog den Gummiknüppel, mit dem er mich geschlagen hatte, leicht in der Hand. Ich mußte mich zusammennehmen, um meinen schmerzenden Nacken nicht zu massieren.

»Mr. Tyrone«, sagte Vjoersterod im Plauderton. »Wo ist ›Tiddely Pom?‹«

Als ich nicht reagierte, vollführte er eine halbe Drehung, blickte zu Boden und schob behutsam die Fußspitze unter den elektrischen Stecker, dessen Schnur direkt zu Elizabeths Beatmungsgerät führte. Elizabeth wandte den Kopf und sah, was er vorhatte.

»Nein!« stieß sie entsetzt hervor. Vjoersterod lächelte.

»›Tiddely Pom‹«, wiederholte er.

»Er steht draußen in Heathbury Park.«

»Ah.« Vjoersterod zog den Fuß zurück. »Sehen Sie, wie einfach das ist? Es kommt immer nur darauf an, das richtige Druckmittel zu finden.«

Ich schwieg. Schließlich hatte er recht.

»Prüfen Sie lieber nach, ob er die Wahrheit gesagt hat«, ließ Ross sich vernehmen.

Vjoersterod griff achselzuckend zum Telefonhörer und ließ sich von der Auskunft die Nummer der Rennleitung Heathbury Park geben.

Willy Ondroy war selbst am Apparat.

»Mr. Tyrone hat mich gebeten«, sagte Vjoersterod, »anzufragen, ob ›Tiddely Pom‹ sich eingewöhnt hat . . .«

Er lauschte mit unbewegtem Gesicht. »Verbindlichsten Dank«, sagte er dann in bester Foreign-Office-Manier.

»Fragen Sie ihn, in welcher Box das Pferd steht«, flüsterte Ross.

Vjoersterod fragte, und Willy Ondroy gab bereitwillig Auskunft. »Achtundsechzig«, wiederholte Vjoersterod. »Nochmals besten Dank. Guten Abend.«

Er legte behutsam den Hörer auf und betrachtete ausgiebig seine Fingernägel. »Es erfüllt mich mit Befriedigung, Mr. Tyrone«, sagte er schließlich, »daß Sie die Notwendigkeit einsehen, mit mir zusammenzuarbeiten.« Er machte eine Kunstpause. »In Ihrem Fall würde ich es allerdings für töricht halten anzunehmen, daß diese Zusammenarbeit von Dauer ist, wenn ich Ihnen den Zwang dazu nicht vor Augen führe.«

Ich blickte zu Elizabeth hinüber. Sie schien Vjoersterods gewundenem Satzbau nicht gefolgt zu sein, sondern ruhte mit geschlossenen Augen entspannt auf dem Kissen. Offenbar war sie erleichtert, daß ich den Aufenthaltsort des Pferdes preisgegeben hatte, und hielt den Fall damit für ausgestanden.

Vjoersterod war meinen Augen gefolgt. Er nickte. »Auch in meinem Land gibt es Polioopfer, deren Existenz von Atemgeräten abhängt. Ich kenne die Bedeutung der Stromversorgung, die schmale Grenze zwischen Leben und Tod.«

Ich schwieg.

»Viele Männer würden Frauen wie die Ihre verlassen«, fuhr er fort. »Da Sie bei ihr geblieben sind, dürfte es Ihnen nicht gleichgültig sein, wenn ihr ein Leid geschähe. Im Grunde haben Sie das bereits bewiesen, als Sie sowenig Zeit verloren haben, mir zu sagen, was ich wissen wollte.«

Ich schwieg noch immer. Nach einer winzigen Pause sprach er ruhig weiter. »Charlie Boston hat mir berichtet, daß Sie seine beiden Leute außer Gefecht gesetzt haben. Da Sie das kürzliche Zusammentreffen im Zug nicht mehr gelehrt hat, als zurückzuschlagen, wollen wir doch einmal sehen, ob mein Chauffeur sich besser verständlich machen kann.«

Ich stemmte einen Fuß auf die Erde, stieß mich ab und rammte Ross die rechte Faust in die Magengrube, die linke in den Unterleib. Er war so überrascht, daß er vornüberklappte. Ich entriß ihm den Gummiknüppel und schwang ihn hoch, um ihm damit auf den Kopf zu schlagen.

»Ty ...«, stöhnte Elizabeth entsetzt. Ich schnellte herum und sah Vjoersterods wütenden, unversöhnlichen Blick.

»Lassen Sie den Knüppel fallen.«

Er hatte den Fuß wieder unter den Stecker geschoben. Uns trennten etwa drei Meter.

Ich zögerte, kochend vor Zorn und überwältigt von dem Verlangen, ihn niederzuschlagen. Aber ich konnte kein Risiko eingehene. Ein winziger Ruck seines Fußes würde die Stromzufuhr unterbrechen. Unter dem Gewicht der Spirashell würde Elizabeth fast augenblicklich ersticken. Er wußte nicht, daß ich seinen Namen kannte, und dachte womöglich, daß er Elizabeth gefahrlos töten konnte.

Ich ließ den Arm langsam sinken. Der Gummiknüppel fiel auf den Teppich. Ross bückte sich schwer atmend und hob ihn auf.

»Setzen Sie sich, Mr. Tyrone«, sagte Vjoersterod. »Und stehen Sie nicht wieder auf. Habe ich mich verständlich ausgedrückt?«

Sein Fuß war noch immer unter dem Stecker. Ich setzte mich, äußerlich unbewegt, innerlich jedoch aufs äußerste gespannt. Zwei Spezialbehandlungen innerhalb von zwei Wochen waren entschieden zuviel.

Vjoersterod nickte Ross zu. Der Gummiknüppel sauste auf meine Schulter herab.

Elizabeth schrie auf. Vjoersterod blickte sie mitleidlos an und gab Ross Anweisung, das Fernsehgerät einzuschalten. Ross wechselte von der Nachrichtenansage auf ein Musikprogramm über und stellte mittlere Lautstärke ein. Dann ließ er seinen Knüppel wieder tanzen. Instinktiv wollte ich hoch – um zurückzuschlagen, zu entkommen, weiß der Himmel was.

»Setzen Sie sich«, sagte Vjoersterod.

Ich blickte auf seinen Fuß und setzte mich. Ross holte aus, und diesmal sackte ich vom Hocker herunter auf die Knie.

»Setzen«, befahl Vjoersterod. Mit steifen Bewegungen hievte ich mich auf den Hocker zurück.

»Tun Sie es nicht«, sagte Elizabeth mit bebender Stimme zu Vjoersterod. »Bitte, tun Sie es nicht.«

Ich sah zu ihr hinüber, begegnete ihrem Blick. In ihren Augen stand Todesangst – und noch etwas, flehentliches Bitten. Mit plötzlicher Klarheit begriff ich, daß sie fürchtete, ich würde nicht mehr bereit sein, weitere Schmerzen zu ertragen, ich könnte sie nicht für wert halten, solche Qualen auf mich zu nehmen, ich könnte zulassen, daß Vjoersterod die Pumpe außer Betrieb setzte. Vjoersterod war vom Gegenteil überzeugt. Es war Ironie des Schicksals, dachte ich sarkastisch, daß Vjoersterod mich besser kannte als meine eigene Frau.

Ich hatte die Handballen gegen den Mund gepreßt und die Finger in meinen Haaren vergraben, so daß ich nicht bemerkte, wie Vjoersterod seinem Chauffeur aufzuhören befahl. Plötzlich verstummte das Fernsehgerät.

»O Gott«, stöhnte Elizabeth. »O Gott.«

Vjoersterods sanfte Stimme tröstete sie ironisch. »Meine liebe Mrs. Tyrone, ich versichere Ihnen, daß mein Chauffeur noch sehr viel unfreundlicher sein kann.« Dann wandte er sich an mich. »Mr. Tyrone, sollten Sie noch einmal versuchen, mich zu hintergehen, werde ich meinem Chauffeur gestatten, nach Belieben mit Ihnen zu verfahren. Verstehen Sie?«

Ich schwieg. »Haben Sie mich verstanden?« wiederholte er energisch.

Ich nickte.

»Gut. Das ist ein Anfang. Nur ein Anfang. Sie werden auch noch etwas anderes tun. Sie werden für mich arbeiten. Sie werden für mich in Ihrer Zeitung schreiben, und zwar was ich will.«

Ich löste langsam meine Hände vom Gesicht. »Das kann ich nicht«, sagte ich dumpf.

»Sie werden schon merken, daß Sie können. Sie müssen. Und Sie werden auch nicht mit dem Gedanken spielen, sich von Ihrem Blatt zu trennen.« Er berührte den Elektrostecker mit seiner glänzenden Schuhspitze. »Sie können Ihre Frau nicht bis an ihr Lebensende entsprechend bewachen lassen.«

»Na gut«, sagte ich langsam. »Ich werde schreiben, was Sie sagen.«

»Ah ...«

Armer alter Bert Checkov, dachte ich trübe. Aus dem siebenten Stock auf das Pflaster. Nur konnte ich mich nicht hoch genug versichern lassen, um Elizabeth dafür zu entschädigen, daß sie den Rest ihres Lebens in einer Krankenanstalt würde verbringen müssen.

»Sie können diese Woche anfangen«, sagte Vjoersterod. »Schreiben Sie gleich am Sonntag, es habe sich herausgestellt, daß Ihre beiden letzten Artikel jeder Grundlage entbehrten.«

»Schön.« Ich legte meine rechte Hand versuchsweise auf meine linke Schulter. Vjoersterod beobachtete mich und nickte zufrieden.

»Daran werden Sie denken«, sagte er verständnisvoll. »Vielleicht werden Sie sich besser fühlen, wenn ich Ihnen verrate, daß viele, die mich hintergangen haben, heute tot sind. Sie sind mir lebend nützlicher. Solange Sie für mich schreiben, wird Ihrer Frau nichts geschehen, und auch mein Chauffeur braucht sich nicht einzuschalten.«

Sein Chauffeur hatte sich indessen – gut, daß er das nicht wußte – als blasser Schatten des Boston-Rollkommandos erwiesen. Trotz meiner Befürchtungen stand fest, daß die Schlagringe schlimmer gewesen waren. Diesmal würde ich mich wenigstens noch bewegen können. Ich schluckte. Der Schmerz in meinen Schultern breitete sich über den Rücken aus. Ich hatte es satt, auf diesem Hocker zu sitzen. Mrs. Woodward konnte ihn behalten, ging mir flüchtig durch den Kopf. Ich wollte ihn nicht mehr in der Wohnung haben.

»Gießen Sie ihm etwas zu trinken ein«, wandte Vjoersterod sich an Ross.

Ross ging zu dem Tablett hinüber, auf dem die Whiskyflasche mit zwei hohen Gläsern stand. Die Flasche war noch fast halbvoll. Er nahm eins von den Gläsern und goß den ganzen Flascheninhalt ein. Das Glas schwappte fast über.

Vjoersterod nickte. »Trinken Sie.«

Ross reichte mir das Glas. Ich starrte ihn ungläubig an.

»Los«, nötigte mich Vjoersterod. »Trinken Sie.«

Ich holte Luft, um zu protestieren, doch er schob seinen Fuß sofort auf den Stecker zu. Ich hob das Glas an die Lippen und nahm einen Schluck.

»Alles«, drängte er. »Schnell.«

Ich hatte seit mehr als vierundzwanzig Stunden nichts gegessen, doch mir blieb keine Wahl. Vjoersterod verfluchend, leerte ich das Glas.

»Endlich scheint er begriffen zu haben«, sagte Ross.

14

Anschließend warteten beide fast fünfzehn Minuten und beobachteten mich schweigend. »Stehen Sie auf«, sagte Vjoersterod schließlich.

Ich erhob mich.

»Drehen Sie sich im Kreis.«

Ich drehte mich, taumelte, stolperte, schwankte auf unsicheren Füßen hin und her.

Vjoersterod nickte befriedigt. »Das ist alles, Mr. Tyrone. Jedenfalls für heute. Sonntag erwarte ich einen schönen Artikel von Ihnen. Sie sollten mich nicht enttäuschen.«

Ich nickte, was sich als grober Fehler erwies. In meinem Kopf begann es heftig zu schwimmen. Der Whisky drang mit erschrekkender Schnelligkeit in meine Blutbahn.

Vjoersterod und Ross entschwanden ohne weiteren Kommentar. Sobald die Tür hinter ihnen zugeklappt war, stürzte ich in die Küche, schüttete zwei Daumenbreit Salz in ein Glas, fügte die gleiche Menge Wasser dazu und rührte mit dem Zeigefinger um. Keine Zeit, nach einem Löffel zu suchen, jede Sekunde zählte. Die Mischung schmeckte wie ein Konzentrat der sieben Weltmeere. Sie ätzte und brannte im Hals, und es gelang mir nur mit Mühe, mehr als einen Mundvoll hinunterzuschlucken. Ich fing bereits an zu würgen, bevor das Zeug seine Schuldigkeit getan und den restlichen Whisky, der noch nicht durch meine Magenwände gedrungen war, wieder hochgebracht hatte.

Erschöpft lehnte ich über dem Ausguß. Vor Vjoersterods Augen hatte ich zwar etwas mehr als wirklich nötig geschwankt, aber mittlerweile begann der Alkohol auf nüchternen Magen doch verheerend zu wirken. Seit ich das Glas in mich hineingeschüttet hatte, war etwa eine Viertelstunde vergangen. In weiteren zehn, vielleicht zwanzig Minuten würde ich total betrunken sein.

Ich spülte mir mit klarem Wasser den Mund und richtete mich stöhnend auf. Dann kehrte ich taumelnd ins Wohnzimmer zurück und nahm den Telefonhörer ab.

In meinem Gehirn herrschte gähnende Leere. Ich konnte mich einfach nicht an die Telefonnummer erinnern. Erst als ich mich mit aller Kraft zu konzentrieren versuchte, hatte ich Erfolg. Willy Ondroy meldete sich.

»Willy«, sagte ich. »Nehmen Sie ›Tiddely Pom‹ aus Box achtundsechzig. Vorhin hat Sie die falsche Seite angerufen. Mobilisieren Sie so viele Wachtposten wie möglich und stellen Sie das Pferd in einer anderen Box unter. Behalten Sie aber achtundsechzig im Auge, vielleicht können Sie jemanden auf frischer Tat ertappen.«

»Keine Sorge, wir werden schon aufpassen.«

»Die Kerle könnten entschlossen sein ...«

»Das bin ich auch«, unterbrach er mich beruhigend.

Ich legte auf. Ondroys Besonnenheit hatte mir gutgetan. Als ich aufsah, begegnete ich Elizabeths verstörtem Blick.

»Ty«, sagte sie schwach. »Was machst du nur?«

Ich setzte mich einen Augenblick auf die Armlehne. Ich fühlte mich entsetzlich. Zerschlagen, krank, betrunken.

»Hör zu, Liebes«, sagte ich. »Hör mir bitte gut zu. Ich kann das alles nicht zweimal sagen. Es ist mir unmöglich, die Ereignisse dahin zurückzudrehen, wo sie standen, bevor ich diesen Artikel geschrieben habe.«

»Du hast es ihm doch aber zugesagt«, wandte sie irritiert ein.

»Es blieb mir nichts weiter übrig. Aber ich kann es nicht tun. Ich habe die Rennsportbehörden bereits über ihn informiert. Das kann ich nicht rückgängig machen. Und ich will es auch nicht. Dieser Mann ist gemeingefährlich. Er muß kaltgestellt werden.«

»Aber warum mußt ausgerechnet du das tun?«

»Ich weiß nicht ... Jemand muß es eben sein.«

»Aber du hast ihn glauben gemacht, daß ...« Sie starrte mich mit aufgerissenen Augen an. »Er wird zurückkommen.«

»Ja. Wenn er merkt, daß ›Tiddely Pom‹ nicht mehr in der alten Box steht und der ganze Stall von Wachtposten wimmelt, wird er annehmen, daß ich dahinterstecke, und zurückkommen. Deshalb bringe ich dich hier weg. Jetzt gleich.«

»Aber Ty ... Der ganze Whisky ... Wollen wir nicht lieber bis morgen früh warten?«

Ich schüttelte den Kopf. Das Zimmer begann sich zu drehen, ich hielt mich am Sessel fest. Morgen früh würde es mir noch dreckiger gehen als jetzt, und außerdem war es morgen früh zu spät. Nach Heathbury Park und zurück dauerte mit dem Rolls-Royce höchstens drei Stunden.

»Ruf Sue Davis an und frage sie, ob Ron herüberkommen kann, um mit anzufassen. Ich gehe solange runter und hole schon den Wagen aus der Garage. Okay?«

»Ich möchte nicht weg.«

Ich konnte ihr Zögern verstehen. Sie besaß so wenig Lebenskraft, daß selbst ein lange geplanter und vorbereiteter Tagesausflug sie schon unsicher machte und belastete.

»Es muß sein«, sagte ich. »Es geht nicht anders.«

Ich stand vorsichtig auf und bemühte mich mit beachtlichem Erfolg, geraden Schrittes die Tür zu erreichen. Auch das Heraussetzen des Bedford klappte erstaunlich gut. Ich packte einen neuen Satz Batterien für Elizabeths Pumpe, der in der Garage bereitstand, in den Wagen. Jedesmal, wenn ich mich vorbeugte, fürchtete ich, die Balance zu verlieren. Ich hoffte nur, es würde mir gelingen, meinen Verstand unter Kontrolle zu behalten.

Als ich wieder hinaufkam, hielt Elizabeth den Telefonhörer am Ohr. »Es meldet sich niemand«, sagte sie besorgt. »Sue und Ron scheinen nicht zu Hause zu sein.«

Ich fluchte innerlich. Selbst in bester körperlicher Verfassung war es anstrengend, den Transport die Treppe hinunter allein zu bewältigen.

Ich drückte auf die Gabel und wählte die Nummer von Antonio Perelli. Zu meiner grenzenlosen Erleichterung meldete er sich.

»Tonio, rufen Sie bitte im Pflegeheim an und sagen Sie Bescheid, daß ich Elizabeth bringe.«

»Meinen Sie heute abend noch?«

»Ja, jetzt gleich.«

»Bronchitis?«

»Nein. Sie ist gesund. Es handelt sich um eine andere Gefahr. Ich erkläre es Ihnen später. Sagen Sie ... Können Sie vielleicht herüberkommen, um mir mit Elizabeth zu helfen?«

»Das geht jetzt nicht, Ty. Ich erwarte einen Patienten.«

»Ach so. Aber das Pflegeheim rufen Sie an, ja?«

»Selbstverständlich«, erwiderte er. »Und ... Äh ... Kommen Sie doch auf jeden Fall hier vorbei. Es ist ja kein großer Umweg, nicht wahr? Ich möchte mir Elizabeth sicherheitshalber ansehen. Ich komme dann schnell an den Wagen hinunter. Die paar Minuten kann ich meinen Patienten allein lassen. Einverstanden?«

»Gut«, sagte ich. »Danke, Tonio.«

Ich legte den Hörer auf und versuchte angestrengt, das Zifferblatt meiner Armbanduhr zu erkennen. 10.37 Uhr. Ich mußte noch fünfmal treppauf und treppab. Wenn ich nicht sofort anfing, würde ich nie fertig werden. Ich legte die Kissen und Decken aus meinem Bett so zusammen, wie ich sie im Wagen brauchte, und ging damit hinunter. Als ich Elizabeths Liege zurechtmachte, hatte ich das fast unwiderstehliche Bedürfnis, mich selbst darauf auszustrecken und einzuschlafen. Statt dessen schleppte ich mich wieder die Treppe hinauf.

»Liebes«, sagte ich zu Elizabeth, »erst bringe ich die Pumpe hinunter, dann dich und die Shira ... Spira ...«

»Du bist betrunken«, sagte sie kläglich.

»Das ist doch nur logisch«, pflichtete ich ihr bei. »Jetzt hör mir mal zu, du mußt vier Minuten allein atmen. Ich weiß, daß du das sch ... sehr gut kannst.« Wenn Mrs. Woodward sie badete, atmete sie auch etwa vier Minuten aus eigener Kraft.

»Ty, aber wenn du die Pumpe fallen läßt ...«

»Ich lasse sie nicht fallen«, versicherte ich beruhigend. »Ganz bestimmt nicht. Am besten«, fuhr ich überlegend fort, »packen wir erst ein paar Sachen für dich ssu ... zusammen, frische Nachthemden ssum Beispiel.«

»Wie lange – werden wir denn wegbleiben?« Sie bemühte sich, mit fester Stimme zu sprechen und ihre Angst zu verdrängen.

Wie lange? Ich wußte es selber nicht. Bis Vjoersterod hinter Gittern saß oder ausgewiesen war. Und selbst dann würde es sicherer sein, eine neue Wohnung zu suchen.

»Ein paar Tage«, erwiderte ich.

Ich holte einen Koffer und versuchte mich darauf zu konzentrieren, was sie brauchte. Sie merkte, wie schwer es mir fiel, und fing an, die einzelnen Gegenstände aufzuzählen. »Waschsachen, Haarbürste, Make-up, Bettschuhe, Wärmflasche, Bettjacken, Tabletten ...« Sie blickte verlangend auf ihre verschiedenen Hilfsgeräte.

»Das andere hole ich dir bald nach«, versprach ich. Mit Begleitschutz, für alle Fälle.

»Du brauchst auch ein paar Sachen für dich selbst«, sagte sie.

»Hm?« Ich blinzelte verständnislos. »Ach ja ...«

Ich holte meine Zahnbürste, einen Kamm, den elektrischen Rasierapparat, ein frisches Hemd und einen Pullover. Ich würde im Wagen schlafen, auf Elizabeths Liege.

»Könntest du Mrs. Woodward einen Zettel hinterlassen?« fragte Elizabeth. »Sie macht sich sonst morgen früh Sorgen.«

Einen Zettel für Mrs. Woodward: »Sind für ein paar Tage weggefahren. Werden Ihnen schreiben.« Vermutlich würde sie nach der Lektüre des Zettels nicht sehr viel beruhigter sein, aber ich wußte nicht, was ich noch schreiben sollte.

»Ist erledigt«, sagte ich.

Das Packen hatte den Augenblick hinausgezögert, den wir beide fürchteten. Ich blickte auf die Pumpe. Ihr Mechanismus war in einem Metallkasten von der Größe eines Nachttisches untergebracht, mit Tragegriffen an beiden Seiten. Ich machte den Versuch, den Kasten anzuheben.

»Ty ...«, sagte Elizabeth kraftlos. »Das schaffst du nicht.«

»O doch ... Es geht schon.«

»Aber deine Schultern ... Ich meine, es muß doch schrecklich weh tun.«

»Das Beste am Alkohol ist«, sagte ich bedächtig, »daß du nicht fühlst, was du fühlst, und wenn du es fühlst, ist es dir auch egal.«

»Was hast du gesagt?«

»Lebe jetzt, leide später.«

Ich schlug ihre Bettdecke zurück und bemühte mich, die Schnalle der Spirashell um ihren Brustkorb zu lösen. So hat das keinen Zweck, dachte ich sekundenlang völlig klar. Wenn ich schon an der Schnalle so lange herumfummelte, würde ich den Transport bis in den Wagen niemals in vier Minuten schaffen. Ich wartete einen Augenblick und versuchte, mich mit aller Intensität auf diese eine einfache Aufgabe zu konzentrieren. Diesmal öffnete sich die Schnalle ganz mühelos. Ich hob die Spirashell von ihrem Brustkorb und legte sie ihr über die Knie, um sie von dem Druck zu entlasten. Dann zog ich den Stecker aus der Dose, wickelte die elektrische Schnur um die dafür vorgesehenen Haken und löste den elastischen Schlauch von der Spirashell.

Geschafft. Ich zerrte die Pumpe auf ihren wackligen Laufrollen zur Tür, über den Treppenabsatz, und starrte auf die nicht enden wollenden Stufen. Ich stützte mich gegen die Wand und drehte mich um. Rückwärts würde es bessergehen.

Einen Fuß hinunter, dann die Pumpe und ausbalancieren. Einen Fuß hinunter, dann die Pumpe und ausbalancieren. Stufe um Stufe ... Auf halber Strecke überfiel mich plötzlich ein Gefühl der Panik, die vier Minuten seien längst vorüber und Elizabeth läge oben im Sterben, während ich mich noch immer auf der Treppe aufhielt.

Endlich hatte ich die letzte Stufe erreicht. Ich schleifte die Pumpe durch den schmalen Hausflur, hob sie über die Schwelle auf die

Straße und rollte sie zum Wagen. Jetzt kam der schwerste Teil. Ich mußte die Pumpe etwa dreißig Zentimeter hoch in den Bedford heben. Ich stieg ein, beugte mich vor, packte die Tragegriffe und zog. Mir war, als würde ich mittendurch gerissen, wie bei der alten chinesischen Folter mit den zwei Bäumen. Die Pumpe hob sich und polterte durch die Tür. In meinem Kopf wirbelte alles herum. Ich stolperte über das Fußende der Liege und fiel rückwärts, eine Hand noch immer um den Tragegriff der Pumpe geklammert. Die Pumpe wankte und stürzte krachend auf die Seite. Das Glas über dem Druckanzeiger splitterte.

Nach Atem ringend und mit dem ausweglosen Gefühl, in einem Alptraum befangen zu sein, beugte ich mich über die Pumpe, richtete sie auf, schob sie an ihren Platz und klemmte kleine Holzkeile unter die Räder, damit sie nicht wegrollen konnte. Dann schloß ich die Batterien an. Es kam mir so unglaublich vor, schließlich doch fertig geworden zu sein, daß ich kostbare Sekunden damit vergeudete, alles noch einmal zu überprüfen.

Ohne die Pumpe erschien mir der Weg die Treppe hinauf wie ein Kinderspiel. Elizabeth blickte mir mit angstvoll geöffneten Augen entgegen. Wenn sie allein atmen mußte, hatte sie weder Kraft noch Luft genug, um zu sprechen. »Beeil dich«, stieß sie verzweifelt hervor.

Diesmal dachte ich rechtzeitig daran, nicht zu nicken, sondern hob sie wortlos aus ihrem Bett, den einen Arm unter ihre Knie geschoben, den anderen um ihre Schultern gelegt, so daß ich sie, ihren Kopf an meiner Brust, wie ein Baby trug.

Sie war zwar federleicht, jedoch nicht leicht genug. Als sie mein verzerrtes Gesicht sah, stöhnte sie leise auf.

»Still«, sagte ich. »Nur atmen.«

Ich schob mich, an die Wand gelehnt, um nicht zu fallen, die Stufen hinunter. Ein weiterer Sieg über König Alkohol. Der große Schritt in den Wagen hinein war entsetzlich. Ich bettete Elizabeth behutsam auf die Liege. Jetzt noch die Spirashell, die leichteste Bürde.

Wieder die Treppen hinauf und hinunter. Fast hätte ich mich in dem langen Schlauch verheddert. Ich stolperte in den Wagen und ließ die Spirashell viel zu heftig auf Elizabeths Knie fallen. Sie begann bereits, nach Atem zu ringen. Die Sehnen an ihrem Hals traten vor Anstrengung wie Stricke hervor.

Es gelang mir nicht sofort, den Schlauch in das Anschlußstück an der Pumpe zu schrauben. Ich fluchte schwitzend, war den Tränen nahe, holte tief Luft, unterdrückte die aufsteigende Panik und versuchte es noch einmal. Diesmal faßte das Gewinde. Ich schaltete die Pumpe ein. Jetzt kam der Augenblick der Wahrheit.

Sie fing an, langsam und gleichmäßig zu saugen. Elizabeth stieß einen leisen Seufzer unaussprechlicher Erleichterung aus. Ich legte die Spirashell sanft über ihren Brustkorb und zog den Gurt unter ihrem Rücken durch. Die Schnalle konnte ich nicht gleich schließen, weil meine Finger zu stark zitterten. Ich kniete mich neben die Liege und preßte die Ränder der Spirashell so fest zusammen, daß sie Elizabeths Brustkorb trotzdem hob und senkte und Sauerstoff in ihre Lungen strömen ließ. Nach einigen Sekunden versuchte ich mein Glück mit der Schnalle noch einmal; zwei vergebliche Anläufe, dann war sie endlich zu. Ich ließ mich auf den Wagenboden sinken und stützte den Kopf in die Hände. Mir war, als führe ich in einem rasenden Karussell. Wenigstens, dachte ich verzweifelt, mußte ich allmählich den Höhepunkt der Alkoholwirkung erreicht haben.

»Ty, in diesem Zustand kannst du nicht fahren«, sagte Elizabeth mit erzwungener Ruhe.

»Bevor man es nicht versucht hat, weiß man nie, was man alles kann.«

»Warte noch etwas, bis du dich wieder besser fühlst.«

»Das dauert noch Stunden.« Ich öffnete die Augen und starrte vor mich hin. »Ich muß die Koffer holen.«

»Warte doch ein bißchen.«

Sie verstand nicht, daß Warten nichts half. Wenn ich nicht in Bewegung blieb, würde ich einschlafen. Ich kletterte aus dem Wagen und hielt mich an der Tür fest, um nicht umzufallen. »Bin gleich ssurück«, sagte ich.

Die Treppenstufen erwiesen sich tückischer als zuvor. Ich hob die Füße viel zu hoch und trat beim Aufsetzen daneben. Endlich oben, klemmte ich mir Elizabeths Wärmflasche unter den Arm, schleppte die Koffer hinaus, knipste das Licht aus und schloß die Tür. Auf der Treppe angelangt, fiel mir der ganze Krempel runter. Wenigstens war damit das Problem des Tragens gelöst. Um zu vermeiden, daß ich hinterherfiel, setzte ich mich auf den Hosenboden und rutschte von Stufe zu Stufe.

Ich hob die Wärmflasche auf und brachte sie hinaus zu Elizabeth.

»Ich dachte ... Bist du gestürzt?« fragte sie besorgt.

»Mir sind nur die Koffer runtergefallen.« Mich überkam das

verrückte Bedürfnis zu kichern. »Alles in Ordnung.« Die Pumpe und Elizabeth hatte ich nicht fallen lassen.

Ich holte die Koffer, packte sie in den Wagen und schloß die Tür. Dann ging ich nach vorn und kletterte auf den Fahrersitz. Elizabeth lag mit geschlossenen Augen still in ihren Kissen. Vermutlich war sie zu erschöpft, um noch weiter zu protestieren.

Du mußt jetzt ganz systematisch vorgehen, ermahnte ich mich. Scheinwerfer an, Zündung einschalten, Benzinstand überprüfen. Die Fahrt nach Berkshire hatte ziemlich viel verbraucht, aber für ein paar Kilometer würde es noch reichen. Choke herausziehen, starten. Ganz automatisch legte ich den Gang ein und ließ die Kupplung kommen. Der Wagen begann zu rollen. Behutsam beschleunigte ich.

Ein Teil meines Verstandes war eiskalt und klar. Wenn ich zu langsam fuhr, machte ich mich genauso verdächtig wie durch Schlangenlinien, und für ein zu flottes Tempo reichten meine Reaktionen nicht aus. Einen Unfall durfte ich auf keinen Fall riskieren.

Solange ich den Kopf ruhig und die Augen geradeaus gerichtet hielt, klappte alles recht gut. Ich paßte höllisch auf, um keinen Fußgänger zu übersehen. Die Scheinwerfer entgegenkommender Wagen verschwammen mir zu einer schimmernden Kette.

Ich bremste ohne Ruck an einer roten Ampel. Wirklich gut gemacht. Die Ampel sprang auf Grün. In meinem Magen herrschte plötzlich ein Gefühl der Leere. Auf einmal konnte ich mich nicht mehr an den sonst wohlbekannten Weg erinnern. Der Wagen hinter mir begann zu blinken. Ich konnte hier nicht ewig stehenbleiben. Auf gut Glück fuhr ich weiter geradeaus, wohl wissend, daß ich verloren war, wenn ich mich verfuhr.

Zehn Meter hinter der Kreuzung wußte ich wieder Bescheid. Ich war instinktiv richtig gefahren. O Gott, beinahe hätte ich ein Taxi übersehen ... Das Wenden auf freier Straße sollte besonders vor betrunkenen Fahrern grundsätzlich verboten werden ...

Überhaupt herrschte viel zuviel Verkehr. Aus allen Seitenstraßen kamen Autos wie Fische mit gelben Augen angeschwommen. Busse fuhren scharf an die Bordsteinkante und hielten. Passanten überquerten die Fahrbahn, ohne auf Zebrastreifen zu achten, setzten, um Sekunden zu sparen, Jahre aufs Spiel.

Welbeck Street schien heute doppelt so weit wie sonst.

15

Tonio mußte nach uns Ausschau gehalten haben, denn er trat bereits auf die Straße, bevor ich noch aus dem Bedford gestiegen war. Als ich es schließlich geschafft hatte, lehnte ich mich erschöpft gegen die Wagentür.

Tonio starrte mich ungläubig an. »Sie sind ja betrunken.«

»Sie sagen es.«

»Elizabeth . . .?« fragte er besorgt.

Ich deutete mit dem Kopf auf den Wagen und hielt mich am Rückspiegel fest, um nicht wegzusacken.

»Ty«, sagte er, »reißen Sie sich um Himmels willen zusammen.«

»Erst mal können vor Lachen.«

Er warf mir einen vernichtenden Blick zu und stieg in den Wagen. Ich hörte, wie er mit Elizabeth sprach, während ich mich weiter krampfhaft bemühte, auf den Beinen zu bleiben. Undeutlich registrierte ich, wie die Straße ein Stück weiter hinunter ein Mann aus einem Taxi stieg und eine Telefonzelle betrat. Das Taxi blieb wartend stehen. Ich wußte, daß ich in meinem jetzigen Zustand nicht weiterfahren konnte. Ich mußte Tonio bewegen, Elizabeth wegzubringen oder jemand anderen zu finden. Mit Willenskraft allein war gegen Alkohol nichts auszurichten.

Tonio tauchte wieder neben mir auf.

»Gehen Sie auf den Beifahrersitz«, sagte er. »Und geben Sie mir die Schlüssel, damit Sie keinen Ärger bekommen. Ich fahre Sie zum Pflegeheim, aber Sie müssen sich etwa zehn Minuten gedulden. Mein Patient ist noch oben . . . Haben Sie mich verstanden?«

»Jedes Wort.«

»Dann hinein mit Ihnen.« Er öffnete mir die Tür und stützte mich. »Wenn mich Elizabeth braucht, hupen Sie.«

»In Ordnung.«

Ich kuschelte mich auf dem Sitz zurecht und legte den Kopf zurück. Die Müdigkeit drohte mich zu überwältigen.

»Geht es dir gut?« fragte ich Elizabeth.

Ihr Kopf war hinter mir. »Ja«, murmelte sie leise.

Das gleichmäßige Geräusch der Pumpe schläferte mich noch mehr ein. Meine Augenlider gaben den Kampf auf. Tonio würde uns fahren . . . Elizabeth war in Sicherheit.

Tonio riß die Tür auf und rüttelte mich wach.

»Trinken Sie das«, sagte er und drückte mir eine Tasse Kaffee in die Hand, schwarz und süß. »Einen Augenblick noch.«

Er kehrte ins Haus zurück und lehnte eine schwere gußeiserne Nachbildung des Schiefen Turms von Pisa gegen die Haustür, damit sie offenblieb. Der Kaffee war noch zu heiß. Ich stellte die Tasse vorsichtig auf den Wagenboden und starrte müßig in den Rückspiegel. Wenn ich mich scharf konzentrierte, würde ich vielleicht erkennen können, was er reflektierte. Ein sinnloses Spiel. Mich störte nur, daß ich nicht so klar sehen konnte, wie ich wollte. Endlich hatte ich mit einem törichten Gefühl von Triumph erreicht, daß ich zu unterscheiden vermochte, was hinter mir auf der Straße vorging. Nichts sonderlich Bemerkenswertes. Ein altes Taxi stand an der Bordsteinkante, und ein Mann, der aus einer Telefonzelle kam, stieg ein.

In meinem benebelten Gehirn schlug eine Alarmglocke an. Den Mann kannte ich doch. Er hatte mir in der Fleet Street aufgelauert. Ich kletterte aus dem Wagen und stieß dabei die Kaffeetasse um. Das Taxi machte keine Anstalten wegzufahren.

Es heißt immer, überwältigendes Unglück ernüchtert, aber dem ist nicht so. Ich torkelte über den Bürgersteig, hämmerte gegen Tonios Haustür und rief laut seinen Namen. Die Hupe hatte ich völlig vergessen. Er erschien auf der Treppe, die zu seiner Praxis und der darüberliegenden Wohnung hinaufführte.

»Nicht so laut, Ty, ich komme ja gleich.«

»Jemand hat uns verfolgt«, stieß ich hervor. »Es ist gefährlich.« Er würde mich nicht verstehen, dachte ich verwirrt. Er konnte nicht wissen, was ich meinte. Ich wußte nicht, wo ich mit einer Erklärung anfangen sollte.

Elizabeth mußte ihm jedoch schon genug gesagt haben.

»Ach so. Ist gut. Ich bin in einer Minute unten.« Sein Kopf verschwand hinter dem Treppengeländer. Ich blickte noch einmal die Straße entlang. Das Taxi hatte sich nicht vom Fleck gerührt.

Ich kochte vor ohnmächtiger Wut. In meiner Betrunkenheit hatte ich meinen Verfolger nicht bemerkt, und jetzt hatte er uns.

Tonio kam die Treppe herab. »Sehen Sie das Taxi dort hinten?« fragte ich ihn aufgeregt.

»Ja.«

»Es hat uns verfolgt. Sie bringen Elizabeth jetzt ins Pflegeheim, und ich werde das Taxi aufhalten.«

»Kann ich mich schnell umziehen?« Er trug noch seinen weißen Arztkittel. »Haben wir so viel Zeit?«

Ich machte eine großzügige Armbewegung. »Das Taxi wartet auf *uns*, nicht umgekehrt.«

Tonio verschwand. Das Taxi wartete mit abgeblendeten Scheinwerfern.

Was ich sodann erblickte, erschien mir fast wie eine Halluzination. Um die Ecke bog nämlich geräuschlos ein wohlbekannter Rolls-Royce und stoppte hinter dem Taxi.

Mein Verfolger stieg aus dem Taxi und erstattete dem Rolls-Royce Bericht. Zwei Minuten später kehrte er zu dem Taxi zurück und fuhr weg.

Tonio sprang behende die Treppe herunter. Er trug jetzt einen schwarzen Pullover. »Na, dann wollen wir mal«, sagte er.

Ich legte ihm erregt die Hand auf den Arm. »Sehen Sie den Rolls-Royce ... Wo vorhin das Taxi gestanden hat?«

»Ja.«

»Da drin sitzt der Mann«, fuhr ich angestrengt fort, »der Elizabeth umbringen will, wenn ich nicht tue, was er sagt. Fahren Sie – fahren Sie mit Elizabeth los. Ich werde ihn aufhalten.«

»Wie denn?« fragte Tonio unbewegt.

Ich starrte auf den Schiefen Turm von Pisa, der die Tür offenhielt. »Damit.«

»Das Ding ist schwer«, gab Tonio, meinen Zustand einkalkulierend, zu bedenken.

»Nun reden Sie doch nicht soviel«, sagte ich verzweifelt. »Er soll Elizabeth nicht finden. Bitte fahren Sie, Tonio, ich flehe Sie an.«

Er zögerte, machte aber schließlich doch Anstalten, sich in Bewegung zu setzen. »Vergessen Sie nicht«, sagte er ernst, »daß Sie Elizabeth tot nichts nützen.«

»Da könnten Sie recht haben.«

»Geben Sie mir ihr Jackett«, sagte er unvermittelt. »Dann denken die Kerle, Sie säßen hinter dem Steuer.«

Ich zog gehorsam meine Jacke aus und gab sie ihm. Er war zwar kleiner als ich, aber wir hatten beide dunkle Haare. Aus der Entfernung mochte die Täuschung gelingen.

Tonio bot eine bühnenreife Leistung, als er schwankend auf den Bedford zusteuerte und den Fahrersitz erklomm. Ich mußte wider Willen lachen. Er startete und fuhr mit einem kunstvollen Schwenker quer über die Fahrbahn langsam los.

Weiter hinten setzte sich der Rolls-Royce in Bewegung. Ich beugte mich hinunter und packte den Turm von Pisa an den beiden oberen Stockwerken. Tonio hatte recht gehabt, das Biest war wirklich scheußlich schwer und zerrte an meinen malträtierten Muskeln.

Der Rolls-Royce näherte sich ebenso langsam, wie Tonio losgefahren war. Ich eilte über den Bürgersteig und schwang den Turm mit beiden Händen durch die Luft wie ein Hammerwerfer, vergaß jedoch, ihn loszulassen. Sein Gewicht und die Schwungkraft rissen mich vorwärts; doch obwohl Ross mich im letzten Moment erblickte und auszuweichen versuchte, landete der Turm genau in der Windschutzscheibe, wie ich es vorgesehen hatte. Glück muß der Mensch haben.

Der schwere Wagen brach zur Straßenmitte aus, dann riß Ross das Steuer herum und trat auf die Bremse. Der Rolls kam mit quietschenden Reifen quer zur Fahrbahn zum Stehen.

Ich war durch den Anprall zu Boden geschleudert worden. Es war Ross, der mich hochzerrte, Ross mit seinem Gummiknüppel in der Hand. Ich hatte allmählich ein Stadium erreicht, in dem es mir ziemlich gleichgültig war, was er damit vorhatte. Ich erfuhr es auch nicht, denn diesmal rettete mich eine Gruppe fröhlicher Partygäste, die ein Nachbarhaus verließ und sich teilnahmsvoll um den Rolls-Royce versammelte.

»Können wir Ihnen irgendwie helfen?«

»Sollen wir jemanden benachrichtigen ... Die Polizei oder eine Werkstatt?«

»Sollen wir Sie irgendwohin mitnehmen?«

»Nein, nein, vielen Dank«, wehrte Vjoersterod höflich ab. »Wirklich sehr liebenswürdig ... Aber wir schaffen es schon allein.«

Ross hielt mich eisern am Arm fest. »Wir hatten etwas Schwierigkeit mit meinem Neffen«, fuhr Vjoersterod erläuternd fort. »Er hat ein bißchen viel getrunken ... Aber wenn wir ihn erst zu Hause haben, ist alles in Ordnung.«

Die Gruppe begann sich zu entfernen.

»Ist ja nicht wahr«, rief ich laut. »Wahrscheinlich wollen sie mich umbringen!« Meine Stimme klang verzerrt und viel zu melodramatisch. Einige der Leute blieben stehen, lächelten Vjoersterod halb verlegen, halb mitfühlend zu und gingen weiter.

»Hallo«, schrie ich. »Nehmen Sie mich mit!«

Vergeblich. Sie drehten sich nicht einmal mehr um.

»Was nun?« wandte sich Ross an Vjoersterod.

»Hier können wir ihn nicht lassen. Die Leute würden sich erinnern.«

Gemeinsam stießen sie mich in den hinteren Teil des Wagens, so daß ich bäuchlings halb auf dem Rücksitz, halb daneben landete. Ross schlug ein paar der am stärksten zersprungenen Glasstücke aus der Windschutzscheibe und ließ den Motor an.

Vjoersterod, der neben ihm saß, drehte sich zu mir um und fragte ruhig: »Wohin, Mr. Tyrone? Wie kommen wir zu Ihrer Frau?«

»Immer an der Wand, an der Wand lang«, murmelte ich undeutlich. »Gute Nacht, angenehme Ruhe.«

Er stieß einige kräftige Flüche aus, die bedeutend besser zu ihm paßten als sein übliches hochgestochenes Gerede.

»Das hat doch alles keinen Zweck«, sagte Ross verärgert. »Er redet nicht, auch wenn wir ihn halbtot schlagen ... Und selbst wenn, was hätten wir davon? Er wird nicht für Sie schreiben. Nie.«

»Warum nicht?« sagte Vjoersterod aufsässig.

»Überlegen Sie doch mal. Wir haben gedroht, seine Frau umzubringen. Hat er klein beigegeben? Nur, solange wir in der Wohnung waren. Kaum hatten wir den Rücken gedreht, hat er sie auch schon weggebracht. Und jetzt ist sie uns wieder durch die Lappen gegangen ... So kann das ewig weitergehen. Wir könnten sie höchstens tatsächlich umbringen, aber dann haben wir kein Druckmittel mehr gegen ihn. Was wir auch tun, für Sie schreiben wird er nicht.«

Sehr gut erfaßt, dachte ich albern. Eins rauf mit Mappe.

»Ich kann ihn aber doch nicht einfach so davonkommen lassen«, sagte Vjoersterod.

»Nein«, pflichtete Ross ihm bei.

»In England läßt sich aber jemand nicht so leicht beiseite schaffen«, fuhr Vjoersterod gereizt fort. »Es gibt zu viele Leute überall.«

»Das lassen Sie nur meine Sorge sein«, beruhigte ihn Ross.

Ich rappelte mich mühselig hoch und stützte mich auf beide Hände, um aus dem Fenster zu sehen. Wir fuhren wegen der zerbrochenen Windschutzscheibe nicht besonders schnell ... Wenn wir in eine Hauptstraße mit Passanten kamen, würde ich die Tür aufreißen und mich hinausrollen lassen ... Ross sollte keine Scherereien mit meiner Leiche haben.

Vjoersterod wandte den Kopf. »Sie haben nur sich selbst zu danken, Mr. Tyrone. Sie hätten auf mich hören sollen. Ich habe Ihnen eine Chance gegeben. Sie sind sehr töricht gewesen, Mr. Tyrone, wirklich sehr töricht. Und jetzt bekommen Sie die Rechnung.«

»Mhm?« machte ich.

»Er ist noch immer betrunken«, sagte Ross. »Er versteht gar nicht, was Sie meinen.«

»Da bin ich nicht so sicher. Bedenken Sie nur, was er während der letzten Stunde getan hat. Der Kerl ist stur wie ein Panzer.«

Plötzlich blieben meine Augen an einem vertrauten Anblick haften: dem Vogelhaus im Regent's Park, gegenüber vom Eingang zum Zoo. Hier war ich schon einmal mit Vjoersterod zusammengetroffen. Vielleicht wohnte er in der Gegend. Was mich jedoch bedeutend mehr bewegte, war die Tatsache, daß auch der Weg zum Pflegeheim, zu dem Tonio mit Elizabeth unterwegs war, hier entlang führte. Wenn nun der Rolls-Royce ausgerechnet in dem Augenblick dort vorbeikam, in dem Elizabeth ausgeladen wurde? Wenn Vjoersterod den Bedford erkannte und es sich vielleicht wieder anders überlegte? Wenn er Elizabeth tötete und mich am Leben ließ ... Ein völlig unerträglicher Gedanke.

Ich mußte ihn unbedingt ablenken.

»Vjoersterod und Ross«, sagte ich so deutlich, wie es meine schwere Zunge zuließ. »Vjoersterod und Ross.«

»Was?« stieß Vjoersterod hervor.

Ross machte vor Schreck einen gewaltigen Schlenker und mußte scharf auf die Bremse.

»Gehen Sie zurück nach Südafrika, bevor Sie hier der Teufel holt.«

Vjoersterod war herumgeschnellt und starrte mich fassungslos an. Auch Ross hatte seine Augen mehr im Rückspiegel als auf der Straße. Nichtsdestoweniger schaltete er den rechten Blinker ein, um anzuzeigen, daß er abbiegen und die Kanalbrücke überqueren würde, genau die Strecke zum Pflegeheim.

»Ich habe schon die offiziellen Stellen informiert«, fuhr ich verzweifelt fort. »Letzten Mittwoch bereits. Auch meine Zeitung ist im Bilde. Sie können es Sonntag nachlesen ...«

Ross kurbelte unkonzentriert am Lenkrad und holte für die Kurve viel zu weit aus. Mit einem Ruck riß ich beide Hände hoch und preßte sie Ross fest auf die Augen. Er ließ instinktiv das Steuer los, um meine Hände wegzuziehen. Der Wagen durchfuhr ruckend die halbe Kurve und rollte dann, plötzlich die Richtung ändernd, über die Straße auf das Kanalufer zu.

Vjoersterod kreischte auf und hängte sich mit aller Kraft an meinen Arm, aber meine Verzweiflung war mindestens ebenso groß wie die seine. Ich zerrte Ross' Kopf noch heftiger zu mir zurück.

Letzten Endes war es ihre eigene Schuld, mich so betrunken gemacht zu haben, daß mir gleichgültig war, wo und wie der Wagen zu Bruch ging.

»Die Bremse«, keuchte Vjoersterod. »Auf die Bremse, verdammter Idiot.«

Ross trat ganz automatisch zu. Er konnte nicht sehen, was er tat, und erwischte den Gashebel.

Der Wagen machte einen Satz über das Pflaster und hinauf auf die mit Sträuchern und jungen Bäumen bepflanzte Grünanlage, die langsam abfiel, um dann schließlich ziemlich steil im Kanal zu enden. Der Rolls streifte einen Baumstamm und mähte einen Strauch nieder.

Vjoersterod griff nach dem Steuer, doch der schwere Wagen schoß bereits zu schnell abwärts, um noch auf eine Lenkbewegung zu reagieren. Ringsherum knackten Äste und schrammten an der glänzenden Karosserie entlang. Vjoersterod suchte im Handschuhkasten herum und fand den Gummiknüppel, mit dem er in wütender Angst meinen Arm zu bearbeiten begann.

Ich ließ Ross los. Es war für ihn jedoch schon viel zu spät, um die Situation zu begreifen und noch etwas zu retten. Als er gerade nach der Handbremse greifen wollte, schoß der Rolls-Royce bereits über den letzten Strauch hinweg und stürzte in den Kanal.

Der Wagen wurde durch den Aufprall mächtig durchgerüttelt, so daß ich wie eine Stoffpuppe herumflog. Schwarzes Wasser drang augenblicklich durch die zerbrochene Windschutzscheibe und füllte den Innenraum mit tödlicher Schnelligkeit.

Wie hier herauskommen ... Ich suchte in der plötzlichen Dunkelheit nach einem Türgriff, fand jedoch keinen. Ich wußte nicht einmal, wo oben und unten war, ob der Wagen umgekippt auf dem Dach lag oder senkrecht stand, mit dem Kühler nach unten. Ich wußte nur, daß wir sanken.

Vjoersterod begann zu schreien, als das Wasser an seinem Körper emporstieg. Er ruderte wild mit den Armen und prallte dabei an mich. Ich spürte, daß er den Gummiknüppel noch in der Hand hielt. Ich entriß ihm den Knüppel und schlug kräftig gegen die Stelle, an der ich das Rückfenster vermutete, traf jedoch nur auf Stoff. Erst als ich weiter wild herumtastete, stieß ich endlich über meinem Kopf auf Glas. Mein erster Schlag bewirkte nicht mehr als einen winzigen Sprung in der Scheibe. Verbundglas, schier unverwüstlich. Ich verfluchte die Wertarbeit des Rolls-Royce, schlug wieder zu, konnte nicht richtig ausholen, versuchte es noch einmal und schaffte es schließlich, ein kleines Loch zu brechen. Wasser drang ein, keine wilde Flut, aber doch zuviel. Jedenfalls befand sich das Fenster unter der Wasseroberfläche. Ich arbeitete angestrengt, um das Loch zu vergrößern ... Das Wasser strömte jetzt stärker herein. Auch durch die zerbrochene Windschutzscheibe war inzwischen so viel Wasser eingedrungen, daß es mir bis zur Taille stand.

Beim nächsten Schlag verfehlte ich die Scheibe und geriet mit dem Arm durch das Loch ins Freie. Ich spürte kühle Luft an meiner Hand. Idiotisch, dachte ich, nur ein paar Zentimeter tief im Regent's Kanal zu ertrinken.

Ich zog den Arm zurück und versuchte mein Glück noch einmal. Zuviel Wasser, zuviel Whisky. Ich hatte nicht mehr genügend Kraft in meinen malträtierten Muskeln ...

Plötzlich fiel ein Lichtschein auf mich herab. Halluzinationen, dachte ich. Der Tod kam als blendend helles Licht ... Schläge ertönten über meinem Kopf, Wasser mit Glassplittern vermischt ergoß sich über mich, Stimmen erklangen, Arme packten mich und zogen mich empor ...

»Ist noch jemand im Wagen?« fragte mich eine laute, drängende Stimme. Eine Stimme, dir mir sagte, daß ich lebte.

»Reden Sie doch schon! Ist noch jemand im Wagen?« Der Frager rüttelte mich an der Schulter. Durch den Schmerz wurde ich ein wenig klarer. »Ist noch jemand drin?« wiederholte er.

Ich nickte schwach. »Zwei.«

»Du lieber Gott«, murmelte er. »Da ist kaum noch Hoffnung.«

Ich saß vor Kälte schlotternd auf dem Rasen. Jemand legte mir einen Mantel um die Schultern. Es hatte sich eine beachtliche Menschenmenge angesammelt, und immer noch strömten Leute herbei. Ein Wagen war die gleiche Strecke zum Kanalufer hinuntergefahren, die der Rolls-Royce wider Willen zurückgelegt hatte. Seine Scheinwerfer beleuchteten die Wasseroberfläche. Man konnte ganz deutlich den silbernen Rand des Rückfensters schimmern sehen. Auch das Loch, durch das meine Retter mich herausgezerrt hatten, war klar zu erkennen.

Ein junger Mann hatte sich bis auf die Unterhose entkleidet, um durch das Rückfenster in den Wagen zu tauchen. Einige Leute versuchten, ihm seine Absicht auszureden, aber er ließ sich nicht abhalten. Ich verfolgte das alles, ohne etwas zu empfinden. Sein Kopf erschien wieder an der Wasseroberfläche. Zahlreiche Hände streckten sich ihm hilfreich entgegen.

Vjoersterod wurde herausgezogen und ans Ufer gelegt.

»Man müßte es mit künstlicher Beatmung versuchen«, sagte jemand.

Der Taucher verschwand noch einmal, um Ross zu holen. Ein wirklich mutiger Mann. Der Rolls konnte schließlich jeden Augenblick umkippen und ihn in seinem Innern einschließen. Es gab doch erstaunliche Menschen, dachte ich benommen.

Ross wurde neben Vjoersterod gelegt. Bei keinem von beiden zeigte die künstliche Beatmung Erfolg.

Die Kälte drang durch jede Faser meines Körpers. Mein Kopf dröhnte zum Zerspringen, sämtliche Muskeln begannen einzeln zu schmerzen. Ausgerechnet jetzt, dachte ich, mußte die Wirkung des Alkohols nachlassen. Gerade wenn ich sie am meisten gebraucht hätte.

Ich ließ mich ins Gras zurücksinken, und jemand stopfte mir etwas Weiches unter den Kopf. Teilnahmsvolle Stimmen sprachen auf mich ein.

»Wie ist denn das nur passiert?«

»Wir haben nach einem Krankenwagen geschickt . . .«

»Er braucht etwas Warmes zu trinken . . .«

»Können Sie uns Ihren Namen sagen?«

Ich hatte nicht mehr die Kraft zu antworten.

»Er ist ohnmächtig geworden«, hörte ich von weitem eine Stimme.

Eine Sekunde später hatte ich tatsächlich das Bewußtsein verloren.

16

Ich befand mich mit vielen weißvermummten Gestalten in einem langgestreckten, dämmerigen Raum. Auch ich selbst war bis zum Hals in Weiß gehüllt, nur mein Kopf, in dem ein Preßlufthammer arbeitete, ragte heraus.

Allmählich verdichtete sich der vermeintliche Alptraum zur deprimierenden Wirklichkeit: einen Krankenhaussaal, heftige Schmerzen bei der geringsten Bewegung und einen mordsmäßigen Kater.

Ich hob mühsam den Arm und versuchte, meine Armbanduhr zu erkennen. Vier Uhr fünfzig. Selbst diese winzige Anstrengung hatte verheerende Folgen. Ich ließ den Arm vorsichtig auf die

Decke zurücksinken und versuchte, mich noch einmal in den Schlaf zu flüchten. Leider erfolglos. Wenn ich die Augen schloß, fuhr ich mit meinem Bett Fahrstuhl, und das Dröhnen in meinem Kopf schwoll an.

Um sechs Uhr war offizielles Wecken, und die anderen Patienten malträtierten meine empfindliche Gehirnmasse mit geräuschvollem Husten, Spucken und Zähneputzen. Zum Frühstück gab es gedämpften Schellfisch und dünnen Tee. Ich ließ mir ein Glas Wasser und Kopfwehtabletten bringen und dachte verständnisvoll an jenen Mann, der Alka Seltzer abgelehnt hatte, weil sie ihm zu laut waren.

Das Krankenhaus verfügte zwar über fahrbare Telefonapparate, es gelang mir jedoch trotz dringlichster Bitten erst um halb zehn, einen davon zu ergattern. Ich steckte eine der Münzen hinein, die ich in meiner langsam trocknenden Hose gefunden hatte, und wählte Tonios Nummer.

»Ty! Deo gratia ... Wo sind Sie denn um Himmels willen gewesen?«

»Schwimmen«, erwiderte ich. »Aber das erzähle ich Ihnen später. Ist Elizabeth okay?«

»Es geht ihr gut. Aber sie war äußerst besorgt, als Sie gestern abend nicht mehr aufgekreuzt sind ... Warum haben Sie sich noch nicht persönlich von ihrem Befinden überzeugt? Wo sind Sie jetzt überhaupt?«

»Im University College Hospital. Vermutlich bleibe ich noch ein paar Stunden. Ich bin hier gestern abend eingeliefert worden, aber es ist halb so schlimm.«

»Wie geht es Ihrem Kopf?«

»Miserabel.«

Er lachte. Wirklich ein charmanter Bursche.

Anschließend rief ich im Pflegeheim an und sprach mit Elizabeth. Sie war zweifellos erleichtert, von mir zu hören, doch stand sie, dem ungewohnt schleppenden Tonfall ihrer Stimme nach zu schließen, offenbar unter dem Einfluß von Beruhigungsmitteln.

»Würde es dir etwas ausmachen, noch ein paar Tage im Pflegeheim zu bleiben?« fragte ich. »Nur bis ich alles geregelt habe?«

»Natürlich«, sagte sie. »Ist gut.«

»Bis bald, Liebes.«

»Ja, ja, bis bald.«

Als nächster kam Luke-John an die Reihe. Seine lebhafte Stimme bohrte sich wie mit Speerspitzen in meinen Kopf. Ich teilte ihm mit, daß ich meinen Sonntagsbeitrag noch nicht hätte schreiben können, da ich am gestrigen Abend einen Autounfall gehabt habe.

»Der Autounfall war doch schon gestern nachmittag.«

»Das war ein anderer.«

»Wollen Sie so was jetzt zur Gewohnheit werden lassen?«

»Ich schreibe meinen Artikel heute abend und bringe ihn dann morgen früh, bevor ich nach Heathbury zum Lamplighter fahre, in der Redaktion vorbei. Genügt das?«

»Muß ja wohl«, knurrte er. »Sie sind bei diesem zweiten Unfall doch nicht etwa verletzt worden?« Die Frage klang, als sei eine zustimmende Antwort bei ihm äußerst unpopulär.

»Nur ein paar Kratzer«, erwiderte ich und erntete ein unverbindliches, teilnahmsloses Grunzen.

»Ihr Beitrag muß ein Knüller werden«, sagte er.

Der unerquickliche Vormittag war noch nicht überstanden. Irgendwelche Leute kamen an mein Bett, fragten mich nach meinem Namen und wollten wissen, wer die beiden Ertrunkenen gewesen seien. Ob ich deren Adresse kannte?

Leider nein.

Und wie der Unfall überhaupt passiert sei?

»Der Chauffeur muß eine Sehstörung gehabt haben«, erwiderte ich.

Ein Polizeisergeant erschien mit einem Block und notierte das bißchen Wahrheit, das ich über den Unfall aussagte. Mr. Vjoersterod hatte ich nicht sehr gut gekannt, er war nur ein flüchtiger Bekannter. Er hatte darauf bestanden, mich in seinem Wagen zu dem Pflegeheim mitzunehmen, in dem meine Frau sich zur Zeit aufhielt. Der ganze Unfall war so schnell passiert, ich konnte mich gar nicht klar erinnern, zumal ich leider ein bißchen zuviel Alkohol getrunken hatte. Mr. Vjoersterod hatte mir einen harten Gegenstand in die Hand gedrückt, um uns einen Ausweg aus dem Wagen zu verschaffen, und ich hatte mein Bestes versucht. Der Mann, der Mr. Vjoersterod und Ross herausgeholt habe, müsse eine Medaille bekommen. Der Sergeant sagte, ich müsse mich für die gerichtliche Untersuchung zur Verfügung halten, und entschwand.

Der Arzt, der mich gegen Mittag untersuchte, bedauerte mich wegen meiner zahlreichen Beschwerden und drückte sein Erstaunen aus, wie viele Prellungen man doch in einem sich überschlagenden Wagen davontragen könne. Ich pflichtete ihm ernsthaft bei und fragte, ob ich nach Hause gehen könne.

»Warum nicht?« erwiderte er. »Wenn Sie sich entsprechend fühlen.«

Ich kämpfte mich in meine verkrumpelten Hosen und streifte das zerknitterte Hemd über, ließ den Schlips jedoch ungebunden, das Gesicht unrasiert und die Haare ungekämmt, weil das Heben der Arme so mühevoll war. Der Portier ließ mir ein Taxi kommen, das mich das kurze Stück bis zur Welbeck Street fuhr und vor Tonios Haustür absetzte. Jemand hatte den Schiefen Turm von Pisa wieder an seinen Platz gestellt. Er wies nicht einmal eine Schramme auf.

Tonio musterte mich mit durchdringendem Blick und bot mir einen Sessel sowie ein Glas seines Zaubertranks an.

»Woraus besteht das Zeug eigentlich?« erkundigte ich mich, nachdem ich das Glas geleert hatte.

»Eine Mischung aus Sherry und Opium.«

»Sie machen Witze.«

Er schüttelte den Kopf. »Opium und Sherry. Ein sehr brauchbares Mittel. Wie oft wollen Sie noch, seiner dringend bedürftig, hier auftauchen?«

»Überhaupt nicht mehr«, erwiderte ich. »Der Fall ist beendet.«

Tonio wollte wissen, was sich ereignet hatte, nachdem er mit Elizabeth weggefahren war, und ich erstattete ihm Bericht. Nur die kleine Einzelheit, daß ich die Sehstörung des Chauffeurs verursacht hatte, ließ ich aus. Aber Tonio war nicht auf den Kopf gefallen. Er grinste mich verständnisvoll an und konstatierte, daß ich mich wie ein betrunkener Vollidiot benommen hätte.

Dann holte er mein Jackett aus seinem Schlafzimmer und bestand darauf, mich und den Bedford nach Hause zu fahren, mit der Begründung, daß Elizabeth mich nur lebendig brauchen könne und nicht um einen der Laternenpfähle gewickelt, die ich gestern abend nur durch ein Wunder verfehlt hätte. Ich hatte nicht mehr die Energie, ihm zu widersprechen.

In der Wohnung war es drückend heiß. Ich hatte am Abend alle Heizkörper angestellt gelassen, und Mrs. Woodward hatte sie auch nicht abgedreht. Auf dem Tisch lag ein Zettel von ihr: »Ist alles in Ordnung? Habe die Milch in den Eisschrank gestellt. Bin sehr in Sorge. Mrs. W.«

Ich blickte zu meinem Bett hinüber, auf dem nur noch das Laken ausgebreitet war. Kissen und Decken waren noch auf der Liege unten im Wagen. Unmöglich, sie jetzt heraufzuholen. Ich nahm mir Elizabeths rosa Decke, ließ mich angezogen auf die Couch sinken und kuschelte mich genußvoll zurecht. Nichts als schlafen ...

Das schrille Läuten des Telefons riß mich wieder hoch. Es war Mrs. Woodward, deren Stimme rührend erleichtert klang, als sie hörte, daß Elizabeth nichts zugestoßen war.

»Diesmal bin ich es, der sich nicht wohl fühlt«, erklärte ich. »Meine Frau bleibt ein paar Tage im Pflegeheim. Wenn Sie morgen oder übermorgen noch einmal anrufen, kann ich Ihnen sagen, wann sie wieder zu Hause ist ...«

Ich überlegte gähnend, ob ich Willie Ondroy veranlassen sollte, die verstärkten Sicherheitsmaßnahmen zu lockern, und Victor Roncey gestatten könne, Madge und die Jungen zurückzuholen, entschied dann jedoch, die letzten vierundzwanzig Stunden vor dem Rennen sicherheitshalber alles beim alten zu lassen. Auch nachdem Vjoersterod tot war, mußte man immer noch mit Charlie Boston rechnen.

Nicht daß »Tiddely Pom« gewinnen würde. Trotz aller Bemühungen, ihm zum Start zu verhelfen, waren seine Chancen nur gering. Die Kolik hatte ihm vermutlich zu viel Kraft genommen. Charlie Boston würde absahnen können, ganz so, als wäre das Pferd, wie geplant, am Start gehindert worden.

Kurz entschlossen meldete ich ein Ferngespräch nach Birmingham an.

»Mr. Boston?«

»Ja.«

»Hier spricht James Tyrone.«

Am anderen Ende der Leitung herrschte erstarrtes Schweigen, nur unterbrochen durch schweres Atmen.

»Wie stehen bei Ihnen die Quoten für ›Tiddely Pom?‹« fragte ich.

Außer einem halb grunzenden, halb brummenden Laut erfolgte keine Antwort.

»Das Pferd wird nämlich laufen«, stellte ich fest.

»Weiter scheinen Sie nichts zu wissen«, ließ er sich vernehmen. Eine grobe, unwirsche Stimme.

»Verlassen Sie sich nicht zu sehr auf Ross oder Vjoersterod«, sagte ich geduldig. »Von denen werden Sie nichts mehr hören. Die beiden sind leider tot.«

Ich legte den Hörer auf, ohne seine Reaktion abzuwarten, sondern eilte, mich wieder auszustrecken.

Lange Zeit später erwachte ich durstig und mit einer Zunge, die sich wie Seegras anfühlte. Die Wirkung von Tonios Zaubertrank hatte sich verflüchtigt, meine Schultern waren steif und schmerzten. Ringsherum war es stockfinster. Die Leuchtziffern meiner Armbanduhr zeigten vier Uhr. Ich hatte zwölf Stunden hintereinander geschlafen.

Sekunden später wurde mir voller Schrecken bewußt, daß ich meinen *Blaze*-Artikel noch nicht geschrieben hatte. Ich knipste das Licht an, nahm einen Schluck von Tonios Mixtur, holte mir, nachdem sie gewirkt hatte, Block, Bleistift und eine Tasse Kaffee, stopfte mir ein paar Kissen in den Rücken und verfaßte einen Knüller für Luke-John.

»Die Juristen werden einen Schlaganfall bekommen«, sagte er.

»Ich habe Ihnen doch schon gesagt, der Mann, der hinter der ganzen Geschichte gesteckt hat, ist seit zwei Tagen tot. Und Tote können nicht gerichtlich belangt werden. Also kann sich auch der *Blaze* mit seinem Bericht nicht strafbar machen. Stimmt's?«

»Sie brauchen mir keine *Blaze*-Grundsätze zu zitieren, junger Mann. Nach denen habe ich bereits gelebt, als Sie noch in den Windeln lagen.« Er nahm meine Manuskriptblätter in die Hand, als könne er sich daran verbrennen. »Haben Sie diesen namentlich nicht genannten Halunken eigentlich erfunden, oder existiert er wirklich? Und wenn, wer war es dann?«

Wenn ich nicht mit der Sprache rausrückte, würde Mike de Jong von unserem Konkurrenzblatt zwei und zwei zusammenzählen und mit einer Zusatzstory erscheinen, was Luke-John mir nie verziehen hätte. Außerdem bestand kein dringender Grund mehr zur Diskretion.

»Er war ein Südafrikaner namens Vjoersterod«, sagte ich, »und ist bei dem zweiten meiner berühmten Autounfälle ums Leben gekommen.«

Luke-John und Derry fielen buchstäblich die Kinnladen herunter. »Donnerlittchen«, sagte Derry.

Ich berichtete den größten Teil dessen, was sich ereignet hatte. Nur Gail, meine alkoholisierte Autofahrt und meine Mitwirkung an Ross' Sehstörung ließ ich unerwähnt.

Luke-John las meinen Artikel noch einmal durch.

»Wenn man weiß, was Sie weggelassen haben, erscheint einem, was Sie zu Papier gebracht haben, blaß. Aber ich glaube, es ist trotzdem genug. Ihr Beitrag erfüllt seinen Zweck, den Lesern zu sagen, daß der Alpdruck vorbei ist und jeder wieder sichere Wetten abschließen kann. Und zwar ausschließlich dank der Ermittlungen des *Blaze*.«

»Mehr haben wir ja auch schließlich nicht gewollt.«

Ich bat Luke-John, einen seiner einflußreichen Buchmacherfreunde anzurufen und sich nach dem letzten Stand der Lamplighter-Wetten zu erkundigen. Luke-John ließ sich ohne Zögern verbinden und lauschte mit wachsender Aufmerksamkeit. »Der Buchmacher sagt«, berichtete er nach Beendigung des Gesprächs, während er seinen Adamsapfel massierte, »daß Charlie Boston sich seit gestern nachmittag bemüht, fünfzigtausend auf ›Tiddely Pom‹ gesetzte Pfund loszuwerden. Auf Grund Ihrer beiden Artikel und der Tatsache, daß sich der *Blaze* für ›Tiddely Poms‹ Sicherheit verbürgt hat, wittert natürlich jeder Unrat, und keiner weiß, ob er riskieren kann, die Wetten zu übernehmen. Bis jetzt sind erst ein oder zwei der größten Unternehmen eingestiegen.«

»Wenn Boston seine Wetten nicht abstoßen kann und ›Tiddely Pom‹ gewinnt, ist Boston restlos ruiniert. Sollte ›Tiddely Pom‹ jedoch verlieren, steckt Boston auch noch Vjoersterods Anteil ein und steht besser da denn je zuvor. Gelingt es ihm, die Wetten loszuwerden, und ›Tiddely Pom‹ gewinnt, ist er fein heraus, stößt er die Wetten jedoch ab, und ›Tiddely Pom‹ verliert, ist für ihn alles futsch, weswegen die ganzen Verbrechen riskiert worden sind.«

»Kann Boston von ›Tiddely Poms‹ Kolik erfahren haben?« fragte Luke-John.

Wir kamen gemeinsam zu dem Schluß, daß er nichts davon wissen konnte, weil er so eifrig bemüht war, seine Wetten abzustoßen. Luke-John rief seinen Buchmacherfreund noch ein zweites Mal an und empfahl ihm, so viel von Bostons Geld zu übernehmen, wie er könne.

»Und jetzt«, sagte Luke-John düster, indem er den Hörer auflegte, »wird ein Pferd nach dem anderen stürzen und ›Tiddely Pom‹ gewinnen.«

Derry und ich fuhren gemeinsam nach Heathbury Park. Es war ein herrlicher Dezembervormittag, klar und frostig, und der Rennplatz quoll über vor Menschen.

Ich suchte zuerst Willie Ondroy auf, der in seinem Büro von einem Schwarm Leute umlagert war. Als er mich erspähte, winkte er mir, näher zu kommen.

»Hallo«, sagte er, indem er sich mit seinem Stuhl zu mir umwandte, »Ihr Schützling hat mir allerhand Scherereien gemacht ... Dieser Victor Roncey ist ja wirklich eine Landplage.«

»Was hat er denn angestellt?«

»Heute früh um zehn kam er hier angerauscht, wild entschlossen, großen Stunk zu machen, falls sein Pferd nicht Punkt zwölf zur Stelle sei. Als er dann hörte, daß ›Tiddely Pom‹ die ganzen letzten Tage hiergewesen war, schnappte er erst recht ein, weil man ihm das nicht gesagt hatte.«

»Er ist nicht gerade der angenehmste Zeitgenosse«, pflichtete ich Ondroy bei.

»Das ist aber noch nicht alles. Heute früh um acht rief mich der Pförtner an und teilte mir mit, daß vorn am Tor ein Mann sei, der unbedingt auf das Gelände wolle. Erst hätte er ein dickes Trinkgeld geboten, und als das nicht verfing, habe er versucht, sich einzuschleichen, als der Pförtner gerade mit einem Pferdepfleger beschäftigt war. Ich habe mir dann den Burschen einmal angesehen. Es war ein kleiner, untersetzter Mann, der mir weder seinen Namen genannt noch verraten hat, was er hier wollte. Leider konnte ich ihn nicht festhalten. Aber ein Stallbursche, der ihn weggehen sah, fragte mich hinterher, was denn Charlie Boston bei uns zu suchen hätte.«

»Was?«

»Aha. Dacht' ich mir's doch, daß Ihnen der Name etwas sagen würde. Aber falls er hinter ›Tiddely Pom‹ her war, hat er sich außergewöhnlich blöd angestellt.«

»Der hat auch nicht viel Grütze im Kopf«, bestätigte ich.

Ondroy blickte mich vorwurfsvoll an. »Wenn es nur Charlie Boston war, vor dem Sie ›Tiddely Pom‹ in Sicherheit bringen mußten, scheinen Sie mir die Geschichte aber doch ein bißchen sehr dramatisiert zu haben.«

»Lesen Sie die nächste spannende Folge im *Blaze*«, erwiderte ich trocken.

Er lachte und wandte sich entschlossen wieder seinen ungeduldig wartenden Mitarbeitern zu.

Ich schlenderte über den Sattelplatz und dachte an Charlie Bostons vergeblichen Versuch, an »Tiddely Pom« heranzukommen – Charlie Boston, der mit den Muskeln dachte, nicht mit dem Verstand. Nachdem jetzt seine Schläger auf der Kranken- und Vjoersterod und Ross sogar auf der Leichenschauhausliste standen, war er nackt und verwundbar wie eine geöffnete Auster.

Vermutlich war er auch verzweifelt. Wenn er versuchte, Wetten für fünfzigtausend Pfund an den Mann zu bringen, würde er, falls »Tiddely Pom« gewann, wahrscheinlich mindestens die zehnfache Summe ausbezahlen müssen. Grund genug, in Panikstimmung zu geraten.

Ich beschloß, Roncey ruhig ebenfalls einen Beitrag zur Sicherheit seines Pferdes leisten zu lassen, und begann, in der Menschenmenge nach ihm Ausschau zu halten. Als ich um eine Ecke bog, stieß ich fast eine Dame um, die die Ergebnisse früherer Rennen studierte. Ich hatte schon eine flüchtige Entschuldigung auf den Lippen, als ich erst merkte, wer sie war.

Gail.

Ich sah die unmittelbare Freude in ihren Augen, gefolgt von Unsicherheit. Höchstwahrscheinlich las sie in meinem Blick die gleichen Gefühle. Höchstwahrscheinlich empfand sie, genauso wie ich, diese Begegnung als einen heftigen Schock. Wenn ich es jedoch recht bedachte, war es vollkommen natürlich, daß sie das Pferd ihres Onkels im Lamplighter laufen sehen wollte.

»Ty?« sagte sie vorsichtig, etwas weniger selbstsicher als gewöhnlich.

»Sieh einer an, welche Überraschung.« Meine Stimme klang leichtfertiger, als mir zumute war.

»Ich habe schon gedacht, daß ich dich vielleicht treffen würde«, sagte sie. Ihr weiches schwarzes Haar glänzte in der Sonne, und das helle Licht gab ihrem Gesicht einen goldenen Schimmer. Der Mund, den ich geküßt hatte, war rosa geschminkt. Der Körper, den ich nackt im Arm gehalten hatte, war von einem türkisgrünen Mantel bedeckt. Heute vor einer Woche, dachte ich benommen. Heute vor einer Woche hatte ich sie im Bett zurückgelassen.

»Sind Harry und Sarah auch hier?« Oberflächliches Geplauder. Verbirg die Wunde, die noch keinen Schorf angesetzt hat.

»Sie sind in der Bar.« Wo hätten sie sonst sein sollen?

»Möchtest du auch etwas trinken?«

Sie schüttelte den Kopf. »Ich möchte – dir etwas erklären. Ich sehe, daß du Bescheid weißt. Ich bin dir eine Erklärung schuldig.«

»Nicht nötig. Eine Tasse Kaffee vielleicht?«

»Hör mir bitte zu.«

Ich fühlte, wie meine Muskeln steif wurden, sogar mein Mund, der ganze Unterkiefer. Ich mußte mich zwingen, mich zu entspannen.

»Na gut.«

»Hat sie ... Ich meine, wird sie sich scheiden lassen?«

»Nein.«

»Oh ...« Ein langer Seufzer. »Dann tut es mir leid, wenn ich dir Ärger mit ihr gemacht habe. Aber warum hat sie dich denn beschatten lassen, wenn sie gar keine Scheidung will?«

Ich starrte sie an. Die Wunde war in Sekundenschnelle halb geheilt.

»Was hast du denn?« fragte sie.

Ich holte tief Atem. »Erzähl mir, was passiert ist, nachdem ich weggegangen war. Was war mit dem Mann, der mich beschattet hat?«

»Er kam vor dem Hotel auf mich zu und sprach mich an.«

»Wie sah er aus?«

»Eigentlich hat er mich ein bißchen überrascht. Ich meine, er schien so ... Ich weiß nicht recht, wie ich sagen soll, zu distinguiert für einen Privatdetektiv. Zum Beispiel trug er Maßkleidung. Er hatte einen merkwürdigen Akzent, gelbliche Hautfarbe, war ziemlich groß und meiner Schätzung nach um die Vierzig.«

»Was hat er gesagt?«

»Er sagte, deine Frau wolle sich scheiden lassen, und er sei von ihr beauftragt. Er bat mich – um konkretes Beweismaterial.«

»Eine Hotelrechnung?«

Sie nickte, wobei sie meinem Blick auswich. »Ich erklärte mich einverstanden, zurückzugehen und mir eine Rechnung ausstellen zu lassen.«

»Warum, Gail?«

Sie schwieg.

»Hat er dir Geld gegeben?«

»Mein Gott, Ty«, stieß sie hervor, »warum schließlich nicht? Ich brauchte das Geld. Du warst auch nicht besser als ich, mit deiner Frau nur ihres Geldes wegen zusammenzuleben.«

»Ja«, sagte ich. »Wieviel hast du bekommen?«

»Erst bot er mir nur fünfzig Pfund, doch als ich merkte, wie interessiert er war, sagte ich ihm, er solle sich den Preis noch einmal durch den Kopf gehen lassen. Deine reiche Frau konnte sich ihre Scheidung ruhig etwas kosten lassen.«

»Und dann?«

»Er sagte ... Wenn ich ihm ausreichendes, hieb- und stichfestes Material liefern könnte, würde er die Bezahlung erheblich steigern.« Nach kurzem Schweigen fügte sie halb sich verteidigend, halb verschämt hinzu: »Zuletzt hat er sich mit tausend Pfund einverstanden erklärt.«

Ich mußte fast lachen.

»Hat dir deine Frau denn nichts gesagt?« fragte sie.

Ich schüttelte den Kopf. »Er hatte das Geld doch sicher nicht bei sich. Hat er dir einen Scheck gegeben?«

»Nein. Er hat später vor der Schule auf mich gewartet ... Mit einem braunen Umschlag voll neuer Banknoten. Ich gab ihm dann die Hotelrechnung und erzählte ihm — alles von uns.«

»Ich weiß«, sagte ich.

»Wenn sie gar keine Scheidung will, warum hat er mir dann so viel gezahlt?« fragte sie, um, als ich nicht sogleich antwortete, fortzufahren: »Es war nicht allein das Geld ... Ich dachte, wenn sie sich unbedingt scheiden lassen will, warum soll ich sie davon abhalten? Du hast gesagt, du würdest sie von dir aus nie verlassen, aber wenn sie es war, die wegwollte, wärst du frei, und wir könnten ein bißchen mehr voneinander haben als ein paar Sonntage ...«

Ich überlegte, daß ich vielleicht eines Tages so weit sein würde, die Ironie der Situation auskosten zu können.

»Meine Frau hat das Geld nicht gezahlt«, erklärte ich. »Es war dieser Mann selbst. Er suchte kein Material für eine Scheidung, sondern um mich zu erpressen.«

Sie stöhnte auf. »O nein, Ty! Mein Gott, tut mir das leid.« Ihre Augen weiteten sich plötzlich. »Du mußt ja gedacht haben ... Wahrscheinlich hast du angenommen ... Ich hätte dich *dafür* verkauft!«

»Ich muß zugeben, ja«, sagte ich entschuldigend. »Es tut mir leid, ich hätte es besser wissen sollen.«

»Dann sind wir ja quitt.« All ihre Selbstsicherheit kehrte mit einem Schlag zurück. »Um wieviel wollte er dich denn erleichtern?« erkundigte sie sich.

»Es ging ihm nicht um Geld. Ich sollte meine wöchentliche Spalte im *Blaze* nach seinen Anweisungen schreiben.«

»Wie merkwürdig. Na, das ist ja nicht so besonders schwer.«

»Würdest du deine Kleider gern unter bestimmten Drohungen nach einem fremden Diktat entwerfen?«

»Ach so.«

»Genau, ach so. Ich habe meiner Frau daher selber von dir erzählt. Es blieb mir nichts anderes übrig.«

»Was — was hat sie denn gesagt?«

»Sie war außer sich«, erwiderte ich kurz. »Ich habe ihr versprochen, dich nicht wiederzusehen. Wir lassen uns nicht scheiden.«

Sie zog langsam die Schultern hoch. »So ist das also.«

Ich blickte sie nicht an. Morgen war Sonntag, ich war allein, und es gab nichts auf der Welt, wonach ich mich mehr gesehnt hätte, als ihre warme weiche Haut zu spüren und sie im Halbdunkel an mich zu pressen.

Wir gingen unentschlossen ein paar Schritte weiter und blieben dann wieder stehen.

»Vielleicht sehen wir uns ab und zu auf dem Rennplatz«, sagte sie.

»Vielleicht.«

Sie blickte mir forschend ins Gesicht und sagte: »Wenn du wirklich das Bedürfnis danach hast, warum – verläßt du sie dann nicht?«

»Das kann ich nicht.«

»Aber wir könnten ... Du willst doch mit mir zusammen sein. Ich spüre das. Geld ist schließlich nicht alles.«

Ich lächelte verzerrt. Wenigstens schien ich ihr etwas zu bedeuten, wenn sie bereit war, das auszusprechen.

»Bis demnächst«, sagte ich ausdruckslos. »Wir werden uns schon wieder einmal über den Weg laufen.«

17

Ich erwischte Victor Roncey, als er gerade aus der Imbißstube kam, und teilte ihm mit, daß die Gefahr für »Tiddely Pom« noch keineswegs vorüber sei.

»Aber er ist doch hier auf dem Rennplatz, nicht wahr?« sagte er abwehrend.

»Dank unserer Bemühungen, ja«, brachte ich ihm in Erinnerung. »Und es sind noch zwei Stunden bis zum Rennen.«

»Was erwarten Sie denn von mir? Soll ich die ganze Zeit neben ihm stehen?«

»Das wäre jedenfalls kein Fehler«, erwiderte ich ruhig.

»Peter kann sich ja drüben im Stall neben seine Box setzen«, stimmte er brummend zu.

»Wo ist Peter denn jetzt?«

Roncey deutete zurück auf die Imbißstube. »Er macht gerade Mittagspause.«

»Sie müssen ihn persönlich begleiten«, sagte ich, »weil er keine Erlaubnis zum Betreten der Ställe hat.«

Er erklärte sich mißmutig einverstanden und machte kehrt, um seinen Sohn zu holen. Ich ging mit den beiden zu den Ställen hinüber. Als wir die Tür zu »Tiddely Poms« Box öffneten, wandte das Pferd nur träge den Kopf und musterte uns gleichmütig. Das ganze Gegenteil eines erregten, dem Wettkampf entgegenfiebernden Goldpokal-Favoriten.

»Benimmt er sich vor Rennen immer so?« fragte ich überrascht.

»Er ist niemals nervös«, beruhigte mich Peter. »Das liegt ihm nicht im Blut.«

Ich unterdrückte mit Mühe die Bemerkung, daß er wirke, als läge ihm bestenfalls im Blut, einen Milchwagen zu ziehen.

Die ersten beiden Rennen verfolgte ich von der Pressekabine aus. Während der Pause ließ ich mich ziellos in der Menge treiben und versuchte mich selbst davon zu überzeugen, daß ich nicht darauf aus war, noch einen Blick auf Gail zu erhaschen.

Gail sah ich nicht, dafür aber Dermot Finnegan. Der kleine irische Jockei begrüßte mich mit strahlendem Grinsen. Er war an seinem rosa-weiß quergestreiften Jockeianzug als Teilnehmer eines Rennens zu erkennen, und ich starrte verblüfft den roten Stern auf seiner Jacke an. Er lachte zufrieden, als er mein Erstaunen bemerkte.

»Ich kann es beinahe selbst noch nicht glauben«, sagte er, »aber diesmal ist es tatsächlich wahr. Ich habe endlich meine große Chance im Lamplighter, und wenn ich die verpatze, dann gnade mir Gott.«

»Sie werden es schon schaffen, Dermot.«

»Warten wir's ab«, sagte er gut gelaunt. »Was Sie da im *Tally* über mich geschrieben haben, war ganz große Klasse. Ich muß mich bei Ihnen bedanken. Als der Artikel erschien, wollte ich ihn meinem Chef zeigen, aber der hatte ihn schon gelesen. Und ich möchte fast wetten, daß Ihr Artikel ihn darauf gebracht hat, mich ›Rockville‹ reiten zu lassen, als sich die beiden anderen Kollegen am Donnerstag verletzt haben. Also auch dafür vielen Dank.«

Als ich Derry in der Pressekabine davon erzählte, zuckte der bloß die Achseln. »Natürlich reitet er ›Rockville‹. Liest du keine Zeitung?«

»Gestern habe ich keine gelesen.«

»Ach so, ja. Diesmal hat er ganz schön zu knabbern. ›Rockville‹ ist ein schwieriger Kunde, der auch Spitzenjockeis zu schaffen macht, und so gut ist unser Dermot nun auch wieder nicht.« Derry polierte die Gläser seines Feldstechers. »Luke-Johns Buchmacherfreund muß einen gehörigen Posten von Bostons fünfzigtausend übernommen haben, die Quote für ›Tiddely Pom‹ ist nämlich schlagartig von 100 zu 8 auf 4 zu 1 heruntergegangen.«

Ich setzte einen geringfügigen Betrag. Wenn Boston Wetten auf zehn oder zwölf zu eins angenommen hatte und sie nur für vier zu eins losgeworden war, mußte er, falls »Tiddely Pom« gewann, immerhin noch für die Differenz von sechs beziehungsweise acht zu eins geradestehen: was für ihn einen Verlust von mehr als einer Viertelmillion Pfund ausmachte und bedeutete, daß er seine Wettbüros verkaufen mußte, um die Schulden bezahlen zu können.

Weder auf dem Sattelplatz noch bei der Vorstellung der Pferde war irgendeine Spur von Charlie Boston zu entdecken. »Ich habe es Ihnen ja gleich gesagt«, meuterte Roncey. »Immer dieses Theater.« Er ließ seinen Jockei aufsitzen, gab »Tiddely Pom« noch einen liebevollen Klaps auf den Hals und beeilte sich dann, noch einen guten Platz auf der Trainertribüne zu erwischen. Ich seufzte erleichtert und kehrte zu Derry in die Pressekabine zurück.

»›Tiddely Pom‹ ist Favorit«, sagte Derry. »Dann folgt ›Zig Zag‹ und an dritter Stelle ›Rockville‹. ›Zig Zag‹ dürfte das Rennen in der Tasche haben.« Er hob den Feldstecher vor die Augen und beobachtete, wie sich die Pferde am Start aufstellten. Ich hatte mein Glas nicht mitgenommen, weil es mich beim Tragen auf die Schulter drückte, und kam mir jetzt vor wie eine Schnecke ohne Fühler. Die Startlinie war etwa dreihundert Meter von den Tribünen entfernt, und ich versuchte, wenigstens die Farben der Jokkeis zu erkennen.

»Was, zum Teufel ...«, rief Derry plötzlich.

»›Tiddely Pom‹«, sagte ich ahnungsvoll. Nicht jetzt. Nicht ausgerechnet noch am Start. Ich hätte es voraussehen – hätte jemanden dort postieren müssen ... Aber es standen doch massenhaft Menschen herum, die den Start beobachten wollten. Wenn jemand einem der Pferde etwas antun wollte, mußte er mit mindestens hundert Augenzeugen rechnen.

»Jemand hat sich ihm an die Zügel gehängt. Nein, jetzt wird er weggezerrt. Großer Gott ...« Derry lachte ungläubig auf. »So etwas ist doch nicht möglich. Das kann ja nicht wahr sein!«

»Was ist denn passiert?« drängte ich. Alles, was ich erkennen konnte, war eine Kette friedlich aufgereihter Pferde, zu denen wunderbarerweise auch »Tiddely Pom« gehörte, und eine Art Tumult innerhalb der Menge jenseits der Umzäunung.

»Es ist Madge ... Madge Roncey. Sie muß es sein. Jemand anderes kann gar nicht so aussehen ... Sie rollt mit einem kleinen, dicken Mann im Gras herum ... Kämpft mit ihm. Sie hat ihn von ›Tiddely Pom‹ weggezerrt ... Arme und Beine fliegen durch die Luft ...« Er konnte vor Lachen nicht weitersprechen. »Jetzt sind ihr die Jungens zu Hilfe gekommen ... Alle haben sich wie bei einem Rugbyspiel auf den armen kleinen Mann gestürzt ...«

»Ich wette hundert zu eins, daß dieser arme kleine Mann Charlie Boston heißt«, sagte ich erbittert. »Und wenn jetzt Madge den Tag gerettet hat und nicht der *Blaze*, wird Victor Roncey uns das bis in alle Ewigkeit vorhalten.«

»Roncey soll mir den Buckel runterrutschen«, sagte Derry. »Sie sind gestartet.«

Die Reihe der Pferde preschte auf das erste Hindernis los. Siebzehn Renner jagten über drei und eine halbe Meile nach einem Goldpokal sowie einem fetten Scheck für den Sieger. Beim ersten Hindernis gab es bereits den ersten Sturz. Nicht »Tiddely Pom«, dessen rot-weiße Farben im hinteren Feld leuchteten. Nicht »Zig Zag«, der bereits an vierter Stelle lag, von wo aus er im allgemeinen seine Rennen zu gewinnen pflegte. Nicht »Egocentric«, der zum Stolz seiner Besitzer an den Tribünen vorbei in Führung lag. Und nicht »Rockville«, auf dessen Rücken Dermot Finnegan um seine Karriere kämpfte.

Die Rennstrecke war zweimal zurückzulegen. Ich ließ »Tiddely Pom« nicht aus den Augen, immer darauf gefaßt, ihn stürzen oder allzu weit zurückfallen zu sehen.

Die Pferde kamen jetzt durch den hinteren Bogen über drei Hürden hinweg in die Gerade und auf die Tribünen zu galoppiert. »Egocentric« lag noch immer vorn und »Zig Zag« an vierter Stelle. Dermot Finnegan hatte »Rockville« irgendwo in der Mitte ziemlich fest in der Gewalt, und »Tiddely Pom« lag noch immer fast am Schluß.

Ich schloß sekundenlang ermüdet die Augen. Am liebsten hätte ich mich irgendwohin verkrochen und eine ganze Woche geschlafen. Eine Woche war das mindeste, was ich brauchte. Wenn ich Glück hatte, würde ich einen Tag bekommen.

»Ein Pferd ist an einem der Hindernisse gestürzt.« Die erhobene Stimme des Berichterstatters ließ mich die Augen aufreißen. »Ein Sturz in der Spitzengruppe. Ich glaube, es war ›Egocentric‹ — ja, ›Egocentric‹ ist gestürzt ...« Die armen Huntersons.

Gail. Ich wollte nicht mehr an sie denken, aber ich kam nicht dagegen an.

»›Tiddely Pom‹ hat ein bißchen aufgeholt«, ließ sich Derry vernehmen.

Die Pferde nahmen jetzt das letzte Hindernis am hinteren Ende der Strecke und schwenkten in die Gerade ein, nun weit auseinandergezogen, mit großen Abständen zwischen den einzelnen Gruppen. Von den Tribünen kamen anfeuernde Rufe, und die Stimme des Kommentators tönte darüber hinweg: ...»Und da zieht ›Zig Zag‹ nach vorn und übernimmt die Führung ...«

»›Zig Zag‹ hat alle abgehängt«, konstatierte Derry gelassen.

»›Tiddely Pom‹ ...?« fragte ich.

»Liegt noch immer ziemlich weit hinten. Aber er hält sich. Mehr konnten wir schließlich nicht erwarten.«

»Zig Zag« nahm das vorletzte Hindernis, in kurzem Abstand gefolgt von vier weiteren Pferden. Danach kam bereits »Tiddely Pom« und hinter ihm das restliche halbe Dutzend, das noch im Rennen lag.

Zwanzig Meter vor dem letzten Hindernis hatte »Zig Zag« Pech. Sein Jockei konnte sich fatalerweise nicht entscheiden, ob er ihn antreiben sollte, den Schritt zu verlängern und früher abzuspringen, oder ob er ihn kürzer am Zügel nehmen sollte, um vor dem Absprung noch einen Extraschritt einzulegen. Schließlich tat er keines von beidem, sondern überließ es dem Pferd, sich das Passende auszusuchen. »Zig Zag« ging das Hindernis an wie ein Schiff ohne Ruder, sprang zu kurz und zu spät ab, schlug mit den Vorderbeinen hart gegen den Balken, schleuderte zur Seite und landete mit strampelnden Hufen auf der Erde. Der Jockei flog in hohem Bogen durch die Luft.

»Dämlicher Hund«, stieß Derry hervor und ließ wütend das Fernglas sinken. »Jeder Lehrling hätte das besser gemacht.«

Ich beobachtete »Tiddely Pom«. Die vier Pferde vor ihm nahmen das letzte Hindernis. Eins von ihnen wollte »Zig Zag« und seinem auf der Erde liegenden Jockei ausweichen und prallte dabei so heftig an das Tier neben sich, daß dessen Jockei sich nicht mehr im Sattel halten konnte. Als »Tiddely Pom« von dem Hindernis abkam, lag er an dritter Stelle.

Die Menge johlte. »Er hat tatsächlich eine Chance«, rief Derry. »Sogar jetzt noch.«

Aber er konnte sein Tempo nicht beschleunigen. Der staksige Galopp behielt denselben gleichmäßigen Rhythmus bei, und alle Anfeuerungsversuche des Jockeis verpufften wirkungslos. Aber eines der beiden Pferde vor ihm zeigte Ermüdungserscheinungen.

»Tiddely Pom« holte Meter um Meter auf, doch der Zielpfosten rückte immer näher, und er hatte noch einen weiteren Gegner vor sich ...

Ich sah zum erstenmal mit vollem Bewußtsein das Pferd in Führung. Ein Jockei in rosa-weißen Streifen ritt den Braunen wie der Teufel: Dermot Finnegan auf »Rockville«, seine ganze Zukunft in Händen.

Während ich ihn noch beobachtete, passierte er in einem glänzenden Finish den Pfosten, und sogar auf den Tribünen konnte man sein breites irisches Grinsen erkennen, das wie die Sonne aus ihm herausbrach.

Drei Längen hinter ihm besiegte »Tiddely Poms« Kämpferherz die Folgen der Kolik und wurde Zweiter. Ein gutes Pferd, dachte ich dankbar. Die Mühe wert, die es verursacht hatte. Oder zumindest einen Teil davon.

Derry steckte sein Fernglas ein und eilte die Treppe hinunter. Ich folgte ihm etwas langsamer und schlängelte mich durch die Menschenmenge, die den eingezäunten Platz umlagert hatte, auf dem die Pferde abgesattelt wurden. Als »Rockville« zum Siegerplatz geführt wurde, klangen Hochrufe auf.

Alles war vorüber. »Tiddely Pom« hatte nicht gesiegt. Was hatte ich denn erwartet?

Die Menschenmenge teilte sich plötzlich wie weiland das Rote Meer und ließ eine unordentliche Mutter Erde umgeben von ihren Trabanten durch: Madge Roncey und ihre Söhne.

Sie schritt über den vergleichsweise leeren Absattelplatz und begrüßte ihren Mann mit einem leichten Schlag auf den Arm. Er war völlig verblüfft, sie zu sehen, und starrte sie offenen Mundes an. Ich ging zu den beiden hinüber.

»Hallo«, sagte Madge. »War das nicht großartig?« Der entrückte Ausdruck ihrer Augen hatte sich um etliche Kilometer genähert, seit die tatsächlichen Ereignisse begannen, mit ihrer Phantasiewelt Schritt zu halten. Sie trug einen um zwei Nummern zu engen, scharlachroten Mantel und zur Feier des Tages sogar Strümpfe. Allerdings mit Laufmaschen.

»Ja, wirklich großartig«, pflichtete ich ihr bei.

Roncey musterte mich scharf. »Sehen Sie noch immer Gespenster?«

»Was war denn vorhin am Start los?« erkundigte ich mich bei Madge.

Sie lachte. »Da hat so ein kleiner dicker Mann verrückt gespielt und laut geschrien, ›Tiddely Pom‹ würde nur über seine Leiche starten.«

Roncey schnellte herum.

»Er hängte sich ›Tiddely Pom‹ in die Zügel«, fuhr Madge fort, »und wollte, selbst als der Starter ihn anschrie, nicht loslassen. Es war eine völlig irre Situation. Der Kerl versuchte sogar, ›Tiddely Pom‹ gegen die Beine zu treten, aber da bin ich unter der Absperrkette durchgeschlüpft und habe ihm gesagt, er soll gefälligst unser Pferd in Ruhe lassen. Daraufhin wurde er schrecklich ausfallend ... Manche Ausdrücke kannte ich überhaupt nicht.«

»Mein Gott«, drängte Roncey gereizt, »nun erzähl doch schon weiter.«

»Als er noch immer nicht nachgeben wollte, habe ich ihn kurzentschlossen hochgehoben und weggeschleppt. Er war darüber so verblüfft, daß er die Zügel losgelassen hat. Dann versuchte er sich freizukämpfen, und da habe ich ihn auf die Erde fallen lassen, unter der Absperrung durchgerollt und mich zusammen mit den Jungens auf ihn draufgesetzt.«

»Hat er noch irgend etwas von sich gegeben?« fragte ich, um eine ernste Miene bemüht.

»Nun ja, er hat nicht mehr viel Luft bekommen«, räumte sie ein. »Aber er hat so etwas gekeucht, daß er Sie umbringen würde. Offenbar hatte er eine Stinkwut auf Sie, denn er sagte, Sie hätten ihm die ganze Tour vermasselt und verhindert, daß er an ›Tiddely Pom‹ herangekommen sei. Zum Schluß wäre er beinahe in Tränen ausgebrochen.«

»Wo ist er denn jetzt?« fragte ich.

»Ich weiß nicht genau. Als ich ihn aufstehen ließ, rannte er sofort weg.«

Roncey warf mir einen geringschätzigen Blick zu. »Also hat meine Frau mein Pferd gerettet, nicht der *Blaze*.«

»O nein, mein Lieber«, sagte sie versöhnlich. »Wenn Mr. Tyrone nicht auf ›Tiddely Pom‹ aufgepaßt hätte, wäre der kleine Mann sicher schon früher auf der Bildfläche erschienen. Und wenn ich nicht von der Isle of Wight zurückgekommen wäre, um das Rennen zu sehen, weil ich es für ungefährlich hielt, solange niemand davon wußte, hätte jemand anderes den kleinen Mann unschädlich gemacht. Es wollten vorhin sowieso eine ganze Menge Leute auf ihn losgehen, ich habe ihn nur als erste erreicht.« Sie lächelte mir liebenswürdig zu. »Ich habe mich schon seit Jahren nicht mehr so amüsiert.«

Bald darauf stieß ich auf Willie Ondroy, der mir sagte, daß Charlie Boston des Platzes verwiesen worden sei, und wenig später versicherte mir Eric Youll, daß Boston die Lizenz für seine Wettbüros entzogen werden würde.

Derry hatte inzwischen mit Luke-John telefoniert, dessen Buchmacherfreund die vollen Fünfzigtausend von Charlie Boston übernommen hatte und nun zutiefst dankbar war, daß »Tiddely Pom« nicht gesiegt hatte.

Collie Gibbons wollte mich zu einem Drink in die Bar einladen, aber ich hatte keine Lust. Er befand sich in Begleitung seiner Frau, und kein amerikanischer Colonel war zu sehen.

Pat Roncey starrte mir, die Hände in den Hosentaschen vergraben, mürrisch entgegen. Ich fragte ihn, ob er meine Telefonnummer zusammen mit »Tiddely Poms« Aufenthaltsort weitergegeben habe. Er versuchte sich ziemlich aggressiv zu rechtfertigen: Der Mann wäre an meiner Telefonnummer sogar noch interessierter gewesen als an »Tiddely Poms« Quartier. Welcher Mann? Der große mit der gelblichen Gesichtsfarbe und dem komischen Akzent vom *New Statesman*.

Ob Pat nicht wisse, daß der *New Statesman* die einzige Zeitung ohne Rennsportbeilage sei?

Pat wußte es nicht.

Die Huntersons standen bedrückt neben »Egocentric«, während der Trainer ihnen auseinandersetzte, daß ihr Tombolagewinn so schwer gestürzt sei, daß er ein Jahr lang nicht mehr starten dürfe, sofern er überhaupt wieder ganz hergestellt werden könne.

Diese Eröffnung durchfuhr mich wie ein Messer. Kein »Egocentric« bei den Rennen, keine Huntersons auf den Tribünen, keine Gail. Nicht einmal das.

Ich schlenderte langsam bis zur Rennstrecke hinüber und starrte nachdenklich in den Wassergraben. Ich mußte warten, bis der Sonderzug fuhr, früher konnte ich nicht nach Hause. Es zog mich sowieso nicht in die leere Wohnung.

Über den Rasen näherten sich Schritte. Ich drehte mich nicht um, war nicht aufgelegt, mit jemandem zu reden.

»Ty«, sagte sie.

Jetzt wandte ich doch den Kopf. In ihrem Gesicht war eine Veränderung vorgegangen. Sie sah weicher aus, nicht mehr so kühl, weniger selbstbewußt. Immer noch ungewöhnlich schön. Ich sehnte mich so sehr nach ihr.

»Ty, warum hast du mir nichts über deine Frau erzählt?«

Ich schüttelte schweigend den Kopf.

»Ich war mit Harry und Sarah in der Bar«, sagte sie, »und jemand stellte uns einen Major Gibbons und dessen Frau vor, weil er, ebenso wie Harry und Sarah, in deinem *Tally*-Artikel genannt worden ist. Es wurde von dir gesprochen ... Und Major Gibbons erwähnte, daß es mit deiner Frau so eine Tragödie sei ... Ich fragte, welche Tragödie ... Und dann hat er es uns erzählt ...«

Sie schwieg. Ich atmete tief, sagte jedoch nichts.

»Als ich daraufhin sagte, daß doch ihr Reichtum wenigstens eine Hilfe sei, fragte Gibbons, wie ich denn darauf käme. Seines Wissens besäße sie keinen Pfennig, denn du seist wegen der Kosten für ihre Pflege immer sehr knapp bei Kasse, und im Grunde wäre es vernünftiger, sie in ein Heim zu geben, wo der Staat die Kosten trägt, statt für alles allein aufzukommen ...« Sie wandte sich halb von mir ab und blickte über die Rasenfläche. »Warum hast du mir nichts davon gesagt?«

Ich schluckte und räusperte mich. »Ich will ... Ich wollte keine Trostpreise.«

Nach einigen Sekunden sagte sie: »Ich verstehe.« Und es klang, als verstünde sie wirklich.

»Wenn du mit mir verheiratet wärst, und ich hätte Kinderlähmung bekommen«, sagte sie mit brüchiger Stimme. »Ich verstehe, daß du bei ihr bleiben mußt. Ich verstehe, wie sehr sie dich braucht. Wenn ich an ihrer Stelle wäre, und du würdest mich verlassen ...« Sie lachte kurz auf, aber es klang mehr wie ein Schluchzen. »Manchmal kann das Leben ziemlich grausam sein. Endlich finde ich einen Mann, von dem ich mich nicht wieder trennen will, einen Mann, mit dem ich sogar in einer Dachkammer leben würde ... Und ich kann ihn nicht haben ... Nicht einmal ab und zu ein Weilchen.«

18

Den Sonntag verbrachte ich größtenteils schlafend allein in der Wohnung. Zwischendurch räumte ich ein bißchen auf und versuchte gleichzeitig ohne nennenswerten Erfolg, auch in mein Leben wieder etwas Klarheit zu bringen.

Montag früh kam Elizabeth nach Hause. Sie wurde von einem Krankenwagen gebracht, und zwei Pfleger trugen sie und die Pumpe die Treppe herauf. Sie legten Elizabeth in ihr Bett, das ich frisch bezogen hatte, schlossen die Pumpe an, halfen, die Spirashell zu befestigen, und empfahlen sich, nachdem sie noch eine Tasse Kaffee akzeptiert hatten.

Ich packte Elizabeths Koffer aus. Sie dankte mir mit einem Lächeln. Sie sah müde aus, aber ruhig und gelassen. Es war eine Veränderung mit ihr vorgegangen, sie wirkte nicht mehr ängstlich. Die langjährige, tief verwurzelte Unsicherheit war aus ihrem Blick verschwunden.

»Laß ruhig alles stehen, Ty«, sagte sie. »Ich möchte mit dir reden.«

Sie beobachtete mich, wie ich mich auf dem Sessel niederließ. »Tut es noch immer weh?« fragte sie.

»Ein bißchen«, nickte ich.

»Ich weiß von Tonio, daß die beiden Männer tot sind.«

»Hat er dich besucht?«

»Ja, gestern. Wir haben uns sehr lange unterhalten. Tonio hat mir viele Dinge erzählt ...«

»Liebes«, unterbrach ich sie, »ich ...«

»Sei still, Ty. Ich möchte dir sagen, worüber wir gesprochen haben.«

»Aber das ermüdet dich doch zu sehr.«

»Nein, nein. Ich bin zwar müde, aber anders als sonst. Jetzt bin ich nur noch einfach müde, nicht mehr – zermürbt. Das hat Tonio zuwege gebracht. Und du. Ich meine, er hat mir noch einmal deutlich gemacht, was ich am Donnerstag selbst gesehen habe ... Daß du dich hast prügeln lassen, daß du Auto gefahren bist, obwohl du betrunken warst und eine Gefängnisstrafe riskiert hast ... Daß du alles auf dich genommen hast, nur um mich in Sicherheit zu bringen. Er sagte, ich könne doch nicht anzweifeln, was ich mit eigenen Augen gesehen hätte ... Und auch nicht anzweifeln, daß du für immer bei mir bleiben würdest ... Ich war so unendlich erleichtert ... Mir schien, als sei plötzlich die ganze Welt heller geworden ... Ich weiß, du hast mir immer wieder versichert, daß du mich nicht im Stich lassen würdest ... Aber jetzt kann ich es erst wirklich glauben.«

»Darüber bin ich sehr glücklich«, sagte ich inbrünstig.

»Ich habe mit Tonio auch über – dieses Mädchen gesprochen«, fuhr sie fort.

»Liebes ...«

»Psst«, machte sie. »Ich habe ihm von der Erpressung erzählt. Wir haben stundenlang geredet ... Tonio war so verständnisvoll.

Er meint, es sei ganz natürlich, daß ich unglücklich wäre, keine Frau würde so etwas gleichgültig lassen, aber ich solle das Ganze nicht zu tragisch nehmen ... Schließlich seist du ein normaler, gesunder Mann, und wenn ich einen Funken Vernunft besäße, müsse ich einsehen, daß erst Grund zur Sorge bestünde, wenn du nicht mehr ab und zu das Bedürfnis hättest, mit einer Frau ins Bett zu gehen.« Sie lächelte. »Er sagte, wenn ich mich damit abfinden könnte, wäre das für uns beide leichter, und du würdest immer wieder zu mir nach Hause kommen.«

»Tonio hat sich ja mächtig ins Zeug gelegt.«

Sie nickte. »Was er gesagt hat, klang so einleuchtend. Ich bin dir gegenüber nicht fair gewesen.«

»Elizabeth ...«, protestierte ich.

»Nein, wirklich. Ich hatte solche Angst, dich zu verlieren, daß mir dabei ganz entgangen ist, was ich von dir verlangt habe. Aber jetzt sehe ich ein, daß du um so leichter – und um so lieber – zu mir zurückkommst, je mehr Freiheit ich dir lasse.«

»Das hat Tonio gesagt?«

»Ja.«

»Er hat dich sehr gern«, sagte ich.

Sie lächelte. »Er hat auch allerhand Schmeichelhaftes über dich gesagt, falls dich das interessieren sollte.«

»Sicherlich reine Übertreibung«, wehrte ich bescheiden ab.

Sie lachte etwas atemlos. Glücklich.

Ich erhob mich und küßte sie auf Stirn und Wangen. Sie war die Frau, die ich geheiratet hatte, und ich liebte sie sehr.

Dienstag vormittag, als Mrs. Woodward ihren Platz wieder eingenommen hatte, ging ich hinunter zur Telefonzelle und wählte die Nummer der Western School of Art.

Robert B. Parker

Leichte Beute für Profis

1

Aus der City war ich regelrecht raus-saniert worden, und ich hatte mir weiter draußen ein neues Büro suchen müssen. Zu guter Letzt war ich im Obergeschoß eines zweistöckigen, runden Erkers über einem Tabakladen gelandet. Er ragte wie ein Schiffsbug über die Ecke Mass Ave. / Boylston Street. Vor mir hatte hier eine Hellseherin ihr Gewerbe ausgeübt. Deren verwitterte Goldschrift kratzte ich gerade mit einer Rasierklinge vom Fenster ab, als ich den Mann sah. Er trug einen hellgrünen Freizeitanzug und ein gelbes Hemd mit offenem Kragen, dessen Spitzen sich auf dem Rockaufschlag kringelten. Er sah auf einen Fetzen Papier in der Hand, dann auf die Hausnummer. Der Anblick meiner neuen Burg schien ihn nicht gerade in Begeisterung zu versetzen.

»Mein erster Klient im neuen Büro«, verkündete ich. »Oder der letzte von Madame Sodostris.«

Hinter mir bearbeitete Susan Silverman mit einem Putzmittel und Papierhandtüchern die Milchglasscheibe der Eingangstür. Susan trug abgeschnittene Jeans und ein blau-weiß gestreiftes T-shirt. Sie kam zum Fenster und sah nach unten.

»Die Gegend scheint ihm nicht besonders zu liegen«, bemerkte sie.

»Wenn ich in einer ihm zusagenden Gegend wohnen würde, könnte er sich meine Dienste nicht leisten«, erwiderte ich sachlich.

Der Mann verschwand in der schmalen Tür neben dem Tabakgeschäft, und kurze Zeit später hörte ich seinen Schritt auf der Treppe. Pause, dann klopfte es. Susan öffnete. Der Anblick, der sich ihm bot, schien den Fremden nicht zu ermutigen. Auf dem Boden standen Kartons mit dicken Aktenordnern. Die Wände rochen nach billiger Farbe. Auf allen Zeitungen, links von der Tür, lagen und standen verkrustete Pinsel und Töpfe herum. Im Büro war es heiß, und ich trug außer meinen alten Jeans nur noch bekleckste Turnschuhe.

»Ich suche einen gewissen Spenser«, sagte der Mann.

»Gute Spürnase«, lobte ich ihn und tippte mir auf die nackte Brust. »Kommen Sie nur rein.« Ich legte die Rasierklinge auf das Fensterbrett und ging um den Schreibtisch, um ihn zu begrüßen. Ich brauchte einen Klienten, und zwar ziemlich dringend. Wetten, daß Sherlok Holmes sein Büro nie selbst gestrichen hat?

»Darf ich Ihnen Mrs. Silverman vorstellen«, sagte ich höflich. »Sie hilft mir beim Umzug. Die Stadtverwaltung hat meine alte Bude abreißen lassen.« Fast schämte ich mich des Schweißes, der mir in kleinen Bächen über die Brust rann. Susan lächelte ihn an.

»Mein Name ist Shepard«, sagte er. »Harvey Shepard. Ich möchte mit Ihnen reden.«

»Ich geh' ein Sandwich essen«, sagte Susan. »Zeit zum Lunch. Soll ich was mitbringen?«

Ich schüttelte den Kopf. »Trink nur 'ne Cola, oder sonstwas. Wenn Mr. Shepard und ich fertig sind, gehen wir essen. In irgendein gutes Restaurant.«

»Na, mal sehen«, erwiderte Susan skeptisch. »Hat mich gefreut, Sie kennenzulernen, Mr. Shepard.«

Als sie weg war, fragte Shepard: »Ihre Sekretärin?«

»Nein. Nur eine Freundin.«

»So? Solche Freundinnen möchte ich auch mal haben.«

»Dürfte Ihnen doch nicht schwerfallen.«

»Das sagen Sie so. Ich bin verheiratet. Und arbeite rund um die Uhr, so ziemlich jedenfalls.«

Schweigen kam auf. Sein viereckiges Gesicht war ziemlich rot, das Haar schwarz und dick. Die Kinnpartie wirkte etwas weichlich, und die Züge sahen leicht verschwommen aus. Trotzdem ein ansehnlicher Mann, die dunkle, irische Sorte. Er war der Typ, der nicht gerade auf den Mund gefallen ist, und daß er jetzt nichts herausbrachte, schien ihn verlegen zu machen. Ich gab ihm Starthilfe.

»Wer hat Sie zu mir geschickt, Mr. Shepard?«

»Harv«, gab er zurück. »Nennen Sie mich Harv. Das tun alle.«

Ich nickte.

»Ich kenne einen Reporter in New Bedford, von der *Standard Times*. Der hat mir Ihren Namen besorgt.«

»Kommen Sie aus New Bedford, Harv?«

»Nein. Aus Hyannis.«

»Ach so. Was kann ich für Sie tun?« fragte ich.

»Ich möchte, daß Sie meine Frau finden.«

»Okay.«

»Sie ist mir weggelaufen, glaube ich.«

»Das kommt schon mal vor.«

»Ich will sie wiederhaben.«

»Dafür kann ich nicht garantieren. Gut, ich werde sie finden. Aber Entführungen gehören nicht zu meinem Repertoire. Wenn sie zurückkommen soll, müssen Sie das selbst mit ihr ausmachen.«

»Sie ist einfach abgehauen. Hat mich sitzenlassen. Mich und die drei Kinder. Einfach weg.«

»Sind Sie zur Polizei gegangen?«

Er nickte.
»Und ein Verbrechen scheidet aus?«
»Ja. Sie hat einen Koffer gepackt und ist verschwunden. Ich kenne Deke Slade persönlich. Und der ist überzeugt, daß sie durchgebrannt ist.«
»Slade? Ein Cop?«
»Ja. Von der Polizei bei uns oben.«
»Okay. Also, einen Hunderter am Tag und Spesen. Zu den Auslagen gehören ein Motelzimmer und die Mahlzeiten. Ich kann nicht jeden Tag von Boston rüberpendeln.«
»Was immer Sie sagen. Wollen Sie einen Vorschuß?«
»Fünfhundert.«
Er zog eine Brieftasche aus der Jacke und gab mir fünf Hundertdollarscheine. Ich konnte nicht sehen, wie viele noch drinnen waren. Ich faltete sie zusammen und steckte sie in die Hosentasche. Meine lässige Miene sollte ihm suggerieren, daß die fünf Lappen dort im trauten Familienkreis ruhten.
»Morgen früh werd' ich raufkommen. Sind Sie zu Hause?«
»Ja. Ich wohne in der Ocean Street. Nummer achtzehn. Wann etwa werden Sie da sein? Hab' ungeheuer viel Arbeit. Du lieber Gott, und gerade jetzt haut sie ab!«
»Neun Uhr. Wenn Sie Fotos von ihr haben, halten Sie die bereit. Ebenso Briefe, Telefonrechnungen und so weiter. Graben Sie alles aus. Alte Scheckhefte mit Zahlungsvermerken. Machen Sie eine Liste ihrer Freunde. Wie steht's mit anderen Männern?«
»Pam? Niemals. Für Sex hat sie nicht furchtbar viel übrig.«
»Dann vielleicht für Liebe?«
»Die hat sie bei mir. Soviel sie brauchen kann.«
»Wenn Sie meinen. Und die Kinder? Kann ich vor ihnen reden?«
»Klar. Wir verschweigen uns nichts. Die wissen, daß sie abgehauen ist. Sind auch alt genug. Das jüngste ist zwölf.«
»Können Sie mir sonst noch irgendwas mitteilen?«
Er schüttelte trübe den Kopf.
»Okay, dann bis morgen früh um neun.«
Wir gaben uns die Hände.
»Werden Sie meine Frau finden, Spenser?«
»Klar.«

2

Als Susan Silverman von ihrer Cola zurückkam, saß ich am Schreibtisch, die fünf Hundertdollarnoten vor mir ausgebreitet.
»Wo möchtet du lunchen?«

»Hättest mir das Geld nicht zeigen sollen. Ich wär' mit 'nem Hamburger und Zwiebeln zufrieden gewesen. Jetzt mach' ich's nicht unter ›Pier 4‹.«

»Ganz, wie du wünschst. Dann also ›Pier 4‹. Muß ich mich umziehen?«

»Wisch dir wenigstens den Schweiß vom Brustkasten.«

»Los, wir gehen zu mir, und ich mach' mich fein.«

»Sobald du einen Klienten hast, platzt du ja geradezu vor Tatendrang.«

»Jawohl, Madam. Ich begebe mich postwendend zu den nächsten Fleischtöpfen.«

Ich klemmte mir den Revolver an den Gürtel und zog das Hemd darüber. Zu Fuß dauerte es zehn Minuten bis zu meiner Wohnung. Susan ging zuerst unter die Dusche, und während ich den Tisch bestellte, öffnete ich eine Flasche Amstel-Bier. Dann die nächste, schließlich die dritte.

»Pier 4« thront am Hafen wie eine Kultstätte. Alte Ziegel, zünftig verwitterte Balken, am Kai ein ehrwürdiger Raddampfer vom Hudson River als Cocktail-Bar. Ein Denkmal des unbekannten Spesenmachers. Siegessäule des Feinschmeckertums auf Geschäftskosten. Ein uniformierter Türknabe nahm sich meines Kabrioletts an, mit hochgezogener Augenbraue. Die meisten Autos auf dem Restaurantparkplatz waren jüngeren Datums, aber meine Polster trugen den Leukoplast-Rekord.

Man informierte uns, wir würden eine Weile auf unseren Tisch warten müssen. Wünschten wir einen Cocktail?

Wir wünschten. Andächtig überquerten wir den Landungssteg zum Raddampfer und setzten uns. Vor uns lag der Hafen von Boston. Susan bestellte eine Marguerita, ich ein Heineken-Bier. Niemand fährt heutzutage nach Amstel. Nicht einmal das »Pier 4«.

»Wozu will dich dein Klient anheuern?«

»Soll seine Frau finden.«

»Schwierige Sache?«

»Kaum. Hört sich an, als wär' sie einfach abgehauen. Dann wird sie nicht schwer zu finden sein. Die meisten laufen nicht sehr weit. In der Mehrzahl wollen sie sowieso bald gefunden werden und wieder nach Hause kommen können.«

»Hört sich nicht gerade emanzipiert an.«

»Ist es auch nicht, aber so liegen die Dinge nun mal. Zum erstenmal in der Geschichte laufen mehr Frauen ihren Männern weg als umgekehrt. Die lesen die zwei neuesten Nummern einer Frauenzeitschrift, sehen ein oder zwei aufgeklärte Filme und stellen fest, daß sie so nicht mehr weiterleben können. Also ab dafür. Und dann geht ihnen auf, daß sie nicht auf eigenen Füßen stehen können. Zehn oder fünfzehn Jahre Hausfrauendasein haben sie nur zum Geschirrspülen und Staubwischen qualifiziert. Und noch dazu fühlen sie sich stinkeinsam.«

»Aber einfach nach Hause können sie auch nicht wieder«, sagte Susan. »Das hieße klein beigeben, reumütig zu Kreuze kriechen.«

»Genau. Also lungern sie rum und hoffen, daß jemand sie suchen kommt. Und wenn sie wieder daheim an der Gattenbrust liegen, ist die Lage meist noch hoffnungsloser als vorher.«

Susan nippte an ihrer Marguerita. »Und Männe hat ein neues Erpressungsmittel. Das schlechte Gewissen.«

Ich nickte. »Stimmt. Und zum Teil hat er recht. Er kann sagen, du Miststück, hast uns hier einfach im Dreck sitzenlassen, mich und die Kinder. Brauchst gar nicht die verletzte Stolze zu spielen. Du steckst tief in unserer Schuld.«

»Bei dir hört sich das alles so routinemäßig an«, monierte Susan.

»Das ist auch Routine. Hab' langsam genug davon. In den Sechzigern hab' ich die meiste Zeit damit verbracht, weggelaufene Gören zu suchen. Jetzt muß ich die Mamis aufstöbern. Im Grunde ist da gar kein großer Unterschied.«

Jenseits des Hafens hob sich eine riesige Boeing 747 von der Landepiste ab und orientierte sich in einem schwerfälligen Halbkreis nach Westen. Los Angeles? San Francisco?

»Suze«, sagte ich. »In dem Vogel da sollten wir beide sitzen.«

»Ich hasse Fliegen«, erwiderte sie kurz.

»Aua«, machte ich. »Merk' schon, ich bin ins Fettnäpfchen getreten. Weshalb bist du sauer?«

»Weiß nicht.«

»Nicht sehr einleuchtend.«

»Nimm mich nicht auf den Arm, Spenser. Ich weiß es wirklich nicht genau. Klar bin ich sauer auf dich. Vielleicht hab' ich selbst die neuesten Frauenzeitschriften gelesen und zuviel aufgeklärte Filme gesehen. Immerhin war ich verheiratet und bin geschieden. Womöglich weiß ich besser als du, was die Frauen auf dieser Welt durchstehen müssen.«

»Kann ja sein«, beschwichtigte ich. Der Oberkellner hatte den Tisch für uns bereit, und wir folgten ihm nach drüben ins Restaurant. Er händigte uns riesige Speisekarten aus, reich verschnörkelt und mit vornehmem Flair. Der Preis des Hummers wurde diskret verschwiegen.

»Schließlich weißt du überhaupt nicht, warum sie durchgegangen ist«, sagte Susan.

»Du ja auch nicht.«

»Aber du führst sofort feministische Motive ins Feld.«

»Na schön, das war voreilig. Bitte um Vergebung.«

Ich war zu beschäftigt mit dem Menü, um über Kleinigkeiten zu streiten.

Susan grinste. »Des Mannes Weg zur Reue führt über den Magen.«

Susans Lächeln warf mich um, wie immer. Sie lächelte in Cinemascope und Technicolor zugleich. Außerdem in Stereo. Ich fühlte, wie sich in mir etwas zusammenkrampfte.

»Wo, zum Teufel, warst du vor zwanzig Jahren?« fragte ich heiser.

»Auf dem Standesamt. Mit dem Falschen.« Sie berührte meine Hand leicht mit den Fingerspitzen. Ihr Lächeln trug jetzt einen Hauch von Ernst. »Besser spät als nie«, sagte sie.

Die Kellnerin kam mit dem Salat.

3

Ich raffte mich früh auf und war schon vor dem Berufsverkehr auf der Straße nach Hyannis. Die Fernverbindung Nummer 3 nach Cape Cod ist heute eine Superautobahn bis rauf an die Sagamore Bridge. Vor zwanzig Jahren gab es hier keinen Vielspurenverkehr, und man tuckerte die 28 entlang durch die Kleinstädte im südlichen Massachusetts. Man kam langsam voran, doch die Fahrt war immer spannend. Man san Leute, Gärten, Hunde, hielt an kleinen Kneipen und aß hausgeschlachtete Steaks. Auf der Nummer 3 begegnete ich an diesem Morgen nur einem Menschen, der nicht im Wagen saß. Und der wechselte einen Reifen, auf der Standspur.

Als ich den Cape-Cod-Kanal überquerte, wurde die Straße Nummer 3 zur Straße Nummer 6, offizielle Bezeichnung für die Cape-Autobahn. An manchen Stellen konnte man zu beiden Seiten das Meer sehen, Buzzards Bay im Süden und nördlich die Cape-Cod-Bay.

Straße Nummer 132 führte mich schließlich ins Zentrum von Hyannis. Krüppelkiefern und Meerespanorama wurden abgelöst von Hotelkästen und modischen Rasthöfen, Einkaufszentren und Ferienkolonien. Hier konnte man Ferien machen, ohne den Unterschied zum trauten Heim allzu lästig zu empfinden.

Am Flughafenkreisel bog ich nach Osten in die Hauptstraße ein. Hyannis bietet heute das Bild großstädtischer Zusammenballung. Die Main Street wird auf beiden Seiten von Geschäften und Kaufhäusern gesäumt, meist Zweigstellen mächtiger Handelskonzerne aus Boston oder New York. Das Motel, in dem ich absteigen wollte, lag am Ostende der Stadt, ein großer, komfortabler Ferienschuppen mit Fitneß-Center und einem ausgezeichneten Restaurant im viktorianischen Dekor. Draußen stand in Leuchtbuchstaben: »DUFNEY'S«. Zwei Monate zuvor hatte ich hier mit Brenda Loring angenehme Tage verbracht.

Gegen halb zehn hatte ich mein Zimmer bezogen und ausgepackt. Ich rief Shepard an. Er war zu Hause und erwartete mich. Die Ocean Street liegt fünf Minuten vom Motel entfernt, die Verlängerung der Sea Street, Häuser mit verwitterten Schindeln und blauen Fensterläden. Shepards Villa bildete keine Ausnahme: ausladender Kolonialstil, weißes Zedernholz, blaue Läden an allen Fenstern. Das Haus stand auf einer Anhebung auf der Seeseite der Ocean Street. Davor war ein weißer Cadillac geparkt, Kabriolett mit heruntergelassenem Verdeck. Ein gewundener Ziegelweg, gesäumt von Immergrün, führte zur Haustür. Sie war blau. Ich drückte auf die Klingel. Drinnen machte es »ding-dong«. Links vom Haus lag der Strand, rechts entzog eine hohe Hecke das Nachbaranwesen neugierigen Blikken. Ein blonder Teenager im knappsten grünen Bikini öffnete mir. Das Mädchen sah aus wie siebzehn. Ich hielt meine Augen streng im Zaum. »Ich heiße Spenser. Mr. Shepard erwartet mich.«

»Kommen Sie rein«, sagte das Mädchen.

Ich trat in die Halle, und sie ließ mich stehen, wohl um ihrem Vater Bescheid zu sagen. Ich schloß die Haustür hinter mir. Die Halle wirkte durchaus stilvoll. Der Boden war aus blauen Fliesen, die Wandtäfelung sah nach Zedernholz aus. Türen auf beiden Seiten und an der Rückfront, außerdem eine breite, geschwungene Treppe.

Shepards Tochter kam wieder. Ich beäugte sie vorsichtig hinter den Gläsern meiner dunklen Brille. Möglicherweise war sie noch im strafrechtlich relevanten Alter.

»Mein Vater hat gerade Besuch. Ob Sie ein paar Minuten warten könnten?«

»Klar.«

Sie verschwand und ließ mich in der Halle stehen. Ich hätte nicht gerade auf Cocktails im Salon bestanden, aber ein Stehplatz in der Halle kam mir etwas dürftig vor. Vielleicht hatte sie alles andere vergessen, vor Trauer über das Verschwinden ihrer Mutter. Aber sie sah eigentlich nicht traurig aus, eher mürrisch. Wahrscheinlich wegen der Zumutung, Fremden die Tür öffnen zu müssen, wo sie doch gerade ihre Fußnägel lakkieren wollte. Immerhin: tolle Beine. Für ein Kind, jedenfalls.

In der Tür hinter der Treppe tauchte Shepard auf. In seiner Begleitung war ein hochgewachsener Neger mit kahlem Schädel und vorstehenden Backenknochen. Er trug einen blauen Jeans-Anzug, darunter ein rosa Hemd mit riesigem Kragen. Es war bis zum Gürtel aufgeknöpft. Brustkasten und Magen wirkten wie knotiges Ebenholz. Der schwarze Mann nahm eine große Sonnenbrille aus der Brusttasche. Während er sie aufsetzte, starrte er mich über den Rand an, bis die Gläser auf der Nase saßen.

Ich starrte zurück. »Hawk«, sagte ich.

»Spenser.«

»Kennen Sie sich?« fragte Shepard.

Hawk nickte.

»Ja«, sagte ich.

Shepard erläuterte: »Ich habe Spenser gebeten, meine Frau zu finden. Pam.«

»Der findet die«, sagte Hawk. »Ist ein Super-Finder. Der findet sogar den Arsch seiner Großmutter. Hab' ich recht, Spenser?«

»Klar. Du hast auch immer zu meiner Heldensammlung gehört, Hawk. Wo bist du untergekrochen?«

»Ich? Na, wo wohl, Mann. Bei den stinkfeinen Pinkels im Holiday Inn, natürlich.«

»Ein Beispiel für die offene demokratische Gesellschaft, was, Hawk?«

»Kannste glauben, Mann.« Er wandte sich an Shepard. »Also, wir bleiben in Verbindung.« Sie gaben sich die Hände, und Hawk ging. Wir beide sahen ihm von der Haustür nach. Sein Gang war elastisch, zeugte aber von mühsam gebändigter Explosivkraft, wie eine zum Bersten aufgezogene Stahlfeder. Neben seinem schicken Cadillac blieb er stehen und musterte meinen '68er Chevy. Dann grinste er mich breit an. »Immer noch erster Klasse, Baby?«

Ich ließ es gut sein, und Hawk glitt in seinem Schlitten davon, unauffällig wie ein Scheich mit Harem.

»Wo kennen Sie ihn her?« erkundigte sich Shepard neben mir.

»Haben im selben Stall geboxt. Vor zwanzig Jahren. Viel zusammen trainiert.«

»Ist das nicht ein Zufall? Da begegnen Sie ihm heute, nach so langer Zeit, ausgerechnet hier.«

»Na ja, hab' ihn zwischendurch ein paarmal getroffen. Unsere Arbeit führt uns gelegentlich zusammen.«

»Wirklich?«

»Ja.«

»Wissen Sie, ich hab' ja gemerkt, daß Sie beide sich in Wirklichkeit ziemlich gut kennen. Kaufmännischer Instinkt, sozusagen. Kommen Sie nur rein. Tasse Kaffee? Für 'nen Drink ist es ja wohl noch zu früh.«

Wir gingen in die Küche. »Hab' nur Pulverkaffee«, sagte Shepard. »Okay?«

»Klar.« Shepard setzte Wasser in einem roten Kessel auf.

Die Küche war sehr geräumig, mit einer Trennwand zwischen dem Kochteil und der Eßecke. Letztere war mit einem großen, behauenen Holztisch ausgestattet und mit Bänken an allen vier Seiten. Die Tischplatte war sorgsam auf die Farbe alten Treibholzes getrimmt und kontrastierte sehr hübsch mit den blauen Bodenfliesen und dem glänzenden Chrom der Speiseapparaturen.

»Dann waren Sie also Boxer, was?«

Ich nickte.

»Daher die gebrochene Nase?«

»Ja.«

»Und die Narbe unter Ihrem Auge? Die sicher auch?«

»Genau.«

»Mann, Sie sehen fit aus. Bestimmt könnten Sie heute noch ein paar Runden machen.«

»Kommt drauf an, mit wem.«

»Waren Sie Schwergewicht?«

Ich nickte. Das Wasser kochte. Shepard tat Kaffeepulver in große Tassen. »Milch und Zucker?«

»Nein, danke.«

Er brachte den Kaffee an den Tisch und setzte sich mir gegenüber. Ich hatte auf ein Stück Kuchen gehofft oder dergleichen. Ob Hawk wohl besser bewirtet worden war?

»Prost.« Shepard hob die Tasse.

»Harv, schätze, Sie haben noch mehr Sorgen am Bein als nur eine durchgebrannte Ehefrau.«

»Was soll das heißen?«

»Ich kenne Hawk. Weiß, womit er seinen Unterhalt verdient. Er ist ein Eintreiber, das, was die Jungs in meiner Straße einen Knochenbrecher nannten. Er arbeitet frei, auf Honorarbasis. Heutzutage bricht er die Knochen meistens im Auftrag von King Powers.«

»Moment mal. Ich hab' Sie engagiert, um meine Frau zu finden. Was immer ich mit Hawk zu tun habe, geht nur mich an. Und Sie bestimmt nicht. Ich bezahle Sie nicht, damit Sie in meinen Angelegenheiten rumschnüffeln.«

»Stimmt«, gab ich zu. »Aber wenn Sie sich mit Hawk einlassen, dann heißt das Beulen, wenn nicht mehr. Hawk ist ein professioneller Schläger. Schulden Sie King Powers Geld?«

»Ich weiß überhaupt nichts von Ihrem verdammten King Powers. Machen Sie sich nur keine Gedanken über Powers oder Hawk oder sonst jemanden. Sie sollen meine Frau suchen, kapiert?«

»Klar. Kapiert. Aber ich hab' in meiner Branche viel mit Leuten wie Hawk zu tun. Ich weiß, wie das läuft. Diesmal hat er zivilisiert mit Ihnen gesprochen, fast freundlich, kameradschaftlich. Hat Ihnen vorgerechnet, wieviel Sie schuldig sind, Kapital und Zinsen, und wie weit im Rückstand, und wann Sie endgültig zu zahlen haben.«

»Woher, zum Teufel, wollen Sie wissen, was ich mit dem geredet habe?«

»Und am Schluß sagte er Ihnen, immer freundlich grinsend, was passiert, wenn Sie nicht zahlen. Dann kam ich, und er hat sich ebenso freundlich verabschiedet.«

»Spenser, wollen Sie jetzt über diesen Quatsch reden, oder kommen wir endlich zur Sache?«

»Harv, Hawk meint, was er sagt. Er ist ein übler Bursche, äußerst gefährlich. Aber er hält sein Wort. Wenn Sie Geld schulden, zahlen Sie. Sofern Sie die Summe nicht haben, sagen Sie mir's jetzt, und wir suchen eine Lösung. Aber streuen Sie mir keinen Sand in die Augen. Und vor allem sich selbst nicht. Wenn Sie mit Hawk zu tun haben, hängt Ihnen mehr auf dem Buckel, als Sie schleppen können. Und zwar ein ganz schöner Batzen mehr.«

»Da gibt es nichts zu bereden. Und damit Schluß.«

4

In meinem Job lebt man nicht zuletzt von Eingebungen. Und eben jetzt kam mir die außerordentliche Eingebung, daß Shepard wenig geneigt war, über seine Beziehungen zu Hawk zu reden, oder zu King Powers, oder über sonstwas aus dieser Ecke. Worüber er reden wollte, war einzig und allein seine Frau.

Also tat ich ihm den Gefallen. »Ihre Frau heißt Pam, stimmt's?«

»Ja.«

»Mädchenname?«

»Wieso, wozu ist das gut?«

»Vielleicht benutzt sie ihn jetzt wieder.«

»Neal. Pam Neal.« Er buchstabierte.

»Leben noch Angehörige?«

»Nein.«

»Keine Brüder oder Schwestern?«

»Sie ist ein Einzelkind.«

»Wo wuchs sie auf?«

»In Belfast, Maine. An der Küste, in der Nähe von Searsport.«

»Kenne ich. Hat sie dort Freunde, die sie vielleicht besucht?«
»Nein. Sie ist da nach der Schule weggezogen. Dann starben ihre Eltern. Will wetten, daß sie die letzten fünfzehn Jahre nicht dort war.«
»Welches College hat sie besucht?«
»Colby.«
»In Waterville?«
»Ja.«
»Wann machte sie Examen?«
»Neunzehnhundertvierundfünfzig, wir beide. Studentenliebe.«
»Studienfreunde, ist da irgendwas drin?«
»Keine Ahnung. Wir treffen uns noch oft mit Freunden aus der Uni. Glauben Sie etwa, daß sie dort irgendwo zu Besuch ist?«
»Na ja, wenn sie abgehauen ist, muß sie schließlich irgendwo geblieben sein. Hat sie jemals gearbeitet?«
Er schüttelte den Kopf. »Nie. Wir heirateten gleich nach dem Examen. Ich habe sie unterhalten, seitdem ihr Vater die Zahlungen einstellte.«
»Ist sie jemals allein verreist, getrennte Ferien, oder so was?«
»Nein. Nie im Leben. Pam findet sich nicht mal in einer Telefonzelle zurecht. Sie hat geradezu Angst vor Reisen. Jedenfalls ist sie immer nur mit mir weggefahren.«
»Also, wenn Sie an ihrer Stelle wären, keine Arbeitserfahrung, Angst vor Reisen, keine Familie außer der hier, wenn Sie dann durchgehen würden, wohin?«
Er zuckte die Schultern.
»Hat sie Geld dabei?«
»Jedenfalls nicht viel. Montags gab ich ihr das Haushaltsgeld für die Woche. Donnerstag verschwand sie. Da hatte sie das Essen schon eingekauft. Mehr als zwanzig Dollar kann sie kaum gehabt haben.«
»Also braucht sie Hilfe von irgend jemandem. Mit zwanzig Piepen kann man nicht viel auf die Beine stellen. Zu welchen ihrer Freunde hätte sie gehen können?«
»Schwer zu sagen. Die meisten sind auch meine. Verstehen Sie, ich kenne den Mann, sie die Frau. Glaube kaum, daß sie da irgendwo unterkriechen konnte. Der Mann würde mir's stekken.«
»Junggesellen?«
»Ich glaube, ich kenn' überhaupt niemanden, der nicht verheiratet ist. Mann oder Frau.«
»Und Ihre Frau?«
»Nicht, daß ich wüßte. Aber denken Sie etwa, ich würde ihr bei jedem Schritt nachsteigen? Natürlich hatte sie einige Freun-

dinnen vom College, die meines Wissens nie heirateten.«

»Können Sie mir deren Namen, letzte bekannte Anschriften geben, und so weiter?«

»Himmel, ich weiß nicht. Werd's versuchen, aber Sie müssen mir etwas Zeit geben. Ich weiß im Grunde nicht genau, was sie tagsüber machte. Vielleicht hat sie sich mit einigen geschrieben. Keine Ahnung.«

»Leben einige von denen hier in der Gegend?«

»Weiß ich wirklich nicht, Spenser. Womöglich sollten wir Millie fragen.«

»Ihre Tochter?«

»Ja. Die ist sechzehn. Alt genug, um solche Sachen aufzuschnappen. Soll ich sie rufen?«

»Gut. Und beschaffen Sie die alten Telefonrechnungen, Briefe, alles, was uns einen Hinweis geben könnte. Und dann brauche ich natürlich ein Foto.«

»Gut, okay. Ich werd' erst Millie holen, und dann seh' ich nach.« Nach meinen Anweisungen hätte er die Sachen schon längst raussuchen sollen. Offenbar fehlen mir die Führungsqualitäten.

Millie schien nicht gerade begeistert, sich mit mir unterhalten zu dürfen. Sie setzte sich und drehte pausenlos an der Kaffeetasse ihres Vaters. Shepard machte sich davon. Millie schwieg.

»Haben Sie eine Ahnung, wo Ihre Mutter stecken könnte, Millie?«

Sie schüttelte den Kopf.

»Heißt das, Sie wissen's nicht, oder daß Sie's nicht sagen wollen?«

Sie zuckte die Schultern und beschäftigte sich weiter mit der Kaffeetasse. Mein berühmter Charme bewirkt immer solche Wunder.

»Warum, glauben Sie, ist Ihre Mutter weggegangen?«

»Keine Ahnung.« Sie sah kurz auf.

»Wenn Sie an ihrer Stelle wären«, fuhr ich fort, »würden Sie dann auch abhauen?«

»Ich würde meine Kinder nicht im Stich lassen.« Die Betonung lag auf »meine«.

»Und Ihren Mann? Würden Sie den im Stich lassen?«

»Den schon.« Sie deutete mit dem Kopf auf die Tür, durch die ihr Vater den Raum verlassen hatte.

»Warum?«

»Der is'n Affe.«

»Weshalb?«

Sie zuckte die Schultern.

»Arbeitet er zuviel? Ist er zu oft von der Familie weg?«

Wieder Schulterzucken.

Ich versuchte es auf anderem Wege. »Wer ist der beste Freund oder die beste Freundin Ihrer Mutter?«

Dieselbe Reaktion. Ich überlegte kurz, ob es angebracht wäre, das Gör durchs Fenster zu werfen. Aber was würden die Leute von mir denken?

»Lieben Sie Ihre Mutter?«

Sie rollte dramatisch-ironisch mit den Augen. »Aber selbstverständlich.« Dann sah sie wieder auf die Kaffeetasse. Vielleicht sollte ich die aus dem Fenster schmeißen, dachte ich.

»Woher wissen Sie, daß sie nicht in Schwierigkeiten ist?«

»Keine Ahnung.«

»Am Ende wurde sie gekidnapt?«

»Keinen Schimmer.«

»Oder sie liegt irgendwo krank und hat niemanden, der ihr helfen kann.« Meine Einbildungskraft war schier unerschöpflich. Nur leider wirkungslos. Vielleicht sollte ich ihr Schicksale ausmalen, die nach allgemeiner Auffassung schlimmer sind als der Tod.

»Weiß ich nicht. Mein Vater hat nur gesagt, sie wär' abgehauen. Eigentlich müßte der's wissen.«

»Er weiß es aber nicht.«

»Warum findet er's dann nicht raus?«

»O heilige Einfalt«, sagte ich. »Was meinen Sie, warum er mich engagiert hat?«

»Na, und warum finden Sie's dann nicht raus?« Sie ließ ausnahmsweise die Kaffeetasse in Ruhe.

»Das versuch' ich ja gerade. Warum wollen Sie mir nicht helfen? Ihr Beitrag zu der Aktion besteht bis jetzt aus vier ›ich weiß nichts‹ und sechsmal Schulterzucken. Und Ihrem nicht weiter belegten Urteil, daß Ihr alter Herr ein Affe ist.«

»Und wenn sie nun wirklich durchgebrannt ist und gar nicht wiederkommen will?«

»Dann kommt sie eben nicht wieder«, beschied ich sie. »Jegliche Gewaltanwendung ist mir fremd. Ziemlich jedenfalls.«

»Ich weiß nicht, wo sie steckt.«

»Und warum lief sie Ihrer Meinung nach weg?«

»Das fragten Sie schon.«

»Und Sie haben nicht geantwortet.«

»Der Alte ging ihr auf die Nerven.«

»Inwiefern?«

»So, überhaupt. Hat immer nach ihr gegrapscht, verstehen Sie? Sie am Po getatscht. Wollte geküßt werden, wenn sie staubsaugte. Alle diese Sachen. Das hing ihr zum Hals raus.«

»Haben die beiden sich jemals darüber ausgesprochen?«

»Nicht vor mir.«

»Worüber haben die denn vor Ihnen geredet?«

»Über Geld. Das heißt, mein Alter quatschte von Geld, meine Mutter hat immer nur so zugehört. Mein Alter quatschte überhaupt von Geld und Geschäften. Daß er eine große Nummer werden will. Der Affe.«

»Hat er Ihre Mutter schlecht behandelt?«

»Geschlagen oder so, meinen Sie?«

»Was auch immer.«

»Nee. Eigentlich im Gegenteil. Er behandelte sie wie ein verdammtes rohes Ei. Oder wie so 'ne Königin. Das machte sie ja gerade so verrückt. Er hing immer an ihr. So richtig auf die plumpe Tour. Verstehen Sie, was ich meine?«

»Hatte sie Freunde, die nicht auch mit Ihrem Vater befreundet sind?«

Sie runzelte die Stirn ein wenig, schüttelte dann den Kopf. »Glaub' ich nicht. Ich kenn' jedenfalls keine.«

»Ging sie mit anderen Männern aus?«

»Meine Mutter?«

»Kommt schon mal vor.«

»Bei meiner Mutter nicht. Niemals.«

»Fällt Ihnen irgendwas ein, Millie, was mir bei der Suche helfen könnte?«

»Nein. Gar nichts. Glauben Sie nicht, daß ich sie nicht wiederhaben will. Ich muß die ganze Kocherei machen, auf meinen Bruder und meine Schwester aufpassen, mich um die Putze kümmern, und alles das.«

»Wo sind Ihr Bruder und Ihre Schwester?«

»Im Strandklub, die Glücklichen. Ich mußte wegen Ihnen hierbleiben.«

»Wegen mir?«

»Klar. Mein Alter sagt, ich muß jetzt die Hausfrau sein und die Leute bewirten und all so'n Käse, bis meine Mutter wieder da ist. Jetzt entgehen mir die Rennen und die ganzen anderen Sausen.«

»Das Leben kann hart sein«, bezeugte ich mein Mitgefühl. Sie verzog den Mund mürrisch. Wir schwiegen eine Weile.

»Die Rennen dauern die ganze Woche«, sagte sie schließlich. »Alle sind da. Die Sommer-Jungs und alle anderen.«

»Und das geht Ihnen jetzt durch die Lappen. Schweinerei.«

»Na klar. Alle meine Freunde sind da. Das Beste am ganzen Jahr.«

So jung und schon so vom Leben gezeichnet.

Shepard kam zurück. Er trug einen Karton mit Briefen und Rechnungen. Obenauf lag ein goldgerahmtes Acht-mal-elf-

Foto. »Hier, bitteschön, Spenser. Das ist alles, was ich finden konnte.«

»Haben Sie es aussortiert?«

»Nix. Dafür hab' ich Sie schließlich angeheuert. Ich bin Kaufmann, kein Detektiv. Jeder soll die Arbeit verrichten, die er am besten kann. Hab' ich recht, Millie?«

Millie blieb die Antwort schuldig. Wahrscheinlich dachte sie an den Strand und die Rennen.

Dafür sagte ich: »Ein Mann muß seinen Glauben haben. Wenn irgendwas ist – Sie wissen, wo ich wohne?«

»Im ›Dufney‹, stimmt's? Die haben ein Klasse-Restaurant, der ›Letzte Schrei‹. Wenn Sie da 'nen guten Tisch haben wollen, nennen Sie dem Chefkellner nur meinen Namen.«

Ich versprach ihm, das zu tun. Shepard begleitete mich nach draußen. Millie blieb sitzen.

Als ich losfuhr, überlegte ich, was für Rennen wohl unten am Strand gefahren wurden.

5

Die Polizeistation war ein rechteckiger Backsteinbau. Auf dem Parkplatz an der Vorderfront parkten vier oder fünf Streifenwagen: dunkelblau mit weißem Dach und weißen Kotflügeln vorn. Auf den Seiten der Fahrzeuge stand »Barnstable Police«. Hyannis gehört zum Stadtdistrikt Barnstable.

In der kleinen Eingangshalle saß links hinter einem niedrigen Geländer der wachhabende Beamte an seinem Schaltpult. Rechts stand eine lange Bank, auf der sich die armen Sünder ihre Hosenböden abwetzen konnten, in Erwartung des Kommenden.

»Kann ich Deke Slade sprechen?« erkundigte ich mich.

»Der Captain ist zur Zeit beschäftigt. Kann ich Ihnen helfen?«

»Nein, danke. Ich möchte mit ihm selbst reden.« Ich gab dem Beamten meine Geschäftskarte. Er sah nur flüchtig hin.

»Nehmen Sie Platz.« Er deutete auf die Bank. »Der Captain wird Sie empfangen, sobald er Zeit hat.«

Ich setzte mich und betrachtete die Bilder an der Wand. Sie zeigten Seevögel in allen Variationen.

Ich kannte die Seevögel in- und auswendig, als um zehn nach eins eine Tür aufging und ein grauhaariger Mann seinen Kopf herausstreckte. »Spenser?«

»Ja.«

Mit einer Kopfbewegung forderte er mich zum Eintreten auf. Ich folgte der Kopfbewegung und fand mich in einem quadratischen, schäbig eingerichteten Büro. Ein Fenster ging auf den Parkplatz mit den Streifenwagen. Das Mobiliar bestand aus einem grünen Metallaktenschrank, einem grauen Metallschreibtisch und ein paar Metallstühlen. Hinter dem Schreibtisch stand ein Drehstuhl aus Metall. Die Tischplatte war sauber aufgeräumt. Ein kleines Schild trug die Aufschrift: Captain Slade.

Slade deutete auf einen grauen Metallstuhl. »Setzen Sie sich.« Er paßte zu seinem Büro. Kurzes, krauses Haar, kantiges Gesicht, gesunde Bräune. Er war gerade mittelgroß, nicht über einssiebzig, untersetzt. Einer jener Typen, die zur Fettleibigkeit neigen, wenn sie die Vierzig erst einmal überschritten haben. Nur, daß Deke Slade keine Spur von Fett zeigte.

»Womit kann ich dienen?«

»Harv Shepard hat mich engagiert. Ich soll nach seiner Frau suchen. Dachte, Sie könnten mich auf die Spur setzen.«

»Lizenz?«

Ich zog meine Brieftasche heraus und legte die Plastikhülle mit der Fotokopie meiner Lizenz als Privatdetektiv auf den Tisch. Er trug eine Uniformbluse mit kurzen Ärmeln und hatte die nackten Arme über der Brust gekreuzt. Er sah auf meine Lizenz, ohne sie anzufassen.

»Okay.«

Ich steckte sie wieder in die Brieftasche.

»Waffenschein?«

Ich nickte, holte ihn aus der Brieftasche und legte ihn dem Captain vor. Die gleiche Prozedur. »Okay.«

Ich steckte die Brieftasche ein und setzte mich erwartungsvoll zurück.

»Soviel ich sagen kann, ist sie durchgebrannt. Freiwillig. Keinerlei Hinweise auf ein Verbrechen. Hab' auch keine Anhaltspunkte, daß sie zusammen mit jemandem abhaute. Fuhr mit einem Almeida-Bus nach New Bedford. Weiter haben wir die Angelegenheit nicht verfolgt. Die Cops in New Bedford haben ihre Beschreibung, aber da gibt es wohl auch Dringenderes zu tun. Wenn Sie mich fragen: Die ist in einer Woche oder so wieder hier, ganz klein und lieb.«

»Irgendein anderer Mann?«

»Die Nacht, bevor sie verschwand, hat sie augenscheinlich mit einem Mann im ›Silbersee-Motel‹ zugebracht. Aber als sie in den Bus stieg, war sie offenbar allein.«

»Wie heißt der Mann?«

»Wissen wir nicht.« Slade lehnte sich zurück.

»Und Sie haben sich auch nicht die Mühe gemacht, das herauszufinden?«

»Nein. Warum auch? Hier ist kein Verbrechen im Spiel.

Wenn ich jedem Fall von außerehelichem Beischlaf hier in der Gegend nachgehen müßte, kämen meine Beamten zu nichts anderem mehr. Da hat so 'ne Dame die Nase voll von ihrem Mann, geht fremd und verschwindet. Was meinen Sie wohl, wie oft das vorkommt?« Slade hatte die Arme immer noch gekreuzt.

»So?«

»Na, was denn sonst. Und wenn der Mann Kröten hat, engagiert er jemanden wie Sie, der macht sich dann auf Spesen ein schönes Leben hier unten in irgendeinem Motel. Und nach einer Woche kommt die Alte ohnehin zurück, weil sie nicht weiß, was sie sonst tun soll. Der Schnüffler ist schön braungebrannt, der Ehemann kann die Unkosten von der Steuer absetzen, und die Frau fängt wieder von vorn an und pennt sich durch fremde Betten.«

»Sie sind doch nicht etwa im Nebenberuf Eheberater?«

»Quatsch. Ich hab' damit zu tun, Leute zu fassen, die Verbrechen begangen haben. Und dafür zu sorgen, daß sie ins Kittchen wandern. Waren Sie mal ein Cop? Ich meine, ein richtiger, nicht so 'n Privatbulle?«

»War früher in Staatsdiensten. Genauer: Arbeitete in Suffolk County im Büro des Staatsanwalts.«

»Warum haben Sie das an den Nagel gehängt?«

»Weil ich mehr erreichen wollte als euereins.«

»Aha, soziales Gewissen.« Es klang, als müßte er eine Kröte schlucken.

»Hatte sie feste Männerbekanntschaften?«

Er zuckte die Schultern. »Anscheinend ging sie ab und zu fremd, aber was Festes war wohl nicht dabei.«

»Tat sie das schon lange oder erst in letzter Zeit?«

»Keine Ahnung.«

Ich schüttelte den Kopf.

Slade sah mich an. »Spenser, soll ich Ihnen mal unsere Einsatzprotokolle zeigen! Haben Sie überhaupt eine Vorstellung davon, was hier im Sommer alles los ist?«

»Können Sie mir nicht einen Hinweis geben, mit wem zu reden sich am Ende lohnen würde?«

»Gehen Sie in das ›Silbersee-Motel‹, sprechen Sie dort mit dem Barkeeper, mit Rudy. Sagen Sie ihm, ich hätte Sie geschickt. Pam Shepard hielt sich öfter dort auf.«

Ich stand auf. »Vielen Dank.«

»Wenn Sie noch Fragen haben, kommen Sie zu mir. Verstehen Sie mich nicht falsch, aber ich hab' wirklich 'ne Menge um die Ohren hier, und Pam Shepard gehört noch zu meinen geringsten Problemen.Aber ich helfe Ihnen, wenn ich kann.«

»Okay.« Wir gaben uns die Hand, und ich ging.

Um Viertel nach zwei hielt ich auf dem Parkplatz des »Silbersee-Motels«. Ich war hungrig und durstig. Meine Aussprache mit Rudy schien eine gute Gelegenheit, etwas für die Spesenrechnung zu tun. Wahrscheinlich hatte Slade recht, aber ich wollte Shepard wenigstens in diesem Punkt auf seine Kosten kommen lassen, bevor seine Frau wieder auftauchte.

Die Bar im »Silbersee-Motel« lag rechts von der Lobby, am Ende des Speisesaals. Sie machte einen gediegenen, behaglichen Eindruck. Die Inhaber konnten sich über Mangel an Kundschaft nicht beklagen. Viele Leute saßen beim Lunch, andere tranken nur. Die meisten sahen wie Studenten aus, abgeschnittene Jeans, T-shirts, Sandalen. Die Bar war mit verwittertem Treibholz dekoriert und mit einem großen Fischernetz. An einer Wand hingen zwei gekreuzte Ruder, und über dem Spiegel hinter dem Tresen prangte eine Harpune, wahrscheinlich »Made in Hongkong«. Der Barmann war ein Bursche mittleren Alters mit stattlichem Bauch und schwarzem, schulterlangem Haar, durchsetzt von Grausträhnen. Er trug ein weißes Hemd mit schwarzer Fliege. Die Ärmel waren säuberlich aufgerollt. Die dicken Hände wirkten manikürt.

»Bier vom Faß?« fragte ich.

»Schlitz.« Er hatte eine dunkle Haut und eine breite, platte Nase. Offenbar indianischer Abstammung.

»Ja, bitte eins.« Er zapfte das Bier in ein großes, gerades Glas. Hervorragend. Mir lief das Wasser im Mund zusammen. Die Rechnung ließ er durch die Registrierkasse laufen, legte sie dann vor mich auf die Barkante.

»Was haben Sie auf der Lunchkarte?«

Er schob mir wortlos ein Exemplar neben das Bierglas. Ich machte mich ans Studium und nippte am goldenen Naß. Ich befand mich sozusagen im Kleinschlucktraining. Susan Silverman mäkelte seit kurzem an meiner Angewohnheit herum, mein Bier in einem Zug runterzustürzen. Auf der Speisekarte stand Zunge auf Toast. Mein Herz schlug schneller. Ich bestellte zwei Stück. Und ein neues Bier.

Die Musikbox plärrte, aber wenigstens leise. Rudy brachte die Zungentoasts und sah auf mein halb ausgenipptes Bierglas. Ich schluckte den Rest. Reine Höflichkeit, natürlich, ich konnte den Mann schließlich nicht so lange warten lassen, und er füllte das Glas wieder.

»Sind Sie Rudy?« fragte ich.

»Ja.«

»Deke Slade sagte, ich soll mit Ihnen reden.« Ich gab ihm eine meiner Karten. »Mich interessiert der Verbleib einer gewissen Pam Shepard.«

»Hab' gehört, daß sie abgehauen ist.«

»Haben Sie eine Ahnung, wohin?« Ich biß ein großes Stück Zunge mit Toast ab. Ausgezeichnet.

»Woher sollte ich?«

»Kam Mrs. Shepard nicht oft hierher?«

»In letzter Zeit häufiger, ja.«

»Mit jemandem?«

»Mit jedem, sozusagen.«

»Mit einigen mehr als mit anderen?«

»Vor allem mit jungen Kerlen. Im Schummerlicht hätten Sie vielleicht eine Chance.«

»Wieso?«

»Sie sind zwar zu alt, aber Sie haben die Figur. Sie bevorzugte Muskelmänner.«

»War sie mit jemandem hier, bevor sie verschwand? Das müßte Montag voriger Woche gewesen sein.« Ich machte mich über meinen zweiten Toast her.

»Ich führe kein Tagebuch über meine Kunden. Aber es war um den Dreh herum. Sie war mit einem gewissen Eddie Taylor hier. Einem Baggerführer.«

»Und die Nacht haben sie zusammen oben verbracht, hier im Motel?«

»Weiß ich nicht. Bin Barkeeper, kein Nachtportier. Schätze aber, Sie haben recht, so wie die an dem hing.« Rudy ging zu einem anderen Kunden, der einen neuen Drink wollte. Als er zurückkam, war mein Bierglas leer, und er füllte nach, ohne zu fragen. Hätte ich ihn daran hindern sollen? Drei zum Lunch waren ohnehin angemessen.

»Wo kann ich Eddie Taylor treffen?« fragte ich.

»Er arbeitet zur Zeit in Cotuit. Aber normalerweise hat er um vier Feierabend und ist um halb fünf hier, um die Kehle durchzuspülen.«

Ich sah auf die Uhr an der Wand. Fünf nach halb vier. Ich konnte die Zeit mit Kleinschlucktraining überbrücken. Sonst lag sowieso nichts an. »Ich werde hier warten.«

»Soll mir recht sein«, meinte Rudy. »Nur eins: Eddie ist 'n etwas schwieriger Typ. Groß und stark und hält sich für Muhammad Ali den zweiten.«

»Und ich bin schließlich ein Großstadtbulle. Ich werde ihn mit Witz und brillanten Formulierungen bezaubern.«

»Ganz bestimmt. Nur sagen Sie ihm nicht, daß Sie durch mich an ihn gekommen sind. Ich möchte ihn nicht auch noch mit Witz und brillanten Formulierungen bezaubern müssen.«

6

Gegen vier Uhr zwanzig begrüßte Rudy einen neuen Kunden, einen großen blonden Jungen in Arbeitsschuhen und Jeans: »'n Abend, Eddie.« Der Mann sah aus wie ein Gewichtheber, enormer Bizeps und überentwickelte Brustmuskulatur. Er stolzierte wie ein Schwergewichtsmeister herein. Die Vorstellung wäre noch eindrucksvoller gewesen, hätte er nicht statt der Meisterschärpe einen Zwanzig-Pfund-Speckgürtel um die Taille getragen. Er erwiderte den Gruß. »Hallo, Rudy, altes Haus.«

Ohne detaillierte Aufforderung stellte der Barmann einen Kornschnaps und ein Bier vor den wandelnden Kleiderschrank. Eddie kippte den Schnaps und goß Bier nach.

»Fahr' auf, alte Rothaut«, forderte er Rudy auf. »Dein weißer Bruder hat sich heute den Arsch wundgeschuftet.« Er sprach laut, offenbar in dem Bewußtsein, das ganze Lokal hinge an den geistreichen Produkten seines Sprachschatzes. Als er das Bier vollends heruntergegossen hatte, drehte er sich auf dem Barhocker um, stützte die Ellenbogen in männlicher Pose auf den Tresen und musterte die Jagdgründe. »Wie steht's mit dem Weiberauftrieb, Rudy?«

»Wie immer, Eddie. Hast da ja nicht gerade Schwierigkeiten.« Eddie starrte jetzt zwei knackige Teenager an, die an ihren Cocktails nippten. Ich stand auf, ging an der Bar entlang und setzte mich auf den Hocker neben das Schwergewicht. »Sind Sie Eddie Taylor?«

»Wer fragt?« Er hatte die Mädchen immer noch im Visier.

»Ich.«

Jetzt drehte er sich um. »Wer, zum Teufel, sind Sie?«

Ich legte eine meiner Karten vor ihm auf den Tresen. »Bin auf der Suche nach Pam Shepard.«

»Wo steckt die?« fragte er.

»Wenn ich das wüßte, wäre ich nicht hier. Vielleicht können Sie mir weiterhelfen?«

»Zisch ab, Freund.«

»Wie ich höre, haben Sie die Nach mit ihr verbracht, bevor sie verschwand.«

»Wer sagt das?«

»Ich. Sie haben's doch eben gehört.«

»Na? Und wenn? War wohl nicht der erste bei der. Und was interessiert Sie das?«

»Poesie«, erwiderte ich. »Es ist ein poetisches Erlebnis, Sie reden zu hören.«

»Ich sag' doch, zischen Sie ab. Hören Sie nicht? Wenn Sie hier heil rauskommen wollen, dann ziehen Sie Leine, und zwar sofort.«

»War sie gut? Im Bett?«

»Ja, es ging so. Und was interessiert Sie das?«

»Schätze, Sie kennen sich hier aus, und ich bin neu. Ich frag' ja nur.«

»Klar, ich hab' hier schon mehr Frauen umgelegt. Die war nicht schlecht. Jedenfalls für so 'ne alte Tante. Hatte ein knakkiges Fahrgestell. Und, Mann, war die vielleicht heiß! Dachte schon, ich müßte sie hier in der Bar verputzen. Fragen Sie Rudy. Heh, Rudy! Hat die alte Shepard mich hier neulich nicht um's Haar vergewaltigt?«

»Wenn du's sagst, Eddie.« Rudy reinigte seinen Daumennagel mit der Kante eines Streichholzheftchens. »Ich kümmere mich nie darum, was meine Kunden treiben.«

»Also haben Sie die Nacht mit ihr verbracht«, insistierte ich.

»Klar. Mensch, wenn ich die nicht abgeschleppt hätte, dann hätte sie ihre Hose hier in der Bar ausgezogen.«

»Das sagten Sie schon.«

»Na also. Sie können's glauben.«

Eddie kippte den nächsten Schnaps und trank Bier hinterher. Rudy hatte ihn unaufgefordert mit neuem Stoff beliefert.

»Kannten Sie die Frau, bevor Sie sie abschleppten?«

»Verdammt, die hat mich abgeschleppt, nicht andersrum. Ich saß ganz ruhig hier und musterte die Strecke. Da kam sie einfach ran, setzte sich zu mir und fing mit mir an.«

»Also schön. Kannten Sie die Frau, bevor die Sie angelte?«

Eddie zuckte die Schultern und schob Rudy sein Schnapsglas hin. »Hatte sie rumhängen sehen. Gekannt hab' ich sie nicht. Aber sie war halt hier, und ich wußte, bei der ist jederzeit was zu machen, wenn ich wollte.« Eddie kippte den Kurzen, sobald er vor ihm stand. Rudy goß nach.

»War sie schon lange im Angebot?«

Eddie starrte mich an. »Im Angebot? Ach so, verstehe. Nein, so lange auch wieder nicht.« Er rülpste und lachte über seinen Rülpser. »Nein, glaub' nicht, daß ich sie vor Weihnachten schon gesehen hab'. Aber nach Weihnachten, da hat einer mit ihr gepennt. Einer, den ich kenne. Da ist sie mir zuerst aufgefallen.« Seine Zunge wurde zunehmend schwerer.

»Habt ihr euch in Freundschaft getrennt?«

»Was?«

»Wie war das, als ihr beide an dem Morgen aufgewacht seid und euch verabschiedet habt?«

»Sie sind ein neugieriger Schnüffler.« Eddie drehte sich halb um und starrte wieder die beiden Mädchen an.

»Hab' ich schon öfter gehört«, erklärte ich.

»Na, und jetzt sag' ich's Ihnen.«

»Und wie formvollendet.«

Eddie wandte mir seine Glupschaugen zu. »Sind Sie etwa ein Klugscheißer?«

»Auch das ist mir nichts Neues.«

»Ich mag keine Klugscheißer.«

»Hab' ich mir beinahe gedacht.«

»Also, verduften Sie, oder ich reiß' Ihnen den Arsch ab.«

»An Ihnen ist wirklich ein Poet verlorengegangen, Eddie.«

»So? Wenn du die Fresse eingedetscht haben willst, biste bei mir richtig.«

»Will ich nicht unbedingt, Eddie. Ich will nur ein paar Auskünfte. In welcher Stimmung war Pam Shepard an dem Morgen, nachdem sie dich vernascht hatte?«

Eddie stand auf und pflanzte sich vor mich hin. »Ich sag's dir jetzt zum letztenmal. Zisch ab, oder du fängst was.« Rudy bewegte sich unauffällig in Richtung Telefon. Ich musterte den Freiraum zwischen Theke und Wand: Gut drei Meter, mehr als genug. Zu Rudy sagte ich: »Ist okay. Niemand wird zu Schaden kommen. Ich will ihm nur was zeigen.«

Auch ich stand auf. »Paß auf, Dicker, wenn du dich mit mir anlegst, kommst du ins Krankenhaus. Aber du wirst mir das nicht glauben, darum muß ich es dir wohl beweisen. Mach nur, schlag los!«

Er ließ sich nicht zweimal bitten: Eine Rechte, die meinen Kopf um mehrere Zentimeter verfehlte, als ich auswich. Seiner Linken passierte dasselbe.

»Das hältst du nicht länger als zwei Minuten lang durch«, sagte ich. Er schoß auf mich los, und ich machte einen Sidestep. »Und wenn ich wollte«, sagte ich, »könnte ich dir jetzt einen verpassen, sagen wir, hier.« Mit der offenen Hand tappte ich ihm dreimal schnell nacheinander gegen die rechte Backe. Er setzte einen Schwinger an, ich ging nach vorn, der Schlag landete an meinem Oberarm. Der nächste ebenso. »Oder hier«, sagte ich und schlug ihm mehrere Doubletten rechts und links an den Schädel, ganz leicht: rat-tat-tat. Wie eine Oma ihren Lieblingsenkel tätschelt. Dann wich ich schnell zurück. Sein Atem kam schon in harten Stößen. »Du bist nicht in Form, Kleiner. Noch eine Minute, und du kriegst keinen Arm mehr hoch.«

»Laß sein, Eddie«, kam Rudys Stimme von der Theke. »Das ist ein Profi, verdammt noch mal, der macht dich fertig, wenn du ihn nicht in Ruhe läßt.«

»Ich zeig's dem Schwein«, zischte Eddie und fuhr mir mit beiden Händen zur Kehle. Ich wich wieder aus und schlug ihm einen linken Haken in die Magengrube. Diesmal die harte Tour. Sein Atem kam in einem stoßartigen Keuchen, und er plumpste schwer auf den Hintern. Mit kreidebleichem Gesicht rang er nach Luft. »Beispiel Nummer drei«, sagte ich.

Eddie bekam mühsam etwas Luft zurück und kraxelte auf die Beine. Mit wackeligen Knien, ohne jemanden anzusehen, schwankte er zur Herrentoilette. Rudy sagte: »Mann, Sie haben einen deftigen Punch.«

»Das kommt von meinem reinen Herzen.«

»Hoffentlich kotzt der da drinnen nicht den ganzen Boden voll.«

Die Leute im Lokal, die ganz still dagesessen hatten, nahmen ihre Gespräche eilig wieder auf. Die beiden Mädels ließen ihre Cocktails stehen und verschwanden fluchtartig. Als Eddie wieder zum Vorschein kam, triefte sein blasses Gesicht. Offenbar hatte er diesmal Zuflucht zu Leitungswasser genommen.

»Das sind die vielen Kurzen«, sagte ich. »Die nehmen Ihnen die Luft und vermasseln die Reflexe.«

Er rülpste. »Ich kenne Leute, die machen Sie fertig, wie sie wollen«, sagte er, aber seine Stimme klang alles andere als furchterregend.

»Ich auch«, beruhigte ich ihn. »Aber Sie gehören nicht dazu. Ist ja nicht so schlimm. Von diesem Geschäft verstehe ich eben mehr als Sie.«

Er hickste abermals.

»Sagen Sie mir doch nur, wie war das an dem Morgen, als ihr euch verabschiedet habt.« Wir saßen wieder nebeneinander an der Bar.

»Und wenn ich nichts sage?« Eddie starrte dumpf auf die Theke zwischen seinen Armen.

»Dann eben nicht. Dachten Sie, ich würde Ihnen weiter den Solarplexus zerhacken?«

»Also, wir wachten am Morgen auf, und ich wollte noch mal. Wissen Sie, nur so, zum Abschied. Aber sie ließ mich nicht mehr ran, ich durfte sie nicht mal berühren. Nannte mich ein dreckiges Schwein. Sie würde mich umbringen, wenn ich sie nur anfaßte. Bei meinem Anblick müßte sie kotzen. Vorher hatte sich's ganz anders angehört. Da konnte sie nicht genug von mir kriegen, hat sich fast das Rückgrat rauswichsen lassen. Die halbe Nacht lang hat sie das, und am nächsten Morgen nennt sie mich ein dreckiges Schwein. Na, wissen Sie, auf so was steh' ich nicht. Hab' ihr eins verpaßt, glatt in die Fresse, und bin abgedampft. Sie lag da, glotzte an die Decke und heulte wie ein Kojote.« Er schüttelte den Kopf. »Was für eine verrückte Ziege! Erst läßt sie sich in Stücke bumsen, von mir, und dann das.«

»Danke, Eddie. Das war eigentlich alles.« Ich legte einen Zwanzig-Dollar-Schein auf die Theke. »Ziehen Sie seine Drinks auch davon ab, Rudy. Und der Rest ist für Sie.«

Als ich ging, starrte Eddie immer noch zwischen seine beiden muskulösen Arme auf den Tresen.

7

Zum Abendessen vertilgte ich Lammeintopf und eine Flasche Burgunder. Dann ging ich in mein Zimmer und machte mich über die Rechnungen und Briefe her, die mir Harv Shepard mitgegeben hatte. Die persönliche Post war unergiebig. Die meisten Leute werfen Briefe weg, die man als ergiebig bezeichnen könnte. Als nächstes nahm ich mir die Telefonrechnungen vor. Ich sortierte auf einer Liste zunächst die Nummern, die angerufen worden waren, dann setzte ich dazu die Anruforte in Beziehung. Ein richtiger Klasse-Detektiv: In Shorts auf einem Motel-Bett, den Kopf mitten in Namen und Telefonnummern. In der Rechnung vom vorangegangenen Monat tauchten drei Anrufe an dieselbe Nummer in New Bedford auf. Der Rest waren Ortsgespräche. Ich sichtete die Benzinrechnungen und Quittungen für Tanken auf Kreditkarte. Zweimal im selben Monat hatte sie in New Bedford getankt. Schließlich sortierte ich die übrigen Kreditkartenquittungen: dreimal von einem Restaurant in New Bedford ausgestellt, jedesmal über mehr als dreißig Dollar. Alle anderen Quittungen stammten vom Ort. Als ich mit den Unterlagen fertig war, ging es auf Mitternacht zu. Ich notierte mir die betreffende Telefonnummer in New Bedford sowie die Tankstelle und das Restaurant. Dann stopfte ich alles wieder in den Kasten und ging ins Bett.

Morgens um fünf nach neun rief ich die Telefonauskunft von New Bedford an. Eine weibliche Stimme antwortete.

»Tag«, sagte ich. »Hier Telefonauskunft Back Bay, mein Name ist Ed MacIntire. Mir fehlt die Eintragung für eine Ihrer Nummern. Könnten Sie mir den Teilnehmer nennen? Die Nummer lautet 334–3688.«

»Augenblick, Mr. MacIntire . . . der Anschluß ist eingetragen auf den Namen Alexander, Vorname: Rose. Anschrift: Centre Street Nummer 3, hier in New Bedford.«

Ich bedankte mich für die prompte »Amtshilfe«, duschte, rasierte mich und zog mich an. Die Strecke nach New Bedford über die Autostraße 6 war fast siebzig Kilometer lang. Da unterwegs mehrere kleine Ortschaften kamen, brauchte ich eine Stunde. Als ich schließlich über die Brücke von Fairhaven fuhr, sah ich New Bedford hinter den Hafenanlagen aufragen. Oder besser: Was von der Stadt übriggeblieben war. Der Hang von der Brücke aufwärts sah aus wie eine alte Wochenschauaufnahme vom Warschauer Getto. Große Teile der Innenstadt waren abgerissen worden, und die neue City nahm gerade erst Konturen an. Stadterneuerung nannte man so etwas. Die Purchase Street, früher eine der Hauptverkehrsadern, war jetzt Fußgängerzone. Ich fuhr etwa zehn Minuten durch die baggerdurchsetzte Stadtwüste, parkte schließlich auf einem Schlammplatz und konsultierte die Karte.

Centre Street lag hinter dem Walfängermuseum. Ich fuhr zum Hafen und fand in der Nähe des Museums eine Parklücke, direkt vor einem Seemannsheim. Nach einem letzten Blick auf den Plan lief ich um das Museum herum und befand mich in der Tat in der Centre Street. Sie war kurz, nicht mehr als vier oder fünf Häuser auf jeder Seite, und führte von der North Water Street zur Front Street, die parallel zum Kai verlief. Die Centre Street war alt, verkommen und tropfnaß. Das Schild mit der Hausnummer 3 hing lose an einem schmalen, zweistöckigen Gebäude mit grauen, verwitterten Wänden aus Asbestschindeln und einem abgebröckelten Ziegelschornstein auf dem Dach. Dieses Dach sah geflickt aus wie ein uralter Hosenboden. Einen einigermaßen frischen Eindruck machte nur die Haustür rechts an der Vorderfront. Sie war rot gestrichen. Es sah aus, als hätte eine abgetakelte Hure einen zu grellen Lippenstift benutzt.

Ich hoffte wirklich nicht, Pamela Shepard hier zu finden. Klar, ich wollte meinen Auftrag erfüllen, aber der Gedanke, daß sie von dem großen, sonnigen Haus in Hyannis in diese Bruchbude geraten war, stimmte mich trübe. Aber was jetzt? Niemand kannte mich hier, weder Rose Alexander, noch Pam Shepard, noch, soviel mir bekannt war, irgend jemand in ganz New Bedford. Ich konnte einfach klopfen und nach ihr fragen. Aber das Sicherste war wohl, Wachposten zu beziehen und die Dinge erst einmal zu beobachten. Das würde Zeit kosten, aber ich riskierte auf diese Weise nicht, daß jemand es mit der Angst bekam und abhaute. Ich sah auf die Uhr: Viertel nach zwölf. Nach einem kurzen Marsch fand ich in den Überresten der alten City ein Restaurant, wo man mir gebackene Muscheln mit Krautsalat und zwei Flaschen Bier servierte. Dann lief ich zurück zur Centre Street und fing die lange Wache an. Es war fünf nach eins. In der North Water Street konnte ich eine Gruppe städtischer Arbeiter sehen; sie waren mit Preßlufthämmern zugange. In der ganzen Centre Street war niemand. Es sah aus, als wollte kein Mensch etwas mit dieser vergammelten alten Straße zu tun haben. An der Ecke zur North Water Street lehnte ich mich an einen Telefonmast und nahm mir die örtliche Zeitung vor, die *Standard Gazette*. Ich las das Blatt von vorn bis hinten, wobei ich in bewährter Manier immer wieder über den oberen Rand auf das fragliche Haus schielte. Schließlich kamen mir Depressionen. Als ich die Zeitung bis zur letzten Zeile genossen hatte, verlegte ich meinen Spähposten in die Einfahrt eines alten Lagerschuppens nebenan, der offenbar leer stand.

Um drei tauchte ein Besoffener im grauen Anzug mit orangegeblümtem Schlips auf, stolperte in meine Einfahrt und urinierte in die Ecke gegenüber. Als er fertig war, bot ich ihm Handtuch, Seife und Kleiderbürste an, aber er beachtete mich nicht und torkelte weiter. Beruf: Männliche Klofrau in einem Rattenloch. Ob wohl dem Meisterdetektiv Allan Pinkerton jemals auf die Schuhe gepinkelt worden war?

Um vier Uhr fünfzehn kamen Pam Shepard und eine zweite Frau aus dem alten Haus. Pam war schlank, gut gebaut und trug eine frische Sonnenbräune zur Schau. Das braune Haar hatte sie hinten zusammengebunden. Sie trug einen olivfarbenen Hosenanzug, der ihr wohlproportioniertes Hinterteil vorteilhaft zur Geltung brachte. Ich würde sie mir genauer ansehen müssen, aber auf den ersten Blick schien sie ein durchaus akzeptables Jagdobjekt. Die andere Frau war kleiner, sah kräftig und untersetzt aus. Sie hatte kurzes, schwarzes Haar, trug braune Cord-Jeans und eine rosa Bluse aus Musselin. Sie gingen in Richtung Museum, und ich machte mich hinterher. Wir marschierten, in dieser Reihenfolge, den Hügel hinauf und in die Fußgängerzone, die recht handgebastelt aussah, weil man hier einfach die Kreuzungen abgesperrt hatte. Pam Shepard und ihre Freundin gingen in einen Supermarkt. Ich stellte mich gegenüber vor einem Pfandleihgeschäft auf und beobachtete die beiden durch die Schaufensterscheibe. Sie kauften Lebensmittel und konsultierten dabei eine Liste. Es dauerte etwa eine halbe Stunde. Als sie wieder auf die Straße kamen, trug jede eine große braune Papiertüte unter dem Arm. Ich folgte ihnen zurück zu dem alten Haus in der Centre Street. Sie verschwanden darin. Jetzt wußte ich wenigstens, wo sie steckte. Ich bezog Posten, diesmal wieder am Telefonmast. Die Einfahrt lockte mich seltsamerweise nicht mehr besonders.

Es wurde dunkel. Nichts geschah. Schließlich wäre ich sogar für ein weiteres Gastspiel des Säufers mit der Sextanerblase fast dankbar gewesen. Außerdem war ich hungrig und hätte einen mittleren Ochsen verdrücken können. Schließlich mußte ich nachdenken, und das gelang mir meistens nur beim Essen. Die gebackenen Muscheln hatten mich nicht gerade zum glühenden Anhänger der New Bedforder Gastronomie gemacht, und außerdem mußte ich irgendwann sowieso schlafen. Also ging ich zum Wagen zurück und startete in Richtung Hyannis. Unter dem Scheibenwischer steckte ein Strafmandat, aber nach etwa einem Drittel der Strecke war es weggeflogen.

Auf der Heimfahrt entschied ich mich, was die weitere Prozedur anbelangte. Ich würde am nächsten Morgen wieder nach New Bedford fahren und mit Pam Shepard reden. Strenggenommen hatte ich meinen Auftrag bereits erfüllt. Ich hatte ihren Aufenthaltsort entdeckt und konnte berichten, daß sie am Leben war und nicht zwangsweise festgehalten wurde. Sie zurückzubekommen, war nun eigentlich Shepards Angelegenheit. Aber irgendwie konnte ich mich nicht mit dem Gedanken anfreunden, ihm einfach die Adresse zu geben und zurück nach Boston zu dampfen. Immer wieder mußte ich an Eddie Taylors Beschreibung der Szene an jenem Morgen im Motel denken, wie sie auf dem Bett lag und heulte, was das Zeug hielt. Und ihre Erscheinung in New Bedford war mir seltsam pathetisch vorgekommen, aufgeputzt, auf jung gedrillt, mit übergroßen Ohrringen.

Um neun Uhr dreißig war ich wieder in meinem Motel. Das Restaurant war noch offen. Ich verzehrte sechs Austern zu einer halben Flasche Chablis, dann spülte ich einen Einpfünder von Steak mit einem Liter Bier herunter. Der Salat war ausgezeichnet zubereitet, und das Ganze lag mir doch viel mehr als ein Tête-à-Tête mit einem besoffenen Pisser im Eingang eines alten Lagerschuppens. Nach dem Essen ging ich auf mein Zimmer. Auf Kanal sechs erwischte ich die letzten zwanzig Minuten der Übertragung vom Liga-Baseballspiel aus Boston.

8

Am nächsten Morgen war ich vor acht unterwegs nach New Bedford. Dort staute sich der Berufsverkehr bis auf die Brücke von Fairhaven. Um neun Uhr vierzig war ich endlich am Ziel. Ich stieg aus dem Wagen und ging die Centre Street hinunter zu der knallroten Tür von Nummer 3. Es gab weder Klingel noch Klopfer, also hämmerte ich einfach gegen das Holz.

Eine große, kräftig wirkende junge Frau öffnete. Sie hatte hellbraunes Haar, in einen dicken Zopf geflochten, trug Jeans und ein schwarz-gelbes leopardengeflecktes Oberteil. Sie lief barfuß und verachtete offensichtlich Büstenhalter.

»Guten Morgen«, grüßte ich höflich. »Ich würde gern mit Pam Shepard reden.«

»Tut mir leid, hier gibt es keine Pam Shepard.«

»Kommt sie denn bald wieder?« Ich widmete ihr meinen

ganzen jugendhaften Charme.

»Ich kenne niemanden dieses Namens«, sagte sie.

»Wohnen Sie hier?«

»Ja.«

»Sind Sie Rose Alexander?«

»Nein.« Mein Charme tat offenbar seine volle Wirkung.

»Ist Rose Alexander zu sprechen?«

»Wer sind Sie?«

»Ich hab' zuerst gefragt.«

Ohne ein weiteres Wort machte sie Anstalten, die Tür zu schließen. Ich stemmte mich dagegen und hielt sie offen. Sie schob stärker, und ich stemmte mich stärker. Sie schien zum Äußersten entschlossen.

»Madam«, versuchte ich einzulenken, »wenn Sie die Tür gehen lassen, werde ich Ihnen die volle Wahrheit sagen. Obwohl ich glaube, daß Sie mir keineswegs reinen Wein eingeschenkt haben.«

Ich hatte in den Wind gesprochen. Sie war ein starkes Wesen, und es fiel mir zunehmend schwerer, die Tür ohne Zeichen von Anstrengung offenzuhalten.

»Gestern bin ich fast den ganzen Tag hier draußen gestanden, und ich sah Pam Shepard mit einer anderen Frau aus dem Haus kommen. Sie gingen einkaufen und kamen mit den Sachen zurück. Das Telefon hier läuft auf den Namen Rose Alexander.« Meine Schulter schmerzte. »Ich will mich nur freundschaftlich mit Pam Shepard unterhalten und habe keineswegs die Absicht, sie zu ihrem Mann zurückzuschleppen.«

Hinter der Frau erklang eine neue Stimme. »Was, zum Teufel, ist hier los, Jane?«

Statt zu antworten, drückte Jane weiter gegen die Tür. Neben ihr tauchte die kleinere, schwarzhaarige Frau auf, die ich am Vortag zusammen mit Pam Shepard gesehen hatte. »Rose Alexander?« fragte ich. Sie nickte. »Ich muß mit Pam Shepard reden.«

»Ich weiß nicht ...«

»Doch, Sie wissen. Ich bin Detektiv, und ich kenne mich aus. Wenn Sie die Liebenswürdigseit hätten, Ihre Amazone hier von der Tür loszueisen, dann könnten wir alles in Ruhe und Freundschaft bereden.«

Rose Alexander legte Jane die Hand auf den Arm. »Laß ihn lieber rein, Jane«, sagte sie mit sanfter Stimme. Jane gab die Tür frei und starrte mich wütend an. Auf ihren Backen waren hellrote Flecken, sonst sah man ihr die Anstrengung nicht an. Ich trat in die Eingangshalle. Meine Schulter fühlte sich völlig taub an. Ich wollte sie rubbeln, aber der Mannesstolz verbot das.

»Können Sie sich ausweisen?« forschte Rose Alexander.
»Selbstverständlich.« Ich reichte ihr die Plastikhülle mit meiner Lizenz.
»Also sind Sie nicht von der Polizei«, stellte sie fest.
»Nein, freiberuflich.«
»Weshalb wollen Sie mit mir sprechen?«
»Will ich nicht. Nicht mit Ihnen. Ich will mit Pam Shepard reden.«
»Warum wollen Sie mit ihr reden?«
»Ihr Mann hat mich engagiert, sie zu finden.«
»Und was sollen Sie tun, wenn Sie sie gefunden haben?«
»Das hat er nicht gesagt. Aber er will sie wiederhaben.«
»Und Sie wollen sie zurückschleppen.«
»Nein, ich will mit ihr reden. Will feststellen, daß es ihr gut geht, daß sie nicht unter Zwang steht, und will ihr erläutern, wie ihr Mann die Sache sieht, und sie fragen, ob sie nicht zurückkommen möchte.«
»Und wenn sie nicht will?«
»Ich werde sie nicht zwingen.«
»Darauf können Sie Gift nehmen«, zischte Jane.
»Weiß ihr Mann, daß sie hier ist?« fragte Rose Alexander.
»Nein.«
»Weil Sie's ihm nicht gesagt haben?«
»Stimmt.«
»Und warum haben Sie es ihm verschwiegen?«
»Ich weiß nicht. Schätze, will mir den Porzellanladen erst mal anseh'n, bevor ich den Elefanten reinführe.«
»Ich traue Ihnen nicht«, sagte Rose Alexander. »Was meinst du, Jane?«
Die schüttelte den Kopf.
»Schließlich bin ich ohne ihren Mann hier, oder?« argumentierte ich.
»Aber wir wissen nicht, wie nahe er ist«, meinte Rose Alexander.
»Und wen er noch bei sich hat«, warf Jane ein.
»Bei sich hat?«
Rose erläuterte: »Sie wären nicht der erste Mann, der eine Frau in seine Gewalt bringt und sich dabei noch im Recht glaubt.«
»Ach so.« Mir fiel im Moment nichts anderes ein.
»Wenn wir Ihnen jetzt nachgeben«, meinte Jane, »ist die Sache für Sie das nächstemal um so leichter. Deshalb tun wir's gar nicht erst.«
»Aber damit zwingen Sie mich doch nur, Gewalt anzuwenden«, wandte ich ein. »Nicht, um irgend jemanden zu irgend-

was zu zwingen, aber um sicherzugehen, daß ihr nichts fehlt.«

»Das haben Sie gestern gesehen«, sagte Jane. Die roten Flekken auf ihren Backenknochen waren dunkler geworden. »Sie sagten doch, Sie hätten Rose und Pam zusammen einkaufen gehen sehen.«

»Ich behaupte ja gar nicht, daß ihr sie auf dem Dachboden angekettet habt«, erwiderte ich. »Aber Zwang heißt auch Manipulation von Tatbeständen. Wenn sie keine Chance hat, mich anzuhören und sich selbst zu entscheiden, dann ist sie nicht frei, sondern steht unter Zwang.«

»Versuchen Sie ja nicht, sich ihr mit Gewalt zu nähern«, sagte Jane. »Sie würden es bereuen, das verspreche ich Ihnen.« Sie war anderthalb Schritte zurückgetreten und hatte eine eigenartige, halb geduckte Habachtstellung eingenommen, die Füße rechtwinklig zueinander, die Hände ebenfalls im rechten Winkel vor sich. Es sah aus, als erwarte sie den Gong. Die Lippen waren von den Zähnen zurückgezogen; ihr Atem kam in einem leisen Zischen.

»Sie haben wohl Stunden genommen?« erkundigte ich mich.

»Jane kennt sich in Karate aus, und zwar hervorragend«, warnte mich Rose Alexander. »Nehmen Sie sie nur nicht auf die leichte Schulter. Ich will ja nicht, daß Ihnen was passiert, aber Sie müssen verschwinden.« Ihre schwarzen Augen waren seltsam geweitet, das runde, an sich freundliche Gesicht rot angelaufen. Daß sie um meine Unversehrtheit besorgt war, glaubte ich ihr keineswegs.

»Schön und gut«, antwortete ich. »Aber denken Sie doch mal an meine Lage. Ich will ja auch nicht, daß mir was passiert. Und ich nehme Jane hier keineswegs auf die leichte Schulter. Doch je energischer Sie beide mir den Zugang zu Pam Shepard verweigern, um so überzeugter bin ich, daß ich sie dringend sprechen müßte. Wahrscheinlich könnte ich die Bullen holen gehen. Aber bis ich wieder hier wäre, hätten Sie Pam Shepard verschwinden lassen. Also muß ich darauf bestehen.«

Jane trat mir in die Hoden. Mit »Unterleib« wäre das nicht richtig ausgedrückt. Ich hatte mich nie zuvor mit einer Frau geschlagen und war deshalb nicht darauf gefaßt gewesen. Der Tritt hatte die Wirkung wie immer: Übelkeit, Schwäche, wahnsinniger Schmerz und das übergroße Verlangen, sich in der Mitte einfach zusammenknicken zu lassen. Ich ließ mich zusammenknicken. Jane wollte einen Handkantenschlag in meinem Genick landen. Ich drehte mich zur Seite, und der Schlag ging auf meine Schultermuskeln. Ich richtete mich auf. Der Schmerz war groß, aber lange nicht so groß wie das, was mich erwartete, wenn ich nichts unternahm. Jane zielte mit dem Handrücken auf mein Nasenbein. Ich schlug ihre Hand mit meinem rechten Vorderarm zur Seite und landete einen linken Haken auf ihrer rechten Kopfhälfte, dort, wo die Backe in den Kiefer übergeht. Sie kippte hintenüber und lag regungslos auf dem Boden. Hatte ich zu hart zugeschlagen? Sie war eine große, muskulöse Frau, aber ich wog bestimmt an die fünfzig Pfund mehr. Rose Alexander ließ sich neben Jane auf die Knie sinken, wußte aber offensichtlich nicht, was sie da sollte. Ich kniete mich neben sie, was mir wiederum außerordentlich wehtat, und fühlte Jane den Puls. Er klopfte stark und regelmäßig, und ihre stattliche Brust hob und senkte sich in ungestörtem Rhythmus. »Die ist okay«, sagte ich. »Wahrscheinlich geht es ihr besser als mir.«

Eine schwarzgetünchte Tür am Ende der Halle ging auf. Pam Shepard kam zum Vorschein. Die Tränen rannen ihr das Gesicht herunter. »Alles wegen mir«, schluchzte sie. »Nur meine Schuld. Die beiden wollten mich nur beschützen. Wenn Sie Jane verletzt haben, ist das ganz allein meine Schuld.«

Jane schlug die Augen auf und starrte uns mit leerem Blick an. Sie bewegte den Kopf. »Jane?« sagte Rose Alexander.

»Ihr ist nichts weiter passiert, Mrs. Shepard«, sagte ich. »Daß sie mich in den Unterleib trat, war schließlich nicht Ihre Schuld.«

Auch Pam Shepard ging neben Jane in die Knie. Ich machte, daß ich aus dem Weg kam, und lehnte mich an den Türpfosten. Mir war immer noch höllisch übel, aber ich tat mein Bestes, es mir nicht anmerken zu lassen. Augenscheinlich mochten die Leute hier mich nicht besonders. Ich hoffte nur, daß Jane und Eddie nie aufeinandertreffen würden.

Jane stand jetzt wieder, Pam Shepard und Rose Alexander hielten je einen ihrer Arme. So gingen sie auf die schwarze Tür zu. Ich ging hinterher. Hinter der Tür lag eine geräumige Küche, altmodisch eingerichtet, wie bei Großmutter, mit einem großen Gasherd und einem Küchentisch in der Mitte, einer Couch mit Cordbezug an der Wand und mehreren Stühlen. Die beiden setzten Jane vorsichtig in einem Schaukelstuhl mit Lederpolster ab. Rose ging zur Spüle und kam mit einem nassen Lappen wieder. Sie wischte Janes Gesicht ab, während Pam ihr die Hand hielt. »Ich bin okay«, sagte Jane und schob das Tuch weg. »Wie haben Sie das bloß geschafft?« fragte sie mich. »Der Tritt hätte Sie auf der Stelle fertigmachen müssen.«

»Ich bin ein professioneller Schläger«, erwiderte ich.

»Trotzdem.« Sie runzelte die Stirn. »Ein Tritt in die Hoden ist ein Tritt in die Hoden.«

»Haben Sie's schon mal in der Praxis ausprobiert?«

»Hab' stundenlang geübt. Auf der Matte.«

»Ich meine kein Training. Sondern Wirklichkeit. In einem richtigen Kampf.«

»Nein«, gab sie zu. »Aber ich hatte keine Angst. Und ich hab's richtig gemacht.«

»Klar, aber mit dem falschen Objekt.«

»Aber . . .« Sie schüttelte den Kopf.

»Ich war früher Boxer. Und Prügeleien gehören zu meinem Lebensunterhalt.«

»Verdammt noch mal, Sie denken, weil Sie ein Mann . . .«

»Nichts da. Eine gut trainierte große Person ist jederzeit einer gut trainierten kleineren Person überlegen. Die meisten Männer sind nicht so gut wie ich. Und viele sind schlechter als Sie.«

Alle drei starrten mich unverwandt an. Ich fühlte mich unbehaglich, völlig isoliert. Wenn wenigstens noch ein männliches Wesen im Raum gewesen wäre. Ich wandte mich an Pam Shepard. »Können wir jetzt reden?«

Rose Alexander fiel schnell ein: »Du brauchst kein Wort zu ihm zu sagen, Pam.«

Jane unterstützte sie. »Das hat überhaupt keinen Sinn, Pam, mit dem zu reden. Du weißt doch, wie du in der Sache fühlst.«

Ich sah Pam Shepard an. Sie hatte die Lippen eingezogen, der Mund war ein dünner Strich.

»Zweiundzwanzig Jahre«, sagte ich. »Und Sie kannten ihn schon, bevor Sie heirateten. Also haben Sie Harvey Shepard mehr als zweiundzwanzig Jahre gekannt. Hat er dann nicht wenigstens verdient, daß wir fünf Minuten über die Sache reden? Auch, wenn Sie ihn nicht mehr riechen können?«

Sie nickte, aber mehr zu sich selbst. »Seit 1950 kenne ich ihn. Das ist es ja.«

Ich zuckte die Schultern. »Er blättert hundert am Tag hin, dazu die Spesen, um Sie zu finden.«

»Genau sein Stil. Die große Geste. ›Sieh nur, wie sehr ich dich liebe.‹ Aber sucht er nach mir? Nein, Sie suchen mich.«

»Besser als gar keiner.«

»Wirklich?« Sie hatte jetzt Farbe im Gesicht. »Sind Sie da sicher? Wieso eigentlich besser? Könnte es nicht ebensogut der Gipfel der Unverschämtheit sein? Reinste Penetranz, männlicher Chauvinismus, Besitzgier? Scheiße! Warum laßt ihr mich nicht alle in Frieden?«

»Ich weiß es doch auch nicht genau«, beschwichtigte ich. »Aber ich glaube, er tut es, weil er Sie liebt.«

»Mich lieben! Was, zum Teufel, hat das mit der Sache zu tun? Natürlich liebt er mich, wahrscheinlich jedenfalls. Daran hab' ich doch nie gezweifelt. Na und? Heißt das, daß ich ihn auch lieben muß? Nach seiner Art? Und seinen Spielregeln?«

»Dieses Argument haben die Männer seit dem Mittelalter benutzt, um die Frauen zu unterdrücken«, warf Rose Alexander ein. Offensichtlich war sie die Chefideologin der Gruppe.

»Rosie«, antwortete ich, »mein Job ist nicht, über Frauendiskriminierung mit Ihnen zu diskutieren. Es gibt sie, und ich bin dagegen, jedenfalls in der militanten Form. Aber hier haben wir keine Theorie vor uns, sondern einen Mann und eine Frau, die sich seit vielen Jahren kennen und übereingekommen sind, zusammen Kinder zu produzieren. Darüber will ich mit ihr reden.«

»Man kann die Theorie nicht von ihrer Anwendung trennen. Und es hilft überhaupt nichts, wenn Sie meinen Namen in der Verniedlichungsform benutzen. Mit Ihren Männertricks legen Sie mich nicht rein.« Ihre Augen blitzten bitterböse.

»Gehen Sie ein Stück mit mir spazieren«, sagte ich zu Pam Shepard.

»Tu's nicht!« sagte Jane.

»Sie werden Pam nicht aus dem Haus kriegen«, ergänzte Rose Alexander.

Ich ignorierte die beiden und sah nur Pam Shepard an. »Einen Spaziergang«, wiederholte ich. »Runter zur Brücke. Dann können wir ins Wasser gucken und uns unterhalten, und danach kommen wir wieder zurück.«

Sie nickte. »Ja, ich komme mit. Vielleicht können Sie dann erreichen, daß er mich versteht.«

9

Proteste, Vorhaltungen, finstere Warnungen folgten Pam Shepards Einwilligung. Schließlich einigten wir uns. Pam und ich würden langsam in Richtung Hafen schlendern. Jane und Rose würden in angemessenem Abstand folgen, für den Fall, daß ich Pam chloroformieren und in einen Sack stecken sollte.

Als wir die Front Street entlanggingen, sah ich ihr Gesicht in der Sonne. Sie war ungefähr in meinem Alter. Um die Augen und Mundwinkel hatten sich leichte Linien eingegraben, aber sie taten ihrer Anziehungskraft keinen Abbruch, im Gegenteil. Sie sah ganz und gar nicht wie eine Frau aus, die es nötig hatte, sich in Bars übergewichtigen Baggerführern an den Hals zu schmeißen. Zum Teufel, Pam Shepard hätte jederzeit ihre Auswahl unter allen hartgesottenen Privatdetektiven halten können, wenn man mich fragte. Ich überlegte, ob sie wohl etwas gegen den Urinfleck auf meinem Schuh hätte.

Wir bogen auf die Brücke ein und gingen so weit nach draußen, daß wir auf das Wasser sehen konnten. Im Vergleich zu dieser Brühe sah die Stadt noch wie ein Kronjuwel aus. Altes Öl, Zigarettenpapier, tote Fische, vergammelte Bretter, ein zusammengerolltes Kondom.

»Wie heißen Sie?« fragte Pam Shepard.

»Spenser.« Wir lehnten uns mit den Armen auf das Geländer und sahen hinüber zum Funkturm auf einer der Inseln. Der Seewind war angenehm, trotz des stinkenden Wassers.

»Worüber wollen Sie denn nun mit mir reden?« Diesmal trug sie ein dunkelblaues Polohemd, weiße Shorts und Tennisschuhe. Ihre Beine waren braungebrannt und glatt.

»Mrs. Shepard, ich habe Sie gefunden, und jetzt weiß ich nicht, was ich tun soll. Offensichtlich sind Sie aus freien Stükken hier, und ebenso offensichtlich wollen Sie nicht zurück nach Hause. Ich bin engagiert, Sie zu finden. Wenn ich Ihrem Mann Ihren Aufenthaltsort mitteile, habe ich meinen Auftrag erledigt und mein Geld verdient. Aber dann kommt er her und sagt, Sie sollen nach Hause kommen, und Sie sagen nein, und er macht Wirbel, und Jane tritt ihm in den Unterleib. Was immer dabei herauskommt, Sie werden hier weg müssen.«

»Dann sagen Sie's ihm doch nicht.«

»Aber er hat mich engagiert. Ich bin ihm meine Dienste schuldig.«

»Ich kann Sie nicht engagieren. Hab' kein Geld.«

Jane und Rose standen aufmerksam am Ende der Brücke und beobachteten jede meiner Bewegungen. Semper paratus.

»Ich will von Ihnen nicht engagiert werden. Das hier ist keine Erpressung. Ich will nur herausbekommen, was ich zu tun habe.«

»Ist das nicht *Ihr* Problem?« Ihr diamantenbesetzter Hochzeitsring glitzerte in der Sonne.

»Natürlich«, gab ich zu. »Aber ich kann es nicht lösen, bevor ich weiß, mit wem und mit was ich es zu tun habe. Bei Ihrem Mann kenne ich mich langsam aus. Bei Ihnen nicht.«

»Jemand wie Sie braucht sich doch wohl nur an den Begriff von der Unverletzlichkeit der Ehe zu klammern. Eine Frau, die ihre Familie im Stich läßt, verdient kein Mitleid. Sie hat Glück, wenn der Mann sie zurücknimmt.«

»Unverletzlichkeit der Ehe, Mrs. Shepard? Das ist doch ein völlig abstrakter Begriff. Damit kann ich nichts anfangen. Mein Geschäft sind keine Abstraktionen, sondern Menschen, Leute. Unverletzlichkeit der Ehe, die kann mich mal. Aber gelegentlich interessiert mich einfach, was Leute fühlen. Ob sie glücklich sind oder unglücklich.«

»Ist Glück nicht auch eine Abstraktion?«

»Nein. Sondern ein Gefühl. Und Gefühle sind greifbar. Aber über Gefühle kann man nur schwer reden. Deshalb geben manche Leute vor, Gefühle seien Abstraktionen. Oder daß Ideen, über die man viel einfacher sprechen kann, wichtiger wären als Gefühle.«

»Ist die Gleichheit von Mann und Frau etwa eine Abstraktion?«

»Meiner Meinung nach ja.«

In ihrem Blick lag ein Anflug von Zorn. »Vergessen Sie nicht, daß der Fehlschlag dieses Prinzips der Gleichheit viele Leute unglücklich macht?«

»So? Dann wollen wir mal den Begriff Unglück unter die Lupe nehmen. Ich hab' keine Ahnung, was Gleichheit bedeutet, weder im Zusammenleben von Mann und Frau, noch in der amerikanischen Unabhängigkeitserklärung. Aber Unglück? Warum, zum Beispiel, fühlen Sie sich unglücklich mit Ihrem Mann?«

»Ach, du lieber Gott! Wo soll ich da überhaupt anfangen?«

»Liebt er Sie?«

Jetzt lag in ihrem Blick mehr als Zorn. Ich dachte einen Moment, sie wollte vor mir ausspucken. »Klar«, sagte sie schließlich. »Natürlich liebt er mich. Als ob das die einzige Basis für ein Zusammenleben wäre. ›Ich liebe dich, ich liebe dich. Liebst du mich auch?‹ Scheiße!«

»Liebe ist besser als Haß«, warf ich ein.

»Ach, seien Sie doch nicht so oberflächlich. Eine Verbindung kann doch nicht nur auf ein Gefühl gründen. Liebe oder Haß. Er ... er ist wie ...«, sie suchte nach einem in ihren Augen passenden Ausdruck für ihren Mann, mit dem sie seit zweiundzwanzig Jahren verheiratet war ...« wie Zuckerwatte, die einem alles verklebt, verstehen Sie nicht? Und das den ganzen Tag lang, alle Tage. Wenn man da nicht wegkommt und unter die Dusche geht, wird man verrückt. Haben Sie Kinder, Mr. Spenser?«

»Nein.«

»Dann wissen Sie wohl nicht, was ich sagen will. Sind Sie verheiratet?«

»Nein.«

»Sehen Sie? Dann können Sie mich gar nicht verstehen.«

Ich schwieg.

»Jedesmal, wenn ich in seine Nähe komme, will er mich umarmen. Oder er betatscht mich, oder gibt mir einen Kuß. Oder klatscht mir eins auf den Hintern. Jede Stunde, jede Minute erdrückt mich seine Art von Liebe, und er verlangt, daß ich sie auf dieselbe Weise erwidere. Dann könnte ich ihm ins Genick treten.«

»Lieben Sie ihn?«

»Wen, Harvey? Wohl nicht nach seinen Maßstäben und Bedingungen. Aber nach meinen. Wenigstens tat ich das. Bis er mich völlig abgenutzt hatte. Verstehen Sie?«

Ich nickte ihr aufmunternd zu.

»Und im Bett«, fuhr sie fort. »Wenn ich nicht einen Orgasmus nach dem anderen bekam, hatte ich ein schlechtes Gewissen ihm gegenüber.«

»Und? Bekamen Sie?«

»Nein.«

»Und da befürchteten Sie, Sie wären frigide.«

Sie nickte.

»Ich weiß auch nicht, was das bedeutet«, sagte ich.

»Das ist ein von Männern erfundener Begriff. Das Sexualmodell ist immer männlich gewesen, wie alles andere.«

»Bitte fangen Sie nicht an, Rose zu zitieren. Es kann ja stimmen, nur hilft es uns jetzt bei unserem Problem nicht weiter.«

»Vielleicht haben Sie ein Problem«, sagte Pam Shepard. »Ich hab' keins.«

»Doch, ich glaub' schon.« Ich sah sie an. »Hab' mit Eddie Taylor gesprochen.«

Sie erwiderte meinen Blick verständnislos. Offenbar sagte ihr der Name nicht das geringste.

»Eddie Taylor«, wiederholte ich. »Ein großer blonder Junge. Baggerführer. Etwas zu dick um die Mitte, vorlaute Schnauze.«

Sie nickte. Plötzlich schienen die Linien um ihre Mundwinkel tiefer eingegraben. »Und warum soll der ein Problem sein?«

»Der nicht. Aber sofern der nicht alles erfunden hat, und dazu ist er nicht helle genug, dann sind Sie lange nicht in dem Maß Herrin über Ihr Leben, wie Sie glauben.«

»Na, der hat bestimmt nur allzugern jede Einzelheit ausgeplaudert. Und wahrscheinlich mächtig dabei aufgeschnitten.«

»Ganz im Gegenteil. Er war ziemlich zugeknöpft, und ich mußte ihm erst einen in den Solarplexus verpassen.«

Sie konnte sich ein leichtes Lächeln nicht verbeißen. »Eigentlich reden Sie ganz anders, als ich erwartet hätte.«

»Ich lese eine Menge«, meinte ich bescheiden.

»Also, worin besteht mein Problem?«

»Na, soviel lese ich nun auch wieder nicht. Wahrscheinlich stehen Sie mit Ihrem Sexualleben auf Kriegsfuß und fühlen sich unsicher.«

»Großartig! Und wenn es nun mein Mann wäre, der fortgesetzt fremdginge, würden sie dann auch sagen, er stünde mit seinem Sexualleben auf Kriegsfuß und sei deshalb verunsichert?«

»Möglich«, antwortete ich. »Vor allem dann, wenn er am Morgen danach mit Weinkrämpfen auf dem Bett läge.«

Sie war rot angelaufen. »Der Kerl war widerlich, richtig abstoßend. Sie haben ihn ja gesehen. Wie konnte ich mich nur mit so einem Schwein einlassen? Ein besoffenes, stinkendes, schwitzendes Tier. Und ich habe mich ihm einfach hingegeben!« Ihr schauderte. Jane und Rose Alexander standen am Brückenende wie sprungbereite Tigerinnen. »Und er scherte sich nicht 'nen Dreck um mich. Was ich fühlte, oder so. Was ich wollte oder nicht wollte. Ihm ging's nur ums Bumsen, wie einem Hund. Als er fertig war, rollte er sich von mir runter und fing zu schnarchen an.«

»Wenn Eddie Taylor so abstoßend auf Sie wirkte, warum haben Sie ihn sich dann gegabelt?«

»Verdammt noch mal, weil mir einfach danach war.« Sie fauchte fast. »Weil ich rauswollte und ganz normal mit jemandem schlafen, einfach so, und nicht mit all dem Brimborium von wegen ›war es schön, Liebling, liebst du mich, du weißt gar nicht, wie ich dich liebe, Schatz‹. Diese ganze widerliche Scheiße!«

»Machten Sie das oft?«

»Klar. Immer, wenn mir danach war. Und das war letztens ziemlich häufig der Fall.«

»Und warum?«

»Warum? Warum? Haben Sie das denn immer noch nicht kapiert? Ach, ich weiß es eigentlich auch nicht genau. Schätze, der Hauptgrund ist, daß ich einfach nicht so weiterleben will wie die letzten zwanzig Jahre.«

»Und wie wollen Sie leben?«

»Anders. Irgendwie anders.«

»Versuchen Sie doch mal, es zu beschreiben.«

»Ach . . .« Plötzlich standen ihr Tränen in den Augen. »Ich weiß einfach nicht. Gott verdammt noch mal, ich weiß nicht, was ich will. Ich will, daß Sie mich in Frieden lassen, hauen Sie ab, gehen Sie zum Teufel!« Die Tränen liefen ihr übers Gesicht. Am Brückenende befanden sich Jane und Rose in angeregter Konferenz. Ich hatte das Gefühl, Jane würde jeden Moment von der Leine gelassen werden. Ich kramte eine meiner Visitenkarten hervor und gab sie ihr.

»Hier. Wenn Sie mich brauchen, rufen Sie an. Haben Sie wenigstens etwas Geld?«

Sie schüttelte den Kopf. Ich holte zehn der Zehn-Dollar-Noten ihres Mannes aus meiner Brieftache, die sich ohne sie ziemlich dünn anfühlte. Die Scheine gab ich ihr.

»Ich werd' ihm nicht sagen, wo Sie sind«, erklärte ich. Ich ging von der Brücke und den Hügel hinauf zu meinem Auto neben dem Walfangmuseum.

10

Harvey Shepard trug eine dicke, purpurrote Schwellung unter dem rechten Auge. Sie schien ihm höllisch weh zu tun, wenn er die Augen zusammenzog. Trotzdem funkelte er mich mit gerunzelten Brauen an. »Verdammt!« rief er. »Da hab' ich fünfhundert Dollar für die Information hingeblättert, und jetzt sitzen Sie da und sagen, Information is' nich. Nennen Sie das Geschäftsethik?«

»Ich werde Ihnen den Vorschuß erstatten, wenn Sie wollen, aber ihren Aufenthaltsort werde ich Ihnen nicht nennen. Es geht ihr gut, und sie ist aus freien Stücken dort. Nach meiner Einschätzung ist sie verunsichert und unglücklich, aber ihr droht keine Gefahr.«

»Woher soll ich wissen, daß Sie Pam überhaupt zu Gesicht bekommen haben? Sieht mir ganz so aus, als wollten Sie mich einfach um fünfhundert Dollar erleichtern, ohne in Wahrheit nach ihr zu suchen.«

»Hab' Ihnen doch angeboten, das Geld zurückzuzahlen.«

»Zwischen anbieten und tun ist wohl ein Unterschied.«

»Sie trug ein blaues Polohemd, weiße Shorts und weiße Treton-Tennisschuhe. Sagt Ihnen das was?«

Er zuckte die Schultern.

»Woher haben Sie das Ei?«

»Das was?«

»Die Beule im Gesicht. Woher?«

»Verdammt noch mal, wechseln Sie doch nicht das Thema. Sie schulden mir eine Information, und die will ich haben. Wenn's sein muß, schlepp' ich Sie deswegen vor den Kadi!«

»Hat Ihnen Hawk das Ding verpaßt?«

»Halten Sie gefälligst Ihre Nase aus meinen Angelegenheiten raus, Spenser. Ich hab' Sie engagiert, um meine Frau zu finden, und Sie tun ja nicht mal das. Lassen Sie Hawk mal ganz aus dem Spiel.«

Wir saßen in seinem Büro im zweiten Stock mit Blick auf die Main Street, er hinter seinem modernen Schreibtisch im dänischen Stil, ich in einem weißen Ledersessel von Direktorenkaliber. Ich stand auf und ging zur Tür.

»Kommen Sie doch mal«, sagte ich. »Da ist was in Ihrem Vorzimmer, was ich Ihnen zeigen möchte.«

Er schnaubte verächtlich, stand aber auf: Langsam und mühselig. Er ging steif, wie ein alter Mann, hielt sich angestrengt kerzengerade. Als er an der Tür war, sagte ich: »Schon gut.«

»Himmel noch mal! Was soll das?«

»Sie sind schwer zusammengeschlagen worden«, stellte ich fest.

Er vergaß seine Vorsicht, drehte sich schnell zu mir um, stöhnte sofort vor Schmerz und hielt sich an der Wand aufrecht.

»Hauen Sie ab!« zischte er.

»Jemand hat Sie sich gründlich vorgenommen«, sagte ich. »Das dachte ich mir gleich, als ich die Beule sah, und als Sie zu gehen versuchten, war ich mir sicher. Sie stecken in Geldschwierigkeiten, und zwar bei jemandem, für den Hawk arbeitet. Und dies war die zweite Mahnung.«

»Sie wissen ja gar nicht, wovon Sie reden, Mann.«

»Doch, allerdings. Hawk arbeitet genau auf diese Tour. Er dreht die Leute so durch die Mangel, daß man es nicht sieht. Eigentlich wundert mich sogar die Beule.«

»Sie sind verrückt«, sagte Shepard. »Ich bin gestern die Treppe runtergefallen, auf dem Läufer ausgerutscht. Ich schulde niemandem Geld. Mit Hawk habe ich nur geschäftliche Verbindungen.«

Ich schüttelte den Kopf. »Hawk macht keine Geschäfte. Das langweilt ihn. Hawk kassiert und spielt Leibwächter, auf die Tour. Ich sehe Sie mit ihm zusammen, und am nächsten Tag können Sie kaum laufen. Zuviel des Zufalls. Sie sollten mir reinen Wein einschenken.«

Shepard hatte sich mühsam zum Schreibtisch zurückbewegt und saß wieder. Seine Hände zitterten leicht. »Sie sind entlassen!« sagte er. »Verschwinden Sie hier. Und ich verklage Sie für jeden Cent, den Sie von mir haben. Als nächstes hören Sie von meinem Anwalt.«

»Seien Sie kein Idiot, Shepard. Wenn Sie nicht irgendwie aus dem Schlamassel rauskommen, in dem Sie offensichtlich stekken, höre ich als nächstes von Ihrem Leichenbestatter. Sie haben drei Kinder und keine Frau. Was soll aus den Kindern werden, wenn Sie den Löffel abgeben?«

Shepard machte den schwachen Versuch eines Lächelns. »Hören Sie, Spenser, ich weiß Ihre Anteilnahme zu würdigen. Aber es handelt sich hier um eine reine Privatangelegenheit und außerdem um nichts, mit dem ich nicht fertig werden könnte. Ich bin Geschäftsmann und weiß, wie man Geschäfte abwikkelt.« Die Hände, die er vor sich auf der Tischplatte gefaltet hatte, straften seine Worte Lügen. Die Knöchel stachen weiß hervor. Der Mann schwebte in Todesangst.

»Versuchen wir's noch einmal, Shepard. Machen Sie Geschäfte mit King Powers?«

»Ich sagte Ihnen doch, Spenser, es geht Sie nicht das geringste an. Sie sind ja nur auf einen Zusatzjob aus. Mit uns ist es aus. Endweder, ich finde morgen früh in der Post einen Scheck über fünfhundert Dollar von Ihnen, oder Sie finden sich vor Gericht.« Seine Stimme hatte jetzt einen nahezu hysterischen Beiklang.

»Sie wissen, wo Sie mich finden können«, sagte ich und ging.

Wenn man lange in Boston gelebt hat, kommt einem Cape Cod wie das gelobte Land vor. See, Sonne, Strand, blauer Himmel, Gesundheit, Schlendrian, Urlaubskumpanei: Wie eine ins wirkliche Leben umgesetzte Bierreklame vom Fernsehen.

Ich fuhr die Sea Street hinunter, hielt den Wagen im Parkverbot an und ging an den Strand. Offenbar war ich arbeitslos. Es gab keinen Grund, nicht meine Siebensachen zu packen und nach Hause zu fahren. Ich sah auf die Uhr. Ich konnte Susan Silverman anrufen und in zwei Stunden bei ihr sein.

Je länger ich darüber nachdachte, desto mehr gefiel mir der Gedanke. Schließlich hatte ich Susan vier Tage lang nicht gesehen. Natürlich war es hart, die fünfhundert Mäuse zurückzuzahlen, aber vielleicht würde Susan den nächsten Lunch bezahlen. Seit kurzem machte ich die Erfahrung, daß ich immer nervös wurde, wenn ich sie längere Zeit nicht sah.

Ich fand schließlich eine nicht gar zu überfüllte Stelle am Strand, setzte mich und zog mein Hemd aus. Ein dickes Weib in der Nähe sah mißtrauisch auf den Revolver an meinem Gürtel. Ich nahm ihn ab und wickelte ihn in das Hemd ein. Die Frau stand auf und suchte das Weite. Ich schloß die Augen und hörte auf das Rauschen der Wellen und das Juchzen der Kinder. Gelegentlich bellte ein Hund. Irgendwo spielte ein Radio, eine Männerstimme beklagte sich in d-Moll über tausend Jahre Liebeskummer oder so ähnlich.

Die Sache war ganz schön verfahren. Viel zu verfahren, als daß ich einfach abhauen konnte. Auf jeden Fall so verfahren, daß Shepard allein damit nicht mehr fertigwerden würde.

Ich stand auf, steckte den Revolver in den Gürtel und zog das Hemd über, damit man mich nicht für eine Art Feriensheriff hielt. Als ich im Motel ankam, war es fast Mittag.

Aus meinem Zimmer rief ich bei Susan Silverman zu Hause an. Niemand meldete sich. Im Restaurant verspeiste ich Austern und trank zwei Glas Faßbier. Oben versuchte ich es noch einmal bei Susan. Wieder keine Antwort. Als nächstes rief ich Deke Slade bei der Polizei an. Der war wenigstens da.

»Hier Spenser«, meldete ich mich. »In einschlägigen Kreisen

bekannt als Spürnase Nummer eins.«
»Ach nee?«
»Ich hätte da so'n paar Sachen, die ich mit Ihnen besprechen möchte. Über illegale Machenschaften in Ihrem Bezirk. Soll ich mal rüberkommen?«
»Illegale Machenschaften, hier? Sie sollten weniger Krimis im Fernsehen anschauen. Ihr Jargon klingt wie der von Perry Mason.«
»Wollen Sie nun hören, was ich zu sagen habe, oder nicht?«
»Okay, schon gut. Kommen Sie rüber, wenn's sich nicht vermeiden läßt.« Genauso begeistert klang seine Stimme auch.

11

»Wie heißt Hawk mit vollem Namen?« fragte Slade.
»Keine Ahnung. Eben Hawk.«
»Der muß doch 'nen Nachnahmen haben.«
»Muß er, weiß ich. Aber ich kenne ihn seit zwanzig Jahren, und er wurde immer nur Hawk genannt.«
Slade zuckte die Schultern und schrieb »Hawk« auf seinen Notizblock. »Also gut. Und Sie glauben, Shepard schuldet jemandem Geld und zahlt nicht, und dieser Jemand hat ihm einen Knochenbrecher auf den Hals geschickt. Was sagt denn Shepard selbst dazu?«
»Der weicht aus. Sagt, er hätte geschäftlich mit Hawk zu tun, und mich ginge das nichts an.«
»Aber Sie glauben ihm nicht?«
»Nein. Hawk macht keine Geschäfte, jedenfalls nicht auf die herkömmliche Art. Möglicherweise läßt er sich als Killer anheuern, oder er stiehlt im Auftrag, oder er rettet jemanden, ebenfalls auftragsgemäß, meinetwegen. Aber nicht Geschäfte, wie Shepard es meint. Hawk ist ein Einzelkämpfer.«
»Genau wie Sie«, stellte Slade fest.
»Nein. Meine Aufträge sind anderer Art als seine.«
»In jedem Fall? Hab' ich aber anders gehört.«
»Von wem?«
»Ach, nur so. Ich kenn' auch ein paar Leute in Boston. Hab' ein oder zwei Telefonate über Sie geführt.«
»Ich dachte, Sie hätten mit Ihrem Ferienrummel hier genug zu tun.«
»Hab' eben die Mittagspause geopfert.«
»Man soll nie alles glauben, was man hört.«
»Meinen Sie?« Slade erlaubte sich den Anflug eines Grinsens. »Sind Sie sicher, daß Shepard zusammengeschlagen wurde?«
»Hundertprozentig. Hab' so was selbst schon erlebt. Ich ken-

ne die Symptome.«

»Und was sagt er dazu?«

»Er wäre die Treppe runtergefallen.«

Slade notierte wieder. »Haben Sie eine Ahnung, wer Hawk angeheuert haben könnte?«

»Ich tippe auf King Powers. Hawk räumt ihm normalerweise eine Art Vorkaufsrecht für seine Dienste ein. Powers ist ein Geldverleiher großen Stils, eine Hyäne, macht Geschäfte aller Art und –«

»Ich kenne Powers«, warf Slade ein.

»Auf jeden Fall: Shepard ist in Schwierigkeiten. Und zwar auf üble Weise. Und er hat viel zuviel Angst, um nach Hilfe zu schreien.«

»Oder am Ende eine zu dreckige Weste?«

Ich sah ihn fragend an. »Wissen Sie etwas, was ich nicht weiß?«

Slade schüttelte den Kopf. »Nein, sagen wir, ich überlege nur laut. Harv war immer sehr versessen darauf, im Leben voranzukommen. Er machte nicht gerade ausgesprochen krumme Touren, war aber, na ja, sagen wir, sehr ehrgeizig. Diese Ferienkolonie, die er baut, hat schon häufig zu Gerede geführt, und es geht damit offenbar nicht so recht voran. Manche Leute spekulieren nachgerade, ob an der Sache was faul ist.«

»Und? Ist was faul?«

»Ach, zum Teufel! Woher soll ich das wissen? Haben Sie jemals versucht, hinter einen Grundstücksschwindel zu kommen? Da brauchen Sie hundert Anwälte, und die brauchen hundert Jahre, nur um rauszukriegen, ob wirklich was stinkt. Meistens kommt man nicht mal dahinter, wem der verdammte Boden überhaupt gehört.«

»Shepard machte mir nicht den Eindruck, als ob er schiefe Dinger dreht«, meinte ich.

»Na und? Adolf Hitler liebte Hunde. Er muß ja nicht gleich ein Verbrecher sein, vielleicht hat er sich, sagen wir, etwas übernommen.«

»Könnte sein. Aber was unternehmen wir in der Sache?«

»Wie soll ich das wissen? Bin ich der Eierkopf aus der Großstadt? Meines Wissens haben wir nichts, auf das wir den Finger legen könnten, weder ein Verbrechen, noch ein Opfer oder das, was man die Verletzung eines Rechtsgutes nennen könnte. Ich werd' halt öfter ein paar Streifenwagen an seinem Haus vorbeischicken und den Jungs einheizen, daß sie aufpassen. Kann auch mal bei der Grundstücksbehörde fragen, ob da mit dem Shepard-Projekt irgendwas offensichtlich faul ist. Haben Sie denn Vorschläge?«

Ich schüttelte den Kopf.

»Wie ist das übrigens mit seiner Frau? Konnten Sie die ausfindig machen?«

»Ja.«

»Und? Kommt sie zurück?«

»Glaub' ich kaum.«

»Was will Harv unternehmen?«

»Gar nichts kann er unternehmen.«

»Er kann hingehen und sie nach Hause schleifen.«

»Er weiß nicht, wo sie steckt. Hab' ich ihm nicht gesagt.«

Slade starrte mich dreißig Sekunden unverwandt an. »Sie sind schon ein abgebrühtes Miststück«, meinte erschließlich anerkennend. »Das muß Ihnen der Neid lassen.«

»Kann sein.«

»Hat er das so einfach geschluckt?«

»Nein. Hat mich rausgeschmissen. Will mich verklagen.«

»Also sind Sie hier ohne Arbeit?«

»Sieht so aus.«

»Einfach noch so'n Tourist?«

»Wird schon so sein.«

Langsam breitete sich ein dickes Grinsen über Slades Polizistengesicht aus. »Du liebe Güte«, lachte er. »Hat man so was schon mal gehört?«

Ich erwiderte sein Grinsen und ging.

Als ich in mein Motel-Zimmer kam, lag Susan Silverman auf meinem Bett und las in einem dicken Wälzer.

»Mensch«, stieß ich aus, »du kommst mir wie gerufen.«

Sie lachte mich an. »Das will ich hoffen.«

Ich machte einen Hechtsprung auf das Bett und wickelte sie in meine Arme.

»Aua.«

Nachdem wir uns gebührend begrüßt hatten, sagte ich großmütig: »Ich werd' dich gar nicht erst fragen, wie du hier reingekommen bist. Den Hotelmanager, der dir 'nen Zimmerschlüssel verweigert, möchte ich sehen.«

»War wirklich nicht der Rede wert. Und du, Blauauge? Wie geht's dir?«

Wir lagen nebeneinander auf dem Bett, während ich ihr berichtete. Als ich fertig war, schlug ich ihr vor, den Nachmittag der puren Sinneslust zu widmen, mit sofortigem Beginn. Doch sie fand einen vorherigen Lunch angebracht, ein Argument, dem ich nicht viel entgegenhalten konnte.

12

Nach dem Lunch tranken wir Kaffee am Swimming-pool, an einem weißen, schmiedeeisernen Tisch und unter einem weißblauen Sonnenschirm. Im Wasser planschten meist Kinder; die Mütter rieben sich Sonnenöl auf die Beine. Susan Silverman nippte an ihrer Tasse und sah an mir vorbei. Ihre Augen hinter der Sonnenbrille weiteten sich. Ich drehte mich um. Hawk stand hinter mir.

»Na, Spenser?«

»Hawk! Hallo.«

»Was dagegen, wenn ich euch Gesellschaft leiste?«

»Setz dich. Susan, das hier ist Hawk. Hawk, darf ich dich mit Susan Silverman bekannt machen?«

Hawk lächelte ihr zu, und sie sagte: »Tag, Hawk.«

Er zog einen Stuhl heran und setzte sich zu uns. Hinter ihm hatte ein Bulle von Kerl gestanden, mit einem deftigen Sonnenbrand im Gesicht. Auf dem linken Innenarm trug er einen orientalischen Drachen eintätowiert. Hawk deutete mit einer Kopfbewegung zum Nachbartisch, und der Tätowierte nahm dort Platz. »Das ist Powell«, stellte Hawk ihn vor. Powell hatte die Arme verschränkt und starrte uns nur an.

»Kaffee?« fragte ich.

»Ja, aber bitte Eiskaffee.«

Ich winkte die Kellnerin heran und bestellte.

»Hawk«, sagte ich, »du mußt ein für allemal diesen Hang zur Unauffälligkeit überkommen. Warum ziehst du dich nicht endlich so an, daß die Leute auf dich aufmerksam werden?«

»Ach, weißt du, Spenser, ich bin von Natur aus ein zurückhaltender Typ, einer von der bescheidenen Sorte. Warum soll ich wie ein schwarzer Dressman rumlaufen?« Er trug schneeweiße Puma-Turnschuhe, schneeweiße Leinenhosen, eine schneeweiße, ärmellose Weste ohne Hemd. Powell war konservativer gekleidet, Hose und Hemd in Beige.

Die Kellnerin brachte Hawk seinen Eiskaffee. Er fragte: »Machen Susan und du hier Ferien?«

»Ja.«

»Klasse, was? Hab' Cape Cod immer bevorzugt. So was Besonderes an der Atmosphäre hier. Der Geist des Müßiggangs.«

»Eben. Der Geist des Müßiggangs. Dem frönst du hier wohl auch, was Hawk?«

»Na ja, man kann's so nennen. Ergab sich die Chance für eine Art Arbeitsurlaub, wenn du so willst. Und du selbst? Machst nebenbei 'n bißchen was für Harv Shepard?«

»Ich sag' dir's, wenn du mir's sagst.«

»Susan«, meinte Hawk, »Ihr Freund hier hat so 'ne aufrechte Art, wissen Sie? Hält nie mit was hinterm Berg.«

Susan lächelte ihm zu und nickte. Hawk lächelte zurück.

»Hör' schon auf, Hawk«, fiel ich ein. »Du willst wissen, was ich mit Shepard zu tun habe, und ich will wissen, was du mit Shepard zu tun hast.«

»Genaugenommen geht es um etwas mehr, Baby. Oder weniger, wie man's nimmt. Mich kümmert nicht viel, was du mit Shepard zu tun hast, Hauptsache, du läßt es sausen –«

»Aha, eine Drohung. Das erklärt, warum du Eric den Roten da mitgebracht hast. Du wußtest, daß Susan hier ist, und wolltest nicht in der Minderzahl sein.«

Powell machte sich von seinem Tisch bemerkbar. »Was haben Sie über mich gesagt?«

Hawk lächelte. »Hast immer noch das fixe Köpfchen, Spenser.«

»Was haben Sie über mich gesagt?« beharrte Powell.

»Es ist schwer, wie ein harter Bursche auszusehen, Powell, wenn sich einem die Nase pellt. Versuchen Sie's doch mal mit Mutters Sonnenöl.«

Powell stand auf. »Wenn Sie was von mir wollen, brauchen Sie's nur zu sagen.«

Ich deutete auf die Tätowierung. »Ist das 'n Porträt von Ihrer Mutter?«

Sein Gesicht war noch röter geworden. »Sie Bastard, ich werd's Ihnen zeigen. Und zwar auf der Stelle.«

Hawk sagte: »Ich würd's lieber vergessen, Powell.«

»Ich brauch' mir doch von dem Scheißkerl nichts bieten zu lassen«, schnaufte Powell.

»Du sollst nicht in Gegenwart einer Dame böse Worte gebrauchen«, sagte Hawk. »Und bieten lassen mußt du dir's schon, denn mit dem kannst du's nicht aufnehmen.«

»Danach sieht er mir aber nicht aus«, meinte Powell. Er stand vor mir, und die Leute fingen an herüberzusehen.

»Das glaubst du, weil du ein ausgemachter Dummkopf bist, Powell«, sagte Hawk. »Der Mann ist Spitze, vielleicht fast so gut wie ich. Aber wenn du's versuchen willst, nur zu.«

Powell packte mich von oben an der Hemdbrust. Susan zog die Luft scharf ein.

Hawk sagte: »Bring' ihn bitte nicht gleich um, Spenser. Ich brauche ihn als Botenjungen.«

Powell zog mich ruckartig aus dem Stuhl. Ich ging mit der Bewegung mit und schlug ihm den Unterarm gegen den Adamsapfel. Er machte ein Geräusch undefinierbarer Art und ließ mein Hemd gehen. Ich traktierte ihn mit zwei linken Haken, und er plumpste rückwärts in den Swimming-pool. Hawk grinste. »Die Kerls sind doch alle gleich. Kennen den Unterschied nicht zwischen Amateur und Profi.« Er schüttelte den Kopf. »Aber deine Lady hier, die ist Klasse.« Er deutete mit dem Kopf auf Susan, die hoch über dem Kopf eine Bierflasche hielt, die sie sich irgendwo ergattert hatte.

Hawk stand auf, ging zum Wasser und zog Powell heraus. Powell war ein Zwei-Zentner-Kerl, aber Hawk brauchte nur eine Hand, als wäre es eine Flunder.

Um den Swimming-pool herum herrschte ängstliches Schweigen. Die Kinder starrten uns aus großen Augen an. »Kommt«, sagte Hawk. »Gehen wir raus zu meinem Auto und reden wir dort.« Er ließ Powell neben dem Tisch auf den Boden sacken und schlenderte ab in Richtung Lobby, Susan und ich hinter ihm her. Am Empfang sahen wir den Manager aus seinem Büro stürzen und zur Terrasse eilen.

»Warum gehst du nicht aufs Zimmer«, sagte ich zu Susan. »Ich komme gleich nach. Hawk will mir nur noch ein paar Tips für Nahkämpfe am Swimming-pool geben.«

»Ich bleibe bei dir«, sagte Susan.

Hawk öffnete die Tür seines Cadillacs. »Es soll mir ein Vergnügen sein«, sagte er lächelnd zu Susan. Mir war es im Grunde egal. Wenn Hawk es auf eine Muskelprobe hätte ankommen lassen wollen, dann hätte er sich als Kampfstätte nicht das Kabriolett ausgesucht. Susan stieg ein, ich hinterher. Hawk ging um den Wagen herum, öffnete die Fahrertür und setzte sich hinters Lenkrad. Er drückte auf einen Knopf, und das Dach schloß sich geräuschlos. Hawk stellte die Klimaanlage ein. Ein blauweißer Streifenwagen hielt vor dem Motel, und zwei Polizisten gingen hinein.

»Fahren wir ein bißchen spazieren«, sagte Hawk. Ich nickte, und der Wagen setzte sich sanft in Bewegung.

»Wo hast du den nur aufgelesen?« fragte ich.

»Wen, Powell? Oh, Mann, keine Ahnung. Der ist 'n hiesiger Protz. Die Leute, die mich engagiert haben, sagten, ich soll mit ihm arbeiten.«

»Beunruhigt dich nicht, daß die Bullen ihn da jetzt ausquetschen? Warum er sich mit einem Touristen geprügelt hat, und wer die schwarze Gallionsfigur in der Gruppe war?«

Hawk schüttelte den Kopf. »Der ist zwar blöd, aber so blöd nun auch wieder nicht. Aus dem kriegen die nichts raus.«

Susan, zwischen uns beiden auf dem Vordersitz, fragte: »Was passiert jetzt eigentlich?«

Hawk lachte. »Gut gefragt, Susan. Ja, was passiert?«

»Mal seh'n, ob ich raten kann«, meinte ich. »Also, sagen wir,

Harv Shepard schuldet jemandem Geld, wahrscheinlich King Powers. Und Hawk hat Order, die Schulden zu kassieren. Oder soll vielleicht nur überwachen, daß ein Geschäft ordnungsgemäß abgewickelt wird, irgendwas in der Richtung. Hawk beherrscht diese Art von Arbeit aus dem Effeff«, erklärte ich Susan. »Und dann, potzblitz, tauche ich auf der Bildfläche auf, und zwar arbeite ich für Shepard. Hawk und sein Brötchengeber, wahrscheinlich King Powers, fragen sich, ob ich am Ende von Harv engagiert wurde, um Hawk abzuwimmeln. Also macht sich Hawk an mich ran und fragt mich nach meinen Verbindungen zu Shepard aus und rät mir, die Sache sein zu lassen.«

Der Caddie bewegte sich fast geräuschlos über die Cape-Autobahn, Richtung Provincetown. »Stimmt's, Hawk?«

Er zuckte die Schultern. »Ich hab' den Leuten, für die ich arbeite, zu erklären versucht, was für ein Bursche du bist. Ich mache mir nicht vor, dich einschüchtern oder bestechen zu können, aber meine Auftraggeber lassen dir sagen, sie würden für alle Verluste aufkommen, wenn du dich aus dem Fall zurückziehst –«

»Hawk«, sagte ich. »Wir kennen uns nun schon so lange. Und ich hab' nie rausbekommen, wieso du manchmal redest wie ein Generaldirektor und dann wieder wie ein Baumwollarbeiter mit Hilfsschulbildung.«

»Ach, weißt du, schätze, das kommt von meiner Kindheit im Getto. Da schlägt manchmal noch was durch. Na, jedenfalls hab' ich den Leuten gesagt, du würdest dich den Teufel darum scheren, was die sagen, aber die bezahlen mich dafür, daß ich mit dir rede, also rede ich mit dir. Was hast du mit Shepard zu tun?«

»Er hat mich engagiert, seine Frau zu suchen.«

»Das war alles?«

»Ja.«

»Hast du sie gefunden?«

»Ja.«

»Wo?«

»Das sag' ich nicht.«

»Macht nichts. Shepard wird's mir sagen. Wenn ich's wissen muß.«

Ich schüttelte den Kopf. »Der weiß es auch nicht.«

»Hast du's ihm etwa verschwiegen?«

»Ja.«

»Wieso, Mann? Dafür hat er dich doch angeheuert.«

»Sie will nicht, daß er sie findet.«

»Mann, Spenser«, meinte Hawk. »Du denkst zuviel nach, das macht dein Leben nur kompliziert.«

»Das ist ein Grund, warum wir uns unterscheiden, Hawk.«

»Kann sein. Kann aber auch sein, daß du mir viel ähnlicher bist, als du zugeben willst. Mit Ausnahme natürlich, daß du nicht so gut aussiehst.«

»Stimmt. Aber dafür zieh' ich mich besser an.«

»Mein Problem ist jetzt, ob ich dir glaube oder nicht«, sagte Hawk. Wir hatten inzwischen gewendet und fuhren zurück nach Hyannis. »Irgendwie kommt mir die Sache ganz logisch vor. Das heißt, wenn man dich kennt. Du bist nun mal so gebaut. Arbeitest du noch für Shepard?«

»Nein, der gab mir den Laufpaß. Sagt, er will mich verklagen.«

»Ach, Mann, darüber würde ich mir keine großen Sorgen machen. Harv ist zur Zeit ziemlich beschäftigt.«

»Handelt es sich um Powers?«

»Vielleicht ja, vielleicht nein. Hältst du dich aus der Sache raus, Spenser?«

»Vielleicht ja, vielleicht nein.«

Hawk nickte. Wir fuhren schweigend weiter.

»Wer ist King Powers?« meldete sich Susan.

Ich erläuterte es ihr. »Ein Dieb, Geldhyäne, Glücksspiel, Prostitution, Automaten, und so weiter. In Boston, Brockton, Fall River, New Bedford.«

»Nicht mehr in Brockton«, fiel Hawk ein. »Da hat jetzt Angie Degamo übernommen.«

»Hat der Powers rausgejagt?«

»Nee. Irgend 'ne Abmachung. Ich war nicht beteiligt.«

»Jedenfalls«, sagte ich zu Susan, »hast du jetzt ein Bild von Powers.«

»Und Sie arbeiten für ihn?« fragte sie Hawk.

»Manchmal.«

»Hawk ist freier Unternehmer«, sagte ich. »Aber Powers versichert sich gern seiner guten Dienste.«

»Und welche Art guter Dienste hat Hawk zu bieten?«

»Dienst mit der Faust und mit der Waffe.«

»Ach, wissen Sie, ich selbst bezeichne mich eher als dienstbaren Geist. Oder nennen Sie mich meinetwegen einen Söldner.«

»Macht es Ihnen nichts aus, Leute für Geld zu drangsalieren?«

»Nicht mehr als ihm.« Hawk deutete mit dem Kopf auf mich.

»Aber ich glaube, er macht's nicht für das Geld«, verteidigte mich Susan.

»Und eben darum rausche ich hier mit 'ner goldenen Kutsche rum, und er fährt einen acht Jahre alten Schlitten mit Leukoplast auf den Sitzen.«

»Aber ...« Susan suchte nach der richtigen Formulierung ... »er will den Leuten doch helfen. Sie wollen ihnen wehtun.«

Hawk schüttelte den Kopf. »Stimmt nicht ganz. Vielleicht will er helfen. Aber er kriegt auch seinen Spaß an der Sache. Verstehen Sie, was ich meine? Wenn's ihm nur ums Helfen ginge, könnte er ja Sozialarbeiter sein. Ich hab' keinen Spaß daran, Leuten die Knochen zu brechen. Manchmal läßt sich's halt nicht vermeiden. Aber, mein Schatz, glauben Sie nur nicht, daß der gute Spenser und ich so grundverschieden wären.«

Wir hielten wieder auf dem Motel-Parkplatz. Ich sagte: »Wenn ihr genug über mich diskutiert habt, wär' da vielleicht noch was. Aber ich will euch nicht unterbrechen, es klingt sehr interessant.«

Susan schüttelte den Kopf.

»Okay«, sagte ich. »Ich schenk' dir jetzt reinen Wein ein, Hawk. Im Moment arbeite ich weder für Shepard noch für sonst jemand. Aber ich kann nicht einfach abhauen und Powers und dich machen lassen, was ihr vorhabt. Also werd' ich hier noch 'ne Weile rumhängen und sehen, ob ich Shepard aus euren Händen kriegen kann.«

Hawk sah mich gelassen an. »Genau, was ich denen gesagt habe. Hab' ihnen gesagt, genau das würdest du antworten, wenn ich zu dir ginge und mit dir redete. Aber die bezahlen mich eben. Werd' hingehen und sagen, ich hätte recht gehabt. Schätze, das wird die kaum beeindrucken.«

»Damit hab' ich auch nicht gerechnet.«

Ich stieg aus und hielt Susan die Tür auf. Als sie draußen war, beugte sie sich noch mal in den Wagen. »Auf Wiedersehen, Hawk«, sagte sie. »Ich weiß nicht, wie ich mich von Ihnen verabschieden soll. Daß ich mich gefreut hätte, Sie kennenzulernen, wäre wohl nicht der richtige Ausdruck. Aber jedenfalls vielen Dank für die nette Spazierfahrt.«

Hawk lächelte sie an. »War mir ein Vergnügen, Susan. Vielleicht sehen wir uns mal wieder.«

Ich schloß die Tür, und Hawk ließ den Cadillac aus der Parklücke gleiten, geräuschlos und elastisch, wie ein Hai in stillen Gewässern.

13

»Ich brauche einen Drink«, erklärte Susan.

Wir gingen in die Bar und setzten uns auf zwei freie Hocker. Susan bestellte einen Martini-Cocktail, ich ein Bier. »Was, Martini?« fragte ich.

Sie nickte. »Ich sagte doch, ich brauche einen Drink.« Sie

trank das Glas auf einen Zug halb aus und sah mich an. »Wie groß ist nun der Unterschied?«

»Zwischen Hank und mir?«

»Genau.«

»Ich weiß nicht. Ich schlage Leute nicht für Geld zusammen. Und morde nicht für Geld. Er schon.«

»Aber manchmal tust du's umsonst. Heute nachmittag, zum Beispiel.«

»Powell?«

»Ja, Powell. Du mußtest dich nicht mit ihm prügeln. Du hast ihn systematisch gereizt.«

Ich zuckte die Schultern.

»Oder etwa nicht?«

Ich bestellte eine neue Runde. Schweigen.

»Willst du meine Frage nicht beantworten?« meinte sie schließlich.

»Warum ich Powell verprügelt hab'?«

»Ja.«

»Das weiß ich selbst nicht so genau. Es reizte mich einfach, wie er da saß. Außerdem schien es mir in der gegebenen Situation das Richtige zu sein.«

»Um Hawk zu demonstrieren, daß du keine Angst hattest?«

»Nein. Glaub' kaum, daß ich Hawk beeindrucken könnte, so oder so. Es war mehr eine unbewußte Handlung. Vieles, was ich tue, ist unbewußt. Du bist diejenige, die immer für alles den Grund wissen will.«

»Ist das nicht gegen die normale Lesart?« fragte Susan.

»Daß der Mann rational handelt und die Frau gefühlsbetont?«

»Eben, genau das. Na schön. Was mich interessiert: Hättest du genauso gehandelt, wenn ich nicht dabei gewesen wäre?«

»Mit anderen Worten, ich hab' nur vor dir angegeben?« Der Barmann kam mit der dritten Runde. »Kann sein. Und du? Hättest du mit der Bierflasche draufgehauen, wenn ich in Bedrängnis gekommen wäre?«

»Du unerträglicher Egoist«, meinte Susan. »Kommt dir gar nicht der Gedanke, daß ich die Bierflasche womöglich zur Selbstverteidigung gebraucht hätte?«

»So? Daran hab' ich wirklich nicht gedacht. War das der Grund?«

»Nein. Und hör' endlich mit deinem selbstzufriedenen Grinsen auf.« Sie nahm einen großen Schluck.

»Du hast es also getan, weil ich ein so toller Hecht bin, nicht wahr?«

»Nein«, sagte Susan. Sie sah mir plötzlich ernst in die Augen.

»Ich hab's getan, weil ich dich liebe.«

Schweigen.

Nach einer ganzen Weile sagte sie: »Üblicherweise lautet die Antwort eines Gentleman auf ein solches Geständnis: ›Ich liebe dich auch.‹ Jetzt sah sie mich nicht mehr an, sondern starrte auf die Olive in ihrem Cocktailglas.

»Suze«, plädierte ich, »müssen wir die Dinge denn komplizieren?«

»Und kannst du nicht ab und zu mal die üblichen Dinge sagen?«

»Auf das *›ich liebe dich‹* kommt es doch nicht an. Sondern auf das, was sich daraus ergibt.«

»Du meinst, die Ehe?«

»Wir kommen doch auch so sehr gut zusammen aus, oder?«

»Nein. Wir leben nur dem Augenblick, und das ist letzten Endes sinnlos. Wir riskieren nichts, also ist unsere Beziehung nicht echt.«

»Also heiraten? Ist das etwa eine Versicherungspolice? Viele verheiratete Leute hauen einfach ab. Zum Teufel, hab' ich nicht gerade mit einer Frau zu tun gehabt, die eben dies gemacht hat?«

»Nach zweiundzwanzig Jahren«, wandte Susan ein.

»Eins zu null für dich. Sie hat nicht beim ersten Schlamassel gleich das Handtuch geworfen. Aber ist der Unterschied so groß?«

»Nein«, gab Susan zu. »Aber die Zeremonie der Eheschließung ist das sichtbare Symbol für die Tiefe der Beziehung zwischen Mann und Frau.«

»Mit anderen Worten: Wir sollten heiraten?«

»Im Moment sage ich nur: Ich liebe dich. Und ich warte auf eine Antwort.«

»So einfach ist das nicht, Suze.«

»Und ich schätze, ich habe meine Antwort.« Sie stand auf und ging ohne ein weiteres Wort aus der Bar. Ich trank mein Bier aus, legte einen Zehner auf den Tresen und machte mich ebenfalls davon. Im Zimmer kein Zeichen von Susan, ebensowenig auf der Terrasse und in der Lobby. Auf dem Parkplatz suchte ich vergebens ihren kleinen blauen Chevy Nova. Ich ging ins Zimmer zurück. Ihr Koffer stand noch in der Ecke, die Kleider hingen im Schrank. Ohne die würde sie nicht nach Hause fahren. Ohne mich vielleicht, aber nicht ohne ihre Kleider. Ich setzte mich auf das Bett und starrte auf den roten Plastikstuhl gegenüber. Ein durchaus elegantes Stück Möbel. Ich war über Vierzig und zum Flennen zu alt. Auch zu groß und ein zu harter Bursche.

Weil ich ein so harter Bursche war, zog ich mich in Turnzeug um und verbrachte die nächste Stunde schweißtriefend im Fitneß-Center des Motels. Der Trainer wollte seinen Augen nicht trauen. Nachdem ich alle verfügbaren Einrichtungen malträtiert hatte, ließ ich mir Zwölf-Unzen-Handschuhe geben und zeigte dem Mann, wie ein Exprofiboxer mit dem Sandsack umgeht.

Völlig geschafft schleppte ich mich wieder in mein Zimmer, ein starkes Mittelalter von Mann. Nach einer langen kalten Dusche zog ich eine Hose und ein leichtes Hemd an. Auf der Kommode lag mein Revolver. »Du kannst mich mal«, verriet ich ihm und ging unbewaffnet wieder in die Bar. Diesmal hielt ich mich nicht mit Bier auf und fing gleich beim Bourbon an.

14

Am nächsten Morgen wachte ich um Viertel nach acht auf und fühlte mich wie ein mißglückter Selbstmord. Das zweite Bett war nicht benutzt worden. Zwanzig vor neun stand ich auf, nahm zwei Aspirin, eine Dusche. Eine gute halbe Stunde später stakste ich langsam und steif zum Frühstücksraum, wo ich zwei Gläser Orangensaft und drei Tassen schwarzen Kaffee trank. Zehn vor zehn ging ich, immer noch steif, aber etwas schneller, in mein Zimmer zurück. Ich rief meinen Anrufbeantworterdienst in Boston an. In schlimmen Zeiten geben alte Gewohnheiten dem Leben manchmal wieder Fasson.

Pam Shepard hatte angerufen und würde sich noch mal melden, wurde mir ausgerichtet. »Sie sagte, es sei dringend, Spenser.«

»Danke, Lillian. Wenn sie wieder anruft, geben Sie ihr die Nummer hier.« Ich legte auf und wartete. Zehn Minuten später klingelte das Telefon.

»Spenser«, meldete ich mich.

»Ich brauche Hilfe«, sagte sie. »Ich muß mit Ihnen sprechen.«

»Dann sprechen Sie.«

»Nicht am Telefon. Ich muß Sie sehen. Ich habe Angst und weiß nicht, an wen ich mich sonst wenden soll.«

»Okay, ich komme in euer Haus in New Bedford.«

»Nein, da sind wir nicht mehr. Kennen Sie die Plymouth Plantation, das historische Freigelände?«

»Ja.«

»Dort werde ich mich mit Ihnen treffen. Gehen Sie die Hauptstraße entlang. Ich mache mich dann bemerkbar.«

»Gut, ich werde gleich losfahren. Sagen wir, gegen zwölf Uhr mittags?«

»Ja. Aber niemand darf mich entdecken. Passen Sie auf, daß Ihnen kein Mensch folgt, und sagen Sie niemandem, daß Sie zu mir fahren.«

»Wollen Sie mir nicht wenigstens andeuten, worum es geht?«

»Nein. Kommen Sie zur vereinbarten Stelle.«

»Ich werde da sein.«

Wir legten auf. Es war halb elf. Mehr als eine halbe Stunde würde ich bis Plymouth nicht brauchen. Susans Kleider hingen immer noch im Schrank, und ihr Make-up-Köfferchen stand im Bad. Sie mußte ungeheuer wütend gewesen sein, daß sie nicht einmal die Schminke mitgenommen hatte. Wahrscheinlich war sie in ein anderes Motel gegangen. Oder hatte sogar ein anderes Zimmer im selben genommen. Vielleicht würde sie kommen, um ihre Sachen zu holen. Ich nahm einen Umschlag und ein Blatt Briefpapier vom Tisch, schrieb eine Mitteilung und Susans Namen auf das Couvert. Dann holte ich den Kosmetikkoffer aus dem Bad, stellte ihn auf den Tisch und lehnte den Umschlag dagegen. Ich setzte mich auf einen Stuhl neben der Badezimmertür.

Um dreizehn Minuten nach elf klopfte es leise. Ich stand schnell auf, ging ins Bad und versteckte mich hinter der halboffenen Tür. Noch ein Klopfen, wieder Pause. Dann drehte sich ein Schlüssel im Schloß. Durch den Spalt sah ich die Tür aufgehen. Susan kam herein. Mußte sich den zweiten Schlüssel beim Portier besorgt haben, wahrscheinlich unter dem Vorwand, sie hätte ihren verloren. Sie ging zum Tisch, wo der Umschlag war. Ich konnte sie nicht mehr sehen, aber ich hörte, wie sie ihn aufriß. Die Nachricht lautete: »Im Bad ist ein Ungeheuer versteckt. Erst der Kuß einer schönen Frau verwandelt das Biest wieder in den glorreichen Prinzen.« Ich kam aus dem Badezimmer. Susan legte den Zettel weg, drehte sich um und sah mich. Ohne die Miene zu verziehen, kam sie auf mich zu und gab mir einen leichten Kuß auf den Mund. Dann trat sie zurück und betrachtete mich von oben bis unten. Sie schüttelte den Kopf. »Hat nichts geholfen«, sagte sie. »Du bist immer noch ein Ungeheuer.«

»Der Kuß war nicht intensiv genug. Um ein Ungeheuer in einen schönen Prinzen zu verwandeln, muß man sich mehr anstrengen.«

»Dann versuche ich es noch einmal.« Sie legte mir beide Arme um den Hals und küßte mich, was das Zeug hielt. Daraus entwickelte sich eine ganze Menge mehr.

Nach einiger Zeit fragte ich: »Willst du zur Plimoth Plantation fahren?«

Susan öffnete die Augen und sah mich an. »Meinetwegen, wohin du willst. Du bist zwar immer noch ein Ungeheur, aber wenigstens mein Ungeheuer.«

»Ich liebe dich!« sagte ich.

Sie schloß wieder die Augen und legte mir den Kopf auf die Brust. Nach einer Weile meinte sie: »Okay, schöner Prinz. Also auf nach Plimoth.«

Unsere Kleider lagen auf dem Boden verstreut. Als wir sie auseinandersortiert und angezogen hatten, war es Mittag. »Wir sind zu spät.«

»Ich hab' so schnell gemacht, wie es ging«, sagte Susan, die sich eben schminkte.

»Gut, getrödelt haben wir nicht. Eine halbe Stunde Verwandlungszeit vom Ungeheuer zum Prinzen, das kann man getrost einen Quicky nennen.«

»Du hast's ja ganz schön eilig, zur Plimoth Plantation zu kommen. Bei der Wahl zwischen Sinnesfreuden und historischem Anschauungsunterricht hätte ich von dir eine andere Entscheidung erwartet.«

»Ich muß dort jemanden treffen, und es erleichtert die Sache womöglich, wenn du dabei bist. Hinterher können wir die Entscheidung ja noch mal überprüfen.«

»Ich bin bereit«, meldete sie. Wir gingen zu meinem Wagen. Auf der Autostraße 3 nach Plimoth berichtete ich Susan das Wenige, was ich selbst wußte.

Sie meinte: »Wird sie nicht durchdrehen, wenn ich mit aufkreuze? Sie hat extra gesagt, du sollst allein kommen.«

»Wir gehen nicht zusammen rein. Wenn ich sie aufgetrieben habe, erkläre ich ihr, wer du bist, und mache euch bekannt. Warst du schon mal in der Plantation?«

Sie nickte.

»Also, dann geh einfach ein Stück vor mir die Hauptstraße entlang, und warte irgendwo, bis ich nach dir rufe.«

»Das Los der Frauen«, stellte sie fest.

Ich stöhnte nur. Ein Wegweiser deutete auf die Abzweigung nach Plimoth hin. Die Straße wand sich zwischen Wiesen hindurch zu einer Piniengruppe. Dahinter waren ein Parkplatz und eine Hütte, wo Billetts verkauft wurden. Ich stellte den Wagen ab. Susan ging voraus, kaufte ein Ticket und ging durch das Tor in die historische Siedlung. Als sie außer Sichtweite war, tat ich es ihr nach. Zuerst kam ein Haus mit einem Andenkenladen, einem Imbißraum und einem Informationsschalter. Ich ging über den Weg zwischen den hohen Pinien zur Plantage selbst. Seit ich ein paar Jahre zuvor Samuel Eliot Morisons großes Buch über amerikanische Geschichte gelesen hatte, war ich häufiger auf die Suche nach den Zeugen unserer Vorfahren gegangen. Neben Williamsburg und Sturbridge gehört die Plimoth Plantation zu meinen Lieblingsstätten aus der Kolonialzeit.

Ich kam am Verwaltungsgebäude vorbei, sah vor mir das Blockhaus aus dunklem Holz und die eingezäunte kleine Stadt, dahinter das Meer. Das ganze Gelände war von Wald umgeben, und wenn man achtgab, brauchte man sich an keinem Anzeichen des zwanzigsten Jahrhunderts zu stoßen. Sah man allerdings genauer hin, gab es »Bert's Restaurant« am Strand und ein großes modernes Motel. Doch für einen Moment gelang es mir, wie stets, mich in das Amerika des siebzehnten Jahrhunderts zurückzuversetzen, war ich einer aus einer Handvoll christlicher Siedler inmitten der ungeheuren Wälder.

Ich erspähte Susan auf dem Dach des Blockhauses. Das brachte mich in die Gegenwart zurück. Ich ging den Hügel hinauf und in das restaurierte Siedlerdorf. Die einzige Straße führte hinab zum Meer. An beiden Seiten standen strohgedeckte kleine Häuser, Gärten, ein paar Haustiere, Leute in historischen Kostümen, viele Kinder und Kodak-Instamatics. Ich schritt langsam die Straße entlang. Pam Shepard sollte genügend Zeit haben, mich ausfindig zu machen und sich abzusichern, daß mir niemand folgte. Am Ende der Straße kehrte ich um und ging zurück. Als ich am Haus von Myles Standish vorbeikam, tauchte Pam in der Tür auf. Sie trug eine riesenhafte Sonnenbrille. Ich blieb nicht stehen, und Pam fiel in meinen Schritt ein. »Sind Sie allein?«

»Nein. Ich hab' jemanden dabei. Eine Frau.« Letzteres zu erwähnen, schien mir wichtig.

»Warum?«

»Offensichtlich sind Sie in Schwierigkeiten. Vielleicht kann sie helfen. Sie ist meine Freundin, ein prima Kerl. Und ich hab' den Eindruck, daß Sie im Moment nicht gerade auf Männer stehen.«

»Kann ich ihr trauen?«

»Ja.«

»Und Ihnen?«

»Auch.«

»Sie würden es mir wohl auch kaum sagen, wenn es nicht so wäre, oder?« Sie trug ausgeblichene Jeans und eine helle Jacke über einem bunten T-shirt und sah genauso frisch aus dem Ei gepellt aus wie das letztemal.

»Kommen Sie, ich mache Sie mit meiner Freundin bekannt. Dann setzen wir uns irgendwo hin und bereden, was Sie auf dem Herzen haben.«

Sie holte tief Luft, sah sich noch einmal mißtrauisch um, sagte dann: »Okay, aber niemand darf mich sehen.«

»Was heißt das: Niemand darf Sie sehen?«

»Niemand, der mich erkennen kann.«

»Okay, holen wir Susan.« Ich ging zu dem Blockhaus. Pam Shepard hielt sich dicht hinter mir, als wollte sie sich in meinem Schatten verkriechen. Susan Silverman wartete auf uns. Ich nickte ihr zu, und sie lächelte.

»Pam Shepard«, stellte ich vor. »Susan Silverman.« Susan streckte die Hand aus.

»Hallo, Susan«, sagte Pam.

»Kommt, wir gehen zum Auto«, sagte ich.

Im Wagen erkundigte sich Pam: »Sind Sie auch Detektiv, Susan?«

»Nein, ich arbeite in der Smithfield High School.«

»Wirklich? Das muß interessant sein.«

»Ja, und manchmal anstrengend.«

»Ich hab' nie gearbeitet«, stellte Pam fest. »War immer nur zu Hause bei den Kindern.«

»Dazu hatte ich nun wieder keine Gelegenheit.«

»Sind Sie nicht verheiratet?«

»Nicht mehr. Bin seit längerer Zeit geschieden.«

»Kinder?«

Susan schüttelte den Kopf. Ich parkte vor »Bert's Restaurant«. »Hier dürften wir ziemlich sicher sein. Sieht nicht so aus, als ob die Leute von Cape Cod hier rüberkämen, um Mittag zu essen.«

»Bert's Restaurant« hatte Meeresblick. Es war hell und gemütlich und nicht allzu voll. Wir setzten uns ans Fenster und sahen auf die Wellen.

Die Kellnerin brachte unsere Drinks und nahm die Bestellung für das Essen auf. Ich trank von meinem Heineken. »Also, Mrs. Shepard, was liegt an?«

Pam sah sich ängstlich um. Niemand saß in der Nähe. Sie nippte an ihrem Cocktail. »Ich ... ich bin in eine schlimme Sache verwickelt. In ... in einen Mord.«

Ich nickte. Susan saß still da, die Hände im Schoß gefaltet.

»Wir ... da war ...« Sie nahm noch einen Schluck. »Wir haben eine Bank beraubt, in New Bedford ... und der Wächter, ein alter Mann mit ganz rotem Gesicht, er ... Jane hat auf ihn geschossen, und er ist tot.«

Es herrschte offensichtlich Ebbe. Die Flutlinie, markiert durch Seetang und kleine Treibholzstücke, verlief kurz unterhalb des Restaurants. »Welche Bank?« fragte ich.

»Die Bristol Security. In der Kempton Street.«

»Wurden Sie identifiziert?«

»Ich weiß nicht. Ich trug die Sonnenbrille hier.«

»So? Dann nehmen Sie das Ding sofort ab.«

»Aber . . .«

»Nehmen Sie die Brille ab, sage ich. Sie ist keine Maskierung mehr, sondern im Gegenteil ein Erkennungsmerkmal.«

Sie nahm sich die Sonnenbrille schnell vom Gesicht und wollte sie in ihre Handtasche stecken.

»Nicht in Ihre Tasche, geben Sie her.« Ich nahm die Brille und gab sie Susan, die sie wegsteckte. »Wir werden sie nachher wegwerfen.«

»Ich hab' nie gedacht . . .«

»Nein, wahrscheinlich sind Sie in diesen Dingen, wie Raubüberfall und Mord, noch nicht so erfahren. Aber das kommt mit der Zeit.«

»Spenser!« sagte Susan.

»Ich weiß, tut mir leid.«

»Ich hatte doch keine Ahnung«, sagte Pam, »keine Ahnung, daß Jane wirklich schießen würde. Ich bin nur mitgegangen. Ich dachte, ich müßte das, verstehen Sie . . . die hatten mir schließlich geholfen . . . mich aufgenommen . . . ich fühlte mich einfach verpflichtet.«

Susan nickte verständnisvoll. »Und da glaubten Sie, nun müßten Sie denen auch helfen. Jeder hätte so gedacht.«

Die Kellnerin brachte das Essen. Krabbensalat für Susan, gedünsteten Hummer für Pam und für mich, was auf der Karte als »Fischerteller« bezeichnet war. Es sah nicht einmal schlecht aus. Ich bestellte noch ein Bier.

»Was war der Grund für den Bankraub?« fragte Susan.

»Wir brauchten Geld für Waffen.«

»Du lieber Himmel!« entfuhr es mir.

»Rose und Jane organisieren . . . ach, ich dürfte Ihnen das gar nicht sagen.«

»Baby«, stellte ich fest, »Sie sagen mir jetzt alles, was Ihnen überhaupt einfällt, wenn Sie wollen, daß ich Ihren hübschen Hintern aus der Sache rausziehe.«

Susan sah mich strafend an.

»Seien Sie nicht so wütend auf mich«, sagte Pam.

»Quatsch. Soll ich Ihnen Blumen bringen als Belohnung für Diebstahl und Mord? Hoffentlich hatte der alte Mann nicht eine alte Frau, die ohne ihn nicht auskommen kann. Aber Sie können sie ja befreien, wenn Sie erst mal alle die Waffen haben.«

»Spenser, das genügt«, sagte Susan energisch. »Sie leidet schon genug.«

»Verdammt noch mal, ganz und gar nicht. Sie leidet nicht

annähernd genug.« Ich starrte Pam Shepard an. »Na, wie war das denn? Dachten Sie, das wäre eine Art Theaterprobe, als Sie in die Bank reinstürmten?« Über Pams Gesicht liefen jetzt die Tränen. Susan sah mich grimmig an, aber sie blieb ruhig.

»So«, stellte ich fest. »Das ist jetzt hoffentlich ein für allemal klar. Pam Shepard, Sie haben ein ebenso idiotisches wie verabscheuungswürdige Verbrechen begangen, und ich werde versuchen, Sie vor den Folgen zu bewahren. Aber wir vergessen mal ganz schnell die Himbeersoße von wegen, wer wem helfen mußte, und daß man Geheimnisse nicht verraten darf, verstanden?«

»Spenser!« sagte Susan zwischen zusammengebissenen Zähnen.

Ich trank Bier und aß eine Muschel. »Also, nun fangen Sie von vorn an und berichten Sie alles.«

»Werden Sie mir denn helfen?« fragte Pam Shepard.

»Ja.«

Sie trocknete die Augen mit der Serviette ab. »Rose und Jane organisieren eine Frauenbewegung. Sie sagen, wir müssen unsere Passivität überwinden und alle Schwestern aufrütteln, unserem Beispiel zu folgen. Ich glaube, sie wollen ihre Bewegungen an den Black Panthers ausrichten, und darum brauchten wir Waffen. Rose sagt, wir brauchen die Waffen nicht zu benutzen. Aber sie nur zu besitzen macht einen großen psychologischen Vorteil aus. Wir stellen dann eine Macht dar und bedrohen die bestehenden Mächte, wie Jane sagt, sogar die Macht des Phallus.«

»Die Macht des Phallus?« Ich wollte es genau wissen.

Sie nickte.

»Nur weiter«, ermunterte ich sie.

»Also besprachen sie alles, und dann kamen noch andere Frauen dazu, und wir hatten eine Versammlung und beschlossen, wir müßten entweder die Waffen stehlen oder das Geld, um Waffen zu kaufen. Jane hat einen Revolver, aber das war alles. Rose sagte, es wäre leichter, Geld als Waffen zu stehlen, und Jane sagte, das wäre überhaupt ein Kinderspiel, weil Banken ihre Angestellten immer anweisen, Räubern keinen Widerstand entgegenzusetzen. Die wären ja auch alle versichert, und es wäre ihnen vollkommen egal. Also sollten wir eine Bank überfallen.«

Ich verbiß mir einen Kommentar. Pam schien das Interesse an ihrem gedünsteten Hummer verloren zu haben.

»Dann sagten Rose und Jane also, sie würden's machen. Und ich – ich – ich weiß nicht, wie es genau kam, aber plötzlich hatte ich gesagt, ich würde mitgehen. Und Jane sagte, das wäre klasse und bewiese, daß ich voll in die Frauenbewegung integriert wäre. Rose meinte, eine Bank wäre das Symbol schlechthin für männliche kapitalistische Unterdrückung. Und eine von den anderen Frauen, ich weiß ihren Namen nicht, eine Schwarze jedenfalls, die sagte, der Kapitalismus an sich wäre maskulin und außerdem rassistisch, also wäre die Bank ein ideales Angriffsziel. Und ich . . . ich hab' gesagt, ich wollte gern mitgehen.«

»Wie so 'ne Art Weihe«, warf ich ein.

Susan nickte. Pam zuckte die Schultern. »Kann sein, ich weiß nicht. Jedenfalls, wir gingen hin, und Jane und Rose und ich, wir trugen alle Sonnenbrillen und große Hüte, und Jane hatte den Revolver.«

»Jane wird immer bevorzugt«, sagte ich. Susan sah mich böse an. Pam Shepard nahm keine Notiz.

»Also, wir gingen rein, und Rose und Jane, die gingen zum Schalter. Ich blieb an der Tür, als Wachtposten . . . und Rose gab dem Mädchen, der Frau hinter dem Schalter einen Zettel, und Jane hielt ihr den Revolver vor. Die Frau tat, was auf dem Zettel stand. Sie nahm alles Geld aus dem Fach und stopfte es in eine Tasche, die Rose ihr gegeben hatte. Und wir gingen gerade, als der dumme alte Mann versuchte, uns aufzuhalten. Warum hat er das nur getan? Wie konnte er dieses Risiko eingehen?«

»Vielleicht hielt er es für seine Pflicht.«

Sie schüttelte den Kopf. »Ein dummer alter Mann, uns aufhalten zu wollen. Ich meine, der hat doch gesehen, daß Jane einen Revolver hatte. Und es war doch nicht sein Geld.«

»Womöglich war es für ihn eine Art Ehrensache«, sagte ich. »Weil er dafür bezahlt wurde, die Bank zu schützen.«

Sie schüttelte den Kopf. »Unsinn, das ist wieder so eine maskuline Überkommenheit. Die führt nur dazu, daß Menschen umkommen. Das Leben ist doch kein Film mit John Wayne.«

»Kann sein. Aber maskuline Überkommenheit war es nicht, die den Alten das Leben kostete. Jane hat ihn ermordet.«

»Aber sie mußte doch. Sie kämpfte für eine Sache. Für die Freiheit. Und nicht nur für die Frauen, sondern auch für die Männer. Freiheit von den überkommenen Pressionen, für euch, wie für uns.«

»Also tapfer voranmarschiert«, ermunterte ich sie. »Über die Leiche des alten Mannes.«

Susan warf ein: »Was geschah, nachdem Jane den Wächter erschossen hatte?«

»Wir liefen weg. Eine andere Frau, Grace Soundso, ihren Nachnamen hab' ich nie gewußt, wartete in ihrem Volkswagenbus auf uns, und wir fuhren zurück zum Haus.«

»Zu dem in der Center Street?« fragte ich.

Sie nickte. »Und dort beschlossen wir, es wäre besser, uns vorerst zu trennen. Wir konnten nicht dableiben, denn vielleicht würden sie uns durch die Kameras identifizieren. Rose hat in der Bank zwei Kameras entdeckt. Ich wußte nicht, wohin ich sollte, und da lief ich zur Busstation in New Bedford und nahm den ersten, der ging. Der fuhr nach Plimoth. Hier war ich früher schon mal gewesen, als die Kinder noch kleiner waren. Also stieg ich aus und lief hierher, in die Plantation. Und weil ich nicht wußte, was ich tun sollte, ging ich in die Snackbar, und da zählte ich erst mal, wieviel Geld ich hatte, das meiste von Ihren hundert Dollar war noch da. Dabei fand ich in der Brieftasche Ihre Karte, und ich rief Sie an.« Sie unterbrach sich und starrte aus dem Fenster. »Um ein Haar hätte ich meinen Mann angerufen. Aber das hätte bedeutet, wie ein Hund mit eingezogenem Schwanz nach Hause zu schleichen. Ich . . . ich hab' dreimal wieder aufgelegt, als ich Ihre Nummer wählte. Mußte es denn ausgerechnet ein Mann sein, der mir helfen sollte? Aber ich hatte sonst niemanden und wußte nicht, wohin ich gehen konnte, also rief ich Sie schließlich doch an.«

Sie sah immer noch aus dem Fenster. »Und als ich das getan hatte, lief ich die Dorfstraße auf und ab und mußte immer wieder denken: Hier bin ich, eine Frau von dreiundvierzig Jahren, und im größten Schlamassel meines Lebens, und ich habe niemanden, an den ich mich wenden kann, niemand anderen als einen Mann, den ich erst einmal gesehen hab', den ich nicht mal richtig kenne. Niemanden auf der ganzen Welt.« Sie weinte jetzt, und ihre Stimme versagte mehrmals beim Sprechen. Das Gesicht hielt sie zum Fenster gewandt, damit man es nicht sehen sollte. Die Tide war inzwischen weiter abgelaufen, Felsen kamen aus dem Wasser zum Vorschein. Obwohl es früher Nachmittag war, sah der Himmel dunkel aus. Regen klatschte gegen die Panoramascheiben des Restaurants. »Und Sie halten mich für eine Verrückte«, schluchzte Pam Shepard. »Und das Schlimmste ist, ich bin auch eine.«

Susan legte ihr den Arm um die Schulter. »Ich glaube, ich weiß, was Sie fühlen«, sagte sie. »Aber er ist die Art von Mann, der Sie aus dem Dreck holen kann. Das ist sein Job, eine Sache, auf die er sich versteht, andere eben nicht. Sie haben richtig gehandelt, ihn anzurufen. Er bekommt Sie da raus. Und er hält Sie auch nicht für verrückt. Er ist knurrig und schlechter Laune, wegen anderer Sachen. Böse auf mich und wütend auf sich selbst. Und er hat es an Ihnen ausgelassen. Aber keine Angst, er wird Ihnen helfen.«

»Kann er den alten Mann wieder zum Leben bringen?«

»Wir arbeiten nicht auf diese Art«, sagte ich. »Wir sehen uns nicht um und heulen über das, was hätte sein können. Wir müssen uns mit den Dingen abfinden, sie nehmen, wie sie kommen. Und an das Nächstliegende denken. Zuerst mal brauchen Sie einen Unterschlupf. Hier in der Plantation können Sie schließlich nicht bleiben. Mein Apartment in Boston steht leer, weil ich am Cape noch zu tun habe. Da können Sie rein. Kommen Sie, wir brechen gleich auf.« Ich winkte der Kellnerin. »Suze, geh' mit Pam zum Wagen. Ich zahle hier.«

»Ich hab' Geld«, sagte Pam Shepard.

Ich schüttelte den Kopf. Susan und Pam standen auf und verließen das Restaurant. Die Kellnerin kam. Ich bezahlte und gab ihr ein Trinkgeld, nicht zuviel und nicht zuwenig. Sie sollte keinen Grund haben, sich an uns zu erinnern. Dann ging ich den beiden nach.

15

Die Fahrt von Plimoth nach Boston dauert fünfundvierzig Minuten, und der Verkehr war am frühen Nachmittag nicht sehr dicht. Um drei Uhr fünfzehn hielten wir vor meinem Apartment in der Marlborough Street. Unterwegs hatte ich aus Pam nichts Wesentliches mehr herausquetschen können. Sie wußte nicht, wo sich Rose und Jane aufhielten. Sie wußte nicht, wie sie die beiden finden sollte. Sie wußte nicht, wer das Geld hatte, glaubte aber, Rose hätte es. Sie hatten vereinbart, falls sie getrennt würden, eine Annonce in der *New Bedford Standard Times* aufzugeben. Sie hatte keine Ahnung, wie und wo Rose und Jane an die Waffen kommen wollten. Sie hatte keine Ahnung, ob die beiden überhaupt einen Waffenschein besaßen, oder auch nur einen Waffenerwerbsschein.

»Kann man die nicht einfach irgendwo kaufen?« fragte sie.

»Hier in diesem Bundesstaat auf keinen Fall.«

Sie wußte auch nicht, welche Art Waffen die beiden im Sinn hatten. Und sie kannte in Wahrheit kaum den Unterschied zwischen Handfeuerwaffen, Gewehren, Maschinenpistolen. Ebensowenig kannte sie die Namen irgendwelcher Mitglieder der Gruppe, außer denen von Rose, Jane und Grace, und überhaupt nur einen Nachnamen: Alexander.

»Wirklich ein Fall, in den ich mich festbeißen kann«, stellte ich fest. »So gut wie keine Anhaltspunkte. Welcher Text wurde für die Annonce vereinbart?«

»Nur: ›Schwestern, ruft . . . an‹. Dann die Telefonnummer und den jeweiligen Vornamen.«

Wir stiegen aus. Pam rief: »Was für eine hübsche Gegend!

Gleich neben dem Park!«

Wir gingen zu meiner Wohnung im zweiten Stock. Ich schloß auf.

Pam war wieder äußerst angetan. »Oh, sehr gemütlich. Und so gut aufgeräumt. Ich dachte immer, in Junggesellenbuden flögen überall die Socken rum.«

»Zweimal die Woche kommt eine Aufwartefrau.«

»Wer hat denn die Holzschnitzereien gemacht?«

»Zweimal die Woche kommt ein Holzschnitzer.«

»Hören Sie nicht auf den Quatsch«, sagte Susan. »Er schnitzt die Dinger selbst.«

»Interessant. Und die vielen Bücher. Haben Sie die alle wirklich gelesen?«

»Die meisten. Übrigens, die Küche ist hier. Der Vorrat an Lebensmitteln dürfte erst mal reichen.«

»Und der Alkoholvorrat«, ergänzte Susan.

»Stimmt. Wenn das Essen ausgeht, können Sie sich einen schönen flüssigen Tod bereiten.«

Ich öffnete den Kühlschrank und holte eine Flasche Amstel-Bier heraus. »Wollt Ihr einen Drink?« Beide schüttelten den Kopf.

»Brot, Käse und Eier sind im Kühlschrank, und eine ganze Menge Fleisch im Tiefkühlfach. Der Kaffee steht hier im Schrank. Außerdem Erdnußbutter, Reis, Tomatenkonserven, Mehl und so weiter. Gemüse und anderes Frischzeug können wir Ihnen nachher besorgen. Am besten, Sie machen eine Liste mit allem, was Sie brauchen.«

Als nächstes zeigte ich ihr das Schlafzimmer. »Das Bett ist frisch bezogen, die Frau hat die Laken gestern gewechselt. Aber Sie brauchen Sachen zum Anziehen und so was.« Sie nickte. »Machen Sie doch eine Liste mit Lebensmitteln, Kleidern, Toilettenartikeln und allem anderen, und Suze und ich holen es dann.« Ich gab ihr einen Block mit Bleistift, und sie setzte sich an den Küchentisch. Während sie schrieb, gab ich ihr Verhaltensmaßregeln. »Wenn wir wegfahren, bleiben Sie hier in der Wohnung. Gehen Sie nicht an die Tür, wenn's klingelt. Suze und ich haben einen Schlüssel, sonst niemand. Also brauchen Sie uns nicht aufzumachen, und sonst hat niemand einen legitimen Grund, hierherzukommen. Gehen Sie vor allem nicht raus.«

»Was wollen Sie unternehmen?« fragte sie.

»Weiß ich noch nicht. Werd' erst mal gründlich nachdenken müssen.«

»Ich glaube, ich möchte jetzt doch einen Drink.«

»Okay. Scotch und Wasser?«

»Gern.«

Ich bereitete ihr eine kräftige Mischung, und sie trank, während ihre Liste größer wurde.

Schließlich gab sie mir den Zettel und bot mir zugleich ihr Geld an.

»Nein, das brauchen Sie vielleicht noch. Ich schreib' alles auf, und wenn die Sache ausgestanden ist, bekommen Sie eine Rechnung.«

Sie nickte.

»Wenn Sie noch Scotch haben wollen – Sie wissen ja, wo er steht.«

Susan und ich gingen einkaufen. Wir teilten uns das Werk. Ich übernahm die Lebensmittel, sie Kleider und Toilettenartikel. Natürlich war ich eher fertig. Auf dem Platz des Einkaufszentrums wartete ich an der komischen Statue, von der ich nie herausbekommen konnte, ob sie Atlas, Prometheus oder sonstwen darstellen soll. Nach einer Weile wurde ich müde, Atlas, Prometheus oder sonstwen anzustarren und beobachtete statt dessen die Passanten. Ich sah gerade einer schlanken Blondine nach, als Susan mit mehreren bunten Einkaufstüten unter dem Arm auftauchte.

»War das eine Verdächtige?« fragte sie.

»Du weißt doch, ich bin ein lizenzierter Hüter von Gesetz und Ordnung. Ich hab' nur geprüft, ob ihre Shorts die vorgeschriebene Länge haben.«

»Haben sie?«

»Nein.« Ich nahm meine Tüten und ein paar von Susan, und wir gingen zum Wagen. Zu Hause saß Pam Shepard am Fenster und sah auf die Marlborough Street runter. Sonst hatte sich nicht viel geändert, womöglich hatte sie ihren Drink aufgefrischt.

Es war mittlerweile fünf Uhr. Susan setzte sich zu Pam, ebenfalls mit einem Drink bewaffnet, und ich ging in die Küche. Dort panierte ich Lammkoteletts, briet sie goldbraun, mixte einen Salat, röstete kleine Kartoffeln. Aus dem Fett in der Bratpfanne rührte ich mit etwas Chablis und Minze eine Soße zusammen. Zum Essen servierte ich kalifornischen Burgunder in einer großen Flasche. Pam sagte, es schmeckte ausgezeichnet, und ich wäre ein hervorragender Koch.

»Ich selbst hab' nie gern gekocht«, fügte sie hinzu. »Als Kind wollte meine Mutter mich nicht in der Küche haben, sie sagte, ich würde mich nur schmutzig machen. Und als ich heiratete, hatte ich demnach keine Ahnung vom Kochen.«

»Viel brachte ich auf dem Gebiet auch nicht zustande, als ich verheiratet war«, sagt Susan.

»Harv brachte es mir bei«, fuhr Pam fort. »Ich glaube, er kochte sehr gern . . . aber . . .« Sie zuckte die Schultern. »Das war eben die Aufgabe der Hausfrau. Also hatte ich zu kochen . . . die Rollen waren verteilt. Aber ich weiß, ich war in einer Ecke gelandet, in die ich gar nicht wollte.« Sie hatte ausgetrunken und hielt mir ihr Glas hin. Also doch nicht voll emanzipiert. Hätte sie sich sonst nicht selbst eingießen müssen? Vielleicht war aber auch die Zwei-Liter-Flasche zu schwer. Ich füllte ihr Glas. Sie sah auf den leuchtend roten Wein. »Und Harvey auch«, sagte sie schließlich.

»Auch in einer Ecke?« meinte Susan.

»Ja. Er landete in der Ecke des Erfolgsmenschen.«

»Geld?« fragte Susan.

»Nein, nicht eigentlich, jedenfalls nicht als Ziel. Es war eher, daß er eine wichtige Figur sein wollte, jemand, der zählte, der wußte, was lief. Ein Macher und eine Art Beweger. Ich glaub' nicht, daß er sich in Wahrheit sehr viel aus Geld machte, außer als Symbol dafür, daß er selbst ganz oben saß. Ergibt das einen Sinn?« Sie sah mich an.

»Ja, ich glaube schon.«

»Sind Sie auch so?«

Ich zuckte die Schultern. Susan antwortete für mich. »Ja, er ist auch so, auf eine besondere Art.«

»Soll ich jetzt als Untersuchungsobjekt herhalten?« protestierte ich.

Susan ließ sich nicht beirren. Sie sah mich an. »Ich glaube, du hast dich selbst heute morgen ganz gut beschrieben.«

»Bevor oder nachdem du mich mit leidenschaftlichen Küssen fast erstickt hast?«

»Vorher, lange vorher.«

»Aha.«

»Warum machen Sie nicht mit in dem großen Rennen?« fragte Pam. »Jagd nach Erfolg, wichtig sein, möglichst ein Star innerhalb Ihrer Umwelt, alles das, wonach sich Harvey und seine Freunde die Zunge aus dem Hals hetzen?«

»Ich weiß nicht. So einfach kann man das nicht beantworten. Ich müßte dann schon, so pathetisch es klingt, über Integrität und Selbstachtung reden, alles Sachen, die Sie selbst vorhin erst als ›Marke John Wayne‹ abgetan haben. Wie die Ehre, zum Beispiel. Auf meine Art hänge ich eben an der Ehre und versuche, mir da treu zu bleiben. Ich weiß, das hört sich blöd an, und ich find' es auch blöd, darüber reden zu müssen. Aber so ist es nun einmal, oder, sagen wir lieber, ich glaube dran. Und ich hab' lange gebraucht, mich dahin zu bringen, daß ich auch danach leben konnte. Nach meinen eigenen Regeln und Lebensgesetzen.«

»Ich glaube wirklich, Sie haben alle die Bücher gelesen«, meinte Pam.

Aber Susan gab mich so leicht nicht frei. »Trotzdem verwikkelst du dich immer wieder in das Leben anderer Leute und deren Probleme. Ist das die stille Philosophenecke, von der du offenbar träumst?«

»Es ist halt mein Job.«

»Ist denn Ihr Job nicht gefährlich?« fragte Pam.

»Manchmal.«

»Und das liebt er besonders daran«, sagte Susan. »Irgendwie hat er's mit dem Image des harten Burschen. Er würde es nicht zugeben, nicht mal vor sich selbst, aber hinter der Hälfte von allem, was er tut, steckt das Kämpfer-Image. Er gegen den anderen, wer ist der bessere? Das ist auch ein ständiges Wettrennen.«

»Stimmt das?« fragte mich Pam.

»Kann sein, das gehört zum Job.«

»Aber den hast du dir ausgesucht«, stellte Susan fest.

»Und es ist ein Job, der mir das Auswählen erlaubt.«

»Und trotzdem hat er dich von vielen Dingen abgeschnitten. Zum Beispiel Familie, Heim, Ehe.«

»Vielleicht.«

»Nicht vielleicht. Sondern bestimmt. Im Grunde geht es dir um die Autonomie. Du bist der autonomste Mensch, dem ich jemals begegnet bin, und da läßt du nichts ran. Manchmal glaube ich, deine ganzen Muskelpakete, die du so sorgfältig konservierst, sind nur eine Rüstung, ein Schutzschild, hinter dem du dich verkriechen und mit dir allein sein kannst. Der vollkommen integre, autonome Mann, sicher vor jeder Anfechtung, sogar vor der Liebe.«

»Sind wir nicht ein ganz schönes Stück von Harvey Shepard weggekommen, Suze?« Ich hatte das Gefühl, dringend frische Luft zu brauchen.

»Nicht so weit, wie du denkst«, beharrte Susan. »Ein Grund, daß du nicht in derselben Ecke stehst, wie Pams Mann, ist der: Er ist das Risiko eingegangen. Hat geheiratet, sich Kinder zugelegt. Er riskierte die Liebe, eine wirkliche Beziehung und den Kompromiß, den es dafür braucht.«

»Aber ich glaube kaum, daß Harvey seine ganzen Lasten für uns auf sich genommen hat, Susan«, warf Pam ein. »Er arbeitete nicht für seine Familie.«

Ich bezog die Mittelposition. »So leicht kann man das wahrscheinlich nicht trennen. Arbeit für sich, Arbeit für uns.«

»Ach, verdammt noch mal, ich weiß ja selbst nicht«, sagte

Pam. »Ich weiß nicht mal mehr genau, wovon wir reden. Ich weiß nur, es ist schiefgegangen. Nichts hat hingehauen, mit Harvey nicht, mit den Kindern, mit mir, mit dem Älterwerden, rein gar nichts.«

Ich nickte. »Ich weiß, meine Liebe. Aber wir sind ja gerade dabei, das hinzubiegen.«

Sie fing an zu weinen.

6

Pam schluchzte hemmungslos, und mir fiel nichts mehr ein. Also räumte ich den Tisch ab und hoffte, daß Susan etwas einfiel. Auch Fehlanzeige.

Als wir weggingen, schniefelte Pam immer noch und hatte rotgeweinte Augen. Angesichts der fortgeschrittenen Stunde lud mich Susan ein, bei ihr in Smithfield zu übernachten.

Ich akzeptierte und fand das einigermaßen großzügig von mir, nachdem sie mich so in die Mangel genommen hatte.

»Arbeitest du neuerdings auch im feministischen Untergrund in militanten Frauenbewegungen?« erkundigte ich mich, als wir losfuhren.

Sie schüttelte den Kopf. »Ich weiß selbst nicht, warum ich jetzt immer so bissig bin.«

»Bissig würde ich das nicht nennen. Eher zäh. Von dir geht in letzter Zeit ein ständiger Druck auf mich aus. Du hast eine ganz besondere Art entwickelt, mich zur Selbstanalyse zu zwingen.«

»Und du kannst zähe Weiber nicht ausstehen, was?«

»Fang' nicht schon wieder an, und sei vor allem nicht so verdammt empfindlich. Du weißt, daß ich nicht das übliche Klischee meine. Mir geht es einen Dreck um die Rollenverteilung, und wer was tun darf und was nicht.«

»Stimmt«, sagte sie. »Ich bin letzter Zeit etwas sensibel bei dem Thema.«

»Welches Thema?« Jetzt war ich dran. »Ich hab' immer das Gefühl, die Spielregeln zu kennen, nur das Spiel nicht.«

»Das Verhältnis zwischen Mann und Frau, darum geht es doch wohl.«

»Zwischen Mann und Frau im allgemeinen, oder nur zwischen uns beiden?«

»Eins wie das andere.«

»Klasse, Suze, wir kommen der Sache immer näher.«

»Mach dich bitte nicht lustig. Ich glaube einfach, wenn man eine Frau ist und im mittleren Alter, muß man sich über Feminismus Gedanken machen. Meinetwegen, wenn du's so hören willst: Über die Rechte der Frau und die Männer als ihre Gegenspieler. Und das hat natürlich auch was mit dir und mir zu tun. Wir hängen irgendwie aneinander, sehen uns regelmäßig, das geht immer so weiter, und nichts Wirkliches entwickelt sich daraus. Es kommt mir alles so richtungslos vor.«

»Aha. Du meinst also die heilige Ehe?«

»Ich weiß nicht. Mein Gott, denke und fühle ich wirklich so konventionell?«

Wir schwiegen. Erst als wir über die Brücke gefahren waren, meldete sie sich wieder. »Was sind wir eigentlich, als was können wir uns bezeichnen? Sind wir Liebhaber, ein Liebespaar?«

»Ja, wir sind ein Liebespaar.«

»Und für wie lange?«

»Solange wir leben«, antwortete ich. »Oder bis du mich satt hast.«

Wir waren jetzt in Smithfield, fuhren am Country Club vorbei und an dem mit Büschen und kleinen Bäumen bewachsenen Vogelschutzgebiet.

»Ich fürchte, letzteres scheidet aus«, sagte Susan.

Wir fuhren durch das Zentrum von Smithfield mit dem alten Gemeindehaus im dreieckigen Park. Über der Straße hing ein Transparent, das irgendein Volksfest annoncierte. Ich suchte und fand Susans Hand und ließ sie nicht mehr los, bis wir vor ihrem Haus hielten.

Es regnete nicht mehr, aber ein feuchter Nebel hatte sich über die Häuser und Gärten gelegt. Die Tropfen an den Ästen reflektierten das Licht der Straßenlampen. Susans Haus war alt und heimelig, mit verwitterten Schindeln an den Wänden und vielen Büschen im Vorgarten. Susan schloß die Haustür auf, und wir gingen hinein. Im dunklen Wohnzimmer drehte ich sie zu mir um und umarmte sie. So standen wir, eng aneinandergepreßt, lange und wortlos.

»Solange wir leben«, wiederholte ich.

»Vielleicht sogar länger?« Die alte Uhr auf dem Kaminsims tickte laut in der Finsternis. Susan roch frisch, ihr Körper war fest und elastisch. Wie schwer es doch war, einem anderen zu sagen, was man wirklich fühlte. Ich sagte: »Komm, Schatz, auf ins Bett.« Sie bewegte sich nicht, drückte sich nur noch fester an mich. Also hob ich sie auf und trug sie ins Schlafzimmer. Ich war nicht das erstemal hier, und die Dunkelheit bereitete mir keine Schwierigkeiten.

17

Morgens, noch feucht vom Duschen, fuhren wir ans Cape zurück. Unterwegs hielten wir in einem Restaurant, Steaks und Eier, und waren gegen Mittag in Hyannis im Motel. Ich hatte das Zimmer nicht aufgegeben. Der Nebel war weggeblasen, und der Himmel leuchtete im tiefsten Blau. Der Portier gab mir eine Notiz. Ich möchte Harv Shepard anrufen.

Während Susan einen Badeanzug anzog, wählte ich Shepards Nummer.

»Spenser«, meldete ich mich. »Was gibt's?«

»Sie müssen mir helfen.«

»So? Wenn ich mich recht erinnere, hab' ich Ihnen das schon vor 'ner ganzen Weile prophezeit.«

»Ich muß Sie unbedingt sprechen. Ich werde mit der Sache nicht mehr fertig, brauche Hilfe. Dieser ... dieser verdammte Nigger hat sich an einem meiner Kinder vergriffen. Ich schaff's nicht mehr alleine.«

»Okay, ich komm' rüber.«

»Nein!« rief er. »Nicht hier bei mir. Ich komme zu Ihnen. Sind Sie noch im Motel?«

»Ja.« Ich nannte ihm die Zimmernummer. Er würde sofort kommen.

Susan hatte sich in ihren engen einteiligen Badeanzug gequetscht. »Was los?«

»Ja. Shepard geht auf den Leim. Offensichtlich hat sich Hawk eins von seinen Kindern vorgenommen. Shepard ist in Panik. Er kommt her.«

»Ich habe Angst vor Hawk«, sagte sie.

»Ich auch, ob du's glaubst oder nicht.«

»Er ist irgendwie ...« Sie zuckte die Schultern. »Versuch' nicht, es mit ihm aufzunehmen.«

»Besser ich als Shepard.«

»Warum denn nur?«

»Weil ich eine Chance habe. Shepard hat keine.«

»Weshalb, um Himmels willen, nicht die Polizei?«

»Das werden wir Shepard fragen müssen. Ich habe nichts gegen die Polente, und mir liegt nicht besonders viel daran, mit Hawk russisches Roulette zu spielen. Shepard nannte ihn einen Nigger.«

»Und? Was hat das damit zu tun?«

»Weiß nicht. Aber ich wollte, er hätte das nicht gesagt. Es ist beleidigend.«

»Mein Gott, Spenser! Hawk bedroht sein Leben, hat ihn zusammengeschlagen, hat sich an seinen Kindern vergriffen, und du machst dir Gedanken über eine rassistische Bemerkung?«

»Hawk ist für mich irgendwie etwas Besonderes.«

»Du für mich auch.« Sie schüttelte verständnislos den Kopf. »Ich geh' an den Swimming-pool, um was für meine Bräune zu tun. Wenn du fertig bist, kannst du ja nachkommen. Es sei denn, du brennst mit Hawk durch.«

»Muß ich mir überlegen.«

Sie ging. Knapp zwei Minuten später kam Shepard. Er konnte sich jetzt besser bewegen, dafür machte er einen um so verstörteren Eindruck. Er trug einen schwarzkarierten Freizeitanzug und ein Hemd mit schwarzer Stickerei. Die schwarzen Schuhe waren auf Hochglanz poliert, das Gesicht grau vor Angst.

»Haben sie was zu trinken hier?« fragte er als erstes.

»Nein, aber ich bestelle was. Womit kann ich Sie erfreuen?«

»Bourbon.«

Ich klingelte dem Etagenkellner, orderte Bourbon und Eis. Shepard lief zum Fenster und starrte raus auf den Golfplatz. Er setzte sich in einen Sessel, stand gleich wieder auf. »Spenser«, verriet er mir, »ich hab' die Hosen gestrichen voll.«

»Kann ich Ihnen nachfühlen.«

»Hab' nie gedacht . . . hab' immer geglaubt, ich könnte mit Geschäften aller Art fertig werden. Verstehen Sie, ich bin Geschäftsmann. Und ein Geschäftsmann muß Geschäfte arrangieren, zusehen, daß sie laufen, die Beteiligten unter Kontrolle halten. Und ich bin wirklich keine Lusche, Spenser. Hab' allerhand Erfahrung, aber diese Kerle . . .«

»Ich kenne diese Kerle.«

»Ich meine den verdammten Nigger.«

»Der Mann heißt Hawk«, belehrte ich ihn. »Dann nennen Sie ihn auch Hawk.«

»He, was soll das? Sind Sie plötzlich so'n Bürgerrechtler?«

»Nennen Sie ihn Hawk.«

»Schön, gut, okay. Also Hawk. Mein Jüngster kam ins Zimmer, während die mit mir redeten, und Hawk packte ihn am Hemd und schmiß ihn zur Tür raus. Direkt unter meinen Augen. Der schwarze Bastard!«

»Was heißt: ›die‹?«

»Die?«

»Sie sagten, ihr Kind kam ins Zimmer, während die mit Ihnen redeten.«

»Ach so. Hawk und ein Kerl namens Powers. Ein Weißer. Schätze, Hawk arbeitet für ihn.«

»Ja, ich kenne Powers.«

Der Kellner kam mit dem Bourbon. Ich zeichnete die Rechnung gegen und gab dem Mann einen Dollar Trinkgeld. Shepard fummelte in seiner Tasche. »Lassen Sie mich . . .«

»Werd's auf Ihre Rechnung setzen. Was wollte Powers? Nein, warten Sie, ich werde Ihnen sagen, was er wollte. Sie schulden ihm Geld, und Sie können nicht zurückzahlen. Und er ist bereit, Ihnen ein winziges bißchen Luft zu lassen, wenn Sie ihm dafür einen Riesenhappen von Ihrem Geschäft geben.«

»Ja.« Shepard goß sich reichlich ein und nahm einen tiefen Schluck. »Woher wissen Sie . . .«

»Ich sagte doch, ich kenne Powers. Das Spielchen ist auch nicht so furchtbar neu. Powers, aber auch viele andere haben es schon oft gespielt. Jemand wie Sie verbuttert Geld oder veruntreut eine größere Summe, oder er sieht die Chance für ein schnelles Geschäft, oder er übernimmt sich zur falschen Zeit, wie auch immer. Jedenfalls kann er den Verlust nicht finanzieren. Dann kommt Powers, hilft ihm aus der Patsche und verlangt dafür einen astronomischen Zinssatz, und zwar auf wöchentlicher Zahlungsbasis. Der Betreffende kann nicht zahlen, Powers schickt Hawk, um ihm zu demonstrieren, daß er es ernst meint. Der Betreffende kann natürlich immer noch nicht zahlen, also kommt Powers selbst und sagt: ›Gib' mir den und den Teil von deinem Geschäft, oder Hawk unterhält sich auf seine Art noch mal mit dir.‹ Und wenn der Betreffende Glück hat, kann er jemanden wie mich konsultieren. Aber den meisten bleibt höchstens der Gang zur Polente.«

»Ich hab' das Geld nicht verbuttert. Und auch nicht veruntreut.«

»Klar, natürlich nicht. Warum dann nicht die Bullen?«

»Keine Bullen!« rief Shepard und trank einen weiteren großen Schluck.

»Und warum nicht?«

»Die werden als erstes wissen wollen, warum ich Geld von Powers brauchte.«

»Und Sie haben fünf gerade sein lassen?«

»Verdammt noch mal. Mir blieb nichts anderes übrig. Jeder muß das mal.«

»Also, erzählen Sie mir, warum Sie's mußten.«

»Wieso? Wozu müssen Sie das wissen?«

»Das weiß ich erst, wenn Sie's mir gesagt haben.«

Shepard widmete sich weiter dem Bourbon. Schließlich legte er los. »Ich saß in der Klemme. Hab' mit einer Gruppe von Leuten zusammengearbeitet, die sich ›Grundstücks-Management-Gesellschaft‹ nannten. Die versuchen, in den verschiedensten Feriengebieten Fuß zu fassen und dort Freizeitkolonien zu gründen, immer zusammen mit einem Geschäftsmann vom Ort.

Der war ich, für die Gegend hier. Das ging so: Wir gründeten eine gesonderte Gesellschaft, mit mir als Präsidenten. Ich hatte die Entwicklungsarbeit zu leisten, mit den städtischen Planungsbehörden zu verhandeln und mit der Bauaufsichtsbehörde, und was sonst noch dazugehört. Meine Aufgabe war es auch, die Bauarbeiten zu überwachen, wenn es soweit sein würde. Sie stellten die Architekten, Ingenieure, besorgten die Finanzierung und die Verkaufsorganisation. Genaugenommen ist es noch kompolizierter, aber Sie verstehen schon, was ich meine. Jedenfalls war meine Gesellschaft eine ausschließliche Tochter der Grundstücks-Management. Soweit klar?«

»Ja, hab' kapiert. Ich bin zwar kein so hervorragender Geschäftsmann, wie Sie es zu sein scheinen, aber wenn Sie schön langsam reden, werd' ich wohl mitkommen. Wie heißt Ihre Gesellschaft, die örtliche hier?«

»Wir tauften das Projekt auf den Namen ›Das gelobte Land‹. Und die Gesellschaft nannten wir Gelobtes Land ›Incorporated‹.«

Ich pfiff durch die Zähne. »Donnerwetter! Gelobtes Land. Und Sie wurden Präsident der Gelobtes Land Inc., einer hundertprozentigen Tochter der Grundstücks-Management-Gesellschaft. Und was dann?«

»Die Grundstücks-Management ging baden.«

»Pleite?«

»Ja.« Shepard trank seinen Bourbon aus und goß nach. Auf Eis verzichtete er. »Die arbeiteten so: Die ganze Organisation lag bei ihnen. Sie drehten die große Reklamemühle, mit viel Aufwand, Gratisreisen für prospektive Kunden, nach Florida und überall hin. Wenn ein Käufer für ein Ferienhaus anbiß, leistete der eine Anzahlung auf das Grundstück und schloß außerdem einen Vertrag über Art und Bauweise des gewünschten Hauses. Er mußte dann auch eine Anzahlung auf das Gebäude leisten, und die floß in einen getrennten Entwicklungsfonds.«

»Was geschah mit den Abschlagszahlungen für die Grundstükke?«

»Die gingen an die Grundstücks-Management.«

»Aha. Und wer hatte den Entwicklungsfonds zu verwalten?«

»Ich.«

»So. Und als die Grundstücks-Management von der Bildfläche verschwand und Sie einen Haufen Geld in die Sache investiert hatten und kein Finanzier mehr hinter Ihnen stand, da haben Sie in den Topf gelangt.«

»Ja. Hab' den gesamten Entwicklungsfonds aufgebraucht. Mir blieb ja nichts anderes übrig. Nachdem die Grundstücks-Management pleite war, suspendierte die Stadtverwaltung die

Baugenehmigungen. Bis dahin waren die Parzellen lediglich vermessen, die Erschließung fehlte noch. Sie wissen, Wasserversorgung, Kanalisation, alles das.«

Ich nickte.

»Na ja, und die Stadt sagte, ohne Erschließung keine Baugenehmigung. Damit legten die mich völlig auf Eis. Schätze, die hatten auch keine andere Wahl. Die Sache stank gewaltig, als die Muttergesellschaft plötzlich baden ging. Eine Menge Gelder waren verschwunden, sämtliche Anzahlungen für die Grundstücke, und die Kunden wurden unruhig. Aber ich war aufgeschmissen. Mein ganzes Kapital steckte in dem Unternehmen, und es gab nur einen Weg für mich, es wiederzubekommen: Ich mußte die Häuser bauen und verkaufen. Aber wie? Ohne Erschließung und damit ohne Baugenehmigung? Niemand wollte das ›Gelobte Land‹ finanzieren. Sie wissen ja, die Banken geben Ihnen nur Geld, wenn Sie nachweisen, daß Sie gar keins brauchen. Und mit dem ›Gelobten Land‹ wollten sie schon gar nichts mehr zu tun haben, denn die Geschichte hatte sich natürlich in den einschlägigen Kreisen längst rumgesprochen, außerdem hatte die Steuerfahndung Lunte gerochen, alle möglichen Untersuchungen liefen an, bis hin zum Büro des Staatsanwalts, der gegen die Grundstücks-Management ermittelte. Zu alledem wurde die Muttergesellschaft von einer Gruppe Kunden verklagt, die sich betrogen fühlten. Also blieb mir wirklich nichts anderes übrig, ich nahm das Geld vom Entwicklungsfonds. Was sollte ich machen? Ich hätte sonst nur den Kram hinschmeißen und mir ’nen neuen Job suchen können, ohne genug Geld, um nur meinen Lebenslauf abtippen zu lassen. Machen Sie das mal mit Fünfundvierzig!«

»Verstehe. Nun lassen Sie mich mal raten, was weiter passierte. Die Kundengruppe, die schon die Grundstücks-Management verklagt hatte, versuchte jetzt auch, die Anzahlungen für die Häuser wiederzukriegen.«

Shepard nickte.

»Und da Sie das Geld für die Erschließung ausgegeben hatten, konnten Sie nicht zahlen.«

Wieder Kopfnicken.

»Also gerieten Sie irgendwie an Powers, und der lieh Ihnen das Geld. Zu welchem Zinssatz? Drei Prozent die Woche?«

»Dreieinhalb.«

»Und selbstverständlich mit Abzug vom Kapital.«

Shepard nickte wieder.

»Und Sie schafften das natürlich nicht.«

»Nein. Wie auch?«

»Da kam Hawk und mahnte die Zahlungen an, indem er Sie

zusammenschlug.«

»Ja. Das heißt, er tat es gar nicht selbst. Er hatte zwei Typen dabei, die das besorgten. Er beaufsichtigte sie sozusagen nur.«

»Donnerwetter, ein Aufsteiger. Sitzt jetzt im Management.«

»Er sagte, daß er nur noch die Morde besorgt, die mühsame Arbeit delegiert er.«

»Und jetzt wissen Sie nicht mehr weiter.«

»Stimmt.« Er lehnte die Stirn gegen das kühle Fensterglas. »Wissen Sie, dabei hat das Geld von Powers mich geschäftlich aus der Patsche gebracht. Ich bekam das Projekt wieder in Griff. Jetzt schulde ich nur noch Powers Geld, und das kann ich nicht bezahlen. Verstehen Sie, was das heißt? Ganz kurz vorm Ziel, und dann zu wissen, man kann doch nur verlieren.«

18

Nachdem Shepard mir seine Sünden gebeichtet hatte, sah er mich erwartungsvoll an.

»Was ist?« fragte ich. »Wollen Sie von mir Absolution? Gegen fünf Vaterunser? Beichten kann gut für die Seele sein, aber Ihrem Korpus hilft das wenig. Und um den scheint's augenblicklich in erster Linie zu gehen.«

»Was sollte ich tun?« wiederholte er. »Ich war in der Ecke, mit dem Rücken an der Wand. Ich mußte an das Geld im Fonds. Die Grundstücks-Management hat sich mit vier oder fünf Millionen abgesetzt. Sollte ich die Hände in den Schoß legen, alles aufgeben? Alles, wofür ich gearbeitet habe, was ich darstelle?«

»Irgendwann können wir ja mal darüber reden, wofür Sie eigentlich gearbeitet haben und was Sie Ihrer Ansicht nach darstellen. Jetzt ist nicht die Zeit dafür. Wie dicht sitzt Ihnen Powers im Nacken?«

»Für morgen ist ein Treffen vereinbart.«

»Wo?«

»In Hawks Zimmer im ›Holiday Inn‹.«

»Okay, ich gehe mit.«

»Was werden Sie tun?«

»Weiß ich nicht, muß erst nachdenken. Aber es ist besser, als wenn Sie allein gehen müßten, oder?«

»O ja, verdammt noch mal!« ächzte Shepard und trank aus.

»Vielleicht können wir die zu einem Aufschub veranlassen«, sagte ich. »Das gibt uns Zeit, eine Marschroute zu entwickeln.«

»Aber welche nur?«

»Noch keine Ahnung. Nur vergessen Sie nicht: Was Powers tut, ist ungesetzlich. Wenn alle Stricke reißen, können wir um

Hilfe rufen, und Sie sagen als Zeuge der Staatsanwaltschaft gegen Powers aus. Dann kommen Sie mit einer juristischen Tracht Prügel davon.«

»Aber ich bin ruiniert.«

»Hängt davon ab, was Sie unter ruiniert verstehen. King Powers' Partner zu sein, ob reich oder arm, ist auch eine Art Ruin. Und als Leiche wären Sie der Offenbarungseid *par excellence.«*

»Nein. Ich kann nicht zur Polizei gehen.«

»Jetzt vielleicht nicht. Später bleibt Ihnen möglicherweise nichts anderes übrig.«

»Dann wäre ich Pam endgültig los. Pleite, mein Geschäft weg, in allen Zeitungen als Gauner dargestellt. Glauben Sie, Pam käme zurück und würde mit mir in einer Hütte leben, während ich Sozialhilfe kassierte?«

»Weiß ich nicht. Im Moment scheint sie ohnehin nicht wild darauf zu sein, zu Ihnen zurückzukommen. Aber Ihre Frau, das ist ein anderes Problem. Da gehen wir ran, wenn diese Sache hier aus der Welt ist.«

»Ja. Aber denken Sie dran, daß die Angelegenheit absolut vertraulich behandelt werden muß. Ich kann nichts riskieren. Es muß irgendeinen Ausweg geben.«

»Harv, Sie reden wie jemand, der zwischen mehreren Möglichkeiten wählen kann. Das war vorbei, nachdem Sie in den Entwicklungstopf gelangt hatten. Und erst recht, als Sie das Geld von Powers annahmen. Überlegen Sie doch mal, wir sprechen hier schließlich über Leute, die Sie kaltblütig über den Haufen knallen werden.«

Er nickte. »Aber es muß einen Weg geben.«

»Ja, wahrscheinlich schon. Lassen Sie mich drüber nachdenken. Wann soll die Zusammenkunft morgen steigen?«

»Dreizehn Uhr.«

»Ich hole Sie Viertel vor eins bei Ihnen zu Hause ab. Gehen Sie jetzt dahin, bleiben Sie dort. Damit ich Sie erreichen kann, wenn es nötig wird.«

»Was werden Sie tun?«

»Nachdenken.«

Shepard ging. Ziemlich betrunken und ein wenig erleichtert. Über ein Problem zu reden, gibt einem manchmal das Gefühl, es schon angepackt zu haben. Jedenfalls war er nicht mehr drauf aus, die Sache allein zu regeln. Ich hatte wirklich eine schöne Klientel. Die Bullen waren hinter Pam her, und die Verbrecher hinter Harv.

Ich ging nach draußen zum Swimming-pool. Susan, in ihrem rot geblümten Badeanzug, saß auf einer Liege und las einen ihrer Wälzer. Ich blieb vor ihr stehen und sah auf sie runter. Jesus Christus! dachte ich, wie konnte sich nur jemand von so einer Frau scheiden lassen.

»Wenn wir beide verheiratet wären«, sagte ich, »und du ließest dich von mir scheiden, würde ich dich den Rest meines Lebens verfolgen.«

»Bestimmt nicht. Dazu wärst du zu stolz.«

»Ich würde jeden Mann verprügeln, der in deine Nähe käme.«

»Das nehm' ich dir allerdings ab. Was wollte Shepard?«

Ich hockte mich neben sie. »Er bettelt um Hilfe. Wie wir annahmen, ist er einem Geldhai in die Zähne geraten, und der Hai will sein Geschäft fressen.«

In dieser Stellung wurde es mir zu unbequem. Ich holte mir einen Klappstuhl und berichtete Susan von der Unterhaltung.

»Das heißt also, du mußt dich doch mit Hawk anlegen«, stellte sie fest.

»Möglich.«

Sie holte tief Luft. »Was willst du tun?«

»Weiß ich nicht. Ich wollte an die Bar gehen, zum Nachdenken. Kommst du mit?

Sei schüttelte den Kopf. »Nein, ich bleibe hier und lese. Vielleicht schwimme ich auch noch ein paar Züge. Wenn du was ausgetüftelt hast, sag' mir Bescheid. Wir können dann das Ereignis bei einem ausgiebigen Lunch feiern.«

Ich küßte sie einigermaßen artig auf die Schulter und ging an die Bar. Im Restaurant aßen mehrere Gäste, aber an der Theke war es ruhig. Ich setzte mich ans äußerste Ende, bestellte Bier vom Faß und machte mich über die Schale mit Erdnüssen her.

Alles erst mal schön sortieren, dachte ich. Zwei Probleme: Ich mußte meinen Klienten Harv Shepard aus King Powers' Klauen befreien. Und ich mußte meine Klientin Pam Shepard vor der drohenden Anklage wegen bewaffneten Raubüberfalles und Mordes bewahren. Diese Idioten! Ich hatte die Nase voll, von beiden. Eine Berufskrankheit, dachte ich. Jeder hat nach einer Weile die Nase voll von seinen Klienten. Lehrer können ihre Schüler nicht mehr sehen, Ärzte ihre Patienten, Barkeeper die Säufer, Verkäufer ihre Kunden. Verdammt, aber meine zwei waren Superidioten, einsame Spitze. Das ›Gelobte Land‹, Himmel noch mal! Ich bestellte noch ein Bier. Die Erdnußschale war leer. Ich orderte einen frischen Vorrat. Waffen, dachte ich, verdammt und zugenäht! Wollen sich Waffen besorgen und die Macht des Phallus besiegen. Wo, zum Teufel, wollten die Waffen hernehmen? Vielleicht schlugen sie mal im Branchenverzeichnis nach: Rubrik Waffenschieber. Oder ich konnte sie ja mit jemandem wie King Powers bekannt machen. Der würde ihnen die Gewehre, oder was sie zu brauchen meinten, verkaufen, und dann konnten sie ihn erschießen. Das würde Harv Shepards Problem aus der Welt schaffen, aber wie? Oder ... warte mal, Junge ... oder ich konnte Powers als Waffenhändler entlarven. Nein, entlarven war nicht das richtige Wort. Hereinlegen! Das war's. Powers aufs Kreuz legen. Nicht mit der Wucherei, dann landete auch Harv Shepard in der Suppe. Aber mit illegalem Waffenhandel. Wenn ich das richtig anstellte, würde ich ihn Shepard vom Halse schaffen, und zwar für ganz schön lange Zeit. Und gleichzeitig würden auch Rose und Jane aus Pam Shepards Leben verschwinden. Nein, unmöglich: Denn was sollte Rose und Jane davon abhalten, Pam mit in die Sache reinzuziehen, wenn sie geschnappt wurden? Hhm. Wie aber, wenn ich mit dem Staatsanwalt eine Abmachung treffen konnte? Der Handel des Jahres: Powers und zwei militante Radikal-Feministinnen auf ein und demselben Servierteller, und dafür die behördliche Zusage, die beiden Shepards aus der Sache rauszuhalten. Mehr und mehr gefiel mir dieser Gedanke. Die Sache bedurfte noch des Schliffs, aber so konnte es laufen, mit Geschick und Glück. Meine einzige Alternatividee hieß, an King Powers' besseres Ich zu appellieren, aber das sah selbst nach dem vierten Bier nicht sehr vielversprechend aus. Ihn aufs Kreuz legen, war allemal besser. Dem guten alten King das Ding seines Lebens verpassen. Ich trank noch ein Bier, aß noch mehr Erdnüsse und dachte noch mehr nach.

Susan kam in einer weißen Frotteebaderobe und setzte sich neben mich.

»*Cogito, ergo sum*«, verkündete ich.

»Ja, bestimmt. Du warst immer schon von des Gedankens Blässe angekränkelt.«

»Warte nur, bis du eingeweiht bist.«

19

Nach dem Lunch gab ich telefonisch bei der *New Bedford Standard Times* eine Kleinannonce auf: »Schwestern, ruft 936–1434 an. Pam.«

Darauf rief ich selbst 936–1434 an. Pam Shepard antwortete nach dem ersten Klingeln.

»Hören Sie zu«, sagte ich und las ihr den Text der Anzeige vor. »Das habe ich eben in der New Bedford Standard Times aufgegeben. Wenn die Schwestern Sie anrufen, arrangieren Sie ein Treffen. Zwischen denen, Ihnen und mir.«

»Oh! Darauf werden sie sich kaum einlassen. Die trauen Ihnen doch nicht.«

»Dann müssen Sie eben Ihre Überredungskünste aufwenden. Sie können ja von solidarischer Verpflichtung und schwesterlichem Zusammenhalten sprechen. Sagen Sie denen, ich hätte einen Waffenhändler an der Hand, der mit ihnen ins Geschäft kommen will. Wie Sie's anstellen, ist Ihre Sache. Aber kriegen Sie's bloß hin.«

»Warum ist das so wichtig?«

»Um Ihre Haut zu retten, und die von Harv. Und um der Demokratie einen Dienst zu erweisen. Es ist zu kompliziert, um es jetzt im einzelnen zu erklären. Machen Sie nur, was ich sage. Bekommen Sie schon Platzangst?«

»Nein, es geht noch. Ich sitze meist vor dem Fernseher.«

»Übertreiben Sie's nicht, sonst fallen Ihnen die Zähne aus.«

»Spenser?«

»Ja?«

»Was ist mit Harvey los? Wieso sagten Sie, es ginge um seine Haut?«

»Ist jetzt nicht wichtig, nichts, was wir jetzt bereden müßten. Es geht sozusagen um seine innere Wertskala.«

»Geht es ihm gut?«

»Klar.«

»Und den Kindern?«

»Natürlich auch. Die vermissen Sie, Harv übrigens auch, aber sonst geht es allen gut.« Lügen gehörte manchmal zum Job.

»Komisch«, sagte Pam. »Ich weiß nicht, ob ich mich nach ihnen sehne oder nicht.«

»Ja, Gefühle sind oft schwer zu analysieren. Gibt es noch was, das ich für Sie tun kann?«

»Danke. Alles okay.«

»Prima. Suze oder ich werden uns melden.«

Ich legte auf.

Susan hatte verblichene Jeans und eine dunkelblaue Bluse angezogen. Sie plante eine Tour quer über das Cape, um nach Antiquitäten zu suchen. Ich sah auf die Uhr: Viertel nach eins. Ich hielt den Kopf unter kaltes Wasser, trocknete mich ab und machte mich auf den Weg nach New Bedford.

Fünf Minuten nach zwei parkte ich verkehrswidrig vor dem Polizeipräsidium von New Bedford, einem dreistöckigen Backsteinbau in der Spring Street. Hier waren die Streifenwagen hellbraun. In einem saßen zwei Polizisten in weißen Uniformmützen. Ob die Verbrecher in New Bedfod schwarze Hüte trugen?

Drinnen hielt ein weiblicher Zerberus Wache. Ich fragte, wer den Überfall auf die Bristol Security Bank bearbeitete. Die Beamtin war aschblond, trug blaue Lidschatten und benutzte einen recht grellen Lippenstift. Sie sah mich mehrere Sekunden streng an. »Wer sind Sie?«

Ob Mann oder Frau: Polente bleibt Polente.

»Spenser ist mein Name. Ich bin Privatdetektiv aus Boston und verfüge über ein paar Informationen, die jemanden hier zum Sergeant befördern könnten.«

Sie überlegte offensichtlich, ob ich nicht ein Fall fürs Irrenhaus wäre, entschied dann gnädigerweise anders und griff zum Telefon. »Ist Sylvia da? Hier Margaret von der Wache. Ja? Gut, sagen Sie ihm, ich hab' hier jemanden, der behauptet, er hätte Informationen in der Bristol Security-Sache. Okay.« Sie legte auf. »Detektiv Jackie Sylvia bearbeitet den Fall. Setzen Sie sich da hin. Er kommt gleich.«

Detektiv Jackie Sylvia entpuppte sich als ein kleiner, gedrungener Mann mit Glatze und dunkler Hautfarbe. Er sah so schnieke aus, wie das bei einem Mann von nicht mehr als einsfünfundsechzig und zwei Zentnern Gewicht nur möglich ist: rosa geblümtes Hemd, beigefarbener Freizeitanzug, braune Wildlederschuhe mit goldenen Schnallen. Sein Alter war schwer zu schätzen, das runde Gesicht hatte keine Falte, aber der dünne Haarkranz um die kahle Schädelplatte war grau.

»Mein Name ist Sylvia«, sagte er. »Sie wollen zu mir?«

»Sofern Sie die Untersuchungen in dem Bankraub führen.«

»Tu' ich.«

»Können wir irgendwo in Ruhe reden?«

Sylvia deutete auf die Treppe, und ich folgte ihm in den zweiten Stock. An der Tür stand »Raubdezernat«. In dem Raum drängten sich sechs Schreibtische, jeweils paarweise zusammengestellt. In einer Ecke war ein kleines Sonderbüro abgeteilt, auf der Tür stand zu lesen: Sergeant Cruz. An einem der Tische saß ein dürrer Polizist mit struppigem blondem Haar. Er hatte die Füße auf der Schreibplatte und telefonierte. Auf der Tischkante lag eine brennende Zigarette mit langem Aschenstreifen. Der Mann trug ein legeres schwarzes T-shirt. Auf seinem linken Unterarm war ein Thunderbird-Düsenflugzeug eintätowiert, darunter die Worte: 45. Kampfbrigade. Sylvia setzte sich an seinen Tisch, deutete auf einen Besucherstuhl.

»Okay«, sagte er. »Also raus damit.«

»Ist Ihnen King Powers ein Begriff?«

»Ja.«

»Ich kann Ihnen die Täter von der Bristol Security liefern, und ich kann Ihnen King Powers liefern. Allerdings hängt das an gewissen Konditionen.«

»Powers gibt sich nicht mit Banken ab.«

»Weiß ich. Ich kann ihn wegen eines anderen Delikts aus

dem Verkehr bringen und ihnen außerdem die Bankräuber in die Hände spielen, vorausgesetzt, ich bekomme meine Gegenleistung.«

»Und die wäre?«

»Zwei Leute, die mit drin stecken, sollen draußen gehalten werden.«

»Einer davon sind Sie?«

»Ich gebe mich auch nicht mit Banken ab.«

»Würden Sie die Güte haben, sich vielleicht erst mal zu identifizieren?«

Ich zeigte ihm meine Lizenz. Er sah kurz drauf, gab sie zurück. »Boston, was? Also müßten Sie dort im Raubdezernat einen gewissen Abel Markum kennen.«

»Hatte noch nicht das Vergnügen.

»Wen kennen Sie denn von der Polizei in Boston?«

»Leutnant Quirk von der Mordkommission zum Beispiel. Detektiv Frank Belson. Herschel Patton vom Raubdezernat. Einen sehr entgegenkommenden Schupo namens . . .«

»Lassen Sie schon. Patton kenne ich auch, mit dem hab' ich mal zusammengearbeitet.« Sylvia holte ein Päckchen zuckerlosen Bubble-gum mit Grapefruitgeschmack aus der Tasche und steckte sich zwei Stück in den Mund. Er bot mir keins an. »Sie wissen ja wohl, daß Sie gesetzlich verpflichtet sind, jedes Beweismaterial in einem Verbrechen der Polizei freiwillig zu melden.«

»Kann ich auch ein Bubble-gum haben?«

Sylvia holte das Kaugummipäckchen wieder hervor und hielt es mir hin. Drei Stück waren übrig. Ich nahm eins.

»Nehmen Sie mindestens zwei. Sonst kriegen Sie keine Blasen hin. Das Zeug ist mies.«

Ich nahm ein zweites, wickelte beide aus und fing zu kauen an. Er hatte recht, das Zeug war wirklich mies.

Sylvia wiederholte: »Unterdrückung von Beweismaterial ist gesetzwidrig.«

Ich pustete probeweise einen kleinen Ballon. »Weiß ich. Wollen wir jetzt über den Handel reden?«

»Wie wär's, wenn wir Sie in eine Zelle sperrten? Wegen Beihilfe zu einem Verbrechen?«

Ich quälte mich mit dem Bubble-gum ab, es war einfach nicht elastisch genug. Die Blasen wurden nicht größer als ein Pingpongball, ehe sie mit einem kleinen Knall zerplatzten.

»Und wenn wir Sie hinter Schloß und Riegel haben, verhören wir Sie mal 'ne Weile. Sie würden sich wundern. Wir haben da so'n paar Spezialisten, die holen aus Ihnen raus, was Sie bis dahin nicht mal selbst gewußt haben.«

»Das Zeug klebt an den Zähnen«, beklagte ich mich.

»Nicht, wenn Sie keine mehr haben.«

»Warum, zum Teufel, produzieren die heutzutage Kaugummi, der an den Zähnen kleben bleibt? Man kann wirklich niemandem mehr trauen.«

»Wenn Sie's nicht mögen, spucken Sie's doch aus. Ich hab's Ihnen nicht aufgezwungen.«

»Na ja, besser als gar nichts.«

»Wollen Sie jetzt über die Bristol Security reden?«

»Ich will über eine Abmachung reden.«

»Verdammt noch mal, Spenser, Sie können hier nicht einfach reinflattern und mir Bedingungen an den Kopf knallen. Ich weiß nicht, was sich euereins in Boston alles erlauben kann, aber hier nennen wir die Bedingungen.«

»Klasse«, lobte ich. »Einen kurzen Blick auf die Lizenz, und Sie haben sich schon meinen Namen gemerkt. Beim Auswendiglernen haben Sie nicht mal die Lippen bewegt.«

»Lassen Sie die Faxen, Freundchen, sonst gucken Sie sich den Boden ganz aus der Nähe an. Verstanden?«

»Ach, hören Sie auf, Sylvia, ich krieg' sonst 'ne Gänsehaut. Und wenn man mir Angst macht, neige ich zu Gewalttätigkeit, und ihr beide seid nur zu zweit.« Der strubbelhaarige Bulle mit der Tätowierung hatte den Hörer aufgelegt und sich rangepirscht.

»Soll ich's Fenster aufmachen, Jackie?« fragte er. »Wenn er böse wird, können wir dann Hilfe rufen.«

»Oder runterspringen«, sagte Sylvia. »Sind nur zwei Stockwerke und immer noch besser, als so 'ner Bestie ausgeliefert zu sein.«

Ich konnte das nicht so weitergehen lassen. »Hören Sie jetzt endlich auf, Ihre Zirkusnummer zu proben? Dann können wir zur Sache kommen.«

»Woher weiß ich, daß Sie die angebotene Ware auch liefern können?« erkundigte sich Sylvia.

»Wenn nicht, was haben Sie dann verloren? Sie sind dann auch nicht schlechter dran als jetzt.«

»Aber kein gedeichseltes Beweismaterial«, fiel Strubbelhaar ein. »Jedenfalls keins, was vor Gericht allzusehr stinkt. Wir sind damit schon mehrmals auf den Hintern gefallen.«

»Nur keine Angst.«

»Wie tief stecken die Leute drinnen, die Sie raushaben wollen?«

»Die haben niemand was getan, außer sich selbst«, sagte ich. »Sie sind einfach an die falschen Leute geraten und in Sachen gerutscht, mit denen sie nicht mehr fertig werden konnten.«

»Den Wächter, den die umgelegt haben«, sagte Sylvia, »den hab' ich gekannt. Der war vor seiner Pensionierung hier bei uns.«

»Meine Leute wollten nicht, das so was passiert.«

»Einen Bankwächter während eines Raubüberfalls zu erschießen, bedeutet Mord ohne mildernde Umstände.«

»Das weiß ich. Ich weiß aber auch, daß für Sie ein guter Fang dabei rausspringt. Für den ermordeten Wächter muß doch jemand zur Verantwortung . . .«

»Fitzgerald hieß er«, unterbrach mich Sylvia. »Alle nannten ihn Fitzy.«

»Genau, und jemand muß für den Mord büßen. Die Personen liefer' ich Ihnen. Ich will nur ein paar harmlose Dummköpfe vor unverdienten Konsequenzen retten.«

Strubbelhaar sah Sylvia an. »Bis jetzt haben wir in der Sache gar nichts, Jackie. Nur heiße Luft.«

»Haben Sie einen Plan?« fragte Sylvia.

Ich nickte.

»Aber Garantien kann ich nicht geben. Was immer Sie vorbringen, ich muß die Sache erst prüfen.«

»Weiß ich.«

»Okay, schießen Sie los.«

»Ich dachte, dazu kämen wir nie«, sagte ich.

20

Wie sich herausstellte, hatte Strubbelkopf auch einen Namen: McDermott. Er und Jackie Sylvia hörten sich meine Geschichte wortlos an. Als ich fertig war, sagte Sylvia: »Okay, wir werden uns das durch den Kopf gehen lassen. Wo kann ich Sie erreichen?«

»In Hyannis, ›Dufney's Motel‹. Oder über meinen Antwortdienst, wenn ich nicht da bin. Dort melde ich mich täglich.« Ich nannte ihm die Nummer.

»Also gut, Sie hören von uns.«

Auf der Heimfahrt wurde das Bubble-gum von Minute zu Minute härter, der Kiefer tat mir weh. In Wareham gab ich auf und spuckte das Corpus delicti aus dem Autofenster in die Einfahrt zum Krankenhaus.

Susan war von ihrer Antiquitätentour zurück und hatte für hundertfünfundzwanzig Dollar einen handgemalten Glaslampenschirm erstanden. Wir gingen ins Restaurant, tranken jeder zwei Martini-Cocktails auf Wodkabasis und probierten einen guten Teil der Speisekarte aus. Dann wechselten wir in die Diskothek über und tanzten jede langsame Schnulze, bis Mitternacht. Bewaffnet mit einer Flasche Schampus gingen wir schließlich zu Bett und schliefen nicht bis kurz vor drei.

Als ich aufwachte, war es elf. Susan schlummerte noch. Bevor ich mich rasierte und duschte, bestellte ich Frühstück. Als ich den Revolverhalfter an den Gürtel steckte, sah ich, daß Susan mich vom Bett aus anstarrte.

»Also gehst du jetzt zu Hawk und diesem anderen Kerl?«

»Powers. Ja. Ich begleite Harv Shepard.«

»Hast du keine Angst?«

»Weiß nicht, darüber denke ich nicht nach. Heute dürfte die Sache auch nicht allzu gefährlich werden.«

»Du weißt, was ich meine. Wenn dein Plan nicht klappt, wird Powers dich umbringen.«

»Nein, der läßt umbringen.«

Susan drehte mir den Rücken zu und schwieg. Ich trank noch eine Tasse Kaffee. Zum Frühstück hatte ich mir die *New Bedford Standard Times* kommen lassen. Meine Annonce lief unter der Rubrik persönliche Anzeigen: »Schwestern, ruft 936-1434 an. Pam.« Ich überflog die Sportseiten und trank den Kaffee aus. Es war zehn nach zwölf.

»Ich muß weg, Suze.«

Sie nickte, ohne sich umzudrehen. »Komm' möglichst schnell wieder«, murmelte sie. »Ich hab' Angst. Und du fehlst mir immer, wenn du nicht da bist.«

»Du mir auch.« Ich ging noch einmal ins Zimmer zurück und küßte sie auf die Backe. Sie drehte mir das Gesicht zu. Ihre Augen waren naß.

Auf der Fahrt zu Harv Shepards Haus wurde ich mir eines komischen Gefühls im Magen bewußt.

Ich weiß nicht, ob ich wirklich Angst hatte, oder was es sonst war, aber Shepard jedenfalls war in Panikstimmung. Sein Gesicht sah ganz anders aus. Während wir zum »Holiday Inn Hotel« fuhren, mußte er dauernd schlucken.

»Sie brauchen nicht zu wissen, was ich vorhabe«, sagte ich. »Es ist wahrscheinlich sogar besser, wenn Sie keine Ahnung haben. Lassen Sie sich nur sagen: Ich habe ein Ding angekurbelt, das Sie aus dem ganzen Schlamassel rausholen könnte.«

»Warum sagen Sie's mir nicht?«

»Weil man für die Sache ein absolutes Pokerface braucht, und das bekommen Sie bestimmt nicht hin.«

»Da haben Sie wohl recht«, meinte er ziemlich kläglich.

Hawk hatte ein Zimmer im zweiten Stock. Mit Blick auf den Swimming-pool, versteht sich. Er öffnete auf unser Klopfen, ich ging voran. Auf der Kommode rechts neben der Tür stand eine Ansammlung von Flaschen. Auf einem der Betten lag ein dünner Kerl mit Hornbrille und las das *Wall Street Journal.* King Powers saß an einem runden Tisch. Vor sich hatte er einen aufgeschlagenen Aktendeckel. Er hielt die Hände auf der Tischplatte gefaltet.

»Was'n das für'n Kerl?« Powers hörte sich an wie ein schlechter Schauspieler, der den großen Ganoven mimte.

»Wir sind Freunde«, sagte ich. »Unzertrennlich. Wo der eine hingeht, ist der andere dabei.«

Powers war ein großer, ziemlich schwerer, wabbelig wirkender Bursche mit rötlichem Haar, auf lang getrimmt, und weit runterreichenden Koteletten. Er sah aus wie ein aus dem Leim gegangener Strichjunge. Seine Garderobe bestand aus einem kastanienroten, doppelreihigen Jackett und farblich passender Hose, weißem Gürtel und weißem Seidenhemd mit offenem Kragen. Um den Hals trug er einen Lederriemen, in dem als Schmuckstück vorn eine türkisfarbene Pfeilspitze steckte, wahrscheinlich als irgendein Symbol gedacht.

»Hab' nichts davon gesagt, daß Sie hier Freunde anschleppen könnten«, fauchte er Shepard an.

»Sie werden noch froh über meine Gegenwart sein«, sagte ich. »Hab' nämlich ein duftes kleines Ding für Sie, das Ihnen 'ne Menge Kies ins Handtäschchen zaubern kann.«

»Hab' kein gottverdammtes Handtäschchen.«

»So? Verzeihung. Dachte, das Stück Mensch da auf dem Bett wäre Ihre Mätresse.«

Hinter mir hörte ich Hawk murmeln: »Mann, der hat ja was drauf heute.« Der Kerl auf dem Bett blickte von seiner Zeitung auf und zog die Brauen zusammen.

»Hawk, schmeißen Sie die Sau raus!« ranzte Powers.

Hawk antwortete: »Das hier ist Spenser. Ich habe Ihnen ja von ihm erzählt. Der liebt seine Späße, aber er meint es nicht so böse. Jedenfalls manchmal nicht.«

»Hawk, haben Sie nicht gehört? Raus mit dem!«

»Er will doch von Geld reden, King. Vielleicht sollten Sie ihn lieber anhören.«

»Soviel ich weiß, arbeiten Sie für mich, Hawk. Also, verdammt noch mal, tun Sie, was man Ihnen sagt.«

»Nix. Ich tu' nur, was ich will, nie, was man mir sagt. Dasselbe gilt für den alten Spenser hier. Sie können sich in den Arsch beißen, aber der tut ebenso nur, was er will, und verdammt kein bißchen was anderes. Sie und Macey hören ihm jetzt zu. Wenn Ihnen nicht paßt, was er auf Lager hat, dann schaff' ich ihn raus.«

»Okay, okay. Dann soll er losschießen, verdammt noch mal.« Powers starrte mich an. Sein Gesicht war eine Spur rot angelaufen. Macey, auf dem Bett, hatte sich jetzt gerade aufgesetzt, die Füße auf dem Boden. Die Zeitung hielt er immer noch vor sich.

»Okay, King«, sagte ich. »Also zunächst: Harv kann im Moment noch nicht blechen.«

»Dann ist sein Arsch eine Wiese, und ich bin der Rasenmäher«, stellte Powers fest.

»Klasse«, sagte ich.

»Was?«

»Einfach Klasse. So, wie Sie angezogen sind, das Feinste vom Feinen. Und dann Ihre Ausdrucksweise! Sie gehören wirklich zu den oberen Zehntausend.«

»Wenn Sie weiter so die Klappe aufreißen, nehmen Sie Ihrer Mutter noch übel, daß die Sie geboren hat.«

»Warum kommst du nicht endlich zu der Sache mit den Mäusen, Spenser«, sagte Hawk hinter mir. »Du weißt doch, die fürs Handtäschchen.«

»Ich hab' einen Käufer mit ungefähr hunderttausend Dollar, der Waffen braucht. Den vermittle ich Ihnen, wenn Sie Shepard von der Leine lassen.«

»Wie kommen Sie darauf, daß ich Waffen beschaffen kann?«

»Mann, King, für hunderttausend Piepen könnten Sie den lieben Gott ranschaffen.«

Er grinste breit. »Kann sein, daß Sie da richtig liegen. Aber Shepard schuldet mir 'ne Scheißmenge Geld.« Er sah in den Aktendeckel. »Dreißig dicke fette Riesen. Bin ein großes Risiko eingegangen, mit so 'nem Brocken Kies. So schnell läßt sich das nicht wegpusten.«

»Okay«, sagte ich. »Bis die Tage also. Dann erledigen wir den Handel woanders. Kommen Sie, Harv.«

Powers grunzte: »Das ist Ihre Sache, Mann, aber Ihr Kumpel da, der spuckt besser gleich jetzt auf der Stelle aus, oder er wird's verdammt bereuen.«

»Die Rückzahlung ist mit dem Angebot kombiniert. Das haben Sie abgelehnt, also gibt's keinen Kies.« Ich drehte mich um. Hawk stand zwischen uns und der Tür, die eine Hand an die Hüfte gelegt.

»Hawk«, sagte Powers. »Shepard bleibt hier.«

»Hunderttausend ist ganz schön viel Gemüse, King«, sagte Hawk.

»Hawk hat recht, Mr. Powers.« Der Betthase Macey hatte die Zeitung endlich weggelegt, und dahinter kam eine kleine, schick aussehende .25er Automatic zum Vorschein. Der mit Perlmutt eingelegte Griff paßte wahrscheinlich zu seinen Manschettenknöpfen.

»Und was soll für Sie dabei rausspringen, Spenser?« fragte Powers.

»Dreißig Prozent. Die können Sie nehmen, um Shepards Darlehen zu tilgen.«

Powers schwieg. Wir alle schwiegen. Es war wie in einem steckengebliebenen Film.

Schließlich fragte Powers: »Wer ist ihr Kunde?« Hawk pfiff leise ein Lied zwischen den Zähnen.

»Wenn ich Ihnen das sagen würde, wäre ich als Zwischenhändler draußen, das wissen Sie doch selbst.«

Powers pustete durch seine dicken Lippen und brach plötzlich in ein Kichern aus. »Macey, ich hab' 'ne Runde Golf zu spielen. Machen Sie die Sache klar.« Er sah mich an. »Wenn Sie mich verscheißern, dann sehen Sie die Radieschen von unten. Ist das ganz klar? Radieschen, von unten!« Er stand auf und ging an mir vorbei zur Tür.

»Klar, und die Gänseblümchen«, sagte ich.

Powers ging aus dem Zimmer. Macey steckte die Pistole weg und sagte: »Also dann, an die Arbeit.«

»Spielt der in seinem Kastanienfrack Golf?« fragte ich.

»Er zieht sich im Klubhaus um«, erläuterte mir Macey. »Haben Sie denn nie Golf gespielt?«

»Als ich ein Kind war, machten wir in bewaffnetem Raubüberfall.«

Macey gestattete sich ein winziges Läceln. Hawk legte sich auf das Bett und schloß die Augen. Shepard ging zur Kommode und goß sich einen steifen Drink ein. Macey und ich setzten uns an den runden Tisch. »Okay«, sagte er. »Jetzt ans Eingemachte.«

21

Sehr viel gab es noch gar nicht zu verhandeln, zwischen Macey und mir. Ich sagte ihm, ich müßte mich jetzt erst mit der anderen Seite in Verbindung setzen und würde mich dann wieder bei ihm melden. Aber das Hunderttausend-Dollar-Angebot stünde, und er könnte schon seine Quellen anzapfen.

»Die Waffen werden nicht billig sein«, sagte er. »Und nicht einfach zu bekommen. Da ist der Risikofaktor, und man darf nie die Marktsituation außer acht lassen. Wie Sie wissen werden, bringen große Aufträge wie dieser Bewegung in die Branche.«

»Ich weiß. Aber Sie kriegen das hin. Deswegen bin ich ja zu euch gekommen.«

»Na gut.« Macey nahm eine Geschäftskarte aus seiner Brusttasche. »Rufen Sie mich an, wenn Sie mit Ihren Kunden geredet haben.«

Ich steckte die Karte ein. »Also sind wir miteinander im Geschäft?«

»Natürlich«, antwortete Macey. »Immer vorausgesetzt, die Sache hat keinen Haken von ihrer Seite aus.«

»Klar. Aber wenn wir im Geschäft sind, heißt das, ihr laßt Harvey in Frieden. Okay?«

»Selbstverständlich«, pflichtete Macey bei. »Sie haben doch gehört, was Powers sagt. Wir sind Finanzmanager, keine Tiere. Da gibt es kein Problem.«

»Schon möglich. Aber ich hätte die Abmachung gern allseitig besiegelt. Hawk?«

Der schwarze Mann lag regungslos auf dem Bett, die Hände auf dem Solarplexus gefaltet. Ohne die Augen zu öffnen, sagte er: »Shepard kann ruhig schlafen.«

Ich nickte. »Okay. Kommen Sie, Harv.«

Shepard stellte das Glas weg und ging aus dem Zimmer, ohne sich umzusehen, ich hinterher. Niemand sagte ein Abschiedswort.

Als wir im Wagen saßen und losfuhren, fragte er: »Wie sollen wir wissen, ob die ihr Wort halten?«

»Daß man Sie in Ruhe läßt?«

Er nickte.

»Hawk hat's gesagt.«

»Hawk? Der Nigger? Der hat mich doch gerade erst zusammengeschlagen.«

»Er hält sein Wort«, sagte ich. »Und ich hab' Ihnen schon mal gesagt, Sie sollen ihn Hawk nennen. Noch mal sag' ich's nicht.«

»Ja, tut mir leid, okay. Aber, verdammt noch mal, dem so einfach zu trauen? Ich meine, dieser Macey, der wirkt zuverlässig, mit dem kann man eine Abmachung treffen, aber Hawk ...«

»Da sieht man mal wieder, wie blauäugig Sie sind«, sagte ich. »Macey würde Ihnen für einen Dollar den Bauch aufschlitzen. Sie halten ihn für vertrauenswürdig, nur weil er wie ein Bankdirektor redet. Der hat nicht mehr Ehrgefühl und Gewissen als eine Wanze. Der macht alles. Hawk nicht. Es gibt Dinge, die Hawk einfach nicht tut.«

»Zum Beispiel?«

»Ja sagen und nein meinen.«

»Na gut, schätze, Sie müssen's wissen. Wo, zum Teufel, wollen Sie das Geld hernehmen?«

»Das ist nicht Ihr Problem.« Wir hielten vor seinem schönen

Haus. Während ich mit Macey geredet hatte, waren ihm zwei große Drinks die Kehle runtergeflossen, und man merkte es.

»Danke, Spenser«, sagte er. »Schon, daß Sie überhaupt mitgegangen sind. Und vor allem natürlich dafür, wie Sie das gedreht haben. Ich hatte einen Heidenschiß.«

»Dazu gab es auch Grund genug.« Wir gaben uns die Hand. Shepard stieg aus, und ich fuhr zum Motel zurück. Susan war ausgeflogen; ihr Auto stand nicht auf dem Parkplatz. Von meinem Zimmer aus rief ich Pam Shepard an.

»Haben sich die Mädels gemeldet?«

»Ja, Rose. Sie sind einverstanden, sich mit uns zu treffen. Und, bitte, Spenser, sagen Sie nicht ›Mädels‹.«

»Wo?«

»Was? Wo wir uns treffen?«

»Ja.«

»In Milton. Auf dem Großen Blauen Berg steht ein Aussichtsturm. Kennen Sie ihn?«

»Ja.«

»Oben auf der Plattform ist der Treff. Heute nachmittag um fünf.«

Ich sah auf die Uhr: Ein Uhr fünfundzwanzig. Zeit genug. »Okay. Ich hole Sie ab, und wir fahren hin. Ich fahr gleich los, müßte also gegen drei da sein. Sehen Sie aus dem Fenster. Ich warte vor dem Haus, und Sie kommen runter.«

»Was haben Sie vor?«

»Das erkläre ich Ihnen unterwegs.«

Wir legten auf. Ich stieg wieder in mein Auto und machte mich auf den Weg. Die Strecke hätte ich im Schlaf fahren können. Zehn nach drei hielt ich vor meiner Wohnung. In nicht einmal einer Minute kam Pam Shepard aus der Haustür, und wir waren unterwegs zu den Blauen Hügeln.

Ich hatte das Verdeck zurückgeschlagen, und Pam hielt das Gesicht genießerisch in den Wind. »Großer Gott«, sagte sie, »tut das gut, da rauszukommen.«

»Sie reden von meinem heißgeliebten Heim.«

»Hab' ja auch gar nichts gegen Ihre Wohnung, die ist sogar sehr schön, nur wenn man weiß, daß man nicht rauskann, dann kriegt man ein Gefühl wie Klaustrophobie.«

Wir fuhren gemächlich und parkten gegen vier in der Nähe des Museums.

»Sind wir nicht viel zu früh?« fragte Pam.

»Ich möchte lieber selbst warten, als die am Ende warten lassen. Sonst könnten sie nervös werden und abdampfen.«

»Was machen wir jetzt? Und überhaupt?«

»Erst mal klettern wir in aller Ruhe rauf zum Aussichtsturm.

Und wenn die kommen, sage ich ihnen, daß ich eine Quelle für sie aufgetan habe.«

»Quelle?«

»Einen Waffenhändler. Ich hab' jemanden an der Hand, der verkauft denen soviel Waffen, wie sie nur brauchen können.«

»Aber warum? Warum machen Sie das?«

»Habt ihr dafür nicht das Geld geraubt?«

»Ja, aber Sie sind doch gegen uns eingestellt. Da werden Sie uns doch nicht auch noch bewaffnen wollen.«

»Das spielt hier keine Rolle. Die ganze Angelegenheit ist sehr kompliziert, und ich werde Sie Ihnen nicht erklären, damit Sie sich nicht verstellen müssen. Sie müssen nur davon überzeugt sein, daß ich in Ihrer Ecke bin, und jedesmal für mich gut sagen, wenn das nötig ist.«

»Das hab' ich schon. Am Telefon, als sie anriefen. Die trauen Ihnen nicht und mögen Sie schon gar nicht.«

»Kann man sich kaum vorstellen.«

Sie lächelte und schüttelte den Kopf.

»Kommen Sie«, sagte ich, »steigen wir aus.«

Die Blauen Hügel sind in Wahrheit grün und der Mittelpunkt eines größeren Naturschutzgebiets. Auf der höchsten Erhebung steht ein steinerner Aussichtsturm, von dem man einen hervorragenden Blick auf die Skyline von Boston hat und einen noch besseren Aufwind zum Steigenlassen von Drachen. Vom Parkplatz bis dahin dauert der Marsch etwa eine Viertelstunde. Der Aussichtsturm hat zwei Plattformen. Kinder rannten rauf und runter und kreischten über die Geländer. Über uns tanzten mehrere Drachen in der Luft, einer davon stellte eine große Fledermaus dar. »Ein gutes Omen«, sagte ich und deutete auf das Ungetüm.

Pam mußte lachen.

Wir hatten noch nicht allzulange die Gegend betrachtet, als links unter uns Jane hinter den Bäumen zum Vorschein kam. Sie sah sich sorgfältig um, erspähte uns dann auf der Plattform. Pam winkte, ich lächelte möglichst vertrauenerweckend. Jane sagte irgendwas nach hinten, und Rose kam aus den Bäumen. Pam winkte wieder, Rose winkte zurück, und ich lächelte noch vertrauenerweckender. Ich wußte, mir stand der eigentlich dicke Brocken der ganzen Sache bevor. Leuten wie Powers kann man mit Geld beikommen, oder auch mit Angst, wenn man am längeren Hebel sitzt. Aber Fanatiker wie Rose und ihresgleichen waren unberechenbar. Der Fanatismus verändert nicht nur die normalen Wertempfindungen, sondern auch die Impulse eines Menschen. Er macht immun gegen Furcht, Habgier, Liebe. Ich war gegen Fanatismus jeder Art, aber davon verschwand er noch nicht aus der Welt. Und jetzt mußte ich diese beiden Fanatikerinnen dazu bewegen, mein Spiel mitzumachen, oder der ganze Plan war im Eimer und möglicherweise die Shepards dazu.

Als Rose und Jane auf der Plattform ankamen, lief Pam hin. Sie umarmte Rose, nahm gleichzeitig Janes Hand und drückte sie zärtlich.

»Toll, euch beide wiederzusehen«, sagte sie.

»Geht's dir gut?« fragte Rose.

»Ja, ja, mir geht's gut. Ich wohne in seinem Apartment.«

»Mit dem da zusammen?« Rose sah plötzlich wie eine Tigerin aus.

»Aber nein doch«, sagte ich, so, wie ich mit meiner Mutter in solchen Fällen zu reden pflegte. »Nein, ich bin zur Zeit unten am Cape, arbeite da an einem Fall. Außerdem habe ich eine Freundin, Susan Silverman.«

Rose meinte zu Pam: »Wie gnädig von ihm.«

Jane meinte zu Rose und Pam: »Ich trau' dem immer noch nicht die Spur.« »Das könnt ihr aber«, sagte Pam. »Wirklich, der ist in Ordnung.«

Ich legte noch ein Gramm mehr Vertrauenswürdigkeit in mein Lächeln. Die Gesichtsmuskeln taten mir weh. Jane musterte mich von oben bis unten. Offensichtlich suchte sie meinen Körper nach empfindlichen Stellen ab.

Schließlich sagte Rose: »Ungeachtet der Frage, ob wir ihm trauen können oder nicht, läßt sich vielleicht geschäftlich mit ihm reden. Mein Urteil über seine Vertrauenswürdigkeit werde ich mir später bilden. Wie genau heißt sein Angebot?« Bis jetzt hatte sie mich nicht direkt angesprochen, obwohl ihre Augen mich skeptisch anstarrten. »Also?«

»Ich kann Ihnen die Waffen besorgen, die Sie brauchen. Für einhunderttausend Dollar. Inklusive Munition. Keinerlei Formalitäten.«

»Warum dieses Angebot?«

»Ich bekomme eine Kommission.«

Rose nickte, und Jane meinte: »Das ist vielleicht ein Grund, ihm zu trauen.«

»Ich nehme an«, sagte Rose, »wir sollen Ihnen das Geld geben, und Sie beschaffen uns dann die Waffen? Und wenn die Lieferung dann nicht eintrifft, und wir rufen Sie an, dann sind Sie plötzlich verzogen.«

Pam fiel ein. »Nein, Rose, glaub' mir, er ist kein unehrlicher Typ.«

»Fast jeder ist unehrlich, Pam. Wir sind doch keine Ziegen.« Letzteres zu mir. »Sie setzen wohl voraus, Frauen brächten so was nicht hin. Für Sie ist Waffenhandel eine rein maskuline

Angelegenheit, was?«

»Ich setze überhaupt nichts voraus. Ich weiß aber, daß Amateure in diesem Geschäft aufgeschmissen sind. Wenn Sie Glück haben, werden Sie nur um ihr Geld erleichtert. Haben Sie Pech, landen Sie hinter Gittern.«

»Und wieso sollen wir Ihnen abnehmen, daß Sie selbst uns nicht um unser Geld erleichtern wollen?« Nach dem physischen suchte Jane jetzt offensichtlich verbale Angriffspunkte.

»Sie haben mein Wort, ebenso das Wort von Pam, die zu Ihnen gehört. Habe ich Sie etwa bis jetzt hintergangen? Habe ich Pam ihrem Mann verraten, oder gar den Bullen? Sie haben eine Bank überfallen und einen alten Mann getötet. Der war früher bei der Polizei in New Bedford. Und Sie können Gift darauf nehmen, die suchen Sie bis ans Ende Ihrer Tage. Sind Sie da etwa in der Lage, sich nach einer Waffenquelle umzutun? Stellen Sie sich mal vor, es spricht sich in einschlägigen Kreisen herum, eine Gruppe Frauen wolle einen Waffenkauf tätigen. Was meinen Sie wohl, wer der erste Händler wäre, der sich mit Ihnen in Verbindung setzte?«

»Bis jetzt scheinen Sie's zu sein«, bemerkte Rose nicht unlogisch.

»Ja. Und Sie wissen, wer ich bin. Aber der nächste, den kennen Sie nicht. Und Sie können Gift drauf nehmen, das ist ein Geheimagent vom FBI, der im Untergrund arbeitet, oder ein getarnter Fahnder vom Schatzamt, vielleicht eine Frau, eine nette, schwarze Frau, bis oben hin voller Rassenhaß, den Anti-Machismo-Schrei auf den Lippen, kurz: eine Schwester, die ihren Schwestern gern aushelfen will, für das höhere Ziel. Dann kreuzen Sie mit dem Geld auf, und die kreuzt mit fünfzehn Bullen auf und der grünen Minna im Kielwasser.«

»Er hat recht, wißt ihr«, sagte Pam. »Er kennt sich in diesen Dingen aus, wir nicht. Wer anders sollte uns die Waffen besorgen, dem wir mehr trauen könnten?«

»Vielleicht sollten wir einfach eine Weile auf dem Geld sitzen bleiben«, sagte Rose.«

Ich schüttelte den Kopf. »Nein, das eben können Sie nicht. Denn dann unterscheidet Sie nichts von gewöhnlichen Verbrechern, dann sind Sie ganz einfach Bankräuber und Mörder. Jetzt sind Sie eine Revolutionärin, die für ihre Ziele tötete. Wenn Sie aber das Geld einfach so behalten, dann hatten Sie auch keine innere Berechtigung, vor Ihnen selbst, meine ich, den alten Mann umzubringen.«

»Ich hab' ihn getötet«, fiel Jane ein, offensichtlich stolz auf diese Tat. »Nicht Rose, ich war's. Er versuchte uns aufzuhalten, und da hab' ich ihn erschossen.«

»Das macht keinen Unterschied«, erwiderte ich. »Sie ist Mittäterin und genauso verantwortlich wie Sie. Da spielt keine Rolle, wer nun abgedrückt hat.«

»Wir kommen auch ohne Ihre amateurhaften Psychoanalyseversuche aus, Spenser«, sagte Rose. »Wie hindern wir Sie daran, unser Geld zu nehmen und abzuhauen?«

»Ich bin nur der Makler. Sie und der Waffenverkäufer treffen sich, von Angesicht zu Angesicht. Sie inspizieren die Waffen, er das Geld.«

»Und wenn die nicht in Ordnung sind?«

»Prüfen Sie das Zeug, bevor Sie den Handel abschließen.«

Sie schwiegen.

»Wenn Sie sich mit dem speziellen Waffentyp nicht auskennen, werde ich Ihnen helfen. Haben Sie überhaupt schon darüber nachgedacht, welche Art Waffen Sie haben wollen?«

»Jede Art«, sagte Jane. »Hauptsache, sie schießen.«

»Nein«, sagte Rose. »Seien wir ehrlich, Jane. Wir verstehen nicht viel davon. Wir brauchen Waffen, die für den Guerillakampf geeignet sind. Unter anderem auch Handfeuerwaffen, die man leicht verbergen kann. Und, würde ich sagen, auch irgendeine Art Maschinengewehre.«

»Meinen Sie Maschinenpistolen, oder etwa die dicken Brummer auf den Ständern? Doch wohl kaum?«

»Stimmt. Wie auch immer die genaue Bezeichnung ist. Ist das Ihrer Ansicht nach richtig?«

»Ja. Ich werde mit meinem Händler darüber sprechen. Sonst noch spezielle Wünsche?«

»Schießen müssen Sie, schießen«, beharrte Jane.

»Also, sind wir miteinander im Geschäft?« fragte ich.

»Lassen Sie uns einen Moment beratschlagen, Mr. Spenser«, sagte Rose, und die drei Frauen verzogen sich in eine Ecke.

Die Konferenz dauerte ungefähr fünf Minuten. Dann kam Rose zu mir herüber. »Okay, wir sind uns einig. Wann können Sie die Waffen besorgen?«

»Ich muß dann mit Ihnen Kontakt aufnehmen. Dauert wahrscheinlich etwa zwei Tage.«

»Unsere Adresse oder Telefonnummer bekommen Sie keinesfalls.«

»Brauche ich nicht.« Ich gab ihr meine Karte. »Ich hinterlasse eine Nachricht bei meinem Antwortdienst. Die Nummer steht da. Rufen Sie dort jeden Tag mittags an. Machen Sie's ruhig per R-Gespräch.«

»Wir nehmen nichts geschenkt, Mr. Spenser.«

Rose und Jane pirschten sich so vorsichtig davon, wie sie gekommen waren. Sie hingen an der Angel. Das Ding konnte klappen. Jane hatte mir nicht einmal in den Unterleib getreten.

»Die Sache läuft«, sagte ich zu Pam.

»Passiert den beiden was dabei?«

»Lassen Sie das meine Sorge sein.«

»Aber dann würde ich mich wie Judas fühlen. Die trauen Ihnen doch nur, weil ich für Sie gebürgt habe.«

Wir fuhren durch die Außenbezirke von Boston. Der Berufsverkehr kam uns entgegen. »Irgend jemand muß daran glauben«, sagte ich. »Der alte Mann hinterläßt eine offene Rechnung. Und Sie haben sich nur darum zu kümmern, daß Sie es nicht sind, die zur Kasse gebeten wird.«

»Verdammt, Spenser, verrate ich die beiden?«

»Ja.«

»Sie Schuft!«

»Vorsicht. Wenn Sie mich in den Unterleib treten, während ich am Steuer sitze, kann das einen Verkehrsunfall verursachen.«

»Ich mache da nicht mit. Ich werde sie warnen. Sobald ich zu Hause bin.«

»Erstens können Sie die beiden nur erreichen, wenn Sie eine Annonce in der Zeitung aufgeben, und das ist jetzt unmöglich. Zweitens: Wenn Sie die warnen, dann liefern Sie sich und Ihren Mann ans Messer. Seine Schwierigkeiten sind genauso groß wie Ihre, und die Lösung ist nicht zuletzt davon abhängig, daß Sie bei Rose und Jane Ihre Rolle spielen.«

»Wieso? Was ist los? In welchen Schwierigkeiten steckt Harvey? Und die Kinder? Sind die okay?«

»Alle sind okay, im Moment wenigstens. Aber Harv ist einem Geldhai in die Zähne geraten. Ich wollte Ihnen das nicht sagen, aber Sie können mir nicht vertrauen, wenn ich Sie belüge, und Sie stellen dauernd Fragen.«

»Sie haben kein Recht, mich zu manipulieren. Auch nicht, wenn es zu meinem eigenen Besten wäre. Wahrscheinlich gerade dann nicht.«

»Darum schenke ich Ihnen ja auch reinen Wein ein. Es wäre besser für Sie, wenn Sie nichts wüßten, aber Sie haben ein Recht auf die Wahrheit.«

»Also dann, was, zum Teufel, ist nun los?«

Ich berichtete ihr alles, von Anfang bis Ende. Nur daß Hawk einem ihrer Kinder gegenüber tätlich geworden war, verschwieg ich zur Vorsicht. Mutterinstinkte sind stärker als der Rollen-

Befreiungsdrang.«
»Du lieber Himmel«, meinte sie. »Wie weit ist es mit uns gekommen.«
»Auf jeden Fall sind Sie in Gefahr gekommen. Und der einzige Ausweg ist, zu tun, was ich sage. Und dazu gehört, daß Rose und Jane aussteigen.«
»Ich kann sie nicht so ... hintergehen.«
»Hintergehen hört sich schon besser an als verraten. Trotzdem ist es Unsinn. Sie haben wenig Alternativen, und die hören sich in Ihren Ohren wahrscheinlich alle mies an. Aber wenigstens ist klar, daß Ihre Kinder eine Mutter brauchen, und Ihr Mann eine Frau. Und schließlich haben Sie Ihr Leben zu leben. Sie sind eine hübsche, intelligente Frau in der Mitte eines Lebens, das auch für Sie immer noch lebenswert sein kann.« Wir waren jetzt in der Stadtmitte. »Irgend jemand muß für den pensionierten Polizisten, der bei dem Bankraub draufging, büßen. Und wenn das Rose und Jane sind, werd' ich keine Tränen vergießen. Als der alte Mann sich ihnen in den Weg stellte, haben sie ihn ausgepustet wie eine Kerze. Und wenn wir King Powers an dieselbe Angel bekommen, würde ich sagen, wäre das auch kein Verlust für die Menschheit.«
Ich bog in die Marlborough Street ein und parkte vor dem Hydranten an meinem Apartmenthaus. Wir gingen schweigend nach oben. »Ich mach' uns was zu essen«, sagte ich drinnen. »Wollen Sie erst einen Drink?« Ich fand meine Stimme unnatürlich rauh. Daß wir beide allein in meiner Wohnung waren, machte sie wie mich befangen. »Ich trinke ein Bier«, fügte ich hinzu und gab mir Mühe, mir nichts anmerken zu lassen.
»Dann nehme ich auch eins.«
Ich holte zwei Dosen Utica Cream aus dem Kühlschrank, öffnete sie, gab ihr eine. »Spaghetti?«
»Ja, wäre prima.«
Ich nahm eine Dose Tomatensoße aus dem Tiefkühlfach und gab den Inhalt in einen Topf.
Pam Shepard lehnte in der Küche an einem der Frühstückshocker. Die Beine hatte sie vor sich ausgestreckt, das leichte Sommerkleid spannte sich über ihren Schenkeln. Ich bemühte mich, nicht hinzusehen. Sie nippte von ihrem Bier.
»Schmeckt's?« fragte ich.
Sie nickte.
»Und mein Plan?«
Pam zuckte die Schultern.
»Na schön, er gefällt Ihnen nicht. Aber die Frage ist, machen Sie mit? Tun Sie's, schmeißen Sie sich nicht weg. Ich kann Sie aus dem Schlamassel holen. Lassen Sie mich's tun.«

»Ja«, sagte sie schließlich. »Ich find' mich selbst zum Kotzen, aber ich werde mitmachen. Harvey zuliebe, und wegen der Kinder. Aber wahrscheinlich vor allem wegen mir selbst.«

Gott sei Dank. Wieder einmal mein unwiderstehlicher Charme. Gegen den war kein Kraut gewachsen.

»Na endlich!« rief ich und langte mir zur Feier eine Dose Bier. Dann setzte ich das Wasser für die Spaghetti auf und bereitete den Salat vor.

Sie beobachtete mich. Hin und wieder lächelte ich ihr zu, schließlich konnte ich meinen Charme nicht so schnell versiegen lassen.

»Ich werde aus Ihnen nicht klug«, sagte sie.

Ich schnitt eine Zwiebel. »Meinen Sie, wie jemand mit meiner Begabung in so einem Job landen konnte?«

»Nein, ich meinte mehr die Widersprüchlichkeiten in Ihrem Charakter. Sie sind ein lebendes Denkmal des Machismo und trotzdem sind Sie fürsorglich, geradezu zärtlich feinfühlend. Sie sind mit all diesen Muskeln bepackt und lesen Hunderte von Büchern. Sie sind ein sarkastischer Hund, der sich um nichts was schert, und dabei haben Sie sich ernsthafte Sorgen gemacht, daß ich nein sagen könnte und daß dann zwei Leute, die Sie nicht mal besonders mögen, den Bach runtergehen würden. Und jetzt stehen Sie da und kochen mir mein Essen, und es macht Ihnen offensichtlich zu schaffen, mit mir allein hier in der Wohnung zu sein.«

»So offensichtlich?«

»Allerdings. Warum?« Sie hatte die Arme unter den Brüsten verschränkt, mit entsprechendem Ergebnis.

»Ich versuche, Sie und Harv wieder zusammenzubringen. Da wäre ein Techtelmechtel mit Ihnen kaum eine Stütze. Und außerdem wäre Suze wohl nicht eben entzückt.«

»Wieso müßte sie es denn erfahren?«

»Wenn ich ihr's nicht sagte, wäre ich nicht offen ihr gegenüber. Und dann könnte sie mir nicht trauen.«

»Also beichten Sie jeden Seitensprung?«

»Jeden, den sie wissen muß.«

»Waren es viele?«

»Ein paar.«

»Und Susan? Ist sie sauer?«

»In der Regel nicht. Aber dann handelt es sich um jemand, den sie nicht kennt. Aber ihr beide kennt euch. Ich glaube, das würde sie verletzen. Besonders jetzt. Wir stehen an einer Art Scheideweg.«

Pam Shepard lachte mit leicht resigniertem Unterton. »Eigentlich schade. Hatte mir wirklich überlegt, wie es wäre, mit

Ihnen ins Bett zu gehen. Und der Gedanke schien mir nicht unangenehm.«

Ich schluckte unwillkürlich.

»Aber nun wird nichts draus, wahrscheinlich auch besser so. Hinterher fühle ich mich meistens hundeelend. Seelisch, meine ich. Außer früher, bei Harvey.« Diesmal klang ihr Lachen rauh. »Und auch da zuletzt nicht mehr, wenn ich ehrlich bin.«

»Wann war denn da das letztemal?«

Sie sah mich nicht an. »Vor zwei Jahren.«

»Macht Sie das verlegen?«

»Ja. Sollte es das nicht? Ist sowas nicht peinlich?«

»Kann sein. Auf der anderen Seite sind Sie ja kein Sexautomat. Man wirft 'nen Zehner rein, und los geht's. Wahrscheinlich wollten Sie einfach nicht mehr mit ihm schlafen.«

»Ich konnte es nicht mehr ertragen.«

»Und da dachten Sie und Harv beide, Sie wären frigide. Und um sich das Gegenteil zu beweisen, gingen Sie auf den Amateurstrich.«

»Klingt scheußlich, aber so war es wohl.«

»Unglück klingt selten hübsch.« Ich mischte den Salat. Die Soße kochte, ebenso das Wasser. Ich tat genügend Spaghetti für zwei in den Topf. »Viel Wasser«, sagte ich. »Dann werden sie nicht so klebrig. Ich bin ein Spaghetti-Superstar.«

»Warum wollen Sie Harvey und mich unbedingt wieder zusammenbringen? Eigentlich geht Sie das doch gar nichts an. Oder ist das alles zum höheren Guten? Von wegen, Ehen werden im Himmel geschlossen, und so weiter?«

»Ich glaube einfach nicht, daß Sie's richtig versucht haben.«

»Nicht richtig versucht? Zweiundzwanzig Jahre?«

»Lange genug schon. Aber richtig? Sie versuchten zu sein, was Sie nie waren, bis Sie es nicht mehr aushielten. Und jetzt halten Sie sich für frigide. Harv ist die ganze Zeit mit hängender Zunge seiner eigenen Größe hinterhergehetzt. Und er konnte sie nicht einholen, weil er Größe mit Erfolg verwechselte.«

Die Spaghetti schienen mir fertig. Ich versuchte eine, genau richtig. Ich schüttete sie in ein Sieb, ließ sie abtropfen, tat sie mit etwas Butter in den Topf zurück, gab Parmesan dazu. Dann schüttelte ich das Ganze. Die Sauce goß ich in eine Schüssel. »Bestecke sind da in der Schublade.« Ich stellte das Essen auf den Frühstückstresen, dazu eine Flasche Burgunder.

Wir setzten uns, aßen und tranken.

23

Ich schlief auf der Couch: Triumph der Tugend. Bevor Pam Shepard am nächsten Morgen aufwachte, war ich schon unterwegs. Um zehn Uhr saß ich im »Holiday Inn« in Hyannis und trank Kaffee mit King Powers' Adlatus Macey.

»Möchten Sie etwas Obst?« erkundigte sich Macey fürsorglich.

»Nein, danke. Der Kaffee reicht mir. Wann können Sie die Waffen liefern?«

»Vielleicht morgen, übermorgen bestimmt.«

»Was haben Sie auftreiben können?«

»M2-Karabiner, in ausgezeichnetem Zustand, je Stück hundert Schuß Munition.«

»Wie viele?«

»Vierhundertünfzig.«

»Mann, das sind über zweihundert Piepen das Stück.«

Macey zuckte die Schultern. »Munition inklusive, vergessen Sie das nicht.«

»Mensch, sie können so'n Ding in einem Trödlerladen für weniger als die Hälfte bekommen.«

»So? Vierhundertfünfzig? Und M2er?«

»Stimmt«, mußte ich zugeben. »Aber hunderttausend Dollar für vierhundertfünfzig Karabiner. Glaub' kaum, daß meine Leute das schlucken.«

»Vergessen Sie nicht, Spence, Sie waren es, der zu uns kam.«

Nannte der mich doch Spence. Es war die Höhe. »Und Sie selbst bekommen dreißigtausend als Ihren Anteil.«

»Den Sie einbehalten.«

»Mensch, Spence, die schuldet Shepard uns. Wir könnten uns kaum lange im Geschäft halten, wenn wir unsere Klienten aus ihren Zahlungsverpflichtungen entließen. Und außerdem sind wir nicht an Harvey herangetreten, sondern er an uns. Gerade so wie Sie. Wenn Sie unser Angebot ausschlagen wollen, bitte sehr, dann steht es Ihnen völlig frei, woanders Ihr Glück zu versuchen. Sorgen Sie dann bitte nur dafür, daß Harvey mit den dreißigtausend rüberkommt, die er uns schuldet. Eine Summe, die, nebenbei gesagt, am Montag wieder wächst.«

»Klar, ihr Privatverleiher arbeitet mit steigenden Zinssätzen.«

Macey hob lächelnd die Hände. »Was wollen Sie, die Leute kommen zu uns. Insgesamt scheinen unsere Konditionen nicht so übel zu sein. Wollen Sie also die Karabiner oder nicht?«

»Ja.«

»Na prima. Dann ist der Handel perfekt. Wann wollen Sie

die Ware übernehmen? Für übermorgen kann ich die Lieferung garantieren.« Er sah auf seine Kalenderuhr. »Den Siebenundzwanzigsten. Früher wäre ein Risiko.«

»Der Siebenundzwanzigste paßt uns ausgezeichnet.«

»Und wo soll die Übergabe stattfinden?«

»Egal. Haben Sie einen Vorschlag?«

»Ja. Kennen Sie den Großmarkt in Chelsea?«

»Ja.«

»Da soll's sein. Übermorgen um sechs Uhr früh. Um diese Zeit laden und entladen dort eine Menge Laster. Uns wird niemand beachten. Haben Ihre Leute ein geeignetes Fahrzeug?«

»Ja.«

»Okay. Also abgemacht. Werden Sie mit da sein?«

»Ja.«

»Ich nicht. Aber Sie müssen für unseren Mann, der die Transaktion leitet, hunderttausend Dollar in bar bereithalten. Gehen Sie in das Restaurant dort auf dem Großmarktgelände. Wissen Sie, wo das ist?« Ich nickte. »Trinken Sie dort eine Tasse Kaffee, oder sonstwas. Man wird sich mit Ihnen in Verbindung setzen.«

»So geht das nicht«, erwiderte ich.

»Warum nicht?«

»King muß persönlich liefern.«

»Wieso?«

»Meine Leute wollen ihre Geschäfte nur mit den Bossen selbst abwickeln. Denen gefällt auch nicht, daß sie sich meiner Vermittlung bedienen müssen. Sie wollen möglicherweise weitere Ladungen, aber sie wollen von nun an direkten Kontakt.«

»Vielleicht kann ich hingehen«, meinte Macey.

»Nix. Es muß schon King selbst sein. Die wollen sichergehen, daß nichts schiefläuft. Wenn sie mit dem Boss persönlich zu tun haben, ist das für die 'ne Art Garantie. Zum Beispiel dafür, daß sie nicht übers Ohr gehauen werden. Die haben Angst, daß sie sich zehn Kisten mit Bleirohren einhandeln. Oder daß es eine Schießerei gibt und Ihre Leute mit dem Geld abhauen. Wenn King selbst kommt, halten sie solchen faulen Zauber für ausgeschlossen. Das Risiko wäre dem zu groß, meinen Sie. Also King persönlich, oder kein Geschäft.«

»Mr. Powers läßt sich nicht gern Vorschriften machen.«

»Ich auch nicht. Aber wir haben uns vernünftig verhalten, wir akzeptieren zum Beispiel Ihren Preis ohne weiteres. Da kann er uns schon mal ein wenig entgegenkommen.«

»Ich kann Ihnen versichern, daß hier alles mit rechten Dingen zugeht. Niemand versucht, Ihre Leute übers Ohr zu hauen.«

»Ich glaube Ihnen das ja auch, Macey. Schließlich sitze ich hier und sehe Ihre ehrlichen blauen Augen. Aber meine Leute sitzen nicht hier. Die kennen Sie nicht und trauen Ihnen nicht. Es hat sie nicht mal beeindruckt, als ich ihnen sagte, daß Sie ein Mann mit Universitätsbildung wären.«

»Na gut. Dann lassen wir doch die ganze Sache. Und wir konzentrieren uns auf Harvey.«

»Und wir gehen zur Polente.«

»Und Harvey erklärt denen, wozu er das ganze Geld brauchte, das wir ihm geliehen haben?«

»Besser, als euch klarzumachen, warum er nicht zahlen kann.«

»Das wäre ein schwerer Fehler.«

»Ja, vielleicht. Aber für euch auch. Wenn Ihr Harvey dann umlegt, habt Ihr die Bullen im Genick, und außerdem mich, der dann alles dransetzt, euch auffliegen zu lassen. Und warum das Ganze? Nur weil King Powers zu faul war, einmal in seinem Leben früh um sechs jemanden zu treffen.«

Macey sah mich eine halbe Minute lang unverwandt an.

Ich stieß nach: »Ihr wollt Harvey und mich doch nicht in eine Ecke treiben, wo wir keine andere Wahl mehr haben, als zu den Bullen zu rennen. Wo doch Harv so verzweifelt ist, daß ihm sogar die Aussicht, dem Staatsanwalt reinen Wein einzuschenken, lieber ist, als euch weiter ausgeliefert zu sein. Meine Leute sind nun mal eisenhart in diesem einen Punkt. Sie wollen ihr Geschäft mit dem Boss abwickeln. Und der ist Powers.«

»Also gut«, sagte Macey schließlich. »Ich werde bei ihm nachfragen. Von mir aus bin ich nicht autorisiert, derartige Entscheidungen für ihn zu treffen.«

»Ich weiß. Ohne sein Okay dürfen Sie sich nicht mal den Hosenlatz zumachen, Schätzchen.« Macey sah mich noch mal eine halbe Minute lang an. Dann stand er auf und ging ins Nebenzimmer.

Er blieb etwa fünfzehn Minuten lang weg. Ich trank den Kaffee aus und bewunderte meine Adidas-Leichtathletiktreter Hervorragend geeignet für Tennis, Trimm-Trab und Fersengeld. Ich goß mir Kaffee nach. Er war kalt, und ich ließ ihn stehen. Ich ging zum Fenster und sah nach draußen auf den Swimming-pool. Das Wasser war blau wie der Himmel und vollgestopft mit Leuten, vor allem jungen. Auf den Liegestühlen wurde Bräune angehäuft. Viel Fleisch, einiges davon gar nicht übel. Ich sollte Susan anrufen. Schließlich war ich die vergangene Nacht nicht heimgekommen. Am Ende hatte sie sich Sorgen gemacht. Ich hätte sie letzte Nacht anrufen sollen. Manchmal war es schwierig, alles im Kopf zu behalten, Pam, Shepard, Harvey,

Rose, Jane, King Powers und Hawk, die Bullen in New Bedford, den ganzen Plan. Und die Tugend selbstverständlich nicht zu vergessen. Unten kam ein Mädchen mit langem blondem Haar zum Vorschein. Ihr Bikini war so klein, daß er mir eigentlich überflüssig erschien. Ich beobachtete sie immer noch, als Macey wiederkam.

»King ist einverstanden.«

»Na bitte, sagte ich's nicht?«

»Das war gar nicht so einfach, Spence. Daß es klappte, haben Sie mir zu verdanken. Als ich ihm sagte, was Sie wollen, da hat er geantwortet, er würde Sie umlegen lassen.«

»Und Sie haben mich gerettet, Macey. Kann ich Ihnen das je vergessen?«

»Sie machen sich lustig, aber ich sage Ihnen, die Sache ging nur um Haaresbreite gut ... hoffentlich haut das übermorgen auch hin, Spence, sonst pustet King Sie wirklich um. Da können Sie Gift drauf nehmen, Spence.«

»Macey, wenn Sie noch mal Spence zu mir sagen, dann trampel ich Ihre Brille kaputt.«

24

Um zwanzig nach elf war ich wieder im Motel. Auf der Kommode fand ich eine Nachricht von Susan. »Bin am Strand, gehe spazieren. Vielleicht war ich heute nacht auch nicht zu Hause?«

Ich rief meinen Antwortdienst an und hinterließ eine Mitteilung für Rose. Sie sollte mich im Motel anrufen. Das Telefon klingelte um fünf nach zwölf.

»Wissen Sie, wo der zentrale Großmarkt in Chelsea ist?« fragte ich.

»Nein.«

»Ich werde es Ihnen erklären, also holen Sie einen Stift.«

»Hab' einen.«

Ich erklärte es ihr. »Und wenn Sie da hinkommen, gehen Sie ins Restaurant, setzen sich an die Theke und trinken Kaffee. Um Viertel vor sechs werde ich auftauchen.«

»Ich will, daß Pamela mitkommt.«

»Warum?«

»Dann erscheinen Sie mir vertrauenswürdiger.«

»Mißbrauchen Sie da nicht Ihre Schwester?«

»Wir tun, was nötig ist. Die Sache verlangt das von uns.«

»Das haben Sachen so an sich.«

»Also, wird sie da sein?«

»Ich bringe sie mit.«

»Wir sind zur Stelle, mit unserem Teil des Handels.«

»Sie werden einen Laster brauchen.«

»Wie groß?«

»Nicht zu groß. Ein mittlerer Transporter tut's.«

»Wir werden einen mieten. Helfen Sie beim Verladen?«

»Ja.«

»Also gut. Wir sehen uns dort.« Sie legte auf.

Ich schrieb Susan eine Nachricht, daß ich zum Abendessen zurück wäre. Dann rief ich New Bedford an. Jackie Sylvia sagte, er und McDermott würden mich am Distriktsgericht in der County Street erwarten. Als ich dort ankam, lehnten sie jeder an einer Seite einer der weißen Eingangssäulen.

»Kommen Sie«, sagte Sylvia, als ich aus dem Wagen stieg. »Wir müssen mit Linhares reden.«

Wir gingen in das Backsteingebäude, die Treppe rauf in den ersten Stock. Auf einer Tür stand: Anton Linhares – Stellv. Distr.-Staatsanw. Linhares stand auf, kam um seinen Schreibtisch herum und gab mir die Hand. Er war mittelgroß und mit dezentem Schick gekleidet, trug einen gepflegten Afro-Haarschnitt, dunklen Anzug mit Weste, rotgestreiften Schlips auf weißem Hemd. Seine Schuhe sahen nach Gucci aus und der Anzug nach Pierre Cardin. Der ganze Mann wirkte wie sein eigener zukünftiger Chef.

»Setzen Sie sich, Spenser, nett, Sie kennenzulernen. Jackie und Rich haben mich unterrichtet. Ich sehe da weiter kein Problem. Wann soll die Sache steigen?«

»Übermorgen. Um sechs Uhr früh auf dem Großmarkt in Chelsea.«

»Gehört das zum Distrikt Suffolk oder Middlesex?«

»Suffolk«, klärte ich ihn auf.

»Sind Sie sicher?«

»Hab' früher bei der Distriktsanwaltschaft Suffolk gearbeitet.«

»Okay. Dann brauche ich Unterstützung von denen.« Er sah auf seine große Digitaluhr. Die Zeit leuchtete auf Knopfdruck auf. »Aber das ist kein Problem. Ich werde Jim Clancy dort informieren. Der spielt auf jeden Fall mit.«

Er lehnte sich in seinem Drehsessel zurück und sah mich an. »Also, wie sieht die Sache genau aus?«

Ich erläuterte ihm alles.

»Wir gehen vorher in Stellung«, ergänzte Sylvia, »und wenn die mitten in der Transaktion sind ...« Er hob die Hand und ballte sie zur Faust.

Linhares nickte. »Genau. Und dann haben wir sie sicher. Die eine Partei hat gestohlenes Geld, die andere gestohlene Waffen.

Hervorragend. Ich werde dabei sein. Von dieser Wurst will ich auch meine Scheibe.«

»Haben wir uns fast gedacht, Anton«, meinte McDermott.

Linhares grinste. »Will doch nicht meinen Lebensabend auf dem Stuhl hier verbringen.«

Sylvia sagte: »Klar, aber passen Sie auf, daß vorher nichts an die Presse durchsickert.«

Linhares schüttelte den Kopf in gespielter Verzweiflung. »Gentlemen, wie unfreundlich.«

»Sylvia hat recht«, fiel ich ein. »Es handelt sich hier um äußerst argwöhnische Leute. King Powers aus Gewohnheit, die beiden Frauen nach ihrem Temperament. Die kleinste Kleinigkeit, und die machen 'ne Fliege.«

»Seh' ich ja ein«, sagte Linhares. »Und jetzt zu Ihren Leuten, Spenser. Wie wollen Sie diesen Teil der Geschichte handhaben?«

»Ich will, daß es die gar nicht gibt. Wenn's nötig wird, kann auf die beiden Bezug genommen werden als zwei anonyme V-Leute, deren Identität nicht enthüllt werden darf. Dasselbe gilt für mich. Wenn mein Name publik wird, kann ihrer auch rauskommen. Beide sind meine Klienten.«

»Aber ich muß die Namen wissen«, sagte Linhares. »Nicht für die Anklageerhebung, sondern im Gegenteil, um sie draußen zu halten. Wenn sie mit im Netz landen, muß ich wissen, wen ich laufen lassen soll.«

Ich nannte ihm die Namen.

»Sind die miteinander verwandt?« fragte er.

»Ja. Mann und Frau.«

»Und für die haben Sie die ganze Sache hingebogen?«

»Ja.«

»Wieso hat die Staatsanwaltschaft von Suffolk jemanden wie Sie überhaupt gehen lassen?«

»Ich kann's mir auch nicht erklären.«

»Na schön.« Linhares sah wieder auf die Uhr. Das Knopfdrücken machte ihm offensichtlich Spaß. »Jackie, Sie und Rich fahren morgen mit Spenser dorthin und bereiten die Sache vor. Ich werde Jimmy Clancy anrufen, der soll dort auf Sie warten.«

»Wir müssen das erst mit unserem Vorgesetzten klären«, meinte McDermott.

»Keine Angst. Ich mach' das mit Sergeant Cruz ab. Der soll Sie beide ein paar Tage lang mir und meiner Behörde unterstellen, Manny und ich sind alte Kumpels, der macht mit. Und Sie nehmen Bobby Santos ins Schlepptau. Der soll morgen mit Ihnen fahren und mich dann unterrichten.« Er drückte eine Taste am Telefon. »Peggy, verbinden Sie mich mit Jimmy Clancy von der Distriktsstaatsanwaltschaft Suffolk.« Mit einer Hand über der Sprechmuschel sagte er zu mir: »Prima Sache, Spenser, war nett, Sie zu sehen«, und zu Sylvia und McDermott: »Euch beide auch, habt ihr wirklich gut gemacht.« Er nahm die Hand von der Muschel. »Hallo, Jimmy? Anton Linhares hier. Hab' ein dickes Ding für Sie, mein Lieber.« Wir drei standen auf und gingen.

»Wer ist dieser Santos?« fragte ich draußen.

»Ein Staatspolizist. Der Mann ist okay. Will Commissioner für öffentliche Sicherheit werden, na gut, aber Ehrgeiz ist schließlich keine Krankheit. Stimmt's, Rich?«

»Keine Ahnung«, sagte McDermott. »Hab' nie welchen gehabt. Wollen Sie morgen mit uns fahren, Spenser, oder treffen wir uns dort?«

»Ich komme direkt hin«, sagte ich. Treffpunkt ist Clancys Büro. Gegen zehn.«

»Also, bis dann.« Wir waren bei meinem Wagen angekommen. Unter dem Scheibenwischer steckte ein Strafmandat. Ich nahm den Wisch und stopfte ihn Sylvia in die Brusttasche seines Blazers. »Zeigen Sie mal Ihren Einfluß hier, und biegen Sie die Sache ab«, ermunterte ich ihn. Als ich abfuhr, nahm Sylvia gerade den Zettel, riß ihn mitten durch und gab die andere Hälfte an McDermott weiter.

Auf der Fahrt zurück zum Cape hatte ich die Sonne hinter mir und, wie ich hoffte, ein kühles Bad vor mir. Sowie ein ausgiebiges Abendessen mit Susan. Vor dem Motel entdeckte ich ihren Nova auf dem Parkplatz. Als ich ins Zimmer kam, saß sie vor dem Spiegel, die Haare eingewickelt, das Gesicht unter einer dicken Maske aus Creme.

»Arrghh!« Mir entfuhr ein Schreckensruf.

»Du bist zu früh gekommen«, sagte sie.

»Lenken Sie nicht ab, Lady«, sagte ich. »Was haben Sie mit Susan Silverman gemacht?«

»Wird Zeit, daß du's erfährst, Darling. Das ist mein eigentliches Ich.«

»Ach, du grüne Neune.«

»Heißt das, zwischen uns ist es aus?«

»Nein. Aber mach' mir doch wenigstens die Hoffnung, daß die nachgemachte Susan Silverman irgendwann wieder zum Vorschein kommt.«

»Na, vielleicht in zwanzig Minuten. Ich hab' uns einen Tisch im ›Coonamessett Inn‹ bestellt. Für sieben Uhr.«

»Wie wär's vorher mit Schwimmen? Und Tennis? Oder umgekehrt?«

»Nein. Hab' mir gerade das Haar gewaschen. Ich will es nicht naß und verschwitzt haben, oder umgekehrt. Geh' du doch schwimmen, während ich mein wahres Ich wieder verstekke. Dann kannst du mir hinterher bei einem Drink erklären, wo du gesteckt hast, und was nun eigentlich los ist.«

Ich schwamm eine halbe Stunde lang. Das Becken war nur fünfzehn Meter lang, was eine Unzahl von Wenden bedeutete, aber trotzdem ging mein Puls am Ende ganz schön schnell.

Susans Anblick machte ihn nicht gerade langsamer. Die Creme war verschwunden, das Haar lang heruntergekämmt. Sie trug ein ärmelloses weißes Kleid und Ohrringe aus Jade. Als ich reinkam, malte sie sich gerade die Lippen an.

Ich duschte, rasierte mich und warf mich in meinen dunkelblauen besten Sommeranzug, scheute nicht einmal vor der Weste zurück. Dazu ein hellblaues Hemd, weiß-blauen Schlips, dunkle Socken, schwarze Schuhe. Im Spiegel sah ich so aus, wie ich mir Spenser zu solchen Gelegenheiten wünschte. Wie aus dem Ei gepellt. Ich steckte meinen Revolver in den Gürtel. Wurde eigentlich Zeit, mir eine Abendausgehwaffe zu besorgen. Vielleicht mit Perlengriff und Wildlederhalfter.

»Bleib' dicht bei mir«, sagte ich, als wir zum Auto gingen. »Der Frauenklub von Hyannis will mich kidnappen und als Sexobjekt mißbrauchen.«

»Lieber tot als entehrt«, sagte Susan.

Sie band sich ein Tuch um den Kopf, und mit heruntergelassenem Verdeck fuhren wir zu dem Restaurant. An der Bar tranken wir einen Cocktail. Dann geleitete man uns zu unserem Tisch mit Blick auf die See.

Zum Studium der Speisekarte erschien uns ein zweiter Cocktail angebracht. »Kein Bier heute?« fragte Susan.

»Paßt irgendwie nicht zur Gelegenheit. Aber zum Essen werde ich darauf zurückkommen.«

Ich bestellte Austern und gedünsteten Hummer, Susan Austern und gefüllten Hummer, im Ofen gebacken.

»Die Sache nimmt Gestalt an, Suze. Ich glaub', ich werd's schaffen.«

»Hoffentlich. Hast du Pam Shepard gesehen?«

»Ja. Gestern abend.«

»So?«

»Ja. Ich hab' in meiner Wohnung übernachtet.«

»Und? Wie war's?«

»Kein Vergleich mit dir.«

»Das meine ich nicht. Wie du in dieser Sache mit ihr klargekommen bist, will ich wissen.«

»Sie spielt mit. Aber davon abgesehen ist sie nicht in allzu guter Verfassung. Seelisch, meine ich. Du solltest mal mit ihr reden. Schätze, die braucht 'ne Art Therapie.«

»Wieso? Hast du ihr nachgestellt und einen Korb bekommen?«

»Quatsch.«

Susan nickte. »Natürlich werde ich mit ihr reden, wenn du willst. Wann?«

»Wenn das vorbei ist. Wahrscheinlich übermorgen.«

»Wird mir ein Vergnügen sein.«

»Ich hab' nichts mit ihr angefangen.«

»Und ich hab' nicht gefragt.«

Die Austern waren hervorragend, taufrisch. Wir machten uns schweigend darüber her. Erst beim Hummer berichtete ich Susan detailliert, was wir ausgeheckt hatten. Susan ist Meisterin im Hummeressen, während ich mir mit den Scheren und Schalen meist mittelschwere Verletzungen zufüge. Deshalb bestelle ich ihn nur noch in entpanzerter Form.

Als ich alles erläutert hatte, meinte Susan: »Schwierig, das alles im Kopf zu behalten, was? Alle Einzelheiten hängen zusammen, jeder Zug basiert genau auf dem vorhergehenden.«

»Ja, mich macht es auch ein bißchen nervös.«

»Merkt man dir aber nicht an.«

»Das gehört eben zu meinem Job, ich bin in diesen Dingen ziemlich versiert. Wird schon klappen.«

»Und wenn nicht?«

»Dann ist der Schlamassel vollständig, und ich muß mir was Neues einfallen lassen. Aber ich hab' getan, was ich konnte, und ich versuche, mir den Kopf nicht über Dinge zu zerbrechen, die ich nicht mehr beeinflussen kann.«

Wir aßen ausgezeichnete Blaubeertörtchen zum Dessert und zogen uns an die Bar zurück: Irish Coffee. Auf der Rückfahrt ließ Susan ihr Haar ohne Tuch im Wind wehen.

»Wollen wir runter ans Meer?« fragte ich.

»Ja.«

Ich parkte an der Sea Street. Susan ließ ihre Schuhe im Auto. Es war spät, und am Strand trafen wir keine Menschenseele. Hand in Hand liefen wir am Meer entlang. Irgendwo oben in einem Haus spielte jemand eine Platte von Tommy Dorsey.

»Auf, schwimmen!« sagte ich.

Wir legten unsere Sachen auf einen Haufen, wateten in das kühle Wasser und schwammen nebeneinader vier-, fünfhundert Meter parallel zum Strand. Susan war eine ausgezeichnete Schwimmerin, und ich brauchte auf sie keine Rücksicht zu nehmen. Aber ich hielt mich kurz hinter ihr, um ihre weißen Schultern zu beobachten und ihre Arme, die fast lautlos in das

Wasser tauchten. Von oben kam immer noch Musik. Susan hielt an und stellte sich hin, das Wasser reichte ihr bis zur Brust. Ich schwamm zu ihr, schloß sie in die Arme. Als sie mich küßte, mischte sich das Meersalz mit dem süßlichen Geschmack ihres Lippenstifts. Das Haar klebte ihr am Kopf, Tropfen glitzerten auf ihrem Gesicht, als sie zu mir aufsah.

»Hier im Wasser?« fragte sie.

»Hab's noch nie versucht.«

»Dabei würde ich ertrinken.« Sie drehte sich um und schwamm schnell zum Strand, ich hinterher. An der Flutlinie hatte ich sie eingeholt. Wir lagen im nassen Sand. Von oben erklang Frank Sinatras Stimme: »There are such things.« Die Wellen spülten uns um die Füße.

25

Am nächsten Morgen frühstückten wir auf dem Zimmer. Als ich um halb neun nach Boston aufbrach, war Susan noch im Bett. Sie trank Kaffee und sah im Fernsehen die Today-Show.

Jim Clancy von der Distrikts-Staatsanwaltschaft Suffolk trug ein Errol-Flynn-Bärtchen, das um so komischer wirkte, als sein Gesicht rund wie ein Vollmond war und das schüttere Haar sich auf hastigem Rückzug aus der Stirngegend zu befinden schien. Sylvia und McDermott waren schon da, außerdem zwei weitere Männer. Der eine wurde mir als Bobby Santos vorgestellt, der Mann, der Commissioner für öffentliche Sicherheit werden wollte. Der zweite hieß mit Nachnamen Klaus und kam vom Schatzamt.

»Drüben vor Ort warten ein paar Leute aus Chelsea auf uns«, sagte McDermott. »Bobby weiß schon Bescheid, und jetzt wollen wir diese beiden Gentlemen ins Bild setzen.«

McDermott trug ein grünes T-shirt, graue Cordhosen und Sandalen. Sein Revolver steckte im Gürtel. Klaus war in eine Art Strandsmoking gekleidet, mit weißem Hemd und gepunkteter Fliege. Er sah McDermott an, als handle es sich um ein ekliges Insekt, und richtete seine Worte an Sylvia.

»Welche Rolle spielt Spenser in der Sache?«

»Warum fragen Sie ihn nicht selbst?«

»Weil ich Sie frage«, sagte Klaus.

Sylvia sah McDermott an. Der stöhnte. »Du lieber Himmel!«

»Hab' ich dir schon mal erzählt«, sagte Sylvia zu seinem Kollegen, »warum Schwule Fliegen tragen?«

»Ich bin derjenige«, sagte ich zu Klaus, »der das alles arrangiert hat. Ich kenne die Beteiligten und beaufsichtige den Handel. Ich bin das, was man die Schlüsselfigur nennen könnte.«

Clancy war ungeduldig. »Machen Sie schon, McDermott. Geben Sie uns die Details. Wir wollen mit den Vorbereitungen vorankommen.«

McDermott holte aus der Brusttasche ein zerknautschtes Päckchen Zigaretten, nahm einen krummgedrückten Glimmstengel heraus und zündete ihn sich an.

»Also«, fing er an, »da saßen Jackie und ich eines schönen Tages nichtsahnend im Büro und machten uns so unsere Gedanken über die Welt im allgemeinen und das Verbrechertum im besonderen, da geht doch die Tür auf, und diese Schlüsselfigur hier erscheint. Wie aus heiterem Himmel.«

»Um Himmels willen!« rief Klaus. »Kommen Sie doch endlich zur Sache.«

»Rich«, mahnte Santos.

»Ja, schon gut, Bobby. Ich will nur nicht zu schnell vorgehen, damit der Superpolizist hier mitkommt.«

Betont umständlich schilderte McDermott die Einzelheiten. Um halb sechs sollten zwei Lieferwagen in den Großmarkt fahren und an verschiedenen Verladerampen halten, zu beiden Seiten des Restaurants. In den Kleinlastern würden sein: McDermott, Sylvia, Santos, Linhares, Klaus, mehrere Polizisten aus Chelsea und zwei Mann von der Staatspolizei aus Clancys Abteilung. Im richtigen Zeitpunkt würde ich das Signal geben, indem ich beide Hände in die Seitentaschen steckte. »Und dann werden wir wie der Blitz über sie kommen«, schloß McDermott. »Ich, Jackie und der Nachfahre Edgar J. Hoovers hier.«

Clancy öffnete einen großen Umschlag und brachte Fotos von King Powers zum Vorschein. »Das ist Powers. Den hatten wir in der Kartei.«

»Die beiden Frauen«, ergänzte ich, »werde ich Ihnen beschreiben müssen.« Ich tat mein Bestes. Klaus machte sich Notizen. Sylvia reinigte seine Fingernägel mit einem Taschenmesser. Die anderen saßen still da und hörten mir zu. »Sehr gute Beschreibungen, Spenser«, sagte Klaus, als ich fertig war.

McDermott und Sylvia sahen sich vieldeutig an. Hoffentlich saßen Klaus und die beiden am nächsten Morgen nicht im selben Wagen.

»Noch Fragen?« erkundigte sich Clancy.

Santos machte sich bemerkbar. »Haftbefehle?«

»Werden besorgt. Morgen früh sind sie da.«

Santos hatte noch etwas auf dem Herzen. »Und was ist von wegen Manipulation von Beweismaterial?«

»Wieso Manipulation?« fragte Sylvia unschuldig. »Ein Informant gab uns den Tip für einen illegalen Waffenhandel großen Stils. Wir stellten den Beteiligten eine Falle und hatten Glück.«

Clancy nickte. »Genau. Wir nehmen nur die Beteiligten fest. Mit Spensers Doppelspiel haben wir nichts zu schaffen.«

Ich sagte: »Eine der von mir geschützten Personen wird wahrscheinlich anwesend sein. Pamela Shepard. Möglicherweise werden Sie die auch festnehmen müssen. Wenn das der Fall ist, dann halten Sie die Frau von den anderen getrennt und übergeben Sie sie mir, sobald die übrigen weggebracht werden.«

»Sie reden«, regte sich Klaus auf, »als kommandierten Sie die Operation.«

»Hörst du, Jackie?« sagte McDermott. »Eine Operation ist das. Mann, du, wir sind an einer Operation beteiligt.«

Clancy mischte sich ein. »In dem Punkt sind wir uns einig, Clyde. Wir lassen ihm die Frau und ihren Mann gegen Powers und die beiden militanten Weiber.«

»Clyde?« sagte Sylvia zu McDermott. »Hast du's gehört?«

»Clyde Klaus.« McDermott grinste über das ganze Gesicht.

Klaus lief rot an.

»Clyde Klaus«, wiederholten Sylvia und McDermott im Chor und brachen in ein Kichern aus.

Santos hatte genug. »Hört auf, ihr beiden Clowns. Wir haben ernsthafte Arbeit vor uns. Cruz hat euch für diese Sache mir unterstellt. Also hört gefälligst auf mich.«

Sylvia und McDermott zwangen sich zum Ernst. Wenigstens wurde aus dem Kichern ein verhaltenes Glucksen.

»Sonst noch was?« fragte Clancy. Er sah uns nacheinander an. »Okay, dann wollen wir mal das Schlachtfeld besichtigen.«

»Dabei werd' ich lieber schwänzen«, sagte ich. »Geh' dann später allein hin. Wenn jemand von denen den Ort, wie Klaus hier sagen würde, unter Beobachtung hält, und ich tauche da mit ein paar Leuten auf, die eine Meile gegen den Wind nach Bullen riechen, wäre das nicht so gut.«

»Und wenn die Sie allein dort sehen, denken die, Sie orteten als vorsichtiger Mann das Gelände der Transaktion«, sagte Santos zustimmend.

»Kennen Sie den Ort?« fragte Clancy.

»Ja.«

»Gut. Die Beamten aus Chelsea stehen unter dem Kommando von Leutnant Kaplan, wenn Sie da etwas brauchen.«

Ich nickte. »Danke. War mir ein Vergnügen, Gentlemen. Bis morgen also.« Als ich in der Tür war, hielt ich den rechten Daumen hoch. »Erfolgreiche Jagd, Clyde«, sagte ich und schloß die Tür hinter mir. Ich hörte noch, wie Sylvia und McDermott wieder zu kichern anfingen und Klaus sagte: »Jetzt habe ich aber . . .«

Draußen kaufte ich mir an einem Stand zwei Würstchen und

eine Limonade und setzte mich zum Lunch an den Brunnen auf dem Rathausplatz. Um mich herum lunchten Dutzende von Frauen, die in den Büros der Stadtverwaltung und Distriktregierung arbeiteten. Ich versuchte, unter ihnen eine Rangordnung aufzustellen. Die Kriterien waren ihre mutmaßliche Eignung als Sexobjekte. Bei Nummer sechzehn mußte ich Schluß machen. Mein Lunch war alle, und ich hatte noch zu tun.

Chelsea ist eine schäbige, halb verrottete Stadt am anderen Flußufer, von ihren Einwohnern heiß geliebt. Altwarenhändler, Teppichverkäufer, Reifenlager und ein weites, leeres Areal, wo ein Großbrand den größten Teil der Bausubstanz vernichtet hatte, waren ihre Hauptmerkmale. Im Nordwesten lag der New England-Großmarkt, einer der beiden Quellen, aus denen Boston seine Nahrungsmittel bezog. Es war ein trister Ort, in der Nähe einer Ölraffinerie. Das Restaurant war in einem alten Eisenbahnwaggon eingerichtet. Ich stellte meinen Wagen daneben ab und ging hinein. Als ich am Tresen saß und nach draußen sah, machte ich eine Beobachtung, die mir gar nicht recht paßte: Mein Auto fiel in dieser Gegend eigentlich überhaupt nicht auf.

Ich bestellte ein Stück Zimtkuchen und schwarzen Kaffee und musterte die Szenerie. Im Grunde war das eine völlig überflüssige Veranstaltung. Ich konnte noch gar nicht wissen, wo die Transaktion genau stattfinden würde. Wichtig würde nur sein, daß die Bullen auftauchten, sobald ich die Hände in die Seitentaschen steckte.

Im Restaurant war auch nicht viel Betrieb. Ich sah mich um, ob mich wohl jemand beschattete. Niemand polierte, soweit ich sehen konnte, unter der Tischplatte eine Maschinenpistole oder machte sich die Nägel mit einem chinesischen Dolch sauber. Genau gesagt, niemand nahm überhaupt von mir Notiz. Daran war ich gewöhnt. Es gab ganze Tage, an denen niemand von mir Notiz nahm. Der Zimtkuchen war unten hart. Ich ließ den Rest stehen, zahlte und ging.

Durch Everett und Charlestown fuhr ich zurück nach Boston. Ich habe nie herausbekommen, aus welchem Grund die Straßen in Boston mittags genauso verstopft sind wie im Berufsverkehr. Bis zu meiner Wohnung brauchte ich fast fünfunddreißig Minuten. Pam Shepard ließ mich herein. Sie sah schick aus, wie immer, aber auch wie jemand, der nachgerade Platzangst hat.

»Ich esse eben Suppe«, sagte sie. »Wollen Sie auch welche?«

»Danke, ich hatte Lunch. Aber ich setze mich zu Ihnen und trinke eine Tasse Kaffee. Wir werden hier auf die bewährte Art noch eine Nacht zusammen verbringen.«

»Und dann?«

»Und dann, glaube ich, ist es geschafft. Dann können Sie

nach Hause.«

»Nach Hause«, wiederholte sie. »Mein Gott, wie weit weg mir das vorkommt.«

»Heimweh?«

»Ja, schon. Eigentlich sehr. Aber ich weiß nicht, was ... zu Hause, meine ich, was sich da verändert hat.«

»Das weiß ich auch nicht. Sie müssen hingehen und es rausfinden. Vielleicht hat sich gar nichts geändert. Aber morgen sitzen Rose und Jane im Knast, und Sie können hier nicht ewig bleiben. Meine Selbstbeherrschung hat auch Grenzen.«

Sie lächelte. »Nett, daß Sie das sagen. Was passiert morgen?«

»Die Transaktion. Wir fahren zum Großmarkt in Chelsea, morgen früh gegen sechs. Dann steigt die Waffengeschichte, und wenn das läuft, kommen die Bullen, und die Falle schnappt zu. Und Sie und Harv haben noch mal eine Chance.«

»Warum muß ich dabeisein? Ich meine, ich weigere mich gar nicht. Aber was soll ich dabei helfen können?«

»Sie sind eine Art Geisel. Rose meint, wenn Sie dabei wären, dann würde ich sie nicht hinter's Licht führen. Die traut mir nicht, aber sie weiß, daß ich Ihnen nichts geschehen lasse.«

»Das heißt, Rose denkt, wenn sie hopsgeht, dann geh' ich auch hops?«

»Das in etwa ist ihre Theorie. Ich sagte, das fände ich gar nicht schwesterlich von ihr, aber sie handelt, wie sie verkündete, im Interesse der Sache.«

»Du lieber Himmel! Ich glaube, Sie sind wirklich der einzige Mensch, auf den ich mich noch verlassen kann.«

Ich zuckte bescheiden die Schultern.

26

Es regnete in Strömen und war noch dunkel, als ich aufwachte. Die Armlehne der Wohnzimmercouch hatte sich schmerzhaft in mein Genick gequetscht. Ich stellte den Wecker ab. Es war viertel vor fünf. Ich duschte und zog mich an. Um fünf klopfte ich gegen meine Schlafzimmertür.

»Ich bin wach«, kam Pam Shepards Stimme von drinnen.

Kurz danach erschien sie in meinem Morgenmantel und ging ins Bad. Ich überprüfte meinen Revolver. Dann stellte ich mich vor das Wohnzimmerfenster und sah nach unten auf die Marlborough Street. Der Regen machte kleine nasse Kreise auf dem Pflaster. Ich erwog, Kaffee zu kochen, entschied aber, daß es dafür zu spät war. Auf dem Großmarkt gab es schließlich das Restaurant in dem alten Eisenbahnwaggon. Ich zog meine rote Wetterjacke an und probierte aus, wie schnell ich in diesem

Aufzug an meine Waffe kam. Wenn ich die Jacke offenließ, war das Ergebnis zufriedenstellend. Zwanzig nach fünf kam Pam Shepard aus dem Bad. Sie hatte ihr Haar gekämmt und trug Make-up. Immer noch in meinen Morgenmantel gehüllt, ging sie wieder ins Schlafzimmer und schloß die Tür. Ich nahm die Autoschlüssel aus der Hosentasche und steckte sie in die Jacke. Dann ging ich wieder ans Fenster und sah in den Regen hinaus. Regen faszinierte mich immer. Die Straßen sahen vielversprechender aus, wenn sie vor Nässe glänzten, und die Stadt war stiller. Genau um halb sechs kam Pam Shepard aus dem Schlafzimmer. Sie trug gelbe Hosen und eine schokoladenbraune Bluse. Darüber zog sie eine blaue Regenhaut und einen farblich darauf abgestimmten, breitkrempigen Südwester. »Ich bin fertig«, verkündete sie.

»Die Garderobe für alle Gelegenheiten«, bewunderte ich sie. »Schätze, Sie haben Susan auch einen Safarihut auf die Liste geschrieben, falls Sie hier in die Verlegenheit kommen würden, auf Großwild zu schießen.«

Sie lächelte, aber man merkte, es war ihr nicht sehr fröhlich zumute. Sie hatte schlicht Angst.

»Das wird der reinste Spaziergang«, versuchte ich, ihr Mut zu machen. »Da werden mehr Cops als Mistfliegen rumschwirren. Und vergessen Sie mich nicht. Troubleshooter Spenser ist mit von der Partie.«

»Ich weiß«, sagte sie. »Ich weiß, es wird alles gutgehen. Aber nach allem, was passiert ist, jetzt Gangster und Polizei. Und dann ist es so früh. Und der verdammte Regen. Und überhaupt, es hängt soviel davon ab.«

»Wir beide, Baby«, sagte ich, »wir beide kommen bei der Sache fein raus.« Ich klopfte ihr aufmunternd aufs Knie. Mein Vater hatte das bei mir immer gemacht. Pam Shepard schien es nicht viel zu helfen. Zwölf Minuten vor sechs hielten wir neben dem Restaurant auf dem Großmarkt. Es war jetzt hell, aber ein graues, trostloses Licht und verdammt kalt für einen Sommermorgen. Die erleuchteten Fenster des Restaurants sahen geradezu verlockend aus. Um uns herum standen ungezählte Lastwagen und andere Autos. Der Großmarkt hat seinen Hauptbetrieb sehr früh am Morgen. Ich ging davon aus, daß in zwei der Transporter unsere Truppen sprungbereit saßen, aber es gab keinen Anhaltspunkt, welche Fahrzeuge das waren.

Wir gingen in den alten Waggon und setzten uns an einen Tisch. Ich bestellte zwei Tassen Kaffee und zweimal Kuchen. Pam ließ ihren stehen. Ungefähr zwei Minuten nach sechs kam King Powers an, in einem Trenchcoat und mit karierter Golfkappe. Hinter ihm tauchte Macey auf, der einen Dufflecoat trug. Draußen vor der Tür entdeckte ich Hawk. Der schwarze Mann war in einen weißen Umhang mit Kapuze gehüllt, der wie Leder aussah.

»Wunderschönen guten Morgen, großer King«, sagte ich. »Möchten Sie eine Tasse besten Javakaffee und ein Stück Kuchen? Meine Begleiterin hier mag ihren nicht.«

Powers setzte sich an den Tisch und starrte Pam an. »Das hier die Kundin?« fragte er ungläubig.

»Eine davon. Die mit den Mäusen sind noch nicht da.«

»Die sollten verdammt noch mal besser hier auftauchen«, stellte King fest. Macey setzte sich neben ihn.

»Das ist aber ein süßes Hütchen, King«, sagte ich. »Ich erinnere mich, daß meine Tante Bertha so einen hatte.«

Powers beachtete mich nicht. »Wenn ich sage, sechs Uhr, dann mein' ich sechs Uhr. Und nicht fünf nach sechs, verdammt noch mal.« Rose und Jane kamen in das Restaurant.

»Welch ein Zufall, King«, sagte ich. »Da sind sie.«

Ich sah die beiden an und machte eine Handbewegung nach draußen. Sie drehten sich um und gingen hinaus. »Gehen wir zu ihnen«, schlug ich vor. »Da hängen uns nicht so viele Fans an den Lippen.«

Powers stand auf. Macey folgte ihm auf den Fersen, Pam und ich gingen hinterher. Als wir aus der Tür kamen, sah ich mir Hawk genau an. Umhang und Kapuze waren in der Tat aus weichem Leder. Hawk meinte: »Herrlicher Morgen, was, Boss?«

»Haste was dagegen, wenn ich dir das Krausköpfchen kraule?« fragte ich. »Das bringt Glück.«

Hawks mächtige Schultern bewegten sich: Er lachte still in sich hinein. Ich ging den anderen nach, Hawk hielt sich einen Schritt hinter mir.

Auf dem Parkplatz stellte ich die Geschäftspartner einander vor. »King, Macey, Hawk, Rose, Jane, Pam. So, also jetzt, wo wir uns alle kennen, wollen wir frisch ans Werk.«

»Das Geld?« brummte Powers.

Jane zeigte ihm eine Einkaufstüte aus Plastik, die sie unter ihrem schwarzen Gummimantel trug.

»Macey, trag's zum Laster und zähl' nach.«

Rose fiel ein. »Woher wissen wir, daß er nicht damit abhaut?«

Powers starrte sie an. »Verdammt noch mal, Schwester, was ist denn mit Ihnen los?«

»Wir wollen erst die Waffen sehen«, sagte Rose.

»Sie sind im Laderaum des Transporters«, sagte Macey. »Wir gehen rein, und Sie können die Ware prüfen, während ich das

Geld nachzähle. So verlieren wir keine Zeit, und niemand kann den anderen über das Ohr hauen.«

»Okay«, sagte Powers. »Ihr könnt das so machen. Ich verschwinde aus dem verdammten Regen. Hawk, Sie und Macey helfen denen, die Dinger umzuladen, wenn Macey mit Zählen fertig ist.«

Powers stieg in das Führerhaus eines gelben Ryder-Miettransporters und zog die Tür zu. Rose, Jane und Macey gingen nach hinten. Macey öffnete die Doppeltür, und die drei kletterten in den Laderaum. Hawk, Pam und ich blieben draußen im Regen stehen. Nach etwa einer Minute lehnte sich Rose hinten aus dem Transporter. »Spenser, könnten Sie für uns die Ladung prüfen?«

Ich sagte zu Pam: »Sie bleiben hier stehen. Ich bin gleich zurück.« Hawk lehnte regungslos am vorderen Kotflügel des Kleinlasters. Ich ging nach hinten und kletterte hinein. Die Waffen waren in den Originalkisten verpackt: M2-Karabiner. Ich prüfte zwei oder drei Stück. »Ja, die sind in Ordnung. Jetzt können Sie Armeen von alten Männern umblasen.«

Rose ignorierte mich. »Gut, Jane, bring den Lieferwagen her. Spenser, sie haben gesagt, Sie würden uns laden helfen.«

»Zu Diensten, Madam«, erwiderte ich. »Hawk und ich bieten unsere starken Arme an.«

Macey nahm die Plastiktüte, sprang nach unten und ging nach vorn zu Powers ans Führerhaus. Er gab seinem Chef das Geld und kam wieder nach hinten. »Was meinen Sie, Spenser, können wir hier umladen?«

Wir befanden uns ein Stück hinter dem Restaurant. »Klar«, antwortete ich. »Der ideale Ort. Niemand in der Nähe. Hier beachtet uns sowieso keiner. Die laden und entladen den ganzen Tag.«

Macey nickte. Jane fuhr einen blauen Ford-Transporter rückwärts an den gelben Kleinlaster heran, Ladetür dicht an Ladetür. Sie stieg aus und zog die Türen von ihrem Fahrzeug auf. Ich ging den anderen Wagen entlang nach vorn, wo Pam und Hawk standen. »Hawk«, sagte ich leise. »Die Bullen kommen gleich. Das hier ist eine Falle.« Hinten mühten sich Macey, Rose und Jane mit einer der Waffenkisten ab. »Hawk!« rief Macey, »Sie und Spenser sollten uns doch helfen.« Hawk ging stumm um die Vorderfront des Kleinlasters und verschwand hinter dem Restaurant. Ich steckte beide Hände in die Seitentaschen. »Bleiben Sie dicht bei mir«, zischte ich Pam Shepard zu.

Aus einem Lastwagen mit der grellen Aufschrift »Rollie's Südfrüchte« kamen Sylvia, McDermott und zwei Staatspolizisten mit Schrotflinten zum Vorschein.

Jane schrie: »Rose!« Sie ließ ihr Ende der Kiste fallen, fuhr mit der Hand in die Manteltasche und brachte eine Pistole heraus. Sylvia schlug sie ihr mit dem Gewehrkolben aus der Hand. Jane krümmte sich zusammen, preßte den Arm an den Körper. Rose rief: »Jane!« und legte den Arm schützend um sie. Macey drückte sich um das Heck des Kleinlasters und landete direkt vor dem Lauf von Bobby Santos' Dienstpistole. King Powers regte sich überhaupt nicht. Klaus und drei städtische Polizisten von Chelsea liefen nach vorn, zogen die Tür zur Fahrerkabine auf. Einer der Cops, ein bulliger Kerl mit Säufernase, langte nach drinnen und zerrte Powers am Kragen heraus. Der sagte keinen Ton. Er sah mich nur starr an.

Ich munterte ihn auf. »Na, King, alter Junge, lassen Sie sich's wohl sein.« Ich nickte Jackie Sylvia zu, nahm Pam Shepard bei der Hand und ging mit ihr zu meinem Auto. Um sieben saßen wir in einem Schnellrestaurant an der Tremont Street und frühstückten: Rühreier mit Schinken, Toast und Hüttenkäse. Im Park gegenüber hingen die Zweige müde im Dauerregen.

»Warum haben Sie den Schwarzen gewarnt?« fragte Pam. Die Kellnerin füllte uns Kaffee nach.

»Ich weiß nicht. Ich kenne ihn schon so lange. Er war zu einer Zeit auch Boxer, und wir haben oft zusammen trainiert.«

»Aber er gehört doch zu denen. Ich meine, er ist doch deren, wie nennt man das, Schläger, Knochenbrecher?«

»Ja.«

»Und dann lassen Sie ihn einfach gehen?«

»Ich kenne ihn seit vielen Jahren.«

27

Wir fuhren in meine Wohnung zurück, um Pams Sachen zu holen. Als wir uns gegen halb neun nach Hyannis auf den Weg machten, regnete es noch immer wie verrückt. Das Wasser klatschte gegen die Windschutzscheibe. Um den Tag etwas aufzuheitern, schaltete ich im Autoradio eine örtliche Station ein, die von früh bis spät Jazzmusik sendete. Es half auch nicht viel.

Pam Shepard saß still neben mir und sah aus dem Fenster. Die Straße war fast leer. Kaum jemand fährt an solch einem Tag ans Cape.

»Als ich ein kleiner Junge war«, sagte ich, »war ich ganz verrückt darauf, im Regen Auto zu fahren. Ich kam mir dann immer wie in einer eigenen, abgeschlossenen Welt vor.« Wir saßen im warmen Wageninneren, hörten die Musik, und draußen war alles naß und kalt. »Eigentlich mag ich es heute noch recht gern«, stellte ich fest.

Pam sah immer noch aus dem Fenster. »Ist jetzt alles vorbei?« fragte sie schließlich.

»Was?«

»Alles. Die Sache mit der Bank, Harveys Schwierigkeiten, das Versteckspiel, die ganze Angst? Und daß man sich dauernd zum Kotzen fühlt?«

»Ich glaube, ja.«

»Was wird jetzt aus Harvey und mir?«

»Das muß sich zeigen. Ich meine, ihr beide könnt noch mal anfangen und es diesmal besser machen.«

»Wieso?«

»Weil in Ihrer Beziehung mit Harv Liebe im Spiel ist.«

»Scheiße!«

»Nein, eben nicht. Ich weiß, Liebe ist kein Allheilmittel, und es ist auch nicht die einzig wichtige Sache auf der Welt, aber sie ist ein Orientierungspunkt.«

»Das ist doch romantischer Quatsch«, sagte Pam verächtlich. »Glauben Sie mir, Harv hat mir das Hohelied der Liebe seit zwanzig Jahren vorgesungen. Nichts als sinnloser Mist.«

»Nein. Sie haben eine schlimme Erfahrung gemacht und denken, wie es meist dann geschieht, dies sei die einzig mögliche Erfahrung. Aber Sie sind intelligent und mutig. Sie könnten und sollten sich psychotherapeutisch beraten lassen. Vielleicht bekommen Sie Harvey so weit, daß er das auch tut. Und wenn Sie mit einem erfahrenen Psychotherapeuten gesprochen haben, okay, vielleicht werfen Sie Harvey dann immer noch über Bord. Aber dann geschieht es aus den richtigen Gründen, und nicht, weil Sie sich einbilden, frigide zu sein. Oder weil er das von Ihnen glaubt. Und dann hätten Sie andere Alternativen, als sich mit schwitzenden Baggerführern in billigen Hotelbetten rumzuwälzen.«

»Hört sich das so scheußlich an?«

»Natürlich hört sich das so scheußlich an. Oder nehmen Sie die beiden halbgaren Weiber, denen Sie in die Fänge geraten sind. Das sind doch reine Theoretikerinnen, die haben mit dem wirklichen Leben nichts zu tun. Herzklopfen, verdorbene Mägen, nasse Füße, davon haben die keine Ahnung. Die kennen sich aus in der Macht des Phallus, im Kampf gegen den Machismo und im Umlegen von harmlosen alten Männern, die sich der guten Sache entgegenstellen.«

Sie sah mich zum erstenmal direkt an. »Warum sind Sie so böse?«

»Ich weiß es auch nicht. Vielleicht, weil Sie und Harv Ihre Zeit so sinnlos vergeuden.«

Sie schüttelte den Kopf. »Ich glaube, ich mag Sie sehr gern.«

»Das war nur eine Frage der Zeit.«

Sie sah wieder aus dem Fenster. Ich glaubte nicht, ihr die Sache richtig beigebracht zu haben. Vielleicht konnte Suze es besser. Oder es hatte überhaupt keinen Zweck, egal, was man sagte, und wie.

Kurz nach zehn kamen wir im Motel an. Susan stöberten wir im Café auf. Sie las Zeitung.

»Alles gut gegangen?« fragte sie.

»Ja. Genau nach Plan.«

»Er hat einen von denen gewarnt«, sagte Pam. »Und der ist weggekommen.«

Susan zog fragend die Augenbrauen hoch.

»Hawk«, sagte ich.

»Verstehen Sie das?« fragte Pam.

»Vielleicht«, meinte Susan. »Und sonst hat alles geklappt?«

Ich nickte.

»Gehen Sie nach Hause, Pam?«

»Werd' ich wohl. Ich bin in Wirklichkeit noch nicht drauf vorbereitet, hab' mich auch auf der Fahrt hierher damit nicht vertraut gemacht. Aber ich bin jetzt ja nicht mal einen Kilometer von unserem Haus weg. Da werd' ich wohl hingehen.«

»Na fein.«

»Ich rufe Harv an«, sagte ich. »Wie wär's, wenn ich ihn herbitte, und dann können wir reden, vor allem Suze kann dann mal sagen, was sie von der Sache hält.«

»Ja«, sagte Pam. »Ich habe richtig Angst vor dem Wiedersehen. Ohne die Kinder und mit Ihnen beiden dabei wäre es mir lieber.«

Ich ging auf mein Zimmer, rief Shepard an und sagte ihm Bescheid. Er brauchte zehn Minten, dann kreuzte er in der Lobby auf, wo ich ihn erwartete.

»Sitzt Powers im Gefängnis?« fragte er als erstes.

Ich sah auf die Uhr. »Nein, wahrscheinlich nicht mehr. Die Verhaftungsformalitäten sind inzwischen erledigt, und er hat seinen Anwalt da, der über die Kaution verhandelt. Powers wird seelenruhig im Wartezimmer sitzen, bis er nach Hause kann.«

»Verfluchte Kiste«, rief Shepard, »wollen Sie etwa sagen, der läuft dann frei rum, wo er weiß, daß wir ihn aufs Kreuz gelegt haben?«

»Das Leben ist manchmal schwer.«

»Aber, verdammt, dann ist er doch sofort hinter uns her! Sie haben mir nie gesagt, daß er gegen Kaution freikommen würde. Der weiß doch, daß wir ihn ans Messer geliefert haben.«

»Wenn ich Ihnen das gesagt hätte, dann hätten Sie nicht mitgespielt. Und hinter Ihnen wird er nicht her sein.«

»Wieso können die den einfach wieder laufen lassen? Und wie können Sie uns in solche Gefahr bringen?«

»Hinter Ihnen wird er nicht her sein, das sagte ich doch. Drüben im Café wartet Ihre Frau auf Sie.«

»Mann, wirklich? Wie geht's ihr?«

»Gut.«

»Ich meine, in welcher Verfassung ist sie? Hat sie gesagt, sie kommt nach Hause?«

»Sie sitzt da drinnen mit meiner Freundin Susan Silverman. Sie will Sie sehen, und wir beide sollen dabei sein. Und ihr beide müßt dann entscheiden, was geschehen soll. Im Moment will sie, glaube ich, zurückkommen. Machen Sie nur nicht alles wieder kaputt.«

Shepard holte tief Luft. Wir gingen zusammen ins Café. Susan und Pam saßen sich gegenüber. Ich setzte mich neben Susan. Shepard blieb am Tisch stehen und sah auf seine Frau herunter. Sie blickte hoch. »Na, Harv?«

»Pam.«

»Setz' dich doch.« Er setzte sich neben sie. »Wie geht es dir?«

Er nickte und starrte auf seine Hände.

»Die Kinder?«

Er nickte abermals. Er streckte eine Hand aus und legte sie ihr schüchtern auf den Rücken. Seine Augen waren feucht, und er sprach mit belegter Stimme. »Kommst du wieder zu uns?«

Sie nickte. »Für jetzt jedenfalls.« Auch ihrer Stimme war die Belastung anzumerken.

»Für immer?«

»Das müssen wir sehen.«

»Ich tu', was immer du willst«, sagte er. »Wir fangen von vorn an, und du wirst sehen, in einem Jahr sitze ich wieder ganz oben. Alles, was du willst.«

»Es geht nicht darum, Harv, daß du ganz oben sitzt.« Ich fühlte mich wie ein Voyeur. »Es ist ... ist was ganz anderes. Die beiden glauben, wir brauchen psychologische Hilfe.« Sie deutete mit dem Kopf auf Susan und mich.

»Was verstehen die denn davon? Die wissen doch gar nichts, von uns und von der ganzen Sache.«

»Ich werde nicht bei dir bleiben, Harv, wenn du da nicht mitmachst. Wir sind nicht nur unglücklich. Wir sind psychisch krank. Was wir brauchen, ist nicht eingebildetes Glück, sondern Heilung.«

»Und woher? Ich kenne überhaupt keine Seelenumkrempler.«

»Susan wird uns beraten. Sie kennt sich aus.«

»Wenn uns das hilft, wieder zusammenzuleben, dann tu'

ich's«, sagte Shepard. Die Tränen liefen ihm über das Gesicht. »Was immer du willst.«

Ich stand auf. »Muß mal telefonieren.«

Sie beachteten mich überhaupt nicht. Ich ging ins Zimmer und rief Clancy in der Distriktsstaatsanwaltschaft von Suffolk an.

»Hier Spenser. Ist Powers schon auf freiem Fuß?«

»Augenblick, muß mal nachhören.«

Nach einer Weile kam seine Stimme wieder. »Ja, der ist weg.«

»Großartig.«

»Sie wußten doch, daß der gegen Kaution freikommt«, sagte Clancy. »Sie kennen sich doch aus.«

»Ja. Vielen Dank.« Ich legte auf.

Als ich wieder ins Café kam, sagte Pam Shepard gerade: »Das ist einfach zu schwer für mich, die Last ist zu groß. Ich kann nicht der Mittelpunkt in euer aller Leben sein.«

Die Kellnerin brachte mir frischen Kaffee.

»Na und?« fragte Harvey. »Was sollen wir denn tun? Sollen wir dich nicht länger liebhaben? Soll ich den Kindern sagen, ihr dürft eure Mutter nicht mehr liebhaben, das wird zuviel für sie?«

Pam Shepard schüttelte den Kopf. »Nein ... das ist es ja nicht ... natürlich will ich von euch geliebt werden, nur ... immer so der Mittelpunkt sein zu müssen ... ihr ladet mit eurer Liebe, wie du es nennst, doch die ganze Verantwortung auf mich ab. Ich kann das nicht. Das ist einfach zuviel Liebe. Ich muß dann schreien und wegrennen.«

»Mann, o Mann!« Harvey schüttelte den Kopf. »Das sollte mir mal passieren. Daß jemand mich zu sehr liebt. Mann, so wie du reagierst ... ich weiß ja nicht mal, wo du gesteckt hast. Du weißt, wo ich war.«

»Ja. Und was du angestellt hast, du verdammter Dummkopf!«

Harv sah mich an. »Spenser, Sie Schuft, Sie haben's ihr gesagt.«

»Blieb mir nichts anderes übrig.«

»Na gut. Und? Ich hab's für die Kinder und für dich getan. Was hättet ihr von mir gehalten, wenn ich alles hätte den Bach runtergehen lassen? Was ist das für ein Mann, der sowas zulassen würde?«

»Siehst du?« sagte Pam. »Immer alles ich, nur für mich, meine Verantwortung im Grund. Alles, was du tust, geschieht für mich.«

»Quatsch. Das ist doch ganz normal, wenn ein Mann für seine Familie sorgen will.«

»Doch, Ihr eigenes Ich so zu unterdrücken, ist unnormal«, fiel Susan ein.

»Was soll das nun wieder heißen?« rief Shepard.

»Schreien Sie Susan nicht an«, sagte ich.

»Ich schreie gar nicht, aber, verdammt noch mal, Spenser, sie will mir einreden, daß man krank ist, wenn man sich für seine Familie aufopfert.«

»Nein, das meint sie nicht, Harv. Sie sagt nur, Sie sollen auch mal irgendwas in Ihrem ureigensten Interesse, aus eigenem Antrieb und in eigener Selbständigkeit machen und sich nicht immer nur einreden, Sie opferten sich für Ihre Familie auf.«

»Was für ein Quatsch. Als ob ich nicht Sachen für mich selbst machen könnte.«

»Was, zum Beispiel?« fragte ich.

»Zum Teufel, ich will auch Geld, natürlich will ich Geld verdienen. Geld und schöne Sachen will ich haben, für die Familie und . . . ach, Scheiße! Auf welcher Seite stehen Sie eigentlich, Spenser, auf ihrer oder meiner?«

Pam Shepard vergrub das Gesicht in den Händen.

28

Einige Zeit später gingen die Shepards nach Hause. Sie waren verlegen, unsicher und im Grunde wohl noch alles andere als versöhnt, aber sie benutzten wenigstens denselben Wagen. Susan und ich mußten ihnen versprechen, abends zum Essen zu kommen. Der Regen hatte aufgehört, und die Sonne schien auf einmal warm vom Himmel. Susan und ich gingen an den Strand. Wir schwammen und legten uns dann in den Sand. Ich hatte ein Transistorradio dabei, ein Geburtstagsgeschenk von Susan, und hörte die Übertragung vom großen Spiel, die Sox gegen die Indians. Susan las. Ein sanfter Wind kam vom Nantucket Sound. Ich überlegte, wann Powers wohl aufkreuzen würde. Dagegen ließ sich nichts unternehmen, es gab kein Vorbeugungsmittel. Wenn er kam, kam er eben.

Die Sox verloren gegen die Clevelands. Ein Discjockey begann sein Tagewerk mit »Fly Robin fly«.

Ich stellte den Apparat ab.

»Glaubst du, daß sie es schaffen?« fragte ich.

Susan zuckte die Schultern. »Er hört sich nicht sehr ermutigend an, was?«

»Nein, aber er liebt sie.«

Sie machte eine Pause, dann: »Glaubst du, wir schaffen es?«

»Haben wir das nicht schon?«

»Wirklich?«

»Ich finde, ja.«

»Das heißt also, Beibehaltung des Status quo?«

»Nein.«

»Was denn dann?«

»Das heißt, daß ich dir einen Heiratsantrag machen werde.«

Susan klappte das Buch zu. Sie sah mich lange an, lächelte. »Willst du das wirklich wagen?«

»Ja.«

»War's das schon?«

»Eigentlich ja, aber gut: Also, willst du mich heiraten?«

Nach einer weiteren Pause: »Ich weiß nicht.«

»Ich war der Ansicht, du dächtest da ganz anders.«

»Der Ansicht war ich auch.«

»Daß du heiraten wolltest und böse auf mich warst, weil ich dir keinen Antrag machte.«

»Eben. Das habe ich immer gedacht. Aber ich glaube, ich wollte nur wissen, daß du mich irgendwann fragen würdest. Auf die Frage selbst kam es mir wohl gar nicht so an.«

»Und wie wirst du dich jetzt entscheiden?«

»Ich weiß nicht. Du hättest mich in der Hand, wenn du mir drohen würdest, mich zu verlassen. Ich möchte dich nicht verlieren.«

»Du wirst mich nicht verlieren.«

»Ich weiß. Aber es gibt da noch eine ganze Menge Dinge zu bedenken.«

»Welche, zum Beispiel?«

»Wo würden wir wohnen?«

»Ach so. Du möchtest dein Haus nicht aufgeben. Und deine Arbeit.«

»Stimmt. Weder das, noch die Stadt, in der ich fast zwanzig Jahre lang gelebt habe. Und die ich mag, wo ich Freunde habe und Gewohnheiten, an denen ich hänge.«

»Aber ich gehöre da nicht hin, Susan.«

»Natürlich nicht. Und du wirst deine Arbeit auch nicht aufgeben, wir beide nicht. Kurz: Ich ziehe nicht nach Boston, und du nicht nach Smithfield.«

»Vielleicht doch, letzteres. Könnten wir uns nicht irgendwie bei dir einrichten? Ich meine, ohne daß ich meine Arbeit und meine wichtigsten Lebensgewohnheiten aufgeben muß?«

»Vielleicht. Aber wir müssen gründlich darüber nachdenken. Das braucht Zeit.«

»Also lautet deine Antwort, du würdest mit dir zu Rate gehen.«

»Darauf läuft es wohl raus.«

Ich zog sie an mich.

»Andererseits«, murmelte sie, »werde ich dich nie aufgeben.«

»Worauf du Gift nehmen kannst. Komm, wir gehen essen, und dann feiern wir unsere ewige Freundschaft auf angemessene Weise.«

Als wir im Auto saßen, meinte Susan: »Vielleicht könnten wir das Feiern vor dem Essen absolvieren?«

»Ich habe noch eine bessere Idee«, antwortete ich. »Vorher und hinterher.«

»Jeder ist so jung, wie er sich fühlt«, verkündete Susan.

29

Abends um halb sieben klingelten wir bei den Shepards. Ich hatte eine Flasche ungarischen Rotwein in einer braunen Tüte unter dem Arm. Hawk öffnete die Haustür. Er hielt einen Colt .357er Magnum auf mich gerichtet.

»Tretet ein«, sagte er mit ausgesuchter Höflichkeit.

Wir folgten seiner Aufforderung. Im Wohnzimmer waren King Powers und Powell, der Kerl, den ich in den Swimmingpool geworfen hatte, außerdem Macey und die Shepards. Letztere saßen nebeneinander auf dem Sofa. Daneben stand Powell mit der Pistole in der Hand, Macey am Kamin, eine schmale Aktenmappe unter dem Arm. Powers hatte sich in einen Sessel geworfen. Shepards Gesicht war schweißglänzend und aschfahl. Die Übelkeit stand ihm bis zum Hals. Von Profis zusammengeschlagen zu werden, gibt einem das Gefühl, als bestünde man nur noch aus einer schwammigen Masse. Shepard schien Mühe zu haben, seinen Körper zusammenzuhalten. Seine Frau starrte ausdruckslos ins Nichts. Sie hatte sich völlig in sich zurückgezogen.

»Wo sind die Kinder?« fragte ich.

Hawk lächelte. »Nicht da. Harv und die Missis wollten wohl 'nen stillen, lieblichen Abend mit euch haben. Die Gören sind über Nacht bei Nachbarn. Macht die Sache wirklich gemütlicher, schätze ich, so ganz unter uns Großen.«

»Halten Sie die Klappe, Hawk«, grunzte Powers. »Sie würden wohl noch auf Ihrem eigenen Begräbnis den Clown spielen.«

Hawk zwinkerte mir zu. »Mir. Powers, Mann, der ist heute abend vielleicht geladen. Und weißte was? Ich glaub' sogar, ich weiß, auf wen der so sauer ist.«

»Dachte mir, daß wir uns noch sehen würden, King«, sagte ich.

»Da haste, verdammt noch mal, richtig gedacht, du Schwein von einem Klugscheißer. Und ich hab' was für dich auf Lager, du Dreckskerl. Dachtest wohl, du könntest mich so auf den Arsch legen und einfach abmarschieren, was? Da kennste King

Powers aber schlecht, kann ich dir sagen.«

Macey machte sich bemerkbar. »King, das gibt doch nur noch mehr Ärger. Wir können den nicht brauchen. Warum wickeln wir nicht einfach unser Geschäft ab?«

»Nix, erst puste ich dem Schwein hier die Därme aus dem Bauch.« Powers stand auf. Er war ein dickbäuchiger Bursche, der den Eindruck machte, als sei er früher einmal dünn gewesen. Unter der Last zeigten die Füße jetzt nach außen wie bei einer Ente. »Hawk, nehmen Sie ihm die Kanone weg.«

»An die Wand, Freund. Du kennst ja die Prozedur.«

Ich drehte mich um und lehnte mich an die Wand. Hawk nahm mir die Waffe aus dem Hüfthalfter. Er brauchte mich überhaupt nicht abzutasten, er witterte wohl, wo sie steckte. Ich trat von der Wand weg. »Warum watscheln Sie eigentlich wie eine Ente, King?« Powers' rotes Gesicht wurde noch eine Schattierung röter. Er trat dicht an mich heran und schlug mir mit der Faust ins Gesicht. Ich federte von der Hüfte zurück und hielt mich damit auf den Beinen.

»Ente«, sagte ich »Quak, quak, quak.« Powers schlug abermals zu. Meine Lippe platzte. In einer Stunde würde sie ziemlich dick sein. Sofern es mich dann noch gab.

Susan sagte: »Hawk.«

Er sah sie kurz an, schüttelte den Kopf. »Setzen Sie sich auf's Sofa.«

»Legen Sie uns um?« fragte Shepard. Seine Stimme klang schon wie aus dem Grab.

»Dieses Dreckschwein hier leg' ich um, da kannste Gift drauf nehmen«, sagte Powers genüßlich. »Und vielleicht macht mir das soviel Spaß, daß ich euch gleich alle mit Blei vollpumpe, die ganze Bagage. Na, wie gefällt dir das, du Drecksack von einem Betrüger?«

»Sie hat nichts damit zu tun, Powers«, sagte Shepard flehend und deutete auf Pam. »Lassen Sie meine Frau gehen. Wir haben vier Kinder. Sie hat Ihnen nie was getan.«

Powers lachte. Seine Oberlippe zog sich von den Zähnen zurück. »Aber du Drecksau hast mir was getan, und wie sogar. Hast mich um eine Menge Kies gebracht. Das werden wir jetzt zurechtbiegen, da kannste Gift drauf nehmen.«

»Ich mach's wieder gut, mit Zinsen«, flehte Shepard. »Lassen Sie meine Frau gehen.«

»Werden darüber noch ein Wörtchen zu reden haben, Betrüger. Aber jetzt werd' ich erst mal mit diesem Bastard hier abrechnen.« Er drehte sich zu mir um und setzte zu einem neuen Schlag an. Ich ging in den Infight und traf ihn hart, kurz oberhalb der Nieren. Sein Körper war weich wie ein Kissen. Er grunzte vor Schmerzen und ging in die Knie.

Macey zauberte seine kleine Automatic hervor, und Powell schwenkte den Lauf seiner Pistole von den Shepards auf mich.

»Feierabend«, sagte Hawk. In seiner Stimme lag keine Spur mehr von Spott.

Powers saß auf dem Boden, den Körper zur Seite verdreht, in dem Bemühen, den Schmerz zu lindern. »Bring ihn um, Hawk«, keuchte er. »Leg' das Schwein um!«

Susan sagte: »Hawk.«

Ich hielt den Blick auf Hawk gerichtet. Macey hatte nicht den Mumm, das war mir klar. Er würde kaltblütig töten, um seine Haut zu retten, wenn er nicht mehr anders wegkam. Aber jemanden einfach umzulegen, das hatte nicht zu seiner Hochschulausbildung gehört. Powell würde tun, was man ihm sagte, aber bis dahin hatte ihm niemand was gesagt. Hier zählte nur Hawk. Er stand bewegungslos wie ein Baum. Aus den Augenwinkeln sah ich, wie Shepard seiner Frau die Hand auf den Rücken legte. »Hawk«, sagte Susan noch einmal.

Powers, immer noch auf dem Boden, die Knie hochgestellt, daß man die weißen Socken über seinen braunen Schuhen sah, kreischte fast. »Hawk, du Bastard, tu' gefälligst, was man dir sagt! Leg' ihn um, blas ihn weg, kill ihn! Jetzt, auf der Stelle!«

Hawk schüttelte leicht den Kopf. »Nee.«

Powers war jetzt auf den Knien, kämpfte sich auf die Beine. Aber er war so fertig, daß er immer wieder zusammensackte. »Nee? Was heißt hier nee? Du verdammtes Niggerschwein. Wer bezahlt dich denn, du schwarzer Dreckskerl. Du tust, was man dir sagt, und zwar sofort . . .«

In Hawks Gesicht breitete sich Grinsen aus. »Nee, glaub' eigentlich kaum, daß ich tun werde, was man mir sagt. Schätze, ich überlaß das hier Ihnen, Boss.«

»Ich werd's tun, Mr. Powers«, sagte Powell.

Hawk schüttelte den Kopf. »Nee, du tust gar nix, Powell. Außer deine Kanone weglegen und einen hübschen Spaziergang machen. Die Partie hier geht zwischen King und Spenser. Einer gegen einen.«

»Hawk, Sie müssen den Verstand verloren haben«, sagte Macey.

»Hawk, was, zum Teufel, ist in dich gefahren?« kam es von Powers.

»Geht Luft schnappen, Macey«, sagte Hawk. »Wird euch guttun. Sie und Powell. Ihr beide legt jetzt eure Schießeisen dort auf den Tisch, und dann haut ihr ab.«

»Hawk, verdammt noch mal, was . . .«, rief Powell.

Hawk unterbrach ihn. »Los, sofort. Oder ich leg' dich um.«

Macey und Powell legten ihre Waffen auf den Tisch und gingen zur Tür.

»Verdammt, was geht hier vor?« schrie Powers. Fahle Blässe hatte sich jetzt über den roten Grundton seines Gesichts gezogen. »Ihr habt von diesem verdammten Nigger keine Befehle anzunehmen, die kriegt ihr von mir.«

»Aufhetzung zum Rassenhaß«, stellte Hawk fest und blinzelte mir zu.

»Häßliche Sache«, stimmte ich zu. »Übles Gerede.«

Powers schrie: »Macey, ruf' die Bullen, wenn du draußen bist. Hörst du, ruf' die Bullen! Die wollen mich umbringen. Dieser übergeschnappte Nigger will mich umbringen!«

Macey und Powell gingen raus und schlossen die Tür hinter sich. »Macey, Macey, verdammt noch mal, Macey!« kreischte Powers.

Hawk sagte: »Sie sind weg, King. Wird jetzt Zeit, daß Sie Spenser fertigmachen, wie Sie versprochen haben.«

»Ich hab' doch keine Kanone. Du weißt das, Hawk. Ich trage nie eine. Gib mir die von Macey!«

»Nix Kanonen, King. Schlagen Sie ihm doch einfach die Fresse ein, Sie haben ja vorhin so schön damit angefangen.« Hawk steckte seine .35,7er unter die Jacke und lehnte sich mit gekreuzten Armen an den Türpfosten. Sein glänzendes Mahagonigesicht zeigte keine Regung. Powers, jetzt auf den Füßen, trat schnell zwei Schritte zurück.

Er verlegte sich aufs Betteln. »He, warten Sie, Hawk. Sie wissen doch, ich kann mit Spenser nicht fertig werden, ich allein gegen ihn. Das würden vielleicht nicht mal Sie schaffen. Das ist doch nicht fair, einfach nicht fair!«

Hawks Gesicht blieb ausdruckslos. Harvey Shepard stand von der Couch auf, mühsam, aber er schaffte es. Mit einem amateurhaften rechten Schwinger ging er auf Powers los. Der Schlag traf an der rechten Kopfseite unter dem Ohr und brachte Powers ins Wanken. Harvey ließ nicht locker. Er traf ihn mit einer Linken im Gesicht. Powers ging zu Boden. Er kroch auf den Tisch mit den beiden Pistolen zu. Shepard versuchte, ihn in den Unterleib zu treten. Ich stellte mich zwischen Powers und die Waffen, und er biß mich in die rechte Ferse.

»Verdammt!« rief ich, langte nach unten und zerrte ihn auf die Füße. Er krallte mit beiden Händen nach meinem Gesicht. Ich drehte ihn von mir weg und knallte ihn hart gegen die Wand. So blieb er einen Moment regungslos stehen, Gesicht gegen die Tapete, dann drehte er sich langsam um. Mit den Schultern gegen die Wand gestützt, hielt er sich mühsam aufrecht. Shepard ging wieder auf ihn los. Ich streckte die Hand nach ihm aus. »Genug.« Er beachtete mich nicht, und ich mußte ihn an der Schulter packen, um ihn von Powers abzuhalten. Es war keine leichte Arbeit.

Von der Couch sagte Pam: »Harvey, laß sein.« Shepard gab plötzlich nach, drehte sich um. Er ging zur Couch, setzte sich neben seine Frau, legte ihr unbeholfen den Arm um die Schultern. Sie ließ es geschehen.

Susan stand auf und ging zur Tür. Sie legte Hawk die Hände auf die Schultern, stellte sich auf die Zehenspitzen und küßte ihn auf den Mund.

»Warum haben Sie's nicht getan, Hawk?« fragte sie. »Ich wußte, daß Sie es nicht tun würden, aber ich weiß den Grund dafür nicht.«

Hawk zuckte die Schultern. »Wissen Sie, ich und Ihr Macker da, wir haben 'ne Menge gemeinsam. Das hab' ich Ihnen ja schon mal gesagt. Und so viele sind von uns nicht mehr übrig, Jungens wie der alte Spenser und ich. Ohne ihn wären wir noch einer weniger gewesen. Er hätte mir eben gefehlt. Und außerdem war ich ihm einen schuldig, wegen heute morgen.«

»Sie hätten es auch nicht getan, wenn er Sie heute früh nicht vor der Polizei gewarnt hätte«, sagte Susan.

»Seien Sie sich da nicht so sicher, Baby. Ich hab's oft getan. Sehr oft.« Hawk sah mich an. »Jedenfalls, alter Junge, wir sind quitt. Außerdem . . .«, er sah wieder zu Susan herüber und grinste, »außerdem hab' ich Leute nie leiden können, die sich in Gegenwart von Damen so schlecht benehmen.« Er schüttelte den Kopf. »So'n schmutziges Mundwerk, Mann.«

Er legte meinen Revolver auf den Tisch, sammelte die Waffen von Powell und Macey ein und ging zur Tür. »Also dann, auf bald mal.« Damit war er verschwunden.

Ich wandte mich an Powers. »Schätze, wir kriegen Sie jetzt wegen Körperverletzung mit Tötungsabsicht dran. Das wird Ihnen nicht gerade helfen, bei dem Ärger, den Sie in Boston sowieso mit der Polente haben.«

»Leck mich am Arsch!« Powers ließ die Knie einknicken und sich die Wand herunter auf den Boden rutschen. Dort saß er und rührte sich nicht mehr.

»Hawk hat recht, King«, sagte ich. »Mit Ihrer Gossensprache werden Sie nie einen Blumentopf gewinnen.«

Robert B. Parker

Bodyguard für eine Bombe

Ullstein Buch 10103

Rachel Wallace ist eine militante Feministin. Ihr neustes Buch schlägt wie eine Bombe ein, denn es prangert Mißstände an und nennt die dafür Verantwortlichen beim Namen. Als ihr anonyme Anrufer mit Mord drohen, engagiert sich Rachel den Privatdetektiv Spenser als Bodyguard.
Doch auch Rachel ist explosiv. Im falschen Moment geht sie vor Wut hoch und entläßt Spenser. Darauf haben ihre Feinde nur gewartet. Jetzt haben sie freie Bahn . . .

»Parker ist der beste Autor auf diesem Gebiet der Literatur.« THE NEW REPUBLIC

ein Ullstein Krimi

Dick Francis

Handicap

Ullstein Buch 10126

ein Ullstein Krimi

Die Verkleidung sieht albern aus: schwarze Perücke, dunkle Brille und schreiend roter Lippenstift. Aber Rosemary Caspar, die Frau des berühmten Pferdetrainers, will von niemanden erkannt werden, als sie Sid Halley, ihren ehemaligen Jockei, um Hilfe bittend aufsucht. Sie hat Angst. Irgend jemand macht ihre Pferde krank, behauptet sie. Drei großartige Tiere, als Zweijährige sichere Gewinner in entscheidenden Rennen, entwickeln plötzlich eine Herzschwäche und gehen als letzte durchs Ziel. Noch bleibt Rosemary ein haushoher Favorit. Aber sie spürt, daß auch er bedroht ist, obwohl die Sicherheitsvorkehrungen absolut zu sein scheinen.
Sid hält Rosemary für hysterisch . . . bis auf ihn selbst ein brutaler Anschlag verübt wird.

»Handicap« wurde von der englischen Crime Writers Association mit dem Gold Dagger als bester Kriminalroman des Jahres ausgezeichnet.

Brian Freemantle

Agentenpoker

Ullstein Buch 10045

ein Ullstein Krimi

Berenkow, der russische Meisterspion, ist vom englischen Geheimdienst enttarnt und gefaßt worden. Den Löwenanteil am Erfolg gehört Charlie Muffin, einem alten Hasen in diesem Geschäft. Doch seine Kollegen gönnen ihm diesen Triumph nicht. Sie wollen ihn in eine Falle der Russen laufen lassen. Dann wären sie ihn für immer los.
Aber so leicht läßt sich Charlie nicht austricksen ...

»Der witzigste und intelligenteste Thriller des Jahres. Sollten Sie auf keinen Fall verpassen.«

KIRKUS REVIEW

Brian Freemantle

Die Schliche der Taube

Ullstein Buch 10061

ein Ullstein Krimi

Warum ist Viktor Pavel, Rußlands brillantester Wissenschaftler, plötzlich in den Westen geflohen? In seinem Land wird er als Held verehrt. Ihm stehen alle Forschungsmöglichkeiten offen. Außerdem liebt er seine Frau und seine Kinder, die er durch seine Flucht zwangsläufig Repressalien aussetzt. Irgend etwas stimmt nicht, vermutet Adrian Dodds vom englischen Geheimdienst. Und es gibt nur eine Erklärung: Pavel hat einen Doppelgänger . . .

»*Die Schliche der Taube* ist so gut wie Frederick Forsyths *Der Schakal*. Die Authentizität der Geschichte liegt auf der gleichen Ebene wie die Romane von John LeCarré, Len Deighton oder Forsyth.«

BOOKSELLER

Ruth Rendell

Urteil in Stein

Ullstein Buch 10134

ein Ullstein Krimi

Die Coverdales sind eine glückliche Familie. Sie leben auf dem Land in einem gemütlichen Haus in idyllischer Umgebung. Um das Glück vollzumachen, fehlt ihnen nur noch eine tüchtige Haushaltshilfe. Auf eine entsprechende Annonce meldet sich lediglich eine ältere, unsympathisch wirkende Frau. Widerstrebend wird sie eingestellt . . . und sie erweist sich als absolute Perle. Doch die Coverdales wissen nicht, daß sie sich den Tod ins Haus geholt haben . . .

»Ein Klassiker unter den psychologischen Kriminalromanen.« THE TIMES

»Ruth Rendell ist hier auf der allerhöchsten Höhe ihrer Fähigkeiten. Es wäre erstaunlich, wenn sie je ein besseres Buch schriebe.«
DAILY EXPRESS